禪真逸史

中國古典名著

方汝浩　編次
黃　珅　校注

三民書局

國家圖書館出版品預行編目資料

禪真逸史／方汝浩編次;黃珅校注.——初版一刷.——
臺北市：三民，2017
面；　公分.——(中國古典名著)

ISBN 978-957-14-6275-2 (平裝)

857.44　　　　106002062

© 禪真逸史

編　次	方汝浩
校注者	黃　珅
責任編輯	張加旺
美術設計	郭雅萍
發行人	劉振強
著作財產權人	三民書局股份有限公司
發行所	三民書局股份有限公司
	地址　臺北市復興北路386號
	電話　(02)25006600
	郵撥帳號　0009998-5
門市部	(復北店) 臺北市復興北路386號
	(重南店) 臺北市重慶南路一段61號
出版日期	初版一刷　2017年4月
編　號	S 857800

行政院新聞局登記證局版臺業字第〇二〇〇號

ISBN 978-957-14-6275-2 (平裝)

http://www.sanmin.com.tw　三民網路書店

禪真逸史　總目

引　言……………………一〜十六
題奇俠禪真逸史……………………一
讀禪真逸史……………………一
禪真逸史凡例　八條……………………一〜二
回　目……………………一〜三
正　文……………………一〜七〇四

引言

黃珅

一

禪真逸史，全稱新鐫批評出像通俗奇俠禪真逸史。全書共四十回，分乾、坎、艮、震、巽、離、坤、兌八集，每集五回。

據路工先生說：「明天啟年間杭州爽閣主人履先甫原刊本，有圖八十葉，極精細。半葉九行，行二十二字，前有傅奕、諸允修、徐良輔、李蕃、施途原、翁立環、陳台輝、徐良翰、閻宗聖、謝王鄰、李文卿、李雋卿、夏禮、夏之日、方汝浩等十五篇序跋……有履先甫的禪真逸史凡例……正文標題下署『清溪道人編次』，『心心僊侶評訂』。」（訪書見聞錄古本小說新見）

今上海古籍出版社的古本小說集成，其中禪真逸史，即據浙江圖書館所藏「本衙爽閣藏版本」影印。目錄及卷前題「新鐫批評出像通俗奇俠禪真逸史」，署「清溪道人編次」，「心心僊侶評訂」。前有署「奉政大夫工部都水清吏司郎中提督通惠河道古越徐良輔撰」的「題奇俠禪真逸史」，署「唐太史令傅奕」撰的「讀禪真逸史」，及題「古杭爽閣主人履先甫識」的「凡例」八則。並無李蕃、施途原以下十二人的序跋。

本衙爽閣本封面於標題下有題詞云：「此南北朝秘笈，爽閣主人而得之，精梓以公海內。」徐良輔序謂「於南北史得奇俠禪真帙」。而讀禪真逸史則託名「唐太史令傅奕」撰。說此書為六朝著作，未免有些離譜。據凡例云：「此書舊本出自內府，多方重購始得。」但「舊本意晦詞古，不入里耳，茲演為四十回，回分八卷，卷臚八卦，刊落陳詮，獨標新異。」也就是說，現在所見的禪真逸史，是一部在舊本基礎上改編、潤飾的作品。改編者為清溪道人；凡例作者爽閣主人履先甫，和清溪道人一起編次、評訂、刊印此書。

關於此書作者，孫楷第先生云：

> 禪真逸史八集四十回　明方汝浩撰。題「清溪道人編次」，「心心僊侶評訂」。每集後有總評，署名不一。有仁和諸某序，古越徐良輔序，凡例，禪真源流。(日本日光晃山)慈眼堂藏本無禪真源流，而卷首較他本多一序，後署「瀫水方汝浩清溪道人識」。據此知作者乃方汝浩，洛陽人。然慈眼堂藏明萬卷樓本東度記，又題「滎陽清溪道人著」，則又似鄭州人，不知何故。或一為本貫，一為家所在之地。至清溪道人之號，似因南京青溪而起。然則汝浩固寓南京者矣。(中國通俗小說書目卷六明清小說部乙)

而戴不凡先生則有不同的看法：「我頗疑『瀫』係『瀫』之誤。瀫水，衢江也。浙之衢州、蘭溪一帶古屬吳郡，故爽閣主人自署『古吳』。履先，或即方汝浩之字也。渠曾僑寓杭州，故號『西湖漁叟』。」

（小說見聞錄）戴先生以其交友中有「古吳」爽閣主人，評點者有「西湖漁叟」，而疑其為浙人。並認為凡例第二條，「口氣極似作者自道」。果真如此，那麼，方汝浩和履先甫便為同一個人了。

路工以為心心僊侶乃杭州人履先甫。蕭欣橋先生以為「心心僊侶即夏履先，明杭州書坊主人」（古本小說集成本前言）。如此，則方汝浩、履先甫、夏履先、清溪道人、心心僊侶，又為同一人了。

為禪真逸史作序的諸允修為仁和（在今杭州）人，徐良輔為「古越」人，作凡例的履先甫為「古杭」人，故即使上述諸人並非同一人，作者方汝浩並非浙江人，至少，這部著作，成於他在杭州生活之時。

鄭振鐸先生中國小說八講（提綱）以此書為明晚期之作。戴不凡據文中常有人唱桂枝香、掛枝兒等小曲，斷定「此為明末時所流行者」。禪真逸史為明人所作，對此，已無異議。

除此書外，方汝浩還著有禪真後史（全稱新鐫批評出像通俗演義禪真後史）六十回，署「清溪道人編次，沖和居士評校」。此書係禪真逸史的續作，寫薛舉重降人世，取名瞿琰，建功立業，興利除害。後經一老僧（乃林澹然轉世）點化，入山修道，終成正果。此外還有一部掃魅敦倫東度記。

據孫楷第中國通俗小說書目，日本日光晃山慈眼堂藏禪真逸史「明刊原本，半葉九行，行二十二字。有插圖二十葉，記刻工姓名曰『素明刊』」。北京大學圖書館藏「清初刊本。封面題『白下翼聖齋藏版』。插圖精絕。行款與慈眼堂藏本同。疑同版。」上世紀二十年代，鄭振鐸曾於邃雅齋見「明刊禪真逸史，附圖八十幅……以價昂未及收，而轉瞬躊躇間，已失去，不可復得。」（中國版畫史圖錄自序）此外尚有浙江圖書館所藏「本衙爽閣藏版本」，上海圖書館所藏清初文新堂刻本，行款與明本相同，也有圖。北京圖書館藏有明新堂刊本，無序文，僅存凡例。明新堂刊小字本為劣本。咸豐辛亥有石印本，改題殘梁外史。光緒丁酉上海書店石印本，改題妙相寺全傳。

二

禪真逸史最後一回，寫澹然圓寂，心證菩提，碑亭鐫「普靜正教禪師之塔」。杜伏威、薛舉、張善相三人，亦棄位學道，雲遊四海，經仙人點化，成就仙道。唐高祖敕贈林澹然為靈聖大禪師，杜伏威為普化真人，薛舉為普利真人，張善相為普濟真人。凡例說此書「縷析條分，總成就澹然、三子禪真一事」。禪真逸史，即有關此一禪三真史事的記載。

本衙爽閣本扉頁於「禪真逸史」上題「批評通俗演義」六字。即此書是一部根據史事、傳說敷衍而成的章回體小說作品。

此書記載，起自梁武帝大同八年（西元五四二年），終於唐高祖武德年間。前後八十餘年。前半部以林澹然為中心，寫其因得罪權貴，不得已削髮為僧，逃奔梁國；又因奸僧讒言，險遭不測，歷經艱險，重返東魏。後半部主要寫其三個門徒杜伏威、薛舉、張善相出身、成長、結義、闖蕩、稱王的過程。

凡例說此書「雖逸史，而大異小說稗編，事有據，言有倫，主持風教，範圍人心。兩朝隆替興亡，昭如指掌，而一代輿圖土宇，燦若列眉，乃史氏之董狐，允詞家之班馬」。這固然是溢辭。不過書中記載的眾多人物，如東魏的高歡、高澄、侯景、丁和，南梁的謝舉、傅岐、朱異、張綰、蕭正德，北齊的段韶、張雕、和士開、穆提婆，隋朝的楊素、韓擒虎、賀若弼、李諤等人，在正史中均確有其人。所寫故事雖有編造，但其立身行事的大節，則和真實的歷史人物相距不遠。如傅岐與朱異就是否應該接納侯景的爭論，蕭正德被侯景利用後拋棄，和士開的貪婪無恥，與史傳記載，基本相合。

出於作者意圖和作品描述的需要，書中主要的人物，反倒與史實距離較遠。杜伏威、薛舉、張善相三人，新、舊唐書均有傳。杜伏威為隋末江淮農民軍首領，後歸唐，封吳王。入朝拜太子太保。僅隔一年，以舊部輔公祏舉兵反唐，突然不明不白地死去。薛舉家產雄厚，為地方豪強。隋末起兵，自號西秦霸王，隨後在蘭州稱帝，擊敗唐軍，不久病死。其子薛仁杲兵敗降唐，依然被斬。張善相在許州起兵，初隨李密，後歸唐，授伊州總管。王世充攻城，張善相多次派人赴唐求救，但救兵不至，城陷被殺。以至連陷其於死地的唐高祖李淵，也不得不說：「吾負善相，善相不負吾。」三人雖生於同時，但並無交往，更談不上結義了。杜、薛、張均為一時之雄，有過輝煌的經歷，但結局都很慘，與禪真逸史所寫大不相同。惟有杜伏威好神仙長老術，薛舉武藝高強，殘忍好殺，與書中所寫，有相似之處。

至於此書主角林澹然，以及作為其對立面的鍾守淨，則純屬虛構的人物。「南朝四百八十寺」，但並沒有這二人任住持的妙相寺。在現實社會中，像鍾守淨這樣的惡人還有，但確實找不到像林澹然那樣大慈大悲、全知全能、已被神化的人物。

三

凡例吹噓禪真逸史「當與水滸傳、三國演義並垂不朽，西遊、金瓶梅等方之，劣矣」。在紅樓夢出現之前，這四部書，無疑是中國小說中最優秀的作品，合稱「四大奇書」。無論從哪方面看，禪真逸史都瞠乎其後。但就作品內容和表現手法看，此書和水滸等書確實存在著某些相同之處。或者說，有模仿四大奇書的地方。如寫杜伏威起兵乃官逼民反，自稱替天行道，類似水滸；敘述自梁至唐初這一百年的歷史風雲，以真實的人物事件為依據，類似三國演義；誇大神佛的本領，以得道為最高境界，類似西遊記；表現當代社會的生活狀況，描寫世態人情，類似金瓶梅。由此使禪真逸史成了一部揉歷史、市井、俠義、神怪為一體的作品。

作為一部文學作品，此書在歷史、俠義、神怪這三方面，並不見長，其藝術成就主要在對市井風俗人情的描寫。山林城市，皇畿荒郊，旅社酒肆，花巷賭場，歌詠遊說，插科打諢，幽期密約，潑婦罵街，坑蒙拐騙，拔刀相助，地痞訟棍，姦夫淫婦，蓋世英雄，么麼小丑，一一在筆下展現，諷嘲人情，描摹世態，組成一幅斑駁陸離、且又生動活潑的社會場景。

正是由於對社會生活的貼近，使得此書對一些歷史事實的記載，存在失真之處。如第二回、第三回寫南朝梁的京城，竟有明代建造的五鳳樓、金川門。第十二回寫梁武帝聽從鍾守淨之言，提拿祝鵾、刁應祥，勘問誣君之罪，派出的竟是明太祖朱元璋設立的特務組織錦衣衛。而朱元璋處置貪官的酷刑剝皮揎草，在第十九回竟從一個做媒的潘婆口中說出。至金代才見史書記載的女直，已在第十二回中出現。也是在金代才有的全真道士，在第二回中就已出現。第二十四回代言管呵脬、上官氏夫妻對罵的桂枝香，則是在明末流行的小曲。至於地方行政區域的錯亂，就更多了。

就藝術形象而言，此書上半部要勝過下半部，林澹然要勝過杜伏威。但即使對林澹然的描寫，也未免模式化，成為一種概念性的象徵符號，缺乏真實性和生動性。後半部人物眾多，但都是舞臺上跑龍套的角色，浮光掠影，看不分明，更談不上有鮮明的形象了。

如果說此書寫蓋世英雄都不成功，那麼對么麼小丑的描寫倒頗有出彩之處。如那個綽號「蜜嘴」的趙尼，雖說長得「眼兒垂，腰兒駝，腳兒趫」，其實卻是「嘴兒尖，舌兒快，心兒狠」。仗著一口俐齒伶牙，將念經拜佛的功夫，都用於穿庵入寺，聚眾斂財，窺探隱私，挑撥是非。書中寫其在鍾守淨和黎賽玉之間牽線搭橋，依老撒賴，設局置套，機關算盡，寫得繪聲繪色，十分傳神。

和趙尼相映成趣的是一個姓尤的村婦，黑臉堆粉，兩眉倒豎，仗著父兄是本縣胥吏，撒潑成性，動輒撩裙穢罵，捲袖廝打，頑悍行兇，佯狂詐死。第二十一回寫其辱罵丈夫、婆婆，又被杜伏威羞辱毆打，雖情節簡單，和趙尼性格迥異，但有異曲同工之妙。

在禪真逸史後半部，除尤潑婦外，管賢士也是一個雖著墨不多、但令人印象深刻的人物。此人一登場，書中便以辛辣的語辭，對其相貌、人品，以及作惡的手段，作了簡潔的介紹：

> 淡白膒兜臉，焦黃屈曲鬚。一鉤鷹嘴鼻，兩道殺人眉。赤眼睛如火，甜言口似飴。笑談藏劍戟，評論帶黃雌。蜮伏裝人狀，狐行假虎威。許私誇嘴直，超勢過謙虛。遇富腰先折，逢貧面向西。揮毫多白字，嫁禍有玄機。屈膝求門皂，陪錢結吏胥。見財渾負義，矯是每云非。性黠精詞訟，臀堅耐杖笞。吮癰何足異，嘗糞不為奇。呵盡豪門卵，名呼開眼龜。（第二十四回）

管賢士好管閒事，是個專一幫閒，最怕太平，惟喜多事，靠利口為活計，倚刀筆作生涯，與鼠雀之詞，聳動官府，到處無事生非，以此謀生謀利。因其諂媚奉承，甘於下流，得了個「管呵脬」的外號。

書中寫其先以阿諛奉承之語，撩撥桑皮筋因和杜成治賭輸而鬱積在心中的怨氣；接著以忿忿不平之聲，激發桑皮筋心頭的怒火；再以拔刀相助的姿態，聳動桑皮筋報復的欲望；又以「人爭一口氣」、「無毒不丈夫」為由，促使桑皮筋下最後的決心。使桑皮筋隨著他的誘導，懷著感激的心情，心甘情願地墮入他所設計的一場以訴訟的名義賺騙錢財的圈套。擺平桑皮筋，管呵脬轉身又以同樣的手段，去敲詐杜成治。

在這樁訴訟案中，管呵脬媒孽禍端，教唆挑撥，顛倒是非，興詞告狀，旁敲側擊，指東說西，假公營私，倚官託勢，隨風倒舵，左右逢源。「以院司為衣缽，陸地生波；藉府縣為囮謀，青天掣電。朝來利在於趙，乃附趙以斃錢；晚上利在於錢，復向錢以傾趙。又能餂李客之言，送於張氏之耳；復探張氏之說，悅乎李客之心。……或造不根謗帖，以為中傷之階；或捏無影訪單，以賈滔天之禍。」（第二十五回唆訟賦）極盡欺詐哄騙、誣陷迫害之能事。一個幫閒的虛偽、奸詐、冷酷、無恥，躍然紙上。

此外，如第二十一回中的無賴曾仙，本是本縣被罷免的胥吏，「也是個爊不爛的閒漢，他有三件本事，人不能及。第一件，一張好口，能言善辯；第二件，一副呆膽，不怕生死；第三件，兩隻鐵腿，不懼竹片、衙門，人取他一個渾名，叫做『曾三絕』。」第十三回寫玉華觀道士杜子虛的酸腐下流，都著墨不多，而神態畢肖。

在禪真逸史眾多的人物中，最豐滿、最鮮明的形象，其實應數作為林澹然對立面出現的鍾守淨。作為一個名剎的住持，他不思修養，公然大肆淫欲，踐踏三戒，有悖佛道，但作為一個普通人，他將食色看得比心性更重，甚至不顧及因此帶來的一系列隱患，任性而行，「戀色則嬌香立至，縱欲則徑竇可通」。鍾守淨與黎賽玉之間的色情，雖說是苟且偷情，但畢竟還存在著一些真情。相比較而言，張善相勾引春香，純粹出於利用的目的，毫無真情可言，一派無賴相，顯得更加輕薄淫蕩。在鍾守淨身上，有淫穢的一面，也有癡情的一面；有奸詐的一面，也有固執的一面。和那個幾乎已經失去七情六欲的林澹然相比，反倒更加真實，更加自然。

就場景描寫而言，此書可加圈點之處，同樣在一些描摹世態人情的章節。如第七回寫「這些念佛的女眾，各自尋班逐隊，與熟伴兒同坐，你我互相告訴，有說媳婦不孝的，有講兒子不肖的，這個恨丈夫不貼體，那個怨家道甚艱難，或談妯娌是非，或訴鄰居過失，人人嗟命薄，個個嘆無緣」。寥寥數語，生動傳神。而其著重表彰的人物，反倒都不成功。如第二十回寫杜伏威和薛舉聯手打虎，第二十二回寫杜伏威在還鄉途中遇仙人指點，第三十二回寫張善相和段琳瑛月夜結良緣，都是作者刻意描寫的文字。但打虎只能說是對水滸中武松打虎的模仿，月夜結緣更是照搬西廂記的情節，遇仙也是以往傳說中常有的故事。水滸、西廂的描寫，都是膾炙人口、堪稱經典的文字，而此書的模仿，不僅未增絲毫美感，反而失去了原有的生動性，令人有畫虎成犬之感。

凡例說此書「吟詠謳歌，笑談科諢，頗頗嘲盡人情，摹窮世態。雖千頭百緒，出色爭奇，而針線密縫，血脈流貫，首尾呼吸，聯絡尖巧，無纖毫遺漏，洵為先朝名筆，非輓世效顰可到」。書中確有吟詠謳歌、笑談科諢的文字，也確有嘲弄人情、描摹世態的章節，但還說不上出色爭奇。至於針線密縫，血脈流貫，卻正是此書之短。特別是後半部，放得很開，卻無法收攏，結構散漫，頭緒眾多，章節之間缺少一條溝通連貫的線索，既無鮮明的人物形象，也少生動曲折的故事情節。

禪真逸史是一部經過文人改編的作品，相比較其他通俗演義小說，在文字上有明顯改俗歸雅的特色。

上半部有不少章節，文筆洗練，描述生動，敘事狀物，繪影繪聲。如前所說的關於趙蜜嘴、管呵脬、曾三絕、杜道士等人的描寫，都與其性格、身分、行事相稱，語言個性化，由此生色。同樣利口便舌，趙蜜嘴和管呵脬並不相同，前者多賣弄，後者更陰毒，前者舌如簧，後者舌如刀；同樣好色偷情，鍾守淨和張善相也不同，前者不加掩飾，後者還要故弄斯文，前者處處任性而行，後者時時為自己留有餘步。不過書中也有雕琢痕跡過於明顯的缺點。

此書另一值得稱道之處是其中的諷刺文字。如第二十五回的唆訟賦，以辛辣的語言，直指訟棍之奸，鞭辟入裡：

世道衰而爭端起，刁風盛而訟師出。橫虎狼之心，懸溝壑之欲。最怕太平，惟喜多事。靠利口為活計，不田而農；倚刀筆作生涯，無本而殖。……鬩閱婚姻，一交搆，遂違秦晉之好；公平田地，讒調弄，便興鼠雀之詞。……撈得浮浪屍首，奇貨可居；緝著詭寄田糧，詐袋在此。結識得成招大盜，囑他攀扯冤家；畜養個久病老兒，攙渠跌詐富室。設使對理，則硬幫見證，而將無作有；或令講和，則抵銀首飾，而弄假為真。律條指掌可陳，誥令隨口而出。茶罷開言，即鼓掌而歡笑曰：「老翁高見，甚妙甚妙，吾輩真個不及。」酒闌定計，乃側首而沉吟曰：「學生愚意，這等這等，執事以為何如？」……朝來利在於趙，乃附趙以斃錢；晚上利在於錢，復向錢以傾趙。……乘打點市恩皂快，趁請託結好吏書。倘幸勝則曰：「非人力不至於此。」倘問輸則曰：「使神通其如命何？」……

同一回還有掛枝兒詞，揭露公差之惡，入木三分：

著青衣，進門來，大呼小叫。兩小弟，奉公差，那怕勢豪？不通名，單單的稱個表號。有話憑分付，登門只這遭。明早裡拘齊也，便要去點卯。

吃罷茶，就開科，道其來意。有某人，為某事，單告著伊。莫輕看，他是個有錢的豪貴。摸出官牌看，一字不曾虛。急急商量也，莫要耽誤你。

吃酒飯，假做個，斯文模樣。我在下，極愚直，無甚智獐。他告伊，沒來由，真真冤枉。說便這等說，還須靠白鏹。不信我的良言也，請伊自去想。

酒飯畢，不起身，聲聲落地。這牌生，限得緊，豈容誤期？有銀錢，快拿出，何須做勢？若要周全你，包兒放厚些。天大的官司也，我也過得水。

接銀包，才道聲，適間多謝。忙扯封，估銀水，如何這些？我兩人，不比那窮酸餓鬼。輕則輕了已，不送也由伊。明日裡到公庭也，包你爛隻腿！

至於第二十一回寫雌雞市制訂禁約，每家給與一份。並在土穀祠張掛公示，各家男子，都要循規蹈矩，遵守內訓，犯禁者責罰不恕。這份禁諭，更是一篇難得的奇作，不自覺地成為聲討三綱之一夫綱的絕妙文字：

五、禁喪妻再娶。古云：烈女不更二夫，婦人重醮者為失節，則男子失偶再娶者，豈為義夫？本境如有鰥居，不問年之老少，子之有無，一概不許續弦重娶。犯者任娘家白白領回，毋許爭執，不服眾毆。

六、禁夫奪妻權。蓋妻為內助，乃一家之主，事無巨細，咸當聽其裁奪，然後施行。若男子不先稟命，輒敢自行專主者，頭頂重石一塊，跪三炷香，不願跪者，打嘴巴二十五掌。

……

八、禁出入無方。世上男子心腸最歹，在家不暢，必然出外鼠竊狗偷，暗行欺騙姦淫之事，女流深處閨中，焉知其弊？今後男子凡出，必須稟命正室，往某處，行某事，見某人，歸則稟覆明白，方許進膳。如有倔強漢擅行出入，或作昧心事，而詭言遮飾者，不許飲食，罰水十碗，拔去鬢毛，打孤拐二十下。

九、禁妄貪富貴。功名富貴，從來天定。世之貪夫俗子，不思安分守己，妄圖僥倖，拋妻撇子，久出遠遊，那知妻守孤燈獨宿，而淚零如雨？室中寂寞，對月而夢逐雲飛，千樣離愁，百般慨嘆。縱使利得名成，而既往青春，已成虛度，此恨怎消？反不若耕種開張，夫妻歡聚，母子團圓，免使深閨有白頭之嘆。即出仕者，必挈妻子同行，共享富貴，勿致婦南夫北，兩下參商。有違此禁，群起而攻，未獲富貴於天來，先作俘囚於床下。

四

禪真逸史全名前冠「奇俠」二字。西湖漁叟說：「旨哉，林太空之以澹然號也。吾於艮集而黜得坎之妙。何者？杜成治因酒致疾，張捷為色幾亡，鍾守淨貪狠殺身，薛志義賈勇釀禍，此皆不能澹，故爾取。既澹，則心若太虛，空此四者，棱棱俠骨，何人不欽？湛湛神光，何微不燭？故感知己，服異類，獲天書，全身遠害，皆澹中得來。澹然乎，得澹之真者乎？……夫惟不澹乃慾，慾則不剛；澹則無慾，無慾乃剛。」（艮集總評）有人懷疑西湖漁叟為作者的化名，不知是否屬實，但澹泊寡欲、行俠好善確是此書理應表現的主題。

不過此書的描述，卻明顯存在著澹泊與富貴同在，積善與殘忍交替，佞佛與闢佛並存這三個矛盾。

林澹然自覺退出仕途，歸隱山林，從表面上看，確實無負一個「澹」字，但他澹的是形，而非心。林澹然在逃亡的途中，結識了占山為盜的薛志義、苗龍，分手後曾致書二人，諄諄致意：「老僧仰觀天象，不十年間，國家將為他有。二兄可招聚士卒，多蓄糧草，廣行仁義，延接四方豪傑，待時而動，輔佐明主，以圖大業，留名青史，此大丈夫之所為也。第不可損害賢良，妄行殺戮耳。」（第十四回）杜伏威、薛舉、張善相在歸順朝廷之後，回張家莊拜見林澹然。林澹然見面即說：「汝等別後，聞說驟興兵馬，雖然累戰累勝，占據城池，俺心中卻只為汝等危懼。今喜歸服朝廷，又得封侯列土，老朽方才放心。今日歸來，增輝多矣。但宜盡忠報國，毋以爵祿為榮。」（第三十六回）李諤以隋朝欽差的身分，前來招降杜伏威等人。林澹然力主「屈節降之」之說，對李諤百般逢迎，懇請李諤「轉達聖聰，三王願稱臣奉貢，遵天子正朔，歲歲獻納不廢，朝廷如有差調，無不竭忠用命。懇求天恩賜以王爵，願為國家西蜀之保障。若得允俞，皆出侍中之賜也。」（第三十九回）至於杜伏威等人的功名利祿之心，就更不必說了。空谷先生謂林澹然、杜伏威二人，「迹種種異，道種種同。何以故？澹然雄圖俠骨，盡韜晦於削髮間，而事業精光，則躍露於弟子輩。……伏威之神奇變化，澹然之神奇變化也。不知其師視其徒，不知澹然抱負之宏，視其徒展布之大。後有聞澹然之風者，猶思興起，而況於及門親炙之者哉？」（巽集評語）杜伏威不僅是林澹然的弟子，更是他希望的寄託。杜伏威功成名就，南面稱王，正是林澹然自身受挫的理想，在弟子身上得以實現。

諸允修為禪真逸史作序云：「修真練性，即是禪宗而修練，又不是三昧空寂。粗定五戒，則去殺、盜、淫、妄言、飲酒，而大有與儒家仁、義、禮、智、信同精。究根源，則惟以智慧刀隔斷煩惱，用光明拳打破癡迷。節烈豪雄，便是禪真真面目。但世人浮沉世諦，西絆東牽，恍如蛛網粘蠅，愈求脫而愈為纏擾，俠之不有，何處得真？真之不修，從何得佛？」禪真逸史中確有不少不可妄行殺戮的告誡。但通讀全書，特別是在後半部中，實際情況卻截然不同。第十五回寫薛志義、苗龍、李秀等人火燒妙相寺，濫殺無辜，「可憐只為鍾守淨一人，連累了多少生靈性命。」第二十九回寫杜伏威等人攻打上郡州，殺戮城中富戶甄雍，「一門老幼，盡行屠戮。」又「殺進州衙，擄住了庫藏，溷殺官軍百姓」。第三十回寫攻入朔州府後，「四下放火殺人，喊聲不絕。杜伏威、薛舉各帶數百軍士，圍住牛進、周乾兩家宅子。杜伏威殺入牛進府中，不分良賤老幼，盡行屠戮……放起火來，牛進房屋頃刻化為灰燼。再說薛舉殺入周乾府中，遇人便殺……不分男女，盡皆殺了，雞犬不留；把細軟財物裝載起解，也放火將住宅燒毀了。」

這種燒殺劫掠、殺人如麻的行徑，使人不由得感到明末張獻忠的幽靈在晃動。以致煙波釣徒直截了當地說：「吾嘗讀禪真逸史，其震集之受報處，大快人心。薛志義放火殺人，死而歸神，義士存其孤。杜成治斬囚報德，掌案陰司，澹然昌其嗣。陳玉等誅鋤盜賊，如刈草菅，而爵彌高，祿彌厚。虞天敏夫妻雙縊，血食千秋。苗龍、沈全打家劫舍之徒耳，反得保首領而逍遙張老之莊。梁武帝虔心皈釋，不妄殺生，持齋念佛，作大布施，而為侯景幽囚，餓死於臺城。可見殺人者生，念佛者死。」（震集總評）令人有「念佛何如殺人」的感慨。

禪真逸史是一部以佛教高人為主角的著作。林澹然避禍出走，首先想到的是皈依佛門：「俺如今妻妾雙亡，又無男女，單只此身，平生不知害了多少生靈性命，罪業深重。今此一計，一者避禍保身，二者消魔解瘴。想這魏國裡安身不得了。聞知梁武帝最重佛教，不如走入中國，削髮為僧，逃災躲難，免遭暗害。」（第一回）鍾守淨死後罰為虎，黎賽玉罰為豬，趙蜜嘴罰為犬，都由因緣至林澹然的門下。林澹然讓「一虎一犬一豬，相隨聽講」，引導他們遷善改過，復登覺路。從形式上看，是頑石點頭的翻版，從思想上說，是因果報應、生死輪回的表現。一禪三真，最後都以修道、得道為歸宿。

但書又時時表現出儒家的綱常倫理思想。林澹然臨終遺言，居然崇儒闢佛：「薛仁郵躬身問治國治家之道，林澹然道：『治國要知民情，辨忠佞，遠異端，重農務。治家恭儉好禮，勤職業，擇鄰居，遠損友，勿使妻妾近尼釋而多勃亂，勿使子弟愛遊佚而無生計。』」（第四十回）這與其用儒佛相濟、三教合流來作解釋，真不如說以儒教批判佛說更加確切。高歡諫魏主，論佞佛之罪，指出「僧為世蠹」，實藏汙納垢之地，其中有「僧而乞丐以求富者」，有「僧而幻術以求富者」，有「假公營私，託善緣以濟所欲者」，有「僧而商賈者」，有「僧而賊盜者」，有「僧而貪婪奸險、持詐力以亂天下者」。文中特別強調：「人稟陰陽之氣，則生生化化，終始不窮，理所必有。假令盡皈佛法，則滅而不生，人無遺類，成何世界？世俗子女難育，故藉佛老之教，以冀延旦夕之命，出乎不得已，諒非其本心也。雖然披緇削髮，而男女之欲，人孰無之？不能遂其所願，輕則欲火煎熬，憂思病死；甚且窬牆窺隙，貪淫犯法而不之顧。至於佛會之說，其惡尤著，科斂人財，聚集男女，陽為拜佛看經，暗裡偷情壞法，傷風敗俗，紊亂綱常，莫此為甚。」（第一回）揭櫫人之大欲，直探根本，比起韓愈著名的諫佛骨表，批判更加尖銳，語詞更加辛辣，堪稱一篇闢佛的綱領性文字。

題奇俠禪真逸史

六朝固多奇跡，而傳燈法未數見焉，豈逃禪者盡陋，不足錄歟？玆於南北史得奇俠禪真帙，醇心俠骨，表表亭亭，謂禪可，謂非禪可，幻而真，殊異俗之落障魔而耽空寂者。於品總成其為逸民，於書洵成其為逸史。其間挽回主張，寓有微意，只當會於帙外，不可泥於辭中也。余署潤州，簿書之暇，大為擊節，謹以數言弁首，作一指禪。

奉政大夫工部都水清吏司郎中提督通惠河道古越徐良輔撰。

讀禪真逸史

唐太史令傅奕撰

夫佛者，拂人之性，無父無君，夷教也，不容於堯舜之世。崇之，是戮民也。予讀禪真集，見其彝倫攸秩，節義侃凜。使其人援其道而施於國，何傾弗定？顧重抑之，俾不獲申，悲夫！其功業稍著於門人，然亦深自韜晦。若澹然者，逃禪者也，非溺禪者也。

禪真逸史凡例　八條

一是書雖逸史，而大異小說稗編，事有據，言有倫，主持風教，範圍人心。兩朝隆替興亡，昭如指掌；而一代輿圖土宇，燦若列眉，乃史氏之董狐，允詞家之班馬。

一書稱通俗演義，非故諧謔以傷雅道，理奧則難解，辭葩則不真，欲期警世，奚取艱深。舊本意晦詞古，不入里耳，茲演為四十回，回分八卷，卷臚八卦，刊落陳詮，獨標新異。

一史中聖主賢臣，庸君媚子，義夫節婦，惡棍淫娼，清廉婞直，貪鄙奸邪，蓋世英雄，么麼小丑，真機將略，詐力陰謀，釋道儒風，幽期密約，以至世運轉移，人情翻覆，天文地理之徵符，牛鬼蛇神之變幻，靡不畢具。而描寫精工，形容婉切，處處咸伏勸懲，在在都寓因果，實堪砭世，非止解頤。

一史中吟詠謳歌，笑談科諢，頗頗嘲盡人情，摹窮世態。雖千頭百緒，出色爭奇，而針線密縫，血脈流貫，首尾呼吸，聯絡尖巧，無纖毫遺漏，洵為先朝名筆，非輓世效顰可到。縷析條分，總成就澹然、三子禪真一事。

一圖像似作兒態，然史中炎涼好醜，辭繪之；辭所不到，圖繪之。昔人云：詩中有畫。余亦云：畫中有詩。俾觀者展卷，而人情物理、城市山林、勝敗窮通、皇畿野店，無不一覽而盡，其間仿景必真，傳神必肖，可稱寫照妙手，奚徒鉛槧為工。

一此書舊本出自內府，多方重購始得，今編訂，當與水滸傳、三國演義並垂不朽，西遊、金瓶梅等方之，劣矣。故其剞劂也，取梨極精，染紙極潔，鐫刻必掄老手，讎勘必悉虎魚。誠海內之奇觀、國門之赤幟也。具眼當自識之，毋為鴟鳴聾斷者所瞀。

一爽閣主人素嗜奇，稍涉牙後輒棄去。清溪道人以此見示，讀之如啖哀梨，自不能釋，遂相與編次評訂付梓。嗣有古文華札，麗曲新聲，膾炙人口者若干卷，未行於世，並欲災木，以公同好，先以此試一臠云。

一史中圈點，豈曰飾觀，特為闡奧。其關目照應、血脈聯絡、過接印證、典核要害之處，則用、。或清新俊逸、秀雅透露、菁華奇幻、摹寫有趣之處，則用○。或明醒警拔、恰適條妥、有致動人處，則用、。至於品題揭旁通之妙，批評總月旦之精，乃理窟抽靈，非尋常剿襲。

古杭爽閣主人履先甫識。

回目

第一回　高丞相直諫闢邪　林將軍急流勇退……一
第二回　鍾愛兒圓慧出家　梁武帝金鑾聽講……一九
第三回　林長老除孽安民　丘縣尹薦賢禮釋……四一
第四回　妙相寺王妃祝壽　安平村苗二設謀……五五
第五回　大俠夜闌降盜賊　淫僧夢裏害相思……六九
第六回　說風情趙尼畫策　赴佛會賽玉中機……八八
第七回　繡閨禪室兩心通　淫婦奸僧雙願遂……一〇四
第八回　信婆唆沈全逃難　全友誼澹然直言……一二五
第九回　害忠良守淨獻讒　逃災難澹然遇舊……一四五
第十回　貪利工人生歹意　知恩店主犯官刑……一六一
第十一回　彌勒寺苗龍敘情　武平郡杜帥訪信……一七五
第十二回　都督巧計解僧頭　守淨狠心驗枕骨……一八九

第十三回　桂姐遺腹誕佳兒　長老借宿擒怪物……二〇九
第十四回　得天書符救李秀　正夫綱義激沈全……二三二
第十五回　佞子妙相寺遭殃　奸黨風尾林中箭……二五二
第十六回　奪先鋒諸將鬥勇　定埋伏陳玉鏖兵……二六七
第十七回　古嶠關啜守存孤　張老莊伏邪皈正……二八三
第十八回　梁武帝愎諫納降　虞天敏感妻死節……三〇五
第十九回　司農忠憤大興兵　梁武幽囚甘餓死……三二四
第二十回　都督冥府指翁孫　阿丑書堂弄師父……三四一
第二十一回　竊天書後園遣將　破妖術古刹誅邪……三六〇
第二十二回　張氏園中三義俠　隔塵溪畔二仙舟……三八一
第二十三回　清虛境天主延賓　孟門山杜郎結義……四〇〇
第二十四回　伏威討奪勝金姐　賢士教唆桑皮筋……四一三
第二十五回　遭屈陷叔侄下獄　反囹圄俊傑報仇……四三〇
第二十六回　山徑逃踪鋤禿惡　黃河訪故阻官兵……四四六
第二十七回　討詐降薛舉破敵　圖霸業伏威求賢……四六一
第二十八回　湯府丞中計被俘　杜元帥納言正位……四七六

第二十九回　軒轅廟蘇朴遭擒　延州府伏威遇弟……四八八
第三十回　沈蘭劫寨陷全軍　牛進迎街懲大惡……五〇三
第三十一回　報仇瀝血祭先靈　釋怨營墳安父骨……五一七
第三十二回　張善相夢中配偶　段春香月下佳期……五三九
第三十三回　計入香閨貽異寶　俠逢朔郡慶良緣……五六一
第三十四回　善相破法斬馮謙　士開解圍推段帥……五八一
第三十五回　元帥兵陷苦株灣　眾俠同心歸齊國……五九六
第三十六回　雙玉人重逢合巹　三義俠衣錦還鄉……六一一
第三十七回　羅默伽肆兇受戮　尹氏女盡節還魂……六三一
第三十八回　土地爭位動陰兵　孽虎改邪皈釋教……六四三
第三十九回　順天時三俠稱王　宴李諤諸賢逞法……六六一
第四十回　禪師坐化證菩提　三主雲遊成大道……六八三

第一回　高丞相直諫闢邪　林將軍急流勇退

詩曰：

魏帝逃禪建法幢❶，諂臣❷媚主激忠良。
縱橫鐵騎人難敵，婞直❸金鑾氣莫當。
不肖遊田❹殘稼穡，英雄骯髒❺厲剛腸。
急流勇退真豪傑，樂道逍遙雲水鄉❻。

話說梁武帝❼即位以來，酷信佛教，崇尚虛無，長齋斷葷，日只一食，輕儒重釋，朝政廢弛。至天

❶ 法幢：指刻有佛教經文、佛像的石柱。
❷ 諂臣：一味取悅帝王的臣子。過去也用以指樂工。
❸ 婞直：倔強；剛直。
❹ 田：狩獵。
❺ 骯髒：高亢剛直貌。
❻ 雲水鄉：雲水瀰漫、風景清幽的地方。多指隱者遊居之地。
❼ 梁武帝：南朝梁開國皇帝。在位四十八年，早期頗有政績，晚年崇尚佛教，不修政事，前後四次捨身出家，

監十六年❽，詔宗廟用牲牢❾有累冥道❿，今後皆以麵易之，識者知其為廟不血食⓫。遍處建立寺廟，改元大通⓬，捨身同泰寺⓭，群臣以錢億萬贖之。後賢有詩譏之曰：

梁武不知虛寂道，卻於心外覓真禪。
弒君篡國皆甘忍，煦煦求仁奚裨焉。

梁武帝於大通十一年⓮正月，敕禁城內造一大寺，名曰妙相寺，極其壯麗寬敞。頒詔天下文武官員，薦舉才德兼全高僧二員，為本寺正副住持。消息傳入東魏⓯來時，魏主臨朝，聞奏「梁主建寺招僧，捨身作善」一事，暗暗稱羨，問侍臣道：「朕亦欲洛陽城外，效梁主所為，也創一個大剎，築起浮屠⓰，

群臣花費數億錢贖回。侯景作亂，被囚禁於臺城餓死，享年八十六歲。
❽ 天監十六年：西元五一七年。天監，梁武帝年號。
❾ 牲牢：即牲畜。牢，古代祭禮用牛、羊、豕三牲，三牲各一為一牢。也指供祭祀用的牛或羊、豕。
❿ 冥道：冥界。
⓫ 血食：受享祭品。古代殺牲取血以祭，故稱受享祭品為血食。
⓬ 大通：梁武帝年號。大通元年為西元五二七年。
⓭ 同泰寺：在今江蘇江寧東北。梁武帝普通二年（西元五二一年）建。梁武帝曾經親臨此寺禮懺，設會，開講涅槃經、般若經。
⓮ 大通十一年：歷史上無「大通十一年」。
⓯ 東魏：西元五三四年，北魏丞相高歡脅迫孝武帝外逃，另立孝靜帝，遷都鄴（今河北臨漳西南），史稱東魏。
⓰ 浮屠：也作「浮圖」。佛教語。謂佛陀、佛。也指佛教、佛塔。

召高僧廣行法事，上祝皇太后聖壽無疆，下亦可祈黎民之福，卿等以為何如？」眾臣等一齊俯伏讚揚道：「陛下立此善願，上延聖壽，下庇蒼生，乃天地仁孝之心也！」魏主大喜，頒召工部知道，擇日興工。朝內大小官員見了旨意，盡皆不悅，同聚集渤海王府中商議此事。

卻說渤海王乃是東魏大將軍左丞相，姓高名歡⑰，因立清河王世子善見⑱為帝有功，故封王爵，賜袞冕九錫⑲劍履上殿。當下眾官見了高歡，禮畢，共稟此事。高歡低首無言，沉吟半晌。正與決不下，只見班部中閃出一員大將，高聲稟道：「皇上新登大寶，眾心惶惶，正宜澄心窒欲，求賢禮士，宵衣旰食⑳，以副民望，以保金甌㉑。今乃不明君道，反信異端㉒，建寺築塔，勞民傷財，甚非治體。主公為朝廷柱石，若不極言諫阻，則社稷險危，恐非大臣事君之道也。」

眾官視之，卻是鎮南將軍林時茂也。這將軍身長八尺五寸，碧眼虬鬚，狀貌魁偉，膂力絕倫，猿臂善射，箭不空發；使一枝方天畫戟，無一個對手；能騎劣馬，上陣如飛。立性鯁直，臨事不苟。妻戈氏，甚相恩愛，蚤㉓亡，誓不再娶。昔曾隨高歡出征，與爾朱世隆㉔大戰。高歡兵敗，爾朱世隆率軍趕來，

---

⑰高歡：又名賀六渾。依靠鮮卑勢力，執掌北魏軍政朝政，稱大丞相。其子高洋代東魏自立，史稱北齊文宣帝。

⑱清河王世子善見：北魏孝靜帝，名元善見，祖父為北魏孝文帝拓跋巨集（元巨集），父為清河王元亶。

⑲九錫：古代天子賜給諸侯、大臣的九種器物，為最高禮遇。

⑳宵衣旰食：天不亮就穿衣起身，天黑了才吃飯。多用以稱頌帝王勤於政事。

㉑金甌：比喻疆土完固。也用以指國土。

㉒異端：古代儒家稱其他學說、學派為異端。

㉓蚤：通「早」。

林時茂匹馬截住，世隆部下六員健將岳銘、程廷錫、王驕、陶釗、爾朱世寧、爾朱敬一齊來戰，林時茂獨戰六將，一戟將爾朱敬刺死回陣。五將奮怒力追，林時茂又回身一箭，將程廷錫射於馬下，翻身又戰四將。爾朱世隆在山上指麾眾軍，重重圍裹。林時茂撇了四將，一馬奔上土山，勢如猛虎之入羊群，無人敢當，被他直殺上山頂。爾朱世隆措手不及，林時茂箭到，早中左足，翻身落馬，眾將校拚死救出，四將亦不敢戀戰，救護主將而去，因此高歡得脫大難。班師之後，重加擢用，升為鎮南將軍，參贊軍務，此後屢建大功，不能盡述。

當日，高歡聽了林時茂之言，心下大悅道：「將軍所言，甚合孤意，明日早朝必當面諍㉕，皇上如不聽孤言，只索掛冠㉖而去。」眾官俱各歡喜散訖。

次日，魏主臨軒，百官齊集，有詩為證：

龍煙日暖紫重重，宣政門㉗當玉殿風。
五刻㉘閤前卿相出，下簾聲在半天中。

㉔ 爾朱世隆：北魏末年將領。與兄爾朱榮各擁強兵，先後專斷朝政。後被殺。

㉕ 面諍：當面諫勸。諍，直言規勸。

㉖ 掛冠：後漢書逸民傳逢萌載：西漢末年，王莽攝政，殺諫臣。「（逢）萌會友人曰：『三綱絕矣，禍將及人。』即解衣冠，掛東都城門，將家屬客於遼東。」衣冠，士大夫的衣著。後以掛冠指辭官。

㉗ 宣政門：唐朝長安城大明宮中有宣政殿，為皇帝聽政、群臣朝拜之處。殿前為宣政門。

㉘ 五刻：刻，古代計時單位。梁武帝天監年間，以八刻為一辰，晝夜十二辰共得九十六刻。這裡似以五刻指五

文武臣僚皆隨著渤海王高歡朝見已畢，高歡俯伏金階奏事，魏主令內侍扶起，欽賜坐下。其餘宰臣侍立丹墀㉙。高歡道：「臣昨見聖諭，欲建寺築塔，延召僧眾，不知陛下聖意將欲何為？」魏主道：「皇太后年高多恙，朕欲創寺召僧，廣修善事，為太后祝壽，以盡人子之心耳。」高歡道：「陛下為皇太后祝壽，此乃堯舜之心，但壽算在天，非釋氏所能延；孝道在人，亦非佞佛㉚所能盡。皇上聰明睿知，豈不聞帝王之孝，有虞舜可師，文武㉛可法；布衣之孝，有聖門曾、閔㉜，賢士奇、萊㉝，皆未嘗諂佛修行以為善事。若夫持齋誦佛，造寺妝金，乃異端惑民之術，非聖主所宜留心也。若尊釋教以為孝，則捨本而務末矣。」

魏主道：「朕聞藏經㉞有云：一人成佛，九族升天，往生淨土㉟，能超萬劫㊱。又云：帝王相繼以更，借指早朝時候。

㉙丹墀：指宮殿的紅色臺階或紅色地面。

㉚佞佛：諂媚佛。後用以稱迷信佛教。

㉛文武：指周文王、周武王。

㉜曾閔：孔子弟子曾參、閔損，以孝著稱。曾參「嚙指痛心」、閔損「蘆衣順母」的故事，均收入後人所編二十四孝圖中。

㉝奇萊：伯奇、老萊子。周宣王時名相尹吉甫聽信後妻讒言，冤屈其子伯奇，致使其流放在外，甚至死亡。詩經小雅中小弁這首詩，即其所作。春秋時期楚國隱士老萊子，孝順雙親，七十歲尚不言老，常穿著五色彩衣，手持撥浪鼓如小孩子般戲耍，以博父母一笑。

㉞藏經：大藏經。佛教典籍的總稱。南北朝時稱「一切經」。現存的大藏經，有漢文、藏文、巴利語三大體系。

㉟淨土：佛所居住的無塵世汙染的清淨世界。指佛土、佛國。

治天下，皆緣羅漢㊲託生。可見佛力無邊，為三教㊳之首。相國反言其異端惑民，恐非確論。」高歡道：「陛下身登九五㊴，務要清心寡欲，親賢遠佞，成就聖德，何故信此虛浮妄誕之教，以為修善也。必有奸黨蠱惑聖聰者，臣請為陛下解之。夫佛氏崇尚虛無，絕滅人倫，悖逆天理，誤天下之蒼生者也。人稟陰陽之氣，則生生化化，終始不窮，理所必有。假令盡皈佛法，則滅而不生，人無遺類，成何世界？世俗子女難育，故藉佛老之教，以冀延旦夕之命，出乎不得已，諒非其本心也。雖然披緇削髮㊵，而男女之欲，人孰無之？不能遂其所願，輕則欲火煎熬，憂思病死；甚且窬㊶牆窺隙，貪淫犯法而不之顧。至於佛會㊷之說，其惡尤著，科斂人財，聚集男女，陽為拜佛看經，暗裡偷情壞法，傷風敗俗，紊亂綱常，莫此為甚，其罪一也。天地生物，以滋養人群。若從釋氏戒殺之說，則獸蹄鳥跡，充斥宇宙，魚蟲鱗甲，

㊱ 超萬劫：超度萬劫。超度，佛教語，謂使死者靈魂得以脫離地獄諸苦難。佛經稱世界從生成到毀滅的過程為一劫，萬劫猶萬世，形容時間極其漫長。也用以指種種災難。

㊲ 羅漢：梵語阿羅漢的省稱，為佛教小乘的最高果位。謂已斷煩惱，超出三界輪回，應受人天供養的尊者。

㊳ 三教：指儒、佛、道三教。

㊴ 九五：易卦爻位名。詩經九，謂陽爻；五，第五爻。易乾：「九五，飛龍在天，利見大人。」孔穎達疏：「言九五，陽氣盛至於天，故云『飛龍在天』。此自然之象，猶若聖人有龍德、飛騰而居天位。」後因以「九五」指帝位，也指帝王。

㊵ 披緇削髮：緇，緇衣；黑衣；僧尼的服裝。削髮，謂僧人剃髮出家。

㊶ 窬：通「踰」。翻越。

㊷ 佛會：禮佛的法會。包括念佛、誦經、拜懺、唱贊等內容。

填滿江河，人生又何賴焉？此堯舜之所焦勞而治者也。坐關㊸實無罪之因，講經為聚物之藪。持戒㊹者是貪官汙吏懺悔之私門，削髮者乃強暴奸頑避罪之活路。聖人為民立教，士祿於朝，農耕於野，商趨於市，工習於藝，莫不盡心殫力，以資國家之用。惟此緇禿，暖衣飽食，遊手好閒，口誦彌陀㊺，心藏荊棘，蠹國害民，又莫此為甚，其罪二也。凡人既脫紅塵，以皈淨覺，則宜布衣蔬食，隨緣而足。今之沙門㊻，貪鄙萬狀，有如叩頭乞食，剜肉點燈，屈膝橋欄，匍匐途路，沿門打坐，送渡求錢，喪廉失恥，此僧而乞丐以求富者也；書符咒水，請聖參禪，慣分緣簿㊼，善說因果，搖唇鼓舌，此僧而幻術以求富者也；譚㊽禪說法，塑佛印經，造寺建庵，修橋砌路，此又假公營私、託善緣以濟所欲者也；至於涉險履危，梯山航海，賤入貴出，貿易開張，能思善算，以罔天下之利，此又僧而商賈者也；更若鑽倉掘洞，鼠竊狗偷，據山擄掠，謀財害命，喪心肆惡，此則僧而賊盜者也；又若鬼計神謀，爭田奪產，倚官託勢，賄賂公行，爭訟以求必勝，圖謀以期必得，博弈賭錢，酗酒宿娼，逞無厭之欲，以為師徒衣缽計，此則僧而貪婪奸險、恃詐力以亂天下者也。僧為世蠹，又莫此為甚，其罪三也。負此三大罪，重佛何為？臣素奉教於賢人君子，振綱肅紀，崇正闢邪，乃聖帝明王相沿之法。釋教之謬，實所未聞。臣愚戇，冒瀆

㊸坐關：佛教徒的修行方法之一。在一定時期內，與外界隔離，獨居靜坐，一心念佛或參禪。又稱閉關。

㊹持戒：遵行戒律。

㊺彌陀：阿彌陀佛的省稱。意譯為無量壽佛，西方極樂世界的教化之主。與釋迦牟尼佛、藥師佛並稱三尊。

㊻沙門：指僧侶，也指佛門。

㊼緣簿：寺廟化緣的簿本。

㊽譚：同「談」。

天聽，伏乞聖涵。」

魏主聞奏，微笑道：「朕聞相國所言，已洞見緇流[49]之妄，但佛稱三教之魁，何也？往往顯靈護國，闡法濟民，亦似有益於人世，相國不可不察也。」高歡道：「臣聞上古聖主御世，惟以仁義為重，君臣敦睦於上，人民親愛於下，故熙皞之治[50]成焉。彼時佛老不尚，何助國濟民之有？世祖[51]永平[52]年間，專尚釋氏，遠近承風，無不佞佛，十數郡中，三千餘寺。後梁將陳慶之[53]進兵滎陽[54]，一路縱火，燒掠殆盡，佛苟有靈，何不顯身救護，而使濟民利國之身，化成灰燼？可笑世間愚夫愚婦，不辭跋涉艱難，遠出燒香，徼福求祥。至於登山遇虎狼之噬，渡海遭風濤之溺，損軀喪命，悔恨無及。佛若有靈，又何不預先警覺以救之乎？設以此二端問彼愚人，彼必委之以數。夫既有一定之數，則事佛又何益焉？蓋禪教易以惑人者，生前談果報之因[55]，死後淪地獄之苦。富貴而修行，必獲來生祿壽；貧窮而敬佛，能消往昔冤愆[56]。女可轉男，禍堪為福，猶恐智士達人不尊其說，故謬云謗經毀佛，必墮阿鼻[57]。立此危言，

[49] 緇流：舊時僧尼多穿緇衣，故稱僧尼為緇流。

[50] 熙皞之治：謂太平盛世。熙皞，和樂；怡然自得。

[51] 世祖：指北魏宣武帝。名元恪，孝文帝元宏次子。廟號世宗。

[52] 永平：宣武帝年號（西元五〇八——五一一年）。

[53] 陳慶之：字子雲。少時梁武帝蕭衍隨從，後為武威將軍，有膽略，善領兵。曾率兵入洛陽，取三十二城，四十七戰，無不獲勝。

[54] 滎陽：今屬河南，北臨黃河。

[55] 果報之因：果報，佛家語。即因果報應。謂夙世種善因，今生得善果；夙世為惡，則得惡報。

以愚心志，舉世受其迷妄，籠絡而不覺，可勝嘆哉！間亦有英雄傑士，功成名遂，而懷鳥盡弓藏58之慮者，寄跡禪林59，遨遊雲水，效子房之辟穀60，仿通社之參禪，此明哲以保身，非實崇事於三乘61也。陛下萬民之主，社稷安危所繫，正宜肅綱紀，正百官，承天順民，創制立法，垂訓百世，以為子孫不拔之業。豈可尊奉夷教，勞疲弊之民；靡費脂膏，搆無益之寺乎？臣竊為陛下不取焉。」魏主大悅道：「若非相國良言，幾被眾佞所誤，煩卿傳示諸臣，朕即徹旨不復建寺矣。」高歡謝恩出朝。

當晚聖旨批黜近臣二員，田有思、鄔泮削職為民，永不錄用。朝野盡皆相慶，遍處播揚高丞相、林鎮南有回天之力。因此，林時茂名揚四海，人人敬仰。只有高歡世子高澄62心下不足，暗成仇隙。

看官，你道高澄為何不足林時茂？原來高澄為人狠毒，性如烈火，酒色財氣，博弈遊獵，無所不至。

---

56 冤愆：冤仇罪過。愆，音ㄑㄧㄢ。

57 阿鼻：梵語。意譯為「無間」，即痛苦無有間斷之意。為佛教傳說八大地獄中最下、最苦之處。

58 鳥盡弓藏：史記越王句踐世家載：春秋時，范蠡、文種輔助越王句踐滅吳國復仇。功成後，不戀高位，離國隱居，並致書文種：「蜚鳥盡，良弓藏；狡兔死，走狗烹。」謂飛鳥射盡，弓便被收藏，無所使用。後以「鳥盡弓藏」比喻大功告成，功臣被害。

59 禪林：指寺院。

60 子房之辟穀：漢朝開國三傑之一張良，字子房，封留侯。功成告退，辟穀修道。辟穀，謂不食五穀。道教的一種修煉術。辟穀時，仍食藥物，並須兼做導引等工夫。辟，音，ㄆㄧˋ。

61 三乘：佛教語。指小乘（聲聞乘）、中乘（緣覺乘）、大乘（菩薩乘）。三者為層次不同的解脫之道。也泛指佛法。

62 高澄：高歡長子，美姿容，多謀略，繼高歡執掌北魏政權，在受魏禪前被刺殺。北齊時追諡為世宗文襄帝。

侍妾數十，稍不如意，輒致之死；家丁僮僕，打死無算。高歡每每教訓，只是縱性不改。極好阿諛奉承，凡是逃亡死命無籍之徒，投他府中，盡皆收用。這一班人狐假虎威，殘虐百姓，遠近人民無不嗟怨。因父親稱揚林時茂才能，暗裡不服，偏要滅他威風。

忽一日，正逢初夏天氣，四月初旬，到處村鄉田麥成熟。高澄帶領一班棍徒㊸，擎鷹逐犬，擊鼓鳴鑼，騎著高頭駿馬，逕往東門外打獵作耍，凡是高山峻嶺，無不遊遍。哄至一山，名繫舟山，乃大禹治水時，曾繫舟於此。山邊有一石如環軸，故名繫舟嵬。滿山樹木，遍嶺藤蔓，十分險峻。但見：

巍巍萬丈，疊疊千層。四圍翠柏參天，遍嶺蒼松蔽日。翠柏上但見猿呼，蒼松頂惟聞鶴唳。昏鄧鄧㊹雲封山岫，黑沉沉霧鎖山巒。榛棘裡虎狼逐隊，草叢中狐兔成群。嗚嗚咽咽，山禽鳴古樹高枝；習習蕭蕭，嵐氣吐巉岩幽壑。深林蔚秀，從教健翮飛騰；大麓寬平，一任良材馳騁。驚心處，無非水怪山妖；觸目間，盡是閒花野草。只見潺湲飛瀑布，屈曲路峻嶒。不聞雞犬之聲，罕見行人之跡，正是：攀藤附葛猶難上，涉險登危路怎行？

卻說眾人打攢㊺趕上山頂，放鷹逐犬，正打圍之間，只見一隻大白鹿睡在草內。眾人吶喊捕捉，那白鹿失驚跳起來，衝開人，逕往山下奔去，真個是疾同鷹隼，快似流星。高澄喝眾軍士放箭，內中有一

㊸ 棍徒：惡棍；無賴。

㊹ 昏鄧鄧：形容昏暗。

㊺ 攢：音ㄘㄨㄢˊ，簇聚；聚集。

個善射的弓弩手，連忙彎弓搭箭，覷清射去，正中白鹿背上。這鹿帶箭負疼，沒魂的亂竄，一直趕到山下田畈裡。高澄與眾人騎馬一齊趕來，追得這鹿慌了，一味地亂滾，將這田內結成的麥子，盡皆滾倒，約有一二十畝寬闊。眾人那裡肯捨，不顧人田麥，吶喊圍將攏來，鋼叉苦竹鎗，長刀大棍，併力亂戳，登時將這白鹿結果了性命。

高澄即教軍士將索捆縛扛去，正要擡起，只見一人蓬頭跣足，叫苦連天，兩腳似碾車兒一般，飛也趕來。這人是誰？原來此人姓齊名德，就是本村農夫，正在沙溝裡籪[66]蟹，鄰近牧童報說此事，慌忙跑來看時，眾人兀自未散，見了這景象，不覺心內火生，腮邊淚落，槌胸跌腳，痛哭道：「天呀！這幾畝田麥，將已成熟，一家男女十餘口性命，全賴此過活，如今被你眾人踏倒了，怎生是好？」高澄怒道：「汝是甚人，敢這等撒賴無狀？軍校們，著實打這廝！」眾棍徒聽得公子喝打，一齊動手，卻如眾虎攢羊，將這齊德打得皮開肉綻，面腫血流，橫倒地上。高澄還嚷道：「將這廝鎖了，送到縣家去！」此時，過往人眾見齊德受虧，俱忿忿不平，奈是渤海王世子，何等勢耀，誰敢向前？只得遠遠站立觀望，互相唧噥道：「沒天理！這時候，雷公那裡去了？」

正在喧鬧之間，只見林時茂騎一匹黃馬，隨著蒼頭[67]，因往城外訪友，打從繫舟山前經過，見這夥人喧嚷，問蒼頭：「這是甚麼人，在此廝哄？」蒼頭打一看時，覆道：「高公子領著軍士，打一個村夫。」林時茂就下馬來見高澄。禮畢，問公子為何打這村人，高澄道：「林將軍，你不知道，這狗才無

---

[66] 籪：音ㄉㄨㄢˋ，插在河流中阻斷魚蟹行進的柵欄，常用竹枝或蘆稈編成。

[67] 蒼頭：指奴僕。

狀，不識尊卑，辱言穢罵，因此打這廝。」林時茂又問齊德道：「你這村人，為何不知上下，辱罵高爺？若送官司，罪責不小。」齊德大哭道：「老爺呀，你只看這些田麥就是了！」林時茂擡頭看時，見滿田麥子盡皆踹壞，驚道：「這卻為何？」齊德道：「小人滿家男女，全靠此田麥過活，被高爺帶這夥不達事的軍士，因捉鹿放馬，將小人麥子盡皆踹壞。如今麥已成空，又被痛打，不如就死也罷！不然，日後免不得做個餓死鬼也。」說罷，號啕大哭。

林時茂聽說，激得怒氣沖天，嚷道：「高公子忒68沒分曉！他的田麥被你人馬踏壞了，人若無糧，豈不餓死？他來哭訴，出乎不得已，你們知事的就當賠償、安慰他才是，為何反打他這般模樣？忍心害理，不體民情！」高澄罵道：「你這狗職，也與村牛一樣！汝在我父王麾下為將，是何等樣擡舉你。得到今日，不思報本，反與村牛分疏69，抵觸俺，可惡，可惡！」眾棍徒一齊嚷道：「這是甚麼鳥官，敢來觸犯公子？」林時茂罵道：「都是你這夥無籍棍徒引誘公子，明日對丞相面講，把你這干人盡行驅逐，方豁俺胸中之忿。」高澄喝眾人：「與我打這廝！」眾軍士見說，素知林時茂手段高強，都不敢動手。林時茂發話道：「今日不與你角嘴，明日早朝後，同你到會議堂高爺處說個明白。」回頭分付齊德道：「你且去，俺明日將些銀兩賠償你便了。」齊德磕頭道：「深謝老爺恩德。」爬起來，一步一跌叫苦連天的自回去了。林時茂策馬，帶著蒼頭向西而行。這高澄帶領軍士，扛著大鹿，慢70不為意，一頭笑，

68 忒：太；過於。
69 分疏：辯白；訴說。
70 慢：驕慢。

一頭罵，也進城中去了。眾人領賞散訖。

次日，林時茂同眾官早朝已罷，齊赴會議堂參見高歡，共議朝政，至巳時㉑皆散。高歡將欲退堂，林時茂向前道：「總參有事稟上主公。」歡問：「有何事說？」林時茂將高澄打獵，踏壞民田，打傷齊德之情，從頭至尾細說一遍。又道：「公子終日遊蕩，不理正務，淫人妻妾，僭㉒人產業，為害不淺。不知何處尋來一夥無籍惡少，引誘公子，無所不為。若使聖上聞知，主公面上須不好看。速宜把這班棍徒流徙邊遠，曉諭公子改過，不惟主公之幸，天下亦幸甚矣。」高歡聽罷，道：「孤已知道，將軍請回。」林時茂拜辭自回。

高丞相上轎回府，廳上坐定，喚管門官進來，問：「公子在外，一向作何事業？」管門官道：「公子在府則攻書史，出外則習弓馬，並無他事。」高歡怒道：「總是你一班蠢才，蒙蔽引誘，若不直言，先斬汝首。」管門官見丞相發怒，懼怕，只得跪稟說：「公子近來與一夥花拳繡腿㉓無賴之徒，終日飲酒作樂，出獵遊戲，常打鄉村百姓，壞了田中禾稼，吃了人家雞犬。這些百姓一來感老爺德政，二來懼老爺法度，敢怒而不敢言，街坊上亂紛紛說公子的過失。此事是實，餘者不知。」高歡將管門官喝退，當下怒髮衝冠，坐在堂上。

午牌㉔時分，只見高澄醉醺醺回來了，高歡罵道：「你這畜生，在外做得好事！若非林總參稟知，

㉑ 巳時：十二時辰之一。上午九時至十一時。

㉒ 僭：僭占，越分占取他人之物。

㉓ 花拳繡腿：姿勢好看而在實際搏鬥時用處不大的拳術。

幾被汝所誤。」喝令軍士拿下斬首。原來高歡的軍令極嚴，眾軍士不敢不遵，只得將高澄鬆鬆縛了。且未動手，早有人報入衙裡，只聽得噹地一聲雲板75響，傳出堂來，夫人請老爺議緊要話。高歡帶怒退入私衙。原來這高歡的夫人婁氏，所生四子，獨愛高澄。當下聞報，驚惶無措，急請高歡勸道：「丞相差矣！父子天性之恩，況兒子不犯軍法，何故致之死地？只是訓誨一番，教他改過便了。」高歡道：「夫人不知，這畜生帶領一起棍徒，在外生事害民，非止一端，為禍不小。異日幹出事來，孤與夫人為他所累。今日不若早除，免致後悔。」言罷，即傳令刀斧手速斬報來。婁氏雙膝跪下，道：「看妾薄面，饒他死罪，但重責這畜生，戒他下次。把這些無籍之徒重治，連夜配發遠方，無人引誘，便沒後患。」高歡思想一會，道：「夫人請起，孤自有處。」即出堂叫軍士拿轉不肖子來，開了綁跪下，喝道：「你這畜生，罪不勝誅！且看夫人之面，把你這頭權寄在頸，已後再蹈前轍，必然誅戮。今日死罪既饒，活罪不恕。」教軍士行杖，眾軍士跪下道：「公子雖然犯罪，小的們焉敢行刑？」高歡喝散軍士，令虞侯76帶進衙裡，自打至數十餘下，怒氣不息。夫人又力勸，方才住手，隨將高澄監禁在書房，不許足跡出門。當晚升堂，凡是高澄平日親近的軍士、相隨的棍徒，盡發有司問罪，驅遣刺配。又著虞侯齎白銀十兩送與齊德。因此鄉村百姓互相傳揚，感嘆林時茂的恩德。

且說這高澄監禁在書房中，悶悶不已，又無一個心腹人在身畔，咬牙切齒，深恨林時茂痛入骨髓，

---

74 午牌：揭報正午的時牌，借指正午。

75 雲板：一種兩端作頭形的鐵質或木質響器。舊時官府、富貴人家和寺院用作報事、報時或集眾的信號。

76 虞侯：舊時官吏雇用的侍從。

只待身子掙扎些，決尋釁隙害他性命，方洩此恨不題。

再說林時茂已知高澄被父責打，棍徒俱已趕逐，心裡暗想：「是我一時路見不平，將此事對丞相說知。這夥凶徒趕逐卻也罷了，只是他父子至親，高澄雖然被責，日後相合時必進讒言，終須有禍，不如及早尋一個避禍計策。」心下躊躇半晌，點頭道：「是了，是了！俺如今妻妾雙亡，又無男女，單只此身，平生不知害了多少生靈性命，罪業深重。今此一計，一者避禍保身，二者消魔解瘴。想這魏國裡安身不得了。聞知梁武帝最重佛教，不如走入中國，削髮為僧，逃災躲難，免遭暗害。」當下預將金銀財物藏頓匣內，隨身衣服包裹停當，又修下一封辭職的文書。次日，聚集本衙虞侯、軍士人等，分付道：「俺今日要去訪一親故，路途遙遠，來往須費月餘，若辭丞相，必定羈留不放。俺今不辭而去，汝眾人須要謹慎，各守執事。如丞相爺差人問時，有書一封，著個精細的去呈上，自然明白，不可有誤。」分付畢，即改換衣裝，扮做道人模樣，令一蒼頭向上挑了行囊，一主一僕悄悄離家，出了城門，往東南而進。

且不題林時茂主僕二人遠行，再表往事。梁朝建康⑰城外，有一村民，姓鍾，名子遠，取妻朱氏，兩口兒極是好善，年至四十餘，並無子嗣，典田賣地，齋僧塑佛，不吝施捨，願求子息，接續香火。梁武帝普通二年⑱，朱氏忽作一夢，夢一猛虎入宅，因而有孕。於十二月初五日丑時⑲產下一子，生得眉

⑰ 建康：原名金陵，為六朝都城。故城在今江蘇南京。

⑱ 普通二年：西元五二一年。

⑲ 丑時：十二時辰之一，指淩晨一時至三時，古稱雞鳴時。

清目秀，相貌奇俊，人人稱羨可愛，就取名叫做愛兒。年至七歲，聰明乖巧，無所不知，讀書過目成誦，只是稟弱多病。一日，鍾子遠在家無事，與朱氏商議道：「我與你兩個年紀許大，求神拜佛，生得這個兒子，雖然聰明，卻是常有疾病，未知養得成人否？畢竟我夫妻二人，命裡不該招子，以此多恙。聞得過繼在外，改姓移名，便養得大。不如將愛兒送與近村寺院，出家為僧，不但他有所倚靠，抑且我和你存這點骨血，死亦瞑目，未知你心下何如？」朱氏道：「兒子是你生的，由你主張。但是千難萬難，只得這點骨血，如今送他出家，心下一時怎地割捨？倘有緣遇得個忠厚的師父，庶可度日，若撞著不知冷熱的人，朝捶暮打，教我如何放心得下？」子遠道：「渾家❽⓿，你的言語也說得是，且不必性急，慢慢地打聽，擇一個忠厚老成的師父，送與他便了。若無好的，且留在身邊，另作區處。」

也是這愛兒命該出家，子遠夫婦商議之後，未及半月，一日子遠往地上灌種，將及巳牌❽❶，朱氏閉上門，正要到廚房內整治午膳，只聽得有人敲門，朱氏笑道：「老人家終不耐飢，出門不多時，就回來吃午飯了。」走出來開門看時，原來不是丈夫，卻是一個年老的和尚。朱氏看那長老時，生得：

眉長耳大，體健神清。手持小磬❽❷，項掛數珠。身穿一領不新不舊褊衫，腳著一雙半黑半黃僧履。卻是阿儺❽❸降世，猶如彌勒❽❹臨凡。

---

❽⓿ 渾家：舊時家中妻子主內，故稱妻子為渾家。

❽❶ 巳牌：指巳時。

❽❷ 磬：寺院中召集眾僧用的雲板形鳴器，或誦經時用的缽形打擊樂器。

❽❸ 阿儺：釋迦牟尼十大弟子之一。儺，音ㄋㄨㄛˊ。

原來這和尚是本村圓慧寺中法主，姓閻，法名智覺，每常來鍾家打齋米的。這長老合掌向前，叫一聲：「施主，問訊了。」朱氏連忙回禮道：「師父請坐。」智覺坐下，擊動小磬，誦了數卷經，念了幾句咒，吃了茶，問道：「鍾檀越[85]那裡去了？」朱氏答道：「他去地上種菜，還未回來。」智覺又問道：「二位施主都一向安樂否？」朱氏道：「仗託三寶[86]庇佑，遣日而已。」正說之間，只聽得笑聲漸近，卻是愛兒讀書回來，對和尚唱個喏。智覺回禮道：「好位小官，回來吃午飯了。」愛兒道：「師父猜得著。」這智覺定睛看了一會，猛失聲道：「咳，咳！可惜！」朱氏問道：「師父為何嘆惜？」智覺道：「施主莫怪，貧僧有一句話，不好出口，只怕施主見責。」朱氏道：「師父有話，但說不妨。」智覺道：「令郎相貌甚清，只嫌額角上多了一塊華蓋[87]骨，此為孤相。若在俗門中，恐無受用，又且壽夭。貧僧有一個救他的道理，但恐施主見怪，故此失聲嘆惜。」朱氏道：「多承師父好意，指示迷途，焉敢見怪？」正說話間，鍾子遠回來了。智覺即起身問訊，袖米相別而去。

子遠吃飯畢，依舊往地上種作，直至天晚方回。臨睡時，問渾家道：「日間曾有人來尋我麼？」朱氏道：「並無人來。有一事說起倒也湊巧。」子遠道：「甚事湊巧？」朱氏道：「就是日間看經的長老，

[84] 彌勒：菩薩名，意譯為慈氏。繼釋迦牟尼佛之後，為大千世界教主。
[85] 檀越：梵語音譯。意譯為施主。
[86] 三寶：佛教語。指佛、法、僧。
[87] 華蓋：古星名，屬紫微垣，共十六星，在五帝座上，今屬仙后座。舊時迷信，以為人的命運中犯了華蓋星，就運氣不佳。

把愛兒相了半晌，驀然嘆道：『可惜。』我問他為何嘆惜，他說『好一位清秀賢郎，只嫌額角上多了華蓋骨，大抵壽少，恐無受用。貧僧有個好方子救他，只是怕怪難說』。我正欲問時，你卻回了，隔斷了話頭，他就相別去了。察他的念頭，想是要愛兒出家的意思。我正欲與你議此一事如何。」子遠道：「這機會卻也湊巧。我前日與你商議，正沒個好師父出家，倒將這位長者忘記了。渾家，你不知這智覺是個篤實老成的長老，況且寺又鄰近，不如選個吉日，送愛兒與他為徒孫，絕好。」夫妻二人商量停當。

次日侵早，鍾子遠逕往圓慧寺中來。進了山門，只見殿門半開半掩，靜悄悄並沒個人影。子遠咳嗽一聲，也不見有人答應。子遠就佛殿門檻上坐了一會，心裡想道：「這些和尚著實快活，日高三丈，尚兀自安睡未起。」正想之間，猛聽「咚」的一聲響，子遠吃了一驚，也是機緣輻輳(88)，遇著響這一下。正是：

有意種花花不活，無心插柳柳成蔭。

畢竟響的甚麼東西，且聽下回分解。

---

(88) 輻輳：聚集。

第二回　鍾愛兒圓慧出家　梁武帝金鑾聽講

詩曰：

削髮披緇作野僧，只因多病入空門。
無緣歌舞三更月，有分修持一卷經。
誦梵罷時知覺路❶，參禪靜裏悟無生。
偶逢武帝求賢詔，引向金鑾❷面聖君。

話說鍾子遠聽得伽藍❸案前一聲響，急擡頭看時，見一個老鼠在琉璃上偷油，見了人，跳將下來，不偏不斜，卻好跳在籤筒上，將籤筒撲倒，響這一聲。子遠思量道：「這寺裡伽藍甚有靈感，不如將這事求一籤，問愛兒出家，日後成得功否？」於是跪在伽藍案前，通誠求一靈籤，以卜吉凶。求得第二十四籤，子遠看時，籤上四句詩道：

❶覺路：佛教語。謂成佛之路。
❷金鑾：金鑾殿。指皇宮正殿。
❸伽藍：梵語「僧伽藍摩」譯音的略稱。意為眾園或僧院，即僧眾居住的庭園。後因稱佛寺為伽藍。

枯木逢春月至秋，他鄉遇故❹喜相投。
求名問利雖成就，未若禪林更好修。

子遠看了詩，正合其意，甚是歡喜，坐在門檻上念誦。只聽得有人叫一聲：「鍾施主，為何大侵早❺到我敝寺中閒坐？口內念些甚麼？」子遠回頭看時，卻是管園的矮道人。子遠慌忙起身道：「阿公，要見你闍長老說話，有煩轉達。」矮道人笑道：「我去。」即忙進去。不移時❻，闍長老出來，迎子遠到方丈裡坐下。智覺問道：「鍾老丈，久矣不到敝寺中來，今日甚風吹得到此？」子遠道：「小子不為別事，就是師父昨日到舍誦經，相小兒無壽，說有甚麼計較可救，今日特造寶剎求教。」智覺道：「一向看令郎容貌是一孤相，在俗門中惟恐壽薄，若入空門為僧，必成正果❼，又且可以延壽，這便是救他的方子。雖如此說，只恐你夫妻二人未必割捨。」子遠道：「小子正為這事而來，適間問伽藍求一籤在此，請看一看。」智覺看罷，道：「不必說了，這一籤是上吉的。只怕施主心下恍惚，若出家時，必有收成結果。」子遠道：「有何恍惚？既承師父美意，肯收留小兒，即選吉日送來。」智覺道：「施主再要和你令正❽商議，不可造次。待貧僧揀一個空亡❾日子，辦些盒禮過來，請令郎出家，方是道理。」子遠

---

❹ 他鄉遇故：即他鄉遇故人。
❺ 侵早：天剛亮；拂曉。
❻ 不移時：移時，經歷一段時間。不移時謂沒過多少時間。
❼ 正果：佛教語。修道有所證悟，謂之證果。言其修行成功，學佛證得之果，與外道之盲修瞎練所得有正邪之分，故曰正果。

道：「這也不消了，亦不必和賤荊❿計議，師父揀定日期，小子送來便是。」子遠茶罷，起身告別而回，一一與渾家說了。過了數日，智覺著行童送柬帖到子遠家裡來，說道：「本月十二日是華蓋空亡日子，果肯不棄，此日圓成⓫更好。」

話不絮煩，真個是光陰迅速，倏然又是十二日到了。這智覺長老著道人挑些盒禮送來，不過是蔬菜點心之類。子遠即央⓬貼鄰當里長的孔愛泉，寫一張將子情願捨身出家文契，叫愛兒：「過來，別了娘，送你到寺中快活去。」這愛兒對朱氏唱了一個喏，叫聲：「娘，我去呀！」只見兩淚交流，不忍離別。朱氏放聲哭將起來，道：「我兒，不是我做娘的心毒，只為你多災多病，我爹娘命裡招不得你，不得已送你出家。從此去切要向上學好，勤謹聽教訓，不比在父母身邊撒嬌。」說罷，悲咽不勝。子遠亦垂淚道：「愛兒啊，寺若遠時，也捨不得你去了。今幸喜得寺院鄰近，闍住持老師又且仁厚的，你去決然快活，不必苦切。」可憐母子二人，牽衣難捨，連這道人鄰舍亦各垂淚，免不得拭淚而別。子遠攜了愛兒手，往寺中來。這智覺和尚出來迎接，到方丈坐下。子遠將文契雙手奉與智覺，智覺看了，收於袖中。

❽ 令正：舊時以嫡妻為正室，因用為稱對方嫡妻的敬詞。

❾ 空亡：也作「空忘」、「空房」。古代用干支紀日，十干配十二支，所餘二支，謂之「空亡」，又稱孤虛。迷信說法是凶辰。

❿ 賤荊：列女傳載：東漢隱士梁鴻的妻子孟光賢慧儉樸，以荊枝作釵，粗布為裙。後因以「拙荊」、「賤荊」謙稱自己的妻子。

⓫ 圓成：作成；把事情辦妥。

⓬ 央：央求。

吃茶已罷，即辦齋供佛。子遠叫愛兒先參拜佛像，次拜師父，凡寺中和尚，俱各相見。行禮畢，長老取法名喚作守淨。眾人坐下吃齋，齋罷，子遠在寺裡東西兩廊前後佛殿閒玩，到晚齋畢，又囑咐了愛兒幾句方回。

閒話不題。且說這鍾守淨自到圓慧寺出家之後，真是緣會，精神倍長，災病都除。智覺請師訓讀，果然穎悟異常，記作兩絕。年近十四，經典咒懺⓭，念誦樂器，無不精妙。更兼性躭詩畫，善於寫作，寺中和尚四、五十眾，盡皆敬服。智覺長老甚是愛惜。年至十六歲，長老與他討度牒⓮披剃為僧，好一個清秀俊俏的和尚。凡是宦門富室之家有佛事者，請得鍾守淨去方才歡喜。自王孫公子以至騷人墨客，無不往來交遊。

說這金陵城裡，有一公子，姓謝，名循，乃是有名才子。其父謝舉⓯，現任梁朝左僕射之職，武帝甚相親信，為人惇厚，家資巨富。這公子謝循酷好詩畫，與鍾守淨文墨往來，情義稠密。聞得妙相寺工程已完，朝廷頒詔要文武官員舉薦和尚為寺中住持。謝循意欲父親薦舉這守淨與天子，無便可說。一日，謝舉晚朝回來，父子二人飲酒，說話間，公子問道：「爹爹在朝，曾有甚麼新聞否？」謝舉道：「朝內別無甚事，當今聖上酷信佛法，最重的是沙門。如今城中新創這妙相寺，不知用了多少錢糧，靡費太甚。

⓭ 咒懺：祝禱禮懺。

⓮ 度牒：舊時僧道出家，由官府發給憑證，稱之為「度牒」。

⓯ 謝舉：字言揚。幼好學，能清言。幼時所作四詩，為沈約稱賞。梁武帝時，入為侍中，掌吏部，遷尚書令。侯景寇京師，死於圍城之內。

又詔眾官舉薦兩個有才德的和尚，為此寺住持。朝中外郡諸臣，至今未有所舉，我尋思這城內城外庵廟寺院僧人，那得個出類拔萃有才德者。只這件新聞，心下躊躇未定。」謝循道：「兒子也聞知這件事沸沸的說，兒子有一個相識的和尚，經典咒懺，件件皆精；琴棋書畫，般般都妙。況兼除葷戒酒，性格溫柔，舉止誠實。這長老可薦得與聖上麼？」謝舉道：「依汝所說，這和尚果然如此，盡可去得。你且說他姓甚名誰，在何寺掛搭。」謝循道：「這和尚名姓，爹爹多分也嘗聞得，就是圓慧寺姓鍾的年少長老。」謝舉道：「莫非是鍾守淨麼？」謝循道：「正是此僧。」謝舉點頭道：「我倒失忘了，只怕他年幼，未必老成。待明日早朝面奏定奪。」二人晚膳畢歇息了。

次早五更，謝僕射起來梳洗，穿了朝服，來到朝房內來，只見紛紛文武官員齊集早朝。但見：

山河扶秀戶，日月近雕梁。虬漏⑯初停，絳幘雞人⑰報曉；鳴鞭⑱肅動，黃門閣使⑲傳宣。太極殿⑳鐘鼓齊鳴，長樂宮㉑笙簧競奏。黃金爐內，游絲裊裊噴龍涎㉒；白玉階前，仙樂鏘鏘和

---

⑯ 虬漏：虬形的漏壺。漏壺，古代利用滴水多寡來計時間的一種儀器。

⑰ 絳幘雞人：絳幘，紅色頭巾。漢代宿衛之士著絳幘，傳雞唱。後泛指傳更報曉者的服色。雞人，周官名，掌供辦雞牲，凡舉行大典，則報時以警夜。後指宮廷中專管更漏的人。

⑱ 鳴鞭：古代帝王的一種儀仗，鞭形，揮動發出響聲，使人肅靜，故又稱靜鞭。

⑲ 黃門閣使：指宦官。

⑳ 太極殿：唐朝長安京城內太極殿，為皇帝視朝之處。

㉑ 長樂宮：漢代時與未央宮、建章宮合稱「三宮」。

風管。九龍座㉓縹縹緲緲紅雲裡，雉尾扇㉔掩映赭黃袍；五鳳樓㉕濟濟鏘鏘㉖紫霧中，獬豸冠㉗廝配紅珠履。侍御宮娥裊娜，謹身㉘太監端詳。兩班文武肅威儀，一國君王除袞冕。左列著紫袍玉帶，世官世祿，果然大老元臣；右立的紫綬金章㉙，鐵券丹書㉚，端的皇親國戚。蒼髯閣老，公公正正，調和鼎鼐㉛理陰陽㉜；鐵面臺官㉝，是是非非，培植綱常行賞罰。糾彈的繡衣御史㉞，專飛白簡之霜㉟；匡弼的骨鯁諫垣㊱，慣作青蒲之伏㊲。揮毫草詔操象管㊳，瀟瀟灑

㉒ 龍涎：龍涎香，抹香鯨病胃的分泌物，類似結石。香氣持久，是名貴的香料。

㉓ 九龍座：飾有九條龍形的皇帝寶座。

㉔ 雉尾扇：古代帝王的儀仗用具，緝雉羽為扇，以遮擋風塵。

㉕ 五鳳樓：明朝紫禁城正門，上有五座崇樓，以遊廊相連，形如雁翅，俗稱「五鳳樓」。

㉖ 濟濟鏘鏘：濟濟蹌蹌，莊敬貌。

㉗ 獬豸冠：古代御史等執法官吏戴的帽子，也指御史等執法官吏。獬豸，音ㄒㄧㄝˋ ㄓˋ。

㉘ 謹身：整飭自身。

㉙ 紫綬金章：紫色的綬帶，金質的官印。為高官的服飾。

㉚ 鐵券丹書：也作「丹書鐵契」。丹書，用朱砂書寫。鐵契，鐵製的憑證。古代帝王賜給功臣世代享受優遇的憑證。用丹書寫在鐵板上，故名。

㉛ 調和鼎鼐：相傳商王武丁問傅說治國之方，傅說以如何調和鼎中之味作比喻，輔佐武丁治國。後因以「鼎鼐調和」比喻處理國政。

㉜ 陰陽：古人以陰陽二氣，概括自然界和社會中各種對立且有關聯的現象。這裡借指自然界和社會。

㉝ 臺官：指御史臺的監察官。

灑翰林學士，賣弄著山斗㊴文章；掛甲頂盔執金瓜㊵，猙猙獰獰鎮殿將軍，裝點出貔貅㊶氣象。羽林衛㊷軍容嚴肅，旌旗影裡劍光寒；神策軍㊸隊伍整齊，戈戟叢中彪體壯。班部㊹中叮叮噹噹玉珮響，品臣㊺執笏覲天顏；鴛隊㊻裡翩翩蹮蹮袍袖動，忠宰揚塵呼萬歲。這正是九重宮闕開閶闔㊼，萬國衣冠拜冕旒㊽。

㉞繡衣御史：漢武帝天漢年間，民間起事者眾，地方官員督捕不力，朝廷因派直指使者衣繡衣，持斧仗節，進行鎮壓，刺史郡守以下督捕不力者，亦皆伏誅。後因稱此類特派官員為「繡衣直指」。繡衣，表示地位尊貴。直指，謂處事無私。因繡衣直指本由侍御史充任，故也稱「繡衣御史」。

㉟白簡之霜：白簡，古時彈劾官員的奏章。霜，形容奏章嚴厲無情。

㊱諫垣：指諫官官署。

㊲青蒲之伏：青蒲，指天子內庭。漢書史丹傳載：史丹曾為太子之事，直入漢元帝臥室，跪伏在青蒲席上進諫。

㊳象管：象牙製的筆管。也指珍貴的毛筆。

㊴山斗：泰山、北斗的合稱。猶言泰斗。比喻為世人所欽敬的人。

㊵金瓜：古代衛士所執的一種兵仗。棒端呈瓜形，銅製，金色。

㊶貔貅：也作「豼貅」。古籍中的兩種猛獸，多連用以比喻勇猛的戰士。貔貅，音ㄆㄧˊ ㄒㄧㄡ。

㊷羽林衛：禁衛軍名。漢武帝時選隴西等六郡良家子宿衛建章宮，稱建章營騎。後改名羽林騎，取為國羽翼，如林之盛之意。

㊸神策軍：唐禁軍名。代宗、德宗時由宦官統領，居諸禁軍之上。

㊹班部：班列，指朝班的行列。

㊺品臣：眾臣。

㊻鴛隊：猶鴛行、鴛鷺行。鵷和鷺止有班，立有序，故用以比喻朝官的行列。

只聽得淨鞭[49]三響，文武兩班三呼舞蹈已畢，簾內中貴官喝道：「眾臣有事早奏，無事退班！」忽見文臣班內左僕射謝舉，執簡當胸，俯伏啟奏道：「臣啟陛下：今有妙相寺工程完畢，臣等奉詔薦舉兩員才德兼全之僧為正副住持。臣訪得圓慧寺中一僧，姓鍾，法名守淨，戒行清高，立心誠實，禪宗透入玄微，密諦[50]悉窺精蘊，才德俱優。此僧可充寺中住持之職，未敢擅便，伏乞聖裁。」武帝道：「朕方博訪名僧，未得其人，今卿所薦不虛，可速召來面朕。」即著中書官[51]寫詔，就差謝舉為使。

謝舉謝恩，領旨出朝，差虞侯飛馬先到城外圓慧寺中通報，然後上馬到寺中來。只見寺門前懸花結彩，眾和尚擊鼓鳴鐘，請僕射下馬，迎進山門，逕入佛殿，看的人擁滿寺前。鍾守淨忙排香案，領眾僧一起俯伏，謝僕射開讀詔書。詔曰：

奉天承運[52]皇帝詔曰：釋教宏開，爰啟三途[53]之苦；佛門廣大，聿除八難[54]之災。登一世於春

---

[47] 閶闔：傳說中的天門，泛指宮門或宮殿。

[48] 冕旒：指皇冠，借指皇帝、帝位。

[49] 淨鞭：應為「靜鞭」，即鳴鞭。

[50] 密諦：佛教語，謂微妙而真實的法門。

[51] 中書官：漢設中書令，掌傳宣詔令，以宦官充任，後多任用名望之士。明清於內閣設中書舍人，掌撰擬、繕寫之事。

[52] 奉天承運：奉行天命，承受氣運。即君命天授之意。

[53] 三途：也作「三塗」。佛教語。即火途（地獄道）、血途（畜生道）、刀途（餓鬼道）。晉郗超奉法要：「十惡畢犯，則入地獄。抵揬強梁，不受忠諫，及毒心內盛，狥私欺紿，則或墮畜生，或生蛇虺。慳貪專利，常苦

臺，躋四生55於仁壽。招提56既建，國家之福德無邊；慧照57日新，佛教之法輪58常轉。惟爾左僕射謝舉所薦圓慧寺沙門鍾守淨，秉性圓明，不失本來面目；操功清淨，能培夙世59根基。神定而戒行精嚴，律60明而禪機透悟。在朕素為渴想，惟師一指迷途。茲即差謝舉為使，前來禮請入朝，匡朕不逮。詔書到日，主者奉行，即速趨朝，毋違朕命。

大通十二年七月　日詔

不足，則或墮餓鬼……此謂三塗，亦謂三惡道。」

54 八難：佛教語，難，謂難於見佛聞法，凡有八端，故名八難。按即地獄、餓鬼、畜生、北拘盧洲（亦作鬱單越）、長壽天、盲聾瘖啞、世智辯聰、佛前佛後八種。一至三，即三惡道，惡業重，難以見佛；生北拘盧洲，有樂無苦，不思修道；生長壽天，謂色界及無色界天長壽安樂之處，其逸樂遠勝北拘盧洲，更不欲修道；聾、盲、瘖、啞於求道皆有障礙；世智辯聰，自恃聰明才辯，不肯信佛；生於佛前佛後，無緣見佛。

55 四生：佛教分世界眾生為四大類：一、胎生，如人畜；二、卵生，如禽鳥魚鱉；三、溼生，如某些昆蟲；四、化生，無所依託，唯借業力而忽然出現者，如諸天與地獄及劫初眾生。

56 招提：梵語。意為「四方」。四方之僧稱招提僧，四方僧之住處稱為招提僧坊。北魏太武帝造伽藍，創招提之名，後遂為寺院的別稱。

57 慧照：佛教語。猶「慧炬」，謂無幽不照的智慧。

58 法輪：佛教語。比喻佛語。謂佛說法，圓通無礙，運轉不息，能摧破眾生的煩惱。釋迦牟尼佛成道之初，三度宣講「苦、集、滅、道」四諦，稱為「三轉法輪」。

59 夙世：前世。

60 律：戒律，佛教禁止僧徒某些不當行為的法規。如五戒、十戒、二百五十戒等。

讀詔已罷，鍾守淨和眾僧三呼謝恩已畢，款留謝僕射素齋。謝舉道：「君命召，不俟駕而行❻❶。聖上臨軒以待，長老同下官就行。」鍾守淨穿了袈裟，慌忙上馬，同僕射進朝。謝舉先入朝內奏道：「臣奉聖旨召圓慧寺僧人鍾守淨，已在朝門外候旨。」武帝傳旨宣上殿來，黃門官引鍾守淨直進殿上。武帝舉目看時，果然好一個少年俊秀沙門。有西江月為證：

頭頂五山繡帽，身披百衲禪衣。飄飄俊逸美丰姿，羅漢❻❷端然再世。　紅暈桃花兩頰，青分柳葉雙眉。儒門應自步雲梯❻❸，何事招提棲止？

鍾守淨三呼朝拜已罷，武帝道：「朕今新構妙相寺，每聽政暇時，欲到寺中談經說法，參禪禮佛，以求正果，免墮輪回❻❹。特掄❻❺一位才德拔萃之僧，引歸正覺❻❻。適間僕射謝舉盛稱賢卿才德，朕欲面

---

❻❶ 君命召二句：論語鄉黨：「君命召，不俟駕行矣。」言國君召喚，不等車馬準備好，立即步行先去。表示急迫。

❻❷ 羅漢：佛教語。梵語「阿羅漢」的省稱。小乘的最高果位，稱為「無學果」。謂已斷煩惱，超出三界輪回，應受人天供養的尊者。

❻❸ 雲梯：喻仕進之路。

❻❹ 輪回：佛教語。原意是流轉。佛教認為眾生各依善惡業因，在天道、人道、阿修羅道、地獄道、餓鬼道、畜生道等六道中生死交替，有如車輪般旋轉不停。也稱六道輪回。

❻❺ 掄：選拔。

❻❻ 正覺：佛教語。意謂真正的覺悟。

受教益。況朕皈依佛教已久，經典之義，頗知大略，但不識釋門真詮67，果以何者為先。卿可細剖，以開朕茅塞。」鍾守淨俯伏金階，正欲開談啟奏，武帝道：「卿開講佛法，安可輕褻。」敕賜錦墩坐下。鍾守淨謝恩，右首側邊坐下奏道：「夫佛者，寂滅68之道也。諸經典千言萬語，只是教人守其靈明，勿使物欲迷障。所謂寂者，澄然清淨；滅者，冥然渾化。人能守其初心，不為物欲所蔽，則心靜神清，依然本來面目。不惟可以延齡，抑且圓寂69時，魂凝魄結，圓陀陀正覺菩提70，自然登於彼岸71。此寂滅二字之正果也。人能解得此意，然後持齋布施，誦佛看經，方有功德72。不然，佛燈73不照，不過是糟粕而已，何與於正覺哉！」武帝道：「卿言深透禪機，使朕豁然省悟。謝僕射薦舉得人矣。」令光祿寺大排蔬筵，著謝僕射陪宴。齋畢，謝恩退朝。

次日早朝，謝舉又率鍾守淨進朝候旨，武帝御筆親封鍾守淨為僧綱司74都法主、妙相寺正住持、宏

---

67 真詮：也作「真筌」，猶真諦。

68 寂滅：佛教語。「涅槃」的意譯，指超脫生死的理想境界。

69 圓寂：佛教語。梵語的意譯，音譯作「涅槃」。謂諸德圓滿、諸惡寂滅，以此為佛教修行理想的最終目的。故後稱僧尼死為圓寂。

70 菩提：佛教名詞。意譯「覺」、「智」、「道」等。佛教用以指豁然徹悟的境界，又指覺悟的智慧和覺悟的途徑。

71 彼岸：佛教語。佛家以有生有死的境界為「此岸」，超脫生死，即涅槃的境界為「彼岸」。

72 功德：佛教語。大乘義章十功德義三門分別：「功謂功能，能破生死，能得涅槃，能度眾生，名之為功。此功是其善行家德，故云功德。」後多泛指念佛、誦經、布施等事。

73 佛燈：即佛光。

仁闡教大師，一概寺院僧人，俱受節制，欽賜錦繡袈裟一件、九寶僧冠一頂，錫杖雲鞋，又賜近城良田二百頃，以為齋供，外賜御轎一乘，差中貴官八員，兩人持幢幡，兩人捧僧綱司都法主、妙相寺正住持印匣，兩人齎敕誥，一人捧御燭，一人捧御香，其餘細樂金鼓旗帳，何只百餘人，前呼後擁，送至妙相寺來。鍾守淨下了轎，進入大雄寶殿[75]，參佛已畢，望闕謝恩。本寺僧眾和道人行者，撞鐘擊鼓，俱來參見。鍾守淨一一禮畢，厚贈中貴還朝覆旨，以下樂人、轎夫等，俱各賞賜，不必細說。

原來這鍾和尚素有名望的，因此妙相寺中僧眾俱無他議，雖有些器量窄狹，眾人也只道佛家當如此儉嗇，況又是天子欽差來的，寺裡人不必說，服他管轄，即公侯將相、國戚皇親，俱各敬重往來。自鍾守淨進寺之後，天子時常駕臨，說法談經，參禪打坐，哄動了遠近僧俗士女，都來聽經，參見活佛，俱各載米齎錢，遠來布施。燒香的人，隆寒盛暑，絡繹不絕。施捨的錢財米麥，不可勝計，真個是富堪敵國。不要說鍾住持受用過於國戚王親，便是鍾子遠夫妻二人享用，極其豐足。子遠常對渾家說：「也不枉了教兒子出家一場。」此時村民俗子，看了鍾守淨的樣子，個個羨慕為僧，天下習以成風，出家者甚眾，不在話下。

再說林時茂主僕二人，自從離家避難，行了數日，不覺已到沁州[76]沁陽驛地界了，看看天晚，過了綿山[77]，投一村店安息。蒼頭放下行李，向廚下炊飯，林時茂客房暫睡。蒼頭正炊飯間，有一個老者也

---

[74] 僧綱司：執掌寺院僧尼事務的官署。

[75] 大雄寶殿：佛寺中供奉佛祖的大殿。

[76] 沁州：治所在今山西沁源。

在那裡燒火，坐於灶下，將蒼頭不轉睛的窺覷。蒼頭見了，心下疑惑，問道：「老丈為何瞧著小人？」那老者道：「我看兄有些面熟，兄莫非在太原府中來的麼？」蒼頭道：「我正在太原陽曲縣78內住。」老者又道：「兄尊姓？」蒼頭道：「在下姓林，住升仙院前。」老者思想了一會，嚷道：「我想著了，兄莫非是林將軍尊使麼？」蒼頭道：「是也。老丈何以想認？」那老者歡喜道：「我當初在高丞相麾下犯罪，轅門臨斬時，你拿酒飯與我吃，至今不忘，為何至此？」蒼頭道：「老丈莫不就是杜旗牌麼？」老者笑道：「然也。」原來這老者姓杜，名悅，綽號石將軍，因他有些膂力，頗通武藝，投在皇親王驃騎麾下為旗牌官。因隨高歡出兵，失機當斬，虧林時茂一力解救，免死充軍，在邊塞上十餘年，逢赦回鄉，不期在村店相遇。

當下杜悅問道：「你家老爺好麼？」蒼頭道：「如舊，現今要遠出，訪甚麼親戚，喚我跟隨出來。想是途路辛苦，身體困倦，睡在客房裡，等我炊飯吃哩。」杜悅道：「爺爺，你便早說些也好。隔了十餘年，不想恩人在這裡相會。」跳起身就往客房裡來，口裡叫道：「林爺在那廂？」林時茂問道：「是甚麼人？叫且低聲。」這杜悅走到床前，跪下道：「老恩主，小人受了莫大之恩，未得銜結之報79，詎

77 綿山：在今山西介休東南。相傳為春秋時晉國介子推隱遁焚身之處，故又稱介山。

78 陽曲縣：今屬山西太原，為太原北大門。

79 銜結之報：銜結，銜環結草。南朝梁吳均續齊諧記載：東漢楊寶九歲時，至華陰山北，見一黃雀為鴟梟所搏，墜於樹下，寶取雀以歸，置巾箱中，食以黃花，百餘日毛羽成，乃飛去。其夜有黃衣童子自稱西王母使者，以白環四枚與寶曰：「令君子孫潔白，位登三事（三公），當如此環矣。」左傳宣公十五年：「魏武子有嬖妾，無子。武子疾，命顆（武子之子）曰：『必嫁是。』疾病，則曰：『必以為殉。』及卒，顆嫁之，曰：

料今日在此相會。」說罷納頭就拜。林時茂起身道：「老丈請起，素不相認，何勞重禮？」杜悅拜罷，起來道：「老爺，你可記得十年前失機的杜悅麼？」林時茂驚道：「你既是杜旗牌，當時俺救了你性命，免死出配邊方，何以至此？」杜悅道：「一言難盡。恩主請睡，待小人去沽壺村酒來酌一杯，以表孝心，慢慢的告稟。」即出房門，問店家討一個酒瓶兒，逕往市上去沽酒。不多時，提了一瓶酒，買了幾味餚饌回店，叫蒼頭燙起酒來，就在客房裡桌上擺下餚饌，請林時茂上面坐了，杜悅侍陪。兩個吃了數杯，林時茂道：「公在邊塞受盡風霜，俺常時計念，今日得赦還鄉，萬千之喜。」杜悅答道：「小人自從老爺救拔之後，即往邊上，一路歷盡多少艱難苦楚，不可勝言。今得赦回故土，依棲著一個故友過活，因他借些資本與這店家左右鄉民，時常令小人來收些帳目，不意得遇恩主。小人得獲殘生，實賴老爺再造之德，小人雖粉骨碎身，不足以報萬一。」說罷，又吃幾杯。

杜悅道：「老爺如今欲往何處訪親？」林時茂道：「俺非是訪親，因有一腔心事，難對人言，今與公談，諒不洩漏。」將高澄打獵害民，被父責罰的事情，備細說了一遍。「俺如今意欲走入梁國，削髮為僧，潛身遠害，故此全真⑧⓪打扮，以辭故園。」杜悅道：「老爺一生忠孝，真乃豪傑丈夫，若入菩提，必歸正道，正是知機避害，明哲保身，出人頭地之處，有何不可？只是一件，老爺這般打扮，雖似道家，但這些英雄氣概，畢竟是一個將門模樣，未免被人識破，況且又無文憑路引。梁魏兩地，關隘防閒甚緊，

『疾病則亂，吾從其治也。』及輔氏之役，顆見老人結草以亢杜回，杜回躓而顛，故獲之。夜夢之曰：『余，而所嫁婦人之父也。爾用先人之治命，余是以報。』」後以「銜環結草」為感恩報德，至死不忘之典。

⑧⓪ 全真：指出家的道士。

惟恐有阻，難以過去。老爺有心出家，不如就在這裡近處寺院，削髮為僧，討了度牒，消停幾時，然後往梁國去，豈不美哉？」林時茂道：「此論甚高，但這裡近處寺院，大概廝認者甚多，或看破時，反為不美，怎地得一偏僻幽靜的寺院方好。」杜悅一面勸酒，笑道：「小人有一親弟，自幼出家，在澤州析城山成湯廟側首問月庵內為僧。這庵甚是僻靜，此去卻是順路，數日可到。自小人問軍之後，彼此並無消息。明日小人就陪老爺同去那裡訪問，一來為老爺大事，二來就探望舍弟一遭，倘或在時，就彼削髮披剃，甚為便也。」林時茂道：「若得如此，足感盛情。」二人商議已定，叫蒼頭收拾杯盤，同榻抵足而睡。

次日，三人雞鳴起來，別了店主，一同往東，隨路而進，夜住曉行，不一日已到澤州[81]析城山[82]下問月庵前。林時茂舉目看時，真個好一座清幽庵院。但見：

松篁交翠，灣一帶流水小橋；殿角巍峨，顯幾處鐘樓古剎。門臨山岫，隔溪每聽野猿啼；址靠崗巒，絕頂時驚班[83]虎嘯。伽藍殿樹懸薜荔，梵王[84]宮爐噴旃檀[85]。兩廊彩壁畫菩提，倒座觀音隨龍女。經翻貝葉[86]，禪床老衲[87]響金鈴；花供優曇[88]，精舍[89]沙彌[90]稱佛號。果然景致清

---

[81] 澤州：治所在今山西晉城。
[82] 析城山：在今山西陽城西南。
[83] 班：漢書敘傳上：「楚人謂虎『班』，其子以為號。」後因用以指虎。
[84] 梵王：指色界初禪天的大梵天王，也泛指此界諸天之王。
[85] 旃檀：即檀香。香木名。可製器物，亦可入藥。寺廟中用以燃燒祀佛。

幽，須信一塵不到。不聞貴客來相訪，惟有僧敲月下門。

當下三人逕進山門，只見金剛殿上，有一個小頭陀[91]掃地。杜悅問道：「小沙彌，動問一聲，寶庵有一位永清長老可在麼？」小頭陀道：「永清師太在禪房裡打坐。」三人聽說，不勝之喜。杜悅道：「相煩你通報一聲，說是一個姓杜的弟兄特來相訪。」小頭陀丟了苕帚，忙進禪房通報。這永清長老聽得，即忙出來迎接，見了親兄杜悅，十分歡喜，笑顏可掬，請二人進禪堂內相見，禮罷坐下，兄弟間別十餘年，一旦相會，免不得敘些寒溫，說些離別相念之詞。

當下永清長老分付辦齋管待，問杜悅道：「這一位道者是誰？何與兄同來光顧？」杜悅道：「我正為這道者特來見賢弟，這就是高丞相部下鎮南大將軍林爺。」永清長老慌忙起身稽首道：「失敬！失敬！」問道：「林爺正好享福，為何這般打扮，做雲遊[92]的模樣？」杜悅即將林時茂出家情由細說一遍。

---

86 貝葉：古代印度人用以寫經的樹葉。也借指佛經。

87 老衲：老僧。衲，僧衣，常用許多碎布拼綴而成。

88 優曇：優曇缽，梵語的音譯。即無花果樹。產於印度。其花隱於花托內，一開即斂，不易見到。佛教以為優曇缽開花是佛的瑞應，稱為祥瑞花。

89 精舍：僧、道的修煉居住之所。

90 沙彌：梵語。出家的男人受十戒的稱沙彌，受具足戒的稱比丘。

91 頭陀：梵語。意為「抖擻」，即去掉塵垢煩惱。因用以稱僧人。也專指行腳乞食的僧人。

92 雲遊：指行蹤飄忽不定。多用於僧道出家人。

永清長老道：「原來林爺為這個緣因，既要出家，貧僧敝庵極是僻靜，人跡罕到。況貧僧還有幾張空頭度牒，抄化93文憑路引，待明日早晨，替林爺齋佛削髮便了。」林時茂拱手稱謝。當日晚齋用畢，各自安歇。次日，永清長老辦齋供佛，看經誦咒，林時茂跪在佛前摩頂受戒94。削髮已畢，長老代取法名，名為太空，別號澹然，即將空頭度牒一張，填上法名，又有抄化文憑路引，俱付與林澹然收了。

在庵盤桓了旬餘，林澹然思欲投梁，即便告行。永清長老弟兄二人苦苦留住。又過了數日，林澹然辭長老堅執要行，永清長老和杜悅款留不住，只得辦齋送行。永清長老捧出一條熟銅打成的禪杖，一領緇色褊衫，一頂純綿頭搭，一個金漆缽盂，笑嘻嘻道：「這條杖子卻也古怪，兩個月前有一禪和子95，長眉赤腳，來此掛搭96齋供，臨去時道：『無以為謝，願留此物。』貧僧再三不肯受，他道：『權且收下，日後可轉法輪97，施與一個蓋世英雄，佛家領袖。』不想今日卻好遇著尊駕，正是法緣，伏乞笑留。」林澹然收了，稽首稱謝。杜悅又贈白金二十兩，以為路費。林澹然道：「老師所賜，小僧不敢不

---

93 抄化：佛教語。猶度化，超度、點化。

94 摩頂受戒：摩頂，撫摩頭頂。法華經謂釋迦牟尼佛以大法付囑大菩薩時，用右手摩其頂。後為佛教授戒傳法時的儀式。後也用以指受戒出家。受戒，謂佛教信徒出家為僧尼，在一定的儀式下接受戒律。

95 禪和子：參禪人的通稱，有親如夥伴之意。和，謂和尚。

96 掛搭：也作「掛褡」，舊時遊方僧人投宿寺院，因懸掛衣缽於僧堂的鉤上，故稱。也用以指借宿在寺院的和尚。

97 轉法輪：「轉」是印度古代戰爭中用的一種武器，它的形狀像個輪子。印度古代有一種傳說，征服四方的大王叫做轉輪王，他出生的時候，空中自然出現此輪，預示他的前途無量。這裡以輪來比喻佛所說的法。

領，老丈之贈，決不敢領。既已出家，要此何用？」杜悅道：「些須之物，不足以報大恩，聊為路途薪水98之助。」林澹然堅辭不受，杜悅亦不敢強，道：「既然不收薄禮，小人相送一程。」林澹然道：「如此足感厚意。」當下拜辭永清長老，林澹然道：「日後得有進步，必不忘吾師大德。」永清送出山門，稽首而別。

林澹然同杜悅、蒼頭三人一齊取路，行了一日，投店歇了。次日，行至河內99地方萬善鎮前，三人腹中有些饑了，見一村店，酒旗招颭，三人便進店裡坐下，叫酒保拿酒來。這酒保燙熱兩壺酒，鋪下些魚肉菜蔬。三人正吃之間，杜悅忽然淚下。林澹然道：「杜公為何垂淚？」杜悅道：「小人非為他事悲傷，一來今日與恩主拜別，老朽年近七旬，風中之燭，朝不保暮，不知與恩主還有相見之日否？二來老朽只有一子，名成治，頗讀兵書，亦通武藝，自我未犯罪之前，令他去梁國投母舅麾下，圖一個進身，誰知去後杳無音信，十餘年不見一面，未知存亡若何，常懷悒怏。有此二事繫心，所以慘切。」林澹然道：「俺為僧道的，雲遊四海，與你雖然暫別，也有相逢日子。便是令郎遠投令舅，精通兵法，必不落於人後。但不知令舅尊姓大名，目今為梁朝甚麼官職？」杜悅道：「妻弟姓傅，名惲，向來聞得人說守邊有功，官為總兵統制，鎮守南陵郡100，管轄十三州、四十五縣軍民。到梁朝問時，便知端的。」林澹然道：「既如此，老丈不必慘切，快修書一封，待俺帶去，慢慢訪問令郎消息。若遇得機會送書與他，

---

98 薪水：即杯水車薪，比喻微小、微薄。
99 河內：治所在今河南沁陽。
100 南陵郡：治所在今安徽池州。

必然回來父子相會。」杜悅拭淚稱謝，即借店主筆硯，寫了書，封固已畢，遞與林澹然。林澹然收了道：「古人云：『送君千里，終須一別。』承君相送，已是數日，足見厚情，就此告別，再圖後會。」杜悅算還酒錢，蒼頭挑著行李，馱了禪杖，三人走出店門。行至三岔路口，杜悅道：「今此一別，實覺心中戀戀不捨，未知何日再相會也。」林澹然道：「君今年老，不可憂鬱，恐傷天和。相會有期，即此告辭。」二人垂淚而別。

話分兩頭。卻說高歡一連數日不見林時茂來參，心下疑惑，差值日虞侯往參府衙門查問。此時參府軍士一同虞侯進高丞相府中回話，呈上文書。高歡拆開放在案上，細細展看。書云：

部下末將林時茂薰沐叩首狀上大恩主明公大王麾下：竊以茂乃一介征夫，常蒙國士之遇；區區武弁，更叨提拔之私。學不諳於韜鈐[101]，身不通乎謀略。常懷垂轡[102]之情，未效銜環之報。數茂之罪，擢髮難窮；感王之恩，粉身莫罄。茲者茂有眷屬，係瓜葛[103]之至親；遠處遐方，嘆鱗鴻[104]之久絕。欲行一心探訪，敢惜半載途遙。意欲叩別軍門，恐妨靜攝[105]；遽爾潛離政府，罪律難逃。惟主大德海涵，使茂感恩嶽重。冒死狀上，統冀垂憐。回首故鄉，可勝睹戀。

---

[101] 韜鈐：古代兵書六韜、玉鈐的並稱。後因以泛指兵書。也借指用兵謀略。

[102] 垂轡：詩齊風載驅：「四驪濟濟，垂轡瀰瀰。」原指下垂的轡繩，這裡作出行之意。

[103] 瓜葛：瓜與葛，皆蔓生植物。比喻輾轉相連的親戚關係或社會關係。

[104] 鱗鴻：魚雁，指書信。

[105] 靜攝：靜養。攝，保養。

年月日，部下沐恩小將林時茂狀稟。

高歡看畢，失驚道：「林總參去訪甚親？為何有數月路程，汝等可知道麼？」軍士道：「參爺臨行，只說這親住得窵遠[106]，不曾說甚麼地方去處，小的們故此不知。」高歡發付軍士去了，暗中思忖：「林鎮南是個知幾烈士[107]，慮那畜生尋他釁端，故此不辭而去，可惜沒了一員智勇足備的大將。」心下鬱鬱不樂。部下將士一齊稟說：「林鎮南此去，多分投於梁國。我這裡軍情虛實，他盡知之。況他智略過人，勇力蓋世，若為梁朝所用，異日為患不小。丞相可速差精騎追趕轉來，免生後患。」高歡道：「汝等不知，這林時茂為將，隨孤多年，遇戰敢前，有功不伐，立性鯁直。想他此去，不過是知幾隱遁而已，焉肯事二主，以為不忠之人？爾等毋得多言，孤自有處。」眾人無言而散。次日早朝，高歡將林時茂辭官探親之事，面奏魏主不題。

卻說林澹然自與杜悅分別之後，同蒼頭向上往東南進發，迤邐行了數日，一路無話。看看走近梁魏交界地面，到晚投飯店安歇。次早，蒼頭正欲挑擔出門，林澹然道：「向上慢著，俺有句話與你說。自你隨俺以來，勤謹老實，眾僕之中，不能如你，俺故帶你出來。如今俺已為僧，況前面是梁朝地界，出家人僕從同行，甚為不便。今日與你分手，拿這行囊過來。」蒼頭雙手遞過皮匣，林澹然取出兩封散碎

---

[106] 窵遠：遙遠。窵，音ㄉㄧㄠˋ。

[107] 知幾烈士：易繫辭下：「幾者，動之微，吉之先見者也。」知幾，謂有預見，看出事物發生變化的隱微徵兆。烈士，有節氣有大志的人。

銀兩藏了，次後只取禪杖、缽盂、褊衫、便服，餘者金銀財物，盡數交與蒼頭道：「不是俺今日無情撇你，只是俺既跳出紅塵，便要雲遊天下。自此之後，你當隨便揀一個好去處，將此財物買些田產，自耕自種，足以養老終身，不必計念俺了。」向上聽罷，拜倒地上，放聲痛哭道：「小人自從老爺收錄之後，養育深恩，未嘗忘報。今日又賜小人許多財物。老爺今日孤身出外，野店風霜，路途勞苦，正當小人跟隨伏侍，雖使上天入地，粉骨碎身，死而無怨。何故老爺今日不用？小人畢竟還要隨老爺同去。」林澹然道：「俺主意已定，何必多言？就此分路，不須啼哭，只是前途謹慎平安，俺亦放心得下。」說罷，手持禪杖缽盂，背馱包裹，出門欲走。這蒼頭苦痛難禁，趕出門外，拖住林澹然衣服，跪在地下悲哭，不忍分手。林澹然含淚，假意發起怒來，喝道：「可惡這廝胡纏！」向上只得在地上拜了幾拜，起身挑擔，滴淚往西而去。

林澹然獨自一人到武津關⑩⁸口，即是戰國昭關，伍員適陳處⑩⁹也。守關吏見是個遊方僧人，也不甚盤詰，況林澹然又有度牒、抄化文憑路引，大落落地逕闖進關裡，就關口飯店坐下，叫店主辦飯來，店內後生即忙鋪下蔬飯。林澹然吃飯之間，問店主人：「貴境到達建康還有多少路程？」店主道：「敝地到京師，尚有千里之程。只是有些阻礙，惟恐難行。」林澹然道：「清平世界，浪蕩⑪⁰乾坤，怎麼難

108 武津關：在今安徽含山縣北。先秦時稱昭關，位於吳、楚兩國交界處。

109 伍員適陳處：伍子胥乃楚國大夫伍奢次子。楚平王聽信讒言，殺太師伍奢。伍奢次子伍員（字子胥）逃亡，路過陳國，東行至昭關，前臨大江，且有重兵把守，難以過關。為此，伍子胥一夜急白了頭。

110 浪蕩：廣大；廣遠。

去？」店主道：「說起來委實驚心，果然駭異。」正是：

烏鴉與喜鵲同鳴，吉凶事全然未曉。

不知店主說出甚地艱阻話來？且聽下回分解。

第三回　林長老除孽安民　丘縣尹薦賢禮釋

詩曰：

古道荒涼人影絕，紅顏土穴遭磨折。
天生俠士逞神威，叱咤一聲妖獸滅。
賢良縣宰能鑑別，薦引雙雙朝鳳闕❶。
聲名遠播鬼神欽，千載流芳林俊傑。

話說林澹然在店中欲往京師，問店主人路程，店主道：「建康有千里之遙，但此去百餘里，地名嵇山，乃睢陽❷地面，向來太平。不知怎生近日出一野人，虎頭熊掌，身長丈餘，專一吃人。本府太守差獵戶士兵，山前山後，日夜用心剿捕，反被他傷損多人，因此行人難過，都大寬轉往別路走了。若過得此山，一路平坦，直到建康。」林澹然笑道：「不信此畜有這般利害。」店主道：「師父你不知，這野人口邊露八個獠牙，長三五寸；一雙臂膊一丈有餘，那十個指頭，猶如鋼鉤一般，利似霜鋒；腿上粗毛，

❶ 鳳闕：漢代宮闕名。後用以指皇宮、朝廷。
❷ 睢陽：治所在今河南商丘南。

硬如針刺，跳一跳有三、四丈遠；渾身黑肉，如鑌鐵打成，刀箭不能入。人若撞見，就騎著快馬，也難逃脫。一手揪來，先摳眼珠，次剜胸膛，吃了心肺，然後受用四肢身首哩。縱是八臂哪吒，也近他不得。師父若去時，早晚切不可行，直待午牌前後，等有夥伴聚集了數十人，方可去得。」林澹然道：「多承指教。但俺出家人，一心以救人除害為念，前途有此妖畜，若不驅除，怎顯得慈悲救物之意？除他不得，死而無怨。不知這畜巢穴在於何處，那裡是他出入路徑？」店主道：「我一向聽得人傳說，在嵇山正南路上，一座土地廟裡藏身，廟前是走路，廟後是一條闊溪，東西兩邊都是山林，東邊還有幾村百姓，西首人民都被他吃得慌，搬移別處去了。師父若要去，切須謹慎。今日天色將晚，且就荒店暫宿，明早起程罷。」林澹然稱謝，就在店中歇了。次早，算還飯錢，辭別了店主。澹然初入梁國，路徑不熟，只望大路而走，一路無話。

至第三日午牌時分，看看走到嵇山，並不見一個行人。遠遠望見正南路口一座古廟，果然寂靜，真是荒涼。趲步❸上前看時，但見：

屋宇皆傾壞，門窗四下空。雕梁塵滿積，畫壁已通風。亂草生階道，啾啾吟砌蛩。神廚❹無頂板，案桌沒籤筒。左廊懸破鼓，右廡缺鳴鐘。土地脫鬚髮，夫人褪臉紅。判官靠壁北，小鬼拄門東。燭臺堆鼠糞，爐內可栽蔥。屋檐蛛網絲，瓦片似飄蓬。蕭條真淒切，四顧絕人蹤。

---

❸ 趲步：趕路；快走。

❹ 神廚：安置神像的立櫃。由神龕及其下面的櫃子組成。

林澹然將包裹除下，和禪杖放在土地神座前，對土地稽首，將包裹內所餘乾糧吃了，手提禪杖，周圍廊下前後細細尋看，並不見一毫蹤跡，也沒一個人影，只見土地廚座下，白雪雪幾堆骨殖，廚左邊側首一塊石板，滑溜溜卻似水洗磨光的一般，其餘都是些灰塵亂草，並無別物。林澹然暗忖道：「這孽畜在此棲身，敗得廟裡光蕩蕩的，只有這幾堆骨頭甚是可憐。」忖了一會，無處搜尋，提起禪杖，在這光石板上撴了幾下，嗟嘆數聲，只聽得石板底下嚶嚶的有人作聲響，林澹然道：「卻不作怪麼？莫不這孽畜在石板底下存身，也不可知。」拄著禪杖，將石板四圍看了一轉，原來是搖得動的，將禪杖雙手用力撬起來，只見底下是一土穴，穴內甚寬，兩個少年婦人鬢髮鬅鬆，形容憔悴，坐在石條上。內有一張床，兩頭是石，中間數根亂木橫擱為床，上面鋪些亂草，餘外山禽野獸堆積滿地。林澹然喝道：「你兩個婦人，是人是鬼？為何在這石板底下安身？好好對俺實說！」那兩個婦人一齊哭道：「佛爺呀！我兩個是本村居住的百姓，一姓唐，一姓宓，丈夫都是依靠田莊過活。一日，丈夫出去耕田，我兩個在門口閒話，猛然起一陣狂風，風過處，見一怪物走到面前，把我二人驚倒在地，被他一手一個拿到石板內，只疑命盡，誰知不分晝夜，輪流淫媾，每日採些山桃野果與我們度命，猶如在陰司地獄一般，苦不可言。今日遇著活佛，望救蟻命。」言罷，雙膝跪下，淚如湧泉。林澹然道：「你且說這畜物怎麼樣出入？」婦人答道：「每常間夜裡出去，日間躲在洞中。近來卻又早晨出去，傍晚方回，只有些野獸山禽之類拿來。今日天色陰暗，這時分已晚，將次回來了。望乞佛爺，怎地救得我兩人性命，實是再生父母。」林澹然道：「你二人且不要慌，只躲在這洞裡，待俺把這孽畜斷送了，然後方救得你二人出來。」

三人說話未完，忽然一陣腥風，颳得塵飛滿廟。林澹然忙將石板仍舊蓋了，手提禪杖，立在廟門內張望。又見一陣風起，這風比前更大，腥氣觸人，遠遠望見野人，雙手提著一隻大鹿走將進來。林澹然閃在門後，定睛細看，這野人果然生得利害。但見：

身軀怪異，分明野獸又如人；狀貌猙獰，卻像魔王疑似鬼。光閃爍眼射兩道金光，亂鬅鬆❺頂撒一叢黃髮。兩條臂膊，渾如靛❻墨妝成；十個指頭，一似純鋼打就。腥氣難聞，行動處陰風匝地；雄威可畏，哮吼時霹靂喧天。且休言勇力超群，果然是吃人無厭。虎豹見伊魂魄散，豺狼撞你命遭傾。

只見這孽畜眼覷著他處，看看走入廟中，不提防林澹然在門後舉著禪杖，大喝一聲道：「畜生休走！」將禪杖劈頭打去。野人吃了一驚，側身閃過，就丟了鹿，大吼一聲，舒兩隻黑爪，向前撲來。林澹然舞動禪杖，滾將入去。那畜物並不懼怯，揸手舞腳，向前撲人。兩個鬥了一會，林澹然暗想：「和他這等相鬥，怎能除得？」心生一計，倒拖禪杖，往東山凹裡便走。這野人伸開長腳，箭一般趕來。林澹然覷他來得近了，扭回身將禪杖照肩膊一攧❼。說時遲，那時疾，野人即忙躲過。澹然卻不打他肩膊，就勢往下毛腿上用力一掃，正掃著他臁兒骨❽，只聽得「嘓」的一聲，這毛腿早已打折，野人就矬倒❾

❺ 鬅鬆：蓬鬆。鬅，音ㄆㄥˊ，形容頭髮散亂。
❻ 靛：深藍色的染料。
❼ 攧：音ㄉㄧㄝˋ，持；攬。
❽ 臁兒骨：臁骨；小腿脛骨。

地上，掙扎不起。林澹然隨即照頂門著力一下，打得個發昏章第十一，就連肩帶脊，不住手的打了數禪杖，那消半頓飯時，除了一村大害。有詩為證：

野獸無情勢莫當，村民數載盡遭傷。
賢僧試展屠龍手⑩，一杖當頭命即亡。

話說林澹然仗平生武藝，沒半頓飯間，將野人打死。見他氣絕了，用得力乏，即走到廟裡門檻上坐了一半晌，喘息已定，跳起來，仍將禪杖撬起石板，叫道：「這孽畜已被俺打死，你兩個人且上來說話。」這兩個婦人，歡天喜地答應道：「謝神明，原來也有今日。佛爺且住，待我們取些物件上來。」林澹然道：「卻又作怪，土窟裡有甚麼東西？」只見兩個婦人在洞裡將些竹木搭起，你我相扶，爬將上來，手裡各提了一個破衣包。見了林澹然，只是下拜，口裡齊叫：「救苦救難的佛爺，重生的父母，再世爺娘，救我二人性命，何以報答？」磕頭不止。林澹然道：「你且起來，不須拜了。你二人趁早尋路，認回家去。貧僧自在廟內暫過一宵，明早取路，要上京都。這野人可教人來燒毀就是了。」那兩個婦人道：「佛爺說甚麼話！你今捨生拚命，除此畜物，救了婦人與滿村百姓，恩德如天，如何便去？今晚佛爺同村婦到家裡用些晚飯，就在草舍權宿一宵，明早著地方報縣官知道，辦些香花燈燭禮物即謝。佛爺留下大名，以便各家供奉。這兩個包裹內，都是這畜生吃了人遺下的金銀首飾，乞佛爺收下，權為路

⑨ 矬倒：蜷伏倒地。矬，音ㄘㄨㄛˊ。
⑩ 屠龍手：具有高超技藝的人。

費。」林澹然道：「俺出家人，要此金銀首飾何用？你兩個自收去養活，或者與丈夫做些資本，也不必報知縣官，也不勞眾人酬謝。俺今晚在此廟中暫歇一宵，你女俺男，若到汝家，甚為不便，你兩人自去罷。」兩個婦人再三道：「佛爺，這古廟中甚是荒涼，並無人影，怎地在這裡安歇？還是到我們家裡去不妨。」林澹然道：「貧僧斷然不去的，不必多言。天色已晚，快去，快去！再若夜深，難以尋路。」兩個婦人見林長老堅執不去，只得背了包裹，拜辭出廟，尋路去了。

喜得七月中旬，正值皓月當空，兩個婦人趁著月光。一步步捱到家時，但見空闈冷落，四壁歪斜。推門一看，屋內只有破桌破凳家伙數件而已。兩個只得在破凳上坐了，商量道：「今夜且將就坐到天明，門前俟候，若有人行過，教他去報地方知道，請這活佛轉來謝他便了。」

且說林澹然獨自一人在廟裡神廚內睡了一夜，不覺天色已明，心內忖道：「若再遲延，必被這地方人等纏住，不如及早收拾動身。」慌忙將包裹裝束，手提禪杖，拽開腳步，往東南而走。這兩個婦人等不到天曉，五更時就站在門首，伺候人過。將及天明，有一夥近村菜戶，約數十人，口唱山歌，挑著菜擔，到城內去換錢米，手裡都拿著一條鎗棒，也是防備這野人的。兩個婦人連忙叫道：「你眾位那裡去的？」內中一個答應道：「我們都是進城裡去做賣買的，你問我們怎地？」婦人道：「列位，生意且請暫歇起，有一樁喜事與你計較⓫，煩你們到村前村後獵戶、保正人家，通個消息。」那夥人問：「有甚喜事，要我們通報？」婦人道：「你眾人手裡拿著鎗棒做甚？」那夥人道：「你豈不知這村裡土地廟中野獸吃人？故用鎗棒防備他。你這兩個婦人好大膽，在這孤村破屋裡住，又沒個男子，好險也！」婦人

⓫ 計較：計議；商量。

道：「我們正被野人擄去，昨晚賴一位進京的活佛，不消幾禪杖，除了這畜，救我兩人性命。故煩你們通報，好叫地方得知，重重謝他。」這夥人聽見說野人被個和尚打死了，個個伸舌搖頭道：「有這等事？必是佛來下降了！」各各丟下扁擔，四面八方，飛也似跑去傳報。

少刻間，各村居民，若大若小，扶老挈幼，都奔到土地廟裡來，喧天震地鬧叢叢，何只五七百人，將野人屍首圍住了看。內中有一人道：「眾位不要看這孽畜，且理正事，同到廟裡拜謝活佛要緊。」眾人都應道：「說得是。」一齊擠到廟裡，並不見個人影。眾人四下搜尋，亦沒踪跡，一齊笑道：「又是異事！這長老想是有翼翅的，騰空去了。」有的道：「此長老決非凡人，必是甚麼神佛下降，殺這畜生，救了我滿村百姓，依舊上天去了。不然，如何除得這般惡物？」又有的說道：「不要慌，先著兩位保正去縣裡報知。方才聽得報事的說，這長老要往建康去，料他去亦不遠，我們一齊趕上，畢竟追著，拜求他轉來如何？」眾人道：「此論甚當。」有幾個保正里長，忙忙的到縣裡報去了。這一班後生村民獵戶，一窩風同望東南趕來。原來林澹然從早晨走到午時，走不上三十里之路。看官你道為何？一者路上沒了飯店，未曾飲食，腹中饑餒，二者對付這野人費了氣力，因此精神疲倦，慢慢的挨著，走不多路，被這一夥人一霎時趕著了，一齊喊叫：「師父慢行！」林澹然聽得叫喚，立住腳看時，只見一起人搶向前來，拜的拜，扯的扯，不由澹然做主，平空地攙將轉來。

再說睢陽縣尹乃浙東人氏，姓丘名吉，字祥甫，是一清正之官。當日才坐早堂，見這幾個里老慌慌張張撞到堂上，知縣道：「你這幾人為甚事的？」里老道：「小人是嵇山保正等，為報喜事。蒙老爺德庇，嵇山土地廟裡野人幸遇一位遊方長老打死了，故此特來報知，乞老爺鈞旨。」丘吉道：「這野人是獵戶相助打死了，是這和尚獨自一人？」里老道：「昨日晚間，是這和尚一人打死的。今早眾人方才知道，比及奔到廟裡，這長老已自去了，故小人等先來報知，另著人追趕去了，未知追得著否。」丘吉道：「與地方除害，合當重酬。既然去追，諒他也去不遠，必追轉來。」叫跟隨的：「快備馬，我須親自去迎他一遭！」

丘吉上馬，急急往土地廟來。未及到廟，遠遠見人聲喧哄，打團團圍住一個和尚，在廟裡跪拜。丘吉即下馬，步行到廟。眾人見縣尹來，都一字兒排列兩邊。林澹然起身合掌問訊，丘吉回禮，叫里正快備座來。賓主坐了，丘吉道：「吾師高姓大名，仙鄉何處？今欲進京貴幹，怎麼遇著這野人，被吾師所斃？」林澹然道：「貧僧姓林，法名太空，賤號澹然，北平人氏。遊方數年，為到建康訪一故友，打從貴境經過。昨晚偶在廟前遇著這孽畜，被貧僧數禪杖斷送了性命。此乃些須小事，何故勞大駕親臨？」丘吉道：「敝治嵇山，出此異獸，吃人無厭，勇不可當，滿村百姓，來往人民，盡遭毒害。下官屢著土兵獵戶捕捉，反被所害。今日得遇吾師除此大害，真乃神人！下官與百姓皆叨覆庇矣。」林澹然道：「出家人慈悲為主，佛祖尚捨身以利物，今日替民除害，乃貧僧分內事，何勞尊官過譽。」丘吉即攜手同出廟外，看這野人，驚得毛髮皆豎，道：「好利害之物，不知傷了多少生靈！」

看了半晌，依舊到廟裡坐下，分付各村里老、保正、百姓人等，都要打點幢幡香燭、笙簫鼓樂，迎林老師到縣中去。這些百姓，聽得縣尹分付，各自去備辦齊整。縣尹叫該房書吏，一邊辦齋款待。頃刻，村民聚集稟覆：一應鼓樂幢幡等項具已齊備。丘吉請林澹然上馬，令獵戶等一面放火，燒毀野人屍首。只聽得一派鼓樂之聲，前面開道，後邊一班百姓，焚香點燭，簇擁而行。不一時已到縣前，丘吉同林澹然下馬上堂，重新施禮，分賓而坐。次後眾百姓、書吏、皂甲⑫人等，都到堂上拜謝林澹然。澹然各各答禮。丘吉發付眾人：「且去，明日里長、保正等，率眾人早來伺候。」眾人答應散訖，請林澹然後堂飲酒。不覺天晚，令人送至縣前安惠寺中歇宿。

當晚丘吉與六房⑬書吏商議道：「我看這位林長老，一貌堂堂，儀表出類，決非凡俗僧流，必是一籌⑭豪傑。近聞京都妙相寺已有一員正住持了，因寺內錢糧廣大，屢遭盜賊偷劫，朝廷頒旨，要天下官員人等薦舉一員有才德兼武藝者為副住持，我欲親送此僧到京，以充乃職，汝眾人心下如何？」眾書吏道：「老爺主意甚好。小的們也看這長老磊落不凡，若為此寺住持，決替朝廷出力，老爺必定高升。」丘吉心下歡喜。

次日天色黎明，門吏跪稟：「各村里老、保正，領眾百姓捧著金銀緞匹，在門外候老爺發落。」丘吉隨即上馬，率領百姓到寺中來。本寺和尚撞鐘擊鼓，迎接丘吉入殿。參佛畢，林澹然出見，平揖⑮坐下。茶罷，丘吉令承值⑯與眾百姓捧過金銀彩帛道：「昨蒙吾師大德，無以為報。今有官給銀一千貫，並斂治百姓備得些須薄禮相酬，乞笑留萬幸！」林澹然合掌辭謝道：「貧僧雲遊四海，托缽為生，隨緣

---

⑫ 皂甲：舊時衙門內的差役。

⑬ 六房：舊時衙門有分掌緝捕罪犯、看守牢獄、站堂行刑等職務的快、皂、壯三班和吏、戶、禮、兵、刑、工六房的書辦、胥吏。後遂以「三班六房」作為地方衙門中吏役的總稱。

⑭ 一籌：一名。

⑮ 平揖：本謂雙方地位相等，各拱手而不拜。引申為平等、相平。

⑯ 承值：也作「承直」。當值；侍奉。這裡指侍奉的人。

度日，要此金銀何用？身上破衲，足以避寒，要此緞匹何用？昨承大人款留，叨領盛齋足矣。今早正欲登堂叩謝，又蒙大駕光臨。乞尊官發付眾人，各收金帛回去，將官給賞銀，周濟貧窮被害之家，即貧僧之受惠矣。」丘吉再三苦勸，林長老堅辭不受。丘吉只得教眾百姓拜謝，領禮物回去，將官銀查給百姓。

安惠寺住持安排齋供款待，林澹然起身拜謝告行。縣尹道：「吾師請坐，下官有片言相告。適才眾人謝禮，吾師堅執不收，下官亦不敢強。今愚意欲伴吾師同往建康，未知尊意若何？」林澹然道：「大人理攝縣事，豈可離境遠行？上司知道，亦不穩便。貧僧隨路抄化而往，豈敢勞車駕也。」丘吉笑道：「吾師有所不知，本朝京城之內，敕建一妙相寺，極其廣大，費了偌大錢糧。今已有一員正住持，在彼卓錫⑰。近因寺內施捨者眾，廣有金銀財帛，屢被盜賊偷劫，聖上降旨捕獲，並無下落，連朝廷亦無如奈何，敕下各省官員人等，舉薦才德武藝兼全長老，為此寺副住持，如舉稱其職，薦官升擢重用，倘或受賄妄舉，薦官一體究罪。下官看吾師臨財不貪，有功不伐，立身謹慎，膂力過人，堂堂一表，乃才德皆優之高僧也。野人肆毒吃人，無人敢近，吾師隻身除害，此萬夫之勇也，薦與朝廷，必稱此職。下官已動文書申明上司矣。明日吉辰，即與吾師同赴京都。」林澹然稽首道：「貧僧有何德能，當此大任？況今年邁力衰，經典未諳，這妙相寺住持不比尋常，設或差池⑱，有累尊德，此實不敢奉命。」丘吉道：「下官主意已定，吾師不必太謙。」即叫本寺和尚分付道：「好生管待林大師，不可怠慢，明日起程。」林長老再三辭謝，丘吉堅執敦請，相別回衙。安惠寺和尚將林澹然敬奉款留，酒餚茶飯極其豐盛，小心

---

⑰ 卓錫：卓，植立。錫，錫杖，僧人外出所用。因謂僧人居留為卓錫。

⑱ 差池：差錯。

服侍，一宵無話。

次早，丘吉升堂，令該房書吏寫了文書，差押司⑲皂快分投各上司去了。將縣印交與縣尉權管，收拾行囊，帶了幹辦，逕到安惠寺，扳林長老並馬出城，取路往京都進發。路中閒話不題。

不一日，已到建康地面。當下兩人進金川門⑳來，林澹然仔細觀看，這建康城中，果是皇都氣象，繁華富貴，實與外郡不同。但見：

皇都壯麗，時看玉燭㉑之調；紫禁巍峨，永奠金甌㉒之固。六街三市，肩摩轂擊㉓盡王孫；八相九卿，展采㉔分猷㉕皆髦士㉖。庫藏中錢如山積，倉廒裡粟如泥沙。家家戶戶盡笙歌，往往來來俱禮樂。聚八方之玉帛，會四海之珍奇。隨他儉嗇也奢華，任你貧窮都飽暖。

⑲押司：舊時辦理文書、獄訟的地方胥吏。

⑳金川門：明代所建的十三城門之一。位於南京城北，坐南向北，東至神策門（今和平門），西至鐘阜門，因金川河由此出城，故名。

㉑玉燭：謂四時之氣和暢。形容太平盛世。

㉒金甌：金的盆、盂之類，比喻疆土之完固，也用以指國土。

㉓肩摩轂擊：肩相摩，轂相擊。形容行人車輛擁擠。

㉔展采：展其官職，猶供職。采，官。

㉕分猷：分謀；分管。

㉖髦士：英俊之士。

當日尋覓客館安歇。次日五鼓，丘吉同林長老齊赴早朝，遠遠見午門外燈火熒煌，文武官員聚集於侍班閣子前，等候朝見。只聽金鐘響罷，卻早天子臨軒，眾文武鴛序排立，三呼舞蹈畢，丘吉出班俯伏奏道：「臣乃睢陽縣知縣丘吉，有事奏呈。」黃門官道：「汝是縣尹，為何不理縣事，又非朝覲之期，擅離本縣，所奏何事？」丘吉道：「臣奉聖旨，特薦一員智勇足備沙門為妙相寺副住持，親送至此，懇乞轉達天聽，以陳備細。」黃門官轉入，武帝傳旨宣丘吉上殿。丘吉隨至殿階俯伏。武帝道：「卿所薦之僧，何方人氏？是何法名？何以知其智勇足備？一一詳奏，朕當選用。」丘吉道：「臣叨聖恩，除授睢陽縣知縣，到任之後，喜得歲稔時豐，民安物阜。近來離縣四十里有一村，名為嵇山，出一異獸，虎頭熊體，身長丈餘，指如鋼鉤，行如飛鳥，滿身鐵肉，專一吃人，村民、過客盡遭其害。臣屢差土兵、獵戶捕捉，皆被傷損，滿村百姓驚惶逃走，無人敢近。忽於七月中旬，一遊方僧人，姓林，法名太空，別號澹然，從東魏來，經過嵇山土地廟中，遇此惡獸，被僧數杖剪除，酬以金帛，堅辭不受。臣見其廉而且勇，非尋常緇流可比，特薦為妙相寺副住持，伏乞聖裁。」武帝聽罷道：「這僧今在何處？」丘吉奏道：「此僧在午門外候旨。」武帝即傳旨：「宣林和尚面君。」林澹然隨著黃門官進入殿上，山呼舞蹈已罷，武帝看了林澹然一表人材，威風凜凜，心裡大悅。有蝶戀花詞為證：

炯炯雙眸欺閃電。態度雍容，喜色春風面。滿頰蒙茸星萬點。達摩㉗飛錫㉘來金殿。　破袖

㉗ 達摩：又稱菩提達磨。古印度王子。南朝梁武帝時，航海至廣州，與梁武帝面談不契，遂渡江北上，卓錫嵩山少林寺，面壁九年，為中國禪宗的始祖。

離披隨體轉。雲水為家，不把功名戀。俠骨天生金百煉。芳聲遍處人欽羨。

武帝道：「卿是自幼出家，還是中年披剃？通何經典？習何武藝？睢陽害人之畜，怎生剿滅？可詳言之。」林澹然奏道：「臣乃將門之子，自幼頗習武藝，因見閻浮㉙世界，功名富貴到底無根，生死輪回纏劫㉚無盡，中年猛省回頭，削髮披緇，以了生死；經典咒懺，尚未精習，棄家雲遊，尋師訪道。偶從嵇山經過，一路聞人傳說野人凶狠吃人，臣奮死除害，以救地方百姓。今因丘縣尹得瞻天顏，若為妙相寺之住持，臣實不稱，乞賜臣雲遊方外，自在逍遙，祈保陛下萬壽無疆，皇圖永固。」武帝道：「朕視卿堂堂儀表，必是英雄豪傑，可惜出家為僧。經典之類，卿試習之，自然通達，何慮不精？今能除害救民，其功不小。妙相寺正少一員副住持，朕訪求久矣，得卿為之，大慰朕心。朕意已決，卿勿固辭。」即著光祿寺㉛辦齋，敕禮部侍郎程鵬、光祿卿吳繼宣、薦官丘吉三人陪宴。丘吉、林澹然二人謝恩而退。

正是：

㉘ 飛錫：佛教語。謂僧人等執錫杖淩空飛行。

㉙ 閻浮：閻浮提的省稱。梵語，即南贍部洲。閻浮，樹名。提為「提鞞波」之略，意譯為洲。洲上閻浮樹最多，故稱閻浮提。詩文中多指人世間。

㉚ 纏劫：纏，佛教語，煩惱之異名。劫，佛教語。「劫波」的略稱。意為極久遠的時節。古印度傳說世界經歷若干萬年毀滅一次，重新再開始，這樣一個週期叫做一「劫」。一「劫」包括「成」、「住」、「壞」、「空」四個時期，叫做「四劫」。到「壞劫」時，有水、火、風三災出現，世界歸於毀滅。後人用以借指天災人禍。

㉛ 光祿寺：執掌皇室膳食的官署。

不因漁父引，怎得見波濤？

畢竟林澹然果肯為妙相寺副住持否？且聽下回分解。

第四回　妙相寺王妃祝壽　安平村苗二設謀

詩曰：

作善從來是福基，堪嗟世道重闍黎❶。
三乘❷未祝皇妃壽，萬鎰先為俠士窺。
紙帳漫驚禪夢覺，黃金應使盜心迷。
變生肘腋❸緣何事，只為奢華一著非。

話說丘吉薦林澹然於朝，梁武帝大悅，即敕光祿寺大排蔬筵款待。丘吉、澹然謝恩出朝，光祿寺中已差人迎請。眾官見禮畢，分賓主登筵，奏動一派鼓樂，互相酬勸，至晚方散，丘吉同林澹然在會同館❹

❶ 闍黎：也作「闍梨」。梵語「阿闍梨」的省稱。意謂高僧。也泛指僧人。闍，音ㄕㄜˊ。
❷ 三乘：佛教語。一般指小乘（聲聞乘）、中乘（緣覺乘）和大乘（菩薩乘）。三者均為淺深不同的解脫之道。也泛指佛法。
❸ 肘腋：胳膊肘與胳肢窩，比喻切近之地。
❹ 會同館：元、明、清三朝接待藩屬貢使的機構。

驛中安歇。

次日五更，樞密院官傳出聖旨，著禮部官送林長老進妙相寺中，封為僧綱司副法主、妙相寺副住持、普真衛法禪師，欽賜袈裟、冠、杖等項有差，升丘吉晉陵郡丞。又差僧綱司僧官率領人眾，各執寶幢細樂，一同送到妙相寺來。正住持鍾守淨率領本寺僧眾來迎。林澹然一行人進寺，俱入佛殿，參佛謝恩，次後一一行禮坐下。禮部侍郎程鵬道：「此位禪師姓林，法諱太空，別號澹然。祖居東魏，才德兼全，智勇足備。在嵇山除了惡獸，救濟萬民，睢陽縣尹丘先生廉得，薦為寶剎副住持。奉聖旨，令下官送登法座，伏願二師同心闡教，合志修持，互相翼贊，大轉無量❺之法，使佛日增輝，皇圖鞏固，勿負朝廷恩典是幸。」鍾守淨道：「早晨聖旨到來，山僧已知其詳。目今寺中屢遭賊寇，為此日夜縈心。今幸林住持飛錫光降，敝寺增輝多矣，敢不盡心聽教。」林澹然道：「小僧本意雲遊方外，托缽隨緣，不期偶逢丘縣尊薦拔，得面朝廷，又蒙聖恩，欽賜為本寺副住持。小僧一介鹵夫，不通文墨，惟慮才不稱職，有負聖恩，或有不到，乞師兄海涵，指教為幸。」鍾守淨遜謝畢，排下蔬筵，邀眾客進禪堂飲宴。酒行數巡，食供幾套，眾官起身告別，鍾、林二住持送出山門，上馬相別而去。其餘人從各有賞賜。

不說丘吉辭朝臨任，特表妙相寺自從林澹然入門之後，光陰迅速，又早月餘。二位住持打渾❻過日，我看你動靜，你看我行藏❼，二人都冷眼偷瞧，無所長短。林澹然終是將門出身，度量寬大，氣宇沉雄，

❺ 無量：佛教語。指無量壽佛。無量壽佛，阿彌陀佛的意譯。西方淨土的教主，佛教淨土宗的信仰對象。

❻ 打渾：也作「打諢」，戲曲演出中演員即興說趣話逗樂。

❼ 行藏：指出處或行止。

不以財帛介意，待寺中眾僧人等一團和氣，本寺僧眾俱各悅服。鍾守淨畢竟是個小家出身，胸襟窄狹，吝嗇貪鄙，愛的是小便宜，待人時裝模做樣，恃著自己有些才能，不以他人為意，僧眾外雖敬懼，內實不平。凡寺中概錢糧財帛出入，皆是鍾住持掌管，林澹然毫不沾手，惟坐禪念佛而已。

又過了數月，時值初冬天氣，黃菊籬邊早褪，芙蓉江上妝殘。寒威逼體，邊關戍卒整征衣；冷氣侵膚，山寺老僧修破衲。當日卻值十月初三日，乃是梁武帝寵妃王娘娘壽誕之辰，聖上欽差內監太尉，齎捧香燭紙馬、錢米蔬菜到妙相寺來。令鍾守淨、林澹然主壇，又差二十四員僧官做七晝夜預修功德，免不得敲鐘擊鼓，誦經念佛。滿寺僧眾，各守執事，循規蹈矩，毫不紊亂。城裡城外，來看道場❽的，堆山積海，早惹動了一夥強人。看官你猜，卻是何故？原來鍾住持欠了主張，每常寺院做道場，所用都是磁漆器皿，這鍾住持以為朝廷寵妃生日，與尋常不同，供桌上都用那御賜的赤金香爐、燭臺，金絲果罩，供佛奉僧碗盞之類皆用金銀，還有那古銅玩器、花瓶，動用之物盡是金鑲玉碾，人間罕見，世上稀聞，極其華麗奢侈。果然財動人心，內中引動了一個歹人，姓苗，名龍，排行第二，離禁城三十里，地名安平村居住。祖父出身微賤，全憑奸狡成家，創立田莊，頗為富足。父名苗守成，中年無嗣，也是祈神拜佛，求得這個兒子，就如掌上珍珠。只因溺愛不明，失於訓誨，任性縱欲，撒潑放肆，長成來惟愛結交花哄❾，飲酒宿娼，兼好賭博。苗守成夫婦訓治不悛，鬱鬱成疾，相繼而亡。自此家業凋零，田園賣盡。這苗二嫖賭不止，後來漸漸無賴，習了那飛檐走壁、東竊西偷之事，前村後舍，人人怨惡，故取他一個

❽道場：釋、道二教誦經禮拜的場所。
❾花哄：胡鬧。

插號，叫做「過街老鼠」。村坊上人編成一句曲兒，互相傳唱：

老苗兒費盡了平生辛力，一味價剜肉成瘡❿，經營貨殖。可憐見破服纏身，齏鹽⓫充口，何曾見錦衣玉食？虧著這些兒儉嗇，成就了百千萬億。呀！剗地⓬裡禍生不測，老閻王肯容時刻。小苗兒忒煞⓭風流，鎮日⓮介舞榭歌樓，花朝月夕，浪飲貪歡，那知稼穡？霎時間將銅斗兒家私，盡歸他室。幸投了名師，暗傳藝術，欲上高牆，平生兩翼。這的是替祖宗推班⓯出色，方顯得沒來由⓰為兒孫做馬牛的樣式。老天呀，要後代興隆，須修陰德！

此時苗龍也挨擠在寺中，看這道場完了，殿上白雪雪銀器皿，赤光光金爐臺，心下暗忖：「我一向偷偷摸摸，縱得些財物，那裡夠我受用？今日殿中這些金銀家伙，算來將及萬金，若糾合得十餘人劫將去，豈不是一場富貴？」睜著眼，仰著天，自思自想。站了一會，即抽身離了寺中，取路回家，奔出通濟門外，已是申牌⓱時分。行不數里，到一鎮上，地名雞嘴村，卻也是人煙輳集去處，內中有幾家開賭

❿ 剜肉成瘡：本想割肉醫瘡，但被割之處反成新瘡。比喻行事只顧一面，結果與預想適得其反。
⓫ 齏鹽：用醋、醬拌和，切成碎末的菜。齏，音ㄐㄧ。
⓬ 剗地：也作「剗的」，無端；平白無故地。
⓭ 忒煞：也作「忒殺」，太；過分。
⓮ 鎮日：整日；從早到晚。
⓯ 推班：方言。亦作「推扳」。差；不好。
⓰ 沒來由：無緣無故。

坊的閒漢，與苗龍亦是相識。

當日苗龍正走到鎮上，只聽見背後有人叫道：「苗二哥，那裡去來，這等忙忙的走？」苗龍立住腳，回頭看時，乃是相識舊友，姓韓，雙名回春，是個積賭閒漢，苗龍財物不知被他騙了多少，近時遭了一場官事，弄得手裡無錢，身上甚是襤褸。苗龍見了，答道：「韓大哥，許久不會，一向好麼？」韓回春道：「小弟一言難盡！今日二哥為甚事進城去來？」苗龍道：「本月初三日，是王妃壽誕，欽差二十四員僧官在妙相寺做七晝夜預修功德，又著鍾、林二住持主壇，好生齊整，好生富貴。今日早起，特地到城裡去看一看，忙回來，天色已晚，小弟有樁事，正要見大哥商議，不期湊巧相遇，卻喜利市。」韓回春道：「二哥有甚事要與小弟計議？」苗龍正要說時，又復閉口。韓回春道：「二哥有話便說，何故半吞半吐？」苗龍道：「這裡不是說話處，尋個幽僻所在方好。」韓回春口中不說，心下暗想：「這呆老鼠，來得蹊蹺，有甚心事計議，且聽他說出來便知。」應道：「二哥，小弟一向疏失，正要尋你酌三杯，今日偶湊。這鎮市後面山坳裡有一座冷酒店，甚是清楚，並無閒雜人往來，店主人又與我廝熟，我和你且去那店裡沽一壺酒，慢慢說話何如？」苗龍道：「恁地恰好，只是擾兄不當。」韓回春道：「相知弟兄何妨！」二人廝拖廝扯，腳趕著轉入山坳裡來，奔到酒店內，揀一副座頭坐下，叫酒保打幾角酒，有甚麼好下酒之物拿幾品來。酒保盪了兩角酒，切了一盤熟牛肉，煎了一盤黃豆腐，搬來放在桌上，擺下杯箸。

⑰ 申牌：申時，下午三時至五時。舊時於衙門和驛站前設置時辰臺，每移一時辰，則以刻有指示時間的牌子替換，故稱為牌。

二人篩酒⑱來吃，吃過數杯，韓回春道：「適才二哥說有甚事見教，這裡頗寂靜無人，試說何妨。」苗龍道：「再吃數杯了講。」兩個又吃了五七杯。苗龍道：「大哥平素是個快活人，無拘無束，極其脫灑，近日為何衣衫襤褸，面色無光，蹙著兩道眉頭，這般狼狽？」韓回春嘆口氣道：「不要提起。若說將來，羞死人罷了。」苗龍道：「兄為甚事？可與弟說知。」韓回春道：「不怕二哥笑話，小弟這樁事，應了兩句俗言：『賣酒的淹壞了溪邊田，湯裡來，水裡去。』小弟一向虧這幾個骰子，弄的是酒頭，盈的是全籌，真實豐衣足食，薄薄的成了些家業。近來被一個砍驢頭的神棍，姓周，混名醉老虎，是當朝周太尉之侄，最慣裝局詐人。不知怎地聞知小弟的大名，故意叫一家中人，拿些財物奔到舍下來，與小弟賭。小弟不省其意，這一雙手，毛病不改，何消三擲五擲，弄些手段兒，把那廝囊中之物贏得罄盡。不期這醉老虎暗帶伴當，立在人叢裡，見那廝輸了，即向前搶去骰盆籌碼，叫破地方。我家這些相識朋友慌了手腳，各自逃散。醉老虎將小弟與他家中人，一條繩子縛了，著落⑲本圖總甲⑳，登時送入縣堂，暗中用計。那縣官不由分說，先奉承我三十大竹片，押入牢房監禁。那廝將家人保出，賂賄了縣主上下。那縣主聽人情，將小弟三拷六問，定要招成二百兩贓銀。小弟受刑不過，只得一筆招了。央人變賣產業家伙，不勾㉑還他，又借貸了一半，盡數當官賠納。那縣官徇情，又枷號我一月，折鈔免配，方才脫得

---

⑱ 篩酒：斟酒。又謂將酒置壺內，放於火上加熱。

⑲ 著落：責成。指定某人或某機構負責辦好某件事。

⑳ 總甲：元明以來的職役名稱。明清賦役制度，以一百十戶為一里，里分十甲，總甲承應官府分配給一里的捐稅和勞役等。

羅網。自從吃了這場苦官司，門面被他破壞，鬼也沒得上門。半年之間，歷遍苦楚，衣不充身，食不充口，又要還債，幾番待懸梁自盡，又捨不得這條窮性命。思量別尋生計，手中缺少本錢，正是羊觸藩籬㉒，進退無路。二哥，你怎地帶挈得小弟些兒也好。」

苗龍心下暗喜道：「此事有幾分機括㉓了。」便道：「大哥遭此飛禍，小弟一些也不知。自古說：『苦盡甜來，否極還泰。』兄長不須煩惱，目前有一場大富貴，若要取時，反掌之間，只怕兄長不肯向前。」韓回春笑道：「二哥又來取笑，貧困之人，那裡去尋富貴？若果有些門路，二哥提挈小弟，得一日快活，水裡水裡去，火裡火裡去，上天入地，皆所不辭。」苗龍拍著手道：「這一套富貴，非同小可，若弟與兄長取得來時，可知道一生受用。」韓回春陪著笑臉道：「好阿哥，委是何等富貴，便實與小弟說說，可行可止，自有權變，何故欲言又忍，藏頭露尾的？」苗龍道：「大哥不要性急，這一樁事不比尋常，兄長若對天立誓，不露消息，方好盡心相告。」韓回春道：「今日苗某與韓某計議一大事，若有不同心協力，別存他意，以致敗露者，天雷擊死，必遭橫禍，身首異處。」苗龍聽罷，即移身近前，與韓回春一凳子坐了，附耳低言道：「不瞞兄長說，這一場富貴遠隔著萬里，近只在目前。就是適間所說妙相寺中佛殿上擺的白銀器皿、古銅玩器、金香爐、金燭臺等項，細算來，約莫有萬兩之數。這些物件，都是妄費的錢糧，怎地劫得到手，尊駕與小弟今生快活不盡。」韓回春搖著頭道：「這卻是難！這卻是

㉑ 不勾：不夠。

㉒ 羊觸藩籬：比喻碰壁，進退兩難。

㉓ 機括：亦作「機栝」，弩上發矢的機件。比喻治事的關鍵。

難！這一套財寶，勸二哥休要想他，不必費心，免勞算計。」苗龍道：「小弟略施小計，手到可擒，大哥何故出此不利之言？」韓回春道：「二哥有所不知，妙相寺新添了一員副住持，叫做林澹然，原是將門子弟，有萬夫不當之勇，好生了得，若遇著他，空送兩條窮命。二來這皇城地面，不比鄉村去處，我等若明火執杖打將進去，免不得驚動人眾，縱然劫得金銀，巡城軍卒追上之時，怕你飛上天去，這叫做竹管煨鰍——直死。故此難以下手，只索留了性命。」

二人正說話間，忽然一人趕近前，將苗龍揪胸揪住，喝道：「我這裡是甚麼去處，許你二人在此商議做劫賊？我先出首，免受牽累。」驚得苗龍面如土色，目瞪口呆。韓回春也嚇得發顫，定睛仔細看時，大笑道：「李大哥休得取笑，不是小弟在此，苗兄幾乎被你唬死。」那人放手笑道：「苗二哥，不必驚惶，前言戲之耳。」苗龍方才心定，二人聲喏而坐。那人叫酒保再燙酒來，另添餚饌，點上一盞燈，重新酌酒。韓回春道：「二哥未曾與李大哥相會？」苗龍道：「未曾拜識尊顏。」韓回春道：「這就是店主人，姓李，諱秀，號季文，是一位仗義疏財的傑士，小弟自幼與他莫逆之交。」苗龍道：「有眼不識泰山，未得親近，今日幸會。」李秀道：「不敢動問，苗二哥適才說妙相寺這一套富貴，小弟在間壁房裡聽了多時，盡知其事，但不知果是實麼？」苗龍道：「李兄既與韓大哥相知，都是個中人，說亦無害。這寺內金銀物件，皆是小弟親眼看見，豈有虛詐？正在這裡計議，若依韓大哥所言，只落得眼飽肚飢，空成畫餅。」李秀笑道：「苗兄無謀，老韓太懦，依著小弟愚見，管取這金銀財物，唾手而來。」苗龍道：「足下有何妙策？見教為幸。」李秀道：「適間二兄商議之時，小弟竊聽，說到金銀兩字，不覺熱血攢心，手舞足蹈，恨不得飛去抓來，好機會如何錯過？若依韓兄畏刀避劍之言，到老不能發跡。我也聞得林澹然武藝高強，也知道禁城中軍卒嚴謹。如依我行事，萬無一失。」韓回春忻然道：「李兄，你且說甚麼妙計？」李秀道：「我店中有三個做酒後生，前後有四個相知有手段的莊客，連我們三個，共是十人。明日卻是第七日，道場圓滿。我與你計議停當，陸續進城，到寺中看了動靜，且四散在近寺幽僻處藏身。待到三更道場散時，諒這些禿廝辛苦了七晝夜，豈不熟睡？苗二哥須放出那飛檐走壁的本事來，我們如此如此，這般這般，一齊照會入去，不用明火執杖，亦不許吶喊殺人，逕到鍾守淨臥房裡，將守淨捉住綁起，逼他金銀物件出來，叫他不敢喊叫。得了手跳出門時，將守淨又如此而行。只不要驚動林澹然，便是高手。卻是五更時分，城門開了，我們捱㉔城而出，若路上撞見巡城軍卒，也不怕他了。比及地方與寺中知覺時，天已大曉，我們到家安頓，還可睡一覺將息。二兄，此計何如？」苗龍拍掌笑道：「好妙計！好妙計！雖然不上凌煙閣㉕，也賽過諸葛㉖與張良㉗。我們幾時去？」韓回春笑道：「看兄不出，倒有此賊智。我們就安排起來，依此而行，美哉！妙哉！」李秀道：「二兄謹言。隔牆有耳，不可造次，被人知覺，反成大害。」三人計議已畢，放懷盡興而飲。此時夜色深沉，李秀道：「我們且去睡覺，養養精神，明夜方好行事。」苗龍、韓回春就在李秀家下歇宿。

次日直至日午，起來梳洗。這做酒後生並莊客，李秀早間預先照會，都到李秀家中伺候。李秀叫渾

㉔ 捱：音ㄞˊ，貼近；依靠。
㉕ 凌煙閣：貞觀十七年，唐太宗為表彰開國功臣，下令繪二十四位功臣的圖像，置於凌煙閣。
㉖ 諸葛：三國蜀漢丞相諸葛亮，以多謀善斷著稱。
㉗ 張良：西漢開國功臣，以運籌帷幄之中，決勝千里之外著稱。

家炊了一斗米飯，煮一個大豬首，宰了一隻鵝，開了一大埕㉘酒，苗龍為頭，洞洞之聲念了幾句，燒了利市紙，眾人一齊狼飧虎食，享了福物，吃得醉飽，收拾了杯盤，打點進城器械。苗龍、李秀、韓回春都暗藏一把腰刀，帶了一根鐵尺，先取路入城。次後酒生、莊客，各暗藏利刀短棍，一個個闖進城裡。

卻說苗龍、韓回春、李秀三人到得妙相寺時，又早紅日將沉，天色將晚。三個走入佛殿上，細細遊玩一遭，果然熱鬧，實是繁華，比尋常道場不同。但見：

三尊大佛㉙，尊尊頂嵌夜明珠。侍列諸天㉚，個個眉攢祖母綠㉛。文疏貴重，上印著舞鳳飛龍。經典莊嚴，外護的繡衣錦套。齋供般般㉜精潔，都盛在玉白雕盤。器皿件件新奇，俱係是良工巧製。香爐金鑄，上面有萬壽回文㉝。燈架銀妝，下蟠著雙螭交尾。淨瓶㉞奇特，烏金界道獻珊瑚；香盒玲瓏，雕漆為胎鑲瑪瑙。鐃鈸㉟純金打就，笙簫碧玉碾成。桌圍經袱盡銷金㊱，禪

㉘ 埕：音ㄔㄥˊ，罈子。

㉙ 三尊大佛：指位於正中蓮花座上的釋迦牟尼佛，以及釋迦牟尼佛的左脅侍、騎青獅的文殊菩薩，右脅侍、騎白象的普賢菩薩。

㉚ 諸天：佛教語。指護法眾天神。佛經言欲界有六天，色界之四禪有十八天，無色界之四處有四天，其他尚有日天、月天、韋馱天等諸天神，總稱之曰諸天。

㉛ 祖母綠：公認的名貴寶石之一，被譽為綠寶石之王。

㉜ 般般：種種；件件。

㉝ 回文：是漢語特有的一種回環往復讀之均能成誦的修辭方法。

㉞ 淨瓶：為比丘十八物之一，盛水供飲用或洗濯。

鼇架裟皆織錦。磬聲嘹亮，原來是千載古銅。鈴杵輝煌，正不只百年舊物。淨水注三爵，每爵重四十餘金。盂蘭㊲只一盆，滿盆貯鎮國之寶。正柱上帖一對萬花異錦春聯，祝贊皇妃千萬壽；山門外掛一張四六㊳對仗文榜，開陳佛事許多般。真賽過金谷園㊴中，說甚麼臨潼會㊵上。人言白酒能紅面，我道黃金解黑心。

再說三人看見燭臺、金爐、銀器之類，各各暗喜，細細看了半晌。走出殿外閒立，只見莊客、酒生，也都在人叢裡閒看挨擠。李秀見了，把眼一瞥，各各點頭會意，前後四散，往臥房、庫房看門路去了。不一時，敲動晚鐘，佛殿上兩廊左右，側殿禪堂，點上燈燭，照耀如同白日。鍾守淨、林澹然兩住持上壇誦咒念經，與王妃解冤釋劫，普度群生。壇下僧官奏動細樂，做大功德。此時看的人，挨肩疊背，越發多了。

㉟ 鐃鈸：音ㄋㄠˊ ㄅㄛˊ，寺院法會時所用法器之一。鐃與鈸原為二種不同的打擊樂器，後來混而並稱為鐃鈸。

㊱ 銷金：指嵌金的物品。

㊲ 盂蘭：盂蘭盆。梵語，意譯為「救倒懸」。盂蘭盆經載：目連從佛言，於農曆七月十五日置百味五果，供養三寶，以解救其亡母於餓鬼道中所受倒懸之苦。南朝梁以降，成為民間超度先人的節日。是日延僧尼結盂蘭盆會，誦經施食。

㊳ 四六：文體名。駢文的一體。因以四字六字相間定句作對，故名。

㊴ 金谷園：指西晉石崇於金谷澗（在今河南洛陽西北）中所築的園館。後泛指富貴人家盛極一時但好景不常的豪華園林。

㊵ 臨潼會：臨潼，在今陝西西安，先秦時屬秦國。傳說春秋時秦穆公邀請各國諸侯帶寶物來臨潼鬥寶。

將近更盡，管門道人報道：「聖人差王妃親弟王太尉來寺中送聖，已進山門。」二住持即忙下壇，迎接到佛殿上參佛，見禮畢。王太尉分付虞侯，凡一概閒雜人等，夜深之際，不許在寺混擾，都教趕出山門外去。這一班虞侯拿著藤條，只顧趕逐，看的人漸漸散去。苗龍、李秀只得閃在山門外面僻靜去處，看看二更盡，經事功德已完，眾僧吹打一通，卻早化紙。二住持款王太尉吃齋。少頃齋散，又聽得譙樓㊶已打三鼓，二住持率領僧官，送王太尉上轎回衙。次後僧官各各拜辭回寺而去。鍾守淨叫道人閉上山門，發付行童執了幾盞燈籠，分頭前後兩廊、殿上殿下，遍處照過，方才回房，收拾金銀器皿藏頓，滅了前殿後殿兩廊燈燭，二住持與僧眾各自回房歇息不題。

再說苗龍、李秀、韓回春、莊客、酒生，都在近寺左側幽僻處藏躲，側耳聽時，已是三更將盡。苗龍摸到寺前，咳嗽一聲，李秀、韓回春俱會意，向前和苗龍輕輕商議道：「四鼓起了，不動手更待何時？」三個走到寺後牆邊看時，酒生、莊客都在那裡探頭張望。苗龍查點人數，十個仍是五雙，一齊塗黑了臉。李秀道：「苗二哥，你可先進牆裡去，開了後門，我們好進來。」韓回春道：「這一帶上牆打緊，又高又厚，二哥怎地過去？」苗龍一面笑著，一面將手腰裡去摸，摸出一對熟鐵尖釘，光溜溜有一尺餘長，一隻手捻著一個釘，左手將釘插在牆上，左腳蹲上牆去，右手將釘插在牆上，右腳蹲上牆去，卻似猢猻溜樹一般，匝眼間，早爬上牆頭，知會㊷了眾人，往下輕輕一跳，跳在草地上，摸著牆門，扭開鐵鎖，開了後門。李秀見了，照會一干人，闖入牆內，將牆門依舊閉上，一齊摸到裡邊耳房㊸邊，聽

㊶ 譙樓：城門上的瞭望樓。

㊷ 知會：通知；告訴。

時只聽得鼾聲如雷，正是夜眠如小死。這寺中僧眾道人，一連辛苦了數日，才得著枕，卻早都睡思昏沉。苗龍聽了一會，見沒動靜，雙手去撬門，撬得門咯咯地響，驚動一隻黃犬，鑽出洞來亂吠。苗龍提起鐵尺，照頭一下，已是半死，又復一尺，但見四腳朝天，見閻王去了。韓回春驚得寒抖抖地道：「不好，不好！黑魆魆不辨東西，鍾和尚臥房不知在哪廂哩？」苗龍道：「不要慌，日間我已看得備細，西首那土庫裡卻是林和尚的臥室，東邊黑牆內卻是鍾和尚的臥房。我們逕往東首闖將入去就是。」苗龍將門扇一重重都撬開了，一齊穿過廚房，閃出禪堂，又摸過穿堂，卻到黑磚牆外。苗龍扯過一株曬衣竹竿，靠在牆上，溜進牆裡，將石門開了，眾人一同閃入裡面。苗龍又將房門撬開，悄悄地閃入房中。李秀向前捱到鍾守淨床邊，只聽得鍾守淨夢中說道：「我的活寶，放撒手些，定要拿班做勢，弄得我一身熱汗。」李秀笑道：「好和尚，在這裡做春夢，騙小沙彌哩。」即身邊抽出火草，點起火來，苗龍搶到床前，將守淨一手按住。鍾守淨夢中提醒，嚇得魂不附體，急待掙扎，早被李秀、韓回春將繩索背剪餛飩樣捆了。鍾守淨叫道：「不好了！行者快起來！」這行童正在睡中，聽得叫喚，急忙跳起身來，一雙眼再也睜不開，不知住持叫些甚麼，拿了褲子作布衫穿，左扯右掤，只是穿不上，也被莊客、酒生向前捆了。苗龍腰間掣出一把明晃晃腰刀，擱在鍾守淨項上，喝道：「不要作聲！若叫喊時，便殺了你。我等眾好漢不為別事，只要那日間佛殿上金爐、燭臺、銀寶器皿，還要借白銀三五千兩使用。好好獻出，佛眼相看，留你禿廝性命，倘若執迷不悟，先教你一命歸陰，然後將這寺中大小禿驢，盡皆砍死。」鍾守淨哀告道：「大王爺爺乞饒草命，金銀物件都在側首庫房內地窨子裡，任從大王爺爺拿去，只是乞留狗

㊸ 耳房：正房或廂房兩側連著的小房間。因其在門內左右如同兩耳，故名。

命！」苗龍聽罷，著酒生看守著鍾守淨、行童，自同韓回春、李秀、莊客一齊動手，撥開側首門扇，奔入庫房裡來。正是：

不施萬丈深潭計，怎得驪龍頷下珠44？

畢竟苗龍眾人果然劫得金寶去否？且聽下回分解。

---

44 驪龍頷下珠：尸子卷下：「玉淵之中，驪龍蟠焉，頷下有珠。」驪龍，黑龍。傳說其頷下之珠為夜光珠。

第五回　大俠夜闌降盜賊　淫僧夢裏害相思

詩曰：

財物從來易動人，偷兒計畫聚群英。
窖中覓寶擒奸釋，杖下留情遇俠僧。
談佛忽然來活佛，觀燈故爾❶乞餘燈。
夢中恍惚相逢處，何異仙槎❷入武陵❸。

話說李秀、苗龍、韓回春等一同搶入庫房，撬起石板，果然香爐、燭臺、金銀器皿都在地窖子裡，又見側首一個皮匣，扭開一看，約有數百兩散碎銀子。苗龍等不勝之喜，叫莊客打開帶來的細布叉袋，將香爐、燭臺、皮匣物件都裝在袋裡。酒生、莊客、韓回春每人馱❹了一袋；李秀將房側懸掛的舊幡扯

---

❶ 故爾：故意如此。

❷ 仙槎：神話中能來往於海上和天河之間的竹木筏。

❸ 武陵：武陵源。晉陶潛桃花源記載：晉太元中，武陵漁人誤入桃花源，見其屋舍儼然，有良田美池，阡陌交通，雞犬相聞，男女老少怡然自樂，與外界隔絕。後以「武陵源」借指避世隱居的地方。

下兩條，把鍾守淨、行童兩個口都包住了。李秀挾了行童，苗龍挾了鍾守淨，一夥人悄悄地走出臥房，逕奔前門而來。

卻說林澹然從夜深送佛化紙吃齋，收拾已罷，回到禪房，正脫衲衣要睡，猛然想道：「這道場做了七晝夜，城裡城外，不知引動了多少人來看耍。佛殿上供奉擺列的都是金銀寶貝，自古財物動人心，倘有不測，不可不防，且在禪床上打坐，待到五更睡也未遲。」閉目定神，坐了一會，只聽得東首後門邊，犬哰哰地吠響。側耳聽時，又不見動靜，心內疑惑，跨下禪床，手提銅杖，步出臥房，逕往東首佛殿後廊下穿堂看時，只見一帶門直到廚房都是開的。林澹然大駭，急走到後牆來看，後門依舊關閉，復翻身趄❺出，來鍾守淨土庫邊，見石門大開。林澹然走進石門禪房裡，覺有些燈亮。此時，苗龍等正在房中動手。隱隱聽見一個低喝道：「好好獻出寶來，饒你性命！」一個道：「乞饒貧僧狗命，寶物任大王取去！」林澹然心裡想道：「是了，必有劫賊。日間看見金銀器皿，故深夜來此劫取。怕俺知覺，悄悄地在此做事。俺若趕入去，反要傷了鍾守淨性命，諒這夥毛賊，決不敢從後門出去，後路窄狹，難以轉動，況又近俺禪房，必從前門而走。俺且坐在山門側首等他，不怕他飛上天去了。」有詩為證：

浩氣凌霄貫斗牛❻，無知鼠輩起戈矛。

---

❹ 駞：通「馱」。背負。

❺ 趄：音ㄒㄩㄝˊ，回轉；折轉。

❻ 斗牛：二十八宿中的斗宿和牛宿。

夜深不遇林時茂，守淨資財一旦休。

這林澹然終是將官出身，心下甚有見識，輕輕閃出佛殿禪堂，逕到山門右邊一株大楊柳樹下坐了，將禪杖倚在樹邊，等了一會，只聽得金剛殿側門開處，黑影裡一夥人走將出來，前頭兩個漢子，挾著黑魆魆兩樣物件，後面七八個大漢，都馱著布袋。看看走近前來，林澹然躍起，倒提禪杖，大喝一聲道：「狂賊劫了金寶，待往那裡去？」李秀、苗龍聽得，吃了一驚，即撇鍾守淨、行童，掣出腰刀，向前砍來。這韓回春、莊客、酒生都慌了，膽戰心寒，沒奈何丟了布袋，也拿著短棍、鐵尺上前助力。林澹然一條禪杖擋住，交手處，卻早一禪杖擦著李秀手腕，撲的倒在地上。又一個溜撒些的莊客要搶功，提起鐵尺，望澹然頂門上打來。林澹然把禪杖望上只一隔，將鐵尺早隔在半天裡，莊客右手四個指頭都振斷了，負著疼也倒在地上。苗龍看見風勢不好，心裡已知是林澹然了，撇卻手中腰刀，跪在地下磕頭，叫：「爺爺饒命則個！」這韓回春與眾人見苗龍跪了，也一齊跪下，磕頭乞命。林澹然是慈心的人，見眾賊跪下求命，即收住禪杖，喝道：「俺這裡是甚麼去處，你這夥毛賊，輒敢恣行劫掠？莫說你這幾個鼠賊，俺在千軍萬馬中，便也只消這根禪杖。諒你只幾個到得那裡，大膽來捋虎鬚。今日你自來尋死，如何輕放得過？」說罷，舉起禪杖，正欲打下。這苗龍是個滑賊，有些膽量，他雙手扒向前來，寒簌簌地哀告道：「爺爺！待男女稟上，再打未遲。男女等也是良家兒女，只因命運淹蹇❼，又值惡薄時年，賣妻鬻子，家業凋零，出於無奈，只得做這偷摸的勾當。日間窺見爺爺佛殿上金銀寶玩，動了歹心，實欲劫取，

❼ 淹蹇：謂艱難窘迫，坎坷不順。

圖半生受用，不期冒犯虎威。乞爺爺開天地之心，施好生之德，佛門廣大，饒恕則個！」說罷，眾賊哀哀的只是磕頭。

林澹然躊躇一會，遠遠望見草坡上圓混混兩件東西，滾來滾去，因黑夜月色朦朧，看不明白。林澹然喝道：「那草坡上滾的是甚麼物件？」苗龍磕著頭道：「爺爺，不敢說。小人等罪該萬死！這是東房正住持鍾法主老爺和一個行童。」林澹然失驚喝道：「你這一班該死的潑賊，快快救起鍾老爺來。」眾人即忙點起火草，向前將鍾守淨、行童解了繩索，去了布條，脫衣服替他穿了。林澹然上前看時，兀自目瞪口呆，動彈不得。林澹然怒道：「潑賊既要饒命，好好將器械納下！」這班賊都將腰刀、鐵尺，戰兢兢納在林澹然面前。澹然又喝道：「都脫衣服俺看。」一齊都脫衣解帶，赤條條的，待林澹然搜看，身邊並無暗器。林澹然道：「著兩個好好地扶鍾法主、行童進房去。」苗龍道：「若爺爺不打，情願服侍鍾老爺。」隨令韓回春扶了鍾守淨，一個酒生扶了行童，一直送到鍾守淨臥房裡去了。餘賊低頭伏氣，跪在草裡喘息，也不敢動。這李秀和莊客兩個倒在地下，哼哼地捱命。頃刻間，韓回春、酒生兩個帶一個道人出來，稟覆道：「已送鍾老爺回房了。」林澹然分付道人：「快去辦些茶湯，調理鍾老爺。」那道人飛也似去了。原來這兩個賊恐怕林澹然生疑，故叫這道人出來回話。

眾賊跪在地上，面面相覷，沒作理會處，欲待棄了李秀、莊客奔走，又慮明日扳扯出來，進退兩難，猶豫不定。林澹然道：「俺已饒你，為何不走？還指望些甚麼哩！」這夥賊都哭將起來。苗龍道：「小人等今日窮極，幹了這犯法的事，萬死尤輕。蒙爺爺慨然赦宥，正是死裡重生，感恩無地。只一件，小人等雖然得生，終久難脫羅網。這兩個被爺爺打傷的，掙扎不動，須是小人們扛他回去，路上若撞著巡軍盤詰，定遭擒拿，終是死數。若小人們各自逃去，丟下這兩人，爺爺雖大發慈悲饒了，鍾老爺受虧，必然不肯甘休，著落官府拷問，這兩個必定扳出小人們，也是個死。算來算去，左右是死，不如各人受爺爺一杖，落得乾淨，不枉了做英雄手內之鬼。」說罷，只是磕頭。林澹然笑道：「你這潑皮倒也有些志氣。也罷，汝等且打開袋子、皮匣與俺看。」眾賊將叉袋、皮匣打開，林澹然一一檢過，喝道：「快將袋裡金銀物件送到鍾住持臥房裡去，交割明白。這皮匣內銀兩，賞與你眾人，拿去均分，做些本分生理，不許再生歹心，有害地方。若蹈前非，撞到俺手裡時，這番休想得活！」眾賊聽了，一齊磕頭跪拜。拜罷起來，將叉袋照舊馱到鍾守淨房裡交割了，又帶那個道人出來回話。林澹然又道：「汝眾人輪流背這兩個打傷的人，俺自押送到城門邊，以免攔阻，保全汝等去罷。」眾賊不勝感激。苗龍等抹去臉上煤黑，兩個酒生扶了莊客，兩個扛了李秀，苗龍背了皮匣，一齊都出山門，林澹然押後，幸得一路無人知覺，直送到城外，眾賊倒身拜謝，悄悄都去了。

林澹然獨自個拖了禪杖，回到寺裡，卻早鄰雞三唱，天色黎明。澹然走到鍾守淨房裡探望，鍾守淨、行童被繩索縛傷了四肢，渾身痲木，都睡在床上叫疼叫痛。一見林澹然來，即以手挽住衣服，扯澹然坐在床上，口裡不住聲叫：「師兄是貧僧重生的爹媽，恩若丘山，今夜若非恩兄解救，幾乎命喪黃泉。此情此德，銘刻肺腑！」林澹然笑道：「師兄休得如此說。俺與你義同手足，蒙聖恩受了偌大供養，愧無以報。況俺與師兄職任不小，聖上欽賜許多金銀、爐臺等物，若被劫去，查點怎了？今幸佛力浩大，得以完璧，萬全之喜，乃師兄洪福，何謝俺為？」鍾守淨睡在床上，合掌稱謝不已。林澹然又道：「這件事不可播揚於外，就是寺裡知覺的人，須分付他不可傳說出去，聖上知道，只說你俺無一些才幹。適才皮匣裡銀兩，俺已賞與眾賊去了。若少錢糧，待後補上。師兄可將息貴體，內外牆壁門扇，小僧自著人修葺。暫且告別，晚間再來探望。」鍾守淨道：「多承活命之恩，誓當補報。外邊若有動靜，乞師兄遮蓋則個。」林澹然道：「這個不必分付。」當下辭了鍾守淨，自回禪房中歇息。有詩為證：

揮金施劇盜，耀武救同袍❽。
恩義須兼盡，威名泰嶽高。

卻說鍾守淨口中不道，心下思量：「林住持好沒分曉，盜已擒獲，為何不送官誅戮，以警將來，反饒❾放去了，將這一皮匣銀兩賞他？自古道：『莫信直中直，須防仁不仁。』莫非自己藏匿過了，假說賞與賊人，未可知也。有心不在忙，慢慢地看他冷破❿便了。」後人看到此處，單嘆這人心最是不平。「落水要命，上岸要錢」，這八個字真道不差。有詞為證，詞名重疊金：

昨宵見你炎炎熱，今朝倏爾成冰雪。今昔一般情，如何有二心？　急裡閒人貴，閒處親人贅。搔首自評論，從來無好人。

話分兩頭。再說苗龍等一行人，自城邊別了林澹然，抱頭鼠竄，都到李秀家裡，閉上店門，放下李

❽ 同袍：泛指朋友、同年、同僚、同學等。
❾ 饒：讓。
❿ 冷破：破綻。

秀並莊客。卻好天色已明，隨即打開皮匣，將裡面銀子取出看時，一齊歡喜。苗龍作主，將一半自與李秀、韓回春三人分了，這一半莊客、酒生七人均分畢，都坐在李秀房裡。苗龍先開口道：「我們這十個弟兄，幾乎到閻王殿前陰司地府走一遭，若不是遇著這仁慈慷慨的林爺爺，如何得有今日？實係再生，好險！好幸！」韓回春拍著大腿道：「罷！罷！罷！古人說得好：『知過必改。』我弟兄們今日在萬死裡逃得性命，重見天日，從此後將分的銀兩，各尋生理，圖一個長進，莫辜負林爺爺一片好心。」李秀睡在床上道：「自古及今，也沒這樣好人。我適才手腕上被打，血暈在地，實料命歸陰府，那想再活人間？今得性命，重見妻兒一面，實出望外。這恩爺大德如天，報答不盡，誰承望又賞這若干銀兩。自今日為始，各人家裡安立林澹然爺爺一個牌位，上書著姓名，把赤金貼了，每日早晚侍奉拜禱，願他身登佛位，早證菩提。若遇每月朔望⓫、四季節序之辰，各出分子做功德，保他壽年千歲，福享無疆。你眾弟兄們道我這主意如何？」眾人一齊道：「好！受了他莫大之恩，正該如此報答。」眾人吃了些酒飯，各自散了。這李秀並莊客有了錢鈔，自去尋醫療治，不在話下。

再說林澹然在妙相寺中，趕散了盜賊，救了鍾守淨性命。又是隆冬天氣，幸喜防得密，內外人等並不知覺。鍾守淨瞯⓬林澹然不在時，幾次到他房裡搜檢，並無踪跡，鍾守淨方才心裡信林澹然是個好人。自此後，凡寺裡一概錢糧財帛等項，與林澹然互相管轄，有事必先計議，然後施行；不時⓭烹茶獻果，

⓫ 朔望：朔日和望日。農曆每月初一日和十五日。

⓬ 瞯：音ㄐㄧㄢˋ，窺視；偵伺。

⓭ 不時：時時。

講法談禪，就似嫡親弟兄一般。寺裡僧眾見他兩個如此，也各心裡喜歡。

光陰荏苒，疾似流星，但見爆竹聲中催臘⑭去，梅花香裡送春來。當日是正月十三上燈⑮之夜，家家懸彩，戶戶張燈。怎見得好燈？古人有一篇詞，名女冠子，單道這燈的妙處：

帝城三五⑯，燈光花市盈路。天街⑰遊處，此時方信，鳳闕都民，奢華豪富。紗籠才過處，喝道轉身，一壁小來且住。見許多才子豔質⑱，攜手並肩低語。東來西往誰家女？買玉梅爭戴，緩步香風度。北觀南顧，見畫燭⑲影裡，神仙無數。引人魂似醉，不如趁早，步月歸去。

這一雙情眼，怎生禁得許多胡覷。

貼近妙相寺有一員外，姓周，名其德，也是金陵有名富戶，因染了瘋疾，歲底許下本寺伽藍船燈一座，又許下經願數部。疾痊之後，酬還心願，雇匠人造下一隻木船，五彩油漆，外邊俱雕刻小小人物，撐篙架櫓，掌號執旗，吹打樂器，鎗刀劍戟悉具，四周懸掛彩結珠燈，船裡供養伽藍神像，兩邊排列從

---

⑭ 臘：歲末，因臘祭而得名，通指農曆十二月或泛指冬月，常與「伏」相對。

⑮ 上燈：農曆十五日為元宵節，又稱上元節，俗名燈節。自正月十三日起，家家「扯天燈」，名「上燈」。正月十八日晚上落燈。有些地方上燈時候要吃湯圓，落燈時要吃麵條，象徵「圓圓滿滿」、「順順暢暢」。

⑯ 三五：十五。指正月十五日元宵夜。

⑰ 天街：京城中的街道。

⑱ 豔質：指佳人。

⑲ 畫燭：有畫修飾的蠟燭。

人。船燈之前，又結一座鰲山⑳。燈上將絹帛結成多般故事。寺裡寺外，都懸燈結彩。哄動了滿城士女，那一個不來妙相寺裡看船燈？因此上惹出一個妖嬈，適償了前生孽債。

說這佳人，住在本寺後門東首小巷裡，丈夫姓沈名全，乃是個舊家子弟，自小生來好穿好吃，只耽遊玩，懶讀詩書，況自幼嬌養，不會生理，不尷不尬㉑的。有一夥惡少，起他個渾名，叫做蛇瘟。街前街後，貼上數十張沒頭榜文，名為蛇瘟行狀，寫道：

雙眼斜睃㉒不亮，兩袖低垂不颺。語言半吞不吐，行步欲前不上。貪睡假鼾不醒，生理佯推不慣。飲酒鍾兒不放，吃食箸兒不讓。廩無粒米不憂，囊有千文不暢。腹中乾癟不饑，肚裡膨脝不脹。滿身風癢不搔，遍體腌臢不蕩。巧妻侮弄不親，鄰族情疏不向。憑君炙燂㉓不焦，任你爆煎不爛。先君克眾不良，生下賢郎不像。編成不字奇文，好做蛇瘟行狀。

這沈全早年父母雙亡，娶個渾家也是富戶之女，姓黎，小名賽玉，生得甚是飄逸。嫁與這沈全數年，家業漸漸凋零，奴僕逃散，田產填了債負，只留得一義男小廝，名喚長兒。虧這黎氏十個指頭挑描刺繡，專一替富貴人家做些針指，賺來錢米，養著沈全。當日誹誹㉔地聞得人說，妙相寺裡船燈鰲山甚是好看，

---

⑳ 鰲山：也作「鼇山」，堆成巨鼇形狀的燈山。

㉑ 不尷不尬：不明不白。指人行為不正。

㉒ 睃：音ㄙㄨㄛ，瞧；斜視。

㉓ 燂：音ㄅㄛˊ，烘烤。

黎賽玉是個少年情性，又值閒月，當下對沈全道：「這妙相寺裡船燈，人人說好。我這裡只隔一兩重牆，甚是近便，遠處的若男若女，兀自來看耍，怎地不去看看來？」沈全道：「你要看，自和長兒同去，我在家裡尋個覺好睡。」

黎賽玉見丈夫應允，隨即梳頭，插花戴朵，換了衣服，叫長兒執些香燭，步行到這寺裡來遊玩。進得山門，到了佛殿上，點了香燭，拜了幾拜，次後同長兒到廊下看了船燈，又到山門邊觀看鰲山，在人叢裡捱來捱去。看了半晌，長兒道：「娘，回家去罷。」黎賽玉笑道：「寺雖近便，卻也難得來的。今既來此，遊玩一番，你可引我往禪堂、後殿、兩廊、小殿裡，左右看一看去。」長兒引娘回步，同到後殿、禪堂、廚房周圍觀看。忽聽得一夥人道：「東首法堂中，鍾住持在那裡講佛法，我們也去聽一聽，不脫人身。」黎賽玉聞得，也同長兒到東首法堂裡來，聽這鍾住持開講佛法。兩個立在人叢背後聽了一會。鍾守淨端坐在壇上，開講那「南無阿彌陀佛」六個字義。正講到第六個佛字，道：「善知識㉕，欲解佛字，只不離了這些兒。」把手指著眾人之心。眾人把身一開，鍾守淨猛擡頭，忽見黎賽玉站在人後。鍾守淨斜眼一睃，見他生得十分標致，有臨江仙詞為證：

寶髻斜飛珠鳳，冰肌薄襯羅裳。風來暗度麝蘭芳。緩移蓮步㉖穩，笑語玉生香。　微露弓鞋㉗

㉔ 誹誹：沸沸揚揚。

㉕ 善知識：佛教語。聞名為「知」，見形為「識」，即善友、好伴侶之意。後也用以泛指高僧。

㉖ 蓮步：史傳南齊廢帝鑿金為蓮花帖地，令潘妃行其上，讚道：「此步步生蓮華也。」後用以指美女的腳步。

㉗ 弓鞋：舊時纏腳婦女所穿的鞋子。

纖小，輕攜彩袖飄揚，天然丰韻勝王嬙㉘。秋波頻盼處，佛老也心狂。

鍾守淨不覺神魂飄蕩，按捺不住，口裡講那個佛字，一面心裡想這個女菩薩。正謂「時來遇著酸酒店，運退撞了有情人」。這守淨倒也是聰明伶俐的，不知怎地看了黎賽玉一點風情，就是十八個金剛也降伏不住了，一時錯了念頭，鎖不定心猿意馬。這婦人也不轉睛的將鍾守淨來覷。鍾守淨只得勉強在壇上支吾完了。行童進上茶果，鍾守淨道：「貧僧今日困倦了，眾施主暫且散去，明日再來聽講。」眾人見說，一齊散了。黎賽玉領著長兒，同眾人出了山門，取路回家。有詩為證：

從來女色動禪心，不動禪心色自沉。
色即是空㉙誰個悟？反教沙裡去淘金。

卻說鍾守淨初次見這婦人，雖動塵心，不知婦人姓氏住居，又不好問得，只自心裡亂了一回，也只索罷了。不爭臨出門時，這婦人領著一個小廝同走，鍾守淨心裡想道：「這小廝好生面熟。」想了一會，猛然省道：「是了，這小廝時常到我寺中井裡汲水，得便時問他端的，便知分曉。」當下寺裡鬧叢叢地早過了兩日。至第三日，卻是正月十五元宵佳節，鍾守淨、林澹然早上齋供了神佛，令管廚房的和尚備齋，慶賞元宵。至晚，擊動雲板，聚集合寺僧眾，禪堂裡點上燈燭，擺上齋席。鍾守淨、林澹然二人為

㉘ 王嬙：字昭君。漢元帝時期宮女，後出塞為匈奴呼韓邪單于閼氏（皇后）。
㉙ 色即是空：佛教語。謂色只是事物的表象，而這種表象出自人的幻覺。

首，餘者僧眾依年序坐兩旁。內中也有吃酒的，也有不吃的，或談玄理，或講閒話，直至更闌㉚方散。鍾守淨對林澹然道：「貧僧數年不曾看燈。今宵幸得風和月朗，天氣晴明，況今歲之燈，比每年更盛，雖然夜色深沉，諒此良宵殘燈未撤，欲與師兄同步一回如何？」林澹然道：「承師兄帶挈，本當隨行。但有一件，目今寺裡看船燈鰲山的士女甚多，黑夜之中，或有不良輩乘隙偷盜，如前番故事，或是非火燭，干係不小。師兄若要看燈，帶一小童隨去，貧僧在此前後管理，以防不虞。」鍾守淨道：「師兄見教極是，小僧略略遣興即回，乞照管則個。」鍾守淨戴了一方幅巾，穿了一領黑綠緞子道袍，著一個行童，小名來真，提了燈籠出山門，取路到御街大道看了，又轉過於家市口，遍處觀看。只見香塵滾滾，士女紛紛，燈月交輝，果是人間良夜。有賦為證：

絳蠟光搖，千百種花燈競放；皇州景麗，億萬家弦管爭鳴。飛復道㉛以連雲，凌星橋㉜而渡漢㉝。鰲山炫彩，聚四方五嶽之精；瑤島增輝，竭人力天工之巧。龍盤玉樹，收羅水族之奇珍；鳳舞梧桐，畢獻羽翎之幻像。毛蟲燈麒麟為長，走獸燈獅子居先。張異域之屏圍，掛名人之手筆。珍珠燦爛，縱然鮫客㉞亦神驚；錦繡輝煌，便是離婁㉟須目奪。萬卉中牡丹領袖，百果內

㉚ 更闌：更深夜殘。

㉛ 復道：樓閣或懸崖間有上下兩重通道，稱復道。復，通「複」。

㉜ 星橋：神話中的鵲橋。傳說天上織女七夕渡銀河與牛郎相會，喜鵲飛來搭成橋，稱鵲橋。常用以比喻男女結合的途徑。

㉝ 漢：天漢；天河。

文杏樞衡㊱。行行技藝盡標能，物物雕鏤俱極巧。又見眾仙試法，更有百怪呈靈。玲瓏燈架飾珠璣，皎潔燈球裝翡翠。說不盡繁華世俗，接不暇富貴民風。金鞍玉勒有王孫，翠幰㊲朱帷咸貴戚。綺羅隊裡，多少花容月貌足驚郎；冠蓋叢中，無數墨客騷人堪動女。正是濃情樂處香盈路，遊倦歸來月滿庭。

鍾守淨和行童趁著燈月之光，也不點燈籠，兩個穿東過西，走遍了六街三市。看之不足，又聽譙樓鼓響，卻是二更天氣，家家燭燼，戶戶收燈，看燈的漸漸散了。但見：

條條街靜，處處燈收。蟾光斜向禁城傾，銀漢低從更漏斷。笙簫絕響，踏歌人在何方？鑼鼓聲稀，逞技郎歸那院？王孫公子收筵席，美女佳人下繡幃。

鍾守淨喚行童點了燈籠前導，自卻徐步而行，取路回寺，與行童一頭走，一頭講道：「夜已深沉，若往大路回去，一發遠了，不如抄路，往後牆小巷去，倒也省走幾步。」即取路往小巷裡來。卻好轉得彎時，遠遠的聽得一個小廝在月下唱吳歌，唱道：

㉞ 鮫客：猶鮫人，神話傳說中的人魚。西晉張華博物志載：「南海外有鮫人，水居如魚，不廢織績……從水出，寓人家，積日賣絹。將去，從主人索一器，泣而成珠滿盤，以與主人。」後人常用鮫珠比喻寶珠。

㉟ 離婁：傳說中視力特強的人。據焦循孟子正義，離婁為黃帝時人，能「於百步之外，見秋毫之末」。

㊱ 樞衡：指宰輔之位。

㊲ 幰：車帷。

好元宵，齊把花燈放。捱肩擦背呀，許多人遊玩的忙。猛然間走出一個臘梨㊳王，搖搖擺擺，裝出喬㊴模樣。頭兒禿又光，鼻涕尺二長，虱花兒攢聚在眉尖上，乾頭糯米，動子個糴糶㊵行，把銅錢捉住了就纏帳，何期又遇著家主郎？揪耳朵剝衣裳，一打打了三千棒。苦呵！活冤家跌腳淚汪汪。明年燈夜呵，再不去街頭蕩。

鍾守淨擡頭一看，見個年少婦人，一隻手扶著斑竹㊶簾兒，露著半邊身子兒，探頭望月，似有所思。鍾守淨促步上前，看那婦人，就像十三日來寺裡聽講經的寃家，那唱歌的，原來就是隨行小廝。這黎賽玉因當日元宵佳節，見別人家熱熱烘烘開筵設宴，張燈酌酒，慶賞燈夜。自己夫妻二人，手中沒了錢鈔，寂寂寞寞的吃了些晚飯。沈全原是懶惰之人，早早先去睡了。黎賽玉無可消遣，因想昔日榮華，目前淒楚，心下不樂，不欲去睡，冷清清的立在門前，扳著簾兒看燈望月，聊遣悶懷。不期鍾守淨卻好走來撞著。黎賽玉眼乖，月下便認得是鍾和尚，即抽身閃入簾裡。鍾守淨走了幾步，心裡不捨，故意將燈籠一腳踢滅了，轉喝行童：「不小心，為何把燈籠滅了，快到那家點一點燭，好走路。」行童即忙轉去，到黎賽玉家裡借燈點燭。鍾守淨隨即跟著行童走到簾兒外，站立窺覷。黎賽玉叫長兒忙替行童點燭，鍾守淨在簾外假意罵道：「叵耐㊷這畜生將燈籠打滅，半夜三更，攪大娘子府上。」賽玉笑道：「住持爺怎

㊳ 臘梨：瘌痢的諧音。指黃癬，或患黃癬者。

㊴ 喬：裝假。也形容某種惡劣的表現，有勢利、刁滑、虛偽、做作等貶義。

㊵ 糴糶：音ㄉㄧˊ ㄊㄧㄠˋ。糴，買進穀物。糶，賣出穀物。指買賣。

㊶ 斑竹：一種莖上有紫褐色斑點的竹子，也叫湘妃竹。

講這話？鄰比之間，點一點燈何妨。」鍾守淨忙進簾裡，深深稽首，謝道：「混擾不當！」賽玉慌忙答禮道：「不敢，請便！」行童提了燈籠，鍾守淨又作謝了而行，不住的回頭顧盼，迤邐回寺。

林澹然與眾和尚都在禪堂等候，見鍾守淨回來，各歸臥室去了。鍾守淨進房裡禪床上坐下，吃了一杯苦茶，行童鋪疊了床，烘熱了被，服侍鍾守淨睡了，方才自去熄燈安歇。鍾守淨雖然睡在床上，心裡只是想著這婦人如花似玉，怎地能夠與他說一句知心話兒，便死也甘心。翻來覆去，再三睡不著，直捱至五更，神思困倦，朦朧在太湖石畔，憑著欄杆，看池裡金魚遊戲。正看間，道人來報：「佛殿上一位女菩薩來許經願，要接住持爺親自懺悔。」鍾守淨至殿上看時，卻是這聽講經的美人。鍾守淨打個稽首，扯著風臉問道：「施主娘子，今日許經願，還是擇日接眾僧到府上誦經？還是在敝寺包誦？」那美人答道：「妾有一腔心事，特來寶剎拜許經懺，以求早諧心願。寒舍不淨，敢煩住持爺代妾包誦此經，敬奉白銀二兩，以為香燭之費。」說罷，伸出纖纖玉指，將銀子一錠，雙手遞將過來。鍾守淨雙手去接，卻是一枝並頭蓮釵兒，藏在袖裡。此時鍾守淨心癢難抓，又問：「施主高姓貴宅，為甚心事許願？」那美人道：「住持欲知奴家姓字住處，乃田中有稻側半初，人下小小㊸是阿奴㊹，寒頭貝尾㊺王點汙㊻，出

㊷ 叵耐：也作「叵奈」。不可容忍；可恨。

㊸ 田中有稻側半初二句：即「黎」字。

㊹ 阿奴：夫妻互稱。

㊺ 寒頭貝尾：即「賽」字。

㊻ 王點汙：即「玉」字。

沉帝主㊼為丈夫。為有一段因緣，特許良願，以求如意者。」鍾守淨聽罷，不解其意，即請美人到佛堂裡用齋，那美人並不推辭，就攜著鍾守淨手到佛堂中。守淨愈覺心癢，忍不住挨肩擦背，輕輕問道：「施主適才許願，實為著甚的一腔心事來？」那美人雲鬢低嚲㊽，星眼含嬌，微笑道：「實不相瞞，賤妾躭六甲㊾，常覺腹痛不安，故煩許願，以求一子。」鍾守淨趁口道：「和尚有一味安胎種子靈丹，奉與娘子吃下去，管取身安體健，百病消除，臨盆決生男子。」美人歡喜道：「若蒙賜藥有靈，必當重謝。」鍾守淨道：「我釋門中郎中，非世俗庸醫之比，先求謝禮，然後奉藥。」美人道：「倉卒間，未曾備得，怎麼好？」鍾守淨笑道：「娘子若肯賜禮，身邊盡有寶物。」美人道：「委實沒有。」守淨道：「貧僧要娘子腰間那件活寶，勝過萬兩黃金。」美人帶笑道：「呆和尚休得取笑！」鍾守淨心花頓開，暗思道：「今番放過，後會難逢。」顧不得了，即將美人劈胸摟住，腰間扯出那話兒，笑道：「這小和尚做郎中，十分靈驗，善能調經種子，活血安胎，著手的遍體酥麻，渾身暢快。」那美人掩口而笑。

二人正欲交歡，忽見壁縫裡鑽出一個紅臉頭陀，高聲道：「你兩人幹得好事，咱待也插個趣兒。」一手將美人奪去親嘴。鍾守淨吃了一驚，心中大怒，按不住心頭火起，將一大石硯劈面打去，頭陀閃過，趕入一步，把鍾守淨劈頭揪翻，大拳打下。鍾守淨急了，掙扎不得，大聲喊叫：「頭陀殺人！地方救命！」行童來真聽得喊叫，諒是鍾守淨夢魘，慌忙叫喚鍾守淨醒來，卻是南柯一夢㊿，掙得一身冷汗，

㊼ 出沉帝主：出沉，即「沈」字。帝主，人王，即「全」字。

㊽ 嚲：音ㄉㄨㄛˇ，下垂。

㊾ 六甲：婦女有孕稱為身懷六甲。

喘息不定，心下暗暗嗟吁不已。少頃，天色黎明，行童請吃早膳。鍾守淨披衣而起，漱洗畢，舉箸吃那粥時，那裡嚥得下喉？即放下箸，只呷兩口清湯，叫行童收去。

自此之後，恰似著鬼迷的一般，深根那紅臉頭陀，又想夢中四句言語不明，自言自語，如醉如痴，廢寢忘餐，沒情沒緒，把那一片念佛心撇在九霄雲外，生平修持道行，一旦齊休。合著眼便見那美人的聲容舉止，精神恍惚，懨懨憔悴，不覺染了一種沉痾，常是心疼不止。林澹然頻來探望，請醫療治，並無效驗。林澹然也沒做理會處。凡平日縉紳故友來往的人，並不接見，寺中大小事務，都憑林住持一人管理，鍾守淨只在房中養病。這病源只有服侍的行童略曉得些，也不敢說出。終日病勢淹淹[51]。

又早過了一月，忽值三月初二日，乃是北極佑聖真君[52]壽誕。本寺年規，有這一夥念佛的老者，和一起尼姑來寺裡做佛會。當日眾士女念佛誦經，哄哄的直到申時前後。化紙送聖畢，吃齋之際，內中有一個老尼問：「今日為何不見鍾法主出來？」眾和尚答道：「鍾住持有恙在身，久不出房矣。」那尼姑失驚道：「怪得久不相見，鍾住持出家人，病從何來？既有貴恙，須索進去問安則個。」齋也不吃，袖了些果子，起身逕入鍾守淨臥房裡來。原來這老尼姑姓趙，插號叫做蜜嘴，早年沒了丈夫，在家出家，

[50] 南柯一夢：唐李公佐作南柯太守傳，敘述淳于棼夢至槐安國，娶公主，封南柯太守，榮華富貴，顯赫一時。後率師出征戰敗，公主亦死，遭國王疑忌，被遣歸。醒後，在庭前槐樹下掘得蟻穴，即夢中之槐安國。南柯郡為槐樹南枝下另一蟻穴。後因以指夢境，也比喻空幻。

[51] 淹淹：氣息微弱，瀕於死亡。

[52] 北極佑聖真君：即北方真武玄天上帝，簡稱北帝、真武大帝。象徵北極星與四象中的玄武，為統理北方之道教大神。

原是俐齒伶牙，專一做媒做保，好做的是佛頭，穿庵入寺，聚眾斂財，挑人是非，察人幽隱。中年拜一位遊方僧為師，法名妙本。街坊上好事君子，撰成一齣無腔曲兒，教閒耍兒童念熟了，每見趙尼姑行過時，互相拍手歌唱，以成一笑。曲云：

妙！妙！妙！老來賣著三般俏。眼兒垂，腰兒駝，腳兒趫[53]，兒童拍手呵呵笑，龍鍾巧扮嬌容貌。無言袖手暗思量，兩行珠淚腮邊落。齋僧漫自追年少，如今誰把前情道？　本！本！本！眉描青黛顏鋪粉。嘴兒尖，舌兒快，心兒狠，捕風捉影機關緊，點頭解尾天資敏。煙花[54]隊裡神幫襯，迷魂寨內雌光棍。爭錢撒賴老狸精，就地翻身一個滾。

這趙尼只有一個兒子，名叫乾十四，又無生理，倒靠娘東拐西騙，覓些財物，以過日子，還要偷出去花哄哩。因食用不足，常得鍾守淨周濟些錢米。故這尼姑是受恩過的人，見鍾守淨有病，怎得不驚，急急走入去探望一遭。不因此去有分教[55]：

游魚吞卻鉤和線，從今釣出是非來。

不知見了鍾守淨有何話說，且聽下回分解。

---

[53] 趫：音ㄑㄧㄠˊ，翹；翹起。
[54] 煙花：指妓女。
[55] 有分教：也作「有分交」。舊小說段終的套語，並提示情節的發展。

乾集總評

心心仙侶抱山榛隰苓想，愀然不樂，乃於筆花齋較逸史乾集。傍有問者曰：「據高歡之諫魏主，佛洵不足崇歟？」仙侶勃然曰：「噫，是何言！佛乃治世尊，其說甚深微妙，但非緇禿所能思議耳。近日緇流盡嵇山之野人也。」問者訝然曰：「昔人有言：『和尚，色中餓鬼，財內青蠅。』目為野人，豈更有說？」仙侶曰：「子不觀之鍾守淨乎？以妙相寺作巢穴，隣婦作村姑，而羅四方之財，朝廷之賚，以為山禽野獸，佛教棄若弁髦，非野人而何？嵇山野人，被林澹然一棒打殺，除了大害。妙相寺野人，武帝不之治，而反眷顧之，雖澹然亦未如之何矣。天厭慆德，假手苗龍諸人。而守淨不悟，復效狂蜂浪蝶，覓蕊尋花。明明膩粉骷髏，守淨視為活菩薩，不知其能暗枯骨髓，陰竭精光，則日與羅剎寢處耳。守淨危哉！至於武帝，尊守淨若真羅漢，不知其妬賢嫉能，狼貪虎噬，是日與鋸牙鑿齒之物晤語耳。武帝危哉！」問者不覺噴節。

第六回　說風情趙尼畫策　赴佛會賽玉中機

詩曰：

詼諧利口若懸河，術秘機深識見多。
活計擺成花粉陣，芳名播滿麗春窩。
甜言蜜語如鋪錦，送暖偷寒似擲梭❶。
古誠諄諄人莫悟，至今猶說重尼婆。

話說鍾守淨正坐在禪椅上納悶，見趙尼姑來到，便問道：「趙菩薩許久不見，今日方來望我。」趙蜜嘴蹙著眉頭道：「我的爺爺！誰知道你染成這等貴恙？若早知道時，就忙殺也偷一霎兒工夫來問安。這是老身多罪了。若果實知道不來望你，呵！阿彌陀佛，我頂門上就生個盤子大的發背❷！」鍾守淨笑道：「但你講話就脫空，頂門上可生發背哩。媽媽，你是個貴冗❸的人，我怎的怪你？向來尊體健麼？」

❶ 擲梭：形容來往頻繁。
❷ 發背：指背疽，生於背部的毒瘡。
❸ 貴冗：稱人繁忙事多的敬語。

趙蜜嘴道：「靠佛爺洪福，老身卻也穷健。如今貴恙有幾時了？恁的❹面皮黃黃的，瘦做這般模樣？」鍾守淨道：「從正月裡得了賤恙，淹淹纏纏，直到如今，不得脫體。」趙蜜嘴道：「我的佛呀！怕少了錢，少了鈔？怎麼不接個醫人療治？」鍾守淨道：「名醫也延過十餘人，並不見一些應效，只落得脾胃蕩壞了，因此久不服藥。」趙蜜嘴道：「自古養病如養虎，輕時不治，重則難醫，還需另請良醫調治便好。」鍾守淨嘆口氣道：「我這病體，不爭這兩個時醫便醫得好的。縱使扁鵲❺重生，盧醫再世，亦恐勞而無功。」趙蜜嘴道：「佛爺怎地就講這沒脊骨的話？你正在青春年少，又不是七十、八十歲的人，怎的便醫不好？還自耐煩調理則個。」鍾守淨道：「我這一種心病，比諸病不同，不要說吃藥無效，便是眾醫生診脈時，先不對症了，故此難療。」趙蜜嘴口中不說，心下思量：「這個和尚話語來得蹊蹺，甚麼一種心病？其中必有緣故。」又問道：「貴恙若說是心病，這病源醫人那裡參得透？昔日染病之初，還是受風寒起的？嘔氣起的？傷飲食起的？憂愁思慮起的？辛苦起的？病有根源，佛爺必自省得。自古明醫暗卜，必須對醫人說明了起病根由，方好服藥，自然有效。」鍾守淨又嘆口氣道：「說他怎地？」趙蜜嘴哈哈地笑道：「佛爺只管諱疾忌醫，那個是你肚裡的蛔蟲？」有詩為證：

老嫗專能說短長，致今災禍起蕭牆❻。

❹ 恁的：也作「恁地」，怎樣；怎麼。

❺ 扁鵲：戰國時名醫。原名秦越人，渤海郡鄚（今河北任丘北）人。一說家於盧國（今山東長清南），故又稱盧醫。

❻ 蕭牆：蕭，通「肅」。古代宮室內作為屏障的矮牆。論語季氏：「吾恐季孫之憂，不在顓臾，而在蕭牆之內

閨中若聽三姑語，貞烈能教變不良。

鍾守淨道：「我這病症難對人言，你是我梯己❼人，講與你諒亦無妨。從正月元宵夜間得一奇夢，忽然驚醒，自此以後，漸覺精神恍惚，情緒不寧，就如失魂的一般，飲食無味，夢魂顛倒，更是一樣心疼，最不可當。常是虛寒乍熱，口渴心煩，日間猶可，夜裡最難。今將兩月，漸加沉重，只恐多是不濟了。」趙婆聽罷，搖著頭道：「古怪，古怪！這病體應了一句話道：『心病還將心藥醫。』我是個不識字的郎中，不診脈的醫士。」附耳低言道：「佛爺，你這症候，有一個陰人纏擾，故此日輕夜重。若要病痊，除非服那一貼藥才好哩。我這猜何如？快對我講，待我替你尋這個鬍子郎中。」鍾守淨道：「休得取笑！」趙蜜嘴道：「取笑取笑，各人肚裡心照，佛爺休要瞞我。『要知山下路，須問過來人』。我當初丈夫初歿，得一奇疾，與你貴恙不差分毫，病了半年，懨懨將絕，畢竟也去尋了一條活路，救得性命。我趙婆不是誇口說，憑你說風情，作說客，結姻親，做買賣，踢天弄井❽，架虛造謊，天下疑難的事，經我手，不怕他不成。自有這般本事，只是手中沒了錢，被人鄙賤，故此動撣❾不得。一向承住持爺厚意，齎錢送米，不知受了多少深恩，未有絲毫報答。設若用著老身，雖生人頭、活人膽，也會取將來。」

鍾守淨滿腔心事，被趙婆一言道著，點醒了念頭，心裡熱雜雜的，把嘴一呶，叫行童點茶，行童自

也。」後稱禍患起於內部為禍起蕭牆。

❼ 梯己：同「體己」。心腹；親密。

❽ 踢天弄井：謂上天入地的事都能做。形容本事大、能力強。

❾ 動撣：也作「動彈」。動作；活動。

去廚房裡燒茶去了。鍾守淨起身，關上房門，紅著臉將趙婆納在交椅上，雙膝跪下。趙婆失驚道：「我的爺老子，我只可請醫，年紀老了，做不得醫人了。」慌忙雙手扶起這鍾守淨來。鍾守淨道：「待小僧拜了乾娘，然後敢講。」趙蜜嘴笑道：「休要如此。尊體不健，有話但講，果有著得力處，無不盡心。事成之後，拜亦未遲。」把鍾守淨拖起來，納在椅上。守淨道：「適才乾娘所說，句句鑽著我的心，如今瞞不過了。正月十三那日在東廳裡，和一夥道友正講佛法，只見一個女人，立在人叢後聽講，生得十分美貌，粉膩膩一個俏臉兒，筍纖纖一雙玉手兒，身材窈窕，性格溫柔，那一雙翹尖尖小腳兒，更是愛殺人，儼然活觀音出現。臨去時，頻以秋波送情，一時心動難制，這也只索罷了。過了兩日，正值元宵之夜，我見今年燈盛，隨著一個行童到六街三市看玩，不想回來夜深，抄路打從後牆小巷裡過，忽見這個冤家立在門首竹簾邊看月。我已走過了，心中不捨，以借燈為由，回步在簾外細看半晌，月下更是俊俏得緊。回到寺中，越發難過，一夜睡不著，捱到五更，方才合眼，夢見冤家來寺許願，講道：『我是田中有稻側半初，人下小小是阿奴，寒頭貝尾王點汙，出沉帝主為丈夫。』我不解其意，誘到房中調戲他。正在妙處，被一個紅臉頭陀瞧破，鬧將醒來，出了一身冷汗，心中耿耿不樂。自此得病，直到於今，不知他夢中四句是何解說。小僧也不思量這塊天鵝肉吃，只求得見一面，講句知心話兒，死也甘心。」趙蜜嘴聽罷，瞋著眼道：「好個出家人，要思量幹這沒天理的勾當！我若替你圖謀，老身也要落阿鼻地獄，快休指望。老身那裡耐煩管這等閒事？撒開！撒開！撒開！」抽身就走。

鍾守淨慌了，將衣袖一把扯住，哀求道：「媽媽，你方才說的，十能九會，許了小僧，故訴衷腸。你若不許小僧時，小僧也不敢央煩乾娘了。若恁地變卦，真真害殺我也！」趙蜜嘴笑道：「且不要慌，我假唬你一唬，就如此慌慌張張。若要與那話兒成就時，他必有許多做作，或打或罵，假怒佯嗔，都是有的，像你這樣膽怯，怎能成事？自古說：『色膽大如天。』若要幹這事，須是膽包著身方才好。我已思量定了，這女人宿緣有在。夢中那四句話，正合著這個人。住持與他前緣宿分，故此夢裡洩漏真情。」鍾守淨見他說話有些來歷，連忙跪下求告道：「乾娘你且猜是兀誰⑩？待小僧快活則個。若果有門路，我小僧可是辜負乾娘的人？」趙婆攙起道：「我是猜詩謎的慣家，你若叫別人猜，十年也猜不出，須是我一猜就著。他夢中對你道：『田中有稻側半初，人下小小是阿奴。』這兩句是拆白的話，講出他那姓來。『田中有稻』是『禾』字，『側半初』，是側邊加半個『初』字；『人下小小』是『氽』字，湊完成卻不是個『黎』字？他與你講道他姓黎。」鍾守淨點頭道：「是了，是了。後兩句如何解？」趙婆道：「後兩句是他的小名。『寒頭貝尾』是個『賽』字，『王字汙一點』是個『玉』字，他小名喚做賽玉。『出沉者，『沉』字出一出頭，帝主者，人之王也。他講沈全是他丈夫。住持爺，你這般聰明，如何不省得？」鍾守淨聽罷，拍手笑將起來，道：「原來如此，你真是個活神仙！若肯讀書，賽過聰明男子。是便是了，不知這小巷裡竹簾中的那人，果是沈全妻子黎賽玉麼？乾娘密為之計，救拔小僧，倘得事諧，必有重謝。」趙蜜嘴道：「佛爺講那裡話。老身平日受了多多少少恩惠，些須小事，反講起酬謝來。這牆外小巷中，果是沈全家，他妻名為黎賽玉。但請寬心調養，待貴體平復，方可行得。此一節事，託在老身，不怕不成。只一件，性急不得，緩緩圖之，自然到手。」

鍾守淨道：「這黎賽玉，只怕乾娘不曾與他相識。」趙蜜嘴道：「老身昔日曾替他家換些珠翠，如

⑩ 兀誰：兀，前綴。猶言誰。

今許久不曾相會。這女人的父親叫做黎缽頭，一生本分，家裡亦頗過得，生下這個女兒，嫁與沈郎為妻。沈郎出身倒也好的，不想是個蛇瘟，不務生理，弄得家業凋零。虧這女人做得一手好針線，賺些錢米，養活丈夫。雖在不足之中，卻也不見有甚閒話。俗語道得好：『世間無難事，只怕有心人。』男子火性，婦人水性，須用些精細工夫，慢慢摶弄他心隨意肯。你不知這偷風情，要隨著性子兒走。也有愛錢喜物的，也有貪酒好色的，也有重人物的，也有聽哄騙的。我到其際，隨方逐圓，一步步兒生情透路，便是鐵石心腸，我這張蜜嘴，一哄就要軟了。你也要用些心機，第一來惜不得錢財，二來顧不得面皮，三來論不得工夫。依此三著而行，所事決然成就。」鍾守淨聽罷，喜不自勝，笑道：「小僧聽了乾娘這話，不覺病體寬爽了一半。這三件別人須不能，在小僧都依得。我有的是錢，有的是工夫，面皮要老也容易。乞在意早圖，不可爽信⓫。」趙蜜嘴道：「你但放心，不必叮囑。今日天色晚了，老身暫且告回，待靜夜再思良策，捱身做事，好歹後一日來覆你。」說罷起身。鍾守淨道：「今日本該留乾娘一飯，只是西房林住持有些夾腦風⓬，不通世務，若知道必生疑忌，因此不敢款留，有慢乾娘，莫怪。」趙蜜嘴道：「我與你怎講此話？慢慢的有得吃哩。你且寬心睡一覺兒。」打個稽首，相別而去。鍾守淨隨即著一個道人，提了一壺好酒、兩盒蔬菜，送到趙尼姑家裡去，說住持爺送來，與老菩薩做夜菜的。趙蜜嘴收了不題。

卻早過了兩日，鍾守淨眼巴巴望這趙婆覆話，自早至晚，並不見他蹤影，心裡惆悵了一夜。次日巴

⓫ 爽信：失信。爽，喪失；失去。

⓬ 夾腦風：呆子；傻而瘋癲，精神不正常。

不得天明，侵早起來，著行童悄悄到趙尼姑家裡去，分付道：「住持爺立刻等老菩薩講話，請他就來。」行童到得趙婆門首時，大門兀自未開。行童叩門，趙婆問：「是誰？」行童道：「是我。」等了半晌，只見趙乾十四蓬著頭出來開門，問道：「小官那裡來的，清早敲門做甚？」行童答道：「我是妙相寺鍾住持爺差來，請老菩薩講話的。」趙婆兒子聽罷，也不做聲，自在地上拾了一把亂草，去尋毛廁去了。有詩為證：

婆子刁鑽不是痴，鍾僧須索自尋思。
入門欲問榮枯事，觀著容顏便得知。

話說這趙婆故意做作，上身穿了一領破布襖，下把一腰舊裙子拴了腰，扶牆摸壁走將出來，問道：「小官莫非是鍾老爺差來的麼？」行童應道：「正是。」趙婆道：「請坐。我昨日早間正要煮些粥兒吃了，來見住持爺，不期灶下無柴，櫃中缺米，因此將兒子罵了幾句，反被他嚷我一場，飯也沒得吃，倒嘮了一場大氣，餓得眼花，氣得頭暈，昨日睡了一日，不曾來望得住持爺。小官煩你轉達，待老身尋得柴米，賤體略略掙扎些，來拜覆住持的話頭便了。」有詩為證：

利口伶牙，拿班做勢⑬。
柴米送來，方能了事。

---

⑬ 拿班做勢：裝腔作勢；擺架子。

行童道：「住持爺立等老菩薩講話，同我到寺中吃早飯去。」趙蜜嘴道：「這個卻使不得，成甚體面。況且身子狼狽，寸步也移不動，多分明日來見住持爺，相煩申意。」打發行童回寺。此時，鍾守淨眼巴巴等候回音，忽見行童來到，便問：「趙媽媽怎地不來？」行童將趙婆與兒子爭鬧，少柴沒米的事情說了一遍。鍾守淨笑道：「這老婆子卻也沒些轉智⑭，既無柴米，何不著人到我這裡借掇⑮，卻在家裡尋鬧。」看官聽說，趙婆這些做作，正是騙財物的圈套，鍾守淨那裡省悟？著兩個道人馱了五斗白米，挑了一擔大柴，送到趙婆家裡。這趙婆與兒子料得鍾守淨決然著套，都不出去，燒茶專等，果然見兩個道人挑柴送米來了。趙婆接了，歡天喜地，陪道人吃茶罷，送出門道：「拜上住持爺，承惠柴米，午後面謝。」道人自去了。

趙蜜嘴午飯後，換了一身衣服，逕往妙相寺裡來。進得寺門，只見那一個挑柴的道人，正在殿上點香，一見趙尼姑進來，丟了香，先進房裡通報去了。鍾守淨分付廚下，預先燒好茶伺候。只聽得腳步響，趙婆哈哈地笑入房裡來。見了鍾守淨，連連的打問訊，謝了又謝。鍾守淨道：「小可的事，何必致謝。且請坐吃茶。」就問：「乾娘，你原約昨日來見小僧的，使我懸懸地望了一日，望得眼穿，盼的腸斷，好失信人也！」趙婆笑道：「不要提起，只為家裡少長沒短，嘔了一場閒氣，賤體不快，故此失約。不合⑯又在行童面前老實告訴了，蒙住持爺賜柴賜米，正謂『卻之不恭，受之有愧』，暫且收了，再圖後

⑭ 轉智：變通的辦法。
⑮ 借掇：借為名取人錢物。
⑯ 不合：不該。

報，特來拜謝。目前貴體比往先好些麼？」鍾守淨道：「賤恙頗覺有一分兒好意，只是心裡熱焦焦的過不得。前日所求事體，曾有些良策麼？」趙婆道：「老身費了一夜神思，設下一條妙計，今日特來商量。」鍾守淨道：「既有良策，即便施行，小僧無有不依。」趙婆低聲道：「耳目較近，難以言語。」鍾守淨發付行童出房去了。趙婆將椅子移近前來，附耳低言道：「如此如此，這計何如？」鍾守淨聽罷，跌腳道：「妙！妙！果然是個女張良。」趙婆道：「不要先歡喜，若言容易得，便作等閒觀。還須密用心機，到手時方才是穩。」鍾守淨帶笑叫行童換茶，趙婆起身告行，鍾守淨道：「且坐，小僧有一件粗物相贈。」就在箱裡取出一匹茶褐色絕細的綿綢，對趙婆道：「權送與乾娘做件衫子穿。」趙婆推辭道：「此綢老身決不敢受，未有寸功，焉受重賞？」鍾守淨道：「乾娘不要嫌輕推卻。若收去，小僧心裡才安，另有計較。」趙婆接在手裡謝道：「常言講得好：『長者賜，不敢辭。』老身只得權收了，後當補報。」作謝而別。

鍾守淨獨坐，思量這趙婆計較，果然有些妙處，越想越有滋味。隨著他此計而行，當晚分付廚下道人，磨起一斗糯米粉來，做成豆砂餡子，明早候用。當夜睡不安枕，天未曉，便穿衣起身，著道人買了兩個豬腿，將那隔夜磨起的米粉，裹了餡子，做下一盒京圓，蒸熟了，將兩個朱紅盒子盛著，又取象牙梳子一副，名人詩畫檀香骨子金扇二柄，藏於匣內，使道人挑了，行童引路，送到元宵夜裡借點燈的那一家去，分付道：「如此如此，他若不肯收時，不要管他怎的，只出了盒子就走。」行童領了分付，和道人一逕到沈全家裡來，卻好沈全不在家，那婦人坐在軒子內做針指，忽聞簾外聲喚，步出看時，見一小廝和道人挑著盒子走入來。賽玉問道：「你兩位是何處來的？」行童答道：「我們是妙相寺鍾法主差來，有些薄禮奉送。」那婦人道：「妙相寺雖然鄰近，日常間未有往來，何故有禮相送？二位莫非差了？」行童道：「大娘子，你記得正月十五夜更深時分，有一長老同小人來借燈點燭麼？」黎賽玉道：「正是那元宵夜裡，長老來借燈，我想著有些像妙相寺裡的鍾住持，果然是他？」行童道：「那長老正是鍾法主。因攪了大娘子府上，心裡不安，次日要來拜謝，為染了些小恙，一向失禮。昨日，聖上差一員中貴官，齎此圓子，賜寺中二位住持。鍾住持想，那夜攪擾，無可奉謝，特著小子送這幾個聖上欽賜的圓子來，與大娘子做點心，望乞笑留。」黎賽玉笑道：「何須住持爺如此費心，這禮物怎好受得？煩二位帶轉去。」行童道：「住持說，一定要大娘子收的，小人們怎好帶得轉去？禮物雖菲薄，倒是住持一點敬心，若大娘子不受時，教我們不好回話。」黎賽玉道：「佛門中的東西，難以消受，況且無功受祿，決不敢領。」兩下推遜了半日，長兒向前道：「娘，既是鍾住持送來的，也是一點敬意，收了待後回禮就是，何必恁般推卻？」黎賽玉笑道：「蠢牛，你省得甚麼子？」道人趁口道：「還是這位大哥講得有理。」行童把眼一瞅，道人即將盒子遞與長兒，長兒接了，順手倒在桌上，就搶一個圓子，丟在口裡吃。黎賽玉再欲推託時，行童又將這豬腿拿出放在桌上。道人接了空盒，先挑出門，行童開了拜匣，將金扇、牙梳放於針線筐裡，三五步也跳出門去了。黎賽玉勉強收了，道：「有勞二位，多拜上住持爺，另日奉謝。」行童和道人回寺而來。鍾守淨倚門痴痴的專等回話，見行童回來，忙問道：「何如？」行童把初時推卻，次後收留的話說了，鍾守淨不勝之喜，即著行童通知趙尼姑去了。

話休絮煩。卻說黎賽玉雖然收了這些禮物，他是個伶俐的人，有些瞧科⑰，終是不安，也不去收拾，

⑰ 瞧科：看清；察覺。

就放在桌上，心內自想自猜。不多時，丈夫回來了。進得門，見桌上放著兩個豬腿，又有許多圓子，筐籃上金扇、牙梳，驚訝道：「此物何來？」黎賽玉道：「我不講，你不知道，也是沒要緊的事。正月元宵夜間，我在門首看月耍子，見一和尚同一個小廝行過我門首，偶然燈籠黑了，問我借燈點燭。原來就是妙相寺裡鍾住持，他道打攪了我們，今日特送這些禮來相謝。我再三不肯收，被行童定要放在這裡，我正等你回來計較。」沈全笑道：「有甚計較，他好意送禮物來，反怪他不成？只顧收下吃了再處。這和尚到也是知趣的，正為雪裡送炭。我昨晚到今午時，點了一日肚燈。早上出去尋相識借錢，捱破面皮，並無一人肯借，只得空手回來。今放著許多現成之物，不討自來，不吃待怎地？俗言說得好：『看了米囤倒餓死。』長兒，快燒起鍋來，煮豬腿，先將圓子來點饑。」黎賽玉見丈夫如此說，心下也放寬了。

沈全看了扇上詩畫，十分歡喜，正在誇羨之際，只聽得簾外有人咳嗽。賽玉門眼裡張望，見是趙婆，忙迎出來，笑道：「老媽媽，許久不來寒舍耍耍，今日甚風吹得到此？」趙婆道：「一向窮忙，不得工夫望你，今日因便，特來相拜。大娘子，你近日好麼？」黎賽玉道：「有甚麼好？日用不敷，苦守薄命。媽媽你倒更覺清健了。」趙婆道：「兒子沒闌闠⑱，終日淘氣，怎得清健？今有一串上好滾圓雪白珠子，是一宦家侍妾，央我貨賣幾百貫錢鈔，我想起大娘子是識貨的，故特來問一聲，或要時，倒也便宜。」黎賽玉道：「苦也，那得閒錢換這珠玉受用？媽媽，你不知我家艱苦，只看我身面上，布草兀自不充，焉能夠想這富貴的道路？」趙婆道：「大娘子又來太謙了，你是不要它用，若要時，打甚麼緊？」黎賽玉道：「恁般光景，今生休要指望。」趙婆道：「青春年少家，休講這話。大官人發跡時，正要受用

---

⑱ 闌闠：也作「掙挫」。努力謀取。

哩。」黎賽玉笑道：「莫想這地步。」趙婆即起身道：「大娘子既不要，老身告別，另日再來看你。」黎賽玉道：「且請坐，用幾個點心了去。」趙婆道：「不消了。」黎賽玉道：「又不是為你買的，有現成的在此，不嫌時，便吃幾個何妨。」趙婆道：「大娘子恁地講時，只得吃了去。」

長兒用盤托出圓子來，趙婆接上手，吃了兩個，問道：「這圓子是何處買的？恁般細膩好吃。」黎賽玉笑道：「是妙相寺鍾住持送的，為元宵夜間問長兒點燈，他道是打攪了我們，今日著道人送兩柄金扇、一副象梳、兩個豬腿、一盒圓子來相謝。」趙婆道：「天呀！你自不吃，倒先請我吃。這鍾和尚，莫不就是那正住持鍾守淨麼？」長兒答道：「正是，正是！」趙婆拍著手道：「這個天殺的和尚，好不富貴，好不受用！不知怎的，結得當今皇帝的緣法，欽賜他許多金銀寶貝，封做天下都法主，四海聞名。那一家皇親不欽敬？那一個仕宦不結交？等閒的和尚，只好比他腳上毫毛，兀誰趕得他上！」黎賽玉笑道：「講他怎地，這也是宿世修來的福分，故今生有這般受用。」趙婆點頭笑道：「大娘子講得有理，我和你只是前生未曾種得福根，今世裡卻有許多磨折。如今再不結些善緣，一發墮落了。正謂『人身難再得，作善是根基』。」黎賽玉道：「我也曉得，只因手裡少了錢，要行行不得的苦。」趙婆道：「不是這等講，他富貴的，行那富貴的事，我貧窮，幹我貧窮的事。比如那修橋砌路，塑佛造殿，這是有錢的所為；我和你行些方便，積些陰德，燒些香，念些佛，聽經拜懺，也是修行的道路。還有那千人會，若去得幾次，人身不脫，只怕大娘子懼官人攔阻，不放出去燒香赴會哩。」黎賽玉道：「不怕甚人敢來攔阻，只愁沒人引路，況兼年幼，怕惹人笑話，故此一向未敢出門。」趙婆道：「大娘子舊家兒女，誰敢笑話？古人云：『公修公德，婆修婆德。』臨欲回首之際，丈夫兒女也替不得，你怕甚麼外人談講？下次或遇做佛會時，我來相請，可也去麼？」黎賽玉道：「媽媽若肯帶挈時，怎地不去？」趙婆又坐了一會，講些天話，作謝出門。

自此以後，趙婆時常到沈全家裡來，或央黎賽玉補些衣服，做些壽鞋，或是拿絨線來挑花刺繡，不時送些柴米資助，或將酒食來同吃。這都是鍾守淨的錢財，要趙婆交結他，好引進幹事。這黎賽玉夫妻二人，那知趙婆奸計，只道他是好意，甚是感激。趙婆若來時，就如嫡親父母一般，不離口的親娘媽媽，冷水也燒作熱茶款待。

卻又過了月餘，早是四月初八，乃釋迦牟尼佛生日，不拘大小庵觀寺院，都做盂蘭盆大會。當日卻是初六，趙婆預先和鍾守淨計議定了，卻到黎賽玉家裡來。黎賽玉燒茶，殷勤相款，趙婆道：「今日特來相請大娘子去赴佛會哩，不知有工夫去麼？」黎賽玉道：「終日清閒耍子，怎地沒工夫？但不知是何處佛會，望媽媽帶挈則個。」沈全道：「媽媽又來多事了，做佛會有甚好處？男女混雜，惹是招非的。與我撇開，別尋道路，免勞挈帶。」趙婆變了臉，正言作色道：「阿彌陀佛，大官兒講這等落地獄的話，虛空過往神明鑑察著你哩。謗佛的罪孽深重，佛偈⑲講得好：『人生將相與公侯，累劫皆從三寶修。』『種瓜得瓜，種豆得豆。』就如大官人生得五官周正，不啞不聾，得這麼一個男身，與女人先差五百劫，豈是容易？又配著這等如花似玉、百能百會的一位娘子，皆是前生種成善根，修行得來，今世方能受享。還有些兒修不到處，只是一個平民。若前世修行念佛，結緣種福，苦行精進，得到時，今世就得做那榮華富貴、福壽雙全的人了。你看又有那貧窮孤苦、殘疾夭折的，這都是前世謗佛行凶，不登三寶地，不

⑲偈：梵語「偈佗」的簡稱，即佛經中的唱頌詞，通常以四句為一偈。

赴千人會，不修不積，未曾結緣種福，故此今生受苦。少年人正要惜福延壽，不可講這墮落的話。佛阿佛，大官兒還不知道哩。」沈全笑道：「自盤古到今，也有修行的，並不曾見何人做佛，空白吃了一世苦。也有作惡的，不曾見誰人落地獄。俗語云：『黑心人倒有馬兒騎。』落得快活。老媽媽，據你這般說時，富貴的有金銀布施做會，就代代富貴；貧窮的口也糊不來，那得銀子布施做會，就代代貧窮？這樣看起來，世上人不消爭名奪利，只消去做佛會，便世世富貴了。我不信，我不信。人死就罷了，四生[20]六道[21]，憑你去投胎，有何報應？」趙婆道：「大官兒，你雖是聰明，那曉得我佛門中的奧妙？比如你們讀書的尊孔聖人，道家尊太上老君，我們尊佛，各尊一教。其實三教總是一教，惟有我佛教最大，不生不滅，變化無窮，包得那儒道兩教來。盤古皇帝未生，先有我佛出世。太上老君是我佛的化身，就是孔夫子也是我佛的化身。故此孔夫子也修行、也吃蔬。」沈全大笑道：「老媽媽專會扯謊，孔夫子可是信佛的人麼？他為何肯吃蔬修行？」趙婆道：「我貼鄰有一學堂，常聽得學生讀書讀道：『夫子在齊，三月不知肉味。』這不是吃月蔬？又讀道：『齋必變食』，『飯蔬食飲水[22]。』這不是吃短頭蔬，苦志修行？我皈依的師父嘗說，愚夫謗佛，猶如醉漢罵人，都是迷而不悟。大官兒放省悟些，不可口孽造罪！」這沈全呵呵的笑起來，跳起身，伸一伸腰，口裡道：「妙！妙！妙！三般俏。我不管你們閒事。」遂一

[20] 四生：佛教分世界眾生為四大類：一、胎生，如人畜；二、卵生，如禽鳥魚鱉；三、溼生，如某些昆蟲；四、化生，無所依託，唯借業力而忽然出現者，如諸天與地獄及劫初眾生。

[21] 六道：佛教語。謂眾生輪回的六去處：天道、人道、阿修羅道、畜生道、餓鬼道和地獄道。

[22] 飯蔬食飲水：論語述而：「飯疏食飲水。」謂吃粗糧，喝冷水。

面走，一面唱出去。

趙婆也起身要行，賽玉留住道：「老媽媽，不要理這失時的短命，我自與你講講兒。」趙婆道：「我怎與這蛇瘟計較？他男子漢，只說得男子漢的話，不知我們做女人的苦處哩。三綹梳頭，兩截穿衣，上看公婆臉嘴，下憑丈夫作主，最可憐我等五漏之體㉓，生男育女，汙穢三光㉔，罪孽不小。若不生育，老來無靠。身懷六甲，日夜躭憂，及至臨盆，死生頃刻。幸而母子團圓，萬分之喜，倘有不測，可憐就登時三魂渺渺歸陰府，七魄悠悠入九泉。那時萬孽隨身，一靈受罪。閻王老子好生利害，查勘孽簿，叫牛頭馬面，叉落血汙池裡，不得出頭。又有那鷹蛇來嚌，惡犬來咬，此時丈夫兒女都替不得，好苦楚也。若有錢的，陽間做些功德超度，還有託生日子。如夫主無情，別偕姻眷，不修佛事，這一點陰魂浸在池裡，永劫受苦，不得翻身。皆因不曾在佛地上走過，以至如此，若走過佛地的，雖落池中，無諸苦楚，池裡便生蓮花，接引他託生，不受惡纏了。」黎賽玉聽罷，不覺聳動心腸，眼淚紛紛的滾下來。趙婆道：「大娘子不必垂淚，若能及早回頭念佛，來世便女轉男身。如今四月初八日，是西方佛祖釋迦如來的壽誕，妙相寺年規，大雄寶殿裡做會，男女僧俗道眾，何只千人？本寺兩位法主會議，男女混雜，不當穩便。今年改了舊規，兩位住持各管轄一處。東首敞廳裡，是鍾住持為主，接引女眷們念佛；西首廳裡，是林住持為主，接引男客燒香。這規矩甚是有理，省了許多是非。老身在東廳裡簿子上寫了一個為頭的

㉓ 五漏之體：金剛果論謂男身具「七寶」，女身有「五漏」。五漏謂女身業障較重，而有漏不能為身主、漏不能為家主、漏不能為人主、漏不能為物主、漏不能為聖主等五漏。

㉔ 三光：指日、月、星。

名姓，要我拉請三五十位女眷，同去赴會。我想這鍾住持是有德行的老爺，行事極有法度，誰敢不服？況且女眾們一處兒拜經念佛，極其清靜，又沒半個閒雜人敢來混擾，故勸大娘子去走一遭，免些罪過，比那小去處勝過百倍。講便是這等講，大娘子你自主意，別人勉強勸去念佛，是沒功德的。」黎賽玉道：「恁地時必然去走一遭，媽媽千萬挈我同去，只是不知要多少齋錢？」趙婆道：「齋錢不必在意，都是老身一力包辦。今日就要吃蔬淨身，初八日起早梳洗，我來接了你同去，切不可二心三意，不志誠反造罪孽。」黎賽玉道：「念佛是一椿正事，豈有二心三意？只是媽媽須索早來相伴同行。」趙婆道：「不必講，決然早來同往。」講罷，相別而去。

黎賽玉到初八日，五更便起來點燈梳洗，一面著長兒煮熟了早飯，預先吃了，只等趙媽媽來就行。不多時，聽得敲門，趙婆領著幾個女伴進到家裡，約了同行。黎賽玉穿一身齊楚衣服，分付長兒晚間寺中來接，便和這趙婆一行人，取路往妙相寺來。進了兩重山門，果見紛紛人眾往來，一應遊僧、長老、道人、野老，都尋著男子隊裡，逕到林住持西首禪堂去了。一概尼姑、女眾，都隨著女伴，到這鍾住持東首廳裡來。只因這個佛會，有分教：面壁㉕禪師沉欲海，守貞良婦煽淫風。正是：

酒不醉人人自醉，色不迷人人自迷。

畢竟聽經做出甚麼勾當來？且聽下回分解。

㉕ 面壁：佛教稱坐禪為面壁，謂面向牆壁，端坐靜修。

第七回 繡閨禪室兩心通 淫婦奸僧雙願遂

詩曰：

念佛人圖種福田❶，反為奸禿結良緣。
巧言一片憑婆儈，刺佛千尊賺玉仙。
桃浪❷乍翻津莫問，草廬三顧❸水成歡。
終須仗得彌陀力，極樂西方❹在目前。

話說黎賽玉隨著趙婆等，同到妙相寺東廳裡來，誇不盡禪堂精潔，鋪設整齊。這些燒香念佛的女眷，約有三五百人，普同打一問訊就坐。不移時，行童、道人等捧茶出來。女眾們吃茶已罷，道人焚香點燭，

❶ 福田：佛教認為供養布施，行善修德，能受福報，猶如播種田畝，有秋收之利，故名。
❷ 桃浪：「桃花浪」的省稱。傳說河津桃花浪起，江海之魚集聚龍門下，躍過龍門的化為龍。
❸ 草廬三顧：三國志蜀書諸葛亮傳載：劉備往訪諸葛亮，凡三往，乃見。後以「三顧草廬」比喻對賢才的誠心邀請。
❹ 極樂西方：即極樂世界。佛經中指阿彌陀佛所居住的國土，俗稱西天。佛教徒認為居住在這裡，就可獲得一切歡樂，擺脫人間一切苦惱。

上了琉璃諸佛，供桌上都擺列果品蔬菜之類。內中有幾個為首尼姑，入裡面拜請正住持鍾法主老爺上壇，敲動雲板，行者出來回覆：「奉鍾住持爺法旨，道今日盂蘭盆大會，佛祖壽誕之辰，本當上壇主行法事，普渡群迷，超生冥類，不期疾作，心疼不止，難以上壇，令周闍黎❺、朱班首❻二長老代行執事。」行者講罷遂去了。又等一會，忽聞鐘聲響處，細樂齊鳴，眾和尚簇擁周闍黎、朱班首二僧出來，女眾們一齊稽首。二僧上壇，講經說法，女眾一齊念佛，聲振天地。誦一卷經，念一起佛，吹打一通樂器，到午時暫歇。吃了午齋，依舊誦經和佛，直到申牌時候，化紙散場，就於禪堂、佛堂、敞廳、側殿各處擺下齋席。這些念佛的女眾，各自尋班逐隊，與熟伴兒同坐，你我互相告訴，有說媳婦不孝的，有講兒子不肖的，這個恨丈夫不貼體，那個怨家道甚艱難，或談妯娌是非，或訴鄰居過失，人人嗟命薄，個個嘆無緣，不在話下。

且說趙婆和黎賽玉一夥同來女人，坐在側首佛堂裡吃齋。齋席將闌，見一行童來道：「趙媽媽，鍾老爺請你講一句話，立等就去。」趙婆即隨行童往鍾守淨房裡去了。黎賽玉卻無熟伴，冷清清地坐在那裡，伺候同回。等了一會，不見出來。這些同席女伴們齋畢，俱紛紛的起身散去了，只落下黎賽玉一人在齋堂內。黎賽玉坐立不安，要回家去，又不見長兒來接，等得心焦，又不敢去催逼。看看天色將晚，不見一人來往，心下疑惑不定。正徘徊嗟怨，忽見趙婆走出來，笑吟吟道：「大娘子等得心焦了。老身進去與鍾老爺講起話來，不覺又是半晌。」黎賽玉問道：「鍾住持和媽媽講甚麼要緊的話，教我等得好

---

❺ 闍黎：也作「闍梨」。梵語「阿闍梨」的省稱。意謂高僧，也泛指僧人。闍，音ㄕㄜˊ。

❻ 班首：首領。

不耐煩，快些回去罷。」趙婆道：「大娘子且慢著，有一句話要和你商議，適才鍾老爺不為別事請我進去，只因目今聖上擇日做大道場，超度陣亡將士，特宣鍾住持主壇。鍾住持要做一領簇新的大紅川錦袈裟，上面要繡三百六十尊小佛，已立一個緣簿，託我舉薦幾位女施主，每一位繡佛十尊，絨線金條鍾住持都有，只要施主們出手替他繡一繡，將次繡完一半多了。我想大娘子手段甚高，針指出色，方才在住持面前講出大名，鍾住持道：『原有一面之識。』甚是歡喜。老身斗膽，已書大娘子姓氏在緣簿上了，只不曾押得花字❼，不知尊意如何？」黎賽玉道：「日前受了鍾住持厚禮，常常在心，未曾酬答。今既要繡佛，甚是易事，有何不可。」趙婆道：「既蒙大娘子慨許，還要親手押個花字才准。」黎賽玉道：「既是媽媽代我上了姓氏，何必押字？」趙婆道：「這鍾老爺是個篤實的長老，若沒有花押，猶恐不穩，緣簿上施主們人人都是有花押的。」黎賽玉道：「花押不難，教人將出簿子來，我押就是。」趙婆道：「房裡現成筆硯不去寫，卻要搬來移去的。我伴你略進去押了花字，即出後門回家，路又近便，卻不是好？」黎賽玉應允。

趙婆引路，一同進去，轉彎抹角都是重門小壁，走過了六、七透房子，方引入一間小房裡。黎賽玉仔細看時，四圍盡是鴛鴦板壁，退光黑漆的門扇，門口放一架鐵力木❽嵌太湖石❾的屏風，正面掛一幅名人山水，側邊掛著四軸行書草字，屏風裡一張金漆桌子，堆著經卷書籍、文房四寶、圖書冊頁、多般

❼ 花字：花押。舊時文書契約末尾的草書簽名或代替簽名的特種符號。

❽ 鐵力木：又名鐵栗木、鐵木。木材暗紅色，質地堅硬。分布於雲南、廣西及東南亞熱帶地區。

❾ 太湖石：江蘇太湖產的石頭，多窟窿和皺紋，園林中用以疊造假山，點綴庭院。

玩器；左邊傍壁擺著一帶藤穿嵌大理石背的一字交椅，右邊鋪著一張水磨紫檀萬字涼床，鋪陳整齊，掛一頂月白色輕羅帳幔，金帳鉤，桃紅帳鬚；側首掛著一張七弦古琴，琴邊又斜懸著幾枝簫管、一口寶劍；上面放著一張雕花描金供桌，侍奉一尊滲金的達摩祖師，面前一對古銅燭臺，點著光亮亮兩枝蠟燭，中間一個蹲獅香爐，口裡噴出香馥馥龍涎鳳腦⑩來，兩傍放著一雙紫玉淨瓶，插著時鮮花草。這閣裡甚是清楚潔淨。黎賽玉看了，暗暗稱羨道：「好去處，好受用！」當下問道：「媽媽，緣簿在何處？將來押字。」趙婆道：「緣簿疊在經卷內，怎地鍾住持老爺還不出來？我去請他相見了，好押花字。」即轉身走出門外，隨即將門關上，口裡道：「省得閒雜人等來攪擾。」

黎賽玉坐在椅上，等了半晌，不見趙婆與鍾住持出來，心裡驚惶，起身推門，門已鎖上，卻推不開。四面看時，又沒門路，叫了幾聲趙媽媽，並沒有人答應。正躊躇無計，只聽得呀的一聲，壁門開處，一個和尚捱身入來，依舊雙手將板壁上了，走向前對黎賽玉深深稽首。黎賽玉看時，卻正是鍾住持，即忙答禮問道：「趙媽媽卻在何處，怎地不見他？」鍾住持笑道：「趙乾娘有事，自回去了。」黎賽玉道：「住持爺，將那繡佛緣簿來，待我押了花字，好回去。」鍾守淨陪著笑臉兒道：「不要押甚麼花字，只要成全了好事，才放去哩。」黎賽玉道：「既不要寫緣簿，黃昏黑夜，留我女人在此何幹？」鍾守淨向前一把摟住，雙膝跪下道：「我的親親娘！沒奈何，救小僧一命，勝造七級浮屠。」黎賽玉兩手推開，紅著臉道：「阿呀！出家人不羞，好做這沒天理、落地獄的事，成甚模樣？我若喊叫起來，你卻怎地見人？」鍾守淨跪在地上，笑道：「小僧這閣裡四面都是高牆，莫講喊叫，便是敲鑼擂鼓，兀自沒人聽得，

⑩ 鳳腦：鳳腦香。唐時宮中的一種香物名。

只求親娘方便小僧。」黎賽玉怒道：「賊禿真有心機，老狗做成圈套，騙我來此，強求淫欲。明有王法，暗有鬼神，妾身寧死不辱！」鍾守淨道：「親娘息怒，容小僧訴稟衷腸。自從正月十三日東廳講經之際，偶然見了親娘玉貌，愛慕不禁。親娘臨去之時，又承青盼，小僧愈覺難熬。至十五元宵夜重蒙厚愛，從此小僧廢寢忘餐，得了相思病症，講不盡黃昏寂寞，白晝淒涼，吃藥無功，求神少應。小僧自分多死，今日幸得親娘降臨，可憐見小僧伶仃病體，費盡了萬千神思，方得見親娘一面。若賜片時歡會，救小僧一命，這是莫大的功德。」黎賽玉道：「這個卻使不得，我丈夫亦是有名器⓫的，你不要倚勢強姦，逼人性命。」鍾守淨道：「娘子還是真不肯，假不肯？」黎賽玉搖頭道：「實是不肯，不要胡纏。」鍾守淨立起身來道：「罷！罷！罷！小僧無福，娘子不肯垂憐，這病越添得重了，終須是死，不如死在娘子跟前罷了。」伸手在襪桶裡摸出一把明晃晃尖刀來，向項下欲待自刎。黎賽玉看見慌了，即雙手抱住道：「痴冤家，怎的要女色倒不要了性命！」奪了刀往地下一擲，鍾守淨乘勢轉身，將黎賽玉緊緊摟住道：「親娘既不容小僧自刎，乞哀憐救濟則個。」常言道：「婦人水性。」黎賽玉被鍾守淨纏了這一會，又見他少年聰俊，是個富貴有勢力的和尚，不覺欲心也動，按捺不住，當下雙手亦抱住鍾守淨，同到床上。正欲脫衣解帶，共枕歡娛，黎賽玉猛然腹中絞痛起來，一霎時唇青面紫，手足俱冷。鍾守淨驚惶無措，抱住道：「我的奶奶，這是甚地緣故，唬殺我也。佛爺保佑，人命關天，怎了，怎了！」賽玉忍著痛推手道：「不妨，這是我的舊病，快將薑湯我吃。」守淨方才心定，忙推開壁門，奔入廚房，取了薑湯，復進閣中來。賽玉呷了數口，轉覺腹中作響，一股氣從膈上捲至臍下，疼痛不止。鍾守淨攙扶摩撫，不

⓫ 名器：名號與車服儀制。舊時用以別尊卑貴賤的等級。這裡指身分。

住的茶湯調理，直至四更將盡，方才疼定。賽玉和衣靠在几上，弄得鍾守淨神疲力倦，連珠箭的打呵欠，也倚著桌兒睡去了。

頃刻間，晨鐘聲響，遍處雞鳴。鍾守淨醒來，摟定黎賽玉道：「我的娘，這會兒玉體好些麼？」賽玉道：「好了。」鍾守淨歡喜，雙手捧定賽玉臉兒，在燈下細細看覷，依舊如花似玉，非復病時模樣。摟過來親了數個嘴，一手摸入懷中弄乳，一手替解衣帶，復求雲雨⑫。賽玉推辭道：「今日斷然不可。」鍾守淨笑道：「晚上已蒙娘子慨允，脫衣就寢，因病發阻了高興，今已無恙，正好與小僧一樂，為何又言不可？」賽玉道：「我自幼愛吃冷物，積成一病，每月行經之期，必先腹中絞痛，然後經通。凡經次不忌房事，要成血淋，況住持早晚佛前行動，若穢汙了身體，罪過不輕，連我也難逃罪孽。」守淨笑道：「我們佛祖是大慈大悲的，那裡管這等閒事？」此時鍾和尚欲火難禁，興發如狂，正是火燒眉毛，且顧眼下，一手將賽玉摟住，一手持入褲裡。賽玉慌忙推時，也被他摸著那話兒。守淨忽然失聲道：「我的親親，為何這等著慌，尿皆溺出來了？」賽玉笑道：「呆和尚，你且將手看一看，可是溺麼？」守淨伸出看時，滿掌鮮血淋漓，心下大駭道：「這是何故？終不然原有血淋病症的？」賽玉道：「適才我與住持講過，女人家經水，每月通流一次，人人如此。你這隻手只索罷了，有一個月點不得香燭，近不得佛像經典哩。」守淨一面取湯洗手，一面將元宵夜間之夢講了一遍，笑道：「我向來恨這個紅面頭陀，阻住了巫山雲雨，不期娘子今夜經通，敗了一場高興，只是我和尚福薄，不得消受。」賽玉道：「佳期有日，不必愁煩。」

---

⑫雲雨：指男女歡會。

二人談講之間，不覺天色已曙，賽玉猛然省道：「昨早我出來赴會，近晚長兒必來接我，不見空回，我丈夫怎不生疑？倘問我時，教我如何回答？」鍾守淨笑道：「娘子放心，小僧和趙乾娘計較定妥，方好放膽做事。昨日傍晚，長兒果來接你，被我騙進後邊房裡，將酒灌醉，扛在床上，將房門鎖了，只怕這早晚還未醒哩。你丈夫處，晚上我使趙乾娘先去講了，道：『大娘子和幾位女眾們在寺裡看鍾住持上壇放焰口，老身和長兒在那裡陪伴，直到明早方回，你自去睡，不消等候。』這事已預先調停定了，娘子何必憂慮？」黎賽玉聽罷，方才放心。取鏡梳洗畢，二人對膝而坐，細談衷曲。守淨道：「荷蒙娘子錯愛，小僧感恩無地，今日別去，又不知佳期在於何日？」講罷潸然淚下。賽玉道：「男子漢好沒見識，既有長情，但問趙媽媽求計便是，俟個機會，即可相見，何必如此苦切？」鍾守淨流淚不止，賽玉再三溫存，安慰了一會。

忽聽得人叫開門，賽玉已知是趙婆聲音，令守淨開門。趙婆走入來，哈哈的笑道：「大娘子，住持爺，你兩個雙賀喜也！」鍾守淨道：「多謝乾娘做成。」黎賽玉不覺皮面通紅，低著頭翻書不應。趙婆道：「大娘子許大年紀，還害羞哩。這個何妨，齋僧布施，倒有大功德的。」鍾守淨道：「乾娘休要取笑，可吃些早飯麼？」趙婆道：「早飯不用了，大娘子可作急回家，免被傍人瞧破。」鍾守淨令行童拿鑰匙，到後邊小房裡，叫那長兒來講話。行童開了門，叫長兒時，兀自齁齁睡不醒。行童將手搖了幾搖，長兒方醒來，一頭伸著腰，口裡還道：「好酒！好酒！」行童笑道：「好酒再吃一杯。」長兒起來，睜眼看時，吃了一驚：「我怎的吃醉了，卻在這裡宿了一夜？娘知道決要打哩。」呆瞪瞪立著。行童道：「不要慌，且隨我來，鍾老爺喚你講話。」長兒跟著行童到小閣裡來，只見趙婆和娘、鍾和尚三個坐在那裡。長兒失驚問道：「娘怎的昨夜不回家去？」黎賽玉罵道：「蠢才！你怎的貪這口黃湯，吃得濫醉？虧了住持爺著人扶你進房裡睡了。這等長夜，尚兀自不醒，若不著人叫你時，明日也睡得去哩。昨日夜間，鍾住持做焰口道場，累趙媽媽在此陪伴一夜，不然教我獨自黑魆魆怎地回去？」長兒立在側邊，不敢做聲。趙婆笑道：「大娘子，罵他怎的，我和你左右是念佛、看道場耍子，便等他睡睡何妨？只索打點回去，不消絮聒了。」講罷，斜著眼看著長兒，把眼一瞅，就起身走出閣子外。長兒會意，就隨出門外來。趙婆衣袖裡摸出個紙包兒，遞與長兒，輕輕的道：「鍾住持講你老實至誠，日後有擡舉你處。因見你衣裳襤褸，與這三錢銀子，做件襖子穿，回家去大官人問時，只隨著娘的口講便了。」長兒接了銀包，口中不講，心下思量道：「這鍾住持為甚的昨日灌我醉了，今日又有銀子與我？必有緣故，莫不與娘有甚麼不伶俐的勾當麼？且收他銀子，再做道理。」答應道：「我理會得。」二人復身⓭到閣子來，桌上又擺點心茶果，因恐賽玉臉紅，不敢用酒。鍾守淨陪著趙婆、黎賽玉同坐吃茶，教長兒也吃些點心，黎賽玉即起身辭謝鍾守淨告回。守淨欲留不敢留，欲別不忍別，一步步掩淚送出閣子門外。黎賽玉亦有留戀之情，因礙長兒在前，勉強忍淚道：「請住持爺自便，不勞送了。」鍾守淨怕人看破，只得包著兩眼珠淚回步，怏怏而別。有詩為證：

情投意篤兩留連，頃刻分離意黯然。
鬱結相思多少恨，低頭含淚悶無言。

⓭復身：回轉身。

黎賽玉同趙婆、長兒逕出後門，悄悄穿小巷而回，卻值沈全坐在門首，看見渾家回來，進得門即問道：「昨日念佛，怎的晚上不回，直念到今日這時候才來？少年女眷，被人談論，成何體面？」黎賽玉笑道：「昨晚道場圓滿，正要回來，女眾們都勸我道：『千難萬難出來一次，夜間鍾法主放焰口，超度眾生，極有功德，怎的不看看去？』因此在寺裡念了這一夜佛，卻有甚事談論？」趙婆接口道：「談論他娘的鳥！寺內多少妙年女伴，在那裡做會看道場，偏你有人談論？終不成我老身也在那裡打和尚？大娘子，不要理他。我曉得你熬了這一夜，精神困倦，且去睡睡兒，不要淘氣。」沈全聽罷，哈哈大笑，自走出街上閒耍去了。黎賽玉送趙婆到門首，自去房裡尋睡。這趙婆別了賽玉，復轉身取路，又到妙相寺鍾守淨禪房裡來，只見鍾守淨坐在禪椅上打瞌睡。但見：

四體渾無力，昏昏常似夢中。面上失了神，處處可為臥榻。腰酸腿軟，低著頭微露眼睛。骨痛筋麻，半口斜流津唾。鼾聲不作，原來睡思正濃。兩手低垂，無奈精神疲倦。

趙婆走近前，悄悄道：「住持爺好睡也。」鍾守淨驚醒，開眼看時，卻是趙婆，忙起身聲喏道：「多謝乾娘費心，無恩可報。」趙婆笑道：「老身此計，果然百發百中，住持爺怎地謝我？」鍾守淨道：「感承乾娘妙計，小僧自當重謝。但夜來好事將成，誰料又成畫餅，空費了乾娘一片心機。」趙婆道：「怎地講來？沈娘子在你房中一夜，不知受了多少摩弄，和尚們的手段，老身平素知道的。咦！住持爺你好受用，卻又來講鬼話了。」守淨道：「乾娘跟前，小僧焉敢調謊⓮。昨晚乾娘去後，小僧逕入閣中，那

⓮ 調謊：說謊。

些溫存風臉不必講得，直至烏江自刎⑮，方得玉人回心，將我抱住，那一時小僧的魂靈不知飛在何處去了。」趙婆笑道：「妙呵！後來怎的作樂？」守淨嘆口氣道：「不要講起，有何樂處？剛剛上床，誰期平地風波，那人突然肚中作痛，面青唇紫，十分危迫。小僧服事慌了，一夜不得著枕，直至天明，方才平復。意欲求歡，那人講行甚麼經，決意不允，小僧無奈，只得罷了，你道晦鳥氣麼？隨後乾娘已到，小僧這會子覺賤體不快，莫非舊病又發作了。」趙婆搖頭道：「不信，不信！貓兒見腥，無有不吞。我為住持爺用盡了機神，千難萬難，勾搭得他到這裡，怎麼就輕輕地放過了？只老身要你事成，不是那蒼蠅見血的饞眼，謝與不謝，出乎住持一點本心，為何將這隔靴撓癢的話來班門弄斧？」鍾守淨氣得滿面通紅道：「乾娘講這話，教我有屈難伸，委實和那人不曾沾身，如一字虛謊，小僧落拔舌地獄⑯，萬劫不得翻身！」趙婆笑道：「阿彌陀佛，何必立這樣誓。只是住持爺忒也軟弱，你兩手又不是瘋癱的，他的又不是鐵皮包著的，為何不曾到手？我想那沈娘子是一個人尖兒，他到此地步，無可解救，故假裝病發，脫身而去。咳，咳！正是『鰲魚脫卻金鉤去，搖頭擺尾再不來』，可惜這個好機會錯過了，下次怎生能夠？」守淨聽了，懊恨無及，跳起身嘆道：「罷！罷！罷！留此性命何用？」對柱上一頭撞去。趙婆兩手扯住，勸道：「住持爺怎地這等性急？阿呀，頭皮也撞破了，甚麼要緊？」鍾守淨道：「玉人已去，後會難期，恁的福薄，不如死休。」趙婆道：「一宿姻緣，皆是前生注定，不可性急。慢就是快，適才

---

⑮ 烏江自刎：史記項羽本紀載：楚漢相爭，項羽兵敗，帶領八百人馬突出重圍，來到烏江江畔，拔劍自刎而死。

⑯ 拔舌地獄：佛教所說的地獄之一。謂凡生前喜歡毀謗別人的人，死後要墮入拔舌地獄，鬼使將其舌頭拔出，用釘釘住，以示懲戒。

老身自是取笑，怎麼住持爺就認起真來？俗言道：『由你奸似鬼，吃了老娘洗腳水。』隨你賣殺乖，也出不得我老娘手裡。住持不必心焦。」鍾守淨回嗔作喜道：「若得乾娘如此，小僧感恩不盡。但那人乖覺，不肯復上鉤來了，如之奈何？」趙婆道：「不難。雲裡千條路，雲外路無數。除了死法，另有活法，憑著我老身一張口，管教他復上釣魚鉤。只是一件，住持爺惜不得破費，方能好事圓成。」守淨道：「錢財小僧盡有，任憑乾娘調度。」趙婆道：「可有甚麼首飾麼？」守淨道：「有，有！目今打得一枝金簪，做就數件襖子，要送與老母的。乾娘要用，任從拿去。」趙婆道：「我若自用，就是起發⑰你了，我如何要？這簪子自有用處。」守淨歡喜無限，忙取簪子遞與趙婆道：「感激乾娘厚恩，決不忘報！」趙婆指著金簪道：「這一件東西，又是一個冰人⑱了。住持爺寬心安睡，耳聽好消息。」講罷作別而去。

再說黎賽玉直睡至午後方起，做著針指，心裡暗想：「這鍾和尚溫柔膩膩，十分情愛，便與他往來，諒不負心。」自此已後，眠思夢想，只是念著鍾和尚。隔了數日，忽見趙婆來到。賽玉迎進軒子裡坐下，叫長兒廚下燒茶。趙婆道：「大官兒何處去了？」賽玉道：「不過在外廂閒耍。」趙婆附耳道：「鍾住持念大娘子情意，甚是感激，浼老身特來作謝。」賽玉笑道：「謝媽媽做成，幾乎露出醜來，羞答答還講他怎的？」趙婆也笑道：「和尚房裡睡了一夜，醜也醜不去了。委實那夜怎地行事，可與我講。」賽

⑰ 起發：詐取；撈取。

⑱ 冰人：晉書索紞傳：「孝廉令狐策夢立冰上，與冰下人語。紞曰：『冰上為陽，冰下為陰，陰陽事也。士如歸妻，迨冰未泮，婚姻事也。君在冰上與冰下人語，為陽語陰，媒介事也。君當為人作媒，冰泮而婚成。』」後因稱媒人為冰人。

玉道：「小鍾畢竟對媽媽講來，何必問我？」趙婆道：「不要提起，那膿包一味的長吁短嘆，怨恨啼哭，我那裡有氣力問他？特來問你。」賽玉道：「那晚媽媽進去久了，我正等得不耐煩，忽見壁門裡小鍾鑽將出來，將我摟住，被我變起臉來，一頓搶白，抵死不從。媽媽，你道天下有這樣不要性命的呆和尚，襪桶中抽出一把利刀，就欲自刎，驚得我魂不附體，將刀奪下，他反把我抱住，苦死胡纏。此時無計可施，幸得救星又到。」趙婆道：「敢是有人衝破了？」賽玉道：「不是人來，卻是我的病來，一時間經水大至，幸得全璧而返。」趙婆笑道：「真人面前講假話，如今鍾和尚還俗了，習成一樣手藝，做了染博士。」賽玉道：「為何做了染博士？」趙婆道：「他不做染匠，何故指手都是紅的？」引得賽玉嘻嘻大笑。趙婆袖中取出簪兒，遞與賽玉道：「這根簪子，樣範好麼？大娘子是識貨的，可值幾換？」賽玉看了道：「真是赤金，樣式更好，多分也要十倍之價。」趙婆道：「好眼睛，估得不差，大娘子用得著，買了罷。」賽玉道：「阿彌陀佛，那有家計買這般首飾？除非將我身子去賣。」趙婆大笑起來道：「我自說耍，這是你心上人浼我送來的，可收了戴在髻子上，也顯他一團美情。」賽玉推辭不受。趙婆道：「金扇、梳子也都收了，何必假惺惺？大娘子，已後倒不須恁的做作。」賽玉收了笑道：「鍾住持有甚麼話講？」趙婆道：「要知心腹事，盡在不言中。大娘子是個聰明的人，何必細講。」賽玉道：「媽媽跟前焉敢賣乖。他既有我情，我豈無他意？目今十九日是我外祖壽誕，我打發蛇瘟去賀壽，喜得路遠，次日方回，那夜可叫小鍾來我家相會。」趙婆道：「娘子若肯如此，一生受用不盡，切莫失約誤事。」賽玉道：「一言既出，豈有變更。」留住趙婆吃飯，相別而去。

趙婆入寺，將此話覆知鍾守淨。守淨聽了，搔耳撓頭，喜得發瘋，晝夜懸懸盼望佳期，央趙婆探聽消息。果然沈全被妻子攛掇，十九日早上整備盒禮，出城賀壽去了。趙婆預先兩下照會定了，當晚鍾守淨對行童來真講知此事，分付：「如此伺候，不可洩漏風聲，日後有擡舉你處。」來真應諾。至更盡，守淨頭戴一頂紗巾，身穿一領石青綺羅道袍，悄悄出了後門，逕到沈全家裡來，輕輕將門彈了三下，賽玉親自開門迎進，兩個敘禮，攜手同入軒子內坐定。賽玉謝道：「蒙惠厚禮，何以克當？」守淨道：「些須薄禮，聊表寸心。自從娘子相別，自分後會無期，何幸今宵燈下重逢，恍惚還疑是夢。」賽玉道：「感住持不嫌醜陋，過蒙錯愛，但恐恩情一時容易，久處為難。向後不忘今日，妾身死而無怨。」守淨雙膝跪下，對燈立誓道：「燃燈佛⑲祖、護法韋駝⑳爺爺作證，弟子守淨，若負了沈娘深恩，異日必死於刀劍水火之下。」賽玉扶起道：「奴自戲言，兄何設此大誓？」只見長兒走出來，對娘輕輕講了幾句，賽玉就請守淨登樓。二人對席促膝而坐，賽玉露纖纖玉指，舉起杯兒來，將衫袖拂拭潔淨，滿斟佳醞，敬與守淨。守淨接了，放在桌上，另取杯篩酒，回敬賽玉。賽玉接酒，一飲而盡。守淨停杯不飲，賽玉道：「哥哥為何不飲？」守淨道：「小弟自幼出家，葷酒未曾破戒。」賽玉笑道：「葷且莫破，這淡酒便酌一杯何妨？」守淨堅辭不飲，賽玉令長兒烹茶相款。二人細談往事，歡笑不勝。賽玉自斟自酌，吃了十數杯，漸漸臉暈桃花，分外風俏可愛。有詩為證：

⑲ 燃燈佛：梵語的意譯。過去世諸佛之一。佛經說他生時周身光明如燈，故名。

⑳ 韋駝：同「韋陀」、「韋馱」。佛教天神，傳說為南方增長天王的八神將之一，居四天王三十二神將之首。唐道宣載其事，謂佛涅槃時，捷疾鬼盜取佛牙一雙，韋馱急追取還。後佛教因以韋馱為護法神，亦稱護法韋馱，佛寺中韋馱像，著武將服，執金剛杵，立於天王殿彌勒佛之後，正對釋迦牟尼佛。

從來傾國㉑最撩人，故把妖顏攝魄魂。
醉後海棠輕帶雨㉒，無由採得一枝春㉓。

黎賽玉酒已微醺，欲心萌動，顯出那妖嬈態度，星眼含嬌，酥胸半露，起身剔燈，就將身坐在守淨膝上，左手摟定守淨脖子，右手舉壺斟酒，自先呷了半杯，將剩酒奉與守淨，道：「哥哥請飲此半杯，以表奴家敬意。」此時守淨神魂飄蕩，主張不定，再欲推託，不覺唇已接杯，被賽玉順手一傾，嚥的傾下咽喉去了。賽玉又斟一杯相勸，守淨道：「吃下酒去，心裡如火燒一般，這一杯不敢飲了，多謝美情。」賽玉將酒自晗㉔了半杯，與守淨親嘴，吐在守淨口中。守淨接了酒，聞得脂香，不得不嚥下去。一連被賽玉口哺口的度了數杯。兩個摟抱頑耍了一會，守淨道：「小弟一時頭暈，乞賢妹見憐，可睡了罷。」賽玉道：「你且請先睡，待我洗澡，即來奉陪。」此時天色炎熱，守淨卸下衣巾，赤身臥於床上。賽玉叫長兒提浴盆上樓，傾了湯，發付長兒廚房收拾去了。賽玉浴罷，掀開帳幔，和守淨並頭而睡，乘

㉑傾國：漢書外戚傳上李夫人載李延年歌：「北方有佳人，絕世而獨立，一顧傾人城，再顧傾人國。寧不知傾城與傾國，佳人難再得！」後因以「傾國傾城」或「傾城傾國」形容女子極其美麗。

㉒海棠輕帶雨：白居易長恨歌：「玉容寂寞淚闌干，梨花一枝春帶雨。」「梨花帶雨」原寫楊貴妃泣下如雨時的姿容。後用以形容女子的嬌豔。「海棠帶雨」用意相同。

㉓一枝春：南朝宋盛弘之荊州記載：陸凱與范曄相善，自江南寄梅花一枝，並贈花詩曰：「折花逢驛使，寄與隴頭人。江南無所有，聊贈一枝春。」後多以「一枝春」為梅花的別名。這裡也用以比喻佳人。

㉔晗：通「含」。

著酒興，只欲倒鳳顛鸞。不期鍾和尚初開酒戒，勉強吃了幾杯，酩酊大醉，只見他沉沉睡去，推搖不醒。賽玉無奈，唧唧噥噥罵了幾句：「沒福分的賊禿，不知趣的和尚。」也漸覺酒意融融，身子困倦，將欲朦朧睡去。

此時正是三更，忽聽得街上喊叫有火，失驚跳起來，開眼一看，滿室通紅，原來是隔壁王凹鼻家失火。這凹鼻性極好酒，醉後回家，渾家已先睡了，凹鼻失忘滅燈，和衣睡倒樓下，燈花落在草裡，一時火起。街坊上鼎沸起來。賽玉急忙推搖叫：「鍾住持，間壁有火，快快起來！」守淨含糊應了，又復睡著。賽玉十分著急，顧不得私情恩愛，將守淨左臂上著實咬下一口。守淨負疼驚醒，只見火光透壁。守淨驚酥床上，不能動身，口裡還叫：「行童道人，快來救火！」賽玉忙扯道：「活冤家，這不是寺裡，快走！快走！」鍾守淨方才醒悟，躍起身披衣逃命，亂慌慌的滾下樓去，開了大門，一溜煙走了。有詩為證：

可怪鄰家不徙薪㉕，致令熒惑㉖肆威神。
假饒避得荼毘㉗禍，滅卻燃燈拜世尊㉘。

㉕ 徙薪：搬開灶旁柴禾，以預防火災。
㉖ 熒惑：古指火星。因隱現不定，令人迷惑，故名。後也用以指火神。
㉗ 荼毘：佛教語。火化。
㉘ 世尊：佛陀的尊稱。隋慧遠無量壽經義疏卷上：「佛備眾德，為世欽仰，故號世尊。」

說這凹鼻家失火，幸巡更軍卒、地方人等打進門去，救滅了火，將王凹鼻一索子鎖了，送入本縣去了，不題。

且說鍾和尚被火驚得心膽皆顫，光著頭跑出沈全門外，將道袍袖子遮了光頭，飛也似奔回寺來，只恨爹娘少生了兩隻腳，急忙忙推開後門，奔將入去。不提防黑影裡一個人，劈頭撞將出來，見鍾和尚遮著頭臉不認得，大聲喊叫：「有賊！有賊！」將鍾守淨劈胸揪住。鍾守淨是個驚慌奔路的人，喘吁吁氣做一團，一時不能言語，兩個扭做一塊，滾倒地上。當夜林澹然和合寺僧人因牆後有火，都起來看視，忽又聽得喊叫有賊，點了火把，一同搶出後園來。卻是矮道人將鍾守淨捺倒在地，眾皆失驚。原來這道人姓古，名瀆，因他生得矮小，眾人都叫他秤砣。為人本分勤謹，只是性子倔強，當時因看火趕出後園，見了鍾守淨，錯認是賊，扭結不放。林長老喝開秤砣，將鍾守淨攙起。一個和尚揪了古瀆耳朵，同進方丈，細問其故，鍾守淨扯謊道：「適才為牆外有火，親自開門去看，不知甚麼物件吹入眼內，迷了眼，疼痛難禁，故將袍袖掩面，誰想這狗才撞出來，不分皂白，將我結扭做賊，仔細思量，實為可惱。」眾僧嚷道：「這矮殺才無狀，吊起來打他三五十杖，細問他住持爺可是賊麼？」林澹然笑道：「不然。黑夜之中，那裡認得？此為失誤，非是犯上，饒他打，但罰汲水一月罷了。」守淨自知心病，乘機道：「林老爺講方便，恕了他罷。」秤砣嘓噥道：「古怪，鍾老爺未嘗破戒，為何口裡噴出酒氣來？實是蹊蹺。」眾僧聽得，慌忙喝出門外，簇擁守淨回房，各自歇息。

鍾守淨嘆息了半夜，次早令來真接趙蜜嘴來，備細告訴一番。趙婆寬慰道：「好事多磨，自古如此。住持爺請寬心，這一節事在我身上，包你完就。」守淨道：「沒奈何，再煩乾娘撮合，重續姻緣，早圖密約，誓當銜結。」趙婆道：「且住。我想昨夜光景，寺僧豈不生疑？再倉猝行事，反為不美。今有一計在此，住持依我，決然圓就。」守淨道：「乾娘分付，無有不從。」趙婆道：「五月十三，是我先夫七旬生忌，老身措辦香燭之費，煩住持爺做些功德超度他，就裡延接親鄰女眾們拜懺，沈娘子也邀他來，那時任憑住持做作，豈不是一舉兩得？」守淨大悅笑道：「那日道場之費，都是小僧包辦，不要乾娘破一文錢，只要期得定，打點行事便了。」趙婆道：「如此多謝住持爺破費了，老身臨期，再來相會。」講罷，相別自回。

再說黎賽玉那夜被火驚走了鍾守淨，心下不樂，見桌上放著紗巾，拿起來扯得粉碎，就在燈上燒毀了。自此鬱鬱不樂，舊病復發，一連數日不起，直至端陽方離臥榻，起來梳洗，整備酒餚角黍，請趙蜜嘴同賞佳節，排遣悶懷。趙婆進得門來，即對賽玉丟了眼色，賽玉會意，夫妻二人一同坐下，舉杯勸酒。趙婆停杯道：「老身每來蒿惱㉙，未曾有一毫答禮，欲屈大娘子舍下一敘，奈蝸居陋室，不敢仰扳。今月十三日，是亡夫七旬忌日，委曲措置得數兩銀子，送與鍾住持包做道場，請十數個女道們拜懺，欲屈大娘子素齋，望乞同去甚好。」賽玉道：「媽媽見招，本該相陪同往，但少年婦女穿庵入寺，甚為不便，故此不敢奉陪。」趙婆笑道：「這般說時，我那乾十四，三分不像人，七分不像鬼，講的話，倒也中聽。」沈全道：「令郎講甚話來？」趙婆道：「我昨晚和他商議，接大娘子寺中一往，他阻我不要來接，我問他為何，他道：『如今的人，只有錦上添花，誰肯冷灶中發火？我們窮得這副嘴臉，那個與你往來？勸君休瞎㉚高頭壁，我若無錢也不親。』今大娘子不肯光顧，果應其言。」賽玉道：「媽媽如此講，是

㉙ 蒿惱：打擾；麻煩。

罪我的話了，怎當得起？」沈全道：「承媽媽相招，你便去走一遭，只是傍晚即回，不可躭擱。」趙婆大喜道：「還是大官人有趣，大娘子切莫推託。」賽玉見丈夫肯了，連忙應允。至晚，趙婆作別而去，兩下暗通關節定了。

至十三日，沈全備辦兩個蔬食盒子，令長兒挑了，打發渾家同趙婆進妙相寺來。鍾守淨已在禪堂內鋪設齊整，令本房心腹僧六眾誦經拜懺，趙婆等同聲和佛拜懺，照常齋供，不必細說。申牌時分，道場將散，黎賽玉忽然叫聲頭疼，漸漸坐立不住，起身作別先回。趙婆假意款留，煩惱道：「怎麼好？難得大娘子隨喜㉛，偏遇尊體有恙，齋也不曾用得，先去了，另日作東補禮。」賽玉道：「長兒又不在此，煩媽媽送我回去。」趙婆道：「我陪你從後門去，也省走幾步。」賽玉和眾尼作別，扶著趙婆肩胛，一步步捱出禪堂，穿過側門，從小路周折行至閣前。鍾守淨笑臉相迎，攜手同入。趙婆笑道：「這回穩取得荊州㉜，莫忘我黃忠㉝老將，少刻就來餪房㉞賀喜。」講罷，轉身出外去了。二人笑吟吟將門兒掩上，同入羅幃，兩酬心願。但見：

㉚ 墡：也作「𥗩」。白土；白堊。

㉛ 隨喜：佛教語。謂歡喜之意隨瞻拜佛像而生。因稱遊謁寺院為隨喜。

㉜ 穩取得荊州：漢末赤壁之戰後，劉備入蜀，留關羽鎮守荊州。孫權派呂蒙乘虛偷襲荊州，關羽兵敗被殺。後以「大意失荊州」比喻因疏忽大意而導致失敗。這裡反其意而用之。

㉝ 黃忠：三國演義中蜀漢功勳卓著的老將。

㉞ 餪房：舊俗結婚前後宴請新夫婦，稱「餪房」。又鬧新房也稱「餪房」。餪，音ㄋㄨㄢˇ，女嫁後三日，母家或親戚饋送食品或辦酒祝賀。

翡翠衾中，劈破一枝菡萏；鴛鴦枕上，平分半個葫蘆。目連救母㉟上西天，柳翠尋僧㊱來閬苑㊲。那個似鬼子母㊳，懷中常抱耍孩兒；這個似荷擔僧，肩畔不離娘左側。這個才親女色，濺著些嬌嬌滴滴海棠花，滿身麻木；那個甫學偷情，摸著了溜溜光光芋艿梗，自覺心驚。這和尚不顧性命，剛做得孝當竭力，便欲忠則盡命；那婆娘捨著身軀，見了這吾才既竭，就覺欲罷不能。這一個雲濃雨密，不記著佛戒僧箴；那一個鳳倒鸞顛，怎顧得女貞婦德？這一個嬌香抱滿，那一個神思昏迷。這個道：「你冰肌玉骨滿身香，春生肺腑。」那個道：「你手舞足蹈渾身顫，風入四肢。」這個道：「你上口櫻桃，下口包含紅芍藥。」那個道：「你大頭清淨，小頭常放白毫光。」這個道：「妖妖嬈嬈，可喜娘的臉，風彈得破。」那個道：「綿綿纏纏，俏冤家的頭，雷打不開。」這個道：「房中忽現活觀音。」那個道：「今日遭逢真地藏。」這個

㉟ 目連救母：目連，釋迦牟尼十大弟子之一。傳說他神通廣大，能飛抵兜率天。母死，墮餓鬼道中，為救母脫離餓鬼道之苦，以神通之力親往救之。

㊱ 柳翠尋僧：馮夢龍古今小說月明和尚度柳翠載：玉通禪師未出寺迎接臨安府新任府尹柳宣，柳府尹大惱，指使妓女吳紅蓮勾引長老雲雨之事。長老得知後驚悔不已，為此圓寂，轉世為柳家小姐柳翠。柳府尹為官清廉，死後家貧，柳翠淪為妓女。後來被玉通契友明月禪師（月闍黎）點化，方悟二十八年冤冤相報之事，於是坐化而去。

㊲ 閬苑：閬風之苑，傳說中仙人的住處。閬風，閬風巔，山名。傳說中神仙居住的地方，在昆侖之巔。

㊳ 鬼子母：佛教神名。梵名訶梨帝南，意譯為歡喜。古印度王舍城娑多藥叉之女，既嫁，生五百兒。發惡願欲盡食王舍城中他家之小兒。經佛度化，轉為保護小兒之神。

道：「你橫口窄窄，豎口因甚稍寬？」那個道：「你上髮光光，下髮緣何不剃？」這個道：「你入在我圈套，我入在你圈套，也交得知。」那個道：「我陷在你坑中，你陷在我坑中，還宜仔細。」這個說一番興高情動，那管擺折菩提；那個笑一會意亂心迷，不惜滴枯甘露。這個道：「千朝每日，蛇瘟不似你纏長。」那個道：「百味珍饈，怎比娘行滋味美？」

又有西江月為證：

守淨色中餓鬼，黎娘歡喜冤家。兩人不必自嗟呀，從此彩鸞同跨。　一任翻雲覆雨，何妨戀酒貪花？胭脂韶粉㊴染袈裟，敗壞門風不怕。

當時鍾守淨、黎賽玉兩人交合之際，說不盡綢繆態度，正謂「乾柴逢烈火，久旱逢甘霖」。這鍾守淨是未經女色的長老，那黎賽玉是好風流的婦人，直至力倦神疲，方得雲收雨散。二人整衣而起，鍾守淨道：「承親娘盛情，得諧枕席之歡，若得朝暮相親，小僧雖死無恨。」賽玉道：「朝朝暮暮，妾之深願，但寺中僧眾繁雜，鄰舍耳目切近，倘頻相往來，難保不露風聲，或惹禍端，悔恨無及。此事還求趙媽媽另作良策，方保久長歡樂。」鍾守淨道：「親娘良言，字字金玉。」說話未畢，趙婆已到，推開門催促道：「天色將暮，大娘子作急行動，我送你回家，然後來化紙送聖。」黎賽玉別了鍾守淨，同趙婆趄㊵

㊴ 韶粉：鉛粉。又名胡粉、朝粉。古時為辰州（今湖南阮陵）、韶州（今廣東韶關）專造。

㊵ 趄：音ㄒㄩㄝˊ，回轉；折轉。

出小弄，悄悄地出後門回去了。趙婆復入寺中，候道場完畢，陪女眾晚齋散訖。

數日後，趙婆闖入鍾守淨禪房。鍾守淨款留趙婆，提起日前許謝之言，鍾守淨道：「感承乾娘妙計，小僧得遂此願，已銘心刻骨，不敢有忘。只是還有一件，片時之樂，終不暢意。乾娘沒奈何，怎的再設一個計策兒，使我兩人得長久歡樂，那時並酬重禮。」趙婆笑道：「也罷，你講將甚物謝我？講得開，我自有妙計。」鍾守淨即開箱取出一錠雪花白銀，約有十餘兩，雙手遞與趙婆道：「些少薄禮，先送與乾娘買果子吃，待計就之時，再容後補。」趙婆見了這一錠銀子，心花也是開的，滿臉堆落笑來，假推辭道：「老身自是取笑，怎收得住持銀兩？」鍾守淨道：「乾娘不要推卻了，只管收下，但有妙計，便見美情。」趙婆道：「住持爺如此講時，只得收了。就是這一段事情，不必住持講得，老身一向也思量在心裡，圖個久長之計，方見手段。算起來，卻也不難，只有一樁兒礙手，故此尚費躊躇。」鍾守淨道：「卻是甚事礙手？小僧力量可辦，亦是容易。」趙婆拍著手道：「容易！容易！略差些兒遮蔽，若得這路通時，可保百年歡會。」正是：

計就月中擒玉兔，謀成海底捉金龍。

畢竟趙婆說出甚麼礙手的事來？且聽下回分解。

第八回　信婆唆沈全逃難　全友誼澹然直言

詩曰：

五戒❶之中色是矛，愚僧何事喜綢繆？
情輕結髮生離別，愛重沙門反作逑❷。
俊逸小童傳信息，真誠君子獻佳猷。
奸淫不識良言好，計密煙花暗結仇。

話說鍾和尚求趙尼姑設計，趙婆道：「天台須有路，桃源可問津❸。你要長久快樂，有何難處？」這鍾守淨聽了，喜不自勝，雙手揉著光頭，笑嘻嘻地道：「我的乾娘，委實是甚麼路數，博得這長久歡

❶ 五戒：也作「五誡」。佛教指在家信徒終身應遵守的五條戒律。即不殺生、不偷盜、不邪淫、不妄語、不飲酒。
❷ 逑：配偶。
❸ 天台須有路二句：南朝宋劉義慶幽明錄載：東漢時，劉晨、阮肇到天台山採藥迷路，誤入桃源洞遇見兩個仙女，被邀至家中半年後回家，子孫已過七代。後因以指男女幽會的仙境。

娛？此計若成，你便是我重生父母。」趙婆指著牆外道：「這沈全住宅，正在住持爺牆外東首小巷裡。我時常用心看來，與你這禪房只隔著一重土牆，與牆外這所空房子，就是沈全家裡了。若怎生買得這一所房子，牆上開了個方便門兒，就通得黎賽玉家，任意可以往來，朝歡暮樂，有何阻礙？只是這房子恐一時難入手，故此狐疑。」鍾守淨道：「這所房子卻是兀誰的，我也忘了。」趙婆道：「若講起這個人，住持爺也有些眉皺，他是當朝皇上第一個寵臣侍御王珙，此人最是貪婪鄙嗇，誰敢惹他？」鍾守淨道：「這所房子是王侍御自居的，還是賃與人住？」趙婆道：「住持爺真是個不理閒事的人，牆外這一所小小廳樓，王侍御怎的自住得？向來租與人住，因有鬼魅，來住的便搬了去，故此常是空的，無人敢住。」鍾守淨笑道：「恁地時，卻也容易，小僧自有處置。只有一說，這沈全終日在家守著老婆，又不出外，縱然用計得了這房子，怎地能夠與他長久歡娛？」趙婆道：「若說這沈全，又好計較了。他混名叫做蛇瘟，只圖自在食用，並無半點經營，今正在不足之中。老身用些嘴沫，假意勸他生理，他必回說無貲本，難以行營，住持爺多少破幾兩銀子，待我打發他出外經商，那時要早要晚，任從取樂，有何不可？」有詩為證：

紅粉多情郎有意，暗中惟把蛇瘟忌。
堪嗟好色少機謀，算來不若貪財計。

鍾守淨聽罷，搖著頭喝采道：「乾娘，你真有意思，我枉自聰明半世，到此處便擺撥不來。乾娘在意者，若得恁地全美，乾娘送終之具，都在小僧身上。」趙婆笑道：「如此饕餮❹住持爺了，須看手段還錢。」告辭而去。鍾守淨不出門，在禪房將息。

倏忽又過了數日。看官，你道天下有這般湊巧的事。當日乃是六月朔日，王侍御為夫人病痊，親自乘轎齎香燭至妙相寺還願，先著幹辦通報。管門道人忙到裡面報說：「侍御王爺來還香願，請老爺迎接，有帖在此。」守淨展開帖子看了，心下暗喜，忙整衣冠出迎敘禮，邀入方丈待茶，焚香點燭，對佛懺悔。酬願畢，王侍御送了禮物要行，鍾守淨一片巧言，苦死留住吃齋。王珙見他意思殷勤，只得到禪堂坐下，鋪設齋席，十分齊整。二人吃齋，閒談今古。鍾守淨滿面春風，一味足恭諂諛。這王珙是個好趨承的，見鍾守淨如此款待，言語相投，心中甚喜。鍾守淨將手指著東廂道：「牆外那一所廳樓，聞說是老大人貴產，果然否？」王珙道：「果是學生薄業，住持何以問及？」鍾守淨笑道：「有一異事，小僧懷疑數日，今喜駕臨，故敢動問。」王珙問：「有何異事？」鍾守淨道：「貧僧於四月初八日，釋迦如來聖誕，設盂蘭盆大會。夜半會散，小僧禪定，見一金甲神手持柬帖，與小僧道：『本寺伽藍❺傳示爾六句偈語，爾宜用心，偈云：王公之宅，鄰於垣牆，內有冤魅，潛生火殃，預宜防避，毋輕傳揚。』小僧看罷，夢裡雙手扯住金甲神，求他免禍。金甲神道：『不必倉皇，只看柬帖後面便是。』小僧急看後面時，又有兩句道：『欲禳此難，改為佛堂。』小僧再欲問之，被金甲神一推而覺。心下憂疑，著人問那牆外房子，說是老大人貴產，又是空的，不知何故？彼時就欲奉達，不敢造次，欲待不言，猶慮禍及。今得面晤，

❹饕餮：音ㄊㄠ ㄊㄧㄝˋ，傳說中的一種貪殘的怪物。古代鐘鼎彝器上多刻其頭部形狀以為裝飾。比喻貪得無厭者。也指貪取。

❺伽藍：佛教護法神。

斗膽奉達。天幸，天幸！」王珙聽罷，心下半信半疑，含糊答道：「陰陽之事，不可不信。若論伽藍顯聖，此事亦須提防。待學生從容，再做道理。」鍾守淨道：「小僧多口，莫罪！」又勸了數杯，王珙起身告辭。鍾守淨送出山門，相揖而別。

看官聽說，鍾守淨欲圖這房子，一時編此大謊，說有火殃，豈知後來火燒妙相寺，果應了這句讖語，莫非前定，不在話下。

且說王珙上轎回衙，一路暗忖：「這和尚講的話，不知是甚麼來歷，且到家和夫人商議。」原來這侍御夫人宋氏，平生慈善，酷敬佛道，吃齋念佛，看經布施，每勸丈夫行些好事，是個好善的女人。王珙回府下轎，香火前燒了回頭香，卸下冠帶。夫人從後堂迎出來道：「相公如何在寺許久方回？還願是何僧懺悔？」王珙道：「就是正住持鍾守淨懺悔。還願畢，留住吃齋閒話，以此耽擱。」夫人道：「為何又去擾他？」王珙笑道：「擾這和尚，且不在話下，卻有一事要和夫人議之。」夫人忙問：「有何事故？」王珙道：「這鍾守淨是個真誠的和尚，見我去千萬之喜，齋宴齊整，善於講談。談話間，他猛然問及貼寺那一所房子為何空的。他講道，四月初八夜夢伽藍令金甲神傳柬與守淨，上有六句偈語道：『王公之宅，鄰於垣牆，內有冤魅，潛生火殃，預宜防避，毋輕傳揚。』那鍾守淨心驚求懇，金甲神說：『不必慌張，且看帖子背面。』又有兩句續道：『欲禳此難，改為佛堂。』我想起來，有甚麼冤鬼作禍。若鍾守淨無此夢兆，又何苦調謊？我心半信半疑，猶豫不決，特與夫人商議，未知虛實若何？」夫人道：「一向聞人傳講鍾守淨是有德行的長老，莫講那仕府鄉宦敬重，便是今上兀自把他如活佛一般供養，他焉肯打誑語？鬼神之事，自古有之。這房子不要說目今有祟，無人敢住，相公，你不記未第之時，住在此屋，遇天陰雨或黑夜，常聞啼哭之聲，撒泥擲瓦，每欲請僧道驅遣，只因乏錢，蹉跎過了。後來相公貴顯遷居，卻就忘了驅遣一事。今有這夢，想必定是那些鬼魅作祟，至今未除。但後面二句『改為佛堂』，方免此災，若改佛堂，必須召僧看管，焚香侍奉了。妾思與相公託上天福庇保護，富貴產業盡多，那在這所小房？不如將這房子捨與妙相寺供佛罷了，可以免此火難，又且我與你老景做一香火院，常好去燒香念佛，免得又召僧人看管，不知相公意下何如？」王珙道：「夫人言之極當，只一件，白送與他，太便宜他了，我有個道理。」不題。

再說鍾守淨雖然講了一片脫空大謊，心裡也蹀躞❻不下，未知事體成否何如。次日午時時候，正在佛殿上亂想胡猜，遠見一人慢慢地擺入殿上來，對守淨聲喏，鍾守淨答禮道：「兄從何來？」那人道：「小人是王侍御府中幹辦，敝主差來見住持爺，有事請教。」鍾守淨即邀幹辦入側廳坐下。幹辦道：「家主王爺差小人來稟知，特為寺後牆外這所房子。昨日住持爺說有甚夢兆鬼火之異，家主與夫人計議，欲奉與住持作個香火院，特使小人來達知，不知尊意若何？」鍾守淨聽罷，笑逐顏開，十分歡喜道：「承貴主王爺美意，救了敝寺與前後人家，此乃莫大陰隲❼，福德無量。小僧領命，但不知房價幾何？乞明示奉上。」幹辦道：「原契價銀一百三十六兩，修理在外，這也說不起了。」鍾守淨即令道人整治酒餚款待，著一個心腹徒弟陪坐，自卻忙忙地到庫房裡秤兌房價銀子停當，又取一錠白銀藏於袖內，依舊鎖了庫門，走至側廳道：「老都管寬坐，甚是有慢。」幹辦道：「打攪住持爺，實為不當。」鍾守淨著行

---

❻ 蹀躞：音ㄉㄧㄝˊ ㄒㄧㄝˋ，謂事情費斟酌。

❼ 陰隲：也作「陰騭」，陰德。隲，音ㄓˋ。

童斟酒，陪著笑臉，再三苦勸。幹辦吃得酩酊大醉，辭道：「小人實不能飲了，只此告辭。」鍾守淨道：「都管且坐，既不用酒，不敢苦勸。」叫道人拿出天平來，放在桌上，袖裡取出銀子，一封封當面兌明，鍾守淨道：「煩老都管多拜上老爺，深蒙厚情，今照原價兌足紋銀一百三十六兩，理合親奉到府，但恕小僧有些賤恙，煩足下收明送上，並此回帖拜覆，小僧另日竭誠踵府面謝。」又取出袖中那錠銀子，遞與幹辦道：「些須薄意奉都管，以告簡慢之罪。」幹辦千歡萬喜收了，作別而去。回到府中，見了王侍御覆道：「鍾住持甚是歡喜，待小人酒飯，將屋價依原數奉上，有回帖在此。」王琪接了銀子，看了回帖，笑道：「這鍾守淨不枉是一個能僧，果是富足有餘，做事找截❽。」又問道：「還有甚麼講話？」幹辦道：「鍾住持多拜上爺，另日還要面謝。」王琪即取原契謝帖，再差幹辦往妙相寺中，交與鍾和尚。有詩為證：

思探玉樓春，香房計劃深。
古今多異事，天亦助奸人。

鍾守淨和黎賽玉偷情之後，日夜心裡憂思，無計可圖長久，卻得趙婆大開方便之門，點醒了念頭，用計賺了王侍御這所房子，心中欣喜無限，忙著道人去接趙婆來計較。趙婆正在家思忖鍾和尚和黎賽玉這段事情，緣何數日兩處不見一個人來，正鬧想間，卻好道人來接，隨同取路到寺，進鍾守淨禪房相見。趙婆密問：「日前所說房子，曾探得些門路麼？」鍾守淨道：「正為此事來接乾娘計議。這房子貧僧略

❽ 找截：乾淨俐落。

施小計，王侍御雙手送來，原契已入我手。明日就開牆門過去修整，改為佛堂，好快樂也。再要做些功德，遮掩外人耳目。這都是乾娘所賜，但怎地得那沈全出去方好？」趙婆失驚道：「住持爺用甚計，就賺得屋子這等快？」鍾守淨將那還願吃齋、假夢賺騙的計，一一說了。趙婆跌腳笑道：「天殺的活賊！說我乖，你更滑，倒有這般手段。如今既得了活路，還愁些甚麼？明早老身就去，把言語激他，包得沈全離家遠出。」鍾守淨道：「不瞞乾娘說，小僧和這冤家一會之後，半月有餘，日夜牽掛，寸腸欲斷，寢食之間，無一時不想他念他，正謂『一日如三秋❾』。乞乾娘作急遣他出門，感恩不淺。」趙婆道：「不必叮囑，老身自有道理。」

吃罷茶，就起身出寺，也不回家，取路逕到沈全家裡。掀開竹簾，咳嗽了一聲，驚動了這個前世冤家。黎賽玉在軒子裡和沈全閒坐，心裡正想著鍾和尚，欲見無由，忽聽得有人咳嗽，認得是趙婆聲音，慌忙出來看，正是這撮合山❿。兩個道了萬福，各自心照。趙婆道：「一向久違。」黎賽玉道：「親娘有甚見怪？許久不到寒舍走走。」趙婆搗鬼道：「老身窮忙失望，今有一緊急事情特來通報，你大官人在家麼？」黎賽玉道：「在軒子裡閒坐，乾娘有甚話講？」趙婆道：「須見大官人，方可講知。」沈全聽得，便出來唱喏，同到軒子內坐下。沈全便道：「媽媽要見小生，有何急事？」趙婆故意張惶低聲道：「大官人，你兀自睡在鼓裡哩！目下禍事臨頭，全然不曉。」沈全夫妻二人失驚問：「有甚禍事？」趙婆道：「午前老身到普照寺前余太守衙裡賣些珠玉，正和夫人講話，只聽得太守在前廳發怒大嚷，幾個

❾ 一日如三秋：詩王風采葛：「一日不見，如三秋兮。」後以「一日三秋」形容對人思念殷切。

❿ 撮合山：指媒人。

丫環忙走入來稟道：『大相公被老爺著縣裡公人押去了。』老身驚問，夫人嘆氣道：『惶恐難言！我與相公年過半百，只有這一個不肖之子，指望他成名顯達，誰想不務讀書，終日只好吃酒嫖賭。老爺教誨不改，半月前被一夥潑皮賺去賭錢，賭得輸了，暗將兒婦一雙金釧偷去賭，又被這班混徒局騙了去。老爺知道，故此發惱。昨晚已捆起來打了數十，我也勸不住，招出幾個積賭光棍姓名，一一錄寫明白。今早具一紙呈子，連這畜生送到縣裡，要縣尹捉拿這班賭賊，追贓究罪。縣尹不敢監禁我畜生，依舊送回，講明早出牌，捉拿賭賊。老爺發怒，仍要押這畜生去，我也沒法處置，難以向前勸解，這都是前世冤孽！』老身又開口問道：『這一班賭賊，卻是兀誰，敢來賺騙公子？』夫人道：『一夥共有十餘人，為頭六個，第一名積賭，姓都名盧，插號叫做都酒鬼；第二個叫做朱拐子；次後張絆頭、郝極鬼、沈蛇瘟、李小猴，共六人，說都是鄰近住的，老爺具要問他個大罪哩！』老身聽得『沈蛇瘟』三字，吃了一驚，含糊答應幾句，生意都不做，別了夫人，急來報你。你可作急計較，不要臨渴掘井，墜馬收韁。」沈全聽罷，驚得目瞪口呆，手足無措。有詞為證，詞名長相思：

坐如痴，立如痴，何異雷驚孩子時，心頭裡亂絲。　饑不知，飽不知，平地風波悔恨遲，躊躇暗自思。

看官，你道為何趙婆說這席話，這等圓穩，能驚得沈全動？原來這蛇瘟一向在賭博場中著腳，和余公子素相交往，每常贏他些財物回來用度，平日間黎賽玉曾告訴與趙婆，故生出這段枝節來唬他。沈全驚得面如土色，頓足道：「怎地好？若送到官司受刑不起，卻不是死？」黎賽玉心裡卻明白，知是趙婆的詭計，假意慌張道：「老親娘，真有此事麼？」趙婆道：「呀！這是老身親見的，為好特來通知，無故哄你做甚？」黎賽玉掩面假哭道：「我一向勸你莫賭，不聽好言，致有今日，此事怎了？」沈全道：「趙媽媽在此，我若惹得他的金釧，便吃官司也是甘心。不知是那個橫死的王八賺了去，牽累我吃屈官司。若手裡有錢，也不愁他，如今雙手撲塵，一文也沒，倘若發下牢中監禁，豈不活活餓死？不如尋個自盡罷了。」趙婆道：「你夫妻二人不要慌，趁今日縣裡公差未出，不如作急為計。俗言說：『三十六著，走為上著。』及早逃出遠方避難。自古罪人不孥❶，大娘子是好計較的，何必自尋死路？」沈全道：「縱要逃竄，身邊缺少盤纏。便去時，又怕渾家獨自一人支持不來，教我怎的丟得出門？」說罷兩淚交流。黎賽玉也幫著假哭。趙婆道：「你兩個這樣哭，豈能哭得無事的？連我也沒主意了。老身蓄積數年，藏得八、九兩散碎銀子，要防老景結果送終之物。如今幸得賤體還健，且暫借與你救急，一來出去避這官事，二來隨便做些生理，出一出景。且在外邊躲避半年三個月，打聽得官司散了，你再回來完聚未遲。」沈全納頭便拜道：「若如此，多感親娘扶持，天幸避得過這場大禍，必效犬馬。只是渾家早晚間，望乞照管周全則個。」趙婆道：「我念佛人慈悲為本，這都在我老人家身上，不消掛意。你今且在家裡隱身，不可出門露影。待我回去取了銀子就來，趁今晚人不知鬼不覺，早早趕出城外，尋客店安歇了，明早長行。」

說罷，抽身別了黎賽玉，逕往妙相寺裡見鍾守淨說：「沈全被我如此如此哄動，今晚就要動身出外。老身慌忙趕來，快取散碎銀子十兩，拿去與他做盤纏出外，快殺也有三五個月才得回家哩。」鍾守淨大

---

❶ 不孥：也作「不帑」。不懲罰罪人的妻子兒女。

喜，忙忙的銀包裡撮了十數塊銀子，也不用秤，約十兩有餘，遞與趙婆，聲喏道：「千萬煩乾娘玉人面前替我申意，好事只在目前了。」趙婆藏了銀子，別了鍾守淨，出寺到一僻靜去處，將銀子揀好的撮出一大塊，約有二兩餘藏過了，只將八兩放衣袖裡，一口氣跑到沈全家來，進門把門關了。沈全忙問：「乾娘，銀子拿得來否？」趙婆道：「在這裡了。」袖中取出一大包碎銀子，遞與沈全道：「這是八兩紋銀，你可收好，利息由你不論。路上小心在意，不可造次。老身告回，你可作急離家遠去，惟願官司消散，財喜十倍而還。」沈全和黎賽玉拜謝不已。趙婆作別，開門而去。沈全即打點包裹乾糧，將銀子藏頓已了。天色將暮，分付賽玉道：「你在家早晚謹慎，缺長少短，可問趙媽媽借貸些，待我回來，本利一總送還。」黎賽玉道：「這都不消記掛，但願你早去早回，省我朝夕懸望。路上小心，水陸保重。」講罷，夫妻二人揮淚而別。有詩為證：

堪笑區區一沈全，美妻不庇送人眠。
當時若探真消息，何必悲啼離別間。

卻說沈全別了渾家，背上包裹，取路出西門來，一面走，一面心下暗想道：「我與余公子頑耍，向來不過贏他幾貫錢鈔，並不見金玉首飾將出來賭，為何言沒了金釧，告在縣中？事有可疑。適才趙媽媽說郝極鬼也在所告之內，這廝住在西門外開古董店，不如往他店中問個消息，便見真假。」一路上以心問心，行了里餘，將近城門，遠遠見一個小廝，手內捧著拜匣，走近前來，見了沈全問道：「沈一哥，何處去？天色晚了，這等著忙走路？」沈全看時，卻是余公子家僮，因他生得白淨乖覺，故取名雪兒。

當下沈全答道：「我要出城去取些帳目，故此乘晚而行。小雪，你卻往那裡去了？」小雪道：「大相公令我送些禮物與一個相知，適才偷空和小廝們賭錢耍子，不覺天色暮了。我看你走路慌張，面皮青色，必定有甚麼事故。這般晚了趕出城，你莫瞞我。」沈全笑道：「看你不出，倒也識得氣色。你來，我有一句要緊的話問你。」兩個走入一條冷巷裡，街沿上坐了，沈全道：「我聞人講，你大相公賭輸了一雙金釧，是兀誰得了去，你可知道麼？」雪兒將沈全照臉啐了一口，道：「好扯淡！大相公被你這夥人引誘去賭，每每輸了銀兩錢物，老爺十分著惱，即日要排除你這夥狗賊，還來問甚麼金釧、銀釧哩，早早撒開罷了！」講罷，跳起身就走，一道煙去了。沈全聽了這話，信是十分真實，依舊背上包裹，急急出城，趕到那郝極鬼店中。正欲扣門，只聽得裡面夫妻二人爭鬧，其妻罵道：「我把你這狗殺才，不顧家業，終日去賭，不吃官司，不肯罷休。你這臭皮囊，少不得豬拖狗嚼哩！」沈全聽見「吃官司」三字，諒得是這話了，不敢敲門，拽開腳步，取路往西南而進，當晚尋店安歇。次日更名改姓，避難去了。有詩為證：

> 趙婆設計意何深，一路風聞錯認真。
> 不是蛇瘟離舊穴，遊蜂⑫安得宿花心？

且說趙婆次日侵早到寺裡通知鍾守淨：「沈全昨晚已打發出門，任憑住持來住無礙。」鍾守淨歡喜酬謝，隨叫匠人開了牆門，將王侍御房子裡供奉幾尊佛像，掛起幢幡來，又著本寺和尚做禳災功德，跋

⑫ 遊蜂：遊蜂浪蝶，比喻生性輕佻好挑逗女子的人。

磟⑬三五日，才得寧貼。

這黎賽玉發付丈夫離家之後，心裡也有些戀戀不捨，只是事已到此，推卻不得。又見鍾守淨終日做道場，無些動靜，心裡越悶。到了第五日夜間，將次更深，正欲熄燈脫衣而睡，猛聽得窗外扣得聲響。黎賽玉輕輕推開看時，卻原來是鍾守淨立在梯子上，靠著樓窗檻，檻下是半堵土牆，故用梯子布上窗檻，方可跳入。守淨將指彈得窗兒響，一見賽玉開窗，便爬入窗裡來，兩個歡天喜地，摟抱做一塊。黎賽玉急閉了窗道：「住持，你好人兒，如何今日方來？撇得奴孤孤零零。」鍾守淨道：「我的奶奶，不要講起。我自那晚歡會之後，切切思思，恨不能夠見一面，虧煞那趙乾娘用盡心機。今夜又得相逢，天隨人願。」講罷，吹燈解扣，上床同寢。這一次比前倍加快樂。但見：

禿子脫衣，佳人解帶。喜孜孜共枕同衾，笑吟吟翻雲覆雨。餵搵口惟覺脂香，啟朱唇只談情趣。弄兩枝玉腕，緊抱著和尚纖腰；一個光頭，常擂著美人雙乳。不禁酥胸汗溼，且將錦被輕掀。弄得那禿廝氣喘吁吁，搏得這嬌娃神昏脈脈。霎時雲散雨兒收，兩下靈犀交洩透。

當夜二人擁抱而臥，睡到黎明，守淨起來穿了衣服，從窗上爬落梯子，趄回禪房去了。自此為始，每日黃昏，即將酒肉果品度到黎賽玉樓上來，二人秉燭笑談，直飲到更深方睡。沈家左鄰右舍，巷裡的人，也有曉得的，只是畏鍾守淨勢大，無人敢惹他。編成一齣小小曲兒，唱道：

⑬ 跋磟：忙碌。

和尚是鍾僧，晝夜胡行。懷中摟抱活觀音，不惜菩提甘露水，盡底俱傾。賽玉是妖精，勾引魂靈。有朝惡貫兩盈盈，殺這禿驢來下酒，搭個蝦腥。

正是光陰迅速，撚指⑭一月有餘。一日，天色將昏，鍾和尚取數貫錢，著來真到街坊上買一對爊雞，沽幾壺荳酒。原來賽玉專好爊雞吃。這來真走到十字路口，人煙輳集，挨挨擠擠，不覺衣袖裡將錢失落。及到店取錢買酒，方知脫下了，心內憂驚，只得空著手回寺。鍾守淨問：「你買的酒與雞在何處？」來真道：「路上不知怎的，銅錢遺失了。」鍾守淨從來吝嗇，一見來真失了銅錢，勃然大怒，取竹片將來真打了十餘下，兩個老道人再三討饒，守淨方才罷手。來真從此記恨在心。

又過數日，正值七月初旬，鍾守淨買了數枝新藕供佛，令來真將兩枝送與西房林住持。每常林澹然和鍾守淨講談閒敘，近覺守淨精神恍惚，言語無緒，舉止失措，心裡也有幾分疑惑：「莫非幹了些不端的事麼？」只是不好問得。當日卻在側首柏亭上乘涼，見行童捧著兩枝嫩藕走入亭來，道：「鍾老爺送新藕與住持爺解熱。」林澹然接了，問道：「鍾老爺這幾日怎的不見？」來真答道：「鍾老爺這幾時甚是忙，那有閒工夫。」林澹然笑道：「出家人清閒自在，為何這等忙？」來真道：「卻也不清，卻也不閒。」林澹然道：「鍾住持的忙處俺都知道，你可講來，看與俺知道的對也不對。」來真道：「鍾住持幹些瞞昧⑮的勾當，小人一向也有心要稟知老爺，但恐轉言成禍。」林澹然道：「不妨，決不累你。」

⑭ 撚指：猶彈指。形容時間過得很快。
⑮ 瞞昧：隱瞞欺騙。

來真將鍾守淨初見黎賽玉，次後看燈得病，和趙尼姑設謀局騙王侍御房子，打發沈全出門姦宿的事，細細講了一遍。林澹然聽罷，笑道：「你也講得不差，出家人幹這等有天理上天堂的事！怪道這幾時精神清減，情緒不寧，原來恁般做作，恁般快樂。」發放來真道：「你去拜上住持，多謝新藕。」來真又道：「住持爺，適才所言的事，千萬不可與人講知。」林澹然道：「俺已講過，不必多言。」來真自去了。有詩為證：

莫開嗔戒打來真，打得來真不敢嗔。
更有嗔心吐真意，來真真是個中人。

卻說林澹然自從來真說知守淨所幹之事，心下暗想：「這妙相寺，不知聖上費了多少錢糧，才得構成。聖旨宣你做一個正住持，管轄多少僧眾，享盡多少富貴，誰不敬重？豈意今朝幹下這等犯法事來，如何是好？若有些風聲兒吹在聖上耳朵裡，豈不死無葬身之地。可惜偌大一個招提，必致折毀矣。古人云：朋友有責善⑯之道。俺須相個得便機會，把幾句言語譏諷點省他迷途，也是俺佛門相處之情。」自此每每在心，卻遇不著個機會。

又早荷葉凋殘，桂花開放，正值八月十五中秋佳節，林澹然分付廚房整辦蔬食、月餅、果品之類，開了陳酒，著行童到東房裡接鍾住持賞月。這鍾守淨一心想著今夜要和那心愛的人兒玩月取樂，偏遇他來接看甚麼月，好不知趣的人，對行童道：「我今日身子不快，可多拜上林老爺，不能赴席了，明日面

⑯ 責善：勸勉從善。

謝。」行童應諾，即至西房回覆林澹然。林澹然微微冷笑道：「今夜天清月明，又是中秋，他必和那淫婦登樓玩賞，做個人月雙圓，故此推託不來。我有主意在此了。」分付廚下：「蔬食整備完時，來對俺講。」看看天色漸暮，但見紅日西沉，冰輪初湧。宋賢蘇東坡有詞一首，名念奴嬌，單道這中秋明月的妙處：

憑高眺遠，見長空萬里，雲無留跡。桂魄飛來，光射處，冷浸一天秋碧。玉宇瓊樓，乘鸞來去，人在清涼國。江山如畫，望中煙樹歷歷。　我醉拍手狂歌，舉杯邀月，對影成三客。起舞徘徊風露下，今夕不知何夕。便欲乘風，翻然歸去，何用騎鵬翼？水晶宮裡，一聲吹斷橫笛。

管廚道人來稟：「蔬食果品俱已齊備。」林澹然分付，送過東房鍾住持花園中去。道人即忙打點，送到鍾守淨花園裡來擺定。鍾守淨吃了一驚。隨後林澹然也到，二人稽首，林澹然道：「小弟今天辦得一味蔬菜，請師兄玩月。聞貴體不安，故送至此，閒談片時，慶賞佳節，兼得問安，請教玄理。」鍾守淨道：「多承厚愛，但賤體染疾，專好靜坐，故勞枉駕，故勞枉駕，心實不安。」林澹然笑道：「兄弟之間，何出此語？」二人坐下，林澹然叫行童斟酒，鍾守淨道：「師兄忘矣，小弟向來不曾開戒，何勞賜酒？」林澹然笑道：「師兄請此一杯，小弟有片言請教。」鍾守淨笑道：「如來五戒，以酒為先，小僧自來不飲，豈可擅破佛戒？此酒決不敢領。若有見教處，但講何妨？」林澹然道：「小弟不知釋教戒酒之義，乞吾兄見教。」鍾守淨道：「師兄又來取笑。小小童子，一入空門便知五戒，師兄乃高明上人，怎麼反下問於小僧？」林澹然道：「五戒之說，小僧豈不知之？但酒乃先賢所造，天有酒星⓱，地有酒泉⑱，人有酒聖⑲，雖仲尼亦道：『惟酒無量，但不及亂⑳耳！』以和性情，合萬事，饗㉑天地，格㉒神明，怎地如來反以為戒？」鍾守淨道：「原來師兄有所不知，人之敗德亂性，莫酒為甚。出家人一耽此物，焉能煉性參禪？故我佛以為首戒。」林澹然道：「這個極戒得是了。經云：色即是空，空即是色。色之一字，正合空字之義，如何我佛反又以為戒？這個只恐戒得不是些。」鍾守淨口中不講，心下暗忖道：「畢竟此事被他識破，言語來得蹊蹺。」只得硬著口答應道：「彼大菩薩六根㉓清淨，四大皆無㉔，如蓮花出汙泥中，亭亭不染，方可具色空空色之解。我輩初學，立腳未定，一犯色戒，永墜阿鼻。然各人自作自受，我與你莫要管他。」林澹然拍手笑道：「師兄講得是，管甚閒事，且和兄看看月色如何？」鍾守淨道：「最妙。」林澹然命將桌子移在太湖石邊，林澹然自酌酒，鍾守淨自啜茶。兩個坐了一會，

⑰酒星：古星名。也稱酒旗星。李白月下獨酌詩：「天若不愛酒，酒星不在天。」
⑱酒泉：漢代設酒泉郡，治所在今甘肅酒泉。
⑲酒聖：謂豪飲的人。李白月下獨酌詩：「所以知酒聖，酒酣心自開。」
⑳惟酒無量二句：語出論語鄉黨。言只有酒不限量，但不喝醉。
㉑饗：通「享」。祭祀；祭獻。
㉒格：感通；感動。
㉓六根：佛教語。謂眼、耳、鼻、舌、身、意。根為能生之意，眼為視根，耳為聽根，鼻為嗅根，舌為味根，身為觸根，意為念慮之根。
㉔四大皆無：佛教稱地、水、火、風為四大，認為所有物質都由四大構成，而四大又從空而生，因此世間的一切事物都是空虛的。舊時以「四大皆空」表示看破紅塵。

一面玩月，一面把閒話支吾。看看坐到更深，皓月當空，並無一點雲翳，果然好個中秋良夜。鍾守淨心如刀刺，不能脫身與黎賽玉並肩玩賞。有詩為證：

素影映秋山，滿天風露寒。
樓頭空悵望，禪室淚潸然。

林澹然不用行童斟酒，自釃自飲，吃得興豪，將鍾守淨這一樁心事按捺不下，欲要講破，又不好明言，心下想了半晌，眉頭一蹙，計上心來，問道：「師兄，那做佛頭的趙蜜嘴，一向來麼？」鍾守淨道：「許久不見，師兄問他則甚？」林澹然道：「小僧久聞這趙婆是個女張良，今有一事，欲要見他，偶爾問及。」鍾守淨滿面通紅，心頭撞鹿㉕，只得把他事胡遮。林澹然又道：「向日師兄講有甚麼夢兆，買得王侍御房子，又做了禳災功德，這夢兆果是實麼？」鍾守淨道：「已往之事，不必提起，且與師兄玩月。」林澹然佯醉，拍手笑道：「師兄，你看好月色呵，明而且清，真賽過玉也！」鍾守淨聽了這話，愈覺坐立不安，心下思量：「這樁事，諒來瞞他不過了，不如和他講知，省得如此點綴消遣。」立起身來，也笑道：「小弟之事，正欲告罪於師兄法座，不才一時被色欲所迷，陷入火坑，急忙擺脫不下，師兄諒亦覺照。適間見教，使小僧愧赧無地，這也小事，容小弟懺悔，望師兄海涵，誓當重報。」林澹然摸著肚子笑道：「兄言差矣！俺和你義同手足，禍福共之。兄今幹自這壞法的事來，外人豈有不知？小弟不言，便非同宗之義。你俺受朝廷眷顧大恩，上及公卿，下及士庶，人人敬仰，個個欽尊，都只為這

㉕ 撞鹿：形容激動時心頭亂跳。

德行二字。兄今一旦惑於女色，倘若今上知道，取罪匪輕，不惟進退無門，抑且把僧家體面喪盡。王法無情，地獄難免，十餘年戒行一旦成灰，徒貽話靶㉖，小弟不得不苦口直言，兄勿見怪。」一番話講得鍾守淨默默無言，呆了半晌，謝道：「小僧知過了，承教！承教！」勉強又坐了一會，林澹然令道人收拾杯盤，作別回房。有詩為證：

幾句良言利似刀，奸淫禿子律難逃。
受恩深處多成怨，禍福無門人所招。

林澹然自回西房去了。月色沉西，滿天風露。卻說鍾守淨走入禪房裡，也不思睡，點著一盞燈，和衣而坐，心下輾轉思量林澹然所言，猶疑不決。欲要棄了這婦人，改行從善，心裡實捨不得如花似玉美嬌娃；欲待不聽林澹然之諫，又恐聲揚起來，難以自立。千思萬想，躊躇一夜不睡。比及天明，又睡著了，直至巳牌㉗起身，茶飯也不吃，只在禪堂裡走來走去，就如中酒㉘的一般，好悶人也。不覺天色又晚，吃了一盞清茶，精神困倦，正待尋睡，心下又想著黎賽玉：「昨夜必然等我去賞中秋，見我不去，必生疑恨。且往牆外佛堂中一看，再睡不遲。」悄悄地走入王侍御的房子裡，一眼看著樓上，立了好一會，猛聽得「呀」的一聲，樓窗開了。鍾守淨急擡頭，見那人兒在窗口將手相招。鍾守淨一見，卻如攝

㉖ 話靶：供人談論的目標、物件。
㉗ 巳牌：巳時，上午九時至十一時。
㉘ 中酒：病酒；飲酒成病。

了魂靈去的一般，不覺手舞足蹈，掇過梯子來，依舊爬將上去。賽玉纖手相扶，走入樓中，連罵道：「好負心的賊禿！昨宵教我整整等了一夜，今日好不耐煩，怎的這等時候要我招方才上來，莫非你心變，另敘上個人兒了？」鍾守淨道：「豈敢心變，焉有他情？講起來令人煩惱殺人！」黎賽玉道：「端的為何？你且細講來。」鍾守淨嘆了一口氣不做聲。黎賽玉道：「我曉得了，想是你口兒不謹，做事不密，被人知道了，故此欲言不語，你對我實說何妨？」鍾守淨點著頭道：「不必講了，你聰明人猜的不差，正為昨晚我安排餚饌，只要候人睡靜了，來和你取樂，以賞中秋月下佳期，畫樓雙美。不想西房住持林澹然天殺的邀我賞月，你想我有何心緒與他扯談？推病不去。他又移了酒果，到我花園裡來。閒話之中，反被他頻頻譏諷，我與你被窩裡的事情，依他講就如眼見。因此我被他消遣，忿氣難當，一夜不睡，今特來與你商議一個長便，不知怎地是好？」黎賽玉笑道：「何必愁煩，男子漢家好沒主意。你若怕他言語時，只索與我分離罷了。若有心和我久情相處，何慮他人議論？」鍾守淨道：「不然。承娘子相憐垂盼，小僧雖粉身碎骨，難忘美情，只要地久天長，豈懼閒人說話？只是林澹然這廝，娘子還不知，他極是剛直，比諸人不同，我倒有幾分畏他。況是聖上敕賜的副住持，倘或暗中構釁，那時奪了我的權，壞了我的事，以此心下憂疑，豈有拋撇娘子之理？」黎賽玉道：「我豈不知他是副住持，向來做人執傲剛愎，不得人意。如今你須假意趨迎，比前更加親密，委曲奉承，不要忤著他便是。以下行童使用之人，也須好意相看。倘遇著個便兒，你在皇上前暗用讒言，逐他出寺。若得除了這人，寺中以下之人，再有誰敢多口？我和你任情快樂，復何慮哉！」鍾守淨道：「還是我的妙人兒大有見識，使小僧如夢方覺。自古道：『無毒不丈夫。』待我暗裡用些計策，趕他出寺便了。」正是：

明鎗容易躲，暗箭最難防。

畢竟鍾和尚用何計策逐林澹然出寺，且聽下回分解。

第九回　害忠良守淨獻讒　逃災難澹然遇舊

詩曰：

萬乘巍巍勝法王❶，翻持異教壞綱常。
奸婪禿豎居華屋，忠讜真僧竄遠方。
沽飲酒家逢故舊，燒燈窗下訴衷腸。
通宵說到知音處，暫向幽閨躲禍殃。

話說鍾守淨聽了賽玉之言，不勝快樂，重剔銀燈，再整酒餚，並肩而坐，你一口，我一杯，直吃到更盡興濃，脫衣交頸，二人大展酒興。有三字句為證：

個中情，不可說。連理枝，雙鳳穴。軟如綿，白似雪，嫩過酥，光如月。雨自來，雲自接。又不洩，又不歇，又不疲，又不說。兩般人，各有悅。所以然，心固結。夜既分，情難竭。

鍾守淨天未明即起來穿衣回寺。來往既久，寺中僧眾無一個不知。其間有幾眾老成闍黎，每每向林

❶ 法王：佛教對釋迦牟尼的尊稱。亦借指高僧。

澹然告訴：「鍾住持做下這般非禮，聖上一知，為禍不小。乞住持做主，勸化他改過方好。」林澹然道：「汝眾人毋得多言。自古眼見是實，耳聞是虛。鍾住持是個有操行的人，恐無此事。縱或有之，亦須隱晦，不可播揚漏洩，壞了本寺體面。」眾僧見林澹然分付，皆不敢多言，嗟吁而退。林澹然屢問來真打聽消息，知鍾守淨不改前非，心下暗忖道：「俺若再阻他時，反招其怪，是不知機了。姑待數月，如或不悛，也只索❷離了這寺，雲遊方外，免使禍及，有何不可？」

閒話休題。卻早秋殘冬到，又是十月天氣。十五日乃是下元令節❸，解厄水官❹聖誕前一日，梁武帝差兩員內官至妙相寺傳旨知悉，次日御駕親臨本寺燒香。鍾守淨預出曉諭，令合寺大小僧眾，次日五更沐浴焚香，整肅衣冠，打點迎候御駕。次早，鍾、林二住持在寺中焚香點燭，懸花結彩，灑掃殿堂，撞鐘擊鼓，打點齋供，俱已齊備。到辰牌❺前後，飛馬來報：「御駕出五鳳門了。」鍾守淨、林澹然忙自山門❻一箭之地迎駕，俱頭戴五佛毘盧帽❼，身穿蜀錦彩繡袈裟，足穿僧鞋，率領寺中眾多和尚，排

---

❷ 索：索性；乾脆。

❸ 下元令節：舊時以陰曆十月十五為下元節。

❹ 解厄水官：道教所奉天、地、水三神官之一。上元天官，中元地官，下元水官。明歸有光汝州新造三官廟記：「其說以天地水府為三元，能為人賜福，赦罪解厄，皆以帝君尊稱焉。」

❺ 辰牌：辰時，上午七時至九時。

❻ 山門：佛寺、道觀的外門。借指寺院。

❼ 毘盧帽：也作「毗盧帽」、「毗羅帽」。放焰口時主座和尚所戴的一種繡有毗盧佛像的帽子。也用以泛稱僧帽。毘盧，佛名。毗盧舍那（也譯作毘盧遮那）的省稱。即大日如來。一說，法身佛的通稱。

列得斬斬齊齊❽。少頃，御駕已到，遠見前列扈駕羽林軍，後是文武百官，擁護梁武帝端坐龍車，頭戴沖天嵌寶金冠，身穿素色袞龍袍，腳踏龍鳳履，腰繫碧玉帶，宦官儀從，不計其數，緊隨鑾駕，望妙相寺而來。鍾守淨等遠遠伏道迎接。武帝至山門下了輦步行，鍾守淨等眾官都跟隨入大雄寶殿來。眾僧多官侍立兩班，儀從屯紮丹墀，羽林軍屯於寺外。武帝上了殿，即命脫下龍袍，換了禪衣，卸下朱履，換一雙素鞋，除下金冠，戴一頂素絹軟翅巾，腰繫一條黃絨雙鬚條，手上圈一串明珠穿成的念珠，乃是道家打扮。頂禮諸佛已畢，殿中擺一張素木交椅，方才坐下。鍾、林二住持率領眾多和尚正待朝賀，武帝開言道：「今日下元令節，朕專為齋供諸天❾，開講佛法，眾僧不必行君臣之禮。」鍾守淨等謝了恩，俱各向前稽首，行釋教禮。左首一個竹墩，欽賜鍾守淨坐；右邊一個竹墩，欽賜林澹然坐。二僧低首不敢就坐。武帝道：「朕正要與二卿談論佛道，毋得如此拘束，賜卿坐下無妨。」二住持稽首謝恩，即脫了錦繡袈裟，換卻禪衣，然後坐下。文武官員與眾僧皆兩傍侍立。

鍾守淨獻茶已畢，武帝問道：「今日乃水官大帝壽誕，可曾齋供否？」鍾守淨合掌答道：「諸佛尊天，侵晨❿俱已齋供過了。」武帝又道：「朕於先年曾在同泰寺設四部⓫無遮大會，聽道林支長老⓬開

❽ 斬斬齊齊：形容整肅、整齊。

❾ 諸天：佛教語。指護法眾天神。佛經言欲界有六天，色界之四禪有十八天，無色界之四處有四天，其他尚有日天、月天、韋馱天等諸天神，總稱之曰諸天。

❿ 侵晨：天快亮時；拂曉。

⓫ 四部：也稱「四部眾」。佛教語。指比丘、比丘尼、優婆塞（在家信佛、行佛道並受了三歸依的男子，即信士、居士）、優婆夷（在家信佛、行佛道的女子，即善士、女居士）。

講佛法，甚合朕心。朕慕釋理玄微，幾欲出家修焚，與支長老傳其衣鉢，無奈眾卿以錢億萬，苦苦奉贖表請還宮。朕彼時立志不回，群臣再三上表，朕不得已，姑且還朝理政。切思身為萬民之主，富貴極矣。光陰迅速，苦海無邊，不早回頭，後悔何及。朕一心只要皈依佛法，往生淨土，眾臣苦諫，將朕身羈絆至今，躊躇未決。二卿可為朕指迷，使朕早登覺路。」鍾守淨躬身道：「陛下貴為天子，富有四海，享無疆之福。萬民樂業，天下升平。此雖是德政所孚，亦由前生種成善果，所以今世為太平天子。先覺有云：『欲知來世因，今生作者是。』陛下雖洪福齊天，然亦不可不修。如來云：『帝王人中尊貴，自非宿福。何以能然？若比轉輪⓭聖王，猶是鄙陋。』陛下欲證菩提，回頭是岸。群臣之諫，無非各盡其道而已，陛下何必躊躇？」武帝聽罷大喜，點頭道：「卿言句句慈航⓮，甚合朕意。」右邊林澹然低頭不語。武帝道：「朕特為與二卿講道而來，卿獨無言，何也？」林澹然頓首奏道：「臣愚不諳禪理，但聞開闢以來，歷代明君聖主，皆以孝弟治天下，名垂不朽，聲施無窮，未聞皈依釋教而成佛者也。臣等孑然一身，內無父母妻子之累，外無天下國家之寄，故可以出家，了此本身事業。陛下為萬乘之主，宗廟社稷、子孫黎民萃於一身，當法先王之道，親賢遠奸，行仁政以覆育蒼生，使天下樂堯舜之世，子子孫孫，瓜瓞⓯雲仍⓰，萬代繼統，豈可披緇削髮，效匹夫之所為乎？況今東魏方覬覦之心，南齊生侵掠之

⓬ 道林支長老：支道林，本名支遁，以字行。東晉高僧。好談玄理，與謝安、王羲之等名士交遊。

⓭ 轉輪：轉世。

⓮ 慈航：佛教語。謂佛、菩薩以慈悲之心度人，如航船之濟眾，使脫離生死苦海。

⓯ 瓜瓞：喻子孫繁衍，相繼不絕。瓞，音ㄉㄧㄝˊ。

意，陛下不理國政，倘百姓叛於內，敵國乘於外，臣恐金甌之國家，非復陛下有也。臣愚不識忌諱，冒死上言，伏乞聖鑑。」武帝聽罷，俯首沉吟。鍾守淨見林澹然話不投機，心裡暗想：「不趁這機會挑動皇上趕他離寺，更待何時？」即合掌上前道：「林太空之言差矣。萬歲欲皈依如來，棄富貴而避輪迴，割恩情以歸覺路，這正是智過百王，勇超千古，廣大智慧，登彼岸也。我與你合當贊襄，為何反出此言，以阻聖意？甚非臣子愛君之心。」武帝原有幾分不樂，又聽鍾守淨諂佞了這幾句，愈加不喜，拂衣而起。林澹然再欲分疏，武帝已移步看佛像去了。有詩為證：

忠言逆耳不堪聽，朝內無人敢諫爭。
身死國亡天下笑，披鱗⑰餘得一真僧。

林澹然心中暗思：「鍾守淨這廝好生無理。適才言語，分明是離間之意。暫且容忍，看他怎生排陷。俺若再苦苦諫時，眼見得落他圈套之內。」一面忖度，一頭觀鍾守淨動靜。只見武帝步入側殿裡去，只有鍾守淨緊緊隨侍，並內監數人。武帝問：「殿後還有甚麼殿宇？」鍾守淨躬身答道：「殿後就是後殿，次後是禪堂、香積廚⑱、方丈⑲，各僧房、庫房，東西兩廡之內，俱有太湖石假山、園林、花卉、池

---

⑯ 雲仍：也作「雲礽」。遠孫。比喻後繼者。

⑰ 披鱗：披逆鱗。逆鱗，倒生的鱗片。韓非子說難：「夫龍之為蟲也，柔可狎而騎也，然其喉下有逆鱗徑尺，若人有嬰之者則必殺人。人主亦有逆鱗，說者能無嬰人主之逆鱗則幾矣。」古人以龍比喻君主，因以觸「逆鱗」、批「逆鱗」等喻犯人主或強權之怒。

閣。」武帝道：「朕今日不回宮了，且在寺中一玩，夜間還要與卿講參悟之訣。卿代朕傳旨發放眾臣，明日早朝俟候。」鍾守淨領旨出殿，傳諭眾臣散去，明早候駕，只留宦臣等侍衛。眾文武官員、儀從聽了聖旨，各各嗟吁而散。這寺裡管廚和尚午齋已備，稟知鍾守淨，守淨迎武帝至禪堂進午齋。武帝分付：「眾僧各自回房，只留卿一人伴朕。」林澹然和眾僧各自散了。

武帝在禪堂坐定，獨鍾守淨一人侍陪，內監等侍立兩傍。道人、行童紛紛獻上齋來，武帝一見，盡教撤去。原來盛蔬食的，俱是金銀器皿，況品數又多，武帝不悅，都教搬去，只用瓦器盛一味素菜，瓷碗盛一箸粗飯。鍾守淨領旨陪侍。吃罷，君臣二人又談經說典。看看傍晚，晚齋已備，武帝止住不用，只呷了一碗清湯。林澹然率領眾僧，同在禪堂外侍立，武帝又分付道：「朕與鍾卿在方丈中打坐，究竟⑳些靜裡禪機。眾卿各自方便，不必在此伺候。」眾和尚依舊散去。

林澹然自回西房，心裡想著：「鍾守淨做下偌大犯法之事，不思改過，反欲譖俺。日間之言，奸心畢露，設或暗中再進讒言，俺老林必遭奇禍，須令人打聽消息，預先準備方好。」著一個道人往東房密尋行童來真計議。來真向前聲喏道：「住持爺有何分付？」林澹然道：「俺與你商量，就是鍾住持那一段隱情，俺於中秋賞月之夜，苦口相勸。彼不思自悔，反怪俺言，日間在聖駕前，當面戧白㉑俺一場。

---

⑱ 香積廚：僧人的廚房。香積，指佛國、佛寺。
⑲ 方丈：初指寺院。後指僧尼長老、住持的居室。
⑳ 究竟：推求；窮盡。
㉑ 戧白：搶白。戧，語言衝突。

幸聖上慈善，寬容罷了，倘是個急躁量窄的，豈不登時受禍？故俺心下不安，特煩你去打聽消息，或有甚話頭，你須急急報俺知道，自有重賞。」來真道：「不須住持爺費心，小人已在意了。早上鍾住持對聖駕誹謗老爺，小人甚是不忿，適才又講許多碎話，但含糊不甚明白。我如今去用心竊聽，倘有緊切言語，即來報知。」講罷，慌忙去了。

再說鍾守淨和武帝在方丈中細談細講，武帝問及之言，鍾守淨一一分剖，對答如流，武帝甚喜。看看問到寺中之事，武帝道：「朕創這妙相寺，敕卿為住持，卻又早有三、四載了。寺裡錢糧出入，事務紛囂，賴卿料理。但不知本寺除卿與林太空之外，還有能事有德行的和尚幾人？」鍾守淨道：「臣託陛下天恩，寺中大小僧眾，各守法度，雖無出類高僧，卻也循規蹈矩，無敢壞事者，向來肅然。自從去年來了這員副住持林太空，寺中法度，盡被他紊亂了。」武帝驚問：「卻是怎生被他紊亂？」鍾守淨道：「陛下不知，這林太空倚陛下敕賜封為副住持，又恃著有幾分武藝，目中無人，每每欺臣特甚。臣怕失了體面，亦不和他計較，時常酗酒撒潑，殺狗偷雞，尋人廝打，攪得眾僧不安。臣苦勸，反遭叱辱。臣與他講：『我等出家人，該清修戒律，毋作非為。佛門不飲酒，不茹葷，不使氣，才是僧家法度，為何飲酒食肉，醉後淩人？聖上知道，必取罪戾。』他卻呵呵大笑起來道：『不妨，不妨！無事時佛眼相看，設或聖上有一些兒傷著俺，只消一紙書到東魏，結連高歡，要早要晚，起一支軍馬殺奔前來，俺卻做個裡應外合，反掌間梁地可得，何況你這一干和尚乎！』臣聽了此言，心膽皆墮。屢欲奏聞陛下，卻無指實，不敢妄言。早間阻撓陛下修焚，又將東魏來壓陛下，這豈是出家人的心腸？奸險之極，難逃陛下聖鑑。今陛下問臣，臣不敢隱諱，伏唯早賜驅除，免生後患。」有詩為證：

不禿不毒，不毒不禿。
顛倒是非，覆亡人國。

武帝聽罷大怒道：「這廝直恁無禮，卿何不早言？清淨法門，怎容得這般無賴！所以日間出言唐突，侮弄朕躬。明早即差校尉拿下，著樞密院官好生勘問，果得實情，必當梟首。」君臣二人說話，卻被來真立在板壁後句句聽得明白，驚得魂不附體，急抽身奔到林澹然方丈裡，卻被門限絆了一跌。林澹然見來真來得慌張，已知消息不好，忙問：「你去打探，有甚說話？」來真道：「住持爺，不好了！這場禍事比天還大。」忙將鍾守淨對武帝講的話，及武帝大怒，要拿問的言語細說一遍。林澹然大驚道：「不期直如此害俺！」低頭暗想，無計可施。來真道：「住持爺，不可躭擱，快尋生路。」林澹然因這句話，陡上心來，便道：「俺今夜無人知覺，不如及早闖出城門，逃竄他鄉，暫避此禍。留得五湖明月在，不愁無處下金鉤㉒。只是忿這鍾禿驢不過。罷！罷！罷！向後有對付他的日子。」開箱取一錠銀子，賞了來真道：「虧你報知，救俺性命，今與你一錠白銀，拿去做幾件衣服。鍾守淨跟前，切不可露一點風聲。若走透消息，俺命休矣。」來真叩頭道：「住持爺此去，路上保重，這裡我自理會，決不露風。這銀子住持爺帶去，路途正要盤費，小人決不敢受。」林澹然道：「不必推辭了，你收去，俺倒放心。」來真

㉒ 留得五湖明月在二句：明楊柔勝玉環記考試諸儒：「但得五湖明月在，不愁無處下金鉤。」金鉤，金屬鈞鉤。意與「留得青山在，不愁沒柴燒」相似。

道：「恁地只得收了。老爺可作急遠離此地，不然必遭羅網。」林澹然道：「俺已揣度定了，你快去，那禿驢尋你不見，反要生疑。」來真道：「老爺講得是，小人且去，但不知日後還有得見住持爺的日子麼？」說罷，垂淚叩頭而去。

林澹然咨嗟慨嘆，閉上房門，急急收拾金銀書札，將幾件布帛細軟衣裳，拴做一個包裹，馱在背上，手裡綽㉓了禪杖，走出房外，將房門拽上，悄悄地從側殿小衖鬮出山門，卻已是一更將盡。這些和尚、道人都在東首禪堂內俟候鍾守淨，並沒一人知覺。林澹然出得山門，拽開步取路，逕奔北門而去，卻幸城門未闔。此時太平無事，守門軍卒都去吃酒頑耍，並沒人來盤詰。澹然忙忙如喪家之犬，急急如漏網之魚，趕出城外，乘著月光，不住腳走了半夜，漸覺腳步酸軟，身子疲倦，心內暗思：「那裡沽得一壺酒吃，接一接力也好。」一步步捱到一個市鎮上，還有幾家酒店不曾收拾。但見：

不村不郭，造一帶瓦屋茅房；夾舊夾新，排幾處櫃頭案子。壁上掛亮爍爍明燈數盞，鍋裡燙熱騰騰村醞數壺。靠邊列著酒缸，只只香醪滿貯；正中擺開客座，處處醉客酣歌。照壁間畫水墨仙人，招牌上寫家常便飯。

林澹然待要走入店裡，又慮被人認得，走漏消息，只得耐著饑渴一直且走。看看行至市稍頭㉔，見側首山坳裡影影有一道燈光射出來，林澹然暗想：「這山坳裡燈光，莫非也是個酒店？且向前打一看，

㉓ 綽：音ㄔㄨㄛˋ，抓；提。

㉔ 市稍頭：即「市梢頭」，街市盡頭。

再作道理。」拽步奔入山坳裡來，只聽得三紅四開，人聲喧嚷，在那裡擲骰賭錢。近前細看，前面數間平屋，粉壁上寫著「零沽美酒」四字，一帶門扇，都是關上的；後邊靠著山崗，四圍上牆，內藏著一所宅院，門上格子眼裡射出這燈光來。林澹然踮著腳格子眼裡張時，看見五、六個大漢，靠著一張桌子賭錢哩。但見：

一個鬅㉕著頭，饑寒不管；一個舒著臂，痛癢不知。一個極口喚三紅，一個連聲呼一色。這個輸籌未討，那個奪子便來。睜雙眼決不轉睛，擲五子只賭手快。一個說還我順盆來，一個說且將三儅去。大面小方隨起落，鉗紅坐綠任施為。

側邊一個瘦臉黑漢，手裡拿著骰子，正要擲下去，聽得門外有人走響，就在門縫裡張，見是個胖大和尚站在門首，慌忙丟了骰子，喊叫：「門外有賊！有賊！」眾人一同開門，趕出看時，果然是個長大和尚，齊向前道：「你這和尚，黃昏黑夜，手裡提著禪杖，閃在人家門首張望，欲作何事？」林澹然合掌道：「貧僧不是歹人，是去武當山㉖進香的。為因貪走路程，錯過了飯店宿頭，一時饑渴，欲求施主沽一壺素酒解渴，因此驚動了列位，莫怪！」眾人道：「恁地時，天上人間，方便第一，便去叫大哥出來，賣壺酒與他吃也罷。」眾人依舊入去賭錢。林澹然立在門首，等了一會，內中一人叫道：「大哥，你好睡也，門外有個長老，要買酒吃哩，你快去賣與他。」只見應道：「來也！來也！」腳步響，一個

㉕ 鬅：音ㄆㄥˊ，形容頭髮散亂。
㉖ 武當山：又名太和山，位於湖北省西北部的十堰市丹江口市境內。為道教第一名山。

瘦小漢子走到門外道：「長老要買酒，請裡面來坐。」林澹然走入店裡側屋中，揀副座頭，除下包裹，倚了禪杖坐下。那漢子一見林澹然，已自認得，因眾人賭錢未散，不好動問，且叫酒生起來，盪熱了酒，傾在壺裡，擺下三四個蔬菜碟子，放下碗箸。林澹然自斟自飲，巴不得吃了起身遠遁。忽見那漢子挨入賭場，把一個人的衣服扯了一下，那人會意，便把籌馬收了，走來與店主講話。兩人在暗處附耳低語，講了數句，那人口裡道：「原來如此。」便走入場中來搶骰子，那擲骰的睜著眼道：「是我的順盆，你如何來搶？」那人嚷道：「方才我與店主講得幾句話，你就把我正盆奪去，反講我來搶你的。」那擲骰的道：「誰教你不擲，且去講話？待我擲這一回過去了，還你盆。」那人大怒，劈手來奪，這人抵死不與，二人爭鬧起來，險些將骰盆打碎。店主人勸道：「弟兄們不可如此破面傷情，今已夜深，眾人暫且歇了，明日再耍。不明白的管頭並籌馬，都交與我收著，列位請回。」眾人道：「有理，有理！我們且去，明早講話。」遂一哄而散。只有店主與那人，閉上門，走近林澹然座頭邊來。

澹然吃酒已完，正立起身取禪杖包裹，要還酒錢出門。二人道：「且莫還錢。你是林住持老爺，為何半夜三更獨行至此？必有大故，且請到裡面講話。」即把林澹然直扶至後頭內室裡坐下。澹然道：「我是過往行腳僧人，武當山進香去的，那裡是甚麼林住持？你二人素不相識，卻差認了。」店主道：「住持爺，你記得昔日夜間來寺中打劫金銀爐臺的這夥賊麼？」澹然聽了這句話，猛然省起，道：「足下莫非亦在其中？敢問高姓大名？」李秀道：「小人姓李名秀，這個兄弟姓韓，名回春。去歲十月初九夜間，同臨寶剎，蒙老爺大恩饒恕，又承賞與諸人銀兩，小人買得這一所房屋，移在此間開酒店。今日豐衣足食，皆出老爺恩賜，某等無以報德，各家俱立牌位，寫恩爺大名，早晚侍奉香火，祈保恩爺壽年千歲，身康體健。不想今日親身降臨，實是天字第一號的喜事，快叫渾家來拜了恩爺！」林澹然止住道：「不必如此。慈悲救度，乃出家人分內之事，何勞過謝？」李秀又道：「恩爺實為何事，背包提杖，黑夜獨行？必有變異！」林澹然道：「若他人跟前，也不敢實講，既是二兄相知，在此講也無害。」將鍾守淨姦黎賽玉，及勸諫招怨，鍾守淨讒言嫁禍，今欲遠逃避難之情，訴說一番。李秀失驚道：「有這等事？不要講別的好處，只那夜恩爺救了他性命，此恩此德，重若丘山，一世也報不盡哩，為何反生讒言，要害爺爺性命？這貪財好色、背義忘恩的禿賊，小人實是容他不得。若依小人之意，先開除了這賊，然後逃避不遲。」林澹然道：「不然。這廝乃聖上所寵，若殺了他，即是欺君逆主，反為不忠。且今日殺他不及了，不如遠避潛身，天理自有報應。」李秀道：「雖然如此，小人心下只是不忿。」一面叫渾家整治現成酒餚，請澹然上座，二人兩邊側坐相陪。酒過數巡，李秀問道：「如今恩爺欲往何方避難？」林澹然道：「俺欲依舊回魏國去，只愁路上阻滯難行。」李秀道：「老爺不棄，不如且在小人家裡暫住幾時，再做區處。」林澹然道：「你這去處，怎地藏得俺身？明早皇上不見俺時，必然差官著落地方人役，遠近搜捕，風聲一露，禍及於你。今夜趁未有人知覺，急離此地便了。」韓回春道：「爺爺既執意要去時，小人弟兄兩個護送爺爺到魏國何如？」林澹然道：「這更是昭彰了。俺單身走路，欲行則行，要止便止，縱遇關津盤詰，自有路引文憑遮掩。若和爾等同行，動人耳目，如何脫身？」李秀道：「小人今日得會爺爺，喜從天降，不意匆匆又欲離別，惟恐後會難期。還留爺爺在此暫避數日，看一個下落，然後去的是，不然怎地放心得下？小人這所在雖近官衢，頗為隱僻，一時沒人尋得著。若有差錯，小人拾一家性命，救恩爺出去，尊意若何？」林澹然笑道：「承兄好情，甚是感激，只怕六耳難謀㉗，終須露洩。況且你這裡窄逼，無藏身之所，怎生教俺坐立得穩？」李秀道：「小人等雖在賭博場中生活，倒也個個重義疏財，同心協力。不要講爺爺是我們大恩人，便是萍水相逢落難的人，兀自都有扶持他的心腸。今日爺爺恁般大事，誰敢走透消息？若這裡沒處藏身時，小人也不敢相留。我引爺爺去看一個所在，盡可藏躲，莫講三五日，縱是三五個月，也躲得過。」林澹然道：「既如此，這所在且待俺一看。」李秀執燈，領林澹然同進臥房裡，叫渾家過來拜了，將燈放在桌上，對林澹然道：「爺爺要藏身避難，這大櫥下極妙。」林澹然笑道：「這櫥下何以容身？又來取笑。」李秀、韓回春將櫥擡開，櫥下有一塊四方青石，李秀用棍撬開。林澹然細看，原來是一個地窨子。韓回春執燈，李秀扶林澹然走入裡面，四圍都是磨磚砌就，並無一點塵穢。側首有洞，通著地氣，不拘晝夜，常要點一盞燈。動用家伙，床帳桌椅，窨中全備。林澹然看了點頭道：「這所在亦可安身，但只是悶人些過，怎生過得？」李秀道：「這也不難，如朝廷差人捱查搜捉得緊，爺爺只得在這裡藏身。不然，只消在小人臥房裡坐地，待事體寧靜後，從容定計遠行，卻不是好！」林澹然道：「承見教甚好，但攪擾尊府不便。」李秀道：「我的爺爺，怎地講這攪擾二字？便是將小人身子與渾家賣了，供奉恩爺，也是甘心的。」韓回春作別要去，林澹然分付道：「兄去可傳知諸友，凡立俺牌位者，速宜燒毀，不然殃必及身。」韓回春領命而去。李秀在側房內鋪疊床帳，服事林澹然睡了。有詩為證：

㉗ 六耳難謀：六耳，謂第三者。佛教以「六耳不同謀」，指不能當著第三者傳道。後也作「六耳不通謀」，謂不能與第三者共機密。

從來積德是便宜，人善人欺天不欺。
疇昔若非恩惠普，何能到處免危機？

卻說武帝和鍾守淨談了半夜，覺得困倦，就在禪床上閉目假寢。次日五更，鍾守淨已聞報林澹然走了，未敢奏聞。武帝醒來，只聽得鐘鼓之聲，滿朝文武擺下鑾駕，都來寺裡請武帝還朝。武帝步行至大雄寶殿，眾臣朝見已畢，一同跪奏道：「陛下皈依佛道，雖為美事，但國不可一日無君，社稷為重，請陛下還朝理政，臣等不勝惶悚之至。」武帝道：「朕修行之意已決，煩卿等協忠輔佐太子登基，以理國事便了。」眾臣又懇懇奏道：「千歲雖然聖哲，奈未禪大位，未告天地宗廟，未詔天下軍民，臣等焉敢造次，擅立新君？乞萬歲回朝，再議此事。」鍾守淨向前俯伏道：「陛下暫且回朝，綜理國政，萬機之暇，仍可修持三寶，此乃兩全無害。待萬歲壽過八旬，然後禪位削髮，以完正果，伏乞聖裁。」武帝道：「卿言甚善，朕今暫且回朝。」眾文武齊呼萬歲，尚衣監進上冕服，武帝卸卻紗巾，依舊戴上冕旒，著了袞袍，穿了龍鳳履，稽首佛像，上輦起駕，卻忘了拿問林澹然一節事。鍾守淨急俯伏駕前奏道：「副住持林太空昨夜逃竄，不知去向。」武帝驚訝道：「這廝卻緣何知風逃了？」鍾守淨奏道：「蒙聖旨要拿問，這廝不知怎生便知風連夜逃竄。臣料此去必投東魏，乞陛下及早追擒，尚未去遠。」武帝立刻傳旨，差駕前軍騎，飛馬追捕梟首。只見一大臣幞頭㉘象簡㉙，金帶紫袍，移步向前，連道：「不可！不

㉘ 幞頭：古代一種頭巾。
㉙ 象簡：即「象笏」，象牙製的手板。古代品位較高的官員朝見君主時所執，供指畫和記事。

可！」眾人看時，卻是禮部侍郎程鵬，諫道：「這林太空素有德行，秉志堅貞，侃直敢言，剛勇不屈，陛下豈可因一言而即加擒戮？恐非待賢之初意也。乞少息雷霆，緩緩追究，諒亦不能為害，急則速其入魏矣。」武帝不語。鍾守淨高聲道：「程侍郎何故縱賊養奸，以資敵國？這林太空原係東魏武夫，因得罪於魏主，削髮逋逃到此，聖上不知，降天恩敕這廝做個本寺副住持，實已過分。進寺已來，舊性不改，誇己英雄，欺壓僧眾，常誇魏主的賢能，暗通書信。今日逃回東魏，我國虛實他已盡知，若助魏主興兵，侵擾邊界，為害不小。況這廝有萬夫之勇，正宜趁他孤身獨行，離此未遠，差鐵騎追上剿除，去卻心腹大患。若今不殺，任彼遠逃，是縱虎歸山，放龍入海，日後悔無及矣。」有詩為證：

去讒並遠色，二者原相關。
古來貪色者，未有不工讒。

武帝原是沒主意的官家，聽了鍾守淨讒言，反責程侍郎道：「卿言幾誤朕事。」叱退程鵬，差驃騎將軍王言帶領鐵騎五百，限一晝夜要追林太空轉來，過限究罪不貸。又敕翰院頒詔，自京城以及外郡州縣、各衙門官，畫影圖形，挨家搜捕逃僧一名林太空。又著中書省官，寫下榜文，遍處張掛，有能拿得林太空投獻者，官給賞銀三百兩，如窩藏在家，搜出全家處斬。又特旨差官提晉陵郡郡丞丘吉，勘問舉薦失人之罪。武帝頒旨已罷，起駕回朝。正是：

饒君走到焰摩天㉚，腳下騰雲須趕上。

不知林澹然這番怎地脫身，且看下回分解。

㉚ 焰魔天：也作「焰摩天」、「夜摩天」。佛教謂欲界六天之三。此天為風輪所持，居三十三天之上。因用以喻遙遠的去處。

第十回　貪利工人生歹意　知恩店主犯官刑

詩曰：

跬步❶之中有戈矛，小人之中有君子。
神蛟失水欲張羅，野豕突籬咸嚙指。
一介村夫胡不驚，周旋甘以身為市。
夫寧為私不畏公，洵是士為知己死。

話說王驃騎領了聖旨，將馬軍五百分為二處，自領二百五十軍逕出北門，另委部下家將盧德鄰領二百五十軍奔出西門，分頭追趕。

再說各郡府縣官員見了上司批文，奉聖旨追捕逃僧一員林太空，係謗君重犯，十分緊急，即忙發下六街三市、各村里保鄉正，挨查捕捉，如風火一般搜捕將來。這江寧縣❷乃建康所屬縣分，縣尹祝鵾聞知此事，心下慌張，當堂點委緝捕使臣、巡兵民壯至京都內外，遍處挨查，不拘庶民、官宦、國戚、皇

❶跬步：半步；跨一腳。借指極近的距離。跬，音ㄎㄨㄟˇ。
❷江寧縣：在今江蘇南京，為六代豪華之地。

親、庵觀、寺院，捱家搜捉。果然是山搖地動，鬼哭神愁，惱得滿城百姓、遍村人戶不安生理。但見：

做公的成行逐隊，手內拿器械麻繩；傳令的快馬如飛，一路上鳴鑼擊鼓。家家搜檢，那管臥房內室，逕入來揭帳翻床；戶戶捱查，縱是官族富家，也要去敲門擊戶。睜著眼到處行凶，倚著勢隨方嚇詐。中意的飲酒食肉，起身時還索鈔取錢；拂意的擄袖揮拳，動口處是窩家賊黨。攪得六家沒火種，都來四境不平安。

再說林澹然被李秀苦苦留住在家，雖然坐在房裡，心下憂驚不決，侵晨捱到午，午捱到晚，度日如年。只聽沸沸的門外有人捱查尋究，軍馬之聲喧嚷不絕，林澹然如坐針氈，十分憂悶。忽見李秀奔入房中，連聲道：「恩爺禍事來了，朝廷頒下聖旨，附近郡縣村坊市鎮張掛榜文，限三日內務要尋獲爺爺投獻，窩藏者全家處斬。又差王驃騎帶領鐵甲軍五百，四散追趕，半日之間，何只三五起人搜尋過去。事已至急，爺爺暫且在窨子內藏躲，待後再尋活路。」林澹然道：「俺已分定一死，奈何貽累足下一家驚受怕，怎生是好？」李秀道：「且不要講這話。」急忙撬開石板，點了燈，林澹然走入裡邊，李秀拿些乾糧餅食，付與澹然充饑，依舊將石板蓋上，移過大櫥，放在上面。一連兩晝夜，不住的有人闖入李秀前後房屋搜檢。自古說：「官無三日緊。」這各處官吏、巡捕軍兵，一連辛苦了兩晝夜，人人疲倦，個個懈弛，也不比在前緊急了。這王驃騎兩處人馬，皆渡大江，一枝往和州追趕，一枝往揚州進發，一晝夜馬不停蹄，追上三百餘里，不見一些蹤跡，只得收回軍馬，進朝覆旨待罪。

話分兩頭。且說李秀酒店中新換了一個酒生，姓陳，小名阿保，做人狡猾不端，從進店之後，即偷掕❸物件，況又躲懶貪嘴，被李秀餓白了數場。當日因店中缺少酒藥，李秀取一二十貫錢，令陳阿保進城去買酒藥。陳阿保吃了早飯，馱了一只舊袋，取路進城。行到通濟門邊，覺得有些倦了，就在城門側首一條石凳上坐了，歇一歇力。有兩個賣草鞋的後生，也坐在石塊上閒講。一個道：「我今日偏不利市，自早到午了，草鞋一雙也未曾賣去，好生煩惱。」這一個答道：「大哥，正是偏不湊巧，甚難脫手，卻也惱人情緒。仔細想起來，我與老哥賣這些草鞋，只好度口，怎的得個出頭日子？」那一個道：「沒幹！自古說得好，『躧蹺❹的不吃跌，八字腳捉定的』，我和老兄命合貧窮，只索苦守罷了。」這個道：「目今有一場大富貴，只是你我沒福。」那個笑道：「大哥又來笑話，那裡有甚麼大富貴輪得到我們？」這個道：「你原來不知，如今妙相寺裡逃走了副住持林太空，各門張掛榜文講，有人曉得林太空投獻者官給賞銀三百兩，我思量怎的待我撞得林和尚獻官，這三百兩卻不是我的了？」那個道：「你我有這樣造化，不賣草鞋了，只好做夢。」二人大笑。

陳阿保細細聽得明白，起身提了叉袋，到鋪中買了酒藥，取路出城回家，一面走，一面心裡暗想道：「我替人家做酒生理，起早落夜，終日勞碌，吃的是粗茶淡飯，一日所得工錢幾何，那裡討的幾百兩銀子快活？我想日前那胖大的和尚夜深沽酒，主人一見就叫他是林住持，散了賭場，令我先睡，和小韓邀他入內室，講甚麼鍾守淨，這不是林太空是誰？決與主人有親，將他藏匿在家。叵耐主人無理，常常欺

❸ 偷掕：偷竊。掕，音ㄊㄧㄢˇ，趁人不備。

❹ 躧蹺：音ㄒㄧˇ ㄑㄧㄠ，疑為「躧橇」，躧高橇，又作「躧高蹻」。雜戲名，踩著有踏腳的木棍，邊走邊表演。躧，踐踏。蹺，跛。

罵我，不如趁這機會，往縣裡首告，把這廝且去受些刑法。我便得這三百兩雪花銀子，娶一個標致渾家，買一所齊整房子，置幾十畝好田地花園，討幾個丫環、小使，終日風流，一生快活，豈不樂哉，煞強似在這裡傭工受苦。」又算計道：「且住，我如今就去縣裡首告何如？倘或林和尚走了，去時豈不害殺阿保？不如去與姐夫酌量，先著一個守住了這廝，然後去出首，方才這三百兩是穩穩的。」一頭走路，一頭忖度，不覺行至店門首，口裡兀自喃喃地自講自道。李秀看見問道：「阿保你回來了，口裡念誦甚麼鬼話？」陳阿保方才省悟，忙應道：「不，不，不！我自算酒藥帳。」走入店裡，將酒藥算明，進與李秀。李秀收了道：「你饑渴了，快去吃些酒飯。」陳阿保進側房吃酒飯去了。有詩為證：

妄想錢財意不良，自言自語貌張惶。
若非李秀機關巧，俠士何由入魏疆。

李秀終是個機巧的人，雖然一時窩藏林澹然在家，心中時時擔著血海干係，凡一應來往的人，俱留心察言觀色，以防漏洩。這陳阿保心下有了三百兩銀子打攪，一刻也把持不定，吃罷酒飯，即站立門口呆想，面皮變色。李秀故意把些閒話挑撥他，陳阿保口雖答應，卻是半吞不吐，有前沒後。李秀心下甚是疑惑，一面門前做著交易，一面款❺住陳阿保，不放他走開。捱至天晚，燙幾壺好酒，切了一盤熟牛肉，上了門扇，叫陳阿保到後邊房裡坐下飲酒。陳阿保道：「今日為何叨主人盛設❻？」李秀道：「你

❺ 款：留住。
❻ 設：餚饌。

且吃酒，有一樁心腹事要和你商議，特意請你酌一杯。」陳阿保又吃了幾碗，問道：「主人委實有甚麼事分付小人？講明了，吃得下。」李秀道：「你今日進城買酒藥，可聽得有甚新聞異事麼？」陳阿保暗想道：「這廝問我甚的新聞，必有緣故，不如將機就機，把幾句言語試探，看他如何回答？」即應道：「別無甚麼新聞，但主人藏留那夜買酒的和尚在家，甚是干係。日前只見巡捕捱查，不知道有甚賞銀。今日小人進城，聞人傳說，有人拿得林和尚者，官給賞銀三百兩。我也有些不信，想官府要這住持得緊，故將此言哄人，若見了林住持時，又捨不得三百兩了。」李秀綽口道：「怎地哄人？血瀝瀝的榜文各門張掛，有了林住持，自然當官領賞，今正為這三百兩銀子與你計議。那夜林太空買酒之時，我已認定他了。他告訴逃奔一事，我想是朝廷重犯，故假意款留住了，希圖一場富貴，奈無心腹之人可以行事，故此躊躇不決。」陳阿保此時已有幾分酒意，不覺笑道：「不瞞主人講，小人初意正欲首告林太空出來，請受那賞銀享用，但恐連累主人，因此不敢發動，不期主人先有此心。」李秀拍手笑道：「我不為此銀子，留這林和尚在此何用？我和你明早同去出首，領的賞銀我得七分，你得三分。」陳阿保道：「若主翁肯挈帶小人時，得來賞銀，任憑分派，小人焉敢計論。」李秀道：「既與你同行出首，財帛必要分明，我留養著他，該得二百兩，你得一百兩，方見公道，但此事切要機密，不可洩露。」陳阿保道：「主人分付，焉敢漏洩？」

二人又吃了數壺酒，陳阿保被李秀灌得大醉，斜倒在桑木凳上，齁齁的睡著了。李秀用繩索縛住了手腳，將房門鎖上，忙進臥房，移開櫥，撥開石板，跳下窖子裡，見林澹然細道其事，又道：「這廝被我將酒灌醉了，鎖在房內，特來和爺爺酌議。」林澹然嘆氣道：「事已到頭，亦難迴避。」李秀道：「不是這等說，小人先把這狗男女殺了，爺爺另生計較，脫離此處便了。」林澹然道：「這一場禍患，皆由前生種成罪孽，今世領受。俺今生死聽天，大數由命，豈可妄害他人性命？煩足下與尊閫❼整頓些乾糧，待夜闌人靜，俺只索離此遠去。惟慮難脫虎口，這也聽其自然，若稍遲緩，立刻必遭大禍，連你一家送了性命。」李秀忽然垂下淚來道：「小人只是捨不得恩人遠去，便是我一家受害，亦所甘心情願。」林澹然道：「不然。害了你一家，仍救俺不得。彼此受累，有何益哉？或者脫得此難，日後還有相見之期，也未可知。若不放俺去時，畢竟你俺皆遭羅網，那時悔之無及。俺卻罷了，你須無辜，何苦，何苦！」有詩為證：

要出天羅地網，怎辭宿水餐風？
騏驥豈拘櫪，鳳鸞肯鎖鶯籠？

李秀拭淚轉入廚房，和渾家安排炊餅乾糕果食之類，盛貯一袋，卻才齊備，又早三更天氣。林澹然問李秀取了一方皂帕包了頭，帕上又戴一頂矮檐黑色氈帽，身上著一領青布道袍，腳下穿一雙軟底布鞋，飽餐酒飯，提了禪杖，背了包裹，辭了李秀。李秀送到門前，再三囑咐：「路上小心，前途保重。」林澹然道：「感承厚情，他日再圖相見。」李秀又不敢送遠，二人在門首揮淚而別。有詩為證：

執手臨歧淚滿襟，感恩報德諾千金。

❼閫：古代婦女居住的內室。借指妻室。

村夫反有英豪志，愧殺忘恩負義人。

且說林澹然夜深逃難，取路望西北而行，此是鄉村僻地，又無月色星光，顧不得腳步高低，忙忙地走了半夜，漸漸城樓鼓罷，野寺鐘鳴，早又天色將曙。林澹然欲尋一個藏身的去處，待至天晚再行。轉進山衖，遠遠望見一夥樵夫，三三兩兩，口裡唱著歌兒，都上山來砍柴。林澹然不敢行動，將身閃入山崗之下，待那樵夫過去。忽見一座破窯，林澹然想道：「即此可以安身。」低頭走入，放下包裹禪杖，揀一塊沒草處坐了，打開包裹，取些乾糧吃了，鋪開衣服，在地上權睡，直到夜靜，依舊取路而行。

再說李秀送林澹然出門之後，心中怏怏不樂，和渾家商量道：「林長老雖然去了，陳阿保這廝，怎生發付他？欲待殺了，又恐惹禍。不殺時，酒醒後聲揚起來，難免這場爭鬧，怎麼是了？」渾家道：「清平世界，怎講這殺人的話？如今林長老已去，看這廝醒來怎的講？便出首到官，差人搜捕，又無本犯，可以廝賴❽，那時還要問他一個揑情虛詐的罪哩，怕他怎的！」李秀聽了渾家言語，執燈開了側屋，輕輕將陳阿保繩索解了，自收拾和渾家回房歇息。

這陳阿保被酒灌醉，一覺睡著了，從凳上滾落地下。直到天色微明，看看酒醒，覺得身上隱隱的寒冷，手腳有些麻木，將手摸一摸，卻睡在地上，口裡道：「卻不做怪。」雙手將眼睛擦了幾下，一骨碌爬起看時，乃是桑木凳邊，自怨道：「昨晚為何吃醉了，卻睡在這裡？」坐在凳上呆呆地思想，猛見側門開處，李秀鬅著頭走出來叫道：「小陳怎的不做生活，在這裡閒坐？」陳阿保笑道：「昨晚擾了主人

---

❽ 廝賴：抵賴。

好酒，只顧貪杯，吃得沉醉，適才酒醒起來，方知在地上睡了一長夜。主人昨晚講的心事如何？」李秀笑道：「你真醉了，昨晚講甚心事來？」陳阿保道：「主人休要取笑，昨晚計議的事情，只隔一夜，豈就忘了？」李秀道：「是甚麼事？」陳阿保笑道：「小人醉了，主人不醉，為何顛倒問我？就是出首林和尚這一樁事。」李秀睜著眼道：「林和尚在何處？甚時和你商議，你敢搜得出來麼？你這油嘴蠢才，昨日吃了餓酒，今日反來我跟前搗鬼。」陳阿保聽罷，氣得眼中火爆，喊道：「明明地和你商量了一個黃昏，今日推聾裝啞，遮掩胡謅。眼見得你放他走了，把這活現的三百兩銀子脫下海去了，氣殺我也！如今和你不得干休。」李秀罵道：「我把你這不識高低、不識進退的蠢牛，敢在我跟前撒潑放刁！如今且不和你對口，你只要尋出林和尚來，就是三百兩銀子。」陳阿保罵道：「騙賊！分明昨夜將我哄醉，放這禿驢走了。這是你的奸計，放走了人，好對我廝賴。我如今死活畢竟要你個明白！」李秀道：「放你娘屁！有甚明白？」即伸手將阿保照臉打一個滿天星。陳阿保激怒，一頭撞將入來。李秀側身閃過，陳阿保又復趕進一步。李秀將手劈胸撐住，陳阿保揮拳劈面打來，李秀隔開，將右腳挑入陳阿保褲襠，右手將衣襟一扯，這喚做順手牽羊，將阿保撲的跌了一個狗吃屎。李秀揮拳打下，外面鄰居莊客並過往的人，聽得裡邊喧嚷，一同趕進來看，將李秀勸住了。陳阿保爬起來，一直往外跑了，口裡喊叫道：「天大一件事，你倒放了去，白白的沒我三百兩賞錢，反要行凶打我！」眾人方知林澹然躲在李秀家裡。內中為好的鄰友，扯住陳阿保的手，勸他住口，那裡掩得他的口住？在門前橫跳八尺，豎跳一丈，只顧嚷叫，來往看的人，哄做一團。有詩為證：

閉口深藏舌，安身處處牢。
只因言不忍，惹出禍根苗。

卻驚動了一起緝捕公人。為因江寧縣知縣祝鵾差委，搜捕這林澹然不著，被本縣兩日一比卯❾，十數日間，眾人受了許多限責。為頭一人姓刁，名應祥，也是個積年有名的緝捕，手下管轄六七班眼明手快公人，各村鄉市鎮、古寺深山，分頭追覓，正在沒做理會處。當日領著這一班人，卻好打從李秀門首經過，見一夥人在那裡打哄爭鬧，都立住了腳，近前察聽。只見一人披頭散髮，指手劃腳的喊叫，口裡不住地恨說：「沒了三百兩銀子。」刁應祥諒得有些蹊氣，分開眾人，向前將陳阿保捉住問道：「你這蠻子，口裡講甚三百兩賞錢？好好對我實講，饒了你，不然送到縣中去。」陳阿保將李秀收留林澹然，因他要出首，賺醉放逃相打的事，說了一遍。刁應祥聽罷，取麻繩將陳阿保縛了，交與公人，自卻趕入李秀家裡。李秀正出門來分辯，劈頭相撞，刁應祥動手也將繩索縛了。這些勸鬧和閒看的人見勢頭不好，俱各四散走了。刁應祥帶著李秀、陳阿保逕到江寧縣裡來，就如拾得珍寶一般。李秀也有些心慌，口裡還硬，一路嚷道：「雇工人打家主，該得何罪？反把這沒影的事刁我。不要慌，到官和你分說。」

一霎時已到城內，齊擁到縣中，正值縣尹升堂。刁應祥先進堂上稟道：「小人領老爺鈞牌，比限捉拿逃僧林太空。今日打從雞嘴鎮北山坳裡緝訪，偶見一夥人喧嚷，小人向前探聽，乃是一個酒生，為家主放走了甚麼和尚，沒了三百兩賞銀根究起來，酒保說家主李秀收藏林和尚，用計放走了等語。小人擒

❾ 比卯：舊時地方官府徵收錢糧或緝拿罪犯，限期追比，稱為「比卯」。卯，期限。也指應付官府的追比。

拿二人到縣，聽候老爺詳審，便知端的。」祝鵾聽罷，十分歡喜，道：「這場大功，是你成了，快帶進來！」刁應祥將二人帶到廳上。祝鵾叫將李秀帶下去，陳阿保跪上來。李秀跪在廳下，陳阿保跪在案桌前，祝鵾細細審問。陳阿保將李秀窩藏林澹然的根由，逐一說明。祝鵾再叫帶李秀上來，怒道：「世上有你這一等大膽潑皮！那林澹然是奉旨擒拿的重犯，你焉敢擅自藏在家，如今縱放何處去了？好好從實供招，免受重刑。」李秀道：「這話卻都是陳阿保揑造出來，誣害小人的。當初是小人晦氣，雇這廝在店做酒，不想日逐偷盜，又將酒做壞了，屢被小人責罵，因此記恨在心。昨日又將小人酒缸打破，故早間和他爭論幾句，他反恃強毆打小人。小人說雇工人毆家主，律有明條，畢竟要告官懲治。他情知理虧，難以對理，故把這一樁沒影大事誣陷小人，有何指實？乞爺爺明鏡，電斷⑩冤枉。」祝鵾道：「我跟前尚要花嘴強辯，你道無據，他打你可曾有傷證麼？不動刑法，如何肯招？」叫左右夾起來，兩班公人一齊向前，施動夾棍，將李秀雙足夾起，李秀連聲叫屈，不肯招認。帶夾棍又打了三十板，打得皮開肉綻，血流滿地，只是不招。祝鵾叫將李秀連陳阿保暫且收監，好生看管，晚堂再問。退入後堂，差人叫刁應祥進衙，分付：「帶兩個公人，逕往李秀家裡去拘他妻子，速來見我，不可洩露遲誤。」

刁應祥領火牌，飛星奔到李秀家內，將渾家秦氏鎖了，進縣衙回覆。祝鵾隨即升堂，秦氏跪下。祝鵾叫左右取那重刑具過來，大喝道：「這婦人，你丈夫窩藏林澹然和尚在家，俱已招明，說有百餘兩贓銀，是你藏匿，特地叫你對證，好好從實講來，便不傷你，不然，一體治罪！」秦氏道：「婦人夫妻二人，靠賣酒度日，不曾留甚和尚，也沒有甚銀兩，婦人不知。」祝鵾怒道：「你這刁鑽潑婦！丈夫一筆

⑩ 電斷：英明的決斷。

供招，你反扯賴，叫拶⓫起來！」左右將秦氏雙手拶起，終是女人家捱不得痛苦，才收拶，就疼得淚流昏暈，只得招成道：「收藏林和尚是實，百兩銀子是虛。」祝鵾笑道：「你且講，為甚緣故藏匿著他？看你說得實否？若有虛言，再加刑法。」秦氏哭道：「林和尚原與丈夫有舊，因逃難至婦人家裡，丈夫推他不去，沒奈何暫且容留。昨夜因陳阿保要行首告，丈夫乘黑夜打發他去了。若問百兩贓銀藏於何處，實是屈情。」祝鵾依秦氏口詞，細細寫錄明白，令監裡帶出李秀、陳阿保來。

李秀一見渾家跪在堂上，心下大驚道：「罷了！罷了！這一條性命斷送在這婦人口裡。早知昨夜不要聽他言語，將陳阿保殺了，今日決無這場大禍。」只得到堂跪下。祝鵾喝道：「李秀，這婦人是你何人？」李秀答道：「是小人妻子。」祝鵾笑道：「你這刁徒，昨夜放林澹然何處去了？你妻子俱已招成，這番如何抵賴？」李秀低頭招認道：「青天爺爺在上，小人死罪難逃，但林澹然昨夜逃竄，小人不知去向。」祝鵾道：「既已供招。」喝左右又打三十，喚該房書吏分付道：「這是朝廷重犯，不比尋常，取具招由，疊成文卷，爾等用心，不可有誤。」令取一面長枷，將李秀枷了收監。秦氏、陳阿保俱發套監。

次日五更，祝鵾進朝面駕。武帝道：「妙相寺林和尚犯罪逃竄，朕有旨大索，著該衙門嚴緝，今已數日，如何並無回奏？似此單身和尚，從禁城中逃出，兀自捕捉不著，倘僻野地面，崇山海島險峻去處，盜賊生發，何以剿滅？從今日始，各處衙門，俱要用心搜捕，七日後再無消息，皆住俸問罪。擒得此犯者，與獲敵同功，連升重用。」眾臣面面相覷。班中走出一臣，執簡當胸，俯伏殿下奏道：「臣乃建康府江寧縣知縣祝鵾，特為林太空一事，啟奏陛下。」武帝道：「敢是卿擒得林太空來？」祝鵾奏道：「此

⓫ 拶：音ㄗㄢˇ，施加拶指之刑。拶，擠壓。

犯雖未現獲，臣已知其踪跡，昨有鄉民陳阿保首告店主李秀，窩藏林僧在家，因阿保欲行出首，李秀故放逃竄去了。臣拘李秀拷問，俱已招成，今將首人窩犯俱下獄中。臣諒林太空逃去不遠，若差老成緝捕督領會事公人，四方追擒，必然可獲。不敢自專，伏乞聖裁。」武帝道：「卿既知其踪，就委卿差撥能事人，必須於關津要路仔細盤詰，從東魏去的路急追勿失。卿能捕得此僧，即加爾為侍中大夫，李秀等罪犯，照旨施行。」祝鶡叩頭領旨。又一大臣出班，乃是大司寇陳慶文奏道：「臣奉聖旨，勘問晉陵郡丞丘吉，妄薦野僧，忤觸聖駕。本宜治以重罪，姑念為國之心，一時錯舉，實無交結私情，謹擬削職為民，伏候天斷。」武帝道：「既非同謀，依卿所奏。」陳慶文謝恩而退。又著中書省官頒旨三道，差武士飛馬馳驛，趕至近魏邊界，敕守關總制等官，欽遵謹守關隘，盤詰奸細，凡一應遊僧野道，俱要嚴加搜檢，勿致漏脫，取罪不赦。眾武士領旨出朝，各自分頭飛馬去了。

再說祝鶡回縣，欽遵聖旨，將秦氏、陳阿保放回，應領賞銀，待捉獲逃僧之日，另行給發。李秀問成大辟⓬，上了鐐杻⓭，監禁獄中。當晚簽押牌票，次早拘集人役，點起二百名軍兵，又選二十名積年能事了得的公人，刁應祥為頭，外給一匹快馬，帶領人眾，離皇城取路望西北而進，一面追趕，一面搜尋。一路張掛榜文，真個是海沸山搖，遍處傳說林和尚有了窩主，事露在逃。凡西北一帶，郡縣地方關防，愈加嚴緊。

這林澹然自從別了李秀，在破窯中躲了一日，至晚又行。一路歷盡艱辛，日間藏躲古寺深山、鄉村

⓬ 大辟：古五刑之一，謂死刑。

⓭ 鐐杻：也作「鐐鈕」。鐐銬，腳鐐和手銬。杻，音ㄔㄡˇ。

僻野之處，黑夜行路，一連奔馳了四五夜。奈是黑夜行走不便，故此遲滯，不能遠遁。此際乾糧已完，當日卻又夜行，乘著月色趕路，心裡暗想：「如今抄路而來，幸喜荒野之地可以行走，再往前進，卻是城郭去處了，怎地閃得過去？」心下十分煩惱。行不上十餘里，早是二更天氣，一路俱是山街，兩邊茅草過人，單身獨行，甚是淒楚。看看走出山衖來，又是一座大嶺，生得險峻。林澹然嗟嘆道：「前生造甚冤孽，今世受這般苦楚？你看峻嶺高山，好怕人也！」但見：

巍巍崗嶺，滾滾塵沙。滿山怪石插狼牙，遍地亂峰排劍戟。雖然有路，滑澾澾陡壁難行；四顧無人，靜悄悄神仙也怕。蕭蕭削面，一天風露逼人寒；颯颯驚心，四下松杉遮眼暗。走一步，倒退一步，渾身戰慄不能升；上一層，又是一層，滿目淒涼無處歇。深草內蟲聲唧唧，僻坳裡鬼哭啾啾。黑中又怕虎狼侵，腳下常憂蛇蠍咬。

正行之間，不覺雙腳被物一絆，跌倒地上，禪杖拋在半邊，急待掙扎，只聽得銅鈴響處，兩邊山坳裡走出五六個大漢來，將林澹然捉住，用索縛了。一個大漢拾了禪杖，一個奪了包裹，這三四個吆吆喝喝，一齊笑道：「今日卻造化，得這一頭行貨，必有重賞。」將林澹然橫拖倒扯，一直推上嶺來。林澹然嘆口氣道：「早知如此，不如自去投到，便吃了一刀，也得個清白之名，今日如何死於此處？」正是：

才脫得虎穴龍潭，又遇著天羅地網。

不知林澹然性命何如？且聽下回分解。

坎集總評

筆花居士曰：余嘗把一卮獨酌小齋，讀逸史至坎集此卷，歎曰：「嗟夫！鍾守淨，貪淫無行人也。戀色則嬌香立至，縱慾則逕竇可通，一言動至尊，片語剪所忌，意得志滿，蔑弗暢焉。林澹然，剛方正直人也。初入梁，野人當道，甫受敕，惡侶為仇，忠告而中毒彌深，批鱗而召禍愈速，艱難險阻，蔑弗嘗焉。天道又何知哉？雖然，吾則謂此正天之所以報施二人也。何者？凡人驕恣未極，受禍必不烈；磨練未至，成就亦不真。愚弄兇頑，顛倒豪傑，正惟此集之中，疇謂天道果無知哉？」因滿引一太白，擊節而作歌。歌曰：「讒口兮鑠金，走白駒兮懷伊人。三黜兮焉之？歸父母兮志堅貞。」

第十一回　彌勒寺苗龍敘情　武平郡杜帥訪信

詩曰：

讜言❶遭謗即宵征❷，苦歷高崗復陷坑。
古剎款留情意洽，離亭酌別酒杯傾。
固辭孽地行吾志，運厄關津受爾擒。
帥府譚❸言逢故舊，卷舒如意入都京。

話說林澹然正行山路，被絆馬索絆倒，一夥僂儸將繩索綁定，解上山來。林澹然心裡暗想：「這班人決是綠林豪客，俺做了半世英雄，不期將性命送於此地。」漸漸走到山頂，月光之下擡頭細看，乃是一座大寺院。眾僂儸將老林押入寺門，那個提包裹的先跑入殿裡去了，不移時，走出來道：「二位大王爺正吃酒哩，見報拿著一頭行貨，二大王大喜，叫快解進去。」眾僂儸聞說，喊一聲，將澹然推入殿裡。

❶讜言：正直之言；直言。
❷宵征：夜行。
❸譚：同「談」。

林澹然偷睛看時，上面左首坐著一籌好漢，生得虯髯碧眼，大臉長軀，身上穿一領赭紅紵絲襖子，頭上戴一頂軟翅紗巾；右邊坐的一個漢子，生得微鬚白臉，短小身材，身上穿一領遍地金鴉青百花錦襖，頭上戴一頂彩繡紮巾。左首那個好漢問道：「你是甚人，輒敢大膽，夜靜更闌，在我山中行走？明知山有虎，故作採樵人。」右邊那個喝道：「大哥問他只甚，孩兒們拿去剝了皮，砍做肉丸子，將來下酒。」兩邊僂儸齊喊一聲：「得令！」把林澹然叉❹腦揪出殿外來，卻將氈帽揪落，露出光頭。那些僂儸同喊道：「原來是匹禿驢！」林澹然大喝一聲：「賊奴休得胡講！」那虯髯大王聽見，喝叫：「拿這廝轉來！」眾僂儸又將林澹然擁上殿去，虯髯大王大怒道：「這禿驢大膽，你敢罵誰？你是何處寺院來的村鳥無知，先割去舌頭，然後剖腹剜心，犒賞眾孩兒們。」林澹然也大怒，喝道：「胡講！俺出家人視死如歸，要殺便殺，你這廝何必恁般鳥亂！」那第二位好漢聽了聲音，跳起身來，令僂儸移燭近前細看，失驚道：「這和尚好生面熟，卻像在何處曾會來。」想了半晌，問道：「長老莫非曾在建康妙相寺出家麼？」林澹然道：「俺原在妙相寺裡為僧，只因與本寺正住持不和，逃難至此，有犯虎威，乞賜一死。」那二大王聽了，慌忙喝退僂儸，親解其縛，脫下百花錦襖，披在林澹然身上，謝罪道：「我的爺，何不早講大名，險些兒害了恩人性命。大哥，快過來相見，這就是小弟時常講的英雄林住持長老是也。」雙手扶在交椅上坐了，納頭便拜。林澹然躬身答禮。眾僂儸見了，各各搖頭伸舌。那虯髯大王向前和林澹然施禮罷，分賓主而坐，問道：「在下向聞二弟說，林住持英名蓋世，智勇無雙，久懷企慕，今日為何事幸臨敝地？真乃千載奇逢也。」林澹然道：「一言難盡，從容奉稟。二位將軍高姓大名？小僧平生未

❹ 叉：用手或器具卡住向前或向外推。

曾拜識，荷蒙大義，實感再生。」那個白臉漢子道：「小人姓苗名龍，排行第二，向日曾合幾個弟兄侵犯寶剎一番，意欲苟圖富貴，不期被住持爺知覺，施惻隱之心，釋放我等，又賜諸弟兄財物，至今感佩不忘，小人切切在心，報恩無地。日前為與鄰豪構訟，縣官受賄，誣盜下獄。小人得便越牆逃難，打從這裡經過，遇著此位結義弟兄，收留在此。今得恩人到來，實出望外，正應小人昨夜之吉夢。」林澹然問道：「此位將軍尊姓？」苗龍道：「這哥哥是小人總角❺之交，姓薛，雙名志義，人見他虬髯黑臉，都叫他做黑判官，兩臂有千斤氣力，學得一身好武藝。為報父仇，殺了惡宦康刺史全家，逃到這裡，做這本分生理。此處卻是定遠❻地方，此山名為劍山，此寺名彌勒寺，甚是險峻寬闊。逐去僧眾，聚集一二百人，打家劫舍，攔截客商，數年官軍不敢正眼兒相覷，留小人坐了第二把交椅，果然快樂，甚是英雄。小人時常和大哥講，妙相寺有一位恩人林住持，智勇足備，小人受恩，未敢少忘，今日得會，誠為天幸。」分付僂儸，整頓酒席相待。

飲酒間，苗龍又問及出寺遠來逃難之故，林澹然潸然淚下，道：「小僧不幸，受盡迍邅❼，屢經坎坷。自從東魏與高丞相世子高澄結怨，削髮為僧，走入中國掛錫❽，指望尋一個終身結果。蒙聖恩敕為妙相寺副住持，不期撞著那凶徒正住持鍾守淨，貪財好色，不守釋門戒行，以念佛拜懺為由，與做佛頭

---

❺ 總角：古時兒童束髮為兩結，向上分開，形狀如角，故稱總角。借指童年。
❻ 定遠：今屬安徽。
❼ 迍邅：音ㄓㄨㄣ ㄓㄢ，行路困難，借喻處境不利、困頓。
❽ 掛錫：遊方僧投宿寺院。因投宿時把衣缽錫杖掛在僧堂鉤上，故稱。

的趙蜜嘴同謀，賺騙寺後鄰人沈全渾家黎賽玉通姦，往來情熱，因俺責善，反生仇恨。十月十五日，值聖駕臨寺聽講涅槃經，那廝乘隙暗進讒言，說俺毀謗朝廷，不守清戒，酗酒凶狂，私通東魏。皇上信了，便要擒俺置於死地，虧了行童來真潛通信息，俺只得乘夜而逃。撞到雞嘴鎮李秀店中，李秀亦如苗兄一般認得面貌，說起昔日之情，抵死留住不放。那時俺也昏瞶，失了計較，不合在他家藏躲了幾日。官司緝捕得緊，一日挨查數遍，到處張掛榜文，說拿得小僧獻官者，給賞銀三百兩。店內有一酒生，貪利生心，待要首告，幸李秀識破，將那廝灌醉，放俺出門逃竄。晝伏夜行，受盡苦楚，致令驚動二位將軍。幸蒙不賜誅戮，復承厚款，感激不勝。」苗龍離坐大怒道：「有這等事？不殺這負義忘恩的孽畜，空做人間好漢！」薛志義道：「二弟且莫性急，當今世上，直道原是難容的。林住持只是太直了些，惹出這場奇禍。知恩報德仗義的事，除是豪傑才做得來，這一班狗男女，人面獸心，焉可以此望他？今日幸會林住持，且請住持為了山寨之主，緩緩用計，剿除這廝，不知住持允否？」林澹然合掌道：「俺出家人生死聽天，隨緣度日，恩怨之間，寧人負俺，毋俺負人。多蒙二位將軍盛情，暫借一宿，明早拜辭，歸於東魏，以終天年。」薛志義道：「住持何出此言？既出虎窟，又入龍潭，自禁城到得敝山，已是萬分之幸。離這裡到東魏，路途遙遠，關隘阻隔，況住持名聞遠近，聖旨畫影圖形，那一處不當心盤詰？前去乃是河南地界，城市中人煙稠密，不比那深山僻路所在。住持今要前去，若遭羅網，那時悔之晚矣。還在小寨暫且安身，將圖後計。」林澹然道：「多承美意，本該遵命，但小僧久甘恬澹，最厭繁華，意欲歸林魏，尋一塔兒僻靜山崖，結個茅庵，修焚念佛，以終天年，無心再戀塵俗。設被擒獲，亦是命也數也。」苗龍道：「住持爺執意要去，小人亦不敢強，但求寬住數日，另作商議。」林澹然謝道：「若得如此，足見厚情。」苗龍又問：「李秀哥哥近來生計何如？」林澹然道：「頗為富足，盡是清閒。小僧在他家藏避數日，那酒生要行出首，他放俺奔逃，兩下必成仇訟。苗兄可念平昔交契之情，乞著人打聽消息，方知下落。」薛志義道：「既是苗二弟相識，明日必須差人打探。」苗龍道：「事不宜遲，明早即行。」三人盤桓說話間，不覺星移斗轉，野店雞鳴。林澹然道：「賤體困倦，乞望隨便借宿。」苗龍二人又勸了數杯，令僂儸打疊床鋪，伏侍林澹然歇息。有詩為證：

昨宵得脫虎狼窩，今朝穩臥中軍帳。
不數古今豪俠流，綠林高義雲霄上。

次日，又排筵席款待。傍晚時，林澹然辭謝要行，苗龍、薛志義苦苦相留，只得又住了一夜。次日侵晨起來相別，苗龍道：「小人有兩樁心事，要留住持爺。停當了，即便送行。」林澹然道：「兄有甚事？望乞見教。」苗龍道：「我這位薛大哥，武藝雖精，韜鈐未諳，今欲拜在門下，求傳授些兵法。二者，小人正要差人打聽李大哥消息，如平安無事，卻也放心，設或落難時，亦好同住持商議救他的門路。故此要屈留數日，方敢送別。」林澹然道：「既為此二事相留，便住數日，兄可差能事心腹之人，齎帶銀兩往建康去。倘季文有事，即可隨便上下使用，以留性命，從容救他。俺這裡一面和薛君開講兵法，待尊役回時告行。」薛志義、苗龍二人大喜，隨差二個精細會事的僂儸，帶了百餘兩白銀，往京都打探消息去了。三人在寨中討論兵法，演習武藝，酌酒高歌，談今說古，不覺又早半月有餘。一日，僂儸回寨稟覆道：「小人兩個一路打聽去，只見城市通衢、鄉村戶落，處處張掛榜文，圖形畫影，尋獲林住持爺爺，小人抄得榜文在此。」苗龍接過，三人一同觀看。其榜文云：

某府某縣某官，遵依樞密院行文。欽奉聖旨，為追剪奸僧，以杜國患事，照得❾本朝在京妙相寺副住持林太空者，不守清規，通謀外國，將為城社❿之奸，搖惑軍民之志。十月十五日，毀謗朝廷，抵觸乘輿⓫，反情已著，不可姑留，即欲拿問，明正典刑。不意知風逃竄，今特遍行國內遠近，畫影圖形，疾速追拿。不論軍民人等，如有擒獲者，該地方官給賞銀三百兩，本官連升三級；若窩藏在家，知情不報，故意縱逃者，不論貴賤，一概處斬。事同風火，頃刻毋違，須至榜者。

右榜諭眾通知　年月日給

僂儸道：「沿路聽人傳說，李某被陳阿保首告窩藏林住持，本縣拿去，三拷六問，招成死罪，現監在獄。小的們到江寧縣中，認作李家的親戚，凡一應衙門上下人等，並獄中禁子，俱各用銀買求寬釋。見了銀子，都已應允。又用計見了李官人，他分付轉謝住持爺和二位大王爺，再三致意，得空便要越獄而走，也來入夥。小人們特來回覆。」三人聽罷大喜，重賞僂儸，設筵相慶。

當晚，林澹然起身作別道：「將軍韜略已精，貧僧在此，終不為了。」薛志義道：「今日已暮，還乞草寨荒宿，明日決然送別。但住持爺這條銅禪杖，似非凡物，出家人提此行路，動人疑忌，何不留於

---

❾ 照得：查察而得。舊時下行公文和布告中所用。

❿ 城社：城池和祭地神的土壇。借指邦國。

⓫ 乘輿：也作「乘轝」。特指天子和諸侯所乘坐的車子。這裡借指帝王。

敝寨，另奉寶劍護身，庶為穩便。」林澹然道：「承諭良言，感戴無盡。但此杖乃故人所贈，山僧朝暮不離，今在顛沛之中棄之，是背故人也。生死與俱，豈忍輕棄？」薛志義嘆息道：「當今之世，面交⑫者多，飲酒宴樂，即若同胞，利害相關，視如陌路，此輩真犬彘耳！豈能如住持於患難之中，不忘故人也，倍加敬服。」苗龍道：「我有一計在此，管教路中無阻。」便令僂儸砍一株斑竹來，截去頭尾，打通了節，將銅杖藏於竹中，兩頭鑲嵌堅固，對林澹然道：「住持爺，此法何如？」澹然道：「妙甚！又可防身，又可挑行李，深感，深感！」眾皆大喜，痛飲通宵。次日，薛志義大排筵席，請林澹然餞別，歌舞吹彈，二人殷勤相勸。林澹然吃得酩酊，乘著酒興，辭別要行。薛志義親手捧出白金一盤，贈為路費。林澹然收了兩錠，其餘銀子賞與日前打探的僂儸。苗龍、薛志義令僂儸駝了禪杖，背上包裹，二人親送下山數里。林澹然再三請轉，苗龍只得將竹杖包裹遞與林澹然，三人灑淚而別。

不說薛志義、苗龍回寨，且說林澹然拽開腳步，取路望西進發，走了三十多里，酒卻醒了。遠遠見人煙輳集，屋舍相連，乃是個市鎮去處。此時正是早春天氣。但見：

> 六街三市上，來來往往盡村民；門面店肆中，濟濟捱捱皆貿易。也有綾羅緞鋪，也有米麥油行。賣魚賣肉鬧嚷嚷，買菜買蔥喧哄哄。沽酒樓前扶醉漢，秋千架上坐嬌娃。

林澹然不敢行動，即閃入山凹裡幽靜所在躲避，直到夜靜，方才走路。一路夜行曉住，奔馳數夜，早到了武平⑬地面。此時，日色將沉，林澹然心裡暗想：「前去已是睢陽郡武津關口，此是緊要去處，

⑫ 面交：非真心相交的朋友。

惟恐盤詰難行。過得此關，即是東魏地方，可脫網羅矣。」行近大梁⑭城門口，思量無計，只得大膽拽步前行。忽見一個山東漢子，背著一搭褳氈貨，在城門外貨賣。林澹然忽然自想：「除是恁般⑮，方過去得。」便取錢買了一個敞口大暖帽戴了。拽下簷來遮著了臉，取路進城。行不數步，劈面一夥公人攔住去路，當先一人問道：「你這廝是何方人氏？那裡住居？作何生理？快放下包裹杖子，待我查檢，方放你過去。」林澹然道：「在下姓張，排行第三，北平人氏，因出外經商，被盜沒了貲本，欲到貴城舍親處借些銀兩，以作盤纏，何必盤詰？」那人道：「我自不曾見做客的，嘴邊剃去髭鬚，必是奸細。」趕向前將林澹然暖帽劈頭掀下，拍掌笑道：「饒你乖似鬼，難脫這場災。你這狡猾禿驢走得好，遮了頭須遮不得口。」叫眾人動手，將繩索綁縛了這廝，再做道理。可憐蓋世英雄，撞入天羅地網。一個公人劈手將竹杖搶去，向前一撲，幾乎跌倒，把竹杖拋在地上，為頭的那人慌忙扶住。這公人搖頭道：「好古怪，好利害，杖子是何竹有這般重，莫非是外夷出的？」那人伸手取杖，也不能移動，用力兩手提起，卻有百餘斤，心下大駭道：「這條小小竹棍，就使是實心的，未必這等重得狠，必有緣故。」便在腰邊拔出短刀，劈開竹棍，裡邊露出銅禪杖來。那人哈哈大笑道：「好奸滑的和尚！恁般做作，到我老爺手裡，自然雪化見屍。」令眾公人鷹拿雁爪，將林澹然綁縛定了，正是「單絲不線，孤掌難鳴」。躬身道：「列位知俺是誰？將俺綁縛，卻為甚事來？」那為頭的指著喝道：「你這禿廝，兀自耍強嘴！為你受盡

⑬ 武平：治所在河南鹿邑。
⑭ 大梁：開封，今屬河南。
⑮ 恁般：這樣；那樣。

艱苦，用煞心機，慚愧也有今日見你的時節。且講大名放你聽著，我乃江寧縣中馳名的緝捕使臣刁爺便是。當日你這廝誹謗朝廷，潛地奔逃，我這一班一輩的人，為你不知受過多少限責，你卻躲在賣酒的李秀家裡快活。那李秀被你拖累，擬成大罪，監禁獄中，你卻又走了，教我腳底也趕穿。諒你也飛不過關去，故先到這裡，卻好等著，圖形在此，這番走往那裡去？」林澹然閉口無言。刁應祥喝眾人：「帶這廝元帥府中監禁，待造下陷車，解到京師請賞便了。」眾人擁著刁應祥，將林澹然解到元帥府來。有詩為證：

千里馳驅策杖行，豈期窄路遇官兵。
早知今日風波險，何不山營且暫停？

當日那都督正升晚堂，審理軍務，猛聽得門外擂鼓聲急，把門將官進來稟道：「門外有一夥緝捕公人擊鼓，因拿著一個和尚，口稱朝廷重犯，要見老爺，乞台旨。」原來這都督姓杜，即令放進來。刁應祥發付一夥公人門外俟候，自帶林澹然，隨著把門官逕入跪下。杜都督問刁應祥道：「你是何處緝捕人役，拿這和尚擅入我軍門擊鼓？」刁應祥答道：「小人是建康江寧縣緝捕人員刁應祥，領本縣公文，奉聖旨追捕犯法逃僧一名林太空，一路追來，至此方才擒獲。本欲就解入京，一來要稟過老爺，方敢解去；二來這禿廝甚有勇力，路上倘有賊黨劫奪，乞老爺鈞旨，賞一輛陷車，差軍護送到京，庶無失誤。」杜都督道：「這和尚就是妙相寺副住持麼？」刁應祥道：「正是此人。」杜都督道：「日前連接兩道旨意，都為這廝，因此遍處著人搜捉盤詰，不想今日你擒獲得來。這廝有甚麼器械行李麼？」刁應祥道：「只有禪杖一條，包裹一個，別無他物。」杜都督叫取進來，當廳檢看，收入後堂，令將士：「將林澹然鬆了綁，取一面鐵葉長枷枷了，押入牢中監禁。發付刁應祥一應人役都在府門外相近去處歇息，待我審問情由，然後寫表申奏，著軍士護衛汝等入京。」刁應祥聲諾而退。

杜都督退入私衙，著虞侯往獄中取林和尚，去了長枷進來。林澹然跪下，杜都督道：「久聞人說京都妙相寺中副住持林和尚為人剛直，武藝高強，人人契慕⑯，遍處傳揚，如今卻為甚事觸忤朝廷，以至逃竄？汝可一一從實說來，毋得隱諱。」林澹然滿眼垂淚道：「僧人本欲隱跡逃名，不料反投羅網。念貧僧原是東魏人氏，將門出身，姓林，名時茂，在高丞相麾下為將，替國家東征西討，屢立汗馬功勞。與高丞相世子高澄不睦，慮惹災迍，愁無結果，因此削髮為僧。」遂把那入梁怎生遇著丘縣尹，薦舉為妙相寺副住持；怎生與正住持不睦，暗進讒言，激怒武帝，欲正典刑；又怎生逃躲，夜行晝伏，欲歸東魏之事，備細說了一遍。「豈知災迍難脫，復被擒拿，送在老爺臺前。伏乞大恩，原情鑑拔，再造之德，重於山嶽。」杜都督問道：「你既是東魏高歡部下將官，可知有一位杜旗牌麼？」林澹然道：「姓杜的將士也有，但不知貴表尊名。」杜都督道：「單諱一個悅字的，綽號石將軍，如今年已高大，過於七旬，是我至親，可曾相識麼？」林澹然道：「有，有！曾有一個杜悅，號為石將軍，日前原在高爺麾下為旗牌官，失機當斬，是僧人一力救釋，免死充軍。後來僧人雲遊入梁之時，又於沁州旅邸相會。因魏主降恩，得赦還鄉。相別之後，未知在否。」杜都督道：「你既與他旅邸相會，他曾有甚言語囑咐你入梁否？」林澹然道：「彼時杜公曾和小僧說來，他有一子在梁，投託傅統制麾下，十年不知音耗，日夜縈

⑯ 契慕：愛慕。

懷。待要入梁尋訪，奈何年老難行，乃借酒肆中筆硯，寫下家書一封，付小僧帶來，倘得邂逅⑰，轉寄此信。小僧一向羈留妙相寺中，欲訪無由。那一晚慌忙逃竄，匆忙之際，不知曾帶得否？或者在包裹中，未可知也。」杜都督即命取包裹付與澹然。澹然打開檢看，卻在護書中，雙手呈上。杜都督接書拆開看時，上寫著：

父書付男成治知悉：自汝離家出外，家中事變多端，我為你淚不曾乾，終朝思念。你母親痛傷去世，使我形孤影隻，滿目荒涼，骨肉摧殘，可嘆！可嘆！不期我運蹇時乖，失機當斬，自分今生與你永無見期。感得大恩人林爺一力申救，得全殘喘。此恩此德，重若丘山。我今已老，無由補報，倘天不絕人，或有再得盡心之日，也不可知。今因林老爺出家，法諱太空，別號澹然，雲遊中國，偶於旅邸相逢，草此數字，寄與你知。倘得一會，須不要忘了林爺大德，當效犬馬之報。不必說得，你也須知父母養育之恩，十月懷躭⑱，三年乳哺，推乾就溼，容易得撫你成人？你竟飄然出遊，不思父母為你哭得腸斷，望得眼穿，實是淒楚。我今年近八旬，風中之燭，你若稍有人心，見書即圖一面，使我九泉之下，也得瞑目。書不盡言，總宜知悉。年月日書於沁州邸中，父字再囑。

杜都督看罷書，失驚站起身來，雙手扶起道：「恩人，你何不早言？小侄獲罪多矣！」慌忙躬身行

⑰ 邂逅：音ㄒㄧㄝˋ ㄏㄡˋ，不期而遇。
⑱ 懷躭：懷胎。躭，胎。

禮，林澹然忙忙答禮道：「小僧是提督案下死犯，何故相敬若此？」都督道：「恩人不知其詳，且請坐了，細聽根由。」

這杜都督是誰？原來不是別人，乃東魏人氏，姓杜，名成治，就是杜悅的兒子。自別父親，走入中國，尋著娘舅總兵都統制傅惲，收在部下為書記。因他能文會武，精通韜略，常隨傅惲出征，屢獲奇功，升為參謀。又數年，傅惲陣亡，武帝見他無嗣，即敕杜成治襲封總兵都統制之職，統領傅惲大軍，欽賜武平城內蓋造府第居住。後伐齊有功，復升為帥府都督大元帥，上馬管軍，下馬管民，假節鉞⑲，管轄十三州三十四縣人馬，鎮守西北一帶地方，先斬後奏，極有威權。當下，替林澹然換了衣服，賓主坐下，忙點茶湯。林澹然不安，又謝道：「僧人何福，蒙都督如此厚待！」

杜成治道：「論恩人乃是父執，這杜悅就是家尊。小侄名成治，自幼不才，每好騎馬試劍，頗通韜略，愛客重賢，以至家業凋零，只得遠遊梁國，投入家母舅傅統制麾下。幸得皇天庇佑，聖上洪恩，濫叨重位。不想父罹軍法，幸蒙吾師大恩救拔。小侄屢屢差人打探家尊消息，十餘年杳無音信，每每在心，今日方知端的。此恩此德，銘刻肺腑。小侄真不肖之罪人也！」言畢淚如湧泉，悲不自勝。有詩為證：

獨憐父子各西東，猶喜逢恩患難中。
莫道蜉蝣⑳真似寄，人生何處不相逢？

⑲ 假節鉞：假，授予。節鉞，符節和斧鉞。古代授予將帥，作為加重權力的標誌。
⑳ 蜉蝣：蟲名。生存期極短，一般只活幾小時至數天，有「朝生暮死」的說法。

林澹然驚道：「卻原來是令尊大人，小僧不知，惶悚無地。」杜成治即命在後堂整酒飯相待。林澹然道：「令尊大人與小僧相處數年，情同骨肉，後因問罪，兩下睽違㉑幾載，後來又於客舍相逢。今日偶然又會著都督，正為亙古奇聞，人間罕遇。」杜成治道：「小侄幸逢老叔，但不知家尊何日相見？『哀哀父母，生我劬勞㉒』。小侄身享富貴，母死不能奔喪，父親年邁不能奉養，使飄零道途，流離失所。小侄不孝之罪，實無可逭。」說罷又哭。林澹然勸道：「都督今日身享萬鍾，位居極品，顯親揚名，正是大孝處，何必悲苦？待後差人打探，必有相見之期。」杜成治拭淚相謝，再坐吃酒。林澹然辭酒道：「小僧不幸，遭此不赦之罪，蒙都督雅愛，心實不安。小僧算來，這場大禍決難迴避，乞都督明早打發解京，了此孽冤，免致貽累。」杜成治笑道：「老叔何出此言！小侄豈忘恩負義之輩？今日必當盡心力救援，管取平安無事，送回東魏，聊表寸心。」林澹然合掌道：「多承都督厚情，只怕貽累，反為不美。」杜成治道：「不必介懷，但請放心，寬飲幾杯。」林澹然謝了，又飲數杯，不覺大醉，就在側房睡了。

杜成治當夜和夫人蔣氏商議，要救林澹然一節。夫人道：「君為督府，統握大權，欲救一個和尚，有何難哉？如此如此救他便了。」杜成治道：「夫人言之極當，事不宜遲。」連夜差心腹幹辦到司獄司喚獄官來議事。那獄官姓戚名錦，正在睡夢中，聽得報杜爺呼喚，忙起來整冠束帶，隨著幹辦進私衙裡來。正是：

㉑ 睽違：別離；隔離。

㉒ 哀哀父母二句：出自詩小雅蓼莪。劬勞，勞累；勞苦。劬，音ㄑㄩˊ。

欲知心腹事，但聽口中言。

畢竟杜都督與獄官有何話說？且聽下回分解。

第十二回　都督巧計解僧頭　守淨狠心驗枕骨

詩曰：

綠林豪客困圜丘❶，午夜承恩出禁囚。
祝髮❷豈知重正法，臨矛方悟中機謀。
神鰲脫網歸滄海，鬼蜮多疑驗髑髏。
自古庇人反累己，杜君喜處變成愁。

話說這戚司獄夜半進見杜都督，稟道：「老爺呼喚，有何台旨？」杜成治道：「我有一機密事和你商量。你還不知，日間所獲那林和尚，卻是我的故舊恩人，因與本寺正住持不睦，暗進讒言，謗他私通東魏，故聖上震怒，欲拿究罪，不期逃竄至此遭擒。我想朝廷重犯，不可私放，若解去，又遭誅戮，如何救得他？思得一計，可以周全，特喚你來計議。大獄之中，重犯何只數百，或有與林和尚面貌相像者。煩爾將罪犯面貌簿上，逐一查看，如有相似的，則此僧有可生之路，切不可洩露！事成之後，重加薦

❶ 圜丘：原為古代帝王冬至祭天的地方，後亦用以祭天地。這裡指圜土，即牢獄。
❷ 祝髮：削髮出家為僧尼。

拔。」戚錦道：「老爺台旨，怎敢有違？但是這林和尚初下獄來，獄官未曾看得詳細，乞再賜一見，方好查檢。」杜成治道：「此言有理。」命掌燈親自和戚錦到側房裡來，近床前掀開帳幔，林澹然酣睡不醒，戚錦仔細看了一會，笑道：「這長老有福有緣，眼見得老爺是他救星，大難可脫。此面貌與一個囚犯儼然無二，只是多了一部鬍鬚，若剃去了鬍鬚，活現是個林和尚了。」杜成治大喜，道：「有這等湊巧事，快快取來。」戚錦道：「領鈞旨。」即和幹辦到監房叫禁子取出一名重犯，姓王，名喚歪七，原是劫財強盜，生得魁偉長大，也是一條好漢。因打劫赴任官員事，擬成死罪在牢，吃了數年官飯。當下戚錦分付禁子道：「發爺軍令，取此重犯，外面不可聲揚，若漏洩必按軍法。」禁子應諾，戚錦帶著王歪七逕到後堂來。

杜成治一見，發付眾人迴避，戚錦和眾人散去。杜成治道：「那犯人上來！你可是王歪七麼？」王歪七是睡夢中提醒來的，不知甚地來歷，朦朧答應：「小的是，是，是！」杜成治道：「向來聞你與我有親，今細查，果然是我姨黨支派。我念姨公一脈，心下欲放你去，你可去得麼？」王歪七道：「小的罪犯重辟❸，法在不赦，每思改惡從善，奈無門路。今老爺若肯釋饒得命，實天地重生之德，不敢認親，只願爺爺萬代公侯。」杜成治道：「放爾何難。只有一件礙手處，縱放你去，畢竟又遭擒捉。」王歪七道：「爺爺位尊權重，令出誰敢不從？若肯釋放小的，何人又敢攔阻？」杜成治道：「汝知其一，不知其二。假如今夜放你去了，有人見你這鬢髮鬅鬆，舉止觳觫❹，豈不是獄中重犯在逃，誰肯放過？必要

❸ 重辟：極刑；死罪。

❹ 觳觫：音ㄏㄨˊ ㄙㄨˋ，恐懼戰慄貌。

擒來請賞，那時我仍放你不得，豈不辜負我一片親情？」王歪七磕頭道：「老爺神見高明，小的決難逃脫，空費了老爺一片天心。」杜成治道：「不難，有計在此了。將你剃去鬚髮，賞你褊衫一領，僧鞋一雙，空頭度牒一紙，扮作遊方和尚，待五更將曉之際放你出去，只要賺出城門，自然無人看破，我這裡又不差人追捕，你好放心前去，依然蓄髮，可立功邊塞，報效朝廷，莫忘我今日之情也！」王歪七磕頭道：「謝爺爺深思，使小的重見天日，何惜碎骨粉身，以報大德！」杜成治令虞侯取刀，剃下鬚髮，取出僧鞋、褊衫、僧帽穿戴了。杜成治在燈下細觀時，卻與林澹然面貌相同，規模無二，心下暗喜，分付王歪七在衙後小房暫歇，著人守護。

又早隔鄰雞唱，天色黎明，外邊吹打兩次，堂上傳下雲板，杜成治出堂，該房書吏都捧過文案牌票等項來稟，僉押銷繳。杜成治道：「這些文卷暫且消停，有一大事和汝等商議。昨晚江寧縣緝捕所獲僧人林太空，係是朝廷重犯，聞說此僧有萬夫之勇，況係東魏出身，解去路途遙遠，倘有疏虞，關係非輕。我意欲就這裡斬了，將首級付與緝捕，傳入京師，再進表申奏其情，庶無失誤，你眾人心下何如？」眾吏書同道：「老爺鈞旨甚明，傳首京師，實為恩便，省了許多干係。」杜成治即教寫下取斬牌，辰時三刻取斬，一面分付管本稿的書吏，備細寫下奏章。次後僉押牌票，印發文書已畢，堂上又傳雲板三聲，只聽得門下大吹大擂，放了三個銃，吆喝開門，陰陽官傳報辰時。杜成治親出轅門，傳令著監斬官轅門外俟候，四圍軍卒排齊，一聲炮響，軍士們將王歪七綁下。王歪七驚得魂飛魄散，心裡想道：「杜爺說念親情，要放我去，為何反綁我出來？」此時魂已不在身上。眾軍校將王歪七擁出轅門，口內塞了麻核，頭上插了一面黑旗，旗上寫著「毀謗朝廷通謀魏國叛僧一名林太空」。杜成治判了個「斬」字在王歪七臉上，但見：

人人嗟嘆，個個膽寒，都言此去幾時回？盡道這番逃不脫，負冤屈何處聲言？今苦情只堪跌腳。有人說，這的是沒頭鬼和尚自做，誰將甘露施孤魂？有人說，這還是刀劍獄削禿自當，誰啟陰司蘇餓鬼？劊子手提刀，何異牛頭馬面？監斬官捉筆，儼如地主閻君。此時莫想重生，頃刻佇看命喪。

監斬官讀罷犯由牌，王歪七聽了，不能叫屈鳴冤，突地一聲鼓響，頭已落地。劊子手近前獻頭，杜成治分付將頭用石灰餓❺了，木桶盛貯，屍首令扛出郭外，自上轎回衙。

再說緝捕使臣刁應祥帶領著一夥公人，往元帥府聽候發解林和尚，及到轅門，方知杜都督已將林澹然斬了。刁應祥暗疑：「杜爺不將活人與我解去請功，卻先取決，這是何意？」單身撞入轅門，進元帥府稟這一樁事。杜成治道：「汝等昨日所擒林和尚，本待差軍護衛解京，聞這和尚勇力異常，黨類甚眾，倘或路途有失，豈不誤卻大事？故就在此處取斬，將頭解京，庶無失誤。另有表章，差官與汝等即刻起程，同至建康，進上朝廷，自知分曉。」刁應祥只得領命。杜成治差官一員、幹辦二人，齎了表章，當堂將林澹然首級用了封皮，和包裹、禪杖付與刁應祥，又賞銀十兩，以為路費。刁應祥收領首級等物，磕頭謝賞，和差官、公人等取路回京。一路無話，直至建康。

當日到得晚了，刁應祥留差官、幹辦在家，相待酒飯，自先趕著晚堂，逕入江寧縣裡來見祝鷗，向

❺ 餓：音ㄑㄧㄤˋ，浸漬。

前聲喏。祝鵾見了問道：「我日前差你去緝拿林和尚，為何去了這多時，曾有些消息麼？」刁應祥道：「林和尚被小人一路直追至武平城外，方才獲著。本該就解回京，恐怕路途有失，當下進城至都督府杜爺處報知，求杜府差軍護送進京。杜爺也慮路上或有差失，就在本府將林和尚斬了，傳首級解京，另差官齎本上聞，故此遲延躭擱。」祝鵾聽了，十分大喜，賞了刁應祥，發付回家，明日五更伺候。

次日四鼓，刁應祥領著杜府差官，捧了奏章，差兩個做公的擡了頭桶，同列縣門，隨著祝鵾進朝。眾官朝見罷，祝鵾俯伏金階奏道：「臣江寧縣知縣祝鵾啟奏陛下，為緝獲逃僧林太空一事，前蒙玉音頒降，臣兢兢業業，晝夜用心，差人捕捉。不期林太空走離京都，逃至武平地面，被臣縣中緝捕使臣刁應祥所獲，即往都督衙門討軍護送。都督臣杜成治慮路途有失，就彼處取斬，送首京師，齎有實封表章申奏，乞陛下聖鑑。」武帝叫接本到御案前拆封，宣學士高聲讀表。表曰：

武平總制都督臣杜成治，奏為預誅僧犯、以杜變逆事。某月日江寧縣緝捕人員刁應祥，見獲逃僧一名林太空，赴臣所請軍護解。臣思林僧素稱勇悍，力敵萬夫，矧與東魏相通，機詐叵測，設若中途有變，邊釁復生。臣謹於次日便宜行事，斬首付與刁應祥，並包裹、禪杖解京奏上，庶不為奸宄之所算，而國家永遠無患矣。乞皇上原臣擅殺之罪，臣不勝戰慄惶悚之至。

武帝看罷笑道：「這禿廝藐視朕躬，今日英雄何在？倚著能言舌辯，難逃命喪刀頭。」當殿傳旨，升祝鵾為吏部郎，刁應祥為都捕使臣，仍給賞銀三百兩。又將林澹然首級、包裹、禪杖付與刁應祥，傳入妙相寺中，令鍾守淨相驗的實，然後懸掛寺門示眾。祝鵾等謝恩出朝。

不說祝鵾菈任，且說刁應祥領旨逕往妙相寺來見鍾住持。這鍾守淨自從逼林澹然出寺之後，一向心事不寧，寢食俱廢。後聞得捉了窩主李秀，稍覺心安，還只慮林澹然走脫，致生後患，日夜懸懸，亦無心與黎賽玉取樂。當日，正在方丈中悶坐，管門道人傳報：「朝廷差官到來。」鍾守淨慌忙出迎，殿上相見。禮畢，刁應祥道：「小可是本縣都捕使臣刁某，奉聖旨追捕逃僧林太空，至武平地界，已經擒獲，當送杜府護解。杜都督慮有走失，梟首解京，今奉旨將首級、包裹、禪杖傳與住持爺檢驗，敕掛寺門示眾。」說罷，令從人擡過，交與住持鍾守淨。掀開桶蓋看時，驚得毛骨悚然，呆了半晌，方才神定，將手指首級點頭道：「林長老，林師兄，咦！偏你能文會武，說短論長，為何也有今日？正謂『舌劍自誅』，老兄還能講話否？」一面說，一面翻轉頭來細看。不看時萬事皆休，只因這一看，卻又重興一段風浪，費了多般周折。有詩為證：

得好休時且罷休，老鍾何苦結冤仇？
直教滿寺葫蘆❻骨，個個他年似此頭！

看官，你道為何？那林澹然腦後另生出一塊三臺骨，圓溜溜就如肉瘤一般，自有記認。林澹然和鍾守淨日常閒話時，嘗說自己日前頗得際遇，全虧腦後這一塊三臺骨，故此鍾守淨記在心中。當下翻過頭來，看這頭顱一似刀削平的，沒有這三臺骨凸出，心下大疑，連聲道：「怪哉，怪哉！」又仔細看了一會道：「不是，不是，真不是也！」刁應祥道：「住持此話卻是何故？」鍾守淨笑道：「這頭卻是假

❻ 葫蘆：植物名。也稱壺蘆、匏瓜。果實像重疊的兩個圓球。借指僧人的光頭。

的。」刁應祥失驚道：「鍾住持不要看錯了，何以見得不真？」鍾守淨道：「小僧和林澹然相處，非只一日，他的頭顱豈不相認？他腦後有一塊三臺骨，就如三個雞子也似凸出來。常時戴僧帽，剛剛頂著帽口，如今這頭腦後卻是平平的，無一毫腦骨，豈不是個假的？」刁應祥道：「那日擒拿林和尚時，眾多做公的同我送入杜爺府中，次日梟首，誰不見來？只看這包裹、禪杖，豈是假的？住持不要錯認了，此事非同小可！」鍾守淨道：「小僧為何得錯？這包裹內物件與禪杖俱是真的，林澹然拿獲，焉得是假？多分杜都督處有甚緣故，未可知也。今日不須爭辯，明日早朝面聖，自有道理。」刁應祥初入寺來何等歡喜，聽了這話，就如分開八片頂陽骨❼，傾下一桶冰雪水。若果然是個假頭，誑君之罪安逃？垂首嘆氣，半晌無言，心下暗想：「這事卻也作怪，分明是林澹然的頭，怎講不是？終不然杜府有甚機謀？穩穩一個都緝捕，白雪雪三百兩官銀無福承受，這事尚小，若說誑君，便要斬首，如何是好？」對鍾守淨小心道：「既是如此，住持爺明日面聖時，懇乞方便，足感大德。」暫且告辭。鍾守淨也不款留，只將頭、桶、物件留下，相送而別。

鍾守淨回方丈中，聚集徒弟們商議道：「這廝得了林澹然賄賂，賣放去了，卻將假頭獻與皇上請賞。自古道：『斬草不除根，萌芽依舊發。』後來林澹然倘做出事業來，豈不反受其害？明日早朝，必要講明，再差人緝訪，驅除這廝，方免日後之患。」內中一個徒弟，姓雷，法名履陽，向前道：「師父，等不得明早。那緝捕已受恩賞，倘和本官老祝計較，今日預向駕前遮飾，或另生枝葉，我和你又成空說，不如趁早寫下表章，連晚陳奏，庶不有悞大事。」鍾守淨道：「賢徒之論最是。」忙取筆硯，寫成章疏，

❼ 頂陽骨：頂骨；頭蓋骨。

換了冠服，逕投朝房裡來。當日，卻是謝僕射輪該接本，和鍾守淨施禮罷，問：「住持何事，乘晚來此？」鍾守淨即將林澹然事告訴一遍，道：「今日這一封奏章，乞僕射速速進呈聖上，至緊，至緊！」謝僕射收下表章，送鍾守淨出朝而去。當晚，謝舉將鍾守淨奏本送入宮中，武帝正在禪床上打坐，入定醒來，中貴官捧上表章，武帝拆封看時，寫道：

妙相寺住持臣鍾守淨，奏為奸臣狡役、受賄縱凶、假首誑聖、誤國欺君事。臣奉聖旨檢驗逃僧林太空首級，視其面貌似真，細驗枕骨實假。太空原有腦骨三塊，凸然而起，名為三臺骨，合寺僧眾皆所目睹。今腦後平削無骨，非林僧之首可知矣。再驗禪杖、包裹，又係太空之物。臣細諒度，必是祝鵾、刁應祥等通同作弊，受賂賣放，復將假首誑上，冒功領賞，情跡顯然。乞皇上差官勘問，再即遣軍兵搜捕真犯，庶免後患。臣不勝憂怖惶懼之至。

梁武帝看罷，龍顏大怒，罵道：「這尸位素餐的犬彘，敢來誑朕！明日鞫問明白，焉可輕恕。」即御筆親批旨意，連夜發出樞密院來，敕左僕射謝舉同三法司，提拿吏部郎祝鵾、緝捕使臣刁應祥二人，勘問誑君之罪。謝舉接了聖旨，忙差錦衣衛❽武士帶了鐵索手杻，立刻拘祝鵾、刁應祥至樞密院審問。卻說刁應祥自別鍾守淨回家，悶悶無言，渾家問道：「丈夫目今捉了林住持，朝廷賞賜不小，為何

❽ 錦衣衛：即錦衣親軍都指揮使司。明洪武十五年始設。原為管理護衛皇宮的禁衛軍和掌管皇帝出入儀仗的官署，後逐漸演變為皇帝心腹，特令兼管刑獄，給予巡察緝捕權力。中葉後與東西廠並列，成為廠衛並稱的特務組織。

反生不樂？」刁應祥將鍾守淨認首級不是的情節說了。渾家勸道：「不必愁煩，凡事自有天理，終不成將真做假，誣害有功之人。縱有事端，當官理辯，何必恁地煩惱？」刁應祥聽了渾家相勸，勉強飲酒排遣，睡了半夜，未及雞鳴，聽得叩門聲急，刁應祥披衣而起，開門看時，只見四個人走入來，向前相問，方知是衛中武士，刁應祥已知鍾守淨那事發作，不敢動問。一個武士取出鐵索，將刁應祥鎖了，又上了手杻，口裡道：「奉聖旨拘拿到樞密院去，不可羈遲，速行，速行！」刁應祥隨著武士至樞密院來，此時祝鷗青衣小帽，已先站在門首。兩人見了，祝鷗埋怨刁應祥幹事不的，刁應祥無言可答。

不多時，天色已曙，升堂鼓罷，陸續官員皆到，眾武士將祝鷗、刁應祥帶入堂上。二人擡頭看時，見正堂中間放著聖旨，側首三張公案，左邊上首立著左僕射謝舉，下首立著刑部尚書王明，右邊立著大理寺卿黃相。祝鷗、刁應祥向前俯伏，謝僕射開口道：「奉聖旨勘問吏部郎祝鷗通同緝捕公人賣放妙相寺犯僧林太空一事，因甚枉害平民，將假頭誑君，冒功請賞？依直供招。」祝鷗道：「原來如此，實實屈死人也！自林太空逃亡，奉聖旨追捕甚緊，微臣日夜用心，差人緝捕。幸使臣刁應祥訪出窩主李秀，微臣立刻拿來拷打，李秀供招窩藏是實，知風逃竄，料他要回東魏。微臣就著刁應祥一路追捕，使盡心機，不辭勞苦，追至武平地界，密密緝訪，幸而得獲。怕有疏虞，拿到都督臣杜成治處，取軍護送。不知杜成治為甚事故，就彼處梟首，將頭解京。此一節事情是實，並無私曲，況有杜成治表文及齎表官和林太空禪杖、度牒等物可證，乞三位大人明鑑！」正卿黃相道：「這也講得是。」再問刁應祥時，刁應祥自始至終，備細說了一遍，與祝鷗言語相同。黃相道：「據汝講來，似乎無弊。但當初在武平杜元帥處斬林澹然時，你可曾當面看斬否？」刁應祥道：「小人當時送林和尚到都督府中，杜都督發付小人在府前附近伺候，次日差軍護送解京。小人至次早，正欲往府催軍解送，不期杜都督已將林和尚綁出轅門斬了，呼喚小人分付道：『這林和尚勇力絕倫，黨類甚眾，路上慮有疏虞，故此梟首解京。』那日斬林太空之際，小人實不曾見。」謝舉笑道：「這等說，眼見得那杜都督有些情弊了。」黃相道：「不必多疑。一向聞得杜公原係東魏人氏，冒籍中原。這林和尚也是東魏人，或是相識舊知，豈無救援之意？朝廷頒例，殺人有時，必日午施刑，彼今不待時而取決，又不使緝捕眼同見斬，只此兩事，情弊顯然。他倚著先斬後奏之權，偽將他人首級解來影射，縱放林太空走了，未可知也。」王明、謝舉俱道：「此言甚明，不可屈陷了有功之士。」刁應祥磕頭道：「青天明鏡！適聞爺爺之言，使小人如夢方醒。若不是爺爺超生，這屈事那裡去辯？」謝舉發付祝鵾暫回衙門，將刁應祥收下刑部天牢監禁，明早候旨定奪。審罷，各自散訖。謝僕射三人次早入朝，將刁應祥口詞逐一奏陳。武帝大怒，御筆手詔，差武士八員、內官二員，星夜往武平郡提拿都督杜成治進京勘問。這武士、內官接了聖旨，即忙起身，各騎快馬，不分晝夜，到武平郡來捉拿杜都督。有詩為證：

脫難還罹難，消愁又結愁。
報恩遭大辟，留與子封侯。

卻說林澹然當夜被杜成治殷勤勸酒，飲得大醉，一覺直睡到巳牌時候方醒。虞侯等捧著茶湯伏侍。林澹然道：「生受你們。感你家老爺厚情相待，奈小僧命已登於鬼錄，何以奉報？」虞侯笑道：「住持爺賀喜，適才轅門外已斬了一位林長老也，諒住持爺決不妨了。」林澹然道：「又來取笑，怎地世間更有一個林長老與俺一般當斬的？」虞侯道：「我家老爺為住持爺費了一片神思，已將獄中重犯扮作住持模樣，綁出轅門斬首，豈不是住持爺賀喜？」林澹然驚道：「可憐，為著小僧，卻害了他人性命。」正嘆息間，報杜爺來了。林澹然慌忙起身迎謝道：「小僧受都督再生之德，將何酬答？」杜成治道：「此乃住持大福，天假其便，得脫此難，小侄何功之有？緝捕公人等，已齎假首級、包裹、禪杖回京，只留下書簡之類。諒今者關隘防閒已懈，住持可作急打點行程，管取安然至魏。」林澹然道：「盛情感激不盡，只是外面傳揚數月，小僧突然而出，豈不動人耳目？惟恐聲張起來，難以前進。」杜成治笑道：「小侄已預備在此了。」令人取出青絹幔成的敞口大帽一頂，紗眼罩一方，青布直身一件，黑油皮靴一雙，憲牌一紙，白牌一面，黃絹包袱一個，鋪陳、弓箭、食箱、雨具等物，放在面前。杜成治道：「住持可知此意麼？」林澹然道：「小僧已會其意，但勞杜爺神思，何以為報？」杜成治道：「住持可將此一套穿戴起來，小侄差兩個能事虞侯，幫襯住持，裝做打差出使人員模樣，一路去決無攔阻。設或有人盤詰，又有小侄憲牌、路引為證，放心前去。若至東魏遇家尊，乞為轉達，得賜一信息，更感大恩。」林澹然道：「這都不消叮囑，小僧決然留意。」說罷，頭上戴了大帽，身上穿了直身，腳著油靴，腰纏板帶。杜成治看了大喜道：「住持如此裝扮，卻竟不像和尚了！」兩下大笑。此時，筵席已備，杜成治舉杯勸酒，盤桓一會，不覺天暮，杜成治分付虞侯好生伏侍林爺前去。虞侯整頓行囊，帶定駿馬，預在後門伺候。林澹然作別起身，杜成治道：「小侄本宜遠送，惟慮外人知覺，有所不敢耳，住持莫罪！」林澹然再三拜謝。杜成治送出私衙，側門相別。

林澹然出了後門，戴了眼紗上馬，連夜起行，馬不停蹄，走了二十餘里路，昏黑難行，就在官亭客館安歇。五更雞唱，即忙上馬趲路，已過了武津關口，一路並無阻滯。三人行了數日，又到梁州❾地界，虞侯將手指道：「前面即是梁州，乃東魏地方，小人們難以前去，住持爺可於僻處換了衣服，依舊釋門打扮，穿過古崤關❿，即是東魏了。」林澹然策馬走至倉頡墓⓫上，甚是幽僻，樹林中下馬，除了大帽眼紗，脫下直身、油靴，換了僧鞋、僧帽、褊衫，打疊了一個包裹，自己背了。將已外行囊物件盡數交與兩個虞侯，乞致意杜爺，作別分路而行。徑過梁州，至次日已到古崤關口，遙見關門半開，鬧叢叢人眾報名盤詰過關。林澹然也混在人叢裏報名。管門官道：「我看你這和尚形容古怪，舉止異常，莫不是做奸細的麼？」林澹然道：「俺原是東魏人，中年出家，雲遊天下，隨處掛搭，今復回敝山焚修。關主不信，只看俺度牒、路引便是。」說罷，打開包裹，取出度牒、路引，遞與管門官。管門官接過看時，度牒上寫著是本國問月庵披剃，路引上面又有梁魏兩國印信，心裡方知是有來歷的和尚，忙陪笑臉道：「師父衝撞了，請自行路。」林澹然笑道：「小僧是個奸細，怎好過去？」管門官也笑道：「出家人不直得便回話，我這裡梁魏交界處，檢點來往之人，是這般嚴禁，休要見罪。」林澹然呵呵大笑，拱手而別，拽開腳步，逕入關內。有詩為證：

才脫火炕，便遊清淨。

❾ 梁州：治所在今陝西漢中。
❿ 崤關：指函谷關，控扼崤（崤山）函（函谷），地勢險要。在今河南靈寶境內。
⓫ 倉頡墓：在今河南虞城縣。傳說倉頡為黃帝時史官，創造漢字。

意適心閒，功行圓映。

話說杜成治自送林澹然出門之後，重賞獄官，心下大悅，縱樂飲酒，醉後不謹，染成一疾，寒熱大作，忙喚醫官進衙診脈。醫官稟是內傷證候，又感冒了風邪，表裡受虧，須服發散兼補之藥。杜成治一連服了數劑，反覺發起顫來，變成瘧疾，暫且在私衙裡養病。數日後，送林澹然的虞侯回來稟覆：「林住持已過關，至東魏地方了。」杜成治心內放下一件大事，覺病體稍寬。正欲出堂理事，忽飛報朝廷差八員武士、兩員內官齎聖旨到來。杜都督明明曉得事情決撒⑫了，心內驚惶，病體舉發，無奈勉強扶病出堂，排香案迎接聖旨。中貴官出武帝手詔，高聲開讀：

皇帝詔曰：忠臣許國，竭志奉公；烈士殉君，赤心報主。咨爾武平郡都督元帥杜成治，當東南一面之寄，宜克勤天日之誠，不思盡瘁鞠躬，反致欺君罔上，擅縱僧犯林太空脫逃，假斬他首，欺誑朝廷。律有明條，法所不赦。特差內臣傅責、殿前錦衣武士錢程等，速至任所，杻械來京，著三法司嚴究，擬罪施行。特旨。

年月日手詔

杜成治聽讀到「欺君罔上，杻械來京」，驚得魂不附體，面如土色，一時間，手足噤顫，口眼喎⑬斜，跌倒堂上，咽喉中不住的痰響。兩班將士、人從慌忙擡入衙裡，急灌湯藥，口已不受，牙關緊閉。

---

⑫ 決撒：敗露；戳穿。

⑬ 喎：音ㄨㄞ，嘴歪。

醫官急入看時，脈息沉沉，四肢不舉。嗚呼，一時痰壅而絕。合衙老幼悲哭，帳下將士無不垂淚痛傷。內官與武士商議道：「有恁般異事，莫非是奸計假死？」齊到衙內看驗，杜成治果然氣絕而亡。有詩為證：

生在東朝仕在梁，功勛汗馬勒旂常。
只因故釋林和尚，致使英雄一命亡。

昔賢又有詩嘆曰：

匹馬縱橫宇宙間，將軍仗劍鎮邊關。
知恩欲報身先死，朝裡無人莫做官。

這詩單說世間做官的，身任外職，必須朝內有門生故吏，或親戚相知薦揚保舉，雖胡行亂做，反升美任，富貴榮華。若無人扶持之時，你便一廉似水，愛軍惜民，也要旋加貶斥。杜成治若朝裡有大汲引，就使再多幾個武士來，也不在意。只因他是魏國人氏，梁朝並無親故，又倚著功高望重，平日間不肯結識朝中宰執，雖有謝僕射、黃正卿這班正人，只好說兩句公道話罷了，誰人肯捨著身家保舉他？算來禍烈難解，安得不驚？所以說朝內無人莫做官，是實實的話。

閒話且打疊起。再說內官、武士等見杜成治死了，都嘆息怨恨道：「我等這般福薄？欽差至此，指望一場發跡，誰知空白驅馳，只得素手還京回旨。」這杜都督夫人蔣氏未有所出，一面安排棺木貯殮，停柩私衙，又請釋道誦經超度，伺候聖旨發落搬喪。

卻說武士等逕回建康，進朝覆旨，將杜成治身死情由備細陳奏。武帝降下聖旨，著樞密院官查按杜成治家產，依律擬繳。左僕射謝舉和右僕射牛進、大理寺卿黃相接了旨意，一同會議。謝舉道：「杜都督久經汗馬，屢立功勛，雖不合私放逃僧，今已身故，理應將功折罪。何故聖上又欲籍沒他家產？」右僕射牛進素與杜成治不睦，因昔年任福州參軍時，剋減軍糧，被杜成治參劾，因此懷恨。今幸成治之死，乘機報仇，便道：「這杜都督擅放逃僧事小，私通東魏事大，況欺君罔上，罪所不赦。今已身死不論，亦當流其妻孥，籍其家產，庶不廢了朝廷法度。」謝舉道：「論法度，則杜公以私情而忘公義，罪應遠戍，然非叛逆不軌之比，何至抄沒家產，流徙妻孥？有傷公道。」大理卿黃相道：「目今朝廷甚缺軍餉，據聖意似欲抄沒家財，以充國用，慮人議論，故發下旨來，令我等擬議覆奏。若從公道論之，杜公雖然私放林僧，依律偽首誑君，知情故縱者，與犯人同罪，當擬如律。今既身死，罪人不孥，必欲盡法，亦仁政之所不忍。只合查盤倉庫錢糧，充為軍餉，以外田產之類，留還家屬贍養終身，以見國家待功臣之意。如此則可以濟國家之用，而無傷聖主之仁，公道昭矣。愚見如此，乞二位先生大人酌之。」牛進笑道：「如公所論，卻便宜了老杜。」謝舉道：「不然。黃老先生之言，情法兩盡。依此覆奏皇上，諒無他議。」三人議論已定。

次日早朝，將所議之言面奏武帝。武帝降下聖旨，令樞密院選才能官二員，往武平郡查盤杜成治倉庫錢糧，盡解來京充餉。這右僕射牛進得了玉旨，即選本院心腹人署丞周乾、院判史文通，密密囑咐了，率領三十餘能事軍校，即刻起程，星夜攢發，不一日來到武平郡。本府太守程星馬探知，親出城迎接，並馬入城，同入府堂，排下香案。程太守跪聽聖旨，院判史文通開讀，詔曰：

奉天承運，皇帝詔曰：爵祿者，君所以待賢；忠藎者，臣所以報國。有功之士必旌，紊法之奸必治。朝無幸位，律有明條。茲爾武平郡都督杜成治，受贓枉法，賣放逃僧，假首欺君，律應不赦。今已身故，削去原職，追回敕誥外，復查庫所有錢糧，盡行解京充餉。嗚呼！賞罰明而官箴無玷，功罪當而輿論允諧。旨意到日，主者奉行。欽哉。

宣旨已畢，留入後堂，設宴相待。史文通、周乾、程星馬同到都督府中，眾將士、書吏俱來參見。程太守口傳聖旨，要查盤杜府錢糧，解京公用。將士、書吏俱吃一驚，庫官、庫吏等向前稟道：「杜爺一向清廉，庫中並無餘蓄，乞爺臺作主。」周乾笑道：「執掌錢糧，官居都督，怎說庫無餘積？今奉朝廷聖旨，盡抄入官，豈容虛誑！」庫官道：「杜爺委是清官，並無一毫私蓄。縱有羨餘，即賞有功將士，故此將士皆肯出力。庫藏實是空虛。」程星馬道：「那庫官不須多辯，你只取本府庫藏冊籍來看，便知分曉。」庫官取出文冊，當堂揭開，逐一看過，果實不多。共算來，只有五千三百餘兩錢糧藏於庫中。本府共有五千軍士，倒有月餘不曾支給請受。史文通、周乾二人看罷，心中懊悔，思量：「杜成治好沒見識，官至都督，管轄十三州三十五縣錢糧，我只道有幾百萬堆積，原來也只有這些須，怎地是好？」周乾把眼一瞥，立起身來淨手。史文通會意，也出門來。周乾附耳道：「當初牛恩主怎地分付你我來，如今如此光景，我等怎生回覆？」史文通道：「老兄不必心忙，小弟自有措置，不怕牛恩主不歡喜。」二人依舊坐下。史文通道：「程老先生在此，這庫內錢糧是朝廷國課，自宜充餉，不必說得，但聖意要抄沒杜公家產入官，亦須交割明白。」程星馬道：「聖旨上明明說盤倉庫錢糧，不曾提甚家產，怎好抄沒入官？」史文通笑道：「程公與杜都督必是厚交，故此事事遮庇，諒林澹然脫難之時，程公決知消息。」程星馬道：「史天使不必多疑，凡事自有公論。庫中錢糧，學生照冊交割，杜公家產不敢與聞。」說罷，上馬而去。周乾、史文通大惱，將杜成治家僮、幹辦盡數拿出，逼取財物產業。家僮你我推託，史文通大怒，將一個老幹辦上起夾棍，逼他招認。老幹辦受苦不過，只得將杜公產業財帛一一呈明。周乾依言謄寫，將杜成治家產盡行抄沒，卻如洗蕩一般，並不存留毫忽，收拾星夜回京，參見牛進，備言其事，獻上財物。牛進大喜，帶領二人進朝面駕。牛進奏道：「臣等領聖旨，籍沒杜成治錢糧，今已回京，專候聖旨。」武帝道：「將此銀兩照冊給賞邊軍。」牛進又道：「樞密院署丞周乾、院判史文通俱有才能，毫無私曲，可差此二臣齎銀賞邊，決能服眾。」武帝准奏，即差周乾、史文通賞邊。二人奉旨，逕往邊地去了。

武帝降旨：吏部郎祝鷴復降為江寧縣知縣，緝捕刁應祥釋放出獄，陳阿保舉首得賞，應給賞銀一百兩。祝鷴欽奉聖旨，復理縣事，差人拘喚陳阿保領賞。這阿保自從地方保領出監，聽候發落，因這場官司費用了些銀兩，反致衣食不敷，換了一個店家做酒。當日，被公差拘提來縣，祝鷴當面照數給與賞銀。陳阿保謝賞，回至店家，備辦牲禮，燒了利市紙，請店主人和酒坊內弟兄們散福。夜深酒罷，阿保進臥房內，將門兒拴了，臺子上點著一盞燈，盤膝兒坐在床上，腰邊裏肚裡取出銀子，對燈細看，無限歡喜。心下算計，要取渾家、買田產、討奴僕、辦家伙、做衣服，掐指頭兒左思右算，不能周備，猛然裡惱將起來，罵道：「這皇帝老兒恁地可惡，說謊賺人！我若得了三百兩到手，豈不一件件完成，一時發跡。

如今半三不四，難以擺布。」恨了一會，又將銀子逐一稱過，點頭自解道：「也罷。譬如不出首，要十兩也不能夠的，今有了這一百兩雪花官銀，不是窮鬼了。且將這銀子做起生理來，一年兩倍，兩年四倍，四年八倍，數年之中，亦可做財主了。」又思忖把這銀子暫託與主人藏頓，猶恐他欺心掯賴，欲待帶在身畔，行動不便，要埋於土內，又怕有人瞧見，暗中竊去。千思萬慮，無計可施，緊緊將銀子摟在胸前，閉目靜想，算計了半夜，漸覺精神疲倦，和衣睡倒。

忽聞有人扣門，側耳聽時，乃是姐夫巴富聲音，慌忙開門迎入。姐夫道：「貨已齊備，今日湊著順風，正好開船過海，數日可到女直⑭，大舅利市，決有十倍利息。」阿保歡喜，催促起程，同到海口下船，扯起風帆，只聽得潺潺水響，舟行如箭。忽地裡狂風驟起，大浪滔天，將船掀翻水面。阿保落水，扳著一片船板，游至海邊，爬上岸來。樹林中閃出一條大漢，手持鉞斧攔住，喝：「要買路錢，放你過去！」阿保磕頭哀告：「因渡海翻船，身邊並無財寶。」那漢持斧劈頭砍下，阿保大呼：「饒命！」脫身就走。那漢隨後趕來，阿保追得心慌，拚命奔走，失足跌下糞窖內，過頭沒腦，浸在糞裡，蛆蟲滿身，攢入口鼻，阿保喊叫救命，奈何聲啞，極力掙不出聲，魘⑮將起來，幸隔房聽得，叫他方醒。阿保連聲噀⑯道：「呸！呸！呸！」心頭兀自蹦蹦的跳，驚得一身冷汗，忙將銀子捫摸，喜得尚在。翻身朝壁再睡，朦朧合眼去，覺自己挑了一副水桶，往溪邊汲水，忽見水底一群魚游，阿保脫衣，跳入水中捉魚。

---

⑭ 女直：即女真，古代少數民族名。居住在今東北三省地區。五代時始稱女真。明後期改稱滿洲。

⑮ 魘：做惡夢；發生夢魘。

⑯ 噀：音ㄒㄩㄣˋ，念。

猛聽得掌號聲，見上流頭一隻大官船，船頭上擺列旌旗劍戟、金瓜鉞斧、傘蓋之類，桅杆上懸一面黃旗，閃出六個大金字，船兩傍站立著戎裝將士。那船一面吹打，順水搖將下來。阿保鑽入水底，只聽船中一人道：「水下為何有惡氣沖天，是何怪物？」船傍軍士覆道：「是一個凡夫。」倉裡叫：「抓上來。」那軍士用撓鉤將阿保赤淋淋鉤上船頭，用索捆了，丟在旗下。阿保偷眼暗覷，倉裡虎皮椅上坐著一位官長，修眉紅目，白臉長鬚，頭戴朝冠，腰橫玉帶，紫袍象笏，相貌威嚴，是一王者模樣，兩傍侍立青袍角帶數個官員。陳阿保心下大駭，扯住執旗軍士問道：「是何老爺？」那軍士道：「你不見桅杆上旗號麼？」阿保道：「我一字不識，乞你說與我知道。」軍士道：「俺大王乃是水府正法明王是也！」阿保不敢做聲。少頃傍岸，執事前導，次後儀從人等簇擁那大王進一大衙門。阿保意欲逃遁，被軍士拖入二門，吊在左廊檐柱上。阿保擡頭四看，正中五間大殿，殿前一帶朱紅欄杆，欄杆外遍插鎗刀旗幟；殿中珠簾半捲，燈燭熒煌；東西兩廊，一字兒排列著黃巾力士；前後皆有甬道，周圍齊豎木柵，正似總制衙門一般。忽然三通鼓罷，將士齊聲吆喝：「大王升殿！」喝令：「拿那惡人過來！」一個赤臉獠牙使者，將阿保倒提入殿，跪於案前。大王道：「這廝惡氣甚重，必犯天條。」令罰惡判官檢查簿籍。左班青臉判官將簿子逐一看了，覆道：「此人姓陳名阿保，和州人氏，年二十七歲，近因出首林禪師，致於死地，害家長李秀禁錮大獄，夫妻拆散，妄受賞銀一百兩，損人利己，犯陷害忠良之條，律應陽世處斬，陰受刀劍地獄之報。」大王又令注生判官：「看這廝原注祿壽何如？」右班白臉判官，展開簿子看了，覆道：「此人前世業屠，恣行殺戮，寵妻逆母，言清行濁。轉生陽世，孤貧愚蠢，艱苦零仃，壽元四九。」大王道：「論這廝犯此大罪，本宜依律斷發，姑念無知下愚，減他一等。」舉筆離座，判十六字於阿保臉上。正是：

雨露豈滋無本草，橫財不富命窮人。

不知那大王所判何字，且聽下回分解。

第十三回　桂姐遺腹誕佳兒　長老借宿擒怪物

詩曰：

一紙丹書下九天，忽聞司馬❶已歸仙。
魂隨鶴駕❷升彤闕，子得麟胎❸繼大賢。
變幻妖狐迷秀士，英雄僧俠救青年。
從茲意氣相投合，白石樓前穩坐禪。

話說陳阿保夢入水府正法明王殿中，十分恐怖，明王令判官查看簿籍，阿保罪犯天條，舉筆書十六字於其臉上，云：「福善禍淫，神目如電，寶歸二春❹，祿終一錬❺。」寫畢，令判官讀與阿保聽了，

❶ 司馬：官名。周時為六卿之一，掌軍旅之事。此借指杜成治。
❷ 鶴駕：仙人的車駕。也用作死的諱稱。
❸ 麟胎：麒麟之胎兒，即麒麟兒，指穎異的小孩。
❹ 寶歸二春：指陳阿保的銀兩為媚春、韓回春二人所竊。
❺ 祿終一錬：錬，疑為「練」，即練巾，白色的頭巾。指阿保解下腰帶自縊。

喝教趕出去。那赤臉使者將阿保提起來，隔牆一撩。阿保大叫一聲，忽然驚覺，天已大曉，暗詳夢中境界，悶悶不樂。起來梳洗，吃了早飯，復將裹肚藏貯銀子拴繫腰下，逕往姐夫巴富家內來。巴富留住吃午飯，阿保把夢裡言語細細告訴，巴富心下暗轉：「這狗呆常是調謊，不要理他。」但答道：「朝廷賞銀，不容易得，是你天大的造化，可作速娶房妻室，做些務實生理，不可浪費了。」

阿保應諾，作別出門，一路閒蕩，信步行至玉華觀前，見一人引手相招，近前聲喏，乃是本觀道士杜子虛，與阿保有親，原是表叔侄之稱。杜子虛道：「賢侄許久不面，近聞你大是得彩，愚叔正要來作賀。」阿保道：「惶恐，有甚喜可賀？」杜子虛邀入觀中後房飲酒，二人開懷談笑，漸漸醉了。杜子虛道：「賢侄出首林和尚，得了若干銀兩，好福氣也。」阿保嘆氣道：「小侄為這樁事受盡了腌臢閒氣，日昨方得賞銀入手，又只得三分之一，害得我通宵不睡。」即將夜間之夢，備細又告訴杜子虛。杜子虛道：「此是春夢，有何靈應，不必介懷。且與你說正經話，如今升元閣前，有一土妓，十分標致，我今作東，送賢侄往彼處一樂何如？」阿保笑道：「尊叔是出家人，怎講這嫖妓的話？」杜子虛道：「你怎知我們傳授？朝廷設立教坊，正為著我等。比如俗家，他自有夫妻取樂。我道士們豈無室家之願？沒處洩火，嫖妓取樂，乃我等分內事。當官講得的，故和尚喚做光頭，道家名為嫖頭。」阿保大笑道：「這話兒小侄平素未曾聞得。」杜子虛道：「此話是我道家秘法，你怎麼知道？『嫖頭』二字有個來歷。假如和尚光著頭去嫖，被鴇兒❻識破，連了光棍手，打詐得頭扁方休。我們道家去嫖，任從裝飾，頭上戴一頂儒巾，就是相公；換了一個大帽，即稱員外，誰敢攔阻？故叫做嫖頭。又有一個別號，和尚加了二

❻ 鴇兒：指妓女。鴇，指開妓院的女人。

字，叫做『色中餓鬼』，道士添上二字，名為『花裡魔王』。」阿保道：「色中餓鬼，是誚和尚無妻，見了女人如餓鬼一般。道家花裡魔王，這是怎地講？」杜子虛道：「我等道士看經打醮❼，辛苦了一晝夜，不過賺得三五錢襯儀❽，若去嫖耍，不夠一宿，故竭力奉承那妓者。年壯的，精元充足，力量可以通宵，年老的根本空虛，須服那固元丹、蝦鬚丸、澀精散、百戰膏，助壯元陽，晝夜鏖戰不洩。因此，妓女們見了我道家，個個魂銷，人人膽怯，稱為花裡魔王。」阿保道：「據老叔所言，做和尚不如做道士，但道士貧富不同，富足的方有錢嫖耍，貧苦的那話兒怎生發洩？」杜子虛呵呵笑道：「俺們窮的道士，另開一條後路。不怕你笑話，我當初進觀時，年方一十二歲，先師愛如珍寶，與我同榻而睡。一日，先師醉了，將我摟定親嘴，幹起後庭花來，怎當這老殺才玉莖雄偉，我一時啼哭，先師忙解道：『這是我道教源流，代代相傳的。若要出家做道士，縱使鑽入地裂中去，也是避不過的。太上老君❾是我道教之祖，在母腹七十餘年，方得降生。這老頭兒金皮鐵骨，精炁❿充滿，善於採陰補陽，百戰百勝。後過函谷關，見關吏尹喜⓫丰姿可愛，與之留戀，傳他方術修煉，竟成白日飛升。凡道家和婦人交媾為伏陰，與童子淫狎為朝陽，實係老祖流傳到今，人人如此。』愚叔只得忍受，這喚做道教旁門，富足的逕進正門，不

❼ 打醮：道士為人做法事，求福禳災。醮，指道士設壇祈禱。

❽ 襯儀：即襯金，施捨給僧道的錢物。儀，禮物。

❾ 太上老君：道教奉老子為教祖，尊之為太上老君。

❿ 炁：「氣」的古字。道教多用以指人的元氣。

⓫ 尹喜：周昭王時，見天下將亂，辭去大夫之職，請任函谷關令，故又稱「關尹」。見東方有紫氣西邁，知有聖人將至。不久老子駕青牛板車至關，於是迎入官舍，拜為師。後隨老子西行。

入旁門了。」

阿保聽了這話，引動心猿意馬，笑道：「小侄已醉了，天色又晚了，適才老叔所言的妙人，乘此時去看一看何如？」杜子虛道：「相陪同往，但賢侄這般裝束，不是那嫖客的行徑，待我打點嫖具，方好去得。」道士頭上戴一頂撮頂羅巾，身穿一領霞色潞綢道袍；陳阿保頭戴大頂帽子，身穿桔綠佇絲摐褶，一樣換了鞋襪，令道童阿巧背了拜匣，同出觀門，取路往升元閣來。一路分付阿巧道：「汝到彼處，不可露出道士腳色，稱我為相公，陳大叔為大官兒，凡事要幫襯。」阿巧領諾。到了升元閣前，轉入小巷，進了一座牆門，趄過竹屏，方是妓館，門前掛著斑竹簾兒。二人進客座內坐了，咳嗽未畢，屏風後轉出一人，怎生打扮？但見：

> 頭撮低眉尖帽，身繃狹領小衫。酒餚買辦捷無邊，燒火掇湯最慣。嫖客呼名高應，指頭遮口輕言。夜闌席罷洗殘盤，踢縮行中好漢。

那湯保站在階下問：「二位爺從何處來？」巧兒道：「我家大相公和大官兒特來拜你家姐姐，怎不出來迎接？」保兒⑫慌忙磕頭。陳阿保也要跪下答禮，杜子虛忙把手扯住道：「生受你了，姐姐可在家嗎？」保兒道：「姑姐昨晚接了一位山東氈貨客人，蒿惱得不耐煩，方才出門去了，故此貪睡未起。」阿保拍手笑道：「這又是個花裡魔王了，不顯你道家手段！」阿巧連忙丟眼色，方才住口。杜子虛道：「姐姐青春多少，排行尊字，精何技藝？」保兒道：「姑姐新年二十二歲，行居第一，小名媚春，琴棋

⑫ 保兒：舊時妓院中的男僕。

書畫，無有不通，村夫俗子，等閒不得一見。」杜子虛道：「久聞大名，特來相訪，煩你轉言求見。」保兒進去不多時，媚春出來，果然生得風流窈窕，如弱柳臨風。敘禮遞坐畢，杜子虛道：「久仰大雅，夢懷渴想，今睹芳容，夙緣有幸。」媚春道：「承過愛了，請問相公高姓尊字，何處下帷⑬？」杜子虛道：「小道姓杜，賤字伯實，敝館寓玉華觀中。」媚春笑道：「相公儒者，怎稱為小道？」杜子虛改口道：「小弟久在觀中，最愛的是黃庭⑭、道德⑮諸經，朝夕講誦，深得道家旨趣，久奉三清⑯，故此儒名道行，所謂有道之士是也。」媚春道：「相公既讀孔孟之書，宜尊聖賢之教。那道士們極其勢利的，口誦黃庭，心如黑炭。相公輕儒習道，是棄美玉而抱頑石矣。取笑，取笑！」杜子虛道：「從來三教一家，這也無妨。況近來儒者，俱尚子書⑰，小弟亦趨時而已。」媚春又問：「員外高姓尊字？」阿保道：「小子姓陳名阿。」杜子虛忙將腳踢，阿保就住了口。媚春道：「陳員外尊諱，是那一個阿字？」杜子虛接口道：「表侄賤名為約，因他久在江南生理，習成鄉語，約字讀為阿字，此乃是鄉音閉口字眼，別號保之。」媚春口雖應答，暗中將二人品格，已自估定。杜子虛令阿巧開拜匣，拿一封銀子交與保兒，整辦東道。媚春取過棋枰，和子虛對局。阿保看了半晌，不解其意，斜倚桌兒睡著了。頃刻間酒席已備，

⑬ 下帷：放下室內懸掛的帷幕。引申為閉門苦讀。

⑭ 黃庭：黃庭經，道教上清派的重要經典，也被奉為內丹修煉的主要經典。

⑮ 道德：道德經，即老子五千言。相傳為春秋時李耳所作，分上下兩篇，上篇德經、下篇道經。為道家主要經典。

⑯ 三清：道教對玉清境洞真教主元始天尊，上清境洞玄教主靈寶天尊，太清境洞神教主道德天尊的合稱。

⑰ 子書：諸子百家及釋道著作。

巧兒將阿保推醒，一同上樓，分賓主坐下。酒過數巡，杜子虛舉杯敬酒，要媚春唱曲。媚春輕囀鶯喉，慢敲檀板⑱，唱一齣北調江兒水：

瓊宮玉府，卻離了瓊宮玉府⑲。新翻風月譜⑳。你可也辨著青州從事㉑，紫誥㉒真符。改衣裝來渾取。翠館㉓莫冠笏㉔，紅樓不用呼。俺自有驀帥驅魔，湯氏當壚。甚酸甜，堪救苦。你是繡衣士夫。好一個繡衣士夫，正配著這缸邊吏部，又何須踏魁罡㉕做了挈壺㉖？

二人不知是嘲他的話，鼓掌喝采。媚春敬了酒，另取一壺一菜，與巧兒樓下去吃。三人復猜枚擲骰。吃了一回，媚春奉酒，要杜子虛口談一令。杜子虛道：「小弟是東道主，賢姐是客，豈敢占先？」媚春

⑱ 檀板：樂器名。檀木製的拍板。

⑲ 瓊宮玉府：借指道觀。

⑳ 風月譜：譜寫風月的曲譜。風月，指男歡女愛之事，也指風流放蕩。

㉑ 青州從事：世說新語術解載，東晉桓溫屬下有個主簿善於辨別酒的好壞，稱好酒為「青州從事」，差酒為「平原督郵」。因為青州有齊郡，齊與臍同音，好酒的酒氣可直達臍部。平原郡有鬲縣，鬲與膈同音，差酒的酒氣只能到達胸腹之間。從事、督郵，均為官名。後因以「青州從事」為美酒的代稱。但這裡只是借指官職。

㉒ 紫誥：指詔書。古時詔書盛以錦囊，以紫泥封口，上面蓋印。

㉓ 翠館：與下「紅樓」均指青樓、妓院。

㉔ 冠笏：指官吏的衣冠、手板。笏，古代臣僚朝見君王時所執的狹長板子，用玉、象牙、竹木製成。

㉕ 魁罡：指斗魁與天罡二星。

㉖ 挈壺：懸壺。

道：「如此小妹僭妄了，要俗語一句，六個字，暗合席上三人之意。」飲酒畢，說令道：「一客不煩二主。」傳杯與阿保，阿保仰天思想，猛然喜道：「有了！」忙忙吃酒，呷得太急，將酒反嗆出來，噴了一桌，嗆得淚滾涕流。杜子虛掩口大笑。媚春一面拭桌，一面斟酒另敬阿保。阿保飲畢，說令道：「一壺兩賣。」媚春道：「一共兩，雖合成三，但少了兩個字，罰兩大杯。」當杜子虛說令了。杜子虛飲罷酒道：「一上香，二上香，此是六個字了。」媚春道：「雖然六字，此是燒紙的祝文，又非成語，敬一大碗！」

杜子虛罰酒畢，媚春敬杜子虛行令。杜子虛道：「如此而行，覺俗之哉。數色而行，美焉乎也。」乃擲骰數點，又該媚春行起。阿保道：「久聞大姐精通文墨，見教個把斯文令兒更妙。」杜子虛敲桌道：「有理之！」媚春道：「承命，我就講一句書，便詩也好。要一個天字，不拘先後，只許五言，增減一字者，受罰大杯。我講起：天地之大也。」杜子虛便道：「太乙救苦天。」媚春笑道：「此句非詩又非書，又無成語，該敬大杯。」杜子虛爭道：「小弟是雷經上的：太乙救苦天尊。」媚春道：「怎麼落了尊字？」杜子虛道：「說出尊字來，便是增一字了。」媚春笑道：「令不中式㉗，況多一字，共罰二碗。」阿保笑道：「老叔空稱飽學，詩書上天字有十萬八千，怎講到雷經上去？」杜子虛道：「因此受罰了。該賢侄講令，請，請！」阿保道：「小侄的是一句詩。」講道：「味淡須添曲。」杜子虛嘖嘖稱羨道：「妙，妙！好一個『味淡須添曲』，斯而文，中式，中式！」媚春道：「幫襯的先罰一大觥。請問陳兄，此詩出於何典？『添』字又不是這『天』字，罰一大碗。」阿保忙道：「且住！你不知這詩是我

㉗ 中式：符合規格。

敝館中一個有意思的朋友撰的，非同小可。」媚春道：「員外目今還讀書哩？」阿保道：「不是，不是！少年時之話也。」媚春道：「也罷，誦得全章出，免罰一半。」阿保道：「此詩何曾離口？一字不忘，我且念與你聽：

儀狄㉘訪同袍，麻姑㉙引手招。
配成三昧火㉚，釀就五香醪。
傳下神仙術，吾儕救腹枵。
木瓢常蓋臉，綃棍每垂腰。
香處誇瓊液，酸來恨禍苗。
焚薪鬚半燎，鑽灶鬢先焦。
味淡須添曲，漿甜灰更調。
笊籬㉛恆竊米，笮袋㉜可藏糟。
試酒頻頻醉，偷錢暗暗嫖。

㉘ 儀狄：傳說為夏禹時善釀酒者。也用為酒的代稱。
㉙ 麻姑：神話中仙女名。這裡指麻姑酒，用建昌麻姑泉水釀造。
㉚ 三昧火：指三昧真火。道教謂元神、元氣、元精函藏修煉能生真火，謂之三昧真火。
㉛ 笊籬：用竹篾或鐵絲、柳條編成蛛網狀供撈物瀝水的器具。笊，音ㄓㄠˋ。
㉜ 笮袋：用竹編的袋。笮，音ㄗㄜˊ。

做了棉花客，沿街罵餓殍。

歷數知音聽，誰人有下稍？

媚春聽罷大笑道：「詩句絕佳，『添』字更妙，免罰兄酒罷。」阿保道：「何如？盡去得。」媚春道：「這番該陳兄行令了！」阿保搖手道：「小子從來立誓不做令尊，敢煩姐姐代行罷。」媚春辭道：「焉有此理！一人僭行三令，是強賓壓主了。」杜子虛道：「令無三不行，還求見教。」媚春只得行起道：「如今取一句詩，要一『洞』字，不中式者，罰一壺。我講的是『洞口桃花也笑人』。」杜子虛側首思量半晌，道：「有一句在此，但是曲子可用得麼？」媚春道：「酒後將就准了。」杜子虛道：「洞口澀難攻。」媚春道：「小妹耳中，未曾聞有此曲。」杜子虛道：「豈是杜造？我還你個出處。昔日同房一友，往勾欄❸❸中行過，見一垂髮女子萬分美貌，特意去梳攏❸❹他，數日後回館，編成個曲兒贈那女子。小弟竊見了，謹記在心，每逢閒暇，唱一唱兒，卻也有趣。」媚春道：「你唱與我聽，若果妙，只罰半壺。」杜子虛打掃喉嚨，舉箸作板，唱一曲黃鶯兒道：

洞口澀難攻，仗將軍津唾功。一鎗戳透相思縫，情和意融，靈犀暗通。金蓮高舉深深送，興何濃。渾身暢快，一陣熱泉衝。

---

❸❸ 勾欄：指妓院。

❸❹ 梳攏：舊時指妓女第一次接客伴宿。妓院中處女只梳辮，接客後梳髻，稱「梳攏」。

媚春道：「音曲兩絕，但中有譏誚之意，到底還敬半壺。」杜子虛不辭，一飲而盡。媚春打板，催阿保說令。阿保已酩酊大醉，斜著眼道：「你講的是甚麼令？」媚春道：「要一個『洞』字。」阿保搖頭道：「動不得，動不得。」杜子虛道：「你這班梗令，豈不是個洞蠻㉟？」揪住耳朵灌酒。阿保把身一仰，望後便倒，豁刺地跌了一跤，口裡咕嘟嘟吐出酒來，吐了一地。杜子虛埋怨道：「少年人不老成，這等發顛，成何體統？」即起身作別下樓，不期一腳跨個空，翻筋斗倒撞下去。媚春執燈，令保兒扶起，嘴唇都跌破了，血流不止。保兒笑道：「這正是老成有體統的相公。」媚春暗笑不已。杜子虛發怒要打保兒，巧兒見了，忙點燈，攙了道士回觀去了。

媚春復身上樓，陳阿保已自齁齁睡著地下。媚春舉手相扶，忽見腰間露出銀子來，吃了一驚，暗想：「這人的口談，是個酒生無疑，身邊銀兩從何而得？」心中疑慮，發付保兒收拾先睡，樓上停燈伺候。直交五鼓，阿保方醒，媚春攙扶上床，脫衣同寢，著意溫存。雲雨才畢，阿保又復睡去。媚春有事關心，竟不合眼，捱至黎明，先起來籌劃此事。忽保兒來說：「韓大官人來望姐姐。」媚春忙出客座相見，原來就是韓回春。自從李秀家分了銀兩，跳出賭博場，溷入煙花寨，分撥本錢，放債取利。因與媚春相交情密，當早路便進來一望。媚春邀入軒裡吃茶，媚春道：「小妹有一事，正要與大哥計議，來得卻好。」韓回春道：「有甚事計較？」媚春道：「昨晚有二客來我家，一個是道士，一個是酒生。那道士飲酒至更深去了，留這酒生在此，豈料這廝身邊藏著一裹肚銀子。我看起來，約有百餘兩，決是歹人偷盜來的。日後倘露出事來，牽累我吃官司怎了？」韓回春道：「有我在此，怕他怎地！此人今在何處？」媚春道：

㉟ 洞蠻：古代對南方少數民族的蔑稱。

「睡著未醒。」韓回春悄悄上樓，仔細看了，一時間兩眼直視，跳下扶梯，奔入廚房，拿了一把廚刀，飛身出來。媚春見這般凶勢，諒非好意，一手扯住衣袖，拖出軒外道：「大哥，這卻使不得，須帶累我。」韓回春道：「待我殺了這廝，再與你講知端的。」媚春慌了，哀告道：「我的親老子，害殺我也！」抵死拖住不放。韓回春道：「你不知這殺材，是李季文店中酒生陳阿保，因貪官賞，出首林住持，害彼乘夜而逃，存亡未保，又累李大哥監禁在獄。我幾番要開除了這廝，無處下手，今日狹路相逢，豈可輕放？待我砍這廝驢頭，替恩人報仇，然後自行出首，便償他命，亦所甘心，決不累你！」媚春道：「好痴漢子，人命關天，豈同兒戲？你為恩人雪恨，殺他抵命，雖是大丈夫氣概，少不得貽累我吃官司，好沒分曉！凡事要慮始慮終，方才行得，豈可如此燥暴？」韓回春躊躇一會，點頭道：「殺人償命，我所不辭，但貽累於你，中心不忍。然事已至此，放之亦難，與你怎生做個商量。」媚春附耳道：「只消如此如此，足可雪恨。」韓回春甚喜，擲刀去了。媚春暗與保兒照會。

少頃，陳阿保醒來，移桌傍床，羅列餚饌，對坐飲酒。正飲間，忽有人扣門，媚春停杯下樓，不移時復上樓來，滿斟熱酒，殷勤相勸。阿保一連吃了五七杯，推辭不飲了，正欲舉箸吃飯，一霎時頭暈眼花，跌倒床上。原來媚春令韓回春買了蒙汗藥，藏於酒內，把阿保麻翻，昏迷不醒。媚春解下他腰間銀子，收拾細軟衣飾，先上轎去了。其餘粗重家伙，盡皆棄下。隨後，韓回春與保兒反閉大門，逕往韓回春家裡，和媚春將銀子兩下均分，另取三兩散碎的賞與湯保，乘夜雇船渡江，往和州而去。

再說陳阿保被藥迷倒，至次日午後方才蘇醒，甚覺口中煩渴，呼喚茶湯，並無一人答應，腰邊摸時，裹肚也不見了，急忙奔下樓來，只見灶下無煙，神前缺火，媚春、湯保等皆不知何處去了。阿保心知被賺，搥胸大哭，一腳踢下大門，喊叫：「賊婦盜銀逃遁，地方快來救應！」奈此處是一條冷巷，四周空地高牆，又無人家，那得人來勸解？阿保獨自叫了一回，猛然省道：「這事分明是杜道士害我，且去和他講理！」䯼頭跣足，氣奔奔趕入玉華觀裡來，見了杜子虛，一手扭住，喊屈連天。眾道士圈將攏來，問其緣故，陳阿保將同嫖失銀之事哭訴一番。隔房一個殷道士最有識見，怕到官壞了本觀體面，將阿保勸進本房，寬解道：「雖然杜伯實不合同你去嫖，兄也欠了主張，豈有帶百餘兩銀子至妓院中作耍的道理？那妓女們心腸，比強盜又狠三分，見財起意，用藥迷人，竊銀逃遁，這是常事，兄也有一半的不是。你假饒㊱當官追究起來，令表叔只須求謝僕射老爺指頭闊一條紙兒，送與執行官，天大的事也就罷了。那時叫做失賊遭官，重受其害。不如在小房消停數日，待我勸令叔出幾兩銀子，暗囑能幹積年緝捕人役，去查訪娼婦去向。若有了消息，這一百兩銀子穩取還伊，不須愁煩涉訟。」陳阿保聽了，也不答應，卻如木雕泥塑，呆呆的坐著不動，一日茶湯並不入口。

傍晚，殷道士整酒相待，阿保低頭不飲，滾倒床上睡了。眾道士叫聲：「慚愧！」各自散去。陳阿保睡不著，暗恨命薄至此，不能消受。待要與杜子虛扭結到官，又慮勢不相敵；待要尋娼婦下落，又無一些蹤影可問，只索拚此一命，對付這道士罷了。嗚嗚咽咽的哭到三更，解下束腰帶，懸梁自縊。次早殷道士進房，只見陳阿保懸於梁上，急急放下，已氣絕無救，嗚呼哀哉死了。殷道士將門鎖上，逕奔杜子虛房中報知。杜道士驚惶無措，忙求解救之策。殷道士問：「陳阿保有甚嫡族至親否？」杜子虛道：「他只有姐夫巴富，別無至親瓜葛。」殷道士歡喜道：「只消恁般如此，必然瓦解。」一面令杜子虛去

㊱ 假饒：即使；縱使。

尋巴富，一面暗中打點衣棺伺候。

不多時巴富來到，殷道士滿面春風，迎入三清殿後側軒內，盛設酒餚款待。酒至半酣，殷道士方說出陳阿保身死之故。巴富驚訝流淚道：「有此不測之事，何不早言?顯見得謀財害命是實了。」殷道士笑道：「休恁般說，銀子偷去了，或能再來，死者不能復活。明人不須細講，今日之事，並無欺蓋，一則一，二則二，守與戰，任憑尊裁。」巴富道：「有何見諭?亦求明說。」殷道士袖中取出六錠白銀，指著道：「這是三十兩銀子在此，實是我等所出。足下若肯海涵，不到官告理，奉此為謝。不然，真只還真，假只還假，留此銀子衙門使用，不到得問了杜伯實的死罪，兩下準備打官司便了。」自古財動人心，巴富見了這六錠大銀，心就軟了一半，笑道：「據公所言，似非謀害，但是一條人命，豈只於三數而已。杜老丈又係至親，在下不敢較論，乞添至五數就罷了。」殷道士道：「寶劍贈與烈士，便添十兩，不與了別人，再無他說。」兩下和議定了，殷道士方開鎖進房，巴富向阿保屍首放聲啼哭，忽擡頭見門枋上有一個小匾，寫著「一鍊居」三字。巴富收淚嘆息道：「天定之數，不可逃也。」告訴：「阿保夢中大王批十六字於臉上，『福善禍淫』四句，適才聞那妓女名為媚春，今觀仙居名一鍊，正應著『寶歸二春，祿終一鍊』。大數前定，祿命難逃，不必講了。」巴富還不知韓回春同謀，故為二春的話。當日，收殮屍首殯葬，延僧超度畢，殷、杜二人送那四十兩銀子上門相謝，兩下歡天喜地而散。街坊上人聞陳阿保身死，個個講說：「沒福承受賞銀，出首好人的看樣。」有詩為證：

樸楸㊲窮檐㊳壓酒徒，橫心頗外攫青蚨㊴。

煙花巧計猛於虎，財盡囊空一命無。

話分兩頭。再說杜都督夫人蔣氏，因朝廷籍沒家財，和妾馮桂姐抱頭痛哭，夫人暈絕數次救醒。桂姐道：「老爺不合放了林長老，害卻性命，又抄沒了家產。早知今日，悔不當初。」蔣氏哭道：「死生由命，成敗在天，不必怨他，只索苦守罷了。」程刺史回府，一路心下不平，差公人到都督府打聽，已知抄沒情由，心中大怒道：「朝廷好沒分曉，用這班狼心狗行之徒，殘害忠良，眼見得國家將亡了。」悶悶不樂。於是擇日卜地，將杜都督棺木安葬已畢，時常差人饋送些禮物，周濟杜夫人一家，賴以度日。但二人形影相弔，淒涼萬狀。自古道：「世態炎涼，人情冷暖。」自杜成治死後，親戚故舊漸次疏了，家僮奴僕盡皆散了。昔賢觀至此，有行路難古風一篇嘆道：

金卮九醞斗十千，玉盤三品輕萬錢。移杯推案不復御，吞聲躑躅賓筵前。人生運命本在天，賤

---

37 樸樕：也作「樸遬」。叢木、小樹。比喻淺陋、平庸。樕，音ㄙㄨˋ。

38 窮檐：即「窮簷」。指茅舍、破屋。

39 青蚨：傳說中的蟲名。劉安淮南萬畢術中有：「青蚨還錢」的傳說：「青蚨一名魚，或曰蒲，以其子母各等，置甕中，埋東行陰垣下，三日後開之，即相從。以母血塗八十一錢，亦以子血塗八十一錢，以其錢更互市，置子用母，置母用子，錢皆自還。」即將相同數量的母蟲和子蟲，放在罐中，埋在北牆下，三天後開罐，母蟲和子蟲就不會分離了。在八十一枚錢幣上塗母蟲的血，再在八十一枚錢幣上塗子蟲的血，用其中一種（或塗了母蟲血，或塗了子蟲血）錢幣去購物，而將另一種錢幣放在家中，不久購物的錢就會自己返回。後因用以指錢。

貧貴富總適然。雨雲何事易翻手㊵，自古誰人能獨久？九華七彩簇黼帷㊶，便持紅顏欲長守。青霜㊷一旦委天衢，桃李㊸紛紛今在否？君不見昔日柏梁㊹銅雀臺㊺，豪雄漢魏爭崔嵬㊻。梁傾雀墮復平地，黃昏白日飛塵埃。

又有古風一首勸世云：

炎涼態，君莫訝，春深草木俱獻妍，秋殘枝葉皆凋謝。天道一似趨勢利，達人勿將冷暖詫。廷尉屬張㊼吏部何㊽？賓客門前日覺多，一朝罷官居寂寞，車馬不來鳥鵲過。只有明月超世情，

㊵ 雨雲何事易翻手：杜甫貧交行：「翻手作雲覆手雨，紛紛輕薄何須數？君不見管鮑貧時交，此道今人棄如土。」謂人反覆無常。

㊶ 黼帷：繡有黑白斧形的帷幕。

㊷ 青霜：比喻斑白的頭髮。這裡借指長者。

㊸ 桃李：指後輩門生。

㊹ 柏梁：指柏梁臺。漢武帝時建造。

㊺ 銅雀臺：漢末建安間曹操所建。周圍殿屋一百二十間，連接榱棟，侵徹雲漢。鑄大孔雀置於樓頂，舒翼奮尾，勢若飛動，故名銅雀臺。故址在今河北省臨漳縣西南古鄴城的西北隅，與金虎、冰井合稱三臺。

㊻ 崔嵬：原指高山，借指顯赫、盛大。

㊼ 廷尉屬張：張廷尉，張湯，漢武帝時任廷尉、御史大夫，用法嚴峻，為著名酷吏。後自殺。

㊽ 吏部何：何吏部，何晏，三國時期魏國玄學家，為曹操養子，娶金鄉公主。正始間累官侍中、吏部尚書。後為司馬懿所殺，夷三族。

不照綺筵照綠紗。綺筵有銀燭，蓬戶仰隙光。勸君勿作錦上花，渴時一滴等滄浪。

光陰迅速，頃刻過了月餘。馮桂姐覺容顏清減，精神恍惚，終日思睡，每作嘔吐。蔣夫人急請醫人調治，醫士診脈，稱賀是喜。蔣氏歡喜道：「老爺在時，每為無子不樂，幸得桂姐遺腹坐喜。皇天有眼，可憐見杜門不該絕嗣。倘生得一男半女，也不枉了都督為人一世。」及至臨月，又不見動靜。夫人心下猶疑不決，日日愁煩。直待到十七個月，乃是太清元年㊾二月初七日亥時，方才產下一個男兒，生得面方耳大，目秀眉清。此夜紅光繞室，異香不散。夫人心下大喜，彌月㊿之後，取名叫做過兒，夫人撫惜他，勝似親生不題。

按下一頭，且說林澹然自賺出關門之後，回到東魏，舉目見民物如故，風景依然，心下感嘆不已。一路曉行夜住，隨緣抄化，不比在梁地驚惶，這一回安心走路，但是心中計念杜都督，不知回覆武帝事體若何。一連行了數日，卻好來到河東府廣寧縣地界。當日看看天色晚了，登至石樓山下，前後打量一看，並無客館飯店，況值微微雨下，路滑難行，一步步捱著，尋個人家借宿。走了數箭之地，遠遠見竹林中閃出些燈光來。林澹然近前看時，卻是一個莊院。但見：

一周遭矮矮粉牆，三五進低低精舍。後面有蒙蒙茸茸柳岸橫連芳草徑，前頭見蒼蒼翠翠竹相傍小柴扉。幾灣流水，滔滔不竭繞圍牆；一帶石橋，坦坦平鋪通側路。籬邊露出妖妖媚媚野花開，

㊾ 太清元年：西元五四七年。太清，梁武帝年號。

㊿ 彌月：滿月，小兒初生滿一個月。

戶內忽聞咶咶51哰哰52尨53犬吠。房廊不大，制度得委曲清幽；空地盡多，種植的桃梅李杏。

果然渾無俗士駕，惟有讀書聲。

林澹然放下包裹，上前叩門，柴扉開處，走出一個童子來，問道：「誰人在此叩門？」林澹然稽首道：「弟子是雲遊僧，錯過宿頭，大膽欲借寶莊暫宿一宵，未知容否？」童子道：「我這裡是讀書之所，房櫳窄狹，不敢相留，師父別處去罷。」林澹然道：「今晚天雨難行，如貴莊不肯相容，就借檐下捱過一宵，明早即便去了。」童子搖頭不允。正說話間，屏風後轉出一個老者來，生得蒼顏古貌，鬚髮皓然，手扶竹杖，問道：「何人在此說話？」童子未及回答，林澹然向前深深稽首道：「老衲是雲水僧家，要往太原進香，打從貴地經過。因貪走路程，錯過了客館，暫借貴莊歇宿一宵，盛使不容，在此閒話，老丈休怪。」那老者笑道：「師父何出此言？出家人著處為家，暫宿一宵，有何不可？」書童嘓噥54道：「遊方和尚，做強盜的極多，太公不可留他。」老者喝道：「胡說！」遂留林澹然進側廳內坐下。茶罷，老者道：「適間小奴不知事體，出言唐突，老師莫罪！」林澹然合掌道：「山僧攪擾，心下不安，焉敢見怪？請問老丈高姓尊號？」老者道：「村老姓張，賤字完淳。請問吾師高姓，貴鄉何處？」林澹然一一答應。張老命安排晚飯，相待畢，叫書童執燈送到廂房內安息。

---

51 咶咶：聲音嘈雜；吵鬧。咶，音ㄍㄨㄛ。

52 哰哰：鳥獸鳴叫。

53 尨：音ㄇㄤˊ，狗。

54 嘓噥：咕噥。

次早，林澹然起來，正欲謝別，書童又送出茶湯來。少頃，又請到廳上吃齋，太公出來相陪。林澹然起身拜謝欲行，張太公道：「師父慢行，老朽覷師父是一位有道行的高僧，意欲屈留尊駕，盤桓數日，請教禪理，萬勿推卻。」林澹然道：「感蒙老丈萍水相逢，如此厚愛，豈敢推託？但是無故攪擾檀府55，於理不當。」太公笑道：「四海之內，皆兄弟也。只是有慢56，何妨。」自此留林澹然一連住了三日，太公朝夕相陪，或談佛法，或講坐功，相待甚是殷勤。林澹然每於靜夜打坐時，聽得西首軒子裡叫疼叫痛，呻吟之聲不絕，心中疑惑，又不好相問。

當日，正和太公午後閒話，只見書童攙著一個黃瘦後生，從側軒步出草廳上來。林澹然看那後生，年可二旬，生得容顏清麗，器宇不凡，只是面無血氣，病勢懨懨；頭上包著一個皂絹包頭，身上穿一領白綾棉襖，白絹裙拴著腰，手扶了書童肩膊走出來。林澹然起身問訊，太公扯住道：「老師不敢勞動，小兒病軀，不能見禮。」二人拱手。太公道：「大郎且睡睡將息，為何又出來閒走？」後生道：「我的心煩體倦，睡著轉覺難捱，暫且閒步消遣。」林澹然道：「好一位郎君，為何患病，如此狼狽？急急醫治方好。」太公垂淚道：「老朽年過六旬，只有這一子，名為張杕，生平樸實溫雅，頗肯讀書，有志上進，未定妻室，尚未畢姻。寒舍在城中居住，那日節屆中秋，小兒在書室夜間玩月，因觸景吟詩一首道：

銀漢冰輪滿，娟娟萬里輝。

55 檀府：僧人對施主住宅的敬稱。
56 慢：怠慢。

嫦娥如有意，引我上雲梯。

朗吟數遍，貪看月色，至夜靜欲睡。倏見一女子推門而入，生得千嬌百媚，年方二八，貌賽西施，對小兒道：『郎君獨自寂寥，妾乃姮娥，引君上雲梯去也。』小兒年幼，不能定情，與之繾綣㊼，朝去暮來，約有兩月，不期容顏瘦減，舉止異常。老朽再三究問，方知端的，因此心慌，諒是妖魅所迷，打發在此小莊避之。不想那女子復來纏擾，鎮夜㊽如醉如痴，半迷半醒。這幾日身子愈覺沉重，多是不久於人世了。老朽不捨，特出城來伴他。連日因心緒不寧，屈留尊駕，閒談排遣。」說罷，淚流不止。林澹然聽說，不覺傷感，答道：「這一位好公子，怎忍被妖邪所迷？老丈何不請術士遣他一遣？」太公道：「前者在城之時，何日不燒符念咒遣送？並沒一些靈驗，無法可處。」林澹然道：「山僧從來不信邪祟，今聞老丈所言，世間亦有此輩妖魅乎？老丈不必愁煩，這妖孽小僧定要結果了他，救大郎性命，方顯區區手段。」太公拱手道：「若得老師法力救命，感恩非淺！但這妖怪亦有神通，急忙裡怕收他不得，反受其害。」林澹然笑道：「不妨，臨時自有妙用。」太公口雖稱謝，心中還疑惑不定。

當晚，林澹然問太公取利劍一口，銅鈴數個，令扶大郎別室安寢，分付合莊僮僕，不可大驚小怪，暗暗藏燈伺候，只聽房中鈴響，便可進房來看。太公聽說，一一措辦了，自和幾個家僮，各執器械等候，命書僮掌燈，引林澹然進大郎房裡來。澹然到床前掛了銅鈴，床頭藏了利劍，停燈几上，掩門和衣在床

㊼ 繾綣：指男女戀情。引申為幽會。

㊽ 鎮夜：整夜。

假寐，放下帳幔，暗暗念佛。等至夜靜，不見響動，心裡想道：「莫非這怪物通靈，預知俺在此，不敢來了？」漸交三更時分，正當萬籟無聲，忽然起一陣冷風，逼得透骨生寒。風過處，「呀」的一聲門響，一個女子裊裊娜娜走入房來。林澹然隔帳看時，那女子如何？但見：

丰姿絕世，豔質憐人。渾如膩粉妝成，宛似羊脂琢就。鳳眼朦朧，勾引入魂無定；蛾眉淡掃，巧傳心事多般。輕盈態度，低頭微哂⑤⑨有餘情；裊娜腰肢，叉手抱來無一捻⑥⓪。津津檀口⑥①，相傍處私語生香；脈脈春心，偷送時嬌羞婉轉。聲音細嫩，分明似金籠裡學語雛鸚；性格聰明，合當做繡榜上風流女史。便是畫工須束手，縱然巧筆也難描。

這女子熄了燈，款款走近床邊，低聲問道：「可意的哥，你今夜為何不待我先睡了？」雙手掀開帳幔，來摸林澹然身上道：「怎地不脫衣裳，和衣而睡？」林澹然只不做聲。那怪又道：「親哥，我和你同心合意，似漆如膠，並不曾有半點兒差池，你為何今日有不瞅不睬之意？莫非是怪我今夜來得遲了些個？」一面說，一面解衣。摸上床來，將身子逼著林澹然，伸手來替林澹然解衣帶。林澹然將手摸著那女人左手，就如春筍一般，纖纖指甲，滑潤如脂。那怪笑道：「我也道親哥決不嗔我。」又將手來摸林澹然肚子。林澹然大喝一聲：「孽畜，休得無禮！」即將那怪左手中指，「嗗」的一聲掐斷了。一手緊緊

---

⑤⑨ 哂：音ㄕㄣˇ，微笑。

⑥⓪ 一捻：形容細或少。捻，音ㄋㄧㄢˇ，量詞。猶把。

⑥① 檀口：紅豔的嘴唇，形容女性嘴唇之美。

捺住，一手搖動銅鈴，那怪掙扎不得。門外人聽得鈴響，一同持燈執棍，吶喊奔進房裡來。近床看時，那怪卻現了本相，是一個玉面狐狸，生得毛光爪利，兩眼灼灼有光。眾人大驚。

看官，你道這狐狸精既能迷人，必會變化，為何被林澹然拿住，逃遁不得？原來這狐狸屬陰，感受月華，積累成精，每遇月夜，戴死人骷髏拜月，則能變化為人，雄者變男，雌者變女，全憑前爪捧頭，化形脫體。當夜卻被林長老掐斷了中指，一來十指連心，負著疼，急忙裡捧不得頭；二來心慌膽落，當不得林澹然力大如山，威風凜凜，用力捺住，故此逃遁不去。此時，林澹然令人將燈向前，用左手將狐狸提起來，右手仗劍喝道：「你這孽畜，不知迷害了多少人的性命，碎屍萬段，不足以償其惡！」說罷，正欲砍下，那狐狸雙爪捧住寶劍的柄兒，口吐人言，哀求道：「老爺饒命！小畜雖犯淫條，合當斬首，但有一樁大事，未曾完得，負真人付託之重，雖死亦不瞑目。」林澹然聽了「真人」二字，便收住劍，將劍尖兒指著狐狸笑道：「妖畜害人，萬死猶遲，有何大事未完，負誰人之託，編這般巧言騙俺，指望逃生？俺斷不是屈殺你也！」狐狸垂淚道：「小畜受生已來，壽延五百餘年了，朝暮吐納修煉，不是一日工夫，到得這變化地位。老爺聽我細訴衷曲，且莫動手。三十年前，我在本地獨峰山五花洞裡藏身，洞前有塊大青石，光潤潔淨，每常在上跳耍。至夜間，石上便有三道金光，從中衝起，小畜諒下邊有寶，欲擊碎來看，將石擊至千下，不損分毫，驚駭不敢再動。後來山前土地廟裡來了一個年少的全真，小畜不合化為女子，夜去調戲，欲採他真陽，修煉鉛汞。那全真毫不拒卻，留我吃酒談笑至更深，小畜正欲近身迷謔，被那全真將手一指，小畜便露出原身，無處逃躲。全真對我道：『汝亦是成氣之物了，我豈害汝？不必驚惶，我有一事託汝，汝須牢記。』小畜叩頭問故，全真道：『我有書一封與你藏著，等我一個道友來，即當付與他。』小畜問：『道友是誰？』全真道：『是一位釋門中人，姓林，法名太空，號澹然，生得魁梧磊落，見時交與，不可有誤。』就替小畜摩頂受戒，敕我：『不許亂性迷人，異日再來超度。』說罷，化一道清風而去，原來是一位仙人。小畜整整待了三十年，不見有甚麼林長老相遇，不覺舊性復萌，又做出這般行徑，撞在爺爺手裡。小畜破戒迷人，一死不辭，可惜誤卻真人重託，不曾會得林長老，送得書也。」林澹然和太公等聽了，甚是駭然。太公便道：「這位長老正是澹然林爺。」狐狸方敢擡頭一看，失驚道：「呵呀！今日方遇得爺爺，萬幸！萬幸！」林澹然釋劍放手道：「那封書可在何處？」狐狸道：「神仙所託，緊緊藏在身傍，不敢少離。」就於胯下小袋中取出來，獻上林澹然。澹然接過看時，一個小小封兒，封筒上寫著「褚真人傳示」。拆開看裡面甚麼話說，卻是一幅箋紙，寫著八句詩道：

混沌生伊我，同修大道身。
無羈登昊闕62，有欲謫凡塵。
歷盡風波險，還歸清靜真。
天書藏璞石63，入手可淩雲。

後又有符一道，下注云：「依此符樣，畫於五花洞石上，將左手叩石三下，此石即開，天書可得。」林

62 昊闕：天上的宮闕。昊，昊天；蒼天。
63 璞石：蘊藏有玉的石頭。

澹然看罷，心中暗暗稱奇。正是：

踏破鐵鞋無覓處，得來全不費工夫㉞。

畢竟林澹然果得天書否？且聽下回分解。

㉞ 踏破鐵鞋無覓處二句：宋夏元鼎絕句：「崆峒訪道至湘湖，萬卷詩書看轉愚。踏破鐵鞋無覓處，得來全不費工夫。」

第十四回　得天書符救李秀　正夫綱義激沈全

詩曰：

天道任奇幻，丈夫自俠烈。
片紙燃死灰，一言蹶跛鱉❶。
直可死回生，能令懦成傑。
血性不委蛇❷，綱常寧玷缺？

話說林澹然得了仙傳詩句，發付狐狸道：「看真人之面，饒汝一死，向後改過自新，不可覆蹈前非。明早俺同太公到你洞中相會。」狐狸叩頭而去，倏然不見。太公大喜拜謝：「吾師真天神也！夙世有緣，得遇恩師，救了小兒之命。」林澹然道：「此乃老丈洪福，山僧何功之有？但不知獨峰山五花洞在於何處？」太公道：「離此不遠，有人認得。」隨教家僮安排蔬菜，整頓酒飯，吃罷安歇。

次早，太公和林澹然率領僮僕，一同到獨峰山裡來，尋到五花洞口，靜悄悄並無人跡，但見兔鹿成

❶ 跛鱉：瘸腿的鱉。也泛指鱉。鱉行動遲緩，故稱之為跛鱉。也比喻駑鈍低劣之人。
❷ 委蛇：形容隨順、順應。蛇，音ㄧˊ。

群，鴉鵲亂噪。張望洞裡時，又深又黑，不敢走入去，只在外面東張西望。轉過一個山嘴，遠遠見一女人，年可三十已，上身穿白絹衫兒，下面繫一條綠紗裙子，不施脂粉，雅淡梳妝，容顏嬌豔，飄逸動人，手執鐵鍬，獨自個在山灣裡掘草藥。有詩為證：

狐魅從來不惑人，人心狐魅自貪淫。
淫除貪釋存忠正，邪亦歸真奉秘經。

林澹然向前問道：「娘子，借問這山五花洞裡，可有人麼？」那婦人道：「長老問他做甚？」林澹然道：「有一個相識在此修行，特來相訪。」那婦人笑道：「長老快行，不要問他，山洞裡誰人敢來修行？裡邊都是些山妖野怪，蛇魅豬精，豺狼虎豹，狐狸魍魎，不計其數。你這五六人若進洞去，不夠與這夥妖一食點心。快回去罷，不要當耍，要吃人哩！」家僮聽了，驚得魂不附體，牙齒相打，兩腳都是軟的，急即奔走。林澹然止住道：「太公不必心慌，有俺在此！」又問那婦人道：「既然洞中有精有怪，俱要害人，娘子為何不怕，獨自一個在此掘草藥？」婦人道：「我們久居於此，和這洞中卻是比鄰。古人道：『兔兒不吃窩邊草。』故此不妨。」內中一個家僮埋怨道：「昨夜剛剛搗了半夜鬼，老師父只是殺了那精怪才是，反被他脫空扯謊逃遁去了。」林澹然笑道：「不然。箋紙上仙筆猶存，豈肯相戲？這都是婦人一片胡言，不要理他，俺們再去找尋，定要見個明白。」太公阻道：「那裡去尋他？多是搗鬼。老師不如且回，另日再來罷。」那婦人接口道：「正是。老人家更要作急回去。這些妖怪常說，後生的細皮嫩肉，腹饑得快，不如老頭兒皮堅骨硬，有些咬嚼，專要吃老的。你們若撞見妖精時，老人家卻先到口。」太公聽罷，心膽皆落，扶著拐杖，轉身便走，後邊家僮也一齊都跑了，只有林澹然立定腳不動。只見那婦人拍手呵呵大笑，現出原身，卻就是夜間迷張大郎的狐狸。林澹然喝一聲道：「畜生好大膽！輒敢狐假虎威，如此來侮弄俺！」狐狸跪下道：「非敢侮弄，小畜絕早即在此等候爺爺。不知太公等俱來，故斗膽作戲，耍他一耍，不想認了真，就慌張走了。」林澹然忙招手叫太公轉來。太公和家僮正走，聽得林澹然叫聲：「轉來！」站住腳回頭看時，林澹然遠遠引手相招。太公等回步轉身近前，見是這個狐狸立在身傍，太公問道：「老師，小狐狸倒來了，婦人何處去了？」林澹然帶笑指著狐狸道：「這不是扯謊的婦人？」太公怒道：「這畜生倒會扯空頭，驚我老人家。快伸過腿來，與林老師打三五十杖，消我這口氣！」林澹然笑道：「他是真正畜生，且饒這一次。」眾人都笑。

狐狸引著一行人進洞裡來。可煞作怪，外面看洞裡時，甚是黑暗，進到裡面，反覺明亮。原來是山岩倒照，故此外暗內明。一望時，峭壁奇峰，果然是洞天福地，看不盡奇花異卉，仙草靈芝，澗水澄清，重山疊翠，實是好景。但見：

閬苑名山，蓬瀛❸福地，隱士避人之境，神仙修煉之鄉。層層疊疊，重巒聳翠，分明是華嶽三峰❹；突突兀兀，峻嶺橫空，那數廬山五老❺。進一洞，又進一洞，倒掛的怪石玲瓏；轉一彎，

❸ 蓬瀛：蓬萊山、瀛洲。均為傳說中海上神山，為仙人居住之處。

❹ 華嶽三峰：華嶽，華山，五嶽之一的西嶽，位於陝西西安東華陰境內，以險峻著稱。主峰有南峰「落雁」、東峰「朝陽」、西峰「蓮花」，三峰鼎峙，人稱「天外三峰」。

❺ 廬山五老：廬山，位於江西九江南。有「匡廬奇秀甲天下」之美譽。五老，五老峰，在廬山東南，並列五座

又轉一彎，壁立著青松蓊鬱。高高下下，懸崖峭壁，呦呦麋鹿銜花；纏纏綿綿，附葛攀藤，兩兩猿猴獻果。山岩裡幾處琳琳琅琅，如敲金擊玉，數道清泉噴雪浪；頭頂上一聲咿咿啞啞，似龍笙鳳管，一雙白鶴唳青空。夾道上瑤草奇花，滿路中紫芝貝葉。清清淨淨，不染著半點塵埃；杳杳冥冥，那識有人間甲子❻。仙鵲噪枝如報喜，浮雲出洞本無心❼。

這狐精引林澹然走入洞天深處，不異仙境。裡面有無數小狐狸，見人來慌忙竄避。狐精請林澹然、張太公石凳上坐了，自奔入小洞裡去，不移時獻出仙桃異果、蜜酪杏仁。林澹然同太公吃了幾個，餘者分與家僮。林澹然問：「那一塊寶石在於何處？」狐精指道：「那西南上清清潔潔，兀的❽卻不是也！」林澹然上前看覷，果然好塊青石，方圍高四尺有餘，四邊俱蔓紫苔，石面平如明鏡，光潤細潔，倚著一株大柏樹，頂上覆著柏葉，團團如蓋。林澹然叫：「老狐，你站開！」用左手石上依樣畫符一道，輕輕叩了三下，只聽得豁刺地一聲響，此石分為兩下，就如刀削一般，兩塊裂開。太公、狐精等也都上前來看，中間有一石匣，匣內有書三冊。林澹然頂禮三匝，然後取出，怕狐精有變，不敢開看，即藏於袖中，

山峰，仰望若席地而坐的五位老翁，為廬山名勝。

❻ 那識有人間甲子：宋唐庚文錄引唐人詩：「山僧不解數甲子，一葉落知天下秋。」甲，天干的首位。子，地支的首位。古代以天干和地支遞次相配，如甲子、乙丑、丙寅之類，統稱甲子。從甲子起至癸亥止，共六十，故又稱為六十甲子。古人用以紀日或紀年。

❼ 浮雲出洞本無心：東晉陶潛歸去來辭：「雲無心以出岫，鳥倦飛而知還。」無心，形容自然而然。岫，山洞。

❽ 兀的：語氣助詞，猶「怎麼」。

和太公等逕出洞門，老狐叩頭自去了。

一行人回到莊裡。太公歡喜無限，道：「老朽根生土長在此，只知這獨峰山，未曾曉得有洞天福地，如此仙境。若非吾師提挈，何能一見？適間石中之書，是甚名色？」林澹然道：「小僧也不曾開看。」當時在廳上焚香展開，原來第一冊面上書著「天樞❾秘籙❿」，內中俱是觀星望象、排兵布陣、驅神役鬼之法。第二冊面上書著「地衡⓫秘籙」，內中卻是奇門遁甲⓬、堪輿⓭地理、陰陽術數之法。第三冊上面書著「人權秘籙」，內中卻是補陽煉陰、降龍伏虎、超天縮地變化之法。林澹然看罷，不勝之喜。張太公道：「人有善願，天必福之。吾師廣行陰德，兼有宿緣，得此天書，非同小可。」林澹然謝道：「此皆託太公福庇，感謝不盡。」有詩為證：

靈符秘籙鬼神愁，妙徹三天⓮入九幽⓯。

---

❾ 天樞：星名。北斗第一星。這裡泛指天。

❿ 秘籙：道教的秘文。

⓫ 地衡：路史：「皇覃氏，一曰離光氏，銳頭、日角，駕六鳳皇，出地衡。」指南嶽衡山之地。這裡泛指地。

⓬ 奇門遁甲：術數的一種。以十干中的「乙、丙、丁」為「三奇」，以八卦的變相「休、生、傷、杜、景、死、驚、開」為「八門」，故名「奇門」；十干中「甲」最尊貴而不顯露，「六甲」常隱藏於「戊、己、庚、辛、壬、癸」所謂「六儀」之內，三奇、六儀分布九宮，而「甲」不獨占一宮，故名「遁甲」。迷信者認為根據奇門遁甲，可推算吉凶禍福。

⓭ 堪輿：即風水，指住宅基地或墓地的形勢。也指相宅相墓之法。「堪」為高處，「輿」為下處。

⓮ 三天：道教稱清微天、禹餘天、大赤天為三天。

諸葛當年扶蜀主，林僧今日證真修⑯。

卻說林澹然自得天書，每日默誦，書符念咒，心下自覺靈通。又在張太公莊上住過月餘，張大郎病體漸漸痊癒，容顏復舊，飲食起居如故。太公父子二人深感林澹然之德，款待如父母一般，殷勤周密。一日，林澹然思念故鄉，辭別張太公父子要行，張太公與大郎再三留住不放。林澹然道：「小僧在貴莊攪擾多時，感恩不淺，但小僧久遊方外，今欲歸故園，暫且告別，更圖後會。」太公心下不捨，道：「小兒被魅，名已登鬼籙，幸吾師救援，得全性命，恩若丘山。老朽久懷修行之心，恨無接引之路，今得吾師早晚教誨，受益實多，豈忍遽別？況狐精畏吾師威德，故不敢來，倘吾師去後，此怪復來，小犬之命又難保矣。吾師不嫌小莊鄙陋，改為佛堂，在此修持，朝夕相處，勝如雲遊遠方，奔馳辛苦。乞老師三思，幸勿推阻。」林澹然辭道：「貧僧在此叨擾已久，今日之別，非是無情，實欲歸故鄉，一探父母墳墓，以終天年耳。」張杙道：「敝境亦是東魏地方，又非他鄉外國；小莊雖窄，頗可容身，粗茶淡飯，足供朝夕。吾師出家人，隨處為家，何必如此堅執？」林澹然道：「大郎恁般說時，使小僧措身無地矣。非有他說，只因在此攪擾，心實不安。」張太公道：「吾師此別，相會未卜何日，使老夫戀戀不捨，心實黯然。小兒無福，不能終獲庇佑。」說未畢，淚隨言下。林澹然道：「貧僧何德，感承賢喬梓⑰如此

---

⑮ 九幽：極深暗的地方，指地下。

⑯ 真修：精誠修持。

⑰ 喬梓：喬木高仰，梓木俯伏。古人以喬木喻父道，梓木喻子道。後因以「喬梓」比喻父子。

相愛，何以克當？使小僧不忍相別，願在此朝夕聆教。」張太公父子大喜。

自此，林澹然住在張家莊內，擇日裝塑佛像，改造禪堂方丈，後面另起臥室、廚房，修葺牆垣完固，撥三四個家僮伏侍，灑掃炊爨，張太公使人饋送不絕，時常往來，談禪講道。荏苒之間，不覺寒來暑往，又早一載有餘。林澹然朝夕演習天書，自天文星象，以至術數陰陽，無不精妙。雖然安逸清閒，但朝夕計念杜成治和李秀，放心不下。後聞得傳言杜成治受驚物故，朝廷抄沒家產，暗中垂淚嘆息，寢食不安。繼後又聞得梁國人來說，杜都督妾生一遺腹之子，心下私喜，恨不能一見，只是難返梁國，怏怏而已。當下時值隆冬天氣，彤雲密布，瑞雪飄揚，自早至午，看看下得大了。怎見得好雪？宋賢有賦為證：

時惟歲暮，序值凍隆。擁紅爐而不暖，披重衲之蒙茸。靉靆⑱雲氣，凜冽陰風。瞻昏霾之四合，覩冰霰之集空。始也飄飄灑灑，頃之霏霏芃芃⑲。如鵝毛之細剪，似玉甲之零空⑳。張君無由會鶯紅於月下㉑，郝子何能曬詩書於腹中㉒。程門佇立，盈尺彌恭㉓；江陰訪故，半道返蹤㉔。

---

⑱ 靉靆：形容雲盛。

⑲ 芃芃：形容茂盛。芃，音ㄆㄥˊ。

⑳ 零空：從空中徐徐落下。

㉑ 張君句：王實甫西廂記，寫書生張生寄宿普救寺，與崔相國之女崔鶯鶯、丫鬟紅娘月夜於後花園相會之事。

㉒ 郝子句：劉義慶世說新語排調：「郝隆七月七日出日中仰臥。人問其故，答曰：『我曬書。』」蓋自謂滿腹詩書。後為仰臥曝日之典。

㉓ 程門佇立二句：宋史道學傳楊時：一天楊時去看望老師程頤，正巧程頤在打瞌睡，楊時和游酢在外侍立不去。

謝蘊之才高，不言飛絮㉕；子卿之節勁，獨矢孤忠㉖。翳邊城之逋寇，銀夏忽喪夫黃屋㉗；彼潮陽之謫夫，藍關漫擁乎青驄㉘。披鶴氅而繞竹，神翁興逸㉙；指白馬而作賦，子建才充㉚。

程頤醒後，門外雪已有一尺深了。後以「程門立雪」為尊師重道的典故。

㉔ 江陰訪故二句：世說新語任誕載：「王子猷（徽之）居山陰，夜大雪，眠覺，開室命酌酒，四望皎然。因起彷徨，詠左思招隱詩。忽憶戴安道。時戴在剡，即便夜乘小舟就之。經宿方至，造門不前而返。人問其故，王曰：『吾本乘興而行，興盡而返，何必見戴？』」

㉕ 謝蘊之才高二句：謝蘊，謝道韞，東晉才女。將軍謝奕女，宰相謝安侄女，書聖王羲之之媳，王凝之之妻。晉書王凝之妻謝氏傳則云：「王凝之妻謝道韞，聰明有才辯，嘗內集，雪驟下，叔謝安曰：『何所擬也？』安兄子朗曰：『撒鹽空中差可擬。』道韞曰：『未若柳絮因風起。』安大悅，眾承許之。」因此，後世稱讚能詩善文的女子為「詠絮才」。

㉖ 子卿之節勁二句：蘇武，字子卿。漢武帝時，奉命以中郎將持節出使匈奴，被扣留，逼其投降，後將他遷至北海（今貝加爾湖）牧羊。蘇武歷盡艱辛，持節不屈，留居匈奴十九年，方獲釋回國。

㉗ 翳邊城之逋寇二句：事蹟不清。銀夏，地名，在今甘肅、寧夏一帶。黃屋，古代帝王專用的黃繒車蓋。借指帝王之車和帝王。

㉘ 彼潮陽之謫夫二句：舊唐書韓愈傳載：唐憲宗遣使者迎佛骨入禁中，刑部侍郎韓愈上論佛骨表諫阻，言辭激切。憲宗大怒，幸得宰相裴度等力保，方得免死，貶為潮州刺史。在赴潮州途經藍關時，遇侄孫韓湘遠道趕來送行。韓愈有左遷至藍關示侄孫湘詩：「一封朝奏九重天，夕貶潮陽路八千。欲為聖明除弊事，肯將衰朽惜殘年？雲橫秦嶺家何在？雪擁藍關馬不前。知汝遠來應有意，好收吾骨瘴江邊。」潮陽，在今廣東汕頭。藍關，在今陝西藍田，自古為關中通往東南諸省的要道。

㉙ 披鶴氅而繞竹二句：鶴氅，鳥羽製成的裘，用作外套。後也用以泛指一般外套。世說新語企羨：「孟昶未達

以至漁人獨釣，學子勤攻，寒江披一蓑於蘆荻，庭除映萬卷之雕蟲㉛。腴梅花於嶺上㉜，折竹梢於修叢，號猿聲於谷口㉝，印虎跡於林東㉞。亂㉟曰：兒童喜而埏㊱為人獸兮，且幻出夫奇峰。詩人感而形諸吟咏兮，擬麻衣之色同㊲。農慶為瑞，士徵為豊。唯寒素㊳之怨尤兮，苦裂膚於陶穴㊴；羌戍卒之甲冷兮，悲墮指於胡風㊵。彼華堂歡宴檀板兮，覺猶嫌乎酒薄；況山僧

時，家在京口，嘗見王恭乘高輿，被鶴氅裘。于時微雪，昶於籬間窺之，歎曰：『此真神仙中人。』」

㉚ 指白馬而作賦二句：曹植（西元一九二——二三二年），字子建，曹操第三子，著名詩人。有白馬篇詩，抒寫一個青年俠士的報國情懷。

㉛ 漁人獨釣四句：唐柳宗元江雪詩：「千山鳥飛絕，萬徑人蹤滅。孤舟蓑笠翁，獨釣寒江雪。」晉書車胤傳載：車胤少時家貧，無油點燈，夏日捕捉幾十隻螢火蟲，放入絹袋內，以螢光照明，夜以繼日苦讀。

㉜ 腴梅花於嶺上：相傳漢將梅鋗曾築城大庾嶺險要處，在嶺上廣種梅樹，其地因稱梅嶺。嶺頂有梅關，南北遍植梅樹，每至寒冬，梅花盛開，香盈雪徑。

㉝ 號猿聲於谷口：北魏酈道元水經注江水：「每晴初霜旦，林寒澗肅，常有高猿長嘯，屬引淒異，空谷傳響，哀轉久絕，故漁者歌曰：『巴東三峽巫峽長，猿鳴三聲淚沾裳。』」

㉞ 印虎跡於林東：佛門傳說：廬山東林寺前有虎溪，相傳晉僧慧遠居東林寺時，送客不過溪。一日詩人陶潛、道士陸修靜來訪，談得十分投機，相送時不覺過溪，虎立即發出呼嘯聲，三人大笑而別。

㉟ 亂：古代樂曲的最後一章。

㊱ 埏：以水和土。埏，音ㄕㄢ。

㊲ 詩人感而形諸吟咏兮二句：麻衣，即深衣。古代諸侯、大夫、士家居時穿的常服。詩曹風蜉蝣：「蜉蝣掘閱，麻衣如雪。」言昆蟲始生時穿穴而出，就像雪白的麻布衣。

㊳ 寒素：門第寒微，地位卑下。也指家世寒微的人。

獨宿紙帳㊶兮，又何堪寂寞之情悰㊷？

林澹然策杖，獨立柴門內竹屏邊看雪，只見一個黑瘦漢子，頭戴捲檐氈帽，身穿青布道袍，腳著多耳麻鞋，背上斜馱包裹，手裡撐著雨傘，張頭探腦，望著門裡。林澹然正欲問時，那漢放下傘走入門來，對澹然聲喏，問道：「師父這裡可知道有一位林長老麼？」林澹然道：「俺這裡不知，別處去問。」那漢道：「原在京都妙相寺中為副住持的，因觸犯了梁主，逃奔出來，一路打聽消息，尋到此間，聞說在這地方左近處藏頓，師父豈有不知？」林澹然怒道：「俺出家人，那管閒事？快出去，不要在此纏擾。」那漢又仔細看了半晌，把傘柄墩一下，笑道：「幾乎錯了，林老爺休得相瞞，老爺正是林住持！雖不認得詳細，卻曾在圖像上記得明白。今日相逢，他鄉遇故，也不枉了小人一場跋涉。」林澹然驚道：「足下是誰？那裡相會？為何認得林某？」那漢道：「暫借一步告稟。」

二人同到佛堂上來。那漢放下包裹，納頭下拜。林澹然扶住道：「足下何姓？從何處來此。敢勞重禮。」那漢拜罷道：「老爺與小人是舊鄰，曾相見數次，為何忘了？」林澹然思了一會道：「雖然面善，實失忘了尊姓。」那漢道：「小人姓沈名全，渾名叫做蛇瘟便是，住在妙相寺後牆小巷內，每常寺中往

㊴ 陶穴：古代鑿地而成的土室。

㊵ 羌戍卒之甲冷兮二句：漢書高帝紀下：「上從晉陽連戰，乘勝逐北，至樓煩，會大寒，士卒墮指者什二三。」羌，句首助詞。戍卒，謂訓練有素的兵卒。墮指，謂凍掉手指。

㊶ 紙帳：以藤皮繭紙縫製的帳子。

㊷ 情悰：猶情懷、情緒。

來，老爺卻也曾會面。」林澹然笑道：「原來就是沈兄，黎賽玉娘子就是兄渾家麼？」沈全道：「正是小人妻子。」林澹然道：「向聞人說你出外為商，怎地不回家去，卻來尋俺，有何話說？」沈全道：「一言難盡。小人被趙蜜嘴老豬狗將些貲本借我，賺我在外生理，只道他一團好意，不期出門之後，將我渾家引誘與那野驢鍾守淨通姦。今春小人回家，聽得街坊前後人誹誹揚揚，講這鍾守淨反怪林住持好言諫諷，朝廷處暗用讒言逼他走了。小人初時不信，數日之後，試探妻子，果有外情。欲待殺了這淫婦姦夫，又一時難以下手。欲待捉姦告理，爭奈這廝結交豪貴，上下情熟，況朝廷寵他，勢焰滔天。又教人暗中害我，故此棄家出外，別作良圖。不想行至定遠劍山下過，被夥強人擄歸山寨。小人哭訴其冤，幸得苗寨主認是同鄉，收留帳下為一頭目。苗寨主懸念住持老爺單身奔竄，不知下落，故差小人從梁至魏遍處尋訪。前村問著樵夫，說張太公莊上有一長老，如此模樣，故尋至此間，果是林老爺。苗寨主有書在此。」說罷，打開包裹，取出書禮，雙手呈上。林澹然接書，分付道人陪沈兄方丈中酒飯。拆書看時，書上寫道：

苗龍頓首百拜。暌違師範㊸，倏爾一春。遐想大恩，無由仰報。前者偶爾相逢，私喜倘能得效犬馬，不期又成離別，使人悵然。近聞李季文雖蒙寬縱，不能得脫囹圄，實是度日如年。今春正月十三夜，某私闖入牢，欲救李兄同出，不料被人識破，幾乎兩命俱傾。幸帶得錢多，隨處賄賂逃脫。今憤氣招集人馬，已得精銳數千，糧草俱足，意欲整頓軍馬，攻破城池，殺盡姦僧

㊸ 師範：對師父、老師的尊稱。

淫婦，救出李兄，與天下吐氣。然而智短力綿，未敢輕舉，特懇恩師駕臨指揮，以成義舉，萬乞留神。倘慨然飛錫枉顧，則慰藉不獨在龍，實天下之共望也。耑候回示，外奉赤金二錠、白珠百顆，聊伸薄敬，希叱入為荷。

林澹然看罷，暗想道：「苗龍一介鹵夫，亦知大義，然俺既入空門，豈可復行軍旅之事？欲救李秀，吹毛之力，何必興兵發馬，自惹禍胎？」當晚留沈全宿了，燈下修書封固。次日贈沈全盤纏二兩，並回書一封，發付回寨。沈全道：「薛、苗二大王差小人接住持爺同歸山寨，怎地不去？」林澹然笑道：「俺出家人，怡情山水，久躭疏懶，不涉世務矣。煩你拜上二寨主，多謝厚禮，凡事須行方便，不可恣害生靈，相會有日。你須一路小心謹慎，關津盤詰甚嚴，書可藏好，不宜躭擱，速回山寨。」

沈全拜辭而去，一路無詞。逕到山寨裡，卻值薛志義、苗龍在殿上飲酒。沈全唱喏，苗龍道：「差你去尋林住持，可曾見麼？」沈全道：「小人費盡心機，得到東魏廣寧縣石村山下張太公莊上，尋見了林住持。住持十分之喜，書禮俱已收下，有回書在此。」薛志義道：「一路辛苦。」叫僂儸賞沈全酒二瓶、肉一腿，且去將息。沈全叩頭謝賞，自和一班兒弟兄接風吃酒去了。苗龍當席拆書，與薛志義同看。上寫道：

客春叨擾，感激不勝，今辱厚儀，叨惠更重。二兄各負雄才，堪為世用，而據山擄掠，恐非良謀。日者㊹朝廷佞佛，變亂漸生，上下焚修㊺，盡崇釋教。老僧仰觀天象，不十年間，國家將

㊹ 日者：往日；從前。

為他有二兄可招聚士卒，多蓄糧草，廣行仁義，延接四方豪傑，待時而動，輔佐明主，以圖大業，留名青史，此大丈夫之所為也。第不可損害賢良，妄行殺戮耳。李兄一事，足見苗兄仗義任俠，可敬可仰。竊思皇都守衛甚嚴，兵將如蟻，以三二千烏合之眾，敵數十萬精勇之師，如驅羊搏虎，鮮有不敗者也。僕得異術，可救李兄。敬畫靈符一紙，煩差精細健卒，潛入獄中付與李秀，教他歲終除夜，乃丁亥日辰，六丁神將㊻聚於巳時，可貼符額上，寫路徑於符下，作速遁出，自有神護，並無阻礙，半日間，可相會於山寨矣。密機勿洩，至囑！至囑！老朽無能，習懶成癖，已無意塵寰事，非敢忘夙雅㊼也。統希情諒，不一。

薛志義、苗龍看罷，感嘆不已，藏符匣內。次日，苗龍差一本鄉心腹僂儸，原來是個縫皮待詔㊽，曾與李秀識熟，分付如此如此而行。僂儸謹藏了符，挑了一副皮擔家伙，取路進京。不一日，已到京都。進得城門，挑著皮擔，一直奔清寧衛大獄裡來。此時，卻值年終歲逼之際，這些囚犯亦都要修補舊鞋過年，倒也忙忙的修補不迭。僂儸一面修鞋，一面張望李秀，只見李秀拿著一雙新鞋出來道：「待詔，替

㊺ 焚修：焚香修行。泛指淨修。

㊻ 六丁神將：道教認為六丁（丁卯、丁巳、丁未、丁酉、丁亥、丁丑）為陰神，為天帝所役使；道士則可用符籙召請，以供驅使。

㊼ 夙雅：往昔的交情。

㊽ 待詔：唐代不僅文詞經學之士，即醫卜技術之流，亦供直於內廷別院，以待詔命。因有醫待詔、畫待詔等名稱。宋元時對手藝工匠也尊稱為待詔。

我縫一雙主跟。」傻儸接了鞋子，見身畔無人，輕輕問道：「李季文，一向好麼？」李秀記得起，道：「在下與兄闊別許久，何期今日得見？」傻儸腰邊摸出一個封兒來，暗暗遞與李秀，附耳低言道：「靈符一道，如此如此，速行莫滯，快到山寨來相會。」李秀接符藏於袖中，喜從天降，走入裡面，湊些散碎銀子，謝了傻儸。傻儸急急縫了幾雙舊鞋，慌忙挑擔出獄，取路自回山寨去了。

且說李秀得了靈符，心中暗喜。看看又是除夜，李秀預先收拾銀兩，寫路程在符下，額角上貼了靈符，試行幾步看，心裡就如撞小鹿兒相似，慌張起來。果然好神符妙術，李秀兩腳即有神鬼擁護，走不上十餘步，已近監口。見獄門半開，大著膽索性撞將出去，並無人見，直出清寧衛衙門，亦無一些攔阻。取路飛奔北門外來，卻似雲推風捲，耳邊只聽得颼颼地響，足不掂地，那消三五個時辰，已到山寨關口。

天色傍暮，李秀擡頭看時，關門早閉，隨即高聲叫門。關上傻儸喝問：「是誰！」李秀答道：「是我李秀！」傻儸道：「是李將軍來了麼？」李秀道：「正是來了。」傻儸道：「既是李將軍，為何不見形影？」李秀道：「我站在這裡，為何不見？」一個傻儸道：「卻不作怪，只聽得人聲，不見人形，莫非我和你著鬼了？」李秀道：「二位壯士，一個人站在關前講話，休得取笑。」兩個傻儸四圍張望，不見人影，齊嚷道：「不好了！何處來這一個屈死野鬼，假名託姓，在此纏擾，快進去，進去！」一面嚷，一面念道：「太上老君急急如律令㊾敕！」管二門傻儸聽得外邊喧嚷，一齊擁出來，只見兩個傻儸在那裡喊叫：「有鬼！」問：「鬼在那裡？這等大驚小怪！」傻儸道：「適才有人叩門，開關問他，說是李將軍越牢而來，仔細看，又不見人。再問時，照前答應，東撈西摸，不見一些，卻不是鬼怎的？」眾傻

㊾ 如律令：謂按法令執行。

儸不信，喝道：「胡說！那有此事？」正要趕出來問，忽聽得面前有人道：「李季文在此，不須出去。」眾僂儸失驚道：「李將軍，你在那裡說話哩？」頭頂上應道：「我在你面前立的不是？」眾僂儸佇目細看，又不見人，俱各呆了。內中一個乖覺的道：「不要慌，此事來得蹊蹺，且去報與二位大王得知，再做理會。」管門僂儸報入寨中。薛志義、苗龍親自來看，一路點著燈火，照耀如同白日。李秀見苗龍來到，慌忙迎著施禮道：「苗二哥，間別久矣，好享福也！」苗龍道：「李大哥既來到此，為何躲了，不近前相見？」李秀道：「小弟在這裡拜揖，卻怎生皆言不見？」苗龍叫僂儸高執火把，四圍遍處照燎，只不見人。苗龍低頭一想，拍手笑道：「聰明一世，失智一時。李大哥，你額上靈符可曾揭去麼？」李秀道：「未曾揭去。」苗龍道：「是了，快揭符相見。」李秀即伸手將額上靈符揭下，不覺滴溜溜在虛空跌將下來，睡在地上。有詩為證：

李秀一村夫，遙聞近卻無。
不因靈秘術，怎得出囹圄？

眾僂儸向前扶起，一同歡笑，延入寨裡上殿。李秀下拜道：「小弟監禁大獄，自分死期將近，今蒙寨主與苗二哥救拔，得以出獄，實再生之德也！」薛志義、苗龍答禮道：「大哥下獄，使小弟等寢食不寧，幸得聚義，實出望外，此非二弟之力，乃林住持之妙法也。」邀入後殿飲宴，三人談笑歡喜，至夜深寢了。次日，殺牛宰馬，祭賽天地。三人在殿上焚香歃血，拜為兄弟。薛志義年長為兄，立為寨主，李秀坐了第二把交椅，苗龍坐了第三把交椅，次序而坐。小僂儸都來參拜了新大王，大吹大擂，飲酒慶賀。苗龍說：「林住持近來得了異術，遠寄這一道靈符，救李二哥出來，實為奇異。」李秀道：「林住持別後，不知逃往何處去了？他是萬夫之敵，又兼能行法術，苗三弟既知他踪跡，何不接他上山？天下無人敢當矣。」薛志義道：「賢弟不知，林住持向日逃難之時，亦曾經我這裡過，再三款留不住，堅辭去了。目今在魏國石樓山莊上。為賢弟受苦，差人去求他上山，同舉大事，欲要攻破皇城，救取賢弟出來。林住持再三推託，只傳授靈符一道，以救賢弟，果得相會。我山寨中若得此人，何愁四海群雄？」

正說話中，適值沈全執壺斟酒。李秀看了道：「這人好生面熟，那裡曾相會來？」沈全道：「小的曾幾次到大王店裡吃酒耍子，又來賭錢，大王卻忘了？」苗龍笑道：「兄豈不知？這就是鍾守淨那話兒的對頭，渾名喚做蛇瘟沈全。」李秀拍掌道：「這廝真實是個蛇瘟！男子漢一個渾家也管不得，容他去相交和尚，罰一大觥酒。」眾人撫掌大笑。沈全徹耳通紅，自斟著酒吃，稟道：「三位大王，只念感恩，不思報怨。林老爺大德，固當重報，鍾和尚大惡，不可不誅。就是小人們，也是有氣性的，見淫婦奸僧通情來往，忿忿懷恨，怎能夠一刀砍死，方消此氣。可奈身單力弱，孤掌難鳴，沒奈何暫且含忍。今三位大王如此英雄，有了軍馬，何不殺至妙相，將這些淫禿盡行誅戮，也教江湖上好漢傳說一聲，豈不是留芳百世？」李秀拍著桌子道：「這人也講得是，蛇無頭而不行。大哥、三弟，何不擇日起兵，殺這些和尚，以消林住持之恨？」苗龍笑道：「薛大哥與小弟每每在心，要發軍馬誅此惡僧，因無良謀，不敢興兵。日者已曾請林住持上山，商議此事，他有回書在此，二哥一觀，便知分曉。」令管文房頭目取書出來。李秀看罷，笑道：「據林住持所言，皇都地面，一時難以進兵。依小弟愚見，殺這鍾和尚，只在反掌之間耳。」薛志義道：「二弟何計可以殺之？」李秀道：「若依我這一計，不必興兵發馬，廝戰爭持，只用我弟兄三人，管取結果了一寺和尚。」苗龍道：「這妙相寺殿宇廣闊，僧眾極多，不比小的去處，本寺和尚何只五七百眾？外有遊方掛搭僧人，不計其數，怎地只我三人就能殺得許多和尚？」李秀道：「大哥勇猛，三弟聰明，卻不知兵行詭道。比如寺中和尚，要我等一個個親手殺過，畢竟有些漏網，安能盡絕？必須如此如此而行，管教他一寺禿驢盡遭毒手，走了半個，不算好漢。」薛志義道：「此言暗與韜鈐合，初出茅廬第一功㊿。」苗龍道：「倘有追兵，不放出城，如之奈何？」李秀道：「這又有計了，只消恁地這般，若有官軍追來，殺他片甲不回，方顯我弟兄們英雄手段。」薛志義大笑道：「有如此妙計，何況殺這幾個禿驢，便與梁主爭衡，又待何如？」三人大悅，酣歌暢飲，盡樂通宵。李秀自差人到雞嘴鎮搬取渾家和伴當，上山歡聚不題。

再說鍾守淨自從在梁主駕前暗用讒言，逼林澹然離寺之後，放心大膽，晝夜和黎賽玉取樂。本寺大小和尚暗暗怨罵，只畏鍾守淨財勢滔天，又見林澹然的樣子，因此鉗口結舌，無人敢諫。有正氣些的都離寺雲遊去了。便是行童來真通了消息，又有奉承鍾守淨的，背地說他搬嘴弄舌，以至林澹然知風逃竄。這鍾守淨聽了大怒，把來真朝捶暮打，受苦不過，也逃亡去了。次後沈全回家，暗中又著人去害他性命。有人通風，沈全只得棄家逃命。鍾守淨又在本府用了錢，誣告沈全作竊盜在逃人犯，疊成文卷，做了一個照提，自此拔出眼中釘，挑卻肉中刺。果然朝朝七夕，夜夜元宵，恣意淫欲，往來無忌。後來賽玉有孕，鍾守淨央趙婆贖一貼墮胎藥打下，冷了子宮，再不孕了。

㊿ 初出茅廬第一功：漢末諸葛亮隱居南陽，劉備三顧茅廬，亮始出佐之。三國演義第三十九回：「直須驚破曹公膽，初出茅廬第一功。」這裡說首次出謀立功。

光陰似箭，不覺又早過了三個年頭。此時，正值太清二年正月元旦之日，年規拜懺齋天。當日，鍾守淨率領寺中大小僧眾，在大殿上拜誦水懺[51]。將近午後，霎時間狂風大作，燈燭皆滅，滿殿擁起煙霧。鍾守淨大驚道：「這是何故？」言未畢，只見正梁上飛下一條大蟒蛇來，遍體皆黃亮如金色，雙睛閃爍，口中噴火，身長二丈有餘，昂著頭，張開大口，逕奔鍾守淨。鍾守淨慌張無措，拚命往東首羅漢堂跑躲。眾和尚丟了經卷，各自逃生。那蟒蛇不奔別人，怒目切齒，飛也似來追鍾守淨。守淨趕入羅漢堂裡，卻無去路。蛇將近身，踴身一跳，跳入壽亭侯關爺[52]神廚裡法身之後，做一堆兒蹲著。那蛇見了關爺聖像，昂頭張望，不敢上廚，只在四圍盤繞。鍾守淨躲在神廚裡，身子驚得軟了，牙齒捉對兒廝打，顫慄不住，暗想：「這蛇奔上來之時，性命卻在頃刻之間了。」心裡越慌。猛聽得一人高聲喊入羅漢堂來，道：「住持不要慌，有我在此！」聽聲音時，卻是徒弟雷履陽。這雷履陽原是弄蛇的乞丐出身，虧著族叔在寺做道人，薦這侄兒與鍾守淨為徒。因他能言會語，隨機應變，守淨最是聽信他，待為心腹。當下見蟒蛇來趕鍾師父，他還倚著舊時手段，撩起半截道袍，伸拳裸臂，大踏步搶向前來，捉那蟒蛇。那蛇見了雷和尚，昂頭噴火，逕奔過來。雷履陽伸開大手，吐出涎唾，將手擦了，跳上一步，來捉蟒蛇。卻好蟒蛇直攛上來，被雷履陽一手抓住七寸[53]，意欲提起來摜死。不期這蛇重的利害，雙手也提他不起，被蟒蛇調

---

51 水懺：佛教經文之一。又叫慈悲水懺。據說是唐代悟達禪師遇異僧用水替他洗好面瘡後，為報恩而作。

52 壽亭侯關爺：關羽，三國蜀漢名將，曾為曹操部下，以陣前殺顏良、解白馬之圍有功，由曹操上表封為漢壽亭侯。

53 七寸：俗語：「打蛇打七寸。」指打蛇的心臟位置。後常用來比喻事物的關鍵、弱點、要害部位。

轉尾稍，豁剌地左臉上打了一下。雷履陽打得昏暈，欲待掙扎，那蛇又調起尾稍，右臉上復打一下。雷履陽叫一聲：「阿呀，不好了！」手已撒開，睡倒地上。那蛇昂起頭來，將雷履陽脖頸上緊緊地盤繞住了，圈將攏來，抵死不放。鍾守淨在神廚裡張望，看見雷履陽被蛇盤住，大聲喊叫：「快來救人！」這合寺和尚、道人、行童，各持器械，吶喊上前。那蛇見眾人來的洶湧，放了雷和尚，攛起羅漢堂，半空盤旋了一會，滿身是火，光焰射人，看得眾和尚眼都花了。又聽得一聲響亮，如山崩地塌之聲，那蛇衝破兩扇格子，直攛出去。眾僧一齊發喊，趕出後殿花園裡來。那蛇回頭將眾人看了幾眼，逕溜入荷花池裡。

此時，臘盡春初，雨雪甚多，水平池岸，眾人無可奈何，只得回身計論道：「且去救了雷師兄，再做理會。」復進羅漢堂來，鍾守淨已在那裡啼哭，雷履陽七竅流血而死。僧眾驚得面如土色。鍾守淨哭了一會，眾僧講蟒蛇溜入池中去了。守淨分付打點棺木盛殮，擡出門外權厝54，待春盡下火焚化。當晚，鍾守淨和合寺和尚俱心驚膽顫，不敢就枕，聚做一處商議。鍾守淨道：「有此異事，實是不祥。」一個和尚道：「這黃蛇鑽入池內，諒無窟穴可出。乘今夜無人知覺，車乾池水，除了這孽畜，也省得住持與我等懸懸掛膽。」鍾守淨道：「此言論得是。」即忙取出三架水車，裝起車頭水軸，選十數個後生和尚、精健道人，傍池邊架起三道車來，一齊踏動，戽起池水。剛剛車了一夜，方才水乾，只見池心裡插著赤亮亮直逼逼的一條物件，半截埋在土裡，半截露出土上。眾人看了指道：「兀那黃的不是蛇也？」鍾守淨向前觀看，卻原來不是蛇，是林住持那一條熟銅禪杖，俱各大驚。有一個勇健膽大的和尚，脫了上衣，

54 厝：音ㄘㄨㄛˋ，停柩待葬。

踴身跳入池內，來拔這禪杖，就如蜻蜓搖石柱一般，莫想分毫搖動。招呼眾人相助，有幾個興高的少年和尚，都跳下池中，一齊搖拔。不搖時尤自可，眾僧用力搖拔之時，更是作怪，那禪杖一步步縮入土內去，一霎時不見了。眾人面面相覷。鍾守淨分付道人取幾柄鋤鍬來，掘下去看。眾和尚吶一聲喊，拚力掘土。正是：

從前作過事，沒興一齊來。

不知掘下去見些甚麼異物？且聽下回分解。

第十五回　佞子妙相寺遭殃　奸黨風尾林中箭

詩曰：

崔巍寶剎聳雲端，頃刻俄遭烈火燃。
佛骨塵埋沙土冷，香魂飄泊劍光寒。
萬鍾❶公子今何在？百計貪夫此夕殘。
豪俠神謀真莫敵，陡教名姓震區寰。

話說鍾守淨令眾和尚盡力掘池，掘深丈餘，並不見禪杖踪影。眾僧用盡氣力，都疲倦了，道：「住手罷，尋他則甚？」鍾守淨那裡肯歇，大喝道：「胡講！務要掘見禪杖，方才罷手。」眾人沒奈何，只得又掘下去，七尺有餘，掘著一塊石碣，豎立土內。眾人見了，拚力掘起石碣，擡上岸來，細看時，碣上卻有兩行大字，被泥壅了，不甚明白，用水洗淨，方見上面篆著二十個字道：

少女樹邊目❷，人駄二卯哭。

---

❶ 萬鍾：指優厚的俸祿。鍾，古代量名。

善者福自生，惡者禍相逐。

鍾守淨看了，輾轉尋思，默然不語。眾和尚心下也都省得林澹然是個剛直好人，鍾守淨是個奸淫惡輩，銅杖化蛇，預先警報，乃不祥之兆。見鍾守淨面龐變色，低首無言，眾僧勉強解勸道：「林澹然謗君叛逆，豈不是個惡人？逃竄遠方，眼見得旦夕遭殃了。住持老爺是個修持積德的善人，將來壽同山嶽，福並昊天，豈不是果證菩提？上天告戒，乃住持之善報也。雷師兄乃前定之數，住持爺不必憂疑。」鍾守淨聽了，自心裡護短，也是這般解說，稍覺心寬，笑道：「汝言正合我意。汝輩勞碌了一晝夜，各去歇息，待後補做道場便了。」眾人收拾水車、鋤鍬，各各歸房不題。

忽然又是初八日了，鍾守淨分付管廚房和尚整辦香齋，初九日齋供玉皇壽誕❸。次日五更，寺中和尚都起早執事，道人、行童等在殿上焚香點燭，供獻齋食，請鍾住持上殿拈香，參拜玉皇諸佛。次後，眾僧俱來焚香參聖，敲動鐘鼓，誦經念佛，直至平明。上殿來燒香的士女絡繹不絕，擠滿殿中，念佛之聲聞於數里。將近日午，鍾守淨正在大雄寶殿高臺上宣揚經典，忽見殿前甬道❹上的人紛紛卻立兩邊，讓一位官長入來，前面罩著一柄黃羅傘，後邊隨從著一二十個虞侯，側首一匹白馬，上騎著四五歲一個孩童。看看走近殿前，鍾守淨認得是樞密院右僕射牛進。原來這牛僕射年過五旬無子，曾在妙相寺玉皇

---

❷ 少女樹邊目：少女，合成「妙」字。樹邊目，即「相」字。

❸ 玉皇壽誕：舊時以農曆正月初九為玉皇大帝壽誕。

❹ 甬道：兩旁有牆或其他障蔽物的馳道或通道。也指走廊、過道。

案前，許下七晝夜水火煉度❺醮願祈子，後來夫人馬氏有孕，生下一子，寄與玉皇案下，叫名玉仙，滿月後還了此願。自此凡逢玉帝生辰，必領玉仙來妙相寺拈香拜壽，直至道場散後方回。當下鍾守淨忙下臺來，迎接進殿，焚香拜聖，又領玉仙到臺上拜了玉帝，方和鍾守淨見禮，留入方丈待齋。鍾守淨陪著牛進、玉仙進後殿穿堂花園內，閒玩半晌，復上臺來，念佛看經。不覺紅日將沉，天色已暮，遍處點上燈燭。至初更天氣，鍾守淨穿了千佛法衣，戴上毘盧帽，沐手焚香，上壇念訣誦咒，散五穀，接引餓鬼，超度亡魂。已過半夜，化紙送聖。鍾守淨發付眾徒弟，陪著一班兒平常施主後殿吃齋，又託趙蜜嘴陪伴一夥女檀越在禪堂吃齋，自卻陪牛進和縉紳在正殿上吃齋。少頃，眾人皆散。牛進謝了鍾守淨，令老都管抱公子玉仙同回。這玉仙看道場頑耍，身子困倦，卻睡著了。鍾守淨道：「公子既睡，不可驚動，就在小僧房內暫宿一宵，明早送回。夜靜更深，去亦不便。」牛進稱謝自回，卻留老都管和一家僮，伏侍公子在寺內安歇。

鍾守淨送罷香客，分付道人等好生前後照管，小心火燭，謹閉門戶，自回臥室，脫衣而睡。此時已漏下四鼓。鍾守淨正睡思朦朧，忽然夢中驚將醒來，只聽得人聲喧嚷，呼呼地就如雷轟潮響，兼有爆燦之聲不絕。守淨急開眼一看，只見火光透室，四下皆亮，驚得渾身發顫，慌忙披衣起來開門。外面火光大起，道人飛跑來報道：「住持爺，不好了！正殿上火起，風勢甚猛，快尋出路逃生！」鍾守淨喝道：「胡說，快快教合寺僧眾運水救火！」說話未完，只見後殿火光焰焰，黑煙競起。鍾守淨正慌之間，又

❺水火煉度：是道教黃籙類超度亡靈的一種儀式。煉，指以真水和真火交煉亡者靈魂。度，即修齋行道，拔度幽魂。上清靈寶大法有水火煉度品。

見側首禪堂屋上攛起煙焰來，心下大慌，急忙欲復奔入臥房，庫房門首早見火焰飛騰，驚得手足無措，顧不得金銀寶貝，翻身搶出庫房門外，幾乎被門檻絆倒。忽見幾個和尚喊叫道：「住持爺，快往後門逃走，前門去不得了。山門外一夥大漢執刀攔殺，奔出去的都被砍倒，我們特來報知，速奔後門，還有生路。」鍾守淨聽了，唬得心膽皆碎，回身隨著這幾個和尚，一齊趕到後門來，剛剛走過穿堂，將及後門，門口轉過一條大漢，手拿朴刀喝道：「賊禿，往那裡走？」一刀砍來，砍倒一個和尚，餘者四散逃走。鍾守淨見了，不敢出後門，抽身轉入穿堂。此時，穿堂四周皆已火著，周圍火光亂舞，烈焰飛騰，寺中沒一處不著，果是山搖海沸，地塌天崩，可憐這些光頭和尚東西亂竄，喊哭之聲不絕。鍾守淨欲向前，被火煙隔住，不能向前，欲退後，怕人攔殺，不敢退後，心下惶惶無計，進退不得。正急迫戰兢之際，只聽得霹靂一聲震響，穿堂側首磚牆崩倒，將鍾守淨壓於牆下。這一場大火，真好利害。但見：

濃煙匝地，烈焰烘天。千千匹火馬噴紅雲，萬萬道火龍飛赤電。三尊銅佛，蓮花臺上放光明；四下泥神，黑霧叢中消色相。觀世音焦頭爛額，說不得美貌莊嚴。韋馱神有甲無盔，安在哉英雄猛勇。房房鼎沸，喊聲一片似轟雷；處處奔騰，炎燭半天如白日。真不異火牛復國，田單毒計保齊城❻；又何下赤壁鏖兵，公瑾施謀焚操賊❼？焰到時盡成灰燼，風捲處皆作塵砂。由你

---

❻ 真不異火牛復國二句：戰國時燕國名將樂毅率兵攻陷齊國七十餘城，惟莒和即墨二城未下。即墨守將田單以離間計趕走樂毅，又擺火牛陣大破燕軍，使齊國起死回生。

❼ 又何下赤壁鏖兵二句：漢獻帝建安十三年，曹操率大軍南下。孫權、劉備聯合抗曹。主將周瑜（字公瑾）以火攻燒毀曹軍船隻，大破曹軍，奠定了三國鼎立的基礎。

鐵柱也都熔，便是石樓須粉碎。奔逃無路，眾和尚葫蘆爆碎似椰瓢；叫殺連天，眾好漢鐵面無情如黑煞❽。只有些兒好處，靈魂隨佛到西方；更是分外便宜，師祖徒孫同下火。

金碧諸梵天❾，須臾一火燃。
只因小和尚，毀卻大莊嚴❿。

再說薛志義、李秀、苗龍三人定計火焚妙相寺。這玉帝生辰，苗龍等預先在鍾山蔣侯廟⓫後埋伏僂儸，次後陸續進城。候道場已散，苗龍等在大雄寶殿四下裡放起火來，弟兄三個來往殺人，寺外僂儸攔截和尚。此時正月天氣甚寒，夜深火起，人人都在睡夢中驚醒，身子寒抖抖地兀自把捉不住，誰敢前來救火？更值春初，東南風大發，風催火焰，火趁風威，遍寺火光飛舞。這近寺人家俱各慌張，你我不能相顧，但見兒啼女哭，棄家撇產，各自逃生。況這妙相寺殿宇甚高，火光照耀，滿城一片通紅。地方人等飛也似分投各衙門報知，比及官府知覺，催軍救火時，火勢正旺，山門口金剛殿上，被風捲得煙火萬道，滿空亂舞，火氣薰灼逼人，立腳不住，誰敢上前救火？只是遠遠地站著呆看，叫苦不迭。又見山門

❽ 黑煞：也作「黑殺」。舊謂凶星、惡神。

❾ 梵天：佛經中稱三界中的色界初三重天為「梵天」。其中有「梵眾天」、「梵輔天」、「大梵天」。多特指「大梵天」，亦泛指色界諸天。

❿ 莊嚴：指建築物壯盛嚴整。也指佛菩薩像端莊威嚴。

⓫ 蔣侯廟：漢末秣陵尉蔣子文追捕盜賊，死於鍾山（又名紫金山，在江蘇南京東北）。三國吳主孫權為其立廟於鍾山，改鍾山名蔣山。

口殺死和尚，血流滿地，諒得有歹人放火，一發不敢入寺內來了。

再說沈全隨薛志義進得城內，自尋僻靜去處藏身，至四更盡放火，趁著火勢沖天，帶了同伴僂儸，逕奔到自家門首，只見門裡點著兩三盞燈，聽得趙蜜嘴叫道：「大娘子快些，火燒出牆外來了！」賽玉和長兒無心答應，口中只是求神喚佛，一面收拾箱籠物件。原來趙婆因赴玉皇會，夜深了，就在黎賽玉家借宿，未曾著枕，寺中火起，慌急打點出門奔走。被沈全一腳踢開大門，搶入屋裡，大喝：「淫婦！這番無處去了。」黎賽玉見丈夫提刀趕進，料來不好，驚得魂先沒了，手腳麻軟，跌倒地上。沈全提刀欲砍，見了渾家姿色，臂膊不覺酥軟了，舉刀不起。傍邊轉過一個僂儸喝道：「蛇瘟真沒伎倆，故此淫婦做出事來，見了如何不殺？」說罷，一刀將黎賽玉砍死。趙婆見勢頭不好，欲待走時，被沈全攔住，照頭一朴刀砍倒，又復一刀，結果性命。長兒也被僂儸殺了。沈全將細軟物件和僂儸束縛身邊，也放起一把火來，一齊出門。到寺前，趁著苗龍等只管攔路殺人，因此寺外救火的不得進，寺裡逃生的不得出。可憐只為鍾守淨一人，連累了多少生靈性命。這寺中和尚走不出的，三三兩兩互相摟抱，焚死於火內。或有逃出寺外來的，又被苗龍等邀截殺了，或被房屋牆垣壓死，或你我推倒，被人踏死。寺中和尚十死八九，這火內逃得性命的，真是天大之福。薛志義、苗龍、李秀率領僂儸，正放火殺人之間，遠遠見救火官軍漸次來了，不敢停留，招呼僂儸等一同取路出城。奔到城門邊，已五更將盡，城門開了，一齊大喜，湧出城外。僂儸已備三匹快馬，路口等候。薛志義、苗龍、李秀跨上雕鞍，火速加鞭，率領僂儸取路而回。

話分兩頭。再說牛僕射自道場散後，留公子玉仙在寺中安歇，自回府中，只覺心驚眼跳，坐立不安，心下疑惑。正欲脫衣去睡，家僮飛報妙相寺火起，驚得手足皆顫，忙差虞侯、幹辦一二十人，趕到寺中救公子出來。牛進府衙離妙相寺有二里之遙，虞侯等約摸去了半個時辰，不見回報，牛進如坐針氈，心忙意亂，騎一匹快馬，帶領家僮，縱馬加鞭，奔到寺前來。只見火勢奔騰，黑煙大作，急欲走入寺裡時，傍人報說：「寺內有歹人放火殺人，若進去決遭其害。」牛進聽了，不敢入寺，只得停馬，喝教大小軍士一齊救火。這些軍士口說救火，如同頑耍一般，敲了一聲鑼，一齊扒上屋去，立住腳看火，但聽得搖旗吶喊，那裡敢上前？牛進看了，氣得爆燥如雷，教家僮等四圍打聽公子消息，不見下落，心內空焦。直到五更，風勢漸息，火光漸衰，軍士們方敢向前救滅餘火。天大一座寺院，頃刻變成白地，燒死僧眾，臭不可聞。牛進才知兒子玉仙和老管家等皆死於火內，仰天頓足嚎啕。正悲切間，守門軍士飛報：「北門有強徒數百，奪門出城去了。」一連數次飛報，又見貼寺居民來說：「有鄰人沈全渾家黎賽玉和趙尼姑、小使長兒三口，被人殺死，放火燒屋，幸得鄰居、地方等救熄。」牛進想道：「我一向聞人傳說，鍾守淨和一婦人有姦，我也不信，今日放火殺人，強徒凶惡，豈不是為著姦情來？諒這夥賊決然是林澹然為首，京城內輒敢大膽横行，若不早除，必為大患。此時去尚未遠，調軍急急追趕，一鼓擒之，以洩此恨。」當下忙回樞密院，一面上本奏聞，一面點選精兵二千、馬軍五百，差院判史文通、驍騎校尉馬瑞，率領眾軍，立刻起程，追趕強寇，併力向前，論功升賞。史文通、馬瑞得了將令，火速驅軍出北門，如風捲殘雲一般追來。

再說薛志義等一行人離城不遠，山僻處埋鍋造飯。才吃罷，正欲起行，猛見後面塵頭大起。薛志義看了，指道：「二位賢弟，你看後邊塵起處，必有追兵到來，都要併力迎敵，殺敗來軍，方顯豪傑。」

苗龍道：「追軍若到，誘他至埋伏處，前後夾攻，可獲全勝矣。」說話間，喊聲漸近。薛志義將僂儸一字兒擺開，縱馬向前候戰。史文通、馬瑞率領軍馬旋風般追來，看看趕上，只見前軍擺開，一將生得十分勇猛，騎著一匹黃驃馬，頭戴一頂青紮巾，身穿綠錦襖，手持大斧。背後馬上二將，一樣打扮，兩傍一字兒列著數百僂儸。二人看了，馬瑞道：「觀此強寇，不可輕敵。他已有準備，可將軍馬布成陣勢，然後挑戰。」史文通大笑道：「將軍素稱英雄，今見幾個小寇，何心怯也？就此衝鋒過去，我當助戰，有何懼哉？」馬瑞被史文通言語一激，即提刀躍馬，大喝道：「大膽狂賊，快下馬受縛，免汙刀口！」薛志義罵道：「你這一干害民的死囚，直來我老爺手中納命！」馬瑞大怒，舞大桿刀劈面砍來。薛志義橫蘸金斧，攔頭劈去。兩個一來一往，一上一下，戰到十數合。薛志義提斧往馬瑞面門劈來，馬瑞急忙閃過。薛志義倒拖大斧，撥馬便走。馬瑞喝道：「潑賊奴，逃往那裡去！」縱馬趕來。薛志義領著苗龍等一行人落荒而走，後面馬瑞緊緊追來。史文通見馬瑞得勝，大驅馬步軍兵，搖旗吶喊，殺奔前去。薛志義約走五里之地，回馬又戰數合，撥馬又走。馬瑞殺得性發，那裡肯住？一直追過鍾山。正到風尾林埋伏之處，苗龍放起號炮，馬瑞吃了一驚，只聽得金鼓齊鳴，山凹裡突出人馬來，不知多少，將馬瑞人馬衝作兩截，前後不能相顧。薛志義、李秀、苗龍牽轉馬頭，喝叫眾僂儸一齊奮勇衝殺，前後夾攻。馬瑞見有埋伏，況薛志義武藝高強，料不能取勝，不敢戀戰，拚死殺條血路便走。史文通逃不脫身，被亂箭射死馬下。薛志義驅僂儸截殺官軍，就如砍瓜切菜，殺得屍橫遍地，血流成渠，奪得馬匹器械無數。薛志義見馬瑞去得遠了，也不追趕，收兵取路，逕回山寨。一路上鞭敲金蹬，齊唱凱歌，無人敢阻，望風而避。到了寨中，殺牛宰馬，犒賞僂儸，整備筵席慶賀。

原來這埋伏計都是李秀定下的，官軍果然中計，殺得大敗虧輸。只剩得馬瑞匹馬逃生，進得城門，把吊橋高扯，分付緊守北門，奔入樞密院來。正值謝、牛二僕射聚集大小官員議論此事，探子飛馬報說官軍殺敗回來，眾皆大驚。馬瑞進堂上叩頭請罪。牛進喝問：「汝等怎不用心，以至兵敗？」馬瑞道：「非小將不用心，乃史院判之過。」牛進怒道：「汝乃武士，史院判只係文臣，汝今大敗而回，反推他人之過！」馬瑞道：「不知何處來這一夥強寇，甚是猖獗。為首一將，武藝高強，手提大斧，驍勇無敵，以下僂儸，人人精銳。小將追及之時，彼已預有準備。小將欲排陣交鋒，史院判執定說不須布陣。小將奮勇先出，和那賊廝戰，那賊敗逃，催軍追趕，不期趕至鍾山，突出大隊人馬，將我軍分作兩截，前後夾攻，首尾不能相顧。史院判死於亂箭之下，小將獨力不支，只得回馬。」牛進大怒道：「慣戰之將，不知兵法。須信佯輸詐敗，必有伏兵。如何不小心提備，反遭賊寇之敗，又喪了史院判性命？這分明與賊通謀，反歸罪於他人。敗軍之將，有何面目來見？」喝左右將馬瑞梟首示眾。謝舉急止道：「不可，不可！勝敗兵家之常，不知虛實，誤敗一陣，非故縱也。且未可自殘手足，但削去官職，待立功贖罪。我等且議大事，以覆朝廷。」牛進道：「本該斬首，謝大人勸免，削去本職，待立功之日，另行區處。」當下叱退馬瑞。

謝舉道：「皇城內地前清寧衛申報，牢中逃脫死犯一名李秀，係林和尚窩主。今又被賊盜放火殺人，傷了官軍，殺了院判一員，我等樞密院官體面安在？聖上問及，何以答之？」牛進道：「不知何方來此強寇，如此猖獗？或就是逃犯李秀勾引來的，亦未可知。若不早除，國家大患。我思非林澹然那禿廝，不能如此大膽橫行。」謝舉道：「那林和尚雖觸駕而逃，倒也是一個剛直漢子，這一場事，分明是鍾守淨自取其禍。既為僧家，不守戒律，貪淫敗德，反怪同袍之諫言，誣林澹然私通外國，逼得他無地容身。故此嘯聚亡命強徒，放火殺人，害了許多無辜生靈，又復損官殺卒，其勢不小。奏過聖上，必須發精兵能將征剿，事不可緩。」牛進道：「大人所見，正合吾意，只索速奏，請發兵征討。」

二人說話間，忽報一人飛馬而來，近前下馬，入內相見，卻是內宦洪伺，懷內取出手詔道：「萬歲爺聞知妙相寺被火，僧人遭變，速速宣二位樞密商議大事。」謝舉、牛進急具朝服，上馬入朝。到金鑾殿上，拜舞已畢，武帝道：「五更時分，朕聞有火，披衣起來，見火光沖天，喊聲震耳，朕心駭然。今早方知是妙相寺被盜焚劫，卿等豈不知之？鍾守淨生死若何？」牛進道：「滿寺僧人不留一個，鍾守淨壓死於牆下，屍首尚存。臣中年只有一子幼小，因到寺中燒香，亦遭焚死，寺院盡為灰燼。臣已上表奏聞，即差驍騎校尉馬瑞領軍追剿。叵耐那賊乃是昔日逃僧林太空為首，劫去窩犯李秀，率領凶徒數百，精勇無敵，馬瑞反遭其敗，院判史文通監軍，亦遭陣亡，被他脫逃而去。伏乞聖旨，興大勢人馬，揀選良將，征剿此賊，方除國患。」武帝聽罷，潸然淚下道：「何期鍾守淨仁善真僧，不能圓寂歸西，可憐橫死於岩牆之下，敕命合龕，好生焚化造塔。」又道：「皇城去處，有寇如此，邊隅之地，更當若何？若不早除，誠為腹心大患。二卿職司樞密，速宜遣將出師，捕此惡僧，斬為萬段，以消朕恨。賜卿便宜行事，不必奏請。」牛進、謝舉謝恩而退。回樞密院，將妙相寺被焚及官軍殺傷情由，備細行下文書，各府、州、縣查檢深山僻嶺、邊海沿湖，如有賊寇潛藏，本郡官員速宜申奏，以便本院遣兵征剿。如本境官員有能剿捕賊寇擒獲解京者，連升二級。倘知而不奏，縱賊養奸者，拿問治罪。這文書雪片也似行下各府、州、縣去。

卻說鍾離郡⑫太守姓邵名從仁，字德甫，為人慈祥清慎，蒞任未及一月。當日升堂理事，接得樞密院文書，看畢，對承行書吏商議道：「目今建康妙相寺被寇放火殺人，恣行劫掠，不知何方盜賊，如此強梁⑬？今樞密院行下文書來，著各府、州、縣捱查申奏，汝眾人可知本郡所轄各縣地方，何處險峻幽僻，可藏賊寇？一一查報，以便申奏。」內中一個老成書手稟道：「本府所管州縣一帶，都是西北偏僻之境，其中山嶺甚多，嘯聚剪徑的不只一處。只有定遠縣劍山極其險峻，周圍百里，山頂有一寺，名彌勒寺，內藏一夥強人，尤為凶險。為頭三個大王，智勇兼全，部下聚集千餘亡命之徒，專一打家劫舍，白日搶擄。本府與各州縣老爺屢次招軍剿捕，不能取勝，近日招軍買馬，其勢愈大。數日前，人傳皇城被盜，焚寺殺人，沿路劫掠，都諒著是這夥強寇。今日詳樞密院發下的文書，亦為此事，必是此盜無疑。」邵從仁道：「前官好無見識，既有大寇橫行，即當申奏征剿，何故懈玩，縱盜為虐，養成賊勢？今日不速征剿，更待何時？」眾書吏稟道：「這一夥強盜不比別的小賊，雖然劫掠梟勇，中間多存仁義，因此小民悅服，官軍難捕。」邵從仁道：「胡講！既為劫盜，無非是殺人放火，劫奪不仁，有何好處？」眾書吏道：「老爺不可輕看了此賊，這寨主姓薛，名志義，生得虯髯黑臉，兩臂有千斤之力，人皆叫他做黑判官。初上山為盜時，縱性殺人，無所不為，近日來不知怎地改過，只取錢財，不害人命，這遠近地方窮苦百姓，反齎助些銀兩，得以過活。」邵從仁笑道：「你等為賊所愚，這是他誘人之法。窮苦百姓不得衣食的，有些齎助，都從這廝為盜了。」書吏道：「不是順他為盜，老爺管下二州六縣地方，風

---

⑫ 鍾離郡：東晉時置，治所在蕪縣（今安徽鳳陽東北）。

⑬ 強梁：強橫凶暴。

俗刁頑，恃強欺弱，倚富淩貧。豪貴之人，暴戾者多，屢為不公不法之事，欺壓小民，及至興詞告理，反是貧民受苦。這薛志義專一憐貧濟困，剪戮豪強，小民或被豪富所欺，到他山寨中訴冤，反贈銀兩，或送米布，不拘遠近，親自帶領人馬，將恃強為惡之人登時殺戮，放火燒屋，掠劫一空。良民善士毫無侵犯，過路單身客商並不加害。百兩之內一毫不取，百兩之外十取二三。英雄落難之士，必贈盤纏，故此遠近盡皆悅服。本郡各縣老爺幾次差兵擒剿，這些士兵捕卒見了他，誰敢交戰，望風而走。因此官軍不能捕捉。」邵從仁聽罷，乃發付眾人散去。退入後堂，寢食俱廢，心下躊躇：「這一夥強寇所為，意不在小，如此假仁借義，除暴憐貧，乃是收買民心之計。目下朝廷專信釋教，持齋看經，不理國政，四方盜賊蜂起，干戈日興，倘或旦夕為亂，百姓附之，豈不我處先遭其害？那時玉石俱焚，涇渭莫辨。不如及早申明省院，調遣名將，起大隊人馬來，方可除得此寇。」連晚修成文書，差一個老成幹辦，星夜進京，入樞密院申報。

當日，牛進、謝舉二僕射接到鍾離郡公文，拆開看時道：

鍾離府知府邵從仁為剿寇靖國安民事。卑職所轄郡縣地界，俱西北山僻之境，盜賊易於潛匿，目今朝廷崇重釋教，猾賊益多，無事則結黨為盜，事發則削髮為僧，雖加嚴緝，而緝捕人員眼見是盜，不敢擒獲，只礙皇上敬信之故也。本府所屬定遠縣劍山彌勒寺中巨寇，姓薛名志義，綽號黑判官，有萬夫之勇，部下健卒僂儸約有數千餘人，橫行劫掠，假仁借義，買結民心，度其所為，非只劫盜而已。本郡官兵收捕，屢為所敗。近奉明文，妙相寺火焚殺戮僧眾一事，非此大寇，不敢如是橫行。卑職夙夜乾乾⓮，偵查的確，已行募集鄉兵，操演訓練，專候奏請天兵，檢選大將，并力剿除，若更遲延，恐釀成大患。伏乞照詳⓯施行。

二僕射看畢，謝舉道：「此賊巢穴離皇城頗遠，來往亦須數日。為何一路並無攔阻警報，任彼進退自如？」牛進笑道：「鍾離郡至京城路程雖遠，然一路無人阻擋，皆是這一班貪位無能鼠輩各保身家，畏刀避劍，故此賊得以毫無忌憚。目今既有下落，速宜征剿。」謝舉道：「我國自聖上創業已來，又早二十餘年，銷兵偃武，人不知戰，老成之將俱已凋謝，目今將士雖多，只可充數而已。智勇足備者略無一二，征討賊寇，所任不得其人，多致喪師辱國。愚意奏過皇上，大開教場，聚集大小將士，演試武藝，壇上掛先鋒印一顆，選弓馬熟嫻、武藝出眾者為先鋒，領軍剿捕，庶可奏凱。大人尊意若何？」牛進道：「尊論甚善。」二僕射一面奏請聖旨，一面出榜曉諭諸將，約於正月二十七日，聚集教場操演武藝，如原在軍伍而不到者，必以軍法從事。

至期黎明，上自總戎都督，下自部卒小軍，齊入教場，各各戎裝披掛，皆依隊伍而立，甚是嚴整，專待謝、牛二僕射到來。少頃，聽得炮聲響處，前呼後擁，謝舉、牛進已到，眾文武官員一齊打躬，迎入演武廳上。行禮罷，同上將臺，左位謝舉，右位牛進，其餘官僚文東武西，各依職位序坐。眾多將士

⓮ 乾乾：形容自強不息。

⓯ 照詳：舊時公文中常用字樣。詳，即審議、審查。照詳一詞多用於申狀結尾。伏乞照詳施行，即請求批示執行。

一字兒排列兩傍，果然是弓上弦，刀出鞘，旗幟遮雲，刀鎗燦雪。眾將躬身聽令，三通鼓罷，宣令官上將臺，跪請樞密院老爺將令。謝舉傳令，教合營各衛軍士擺成五方陣勢。宣令官執著令旗，飛也似下將臺上馬，遍傳將令。只見號旗麾動，眾軍士隨著隊伍紛紛繞繞，擺下五方陣勢，金鼓喧天。演陣已畢，牛進傳下將令道：「目今朝廷多事，變故日生，武備久荒，將士不堪任用。近日妙相寺被定遠劍山大寇焚劫一空，本院奉聖旨發兵征剿，今日操演將士，擇日起兵。奈無智勇之士為前部先鋒，特於諸將中，挑選武藝拔萃者掛先鋒印，統領三軍，征討賊寇，功成升賞。」出令罷，教軍士在演武廳東首遠一百八十步，地上插一長竿，將先鋒印掛在竿頭，演武廳西首也遠一百八十步，地上插一長竿，將一領細錦團花戰袍掛在竿上，先射印，後射袍，有能兩箭射落袍印者，即授先鋒之職。軍士打點完備，金鼓震天。號聲未畢，右隊門旗影裡閃出一員少年大將，生得面如冠玉，唇若塗朱，眉清目秀，狀貌魁梧，身穿一領綠閃紅錦戰袍，頭戴一頂鳳翅金盔，腰繫細花金帶，腳登花襯戰靴，騎著一匹白馬，躍馬而出道：「小將無能，試取此印。」不知這將官姓甚名誰？正是：

主帥壇前施號令，將軍馬上逞英雄。

畢竟這員將官奪得先鋒印否？且聽下回分解。

艮集總評

西湖漁叟曰：旨哉，林太空之以澹然號也。吾於艮集而黐得坎之妙。何者？杜成治因酒致疾，張捷為色幾亡，鍾守淨貪狼殺身，薛志義賈勇釀禍，此皆不能澹，故爾取。既澹，則心若太虛，空此四者，稜稜俠骨，何人不欽？湛湛神光，何微不燭？故感知己，服異類，獲天書，全身遠害，皆澹中得來。澹然乎，得澹之真者乎？向使杜都督澹爵祿，則掛冠返魏，父與子保首丘矣。張大郎澹美色，則坐懷不亂，狐雖媚不能惑矣。黑判官澹血氣，何至喪元溝瀆，召天兵之誅？鍾住持澹世味，何至變起蕭墻，罹赤幣之慘？夫惟不澹乃慾，慾則不剛；澹則無慾，無慾乃剛。澹莫若水，流行坎止，玄之又玄，澹然之謂乎？艮，吾知其山矣，而得力則水焉。故曰：於艮集而黐得坎之妙。

第十六回　奪先鋒諸將鬥勇　定埋伏陳玉鏖兵

詩曰：

旗幟鋪雲刀燦雪，將軍陣上分優劣。
力堪舉鼎❶顯彪熊，箭發穿楊❷馳駿驖。
揮戈上逼星斗寒❸，投鞭下使江流絕❹。
恃強不識有陰符❺，錦袍應濺英雄血。

話說教場中演武，一少年將官出馬，眾軍視之，卻是將門子弟，姓夏名景，官拜金吾衛驍騎將軍，

❶ 力堪舉鼎：史記項羽本紀：「(項) 籍長八尺餘，力能扛鼎。」謂勇力超群。

❷ 箭發穿楊：戰國策西周策：「楚有養由基者，善射，去柳葉者百步而射之，百發百中。」謂射箭能於遠處命中楊柳的葉子，極言射技之精。

❸ 揮戈上逼星斗寒：淮南子覽冥訓：「魯陽公與韓搆難，戰酣，日暮，援戈而撝 (揮動) 之，日為之反三舍。」

❹ 投鞭下使江流絕：晉書苻堅載記下載：前秦苻堅將攻東晉，部下石越認為晉有長江之險，不可輕動。苻堅說：「以吾之眾旅，投鞭於江，足斷其流，何險之足恃？」後以「投鞭斷流」形容兵眾勢大。

❺ 陰符：古代兵書名。

慣使長鎗，武藝精熟。眾軍都道：「這將軍必奪先鋒。」夏景縱馬向演武廳東首來立定，彎弓搭箭，颼地一箭，先鋒印早已墜下，眾軍士一齊喝采，鼓角齊鳴。夏景霍地下馬，取了先鋒印，掛於帶上，飛身上馬，跑過演武廳西首來，一眼覷著錦袍，扳滿弓，搭上箭，口裡喝聲道：「著！」一箭射去，性急了些兒，射不著錦袍，只聽得刺地一聲響亮，卻中在竿上，眾軍士也一齊喝采。謝舉、牛進在將臺上看的分明，笑道：「好箭！雖不中，不遠矣。」問宣令官：「那射落先鋒印的是誰？」宣令官稟道：「是金吾衛驍騎將軍夏景，其父夏振宗，現在朝為直殿將軍。」牛進笑道：「不枉了將門之子。」即傳令：「夏景雖射不下錦袍，一箭也中竿上，先鋒印已奪，宜任此職。」言未畢，只見左隊門旗影裡閃出一員大將，身長九尺，腰大十圍，方臉闊頤，粗眉大眼，相貌堂堂，威風凜凜，攘拳奮臂，嚷道：「夏將軍，可將先鋒印留下，讓我來掛！」夏景道：「此印我已奪了，二位樞密大人鈞令，委我本職，汝何敢來攙奪？」那將道：「適間樞密大人將令，原說先射印，後射袍，印袍俱落，方為先鋒。今你只射得印，豈可便充此職？你不看長竿掛的錦袍，還在竿上飄颺麼？」有詩為證：

莫訝區區一錦袍，先鋒陣上顯英豪。
弓弦響處隨聲落，方信將軍武藝高。

眾人視之，乃是鎮國將軍施大用，原是遼東軍衛出身，因剿苗寇有功，官至三邊守備，歷年守邊平靜，升為本職。當日在教場中，見夏景射了先鋒印，卻射不下錦袍，故來爭奪。夏景道：「你雖說得有理，且看你手段如何。你就先射錦袍，射得墜時，就讓印與你射，二者中式，奉讓先鋒。只是射不中時，休怪笑話。」施大用喝道：「不必多言，先鋒穩取我做！」將臺上二樞密見二將爭論，忙傳令道：「諸將不許爭競，但能射得袍印者，即是先鋒。」夏景聞令，不敢做聲，立馬觀看。施大用得令，縱馬到演武廳西首，帶住馬轡，挽起袍袖，左手彎弓，右手搭箭，一眼覷得分明，對錦袍射一箭來，只聽得弓弦響處，錦袍隨箭而下，眾軍士喝一聲采，鼓角齊鳴。施大用縱馬取袍，披於身上。夏景見施大用射卻錦袍，只得把先鋒印交與宣令官，依舊掛在竿上。施大用道：「馬上放箭，何以為能？且看我平步取之。」說罷下馬，走過演武廳東首，離長竿一百八十步，拈起寶雕弓，搭上狼牙箭，對著長竿射去，只見先鋒印滴溜溜跌落塵埃，金鼓大震。有詩為證：

百步穿楊技果奇，從今再見養由基。
弓開滿月流星墜，奪取先鋒金印歸。

施大用放下弓，拱手道：「慚愧！」只聽得一片聲喝采。施大用取了先鋒印，飛身上馬，向將臺上聲喏道：「謝樞密大人袍印。」夏景看了，心下不忿，大叫道：「先鋒印本是我掛了，如何你攙越❻奪去？好好將袍印來分了，袍是你得，印是我掛。」施大用道：「將令已出，怎敢有違？你為何不學我將錦袍射落？」夏景怒道：「你偶爾得中，乃分內之事，何足為奇。你敢和我比試武藝麼？」施大用笑道：「就和你見個高低，惟恐動手處有傷和氣耳。」夏景大怒，手挺兵器，欲戰施大用。謝舉、牛進見了，忙傳將令禁止道：「今日操演將士，揀選先鋒，正要出軍剿賊，不可自相爭鬥。二虎相爭，必有一傷。

❻ 攙越：越出本分，如越職、越權等。

倘有疏虞，於軍不利。施大用袍印俱得，准為先鋒。夏景武藝精通，即令押後，監管糧草，待日後論功升賞。」施大用聽令，即棄鎗下馬。夏景只是不服，喊叫道：「印是小將先射落，怎地反被後射的奪了去，死也不服，今日定要和施大用分個強弱。」爭嚷不已。牛進怒道：「吾令已出，誰敢執拗？」叫軍士捆下，重責四十。謝舉忙勸道：「軍法固當如此，只是壞了他父親夏君體面。我有主意在此，依前另取一件錦袍，著夏景再射，如射得袍墜，再定先鋒，射不中，然後以軍法治之，使他無怨。」傳下將令。夏景聽說復射錦袍，心下暗喜。宣令官將一領戰袍繫在竿上，夏景也不上馬，也離竿一百八十步站定，不轉睛的看著錦袍，抖擻精神，看清射去，錦袍隨箭墜地，鼓角喧天，軍士齊聲喝采。夏景忙上將臺聽令。謝舉和牛進商議道：「此一節亦為難處，二人皆射中袍印，定誰為先鋒是好？定了一人，這一人未免不服，豈不復起爭端？」牛進低頭想了一會，笑道：「有處了。傳下將令，施驃騎、夏驍騎二人箭法皆精，武藝俱熟，手段相等，難以定奪先鋒。戎事以勇力為先，今將臺側首插帥旗的石礅，重有千斤，二人之中，有能雙手舉起離地三尺者，即掛先鋒印。若再不遵，仍前爭競者，定按軍法。」施大用、夏景得令，都各卸下盔甲、錦袍，摩拳擦掌，賽勇鬥力。夏景挽起襯衣，奮勇先向前，雙手來掇這石礅，掙得滿面通紅，掇起石礅離地尺餘，力不能勝，只得放下。施大用見夏景舉不起石礅，高聲道：「小將軍請開，待我老施來舉！」大踏步向前，將石礅仔細看了幾眼，八字腳立定，用盡平生之力，雙手掇起石礅，足有三尺餘高，上下將士齊聲喝采。大用左右顧盼，然後輕輕放下。牛進對謝舉道：「這將的氣力，恰也看得過了。」謝舉未及回答，只見黃旗隊裡擁出一員壯士。但見：

頭戴綠錦抹額紮巾，身穿滾袖蜀錦戰襖，腳蹬黑色戰靴，腰繫繡衣裹肚，生得面如噀血❼，身似金剛，一部落腮鬍，兩隻銅鈴眼，眉生殺氣，目射金光。

虎一般擁出來，大叫：「這石礅重不上千斤，舉不過三尺，何足為勇，也教眾人喝采？待我舉與你看，以奪先鋒。」將臺上牛進看見，問：「這將官是誰？現居何職？」宣令官下將臺問了名姓，上臺稟覆道：「這勇士姓樊，名武瑞，是國舅王驃騎將軍麾下聽用旗牌官。」牛進喝道：「無名下將，輒敢來爭奪先鋒，與我亂棒打出！」謝舉道：「用人之際，何分貴賤？看他勇力超群，即當拔用。」牛進默然不語。即傳令教樊旗牌試舉石礅，看取勇力如何。樊武瑞得了將令，摳衣上前，雙手將石礅輕輕掇起，就如提瓦片相似，離地五尺有餘，自將臺南首走過北首，自北首又轉南來，周圍反覆三次，依舊輕輕放下，面不改色，氣不喘息，滿場將士都看得呆了，不知這勇士有多少氣力。西江月詞為證：

試看精神抖擻，謾誇膂力豪雄。將軍八面有威風，提起山搖地動。一似卞莊打虎❽，猶如蒯聵誅龍。子胥舉鼎震秦公❾，樊武瑞英名堪共。

---

❼ 噀血：原意為含血而噴。這裡用以形容紫紅色。噀，音ㄒㄩㄣˋ。

❽ 卞莊打虎：卞莊子，春秋魯國大夫，著名勇士。史記張儀列傳：「(卞)莊子欲刺虎，館豎子止之，曰：『兩虎方且食牛，食甘必爭，爭則必鬬，鬬則大者傷，小者死，從傷而刺之，一舉必有雙虎之名。』卞莊子以為然……一舉果有雙虎之功。」

❾ 子胥舉鼎震秦公：傳說秦穆公欲稱霸中原，要各國君王於臨潼盟會。席間秦穆公提出宮前有座寶鼎，重達千斤，以誰能舉起，來分各國高下。楚國少年伍子胥赴秦，在秦王宮中將千斤大鼎舉過頭頂，滿朝大驚失色。

謝舉、牛進大喜，差宣令官叫樊武瑞上將臺來。樊武瑞隨宣令官到將臺上跪下，謝舉笑道：「看你儀表不俗，果是勇力過人，不減伍明輔舉鼎之威。你平日精熟那一件武藝？」樊武瑞稟道：「小旗牌慣舞大刀，兼能使飛叉，百發百中。」牛進令取大刀、飛叉與他，試看能否。樊武瑞叩頭謝了，飛身下將臺，跨馬提刀，在教場中賣弄手段。初時刀法尚緩，後來精神抖擻，前衝後掤，左旋右盤，就如花錦相似，看的人都看得眼睛花了，人人稱羨。樊武瑞舞罷大刀，又使飛叉。舞了一回，將叉往空中一擲，約高三丈，翻身接入手中，滿場人盡皆喝采：「真實手段高強！」舞罷，下馬聽令。謝舉道：「樊武瑞武勇絕倫，足稱萬人之敵，賜金牌一面，錦袍一領，取印與他掛了，定為先鋒之職；施大用、夏景為中軍左右羽翼，各賜銀牌一面，花紅金鼓迎回。」次後二樞密上轎回衙，大小將士各自散訖不題。

次日早朝，謝、牛二樞密將所選之將面奏武帝，擇定本月吉日出軍。先遣先鋒樊武瑞領馬軍五千，步軍一萬，剋期進發；次後點牛進心腹之人、左將軍陳玉，同左右兩翼大將施大用、夏景，共領馬步軍兵三萬，一同討賊，當日起程。但見：

旌旗招展，繡的是神虎神龍；彩幟飄搖，畫的是飛熊飛豹。震居甲乙⑩，重重疊疊翠攢青；離屬丙丁⑪，焰焰烘烘紅簇絳；乾臨壬癸⑫，騰騰黑霧鎖天涯；兌守庚辛⑬，陣陣白雲升碧漢；

---

⑩ 震居甲乙：震，卦名。八卦之一。象徵雷震。易說卦：「萬物出乎震。震，東方也。」故以震位指東方。史記天官書：「察日、月之行以揆歲星順逆。曰東方木，主春，曰甲乙。」

⑪ 離屬丙丁：離，卦名。八卦之一。代表火。易說卦：「離也者，明也，萬物皆相見，南方之卦也。」故以離位指南方。呂氏春秋孟夏：「其日丙丁。」高誘注：「丙丁，火日也。」

中央戊己⑭，高標著金纂杏黃旗。繡襖親軍，手執定皇封傳令劍。前面擺千千隊畫戟鋼刀，後面列萬萬行銅錘鐵斧。亮錚錚漫天兵刃，密匝匝遍地干戈。鞍上將雄赳赳勇猛勝蚩尤⑮，步下兵氣昂昂英雄欺項羽。壓倒韓侯臨趙⑯地，絕勝王翦⑰出秦關。

牛進親自送別，分付陳玉、施大用等用心剿賊，早獻捷書。陳玉道：「不須恩相費心，小將穩取破賊，奏凱而回。」當下陳玉眾將等辭別牛樞密上馬，領軍士取路逕渡大江，陸續進發，一路征旗蔽日，殺氣漫空，大刀闊斧，殺奔鍾離郡來。

再說薛志義、苗龍自從救了李秀，放火燒了妙相寺，殺死和尚，回到寨中，終日飲酒慶賀，不覺十餘日。一日，正飲酒間，薛志義提起殺鍾守淨一事，苗龍道：「託二哥妙算，把這些腌臢禿驢殺得盡絕，也替林住持報了冤仇，也洩了我弟兄們不平之氣。但只是壞了許多官軍，又殺他一員主將，朝廷知道，

---

⑫乾臨壬癸：離，卦名。八卦之一。易說卦：「乾，天也。」易說卦：「乾，西北之卦也。」說文壬部：「壬，位北方也。」癸也指北方、北部。

⑬兌守庚辛：兌，卦名。八卦之一。象徵沼澤。古人以八卦配八方，兌為西方。庚，西方。

⑭中央戊己：古以十干配五方，戊己屬中央，於五行屬土，因以「戊己」代稱土。

⑮蚩尤：傳說中的古代九黎族首領。以金作兵器，與黃帝戰於涿鹿，失敗被殺。

⑯韓侯臨趙：韓侯，指韓信。楚漢相爭，齊、趙反漢。漢大將韓信東下井陘擊趙，斬成安君陳餘泜水上，擒趙王歇。

⑰王翦：戰國末期秦國名將，輔助秦始皇兼滅六國。

焉肯罷休，必然發兵征剿。倘一時官軍掩至，我這裡若無防備，難以抵敵。須是整頓僂儸，準備廝殺。」薛志義掀髯笑道：「賢弟素稱量大，今日何以自怯？自古道：『水來土掩，兵至將迎。』那廝們被我殺得片甲不回，心膽皆碎，誰敢再來？縱有軍馬，直教他一人一騎不得回鄉。」李秀道：「三弟之言，大哥不可不聽。皇都去處，殺傷官軍，在你我做皇帝，也容不得，豈肯干休罷了？大哥你看，早晚必有大軍來也，須要定計待他，先人一著，庶不臨期慌亂。」薛志義道：「既如此說，二位賢弟有何良策？」苗龍道：「大哥一面操練僂儸，打點器械，安排擂木炮石，緊守山寨。待小弟去東魏林住持那裡走一遭，一則報說燒寺殺鍾和尚之事，二則求請他來山寨裡幫助解圍。大哥心下何如？」薛志義道：「若得林住持來甚好，只怕他未必肯來，徒勞往返。」李秀搖頭道：「不穩，不穩！那林住持若肯來時，當初不苦苦要去了。近來他得了異術，神通廣大，但求他的妙計，或是法術兒，傳來退敵，助助軍威也好了。」苗龍道：「你說得是，待我親去求他，或來或不來，臨機應變，再作道理。」薛志義道：「若賢弟肯去，明早就行。」苗龍道：「事不宜遲，明早就動身。」

次日，苗龍吃了早飯，換了一套衣服，扮作客商模樣，藏了銀兩禮物，問了沈全路程，辭別薛志義、李秀，下山取路往東魏地界來。一路饑食渴飲，夜住曉行。他原是飛檐走壁的人，不愁關津難渡，已過了梁魏交界關隘。又行了數日，早到了石樓山下，苗龍訪問林澹然住處，遇一個土人道：「甚麼林澹然？我這裡不省得，但過此山南去一里多路，張太公莊上有一位遊方和尚，德行清高，莫非是他，你去問看。」苗龍謝了，拽開步逕尋到張太公莊上來。走入柴門，裡面靜悄悄並無一人。苗龍在佛堂門首立了一會，又不見人出來，移步進佛廚邊，咳嗽一聲，廚後轉出一個黃胖道人，問道：「是甚人在此？」苗龍拱手道：「這裡莫非是張太公莊上麼？」道人道：「正是。公有何話說？」苗龍道：「貴莊裡有一位林長老可在麼？小子特來拜望，有煩轉達。」道人道：「林老爺雖然在莊，只是今日有些薄事，不暇接見，足下另日來罷。」苗龍道：「小子不遠千里而來，求見長老，豈有不見空回之理？煩乞引進。」道人道：「足下高姓？既是遠來，且在佛堂側首廂房裡暫坐，待晚上替你通報。」苗龍謝道：「若得如此甚好。在下姓苗，建康人。」那道人開門，領苗龍轉入佛堂東首廂房裡坐下，道人進去，不多時，捧出一盞茶來，苗龍吃了，道人接盞，依舊進去了。

苗龍獨自個坐了一會，甚是寂寞，暫且踱出廂房外來閒看。轉彎抹角，走入禪堂，穿過西廊，直至香積廚外，見一個小小弄兒。苗龍走進觀看，趄出弄口，只聽得隱隱喊殺之聲，暗想道：「卻不作怪麼，這莊子裡為何有喊殺之聲？來得蹺蹊。」擡頭一看，只見弄側有牆門一座，門兒緊緊閉著。苗龍捱近，在門縫裡張望時，驚得魂飛天外。原來牆內有空地一大片，約五七畝開闊，中間有一座土山，上坐著林澹然，身披火焰褊衫，赤著一雙腳，右手仗一口金鑲寶劍，在那裡作法，指揮五百餘個壯士廝殺，身穿紅綠二色，全副披掛，手執青白旗號，各分隊伍，奮勇鏖戰，因此吶喊。苗龍悄悄在門縫裡張望，埋頭伏氣，不敢轉動。看了半晌，只見林澹然將劍尖指著，口裡喝道：「兩軍暫歇！」這些大漢各依號色分立兩邊。林澹然又口中念念有詞，喝道：「五雷真君律令敕！」倏忽之間，眾軍士無影無形，盡皆不見。

有詩為證：

秘籙有威靈，能藏百萬兵。

胸中多武庫，試動鬼神驚。

苗龍暗想道：「這法術實是玄妙，不要衝破了他。」抽身復進弄裡，依原路走到廂房等候。

傍晚，方見道人出來問道：「適才足下何處去了？教我遍處尋你不見。」苗龍道：「方才我去閒玩，故此失候，殿主可曾通報麼？」道人道：「林老爺看經完了，我已說知，足下就隨我進來。」苗龍隨著道人同行，道人先入廳裡稟道：「外面姓苗的遠方人，特來訪老爺，等候半日了，現在門外。」林澹然知是苗龍，教請進。苗龍走進廳內便拜，林澹然忙扶起道：「不須行禮。」苗龍立起來唱了喏，稟道：「久別恩爺，心常懸念，今得一面，足慰渴想。敢問住持爺，向來安樂麼？」林澹然道：「賤體粗安，常感你弟兄們厚情，每恨無由相見。前承厚禮，受之未答。今日為何得閒到此？」苗龍道：「小人弟兄們久仰大恩，未伸孝敬，日前差沈全問安，蒙賜華禮。今有一事，特來拜求，兼有些須禮物奉獻，聊表微意。」說罷，打開包裹，取出一個赤金缽盂來，雙手捧上道：「別樣金銀寶物，諒住持爺是不受的。小人費了一片心，尋得個巧匠，打就這缽盂，送恩爺早晚盛齋供佛，伏乞笑留。」林澹然接了道：「貧僧本不該受，難得你一片好心，若不領時，反拂了你的美意，權且收下。」苗龍見林澹然受了，不勝之喜。林澹然令廚下辦酒飯相待，自己相陪飲酒。苗龍問道：「向蒙恩爺靈符救出李季文來，今已在山寨中坐第二把交椅，感激恩爺不盡。這法術果是靈驗，不知還有甚奇術，使小人一見麼？」林澹然笑道：「這過街老鼠，又來調謊了。適才在牆外門縫裡張望的是誰，卻假來問俺？」苗龍失驚道：「這等說恩爺已看見小人了？」林澹然道：「貧僧早已覷見是你，故演完了這場戲法。若是他人窺覷，俺即收了不與他見矣。」苗龍道：「妙妙法，此是撒豆成兵⑱之術。」林澹然道：「此乃小術，何足為異。日前李秀若不是俺用那法兒救他，怎到得你山寨裡來入夥？如今山寨中興旺麼？」苗龍道：「感承住持大德，敝寨甚是興旺，錢糧頗有。只是目下惹出一場大禍，小人特來見恩爺，求解救之策。」林澹然道：「老僧再三囑咐，待時而動，為何又惹甚大禍出來？」苗龍將放火燒妙相寺，殺了鍾守淨及滿寺僧人，沈全殺了黎賽玉、趙尼姑，又殺敗了官軍，備細說了一遍。林澹然大驚，埋怨道：「你這一夥鹵漢，忒也大膽！皇都禁城內，好去放火殺人的？真是尋死之事，怎地逃得出這龍潭虎窟？」苗龍道：「都是李季文等定下計策，離城鍾山風尾林蔣侯廟中埋伏僂儸，內外夾攻，因此官軍大敗，殺了他主將一員。」林澹然道：「鍾守淨這廝貪財好色，諂佞小人，自取其禍，殺之不足為過。可憐這一寺僧人，賢愚不等，盡皆死於非命，這冤孽如何解釋？又殺死官軍若干，朝廷必有大軍至了。」苗龍道：「山寨中兵卒雖精，不過數千，怎生樣敵得官軍，保全得性命方好？」林澹然思了一會，對苗龍道：「這山寨幽僻去處，前後並無接應，又無城廓可據，大隊軍馬一到，如泰山壓卵，倘團團圍住，放火燒山，如何處置？只絕了汲水之道，也是死了。如今沒甚麼妙計，三十六著，走為上著。你快回去，教薛判官眾人收拾金銀財物，燒毀寨柵，打發僂儸散夥，汝弟兄三個快逃入東魏來，再圖事業，庶免此禍。」苗龍道：「小人來而復去，往返路程遙遠，眾官軍已至，如之奈何？」林澹然道：「這也說得是，待俺揲一著⑲，以占凶吉何如？」遂乃焚香點燭，請聖通誠，揲得離卦⑳之九四爻。看爻辭云：「突如其來如，焚如，死如，棄

---

⑱ 撒豆成兵：舊時傳說中謂散布豆類即能變成軍隊的一種魔法。

⑲ 揲一著：揲著，數蓍草。古代問卜的一種方式。揲，按定數更迭點查物品。揲，音ㄕㄜˊ。

如㉑。」象㉒曰：「突如其來如，無所容也㉓。」

林澹然大驚，拍案道：「罷了罷了，此大凶之象！九四臣位也，與六五君位相逼。恃強淩主，猝制君威，是以陽迫陰，剛而犯上，非順德，非德剛，太激取禍必慘，故焚而死，死而棄，何所容其身乎？正應在目下數日之中，主眾人喪身殞命。」苗龍驚慌無措，忙道：「此事恩爺怎地設個法兒解救得麼？」林澹然道：「大數已定，雖諸葛復生，不能救矣。」苗龍道：「既然如此，待小人急急趕去，探看消息何如？」林澹然道：「去亦遲了，若去必遭其禍。此數應在七八日之間，決有信息。你只在梁魏交界地方緊要路口等候，必有人到，切不可過界口去。若有人至，即可同到俺莊裡來，再作計議。」苗龍聽罷，兩淚交流，跌足痛哭。林澹然勸道：「哭亦無用，今夜且安宿一宵，明早起程，打聽消息。」苗龍只得收淚，在廂房裡安歇，那裡睡得著？翻來覆去，眼也不合，巴不得雞鳴。正是歡娛嫌夜短，寂寞恨更長。捱到五更，起來梳洗。道人已打點飯食停當，伏侍苗龍吃了，辭別林澹然，出了莊門，依舊取路而回，不在話下。

再說薛志義、李秀打發苗龍起身之後，即在寨中親自操練僂儸，打點器械，分付緊守四面隘口，整頓迎敵官軍。不數日之間，探馬飛報，朝廷發軍五萬，漫山塞野殺奔前來，薛志義也自預先準備，即分

⑳ 離卦：易說卦：「離，為火，為日，為電，為中女，為甲冑，為戈兵。」

㉑ 突如其來如四句：突如其來如，突然發生大火。焚如三句，焚燒致死，而遭拋棄。如，語助詞。

㉒ 象：周易專用語，謂解釋卦象的意義。

㉓ 無所容也：天人所不容，意謂死無葬身之地。

撥僂儸下山對敵。

卻說陳玉、施大用等軍馬已到鍾離郡，將軍屯紮城外，分立五營。太守邵從仁迎接入城，到公廳相見，設宴相待。陳玉問：「這劍山乃本郡所轄地方，既有大盜，為何不早驅除，以致蔓延日久，恣行殺害？目今天威震怒，欽差下官等前來剿戮，郡守有何良策，乞請見教。」邵太守道：「卑職無能，濫叨厚祿，臨任未久，民情不能盡諳，軍旅之事一無所知。只是此盜假仁借義，買結民心，其志不小，故卑職請天兵早行除剿。幸得老大人列位將軍到來，此賊合休，必在指日奏凱矣。」陳玉道：「大軍初臨，未知此盜虛實，明日先著樊先鋒試探一陣，然後用計破之。」邵太守道：「大人主見甚明，正當如此調遣。」當夜席散，送陳元帥等諸將出城回寨。次日，陳玉出令：著樊武瑞先領馬軍五千，步軍一萬，進兵定遠，直搗劍山賊寨。樊武瑞得令，催軍奮勇殺奔劍山來，陳玉等大軍隨後進發。

伏路僂儸早已報入大寨，薛志義分付李秀緊守寨柵，自領三千僂儸，全身披掛，殺下嶺來，兩邊排成陣勢，射㉔住陣腳。樊武瑞立馬於門旗下，只見對陣門旗開處，鼓聲震天，擁出一員賊將，怎生打扮？但見：

頭戴鑌鐵鳳翅盔，身披鎖子連環甲，騎一匹高頭烏騅㉕劣馬㉖，拿一柄鐵柄蘸金大斧。

㉔ 射：攔阻。

㉕ 烏騅：西楚霸王項羽所騎戰馬名騅，後人稱作烏騅。騅，音ㄓㄨㄟ。

㉖ 劣馬：性情暴烈、不易馴服的馬。

那將出陣大叫：「那一個討死的賊敢來挑戰？」樊武瑞驟馬當先，大叫道：「吾乃陳元帥部下先鋒大將樊武瑞，奉聖旨特來擒汝這夥小賊。天兵到此，不下馬納降，更待何時？」薛志義大怒：「汝等無道，百姓遭殃。可惡你這班不思盡忠報國，老爺正要興兵弔民伐罪，今日卻自來送死，快下馬，免汝一斧！」樊武瑞大怒，舞刀躍馬，殺過陣來。薛志義橫蘸金斧迎敵。兩個一來一往，戰了三十餘合，不分勝負。樊武瑞暗暗喝采。二將又鬥了數合。樊武瑞虛砍一刀，撥轉馬佯輸而走。薛志義不捨，趕入陣來。樊武瑞看薛志義來得漸近，背取飛叉，照心窩一叉刺來。薛志義早已看見，側身躲過，遂不再追，回馬跑入本陣。樊武瑞大喝：「潑賊，走那裡去！」放馬趕來。薛志義笑道：「我放你去罷了，如何又來納命？」兩個又鬥四十合，薛志義回馬便走。樊武瑞趕來，薛志義斜拖大斧，拈弓搭箭，看得清切，射一箭來，正中樊武瑞的馬頭，那馬就回跑到門旗邊，負疼前足跪倒，將樊武瑞掀翻地上。薛志義飛馬輪斧，攔頭便砍，幸得牙將奮死救了性命。薛志義大殺一場，施大用、夏景左右兩枝救兵到，接應去了。

薛志義得勝，收點僂儸回寨。李秀接著大喜，設席慶賀。樊武瑞進入中軍請罪。陳玉道：「據你武藝，不在那賊之下，為何挫動銳氣？」樊武瑞道：「小將和那賊交戰，也不見高下，正迫趕間，不提防戰馬被他射倒，故有此失。明日再戰，誓殺此賊，以報今日之仇。」陳玉笑道：「勝敗兵家之常，何足為罪。我向聞人說劍山大盜薛判官英雄無敵，今日果然。必須施計擒獲此人，其餘小寇不足破矣。」發付樊武瑞回寨將息：「謹守營寨，不可出戰，待我設計破之。」眾將聽令，各自回營，按兵不動。

次日黎明，薛志義領僂儸下山挑戰。陳玉傳令：「眾將士不許出營，妄動者斬。」薛志義教僂儸裸衣辱罵，至日昃㉗方回。一連三日，不見一軍出來。薛志義心下疑惑，和李秀商議。李秀道：「大哥不可輕敵，彼大軍到此，按兵不動，必有詭計。況苗三弟往林住持處求計，未見回音。我和你深溝高壘，謹守四面關隘，待三弟回時，另作良圖，不可挑戰，落他機彀㉘。」薛志義笑道：「二弟說話太懦，看彼先鋒不過如此，其餘將士可知，縱有雄兵百萬，吾何懼哉？我只要殺得他一人一騎不回，方遂吾願。」昔賢有詩嘆曰：

兵驕必敗從來有，將在謀而不在剛。
蓋世英雄何所恃，試看項羽喪烏江。

薛志義不聽李秀之言。次日平明，又率僂儸擂鼓吶喊，殺下嶺來。不見敵軍，僂儸依舊裸衣赤體，千般辱罵，巳時直至未末㉙，眾心已懈。正欲回軍，只聽得一派鼓聲震地，官軍寨中旗幟皆起，萬餘軍士擁出一員大將，乃左翼將軍施大用也。大叫：「何等潑賊，輒敢大膽罵戰？」薛志義定睛看時，卻不是樊先鋒，另換一將，生得猛勇：

頭戴金鎖獸口紮巾，身穿團花綠錦戰袍，外罩鐵葉龍鱗鎖子甲，腰繫鈒花柳葉黃金帶，左脅下掛一張雀畫鐵胎弓，繡袋內插數枝利鏃狼牙箭，身騎慣戰驃騮馬，手執純鋼丈八鎗。

㉗ 昃：日西斜。
㉘ 機彀：機關；圈套。
㉙ 未末：未時（十三時至十五時）將終之時。

那將躍馬而出，薛志義並不打話，橫斧殺來。兩員將戰至數合，施大用架隔不住，撥馬而走，薛志義驟馬趕來。約走里餘，施大用回馬戰了幾合，撥馬又走。薛志義怕有埋伏，不敢追趕，正待抽馬轉身，只聽得鼓角齊鳴，夏景從東南上刺斜裡殺來，手執方天畫戟，縱馬喝道：「狂賊至此，快下馬束縛！」薛志義大怒，挺斧來迎。兩個戰上三十餘合，夏景力怯，虛刺一戟，放馬往西而走。薛志義殺得性起，大喊一聲，緊緊隨後追來。約趕半里之地，夏景勒轉馬頭，往北落荒而逃。薛志義單騎直追，趕過前山谷口，不見了夏景，勒馬復回舊路。正走之間，又聽得金鼓喧天，樹林中閃出一員猛將，卻是樊武瑞，笑道：「鐵判官到此，也要化了，不要說是雪判官。快下馬投降，收你為部下小卒，不然，頃刻即為無頭之鬼！」薛志義叫道：「胡說！你是我手裡敗將，走的不算好漢。」樊武瑞道：「今番決不饒你！」舞刀劈頭就砍，薛志義持斧架住，拚命相殺。正是：

欲求生富貴，須下死工夫。

不知二人勝負若何，且聽下回分解。

第十七回　古崤關啜守存孤　張老莊伏邪皈正

詩曰：

敢死英雄已作神，存孤今復有程嬰❶。
詭言悲切能酸鼻，巧語淒其最動情。
賺渡古崤離大厄，潛修禪室樂餘生。
邪魔侮道欺真覺，正法維持一坦平。

話說樊武瑞和薛志義兩個奮力戰有百餘合，樊武瑞賣個破綻，躍馬沿山而走。薛志義大喝：「敗將休走！」奮勇追來。不上數十步，猛聽得一聲響亮，如山崩地塌之勢，薛志義連馬和人跌落陷坑，四圍伏兵齊起，撓鉤鎗戟亂下。薛志義縱有銅頭鐵臂，到此如何施展？諒道不能脫身，大叫一聲，拔出腰刀，自刎而死。可憐半世英雄，化作南柯一夢。有詩為證：

❶程嬰：春秋時晉國義士，與晉卿趙盾、趙朔父子為友。晉景公時，大夫屠岸賈滅趙氏，趙朔門客公孫杵臼與程嬰合謀，由程嬰抱趙氏遺孤匿養山中，又故意告發公孫杵臼及冒充的孤兒。後景公聽韓厥言，誅屠岸賈，立趙氏後，程嬰自殺以報公孫杵臼。

盜賊全其名，自刎黃泉下。
堪嗟降虜人，遺臭千年罵。

卻說眾軍士抓起屍首，送入陳元帥寨前來。陳玉令割下首級，屍骸撞在一邊，即時傳令：三將併力，一齊攻上山去，剿除眾寇，洗蕩山寨，不可遲延。如能先登者，算為頭功，退後畏縮者斬。樊武瑞、施大用、夏景聽令，三將合兵一處，搖旗吶喊，鼓聲震天，奮力殺上嶺來。

再說敗殘僂儸，逃得性命的奔回山寨，報說：「薛大王敗陣而死，官兵頃刻就到寨中。」僂儸聽說，魂飛魄散，你我不能相顧，各自逃生。守關僂儸望見大隊官兵擁至，如波翻浪湧一般，盡皆抛鎗撇劍，棄關而走。官兵擁至嶺上，放起連珠號炮，陳元帥大兵掩到山寨裡，僂儸東逃西竄，自相踐踏，死者不計其數。李秀聽報薛志義已死，官軍殺來，大哭道：「薛大哥不聽良言，致有此敗。我留這殘軀何用？不如死休！」正要投崖，忽見沈全忙來抱住，哭道：「二大王不走，更待何時？」李秀道：「薛大王既死，我豈忍獨生？今願相從於地下。你當快走，不要為我躭擱，誤你性命。」說罷，投山側深崖而死。沈全救之無及，只得含淚逃出後山。

正奔走之間，見一個大漢，右手執劍，左手抱著一個孩童，慌慌張張走入樹林中去。沈全問道：「前面走的是誰？」那漢子回轉頭來，沈全認得是薛志義隨身心腹勇士胡小九，原是陝西人，昔年為一友落難，不顧家業，起身救之，後來這友負義，反唆人告害，因此小九忿怒，將他殺了，逃至劍山，投在薛志義部下。薛志義見他識些鎗棒，做人忠直，收留帳下為一名頭目。當日，見官軍上嶺，正慌張逃走，奔出後寨，忽見一女子，棄一小兒於地。胡小九看時，原來是薛志義的兒子貞兒，年方二歲，那女子原是擄掠來的，棄子而逃。胡小九想道：「大王爺有恩於我，今死於非命，只有這一點骨血，我若不救他，就是負義之人了。寧可我捨身，不可使薛大王絕後。逃不脫時，情願同死。」即忙抱了貞兒，拚命逃竄，樹林中卻好遇著沈全，慌忙道：「沈大哥快來，同你一處逃命。」沈全道：「你抱著公子，怎麼行得動？不如棄了好走。」胡小九垂淚道：「大王爺待你我不薄，可憐他半世飄零，只存這點骨血，若臨難忘恩，棄他自走，禽獸不如了。你要自去，我必須要救小主人，生死願同一處，以報薛大王平日之恩。」沈全道：「你既有救主之心，我豈無存孤之意？適才所言，乃是探你之心，我情願和你捨命救小主，一處逃生。」胡小九大喜道：「既如此，快走快走。官兵入寨了，快尋條活路再作道理。」沈全道：「四面喊聲大震，官兵圍裡將來，若走不迭，必遭殺害。快隨我來，有一個僻靜去處，盡可藏身。」胡小九聽說，隨著沈全趲入樹林深處，傍有一座土山，跳落山岩，卻是一帶石磡❷，磡邊有一大土洞，石塊堵住洞口，外窄裡寬。沈全領胡小九忙掇開石塊，抱著小主鑽入。洞中甚是深邃，山隙透入亮來，又不黑暗，仍將石塊塞了洞口，轉入深處。二人拂地坐下，喘息既定，胡小九將些乾糧果食與小主吃，兩個也自吃些。胡小九問道：「沈大哥，你如何知此處有這土穴？」沈全道：「小弟時常有些擄掠的金銀，或是大王賞賜的物件，屢屢失去，沒處安藏。閒時尋得這個去處，山野僻靜，足跡不到，並無人知。此洞甚是彎曲，藏風納氣，天生成的，所有財寶都埋在這土裡，我掘起你看。」說罷，雙手去扒開泥土，只見一塊石板蓋著。沈全揭起石板，取出兩三包金銀與胡小九看，說道：「有此金銀，儘可度日。」胡小九道：「小

❷ 磡：音ㄎㄢˋ，山岩。

弟正思量身邊沒有分文，怎生逃得性命？今大哥有了財物，放心可以逃難。」兩個不敢高聲，商商量量在土穴中藏身，不在話下。

且說陳元帥定下計策，將薛志義誘落陷坑殺了，驅兵掃蕩山寨，就如風捲殘雲，把這些僂儸殺得七零八落。一面收拾金銀財寶、貨物糧草裝載上車，送入營中，一面放火焚燒山寨，又差軍四周遠近搜殺餘黨。即日班師，回至鍾離郡。知府邵從仁迎接入城，府廳上飲太平宴，慶賀大功，賞賚軍卒。數日已畢，軍馬奏捷回京，一路無話，直抵建康。陳玉率領樊先鋒等入省院，參見謝、牛二樞密。陳玉將征剿薛志義功勞細陳一遍，遞了功勞簿，進上財貨等物，謝舉、牛進等大喜。次早朝見武帝，備奏此事。武帝傳旨，升陳玉為都督府左督大將軍，先鋒樊武瑞、施大用、夏景、知府邵從仁等各升三級，隨征軍士俱各犒賞不題。

再說沈全、胡小九和貞兒在土穴中藏身躲難，怕有搜山官兵，不敢出洞。忍饑受餓，存了數日，幸而荒僻去處，無人尋到，打聽得官軍退去了，方才敢離穴，一步步擔著干係，取路往北而行。出了村口，兩個上飯店，吃些酒飯又走。胡小九道：「如今和你計議，往那裡去安身是好？」沈全道：「我已籌劃在此，他處難以藏身，不如奔入梁州東魏去投林住持，尋著三大王，另作生計。」胡小九道：「我也是這般想，只恐關隘有阻，怎的過去？」沈全道：「自古說：有錢十萬，可以通神。若有人攔擋時，用些錢財，自然脫身過去。」二人穿了破損衣服，裝作乞丐模樣，抱著貞兒，一路小心而行。

走了數日，已近古嶠關口，乃是梁魏兩國交界去處。胡小九抱著貞兒，沈全提著破籃，拿了竹杖，正要過關，兩個管關軍士劈頭攔住，喝道：「站著！我看你二人身上雖然襤褸，規模生得雄壯，決不是求乞的，莫是不良之人？解開衣服。搜檢明白，方才放你出關。」胡小九垂淚道：「小人兩個原不是乞丐之人，負一身莫大冤枉，逃難至此。望乞二位長官憐憫，放我過去，實是再生之德。」一個軍士喝道：「胡說！有甚冤枉？決是奸細，拿去見關主，查問端的，方可放行。」沈全哀求道：「小人兩個不是奸細，因無生理，投託吳郡一富戶為門客。家主石音，是一奢遮❸豪傑，大妻喬氏無子，娶一妾，名為似蘭，生下小人手中抱的小主，年方二歲。不想家主病亡，主母喬氏聽弟喬三唆哄，將妾似蘭藥死，喬三謀奪家產，又要將小主暗害，小人等拚死救出逃難。喬三知覺，用錢買囑官吏，告小人兩個盜財脫逃，出牌海捕。若被捉去，小人等死不足惜，只是可憐見小主被他害了，絕了石門後代。望二位開天地之心，救拔小人三個性命。」說罷，淚如雨下。胡小九就在破衣袋中摸出兩小錠白銀，約有三兩多重，遞與軍士道：「沒甚孝順，只有這兩錠銀子，是小主救命之物，奉與二位長官買酒吃。我等自沿路求討，度口而逃。求乞方便則個。」那兩個軍士見沈全說得苦楚，心裡也有些動情，又見了這兩錠銀子，一個接上手，一個道：「可憐他兩個，倒是義士，捨生救主。自古天上人間，方便第一。」取一錠銀子遞與沈全道：「看你苦惱，還你這些去做盤纏，快走快走！」沈全、胡小九謝了，拽開腳步，逕出關外。二人暗暗說道：「好干係，險些兒露出事來。不是我兩個這張嘴，怎能夠脫離虎穴？」二人不勝之喜。

走了數里，卻是荒僻村坊，覺得有些饑渴，只見路口一座酒飯店，且是住得好。但見：

前流溪水，後植桑麻，四周垂柳繞低牆，幾樹嬌花迎酒旆。雞鳴屋角，打柴樵子初回；犬吠籬

❸ 奢遮：了不起；出色。

邊，沽酒遊人突至。炊煙直上，新醒醞未熟酒先香；爐火偏紅，烹宰方完餚味美。當壚村婦，雖不比文君❹，也濃畫兩道遠山眉❺；撐灶酒生，辱沒了司馬❻，也單吊一條犢鼻袴❼。正是門臨衢要生涯好，路達通衢車馬多。

二人抱著貞兒奔入店裡，揀副潔淨座頭，將貞兒放在桌上，叫酒保先打幾角酒來，擺下菜蔬魚肉之類，開懷對飲，又拿幾樣果子與貞兒吃。二人吃酒說話間，聽得壁邊有人酣睡，鼻息如雷。胡小九道：「青天白日，如何這等好睡？」掂起腳來，在窗眼裡打一看時，見一人面壁睡著，將一領舊布被蓋在臉上，濃睡不醒。兩個且一遞一鍾吃酒。少頃，酒保盛飯來，胡小九問：「間壁睡的漢子，莫不是你店裡使用人？灶上正忙，怎地這般好睡？」酒保道：「不是本店用的人，是遠方客官，因等一位相識，同買貨物，賃我房兒借宿。一連住了八九日，早晚到關邊伺候相識，日間無事，只是打睡哩。」酒保說話未完，只聽見那睡的人已醒了，打幾個呵欠，高聲問道：「小乙哥，這時分卻好放晚關了麼？」酒保答道：「這時候將次放關了。」沈全、胡小九聽得這人聲音，都失驚跳起身來，打窗眼裡窺覷，呀！原來不是別人，

❹文君：卓文君。西漢臨邛富翁卓王孫之女，貌美，有才學。司馬相如飲於卓氏，文君新寡，相如以琴曲挑之，文君遂夜奔相如，赴成都。因家貧，復回臨邛，置酒舍賣酒。相如身穿犢鼻褌，與奴婢雜作於市中，而使文君當壚。卓王孫深以為恥，不得已而分財產與之，使回成都。

❺遠山眉：形容女子秀麗之眉。西京雜記卷二：「文君姣好，眉色如望遠山，臉際常若芙蓉。」

❻司馬：司馬相如，西漢著名文學家。所作辭賦，享有盛名。

❼犢鼻袴：也作「犢鼻褌」。短褲。以形如犢鼻而名。褌，音ㄎㄨㄣ。

卻是三大王苗龍。二人心下暗喜，怕人知覺，不敢做聲。只見苗龍走出店前來，伸一伸腰，雙手擦著眼睛，周圍一看，認得是沈全、胡小九並薛志義兒子貞兒坐在那裡，吃了一驚，不好說話，對兩人丟個眼色，出門上南去了。

二人早已會意，即算還酒飯錢，抱著貞兒奔出門來。向南走不多路，苗龍已立在前面路口，正要問故，見胡小九與沈全包著兩行珠淚，來往人多，又不敢交言。苗龍引著二人轉入山彎，到一座冷廟裡來，四顧無人，苗龍忙問：「你兩個來此，莫非大王爺有些不測之事麼？」胡小九、沈全拜倒哭道：「自從三大王起程之後，至第四日，官軍已到。初次薛大王領兵交鋒，不分勝負。二大王諫阻要緊守山寨，待三大王回來，再行對敵。薛大王不聽，次日引戰，被官軍用計，掘下陷馬坑，三將輪流挑戰，佯輸誘落坑中，人馬皆亡。隨即驅兵入寨，盡皆洗蕩，雞犬不留。二大王已投崖而死，想夫人亦不可保。小人兩個拚命救得貞公子，逃脫在此，得見將軍一面，實是萬死一生。」苗龍聽罷，頓足捶胸，不勝痛苦，大哭一聲，昏絕於地。胡小九、沈全慌忙攙起，叫喚多時，方得蘇醒，哭道：「薛大哥，李二哥呵，指望兄弟三人同成大業，永遠相依，誰想死於非命，半途而別，怎能夠再得相逢？」哭啼不止。胡小九再三勸解，苗龍接過貞兒來抱了，垂淚道：「貞兒恁的福薄，父母雙亡，教你如何存濟❽？」展轉悲思，淚如泉湧，帶淚道：「天色已暮，前途難行，不如且回店中安歇，明早動身到林住持莊上去，商議安身之處。」三人復身回到關內飯店中來，吃罷晚飯，苗龍和貞兒同榻，胡小九、沈全自在外邊床上歇宿，一夜無話。

---

❽ 存濟：生活；度日。

次日雞鳴，三人起來梳洗，算還房錢，沈全抱著貞兒，胡小九背了包裹，三人出門，取路往張家莊上來，數日已到。苗龍領著二人，逕入佛堂內，正值林澹然在佛座邊念佛，見苗龍領著兩個人走入來，心裡已明，卻向苗兒打聽劍山消息何如。苗龍向前，領胡小九參拜了林澹然，沈全是見過的，亦行禮畢。苗龍將薛志義、李秀敗死情由哭訴一遍。林澹然垂淚道：「可惜豪傑之士，死於非命，可憐，可憐！」胡小九又將救薛志義公子逃難，遇見沈全緣由細細陳說。苗龍嚎啕痛哭，吐血滿地。林澹然勸慰道：「大數預定，不可逃也。死者不可復活，哭之何益？今幸蒼天垂祐，使他兒子得生，薛氏一脈不絕，此萬千之喜。」教胡小九抱貞兒過來，坐在膝上，展轉細看，生得鼻高眉聳，眼細口方，兩耳垂肩，頂圓額闊，果然容顏出眾，骨格非常。林澹然看了半晌道：「此兒相貌不凡，非等閒人也。日後長成，必為大器。」又對苗龍等道：「你三人不必煩惱，就在俺莊裡過活罷了，用心看取此子，日後有所倚靠。」就在佛案前焚香點燭，替貞兒改名，寄與如來案下，叫做佛兒。

苗龍道：「小人看了薛大哥這等英雄，未免無常❾之苦，今日情願削髮為僧，皈依佛教，早晚伏侍住持爺，尋一個好結果。」沈全、胡小九一齊道：「小人等作了無邊罪孽，今日也願同大王皈依釋道，修一個來生因果，不知住持爺容納否？」林澹然道：「善哉，善哉！汝等肯悔前愆，回頭是岸。一念之悟，便證菩提，何所不容也。」苗龍、胡小九、沈全聽說，滿心歡喜。林澹然道：「今日湊巧是個吉日。」分付道人安排素食，齋供天地諸佛，又請一個剃頭待詔來。林澹然教苗龍等三人跪於佛前，宣揚懺悔，摩頂受戒。削髮已畢，對佛取名。苗龍法名知碩，沈全法名性成，胡小九法名性定。三人拜罷諸

❾ 無常：人死的婉詞。

佛，轉身又拜林澹然為師。當日齋宴，盡歡而散。次日備辦祭禮，設薛志義、李秀神位，望空遙祭，苗知碩等痛哭一場。自此已後，苗知碩三人在張太公莊上出家，隨著林澹然修持，將這佛兒如掌上明珠一般看待。

正是寒暑代催，晝夜相攢，不覺又是三個年頭了。有詞為證：

鐘送黃昏雞報曉，昏曉相催，世事何時了？萬慮千愁人自老，春來依舊生芳草。　忙處人多閒處少，閒處光陰，幾個人知道？獨上小樓雲杳杳，天涯一點青山小。

這佛兒年已五歲，極是聰明伶俐，百般乖巧。張太公父子常到莊上來探望閒耍，向已備知佛兒與苗知碩等來歷，敬重他們能仗義救主，佛兒又生得容貌異常，必大有福氣，甚相愛惜，每每餽送布帛錢米、果品點心來撫養他。

忽值殘冬已過，又遇新年。張太公和大郎同到莊上來，與林住持賀節。相見已畢，林澹然留住張太公父子飲酒，佛兒出來閒耍。林澹然叫佛兒過來見了太公並大郎，佛兒即過來唱喏。張太公父子回禮，笑道：「佛兒不要去頑耍，在此陪我吃杯酒。」佛兒就和太公一凳兒坐了。張太公問道：「佛兒新年卻是幾歲？」林澹然道：「交新年是五歲了。」太公合掌道：「阿彌陀佛！日子這等過得快。向年小兒幸遇老師救了性命，就是那年冬底完親，娶婦令狐氏，感神天護祐，至次年秋間生一小孫，新正⑩卻好也是五歲了，正與這佛兒同庚。南無佛，南無觀世音菩薩！」林澹然道：「向日令郎恭喜添丁，不覺又是

⑩ 新正：農曆新年正月。也指農曆正月初一。

數載。正是『只愁不養，不愁不長』。令孫好麼？貧僧未得一面。」太公道：「託賴老師福庇，小孫亦頗聰敏，且是生得面龐豐厚，體態魁肥，不似小兒懦弱。」林澹然道：「生此好令孫，皆出長者積德所致。」太公稱謝，又道：「今春老朽意欲延一師長在舍，教小孫讀書。如成館時，佛兒可到舍下，與小孫一同攻書。飲膳之類，寒家甚便。」林澹然道：「如此甚美，惟恐攪擾不安。」太公笑道：「說那裡話？既是相知，何擾之有。」說罷，吃齋而別。閒話不題。

光陰荏苒，又見青梅如荳，桃李爭妍，早是二月初旬。有古詞為證：

燕子呢喃，景色乍長春晝。睹園林萬花如繡，海棠經雨胭脂透。柳展宮眉，翠染遊人首。

向郊原踏青，恣歌攜手。醉醺醺尚尋芳酒。牧童遙指孤村道：「杏花深處，那裡人家有。」

林澹然手扶藜杖，莊前閒看花卉，遠遠見一個童子走近莊來，卻是張太公家僮。林澹然問道：「大哥遠來，有何話說？」家僮道：「太公拜上老爺，目今家下請得一位門館先生，特著小人傳簡，來接佛官進城，和小官同師學業。」林澹然道：「日前太公已曾說及此事，承蒙見招，煩你拜上太公，待俺選擇入學吉辰，送他來也。」留家僮吃些酒飯，寫一回帖，發付回城裡去了。林澹然細觀曆日，二月十五是個開館入學吉辰，選定此日，備辦酒果帖禮之類，著道人挑了，喚苗知碩送佛兒入城，又囑咐佛兒不可頑劣，要聽先生訓誨。佛兒隨知碩來到張太公宅上，太公迎接進去，領佛兒拜了先生，送上禮物，留苗知碩宿了，次日方回。佛兒取名薛舉，張太公孫子取名張善相。兩個年紀雖然只有五歲，卻喜天資穎悟，聰敏過人，讀書經目成誦，言詞答對如流。先生與太公說：「令孫和薛舉皆是非凡之器，異日必當大貴。」太公暗喜，將這薛舉看待如至親骨肉。

不覺又是半月。忽一日，薛舉思念林住持，猛然啼哭起來，定要回去探望。張太公令一老僕送回城外莊上來，二人攜手，迤邐行出城門，陡然陰雲四合，驟雨傾盆。老僕抱了薛舉，閃入冷亭避雨。亭側有一玄武閣，閣前見一頭陀，赤眼大鼻，黑臉兜頤⑪，身披破衲，胸掛戒刀，耳墜金環，足穿草履，盤膝坐於蒲團之上，手擊木魚，口裡誦著番⑫經。老僕問傍人道：「這師父在此打坐，布施些甚麼？」一人答道：「這頭陀是個番僧，來此月餘了。不化米糧齋供布帛金銀，要化一位真施主。眾人問他化甚麼真施主，又笑而不答，疑他是痴顛的人，並無肯齋供他的。雖然數日不食，亦不肚饑，卻也是一樁怪事。」二人正說間，頭陀誦經已畢，忽擡頭見了薛舉，猛然驚駭。熟視一回，歡喜道：「在這裡了！」即收拾木魚經袱，藏於袖中，立起身來，對天呆看。少頃，雲開雨住，現出一輪紅日。老僕撩起衣服，將薛舉背在肩上，赤著腳乘濕而行。隨後那頭陀也出了亭子，跟著同走。行至蕭侍中莊前，老僕覺走得力乏，放下薛舉，街坡上坐了暫歇。那頭陀忽然突至面前，對臉上吹了一口氣，老僕仆倒地上，半晌方醒，開眼看不見了薛舉，心下驚慌，四下叫喚尋覓，杳無蹤跡，只得復進城來見太公，備言此事，舉家驚愕。太公同老僕連夜出城到莊上來見林澹然，告訴薛舉被番僧攝去情由。苗知碩、沈性成、胡性定三人張惶，滿眼垂淚。林澹然道：「不妨。這番僧既有如此手段，必是個法家，等閒不肯害人性命。明蚤俺親自尋訪，決有下落。」安慰太公等安寢。

---

⑪ 頤：指口腔的下部，俗稱下巴。

⑫ 番：舊稱少數民族或外國為番。

次日黎明，林澹然一行人同到玄武閣中，詢問消息。原來這閣內只有女尼師徒二人，師名碧霞，徒名自解。碧霞貌美多能，與鄰僧私通，淫欲過度，雙目失明，朝夕悲啼嗟怨。忽聞自解說，閣前打坐頭陀生得奇異，特設盛齋相待。頭陀送藥點眼，三日後兩目光明，敬之如神。當下師徒二人迎林澹然等人靜室獻茶。林澹然細問頭陀來歷，碧霞道：「頭陀在此月餘，終日危坐誦經，數日不食亦不饑，醫目如神，等閒不與人說話，不知何故攝去小官？」林澹然道：「俺已諒這僧家是一異人，但不知他在何處掛錫。」自解道：「昨傍晚時，我點佛前琉璃，聽得門外二人私語，說可到葉貴人香火院來。莫非是他的安歇處？」張太公道：「有一個葉貴人香火院，又叫做永齡庵，離此西南上十數里，地名半畝塘便是。但此院本來甚是興旺，近來因出了妖怪，白晝迷人，因此僧眾散了，屋宇頹敗，無人敢住。」林澹然道：「若如此說時，可以推尋，這頭陀也畢竟是個妖怪了，快去，快去！」

眾人別了二尼回莊，令苗知碩、胡性定兩個藏了短刀，到半畝塘打探。二人至院前，日已沉西，但見四周牆垣坍塌，房屋歪斜，山門緊閉，十分寂靜。苗知碩對胡性定道：「你往前進，我從後入，裡面相會，看果有人否？」苗知碩抄路到院後來，後門也是關上的，一帶土牆甚高，卻不甚坍損。苗知碩用出那舊時手段，跳入土牆內一望，茅草過人，分開草莽而進，便是廚房，轉過天井，將近方丈，忽見裡面隱隱燈光，聽得有人言語。苗知碩暗想：「這樣荒涼去處，何人敢在此藏身？」悄悄捱近壁外張望，只見薛舉和頭陀兩個席地而坐，薛舉居上，頭陀侍側，一個黑臉行童手執酒壺，站在邊傍。那頭陀斟酒，雙手高擎道：「主公請酒！」薛舉推開不飲，頭陀笑道：「主公寬懷，臣自錫蘭山國⑬泛海南來，尋覓

⑬ 錫蘭山國：即錫蘭，或稱獅子國。

真主，共圖大業。十載不能際遇⓮，豈料主公在於此地。今君臣相會，莫大之喜。臣等行囊已備，明早隨主公渡海去也。」薛舉垂淚道：「我只要回莊去見林老爺，誰和你去渡海。」苗知碩見了暗喜，算計道：「不要衝破了他，且去與林住持商議，乘夜問彼取人，遲必行矣。」輕輕溜出牆外，急至前門來塘口，被物一絆，過頭跌了一跤，爬起看時，卻是胡性定橫睡在地。苗知碩扶起問時，胡性定搖頭道：「唬死我也！幾乎與師兄不得相見。適才我從牆缺裡踅入去，行至金剛殿側，突然跳出一隻錦毛大虎，撲將過來，我拚命急走，跳出牆外，幸那虎追至牆邊便回去了。多分膽已驚破，手足酥軟，故睡在這裡等你。」苗知碩扶著同行，把所見之事亦說一遍。

二人急急回莊，見了林澹然，備說前事。林澹然道：「既如此，事不宜遲。」令眾人吃罷酒飯，留太公主僕二人管莊，點起十數個火把，帶了鎗棍刀杖弓箭。原來澹然初進莊時，已打下一條渾鐵禪杖防身。當下一同取路往半畝塘來，到時五更已盡。林澹然手執鐵杖，和胡性定守住前門。苗知碩、沈性成率領道人、僮僕圍定後門。將次黎明，只聽得門環響處，一個行童開門出來，見了林澹然，跌轉身跑入去了。胡性定就欲趕入去，林澹然止住，不許進去。只見裡面托地跳出一隻錦毛大虎來，剪尾跑蹄，逕撲林澹然。澹然倒拖鐵棍，望後跳退數步，那虎卻撲了一個空，復揚威大吼撲來。林澹然側身閃過，便雙手直挺鐵杖，向著虎口，那虎又掀起兩爪一撲，林澹然乘勢舉鐵杖戳入虎口，借力一捺，那虎撲的便倒。胡性定舉刀亂搠，近前細看，卻是一隻紙虎，二人大笑。林澹然持杖撩衣，大踏步走入院門，高喊道：「何處妖僧，輒敢白晝攝⓯人？快快送還，看佛面饒

⓮ 際遇：遭遇；適逢其遇。

汝殘生。不然，杖下無情，死期頃刻！」一路喊將入去，只見殿內閃出一個番僧，生得十分勇猛。有醜奴兒令詞為證：

臉如鍋底眉如劍，眼似銅鈴，手似鋼針，怪肉橫鋪處處筋。　耳帶金環頭捲髮，醜賽幽魂，猛賽天神，叱咤風雷頃刻生。

那頭陀奔出甬道上來，手舞兩口戒刀，直取林澹然。澹然見他來得凶，不敢輕敵，將鐵杖架定，退出門外空闊平坦處，方才交手。二僧鬥上百餘合，不分勝敗。胡性定心驚，又不敢助戰。忽聞人聲喧嚷，苗知碩等將行童綁縛了，繞出前來。那頭陀看見，萬分惱怒，奮力惡戰，又鬥四五十合，頭陀逞生平手段，將兩把戒刀幌一幌，擲起半空，逕從林澹然頂門上劈將下來，勢名二虎投崖。林澹然見戒刀飛起，忙搶向前一步，斜挺禪杖，接著戒刀，咭叮噹皆打落塵埃，勢名單龍攪海。頭陀見刀砍不中，急取流星鎚，飛擲過來。林澹然用杖隔開，滾將入去。頭陀棄鎚而走，林澹然飛步趕上。頭陀奔至半畝塘口，踴身跳入塘中，倏然不見。隨後胡性定等拾了戒刀，一同追來。澹然說：「頭陀已跳入水中。」苗知碩道：「塘水甚淺，這廝決無去處。」便要下水去捉，澹然道：「這頭陀休小覷了，他入水必然遠遁，任彼自去。」且押了行童，回轉永齡庵來。問行童討取薛舉，行童道：「主公藏在方丈中籠子裡。」眾人齊入方丈，打開籠子，果然薛舉在內。薛舉見了澹然，扯住衣袖啼哭。林澹然垂淚，忙喚苗知碩抱了。林澹然將行童拷問頭陀來歷，行童供招道：「咱名馬哈篤，師父麻旭刺，原係西番錫蘭山國僧。因

⑮ 攝：謂神靈鬼怪等以法術攝召人或物。

見國王無道，上下離心，國中皆欲推尊咱師父為主。師父自言福薄，難以承受，又說本國氣數未絕，不可妄舉。親至中華，覓一有大福者，立為國王，以安百姓。遊方數載，未得真主。昨見薛主公，不勝歡喜，故請至院中，意欲渡海回國，共舉大事。不知沖犯太師法駕，乞留草命。」林澹然又問：「麻旭刺通何武藝？精何法術？」馬哈篤道：「師父上通天文，下知地理，陰陽術學，無所不精。善能役鬼驅神，呼風喚雨。深明遁甲，平地能飛。戒刀兩口，靜夜常鳴，削鐵如泥。又有連珠箭二枝，並不空發。遊遍九州，未逢敵手。」林澹然笑道：「今日俺是個敵手了。」令道人帶了行童，同出院門，取路回莊。

行了二里之路，猛聽喊聲如雷，大叫道：「還我行童來！」喊聲未絕，只聽得弓弦響。林澹然急擡頭，箭已飛到，忙將禪杖撥去，未及回射，又復一箭射來，正中眉心，澹然望後便倒，右手已將箭接住。麻旭刺見林澹然跌倒，放心趕來，不提防林澹然暗扯弓弦，一箭射去，射中麻旭刺左耳，穿入金環。麻旭刺吃那一驚，帶箭而走。林澹然不趕，一行人逕從官道而行。約至十餘里，前阻一條闊溪，過溪來就是張家莊了。溪上有一根木橋。林澹然正要上橋，忽然陰風慘慘，黑氣漫漫，迷了去路，耳中只聽得神嚎鬼哭、大浪洶湧之聲。眾人心慌，林澹然大笑道：「眾人勿驚，無事！」手仗寶劍，口中念念有詞，喝聲道：「疾！」一霎時，雲開風息，依然日色光明。

林澹然率領眾人過了木橋，回至莊前。遠遠見莊門大開，苗知碩抱著薛舉先入門裡。轉過竹屏，只見張太公和老僕皆背剪綁了，吊在樹枝上。張太公高聲叫：「快來救我！」林澹然看了大惱，急向前解下太公。苗知碩將老僕放了。太公說：「適才莊外走入一個黑臉頭陀來，把我二人吊在這裡，那頭陀撫掌大笑，見老師來了，將身一閃，不知何處去了。」林澹然扶著太公道：「可惡這廝！若還拿住，也請他在樹枝上一耍！」正說話間，禪堂裡閃出頭陀，手持利劍喝道：「林和尚快來納命！」林澹然撇了太公，舞鐵杖攔頭打去，頭陀仗寶劍砍來。二僧惡戰良久，頭陀劍法漸緩，被林澹然一杖破了劍法，頭陀心慌，收住寶劍，踴身一跳，躍起屋檐，寂然不見。

澹然令道人閉上莊門，將馬哈篤帶入後園關鎖，同太公等進方丈酒飯。張太公道：「天下有這樣怪人，若不是禪師法力浩大，怎麼是了！」林澹然備將賭鬥奪回薛舉一事與太公說知，太公甚喜。苗知碩道：「頭陀雖然敗去，必要復來纏擾。這番林爺施大法力，開除這廝便了。」太公道：「老朽看這番僧亦有神通，急切恐擒他不住。」林澹然笑道：「看此僧還能復來否？來則必入俺圈套矣。」大家商議一回，倏爾天色已晚，令苗知碩等陪侍太公禪房安寢，二道人停燈守護。

林澹然帶劍坐於佛堂之內，秉燭誦經。將及初更，只見一雙紫燕從窗眼中撲將入來，飛鳴數聲，倏忽變成利劍二口，初長不過一尺，佛堂中旋舞，漸漸長至丈餘，二刃衝擊，錚錚有聲，疾如飛雷，閃爍生光，只在林澹然跟前盤繞。澹然端坐不動，看看逼近身來，將次刺及咽喉，林澹然大喝一聲，二刃鏗然墜地，化成二股青煙，飛空而散。林澹然暗暗發笑，猛地裡起一陣怪風，佛堂門無故自開，倏地一聲響，見黑叢叢匾大一個蝙蝠，飛將入來，眼射金光，口吐黑氣，展開兩翅，撲向前要傷澹然。澹然暗念神咒，伸開右手二指，將燭焰剔將過去，落在蝙蝠身上，焰騰騰燒著毛羽，蝙蝠便回身飛出門外。林澹然仗劍追將出去，蝙蝠撲落天井中，現出原相，卻是一領蓑衣，被火燒毀半幅。林澹然復進佛堂，依然在禪椅上盤膝坐了，凝神靜養。一時間，禪椅咯咯地動將起來，如有人擡的一般，移下天井中，又移進佛堂內，往來數次，搖得澹然坐不安穩，幾乎跌下。澹然由他自移，只不睬他。忽然，椅邊立著一個死屍，披髮赤身，面色醜惡，雙目反上，舌頭吐出數寸，捱近林澹然身邊。澹然正欲拿他，被那死屍一把抱住，緊緊扣定不放，又且腐爛，臭氣難當。此時澹然雖言不怕，也覺心內有幾分悚惕，連忙默誦靈咒，喝聲：「值日神將何在？」忽有兩個黃巾力士，手持燒紅鐵鏈來擒死屍。這死屍鬼叫一聲，寂然不見。林澹然分付道：「有勞二位神將，侍立吾側，為俺護法。凡有邪魅來侵，即便擒拿，勿使近吾法座。」二力士應諾，立於兩傍。澹然正欲安心趺坐，不覺連椅便倒，椅後忽有一大深坑，黑洞洞氣騰騰的，澹然連椅陷於坑內，虧了兩個力士將澹然提出黑坑，頭臉都磕傷了。澹然大怒，命力士下坑捉怪。力士正欲下坑，倏然地裂復合。澹然也無如奈何，仗著劍念了一遍淨法界真言⑯，發付力士且去。力士領法旨去了。

澹然凝神靜養一會，早聽四野雞鳴，於是垂目低眉，返觀內照。坐至天明，令道人汲水烹茶，邀太公等同坐禪堂內，談說夜間變化之事，眾皆悚懼。又聞莊外人聲喊叫，澹然急出莊來，見幾個鄉舍哭啼道：「侵早有一個醜臉頭陀，一面行過村口，口中喃喃的罵著林爺，猛可裡將手一招，不知何處來了幾隻大蟲，當路哮吼，我等不能行走，乞林爺救命。」林澹然道：「不妨。」走進佛堂，取紙畫符十餘張，密念真言，付與鄉人：「將符去緊要路口貼了，人家門首並轉彎處，俱把石灰畫成大白圈子，自然無事。」鄉人拜謝，依此而行，那虎果然不見。至今有虎處都畫白圈，是這個傳流故事。

---

⑯ 淨法界真言：又作「法界生真言」。即「南謨三曼多佛陀南。達摩駄都。薩嚩婆縛。句痕」四語。第一句歸命如常，第二句為法界之義，第三句為自性之義，第四句為我之義。法界即是佛身，下句云我者即是法界，此行者雖未能即體真性，但作此印，誦真言，亦即同於體法界也。見大日經密印品。

林澹然送眾鄰出莊，回轉方丈，正要舉箸吃飯，忽聞臭氣逼人，原來碗中飯粒變成大蛆。澹然怒道：「叵耐這廝無狀，被他蒿惱一夜，俺不與他計論罷了，他反戲弄於俺。」正惱怒間，猛然一陣心疼，幾乎暈倒。澹然定神正性，急誦驅邪梵語，方得疼定，忙開書篋，取出一個花紙做成的蝦蟆，頭上四足俱畫了一道符，將針釘於地上，大笑道：「俺本不欲與這廝相鬥，奈何屢犯於俺，不得不報之耳。」於是赤胸裸身，仗劍作法，口中念念有詞，將劍尖指著蝦蟆，那紙蝦蟆忽然自動。張太公、苗知碩一班人正在那裡看澹然行法，猛聽得大喊救命，這頭陀從屋脊上骨碌碌滾將下來，跌在天井中，頭與四肢如有繩索捆縛的一般，向上趲做一團，高聲叫痛，懇求饒恕。澹然正色道：「汝從何處盜來邪術，妄欲害人？白晝拐騙，紙虎攔截，五穀變蛆，種種不善。俺與你素無仇隙，何忍蠱毒相欺，無端降禍？若非俺正法自持，險些兒命遭毒手。爾且講這幻術是何人傳授？初入旁門⑰，輒敢與俺賭鬥，今已被困，有何解脫之術，任汝施展。」麻旭刺道：「咱家神通俱係天心正法，乃護法韋馱尊者傳授，遍遊四海，未遇對頭。今逢高手，破了咱法，命懸禪師之手。乞看禪門共教之情，大發慈悲，寬恩赦宥。」林澹然笑道：「這廝又來胡講。那韋馱佛是釋門護法顯聖正教闢邪尊者，豈有傳法於汝妖僧之理？這不是打誑語了。」麻旭刺道：「咱家西番並無誑語，禪師如不信時，可放咱禮請尊者即刻現身。」林澹然道：「汝果能請得尊者金身下降，即便與汝拜為兄弟。」張太公阻道：「老師不可輕信其言，彼是脫身之計。若放他時，又要作怪。」澹然道：「不妨，任彼騰那⑱變化，出不得俺手裡。」便拔起蝦蟆之針，口中念了解咒。

⑰ 旁門：指非正統的門類、流派或不正經的東西。

⑱ 騰那：也作「騰挪」。指拳術中竄跳躲閃的動作。

麻旭剌依然好了，立起身來，對澹然稽首。澹然答禮。麻旭剌整衣肅容，叩齒念咒，踏罡步斗⑲，觀想凝神，倏忽之間，數道金光從西而至，半空中彩雲之上，現出韋馱尊者法像。有西江月為證：

　　鳳翅金盔耀日，連環鎖甲飛光。手中鐵杵利如鋼，面似觀音模樣。　腳下戰靴抹綠，渾身繡帶飄揚。佛前擁法大神王，魔怪聞之膽喪。

林澹然見了尊者金身，欣喜無限，率領太公等焚香頂禮。麻旭剌亦俯伏於地，齊聲念佛。半晌後，漸漸彩雲散去，韋馱不見。林澹然邀麻旭剌同入禪堂，對佛立誓，拜為兄弟。連忙整素齋款待，放出行童，同坐吃齋。二僧各訴衷曲，互相敬服。林澹然又問：「永齡庵內，向有妖怪迷人，賢弟可曾見否？」麻旭剌道：「有一小怪，弟已除之。」張太公問：「是何怪物？」麻旭剌道：「咱初入庵，夜間打坐，忽聽小徒馬哈篤叫喊，急出瞧之，見一黃鼠，嘴尖耳大，其形若豕，遍體黃毛光亮，追逐小徒。幸小徒有些膂力，拿一條木棍與他廝鬥，被咱一劍斬之。小徒剝其皮，剔其骨，炙其五臟，烹其肉，其味似飴，其色如玉，飽餐了一月，便宜了哈篤。」眾人撫掌大笑，方知是老鼠作怪。當晚，留住麻旭剌莊內宿了。

次早，麻旭剌作別，林澹然捧出戒刀還了，勸化道：「俺等皈依三寶，但宜謹持道法，以作梯航⑳，豈可恃此妄行，輕慢衣缽？況爭王圖霸，非俺僧家之事，一有差跌，難免輪回。賢弟速宜灰卻雄心，滌除舊染，逍遙西土，無滅無生，也不枉出家人證果。」麻旭剌感悟稽首道：「承禪師良言，敢不佩服。

⑲ 踏罡步斗：道教法師祈天或作法的步伐。表示腳踏在天宮罡星斗宿之上。

⑳ 梯航：梯與船。登山渡水的工具。引申為有效的途徑。

自此打破迷關，永不受惡纏矣。」林澹然送出莊門，麻旭刺師徒二人飄然去了。後來麻旭刺隱居西番山島中修道，將法術武藝盡傳與俠士徐洪客㉑，扶助張仲堅㉒，裡應外合奪了扶餘國㉓，做了國主。數年之後，張仲堅復舉大兵，助徐洪客殺入錫蘭山國，逐出國王，遂自立為主。此是後事，別有傳記不題。

且說張太公主僕別了林澹然，入城去了。這近莊鄰人，個個讚嘆林澹然法力無邊。自此遠近傳揚，名馳四海。有詩為證：

大道從來不可貪，貪嗔正亦入邪關。
慈悲卻乃真威武，蕩滌魔心上法船。

林澹然自此無事。一日見天色晴和，春光明媚，備辦了酒果素食，令道人提壺挈盒，和苗知碩帶了薛舉，一同出城北，踏青遊玩。但見士女往來，紛紛不絕，正是香塵逐車馬，美酒醉笙歌。有詞為證：

郊原春透，花壓垂堤柳。滿目繁華如舊，正是清明時候。　轟轟寶馬雕輪，紛紛翠袖紅裙。一樣尋芳拾翠，何妨僧俗同倫。

㉑ 徐洪客：齊方士。史稱泰山道士。隋末李密在雒口，徐洪客上書，勸李密因士氣直下江都，挾煬帝以令天下。

㉒ 張仲堅：五代前蜀杜光庭傳奇小說虬髯客傳中的人物。隋末人，姓張行三，赤髯如虬，故號「虬髯客」。

㉓ 扶餘國：古國名。位於松花江平原。晉太康年間為鮮卑族慕容氏所破，後復受他族頻頻襲擾，至南朝宋、齊間消亡。後借為假託的國名。

三人閒玩，沿溪信步而行，同進一座花園內石凳上坐了，舉目觀看，端的好景致也。但見：

新篁池閣，花霧樓臺。幾多曲徑護幽欄，數處小橋通活水。假山高聳，下面有石洞玲瓏；亭榭精奇，中列著翠屏寶玩。色鋪錦繡，生香不斷樹交花㉔；韻奏笙簧，樂意相關禽對語。轉過了桃花徑、杏花塢、梅花莊、李花街，方走到雕檐斗角百花亭；穿過這牡丹臺、芍藥欄、薔薇屏、荼蘼架，才顯出淨几明窗千佛閣。雙雙白鶴長鳴，兩兩鴛鴦交頸。荷花池內，魚翻玉尺戲清波；來鳳軒前，鸚吐人言稱佛號。爛柯嶺㉕峆嶢寂靜，春宴堂金碧交輝。陰陰古木欲參天，灼灼嬌花齊向日。果然在在堪歌舞，正是人人可舉觴。

林澹然等三人坐於石凳之上閒看，忽見一人頭戴逍遙巾，身穿豸補㉖鶴氅，隨著十餘個家僮，牽著一匹白馬，吆吆喝喝，走入花園裡來。眾人見了，盡皆迴避，林澹然心裡已省得是個舊相識了，只是不動身，看他怎的。正是：

㉔ 生香不斷樹交花：北宋石延年金鄉張氏園亭詩：「樂意相關禽對語，生香不斷樹交花。」謂禽鳥相互將心中的喜樂告訴對方，樹上花葉交錯，香風不斷吹拂。

㉕ 爛柯嶺：即爛柯山，又名石室山。在今浙江衢縣南。相傳有樵夫上山砍柴，在山頂遇到兩個鶴髮童顏的老人下棋，就在一旁觀戰。一盤棋下完後，一隻白鶴飛來，將兩位老人馱走，而樵夫砍柴用的斧柄（柯）已經腐爛。當地人因將此山改名為爛柯山。

㉖ 豸補：舊時監察、執法等官員所穿的官服。因其前胸、後背綴有金線或彩絲繡成的補子，圖形為獬豸，故稱。獬豸，傳說中的異獸。一角，能辨曲直，見人相鬥，則以角觸邪惡無理者。古人視為吉祥之物。豸，音ㄓˋ。

一葉浮萍歸大海，人生何處不相逢。

不知這人是老林甚麼相識，且聽下回分解。

第十八回　梁武帝愎諫納降　虞天敏感妻死節

詩曰：

忠言逆耳拂君機，暗裡藏奸國祚移。
納土降書初上獻，漁陽鼙鼓❶即相欺。
旌旗蔽野飛禽絕，殺死橫空煙樹迷。
抗守孤城弓矢竭，虞公大節感賢妻。

話說林澹然北郊遊翫，偶於花園內遇一故人，對苗知碩道：「這人來得蹊蹺，俺們偏坐著不動，看他如何施展。」知碩道：「弟子也看這人不得。」林澹然故意眼觀他處，只不動身。那漢走近石凳邊，見林澹然等三人端坐不動，發怒道：「官長至此，誰不迴避？汝兩個腌臢禿驢，恁般大膽，兀自坐著不動。」林澹然道：「你這官人好生多事。俺們出家人雲遊至此花園一樂，與汝有何干涉，要迴避你？甚不知趣。」那漢愈惱，喝家僮：「打這禿廝！你還敢光著一雙賊眼看我，決是不良之輩，挖出他這一雙

❶漁陽鼙鼓：指唐玄宗時安祿山於漁陽（治所在今天津薊縣）舉兵叛變事。鼙鼓，騎兵用的小鼓。唐白居易長恨歌：「漁陽鞞鼓動地來，驚破霓裳羽衣曲。」後也用作外族侵略的典故。

眼珠。」家僮正要動手，林澹然笑道：「且住，有話講。俺出家人遨遊四海，那一個英雄豪傑、貴戚朝紳不欽敬俺來？誰似你這廝油嘴花子，反來呼喝人？」那漢大怒，喝教跟隨人：「與我痛打這禿賊一頓，鎖了去！」家僮向前來打，被林澹然雙手架住，一個趕入來的，澹然飛起右腳，踢中肩窩，倒在地上；又一個撞近身來，澹然將左手一點，翻筋斗又跌倒了。其餘人役不敢向前，那漢親自動手，伸拳攘臂，趕近前來，提拳便打。苗知碩見了，正要放對，林澹然呵呵大笑道：「侯大哥不須如此。你記得當初在太原高丞相府中相聚時麼？」那漢聽了，即忙住手，將林澹然仔細再看，拍手道：「足下莫非是林參爺麼？」林澹然道：「小僧便是。大哥久違顏範了。」

那漢不是別人，乃高歡部下一員大將，姓侯名景，自幼習文，屢因不第，棄文就武，投於高歡麾下為謀士，最是貪婪凶暴，詭譎多謀，習學得一身好武藝，屢立功勛。高歡用他為帳前管糧大使、奮威將軍，因見林澹然英勇出眾，每每虛心交結。林澹然見侯景心術不端，惟是面交而已。侯景自從林澹然避難離魏之後，用錢賄賂朝中臣宰，不數年升為尚書左僕射、南道行臺總督大將軍，與高歡品職止差一級，甚有權勢。已前❷高歡在朝時，侯景畏其才智，不敢妄行，當時高歡已死，無人制御，縱意橫行，位兼將相，勢傾朝野。高澄襲父之職，名行素虧，又且短於才略，欺侯景是他父親部下出身，屢屢侮慢侯景。侯景又恃官高爵大，不以高澄為意，因此有隙，兩下結怨，不願同朝。侯景賄囑近臣蔣旌在魏主面前贊襄，奉旨差往河南鎮守，掌握兵權，以覷內變。

當日便道赴任，卻遇清明令節，乃穩住人馬，獨與家僮輩郊外尋春取樂，偶至花園，遇著林澹然。

❷ 已前：以前。

此時侯景炎炎之勢，把誰人放在心上？況酒後糊塗，林澹然又做了僧家，將言語激惱著他，怎生認得？因澹然說出舊交，方省得是林時茂，不勝之喜，笑道：「林大哥許久不會，竟不相認了。別後心常感念，今得相會，實出偶然。向聞大哥雲遊梁國，何幸又得在此？」林澹然道：「一言難盡，從容細訴衷曲。久仰足下執掌兵權，名重東魏，今日為何閒暇得到此遊玩？」侯景道：「小弟之事，亦容細剖。大哥如今寶剎在於何處？」林澹然道：「貧僧不居寺院，亦非庵廟暫棲，止在本縣城南張太公莊上。因見景物撩人，故往郊外踏青遣興，幸會吾兄。」侯景道：「既然大哥寓處不遠，小弟畢竟要到貴莊奉謁。」林澹然不好推辭，答道：「尊駕枉顧，蓬蓽生輝。」

二人攜手而行，同到莊上來，後面知碩、佛兒、家僮等眾，牽馬隨入莊裡。林澹然、侯景重複敘禮，辦齋款待。侯景問及林澹然到梁朝出家事，林澹然將妙相寺為副住持，因正住持鍾守淨貪淫忤諫，反生讒害，逃難至張太公莊上情由，細說一遍，侯景嘆息不已。林澹然問道：「目今高丞相辭世，公子高澄比乃尊❸德政何如？」侯景搖頭道：「大哥不要提起高澄那廝，說起來令人切齒。他那已往的姦淫惡跡大哥盡知。自從高丞相捐館❹之後，無人拘束，縱意妄行，把父親向日趕逐去的無賴棍徒，依舊召集部下，放僻邪侈，無所不為。有一個奸險膳奴，姓蘭名京，原是衡州刺史蘭起之子，高澄待為心腹，生殺予奪之權皆出其手。其弟高洋屢屢勸諫不聽，目今招軍買馬，積草屯糧，其意要篡魏，以圖大業，只畏小弟一人，不敢輕發。況兼宰輔臺諫，各為身謀，朝廷大事，悉委高澄，見弟掌兵，心懷妒忌，暗暗勸

❸ 乃尊：他的尊人。

❹ 捐館：捐館舍；拋棄館舍。為死亡的婉辭。

主上削去小弟兵權。小弟諒來終須有禍，故此暗用賄賂，謀差出外，鎮守河南，離卻此人，以圖後舉。今日高澄這廝度量淺狹，我雖出鎮外廷，料他不久必然生情害我。小弟渴欲請教，不知大哥蹤跡何在。今日偶而相逢，實乃天賜其便。今者梁武帝朝政何如？臣宰才能比東魏何如？」林澹然道：「梁魏之政，兄弟也。當時武帝初登大寶，勵精圖治，恩威並著，朝中文武各展其才，甚有可觀。自天監已來，皈依釋教，長齋斷葷，布衣蔬食，刑法太寬，文臣武將俱從佛教，小人日親，君子日遠，四方變故漸生，據險為亂者難以屈指。況兼歲歉國虛，民不聊生，梁國不日為他人所有矣。」侯景聽了，拍手大笑不止。林澹然心裡暗想：「梁朝無道，此人鼓掌而笑，決非好意。」就問道：「足下聞武帝政亂而喜，何也？」侯景四顧無人，低言道：「小弟有一樁大事，存心久矣。因無機會，不敢妄行。今聞大哥談及梁主酷信佛教，變亂日生，諒此事只在反掌間，故不覺喜形於色。弟之出鎮河南，本欲據地叛東魏，以歸梁國，只慮武帝拒而不納，故一向猶豫。今聞梁主可以蒙蔽，正合我進身之機會。我魏主寵用高澄，不日必有內禍。小弟別兄而去，即差使獻土降梁，以圖大事。事成之後，發兵滅魏，剿除高澄，然後迎請大哥同享富貴，豈不美哉？」林澹然道：「足下此計雖妙，只是背主降仇，非大丈夫之所為也。既與高澄不和，不若棄職歸山，守田園之樂，頤養天年，清名垂於不朽，何必驅馳名利之場，以為不忠不孝之人也？」侯景道：「大哥不知，當今之世，顧不得名節，說不起忠孝。桓溫❺道得好：『大丈夫不能流芳百世，亦當遺臭萬年。』若是膠柱鼓瑟❻，眼見得家破身亡。」林澹然暗想：「這人平素奸巧，勸之無益。」

---

❺ 桓溫：東晉大臣，曾三次出兵北伐。在最後一次北伐中原失敗後，感到自己已沒有機會完成北伐中原的偉業，撫枕嘆道：「大丈夫既不能留芳百世，亦不復遺臭萬年！」

就隨口道：「足下才猷素著，德譽日隆，況能駕馭群雄，保安黎庶，何慮大事不就？但俺與兄間別多年，今幸一會，只且開懷暢飲，重敘舊情，不可言及世務，以混高興。」侯景笑道：「大哥見教甚妙，且盡今宵之樂，另日求教。」二人說罷，稱觥舉爵，吃得酩酊，當夜就留侯景在莊宿了。

次日，侯景吃了早膳，辭別林澹然之任，早已車馬駢集。澹然送出莊外，侯景附耳道：「小弟昨晚所言之事，只可你知我知，切莫漏洩於外。」林澹然點頭道：「不必叮囑，後會有期，再得請教。」二人分袂而別。

侯景跨上雕鞍，帶領人眾，往河南蒞任，整理軍務，撫巡地方。甫及數月，忽探馬飛報：「朝廷有旨到來，天使已臨驛館。」侯景忙排香案迎接。天使開讀聖旨，侯景聽讀到：「念卿汗馬之功，更兼才堪鼎鼐❼，豈可出鎮邊圉？旨意到日，馳驛回京，同理朝政大事。」心下已知是高澄之計，暗想：「我未蒞任之先，預料有此宣召，今果然矣。」謝恩畢，整備筵席，管待天使。飲宴之間，侯景問道：「皇上差下官出鎮河南，甫及數月，為何又宣下官回朝？這是大臣薦舉，還是皇上聖旨？」天使道：「是高丞相推舉老大人回朝，同理國政，故特旨而來。老大人急整行鞭，趨朝面聖。」侯景道：「邊關要害，不比尋常去處。軍糧未散，且無鎮撫代職之臣，待下官調停了此兩樁，即便回京。」天使又道：「君命召，不俟駕而行。老大人就行才是。」侯景高聲道：「將在外，君命有所不受。這裡是邊關緊要去處，不時敵人侵擾，若委託不得其人，必誤朝廷大事，豈可造次去得？天使先回，下官在各衙門考選有才能

---

❻ 膠柱鼓瑟：鼓瑟時膠住瑟上的弦柱，就不能調節音的高低。比喻固執拘泥，不知變通。

❼ 鼎鼐：喻指宰相等執政大臣。

者，權掌本鎮，即便趨朝。」使臣不敢再言，告辭去了。

侯景心下不安，請心腹謀士丁和商議。這丁和是一個辯士，極有膽量，亦通武藝，在侯景帳下為參謀官，向前見了道：「主公喚小官，有何使令？」侯景道：「我有一件大事不決，和汝商議。目今朝廷重用高澄，遣我出鎮邊地，未經數月，仍復召回，此是高澄那廝定計害我了。若回京，有凶無吉；若不回，又逆了君命。這事何以區處？」丁和道：「先發者制人，後發者制於人。既是高爺要害主公，不如先下手為強，明日即矯詔，稱說高澄有篡位之心，發本省軍馬殺奔京城，先除高澄，後滅魏帝，主公身登大寶❽，小官執掌兵權，誰敢抗拒？豈非一舉兩得之計？」侯景道：「舉兵圖業，亦是一計，但魏朝人物還多，兵糧尚廣，只恐擁一鎮之兵，以敵通國之眾，猶如以卵擊石，豈能萬全？此計不妙，再尋萬全之計方好。」丁和道：「主公之言甚當，小官另有一計，除非是據守本境，遣一辯士到梁國獻土納降，梁武帝決然重用主公，那時從容定計，待時而舉，有何不可？」侯景大笑道：「參謀此計，甚合吾機。事不宜遲，明日即煩卿齎降表輿圖，往梁朝納降，以避此禍。」次早寫下降書，收拾金珠寶貝並地圖，交與丁和，取路到梁國來。把關將認得是侯總督部下將官丁和，不敢攔阻，過了關隘，梁國守關將問了來歷，亦不阻擋。

一路無話，直至京師。丁和一路打聽得武帝寵用的心腹大臣，卻是大司農朱異❾、司空張綰❿二人

---

❽ 大寶：指帝位。

❾ 朱異：字彥和，博學多才。梁武帝聽其解說孝經、周易，讚道：「朱異實異！」侯景以朱異貪財受賄、欺罔視聽為由，起兵包圍建康臺城，太子乘機斥之禍國殃民。朱異畏懼，得疾而卒。

當權，朝廷聽信。丁和藏了金珠等物，先闖入朱異府裡來見朱異，朱異問其來意，丁和道：「敝主是東魏總督大將軍侯景，久仰老大人盛德，欲見無由。今因與本國高澄不睦，特差小官獻上河南十三州地境，歸降大國。猶慮聖主不容，先差小官懇乞老大人鼎贊，玉成其事，必效犬馬之報。無甚孝順，有些須薄禮獻上，望乞笑納。」即奉上金珠禮物。朱異見了大喜道：「你主將既有美意，歸降大梁，此是棄暗投明，知機之士。明日早朝，待我先奏聖上，引你朝見。」丁和叩頭而退。又將了金珠到張綰府中來，同前一般獻了，說侯景納降一事。張綰也大喜收了，發付丁和早朝伺候。丁和次日五更，齎了金珠寶物、降表、地理圖，到閣子門外等候。朱異、張綰會見，先議定了。

少頃，武帝臨朝，眾文武朝見已畢，朱異執簡當胸，俯伏金階，啟奏道：「東魏鎮守河南尚書左僕射、南道行臺總督大將軍侯景，差使臣一員，獻土投降，未得聖旨，不敢擅便。以臣愚見，鄰國之臣，納土來歸，乃我朝一統之機也，伏乞聖鑑。」武帝令宣丁和入朝，至殿前山呼舞蹈，俯伏階下。武帝道：「卿是何官？侯總督何故叛魏來降？未審真偽，難以準信。」丁和奏道：「臣姓丁名和，職居侯總督部下參謀。主將因見魏主昏蔽，聽信丞相高澄讒言，屢屢殺戮大臣，主將慮禍及身，故有此舉。竊計良臣擇主而事，方今大梁皇帝，聖武仁慈，德過堯舜，不歸何待？耑遣小臣敬獻河南十三州地土，以為進身之階，伏乞聖仁容納。」武帝道：「卿且暫退，待朕商議。」丁和謝恩而出。武帝謂眾臣道：「今東魏侯景獻土來降，朕意得景，則塞北可清，寰宇得定，此機會亦為難再，卿等以為何如？」尚書左僕射謝舉出班奏道：「近歲以來，與魏連和，兵甲不興，邊境無事，若納叛臣，又生釁端，非國家所宜也。」

❿ 張綰：字孝卿，以博學多才聞名於世。

言未畢，大司農朱異上前奏道：「皇上聖明御宇，南北歸心，今若拒而不納，後來賢路閉塞，裹足不入梁矣。今天下無不賓服，只有東魏跋扈不臣，彼國才兼文武者，惟有高歡、侯景二人，幸高歡已死，侯景來降，魏國虛無人矣。得景則彼國虛實我盡知之，乘隙加兵，東魏之地，反掌可得，此正一統天下之大機會，豈可不納侯景之降？」司徒蕭介連聲道：「不可，不可！」武帝道：「卿主意若何？」蕭介奏道：「臣素聞侯景為人，不忠不孝，奸佞讒諂，雖有微才，受高歡大恩而至重位，高歡初喪，壙土未乾，即懷叛心，假鎮關西，宇文泰⓫不容，故復投身於我。此等奸佞之徒，不可使之入國，收用必生後患。」武帝道：「也見得是。」正欲聽信，不受降表，又見左班中一員大臣踴躍而出，眾人視之，卻是司空張綰，上前奏道：「聖主馭世，惟以收攬人材為先，久聞侯景才優學富，智勇足備，東魏如重用之，非我國家之利也，邊境豈得安寧？今幸彼君臣不和，上下猜忌，侯景來降，天假其便，此是至難得之機會。古云：『天與不取，反受其咎。』能臣輸赤⓬來歸，天下可指日一統。若不收其降表，不受其土地，彼必轉而投獻於他國。土地非我有，能臣為彼用，生起釁端，我國焉得太平？失算甚矣。陛下受其降表，任之大爵，景必盡心竭力，以報陛下。臣斷以納降為是。」武帝道：「朱卿與張卿之言，其理最勝，若不納其降，是閉賢路也。」當下命收了降表、輿圖，御筆親書聖旨，封侯景為大將軍，爵河南王，又賜錦袍玉帶，宣丁和進朝，發付回河南，約日來降。

丁和叩頭謝恩出朝，拜謝司空張綰、大司農朱異，齎了聖旨、欽賜袍帶，取路回到河南。進府參見

⓫ 宇文泰：鮮卑族，西魏王朝的建立者。其子宇文覺代西魏為王，建國號為周。

⓬ 輸赤：奉獻一片赤誠。

侯景，先將見朱異、張綰之事說知：「武帝欲待不受降表，甚虧朱、張二人竭力贊襄，武帝方允，封主公為河南王。」從頭細說一遍，將錦袍玉帶呈上。侯景大喜，戴了金冠，穿了錦袍，繫了玉帶，拜謝天地祖先。升丁和為左軍耀威將軍，河南十三州地界俱差心腹將士把守，不服魏朝統轄。

話分兩頭。卻說高澄要害侯景，屢次在魏主駕前讒言，說侯景擁重兵在外，必有歹意，速取回朝誅戮，以除大患，故魏主頒詔，召回京師。此時使臣已回，說侯景要給散軍糧，擇人交代，方得回朝。高澄心下疑惑，差人打探消息。不數日，邊郡官表章雪片也似到來，奏陳侯景據河南十三州叛魏歸梁，乞聖上早發兵擒剿。次後打聽的將士俱還，說侯景果實降梁，早晚必興軍馬犯境。高澄心下驚惶，忙集眾文武同會都堂，商議此事。眾官齊道：「既是侯景反叛，速宜奏過主上，作急調遣人馬，征討叛逆，此為上計。」高澄道：「發兵討叛，固不必說，但眾將之中無侯景敵手，況連年饑饉，軍糧不足，何以處之？」使軍司杜弼離座道：「吾有一計，管教東魏有泰山之安。不必興兵發馬，只消一紙書到梁，使梁主與侯景自生猜忌，邊境無足慮矣。」高澄道：「先生有何妙計，離間梁國？」杜弼道：「東魏西梁兩相侵伐，因此結仇。近十餘年，梁武帝皈依佛教，以清靜慈悲為本，不樂征伐，故久不動刀兵，兩國無事。丞相莫若一面發兵侵他邊境，一面遣人致檄於梁，以求通好。武帝若肯仍舊議和，則落我圈套中矣。」高澄道：「兩國相和，莫非武帝便不受侯景之降了麼？」杜弼笑道：「非也。丞相明燭天下，些須詭計，怎麼不知？侯景那逆賊包藏禍心，據守河南，意欲自圖大業，非真心降梁也。若武帝與我國連和，景意不安，必生變亂。彼時梁國與侯景自相攻殺，我這裡高枕而臥，坐觀成敗，以逸待勞，有何慮哉？」高澄道：「先生高見甚明。」當下奏過魏帝，一面齎詔，命邊塞統兵官發軍攻梁，次後修書差護軍都尉鄭梓臣往梁國來。

再說武帝當日臨朝，樞密院司農卿傅岐⓭奏道：「目今東魏發數萬之眾侵犯邊界，攻打城池甚急。文書中呈本院，伏乞聖旨。」武帝道：「既魏國有兵犯境，卿等檄本處官員謹守城池，若軍馬缺少，錢糧不敷，卿等斟酌調停，亦須添軍增餉，何必奏請？」傅岐領旨，正欲退朝，只見近臣奏東魏丞相高澄差官齎檄，午門外伺候。武帝即傳旨，宣魏使進朝。鄭梓臣到金鑾殿，山呼舞蹈已畢，將高澄檄文獻上。近臣接了，展開御案之上。武帝看檄云：

侯景自生猜忌，遠託關隴⓮，憑依為奸，獻土偽降。狼子野心，終成難養。今陛下乃授之以節鉞，假之以兵權，未有不忠於魏而盡忠於梁者也。時堪乘便，則必自據淮南，亦欲稱帝。但恐楚國亡猿，禍延林木⓯，城門失火，殃及池魚⓰。不若梁魏修和，使景無隙可乘，誠為兩利之術，願陛下察之。故檄。

⓭ 傅岐：字景平。相貌英俊。出仕梁朝，累遷太僕、司農卿，在禁省十餘年，參與機密。

⓮ 關隴：指關中和甘肅東部一帶地區。

⓯ 楚國亡猿二句：淮南子說山訓：「楚王亡其猿，而林木為之殘；宋君亡其珠，池中魚為之殫。」比喻無辜而受連累，遭禍害。

⓰ 城門失火二句：呂氏春秋必己：「宋桓司馬有寶珠，抵罪出亡，王使人問珠之所在，曰：『投之池中。』於是竭池而求之，無得，魚死焉。此言禍福之相及也。」後人加以附會，演化為「城門失火，殃及池魚」。比喻無端受禍。

武帝看罷，對眾臣道：「適才傅司農奏說魏兵犯境，今高丞相復有檄來，以求和好，或戰或和，卿等以為何如？」傅岐道：「高澄起兵侵我疆土，軍強馬壯，兵未交而奉檄求和，必是離間之計。因陛下重任侯景，侯景必竭力以輔我朝，故發書連和，欲使侯景懷疑，必生禍亂。若許通好，正中其機。陛下斬其來使，傳檄侯景，令緊守邊城，何慮高澄入寇？」武帝道：「卿言甚善。」喝軍士簇下鄭梓臣，斬首報來。武士正欲動手，朱異忙止住道：「不可。」便奏道：「臣聞兩國相爭，不斬來使。今高澄雖然侵邊，未曾損我一民寸土，又奉書求和，是以禮來講信修睦。我堂堂大國，反不能容物，使陛下失禮於小邦，招天下人非議，是何道理？自古靜寇息民，和好為上，何必靡費錢糧，驚擾百姓，以興兵結怨哉？況兵家勝負難期，倘有挫失，反傷中國氣象。依臣愚見，連和者，久安常治之策也。伏乞聖鑑。」武帝躊躇了半晌道：「卿言有理。豈有大國而反失禮於小邦？和之是也。」遂不聽傅岐之言，令光祿寺辦宴相待，修下國書，發付鄭梓臣回魏，由是兩下罷兵息戰，不題。

卻說侯景自從降梁之後，心下不安，不住使人打探梁魏兩國消息，當下有人報說東魏發兵十萬，攻打邊城緊急。侯景正欲調兵出關拒敵，不數日又見探子報說，高澄有檄文連和中國，梁主已許和好，魏國回軍，兩邊罷戰。侯景心中驚疑，忙請丁和商議道：「我當初叛魏降梁，只指望梁主東征，我好於中取事。不期高澄那廝移檄連和中國，武帝許諾，兩國和好，梁主必然生疑，不重用我了，倘奪我兵權，削我爵祿，那時進退兩難，豈不坐受其斃？請君計議，何以處之？」丁和笑道：「主公熟諳韜略，區區小事，何足慮哉？當今之時，主公掌握兵權，擁數十萬之眾，扶魏則魏捷，助梁則梁勝，如韓信在齊之時[17]，成敗之機，在此一舉。武帝重釋輕儒，賢人隱遯，承平日久，武備荒疏。主公乘此兵精糧足，武士樂用，猝起大軍，直搗建康，迅雷不及掩耳，勢如破竹，攻破京城，奪其大位，那時再除東魏，一統天下，乃帝王之業也。若遲延不決，梁魏同心，或左右夾攻，則我進退無路，豈不束手待死？」侯景大笑道：「先生陳說利害，使我頓開茅塞。事不宜遲，就此點兵前進。只有一件，前叛東魏，今又反梁，名分不正，難以服人，怎地設一個名號才好？」丁和道：「目今臨賀王正德⓲貪婪犯法，得罪於朝廷，武帝屢屢責罰。因此臨賀王憤恨，陰養死士，蓄積糧草，專待內變。主公何不修書一封，奉之為主，誘他同起軍馬，共伐武帝。事成之後，緩緩圖之。這是臨賀王為亂首，罪不在我，何慮人心不服，大事不成？」侯景大喜，慌忙寫下雲箋，差丁和星夜去見臨賀王正德，分付如此如此。

丁和領了言語，辭別侯景而行。不則一日，已到京師。日間不敢進見，捱至夜間，叩門請見。管門官道：「黑夜之間，大王飲宴有事，明早來罷。」丁和道：「有機密重事，要見大王，煩乞通報。」管門官見說是報機密事的，只得通報。臨賀王即令丁和進密室裡相見。丁和參拜已畢，將侯景書雙手奉上，正德拆開細看。書云：

臣河南王侯景敬啟殿下。今天子年邁政荒，所為顛倒。大王屬居儲貳⓳，仁政遠孚，四方景仰，

⓱ 韓信在齊之時：楚漢相爭，項羽使盱眙人武涉往說齊王韓信曰：「當今二王之事，權在足下。足下右投則漢王勝，左投則項王勝。」見史記淮陰侯列傳。

⓲ 臨賀王正德：蕭正德，梁武帝蕭衍之侄，曾被收為義子。蕭衍稱帝後，立蕭統為太子，蕭正德心懷不滿。侯景叛亂，擁立蕭正德為帝，隨即又矯詔將其殺害。

⓳ 儲貳：儲副；太子。

執掌權衡，聲名赫奕⑳，反被一二奸臣所譖，重遭廢黜，人心共憤，四海稱冤。大王何不乘此天與人歸之時，奮勇除奸，早正大寶，以副億兆之望？景雖不才，願效一臂之力，若有驅役，萬死不辭，誠千載一時之機會也。臣景執鞭以待。

正德看罷，未能決斷，差內臣連夜召長史華一經議事。華一經承召來見正德。禮畢，臨賀王請華一經至後殿，將侯景之書與之觀看。一經觀畢，臨賀王道：「此事還是如何？」華一經道：「殿下尊意若何？」正德道：「孤屢被朝廷叱辱，此恨未消，患無羽翼，暫且隱忍。今得侯景相助，正是孤揚眉吐氣之時，如何不允所請？」華一經道：「殿下尊意雖然如此，自臣觀之，乃是侯景誘殿下之術耳。」正德道：「何以見之？」華一經道：「侯景叛魏歸梁，非其本意，正欲使梁魏交兵，就中取事。不意魏與我國連和，侯景大失所望。事梁不屑，歸魏不能，手握兵權，焉肯俛首聽命於人之下？意欲大舉，又恐人心不服，故借大王之名，以自行其志，殿下不可為侯景所愚。」臨賀王道：「孤與侯景素未相識，彼焉知孤心中之事，敢來愚惑？今孤正欲借侯景兵力，雪我心中之忿，長史不必多疑。」華一經見正德之意已決，不敢再諫，唯唯而退。正德不聽長史之言，出殿對丁和道：「孤有此心久矣，奈無隙可乘。今得侯將軍相助，深遂孤願。多拜上你主，早晚發兵，孤當內應。機事宜速，不可遲誤。」教內庫官賞丁和銀五十兩、彩緞四匹，發付回去。

丁和領賞，拜辭臨賀王，逕回河南。見了侯景，將上項事備說一遍，又道：「臨賀王專等主公早晚

⑳ 赫奕：顯赫。

起軍，彼為內應。」侯景遂調選人馬，擇日起軍，馬步軍兵共三萬七千，戰將五十員，用丁和、馬之俊二將為左右羽翼，浩浩蕩蕩殺奔建康城來。是時承平日久，民不習戰，聞得侯景起兵壽陽㉑，軍馬驟至，遠近驚惶，一路守城將官望風而逃。侯景兵不血刃，奪了二十餘處城池。當日，丁和率領軍馬殺到睢陽㉒城下，只見城門緊閉，城上四圍遍插旌旗。丁和回馬至中軍，報說睢陽城有人守把，難以前進。侯景大怒，號令眾軍用力攻城，金鼓喧天，喊聲大振。

卻說本郡刺史姓虞，雙名天敏，舉孝廉㉓出身，為人廉能清正，已知侯景作反，殺進關來，一面急申朝廷，請兵救應，一面調撥軍兵，把守城池。當日聞得侯景兵到，分付軍士四門謹守，自上城樓觀看。只見侯景騎著黃驃馬，穿繡錦戰袍，金盔金甲，耀日光明，領一班部將，在南門下耀武揚威攻打。其餘將士分攻四門，團團圍住。真個是殺氣連天，旌旗蔽日。虞天敏見兵威甚銳，心下憂道：「我這城池是緊要地方，若被他得了，到京都如破竹之勢。欲要出戰，兵微將寡，力弱難支；待要固守，奈何錢糧缺少，米穀不敷，又恐堅守不住。」心裡煩惱不決，只得回衙和夫人史氏計議。夫人道：「相公主意還是如何？」虞天敏道：「拒敵不能，守城無力，不如棄城而走，再做區處。」夫人大怒道：「相公素讀聖賢之書，不知忠孝之道。朝廷大俸大祿，除你為一郡刺史，身享富貴，蔭子榮妻。今一朝賊至，即欲棄

㉑ 壽陽：今安徽壽縣。

㉒ 睢陽：在今河南商丘。

㉓ 孝廉：孝，指孝悌者。廉，清廉之士。漢代為求仕者必由之途。後也指被推選的士人。明、清時用作對舉人的稱呼。

城而走，豈大丈夫之所為也？妾不忍見君為不忠不孝之人，請先死以報國恩。」虞天敏聽夫人所說，滿面羞慚，謝道：「承夫人指教，下官豈敢背國忘君，無奈孤城難守。食君之祿，自當死君之事。」史氏道：「相公此言，是為臣之道。城中糧食尚可支半月，朝廷若知侯賊作亂，早晚必發救軍，君當盡力守城，激勵軍民，或者可以保全，未可知也。」虞天敏大喜，親自巡城，督軍守護。城外軍士臨城攻打者，皆被擂木炮石打傷，因此不敢逼近，遠遠圍定，放炮吶喊不息。虞天敏晝夜不得寢息，嚴督守城。

侯景見數日攻城不下，遣一辯士進城來說虞刺史投降，大封官職。虞天敏大怒，將辯士斬首，擲下城來。侯景見了大惱，號令將士奮力晝夜攻城，務必打破。虞天敏多方守護，一連又困了十餘日，城裡糧米已盡，百姓啼哭，忍餓守城，心堅不變。虞天敏只指望救軍到來，終日懸懸㉔而望，那裡見有一個軍卒？原來表章到樞密院，都被朱異、張綰藏下，並不奏聞，因此無人救應。虞天敏見勢已危迫，百姓惶惶，盡皆餓倒，城池將陷，對夫人慟哭道：「賊勢甚大，城內絕糧，軍民餓困，城必破矣。下官早尋自盡，豈受辱於狂賊之手。奈何累及夫人，怎生是好？」夫人道：「相公差矣！此時正是你我死節之秋，盡忠報國，成萬代之美名，有何慮哉？」夫婦兩個抱頭大哭一場，雙雙懸梁而死。本府跟隨人役，半日不見刺史出來料理，都到內衙看問，只見家僮、丫鬟等哭做一處，說老爺夫人同縊而死，見者無不垂淚。外面軍士並百姓聞本官和夫人已死，都棄鎗撇劍，各顧性命。城內一時鼎沸。城外將士見城裡哭聲震天，已知有變，三軍一齊奮勇，攻破城門，殺入城來，殺人如切腐草，放火焚燒，擄劫睢陽一空。

軍威大振，遂殺奔丹陽㉕郡來。前有橫江阻截去路，雖有舟船，俱小不能渡江。侯景著人從旱路抄

㉔ 懸懸：形容惦念。

過丹陽㉕，見臨賀王正德，說無大船，難以過江。正德即發大船百餘艘，詐稱載荻，渡江來接侯景。侯景大喜，即時渡江，來至采石㉖歇馬。次日率領三軍，搖旗吶喊，殺奔丹陽，將城四面圍住。卻說城內公卿士庶，見侯景兵至，個個驚駭，人人惶惑。臨賀王正德於晚間寫密書一封，拴在箭上，射下城來，軍士拾得，獻於侯景。書上說：明日午時可領軍攻打東南二門，自有內應。次日平明，侯景號令眾將，午時三刻一齊併力攻打東南二門，先上城者為頭功，退後者斬。平明吶喊攻城，看看午時將到，只聽得城裡一片聲喊，東南二門大開。侯景策馬先入，隨後諸將一齊進城，滿城士女軍民亂竄，喊殺之聲山搖地動。正殺之間，恰好到張侯橋邊，遠遠見有左三五百軍士，簇擁一員大將坐在馬上，兩邊排列牙將，俱全身披掛，刀劍森森，甚是嚴整。侯景縱馬向前迎敵，那邊牙將高聲問道：「來將莫非是侯總督麼？」侯景答道：「孤親身在此，前面大將是誰？」牙將道：「三殿下臨賀王是也。既是侯將軍，何不下馬？」侯景聽得是臨賀王正德，慌忙跳下馬來，上前相見。

臨賀王迎入府裡，朝見已畢，一面出榜安民，諸軍不許妄殺，禁止擄掠，謹守城門。號令一出，安堵㉗如故。一面擺列筵宴，款待侯景。當下臨賀王坐了上席，侯景側坐。二人酒至數巡，臨賀王道：「孤才菲德薄，屢被主上之辱，久欲雪此冤忿，奈無羽翼。今得侯將軍大材輔佐，是天以將軍賜孤也。今日

㉕ 丹陽：今屬江蘇。

㉖ 采石：采石磯。在安徽馬鞍山長江東岸，為牛渚山北部突出江中而成，江面較狹，形勢險要，自古為大江南北重要津渡，也是江防重鎮。

㉗ 安堵：安居。

之事，富貴共之。但主上軍馬尚多，錢糧廣大，孤與卿軍不滿數萬，將不過數十人，只慮大事難成，反招類犬㉘之誚，賢卿有何高見？」侯景笑道：「臣在東魏聞殿下尊名，如雷灌耳，故不避斧鉞，冒死來歸，以輔真主。殿下今出此言，何太懦也。臣從壽陽起兵至此，兵不血刃，先聲到處，望風而降。所謂兵家勝敗，在主將之謀略，不在士卒之多寡。此處至臺城㉙，不過咫尺，取天下只在旦夕。殿下早正大位，移詔各處，歷數武帝昏眊，以致天下大亂之罪，伐暴弔民，奠定四方。臣等分兵守住險要，不順者夷其三族，則反掌之間，天下定矣。」臨賀王大喜道：「孤之大事，全仗卿運籌決策，斷不負卿。」二人盡歡而散。

次日，即改造皇殿，大賞三軍。諸事完備，臨賀王就於丹陽城即皇帝位，建號龍平元年㉚，眾臣朝賀。封侯景為太宰壽陽王，總督中外諸軍事，丁和為樞密院右僕射，王朝為左司農。其餘文武官僚，各各升用。下詔旌表死節忠臣虞天敏夫婦，命建祠立祀，春秋二祭。諸事已畢，侯景奏道：「陛下已登大寶，梁主雖然年老無用，天無二日，民無二主，須及早攻破臺城，除卻後患，方保萬年天位，富貴無疆。」

㉘ 類犬：畫虎類犬。後漢書馬援列傳：「杜季良豪俠好義，憂人之憂，樂人之樂，清濁無所失，父喪致客，數郡畢至，吾愛之重之，不願汝曹效也……效季良不得，陷為天下輕薄子，所謂畫虎不成反類狗者也。」後以「畫虎不成反類狗」，比喻好高騖遠，終無成就，反貽笑柄。也用以比喻仿效失真，反而弄得不倫不類。

㉙ 臺城：六朝時的禁城。宋洪邁容齋續筆臺城少城：「晉、宋間謂朝廷禁省為臺，故稱禁城為臺城。」晉之「臺城」，在今江蘇南京雞鳴山南乾河沿北，歷宋、齊、梁、陳，皆為臺省（中央政府）和宮殿所在地，因專名臺城。

㉚ 龍平元年：據史載，應為正平元年，西元五四八年。

倘再遲延，各鎮勤王兵至，豈能無慮？伏乞聖鑑。」正德道：「卿言最當，有煩卿率領三軍前去，朕為後應，務要萬全必勝。」君臣二人商議已定，隨即起兵前進，一路殺奔建康，軍勢浩大，無人敢當，將城圍困。

卻說梁武帝改元太清三年，壽已八十六歲。此時謝舉等一班老臣，俱已掛冠致仕去了，朝廷政務盡委朱異、張綰，自惟終日念佛修行，持齋吃蔬而已。當初在妙相寺講經說法，自從被薛志義燒毀，復在同泰寺談經念佛。時值正月中旬，武帝在同泰寺和道眾拜懺誦經，只聽得隱隱金鼓之聲，問近臣何處喧聲不絕。近臣道：「萬歲爺不問，臣不敢奏。一向㉛聞得侯景作反，與臨賀王正德同謀。臨賀王已僭稱帝號，這金鼓之聲，想必是侯景軍馬來也。」武帝怒道：「何得妄言！若侯景為亂，如何鎮守官員無一通表章奏來？」近臣道：「自從東魏高丞相差使移檄，與陛下連和之後，侯景就作亂起兵，河南至京都一帶地方，告急表章雪片也似到樞密院來，請發救兵，急如風火。張司空、朱僕射二人只是隱匿不聞，瞞昧陛下，以致如此。陛下急宜差官探聽消息。」武帝道：「焉有此事？朕待侯景不薄，豈敢造反？況朱異、張綰朕之社稷臣，焉肯為欺君罔上之事？」

正不信之間，又聽得方丈外人聲喧鬧，原來是司農卿傅岐見侯景圍城，飛馬到寺，撞入方丈裡來，俯伏地下，連稱：「禍事！禍事！」武帝大驚道：「有甚禍事？卿且平身說來。」傅岐道：「日前臣曾諫陛下，東魏求和，是反間之計，陛下不聽，以至侯景逆賊作反，自河南起兵殺至丹陽，勢如破竹，無人阻擋，各鎮請救表章，皆被朱、張二僕射隱匿不聞。臣雖聞得消息，恐皇上不信，未敢妄奏。今侯景

㉛ 一向：一直。

輔臨賀王正德登了帝位，僭號龍平，軍馬不知其數，喊聲震天，已將京城圍得鐵桶，早晚城已將陷，陛下還在此念佛看經，如何是好？」說罷大哭。武帝道：「事已至此，哭之何益。自我得之，自我失之，亦復何恨？」忙上鑾輿，與傅岐等還朝升殿，召文武百官商議戰守之策。眾官齊集殿庭，武帝宣朱異、張綰當面叱道：「向日侯景歸降，是汝二人勸朕收納，後來東魏高澄求和通好，又是汝二人力主連和，以致侯景逆賊心疑作亂，各處告急文書申院，二人又藏匿不聞。今日賊軍圍城，破在旦夕，你二人有何退敵之策，速宜裁處，不然不必見朕矣。」張綰、朱異二人滿面羞慚，頓首伏罪，半晌不敢回言。傅岐道：「朱僕射、張司空瞞蔽聖聰，招引叛賊，本宜問罪，但今賊寇臨城，勢若泰山，且理戰守之策，退賊之後，再行區處。」武帝怒氣不息，叱退二人，宣傅岐近御座前道：「今日之事，全仗賢卿籌畫，救朕危急。」傅岐俯伏道：「臣才淺識薄，惟恐獨力難支。伏乞陛下速選大將，統領羽林軍士背城一戰，以決興亡，豈可束手受困？」武帝道：「朕聞兵戈之聲，心膽皆碎，方寸亂矣，不能主持。擇軍選將，任卿為之。生死存亡，決於天命。」說罷兩眼垂淚，口中念阿彌陀佛不輟，眾臣怏怏而散。傅岐辭了武帝出朝，逕到教場中調遣軍將，選施大用為先鋒，樊武瑞、陳勝為左右救應使，自為主將，督軍打點出戰。正是：

馬臨險處收韁晚，船到江心補漏遲。

畢竟此一陣勝負若何？且聽下回分解。

第十九回　司農忠憤大興兵　梁武幽囚甘餓死

詩曰：

憤發捐軀報國恩，何期天不佑忠貞。
山河指日歸他姓，社稷須臾沒虜塵。
幽閉深宮愁莫語，節裁御膳渴難禁。
最憐一代興邦主，至死方知佛不靈。

話說傅司農奉旨發兵，出戰侯景不題。次日平明，全身披掛，手持長鎗，坐下烏騅馬，率領先鋒施大用等馬步羽林軍三萬，大開北門迎敵。侯景見城裡有兵出敵，即退一箭之地，排成陣勢，立馬於門旗之下，左首丁和，右首馬之俊，兩陣對圓❶。傅岐亦排成陣勢，爭先出馬。怎生打扮？有鷓鴣天為證：

金甲金盔襯錦袍，烏騅馬上騁英豪。忠貞貫日三秋烈，壯氣如虹萬丈高。　藏豹略❷，隱龍

❶ 對圓：兩軍臨戰前，各自列成半圓形陣勢，因相對成圓，故稱。
❷ 豹略：太公望兵書六韜中有豹韜篇，後因以「豹略」指用兵的韜略。

韜❸，赤心為主敢辭勞。只因不忍金甌壞，雙手擎還歸聖朝。

傅岐大喝：「侯景逆賊何在？」侯景縱馬出陣，應道：「你是何人，大膽罵陣？」傅岐見侯景身軀魁梧，相貌堂堂，盔甲鮮明，聲音響亮，乃喝道：「看你一表非俗，受朝廷大恩，不思盡忠，反為叛賊。今日天兵在此，快下馬投降，姑饒一死！」侯景大笑道：「你等狂徒，不知天命。主上佞佛，煙塵四起，百姓受其塗炭，西北有倒懸❹之危。我今日應天順人，特來弔民伐罪，誅戮奸邪，神人共快。速宜倒戈卸甲，迎接大軍入城，不失封侯之位。倘或執迷，打破城池，玉石俱焚，悔之晚矣！」傅岐大怒，回頭道：「誰人與我擒此逆賊？」只見鸞鈴響處，先鋒施大用舞刀躍馬出陣，大喝道：「小將誅此狂賊！」侯景更不打話，挺起長鎗，直取施大用。施大用將大桿刀劈面砍來，兩個一來一往，殺至三十餘合，不分勝敗。樊武瑞在陣前見施大用贏不得侯景，舞動渾鐵九節鋼鞭，拍馬夾攻。那邊丁和見了，手持大斧喝一聲，躍馬接住樊武瑞廝殺。

四員大將奮勇鏖戰，只聽得金鼓之聲震地，施大用陣後大亂，軍士奔走，卻原來是臨賀王正德，率領三萬餘軍抄過城西。傅岐首尾受敵，不能救應，只得單騎奔入城內。臨賀王不追傅岐，催督三軍，抄施大用、樊武瑞陣後殺來，殺得梁兵七斷八續。施大用見陣勢已亂，不敢戀戰，敗陣而走。侯景不捨，奮勇趕來。施大用兜住馬，拈弓搭箭，覷侯景來得漸近，一箭射來，正中侯景左腿。侯景大怒，帶箭驟

❸ 龍韜：六韜中一篇。後泛指兵法、戰略。

❹ 倒懸：指人頭腳倒置，或物上下倒置懸掛。比喻處境極其困苦或危急。

馬趕來，施大用措手不及，被侯景一鎗刺於馬下。樊武瑞見施大用敗走，也牽轉馬頭，奔回本陣。丁和背後緊緊追趕，卻好兩個馬尾相連，樊武瑞回身將鞭照頭劈下，丁和躲閃不迭，一鞭被打傷左臂，棄斧而走。樊武瑞見兵勢已敗，不敢追襲，鳴金收軍進城。背後侯景擁大軍壓來，勢如山倒。樊武瑞只領得一半軍馬入城，將城門閉上，其餘盡被殺散，降者不計其數。侯景大勝一陣，依舊將皇城四面圍住，喊殺之聲，震動天地。

卻說傅岐單騎進城入朝，到了金鑾殿上，喘息不定。武帝驚道：「賢卿為何如此狼狽，莫非出兵不利麼？」傅岐俯伏哭道：「臣力竭矣。被逆賊侯景、叛臣正德前後夾攻，因此大敗。施先鋒等不知下落。」武帝道：「朕從早至今，日已過午不退朝，以待卿報捷，卻原來大敗而回，此天亡我也！」傅岐道：「臣初督軍出戰，施大用與侯景捨命廝殺，未見勝負。樊武瑞奮勇助陣，那邊一少年將迎敵。正廝殺之際，不期臨賀王領生力軍從城西抄路殺來，將臣軍馬衝作兩截，鋒不可當，因此抵敵不住，臣只得退回。施、樊二將軍陷在陣內，不知生死若何。」武帝跌足道：「早不聽賢卿之言，以致今日眾寡不敵，非卿之罪，實朕之過也。快打探施、樊二將消息，速來覆朕。」只見飛騎來報，施大用陣亡，樊武瑞戰敗而回，俯伏午門待罪。武帝教快宣進殿。樊武瑞進得殿上，大哭道：「施先鋒被侯景所殺，軍馬三萬折其大半。非臣不肯盡力，奈彼眾我寡，勢不能當，以致大敗。」武帝嘆道：「此乃天敗，非人力所能支也。朕今已年老，死不足惜。只是遺笑於後世，豈能無恨？目今賊勢猖獗，城內軍少，難以再戰。勤王之師，一時未集。傅司農與卿等用心督軍守護，待朕靜思良計，以破此賊。眾卿暫退。」傅岐、樊武瑞和眾文武，俱辭帝出朝，分頭守城，不在話下。

卻說侯景殺敗羽林官軍，刺死施大用，軍威大振。丁和被打傷左臂，侯景著人擡入營中醫治，親督軍士，晝夜攻城不息。守城軍士因賞罰不明，糧食不繼，漸漸逃亡去了。傅岐又在陣上吃了驚，回衙嘔血斗餘，臥床不起。梁武帝只在後殿彌陀閣上，吃齋誦咒，看彌陀經消災懺，拜斗禳星❺，以求佛力護佑，觀音菩薩救苦，只望暗退敵兵，保安社稷，再無他計。

卻說朱異、張綰被武帝面辱一番，心懷慚忿，當下見侯景布雲梯飛炮，攻城甚急，看來城已將陷，勢不可支，兩個私自計議。朱異道：「即今賊勢浩大，國祚顛危，城破只在旦夕，我兩個見機而作，守些甚麼？不如令人出城，暗通消息，獻了城門，迎接軍馬入內，庶不失富貴。不然，城破之日，不見得你我為侯景出力的好處，徒死無益。」張綰道：「僕射主見極高，宜速為之。」連晚寫下降書，差一個心腹健兒，裝做賣柴村民，夜半吊下城去，被侯景軍士捉住，送入寨裡來。健兒道：「小人是朱僕射差來見大王的，有機密大事相報。」侯景見說，即叫去了繩索，問：「朱僕射差你來有甚話說？」健兒在頭髮裡取書獻上。侯景拆開看時，寫道：

> 君侯起仁義之師，弔民伐罪，四海引領而望，孰不歸心？今城內兵糧兩盡，惟賴傅岐籌畫守禦，又遭病劇不起。君侯可於明日辰時驅兵大進，不佞❻開宣政門以迎大駕，非為身謀，特救滿城生靈之命耳。薰沐恭候，切勿失期，以誤大事。樞密院左司農朱異、司空張綰再拜。

---

❺ 拜斗禳星：禮拜北斗星，禳除凶星。道教的祈禱儀式。禳，音ㄖㄤˊ。

❻ 不佞：不才。用作謙稱。

侯景看罷大喜，重賞健兒，分付道：「拜上你主人，明早攻城，不可失約。事成之後，不愁富貴。」健兒叩頭謝賞，出得寨門到原吊處，已有人在彼伺候，復吊上城來，見了朱異、張綰，將侯景言語說了，二人大喜。

次日平明，侯景號令諸軍，搖旗吶喊，金鼓震天，攻打宣政門甚緊，只聽得城裡炮聲響處，城門大開。朱異、張綰驅家僮併本院軍士助力，迎接侯景軍馬入城。侯景縱軍擄掠，放火殺人，滿城百姓盡遭荼毒。侯景率領猛士五百，逕入朝堂。正殿上，不見武帝，急搜太極殿中。此時武帝盤膝坐於禪床上，合掌念佛，見侯景來到，安坐不動。侯景稽顙拜於殿下，武帝道：「朕待卿不薄，何以至此？朕年已九十，視死如歸。卿欲篡位，何不斬朕首去？」侯景俯伏地上，不敢擡頭，汗流滿面，連聲道：「臣該萬死！今日臣起軍馬，非敢為叛，欲斬不忠負國之臣，以清殿陛，並無他意。」武帝道：「賢卿如此忠效，雖周公❼、伊尹❽何以加焉？朕年邁力衰，不能理政，得卿輔佐，實愜斯懷。」侯景道：「臣暫告退，清理軍務，明日早朝，再見陛下。」說罷叩頭，退出朝門外來。正走之間，御道上遇著朱異，幞頭象簡，身著朝衣，足穿朱履，見侯景來到，慌忙跪下道：「小臣失迎大王龍駕，伏乞寬宥。」侯景雙手扶起，笑道：「朱僕射不須如此，孤與公總是朝廷大臣，何出此言？使孤含愧多矣。」將士簇擁侯景，同入樞密院中，堂上坐下，即出號令，救滅城中餘火，禁止軍士剽掠，犯令者斬。軍令遍示城中，稍得寧貼。

---

❼ 周公：名姬旦，周文王姬昌第四子，西周佐命大臣。

❽ 伊尹：名伊摯，商朝佐命大臣。商湯之孫太甲為帝無道，被伊尹流放至桐宮（今山西萬榮西），令其悔過。三年後，迎回太甲復位。

侯景又聚集滿朝文武，如有一人不到，梟首示眾。文武官僚畏懼侯景威勢，都到樞密院中聽令。侯景在眾官中看了一遍，問道：「司農卿傅岐怎麼不見？」張綰道：「傅司農不知進退，抗拒大王，戰敗受驚，今早大軍入城之際，病重身故。」侯景呵呵大笑道：「卻便宜了這廝！先鋒樊武瑞何在？」朱異道：「想必逃竄，乞大王遣軍追獲，明正其罪。」侯景道：「這廝乃網中之魚，無能之輩，何足介意。你眾官在此，孤有一事和爾等商議，不知合眾論否？」眾官齊躬身道：「願聽大王鈞旨！」侯景道：「孤興兵到此，非有他意，只因主上重佛輕儒，朝政荒廢，境外干戈日競，盜賊蜂起，國家危在旦夕，孤故不遠千里，欲除君側首惡，選諸太子中有才高德劭者，早正大位，主上聽其修行自便，眾官以為何如？」朱異、張綰當先諂佞道：「大王之論極是，乃伊尹、霍光❾之舉，名正言順，大合人心，有何不可？」眾官也只得齊聲道：「隨大王主裁，誰敢不服？」侯景又笑道：「孤欲除君側之奸，汝等以為何人？」眾官面面相覷，不敢回答。侯景正色道：「朱異、張綰，背主忘君，濫叨爵祿，賣國市恩，苟圖富貴，天地間第一罪人也！此等奸臣，留之誤國。」喝軍士將二人綁出，梟首示眾。號令才出，只聽得一聲喊，將朱異、張綰簇下，綁出斬了。須臾間，兩顆首級獻上。眾官驚得股慄不安，俱面如土色。侯景道：「諸君不必驚惶，孤除此佞臣，以儆其餘，與眾官無預。」當下大小公卿盡皆散訖，侯景暫於樞密院中住紮，聚集一班兒將官謀士商議。丁和向前道：「主公今欲何如？」侯景道：「孤自征戰已來，在千軍萬馬之中，鎗刀密布，劍戟如林，生死須臾，不以為懼。今見蕭公❿，使人自懾，不敢仰視，豈非天威難犯？

❾ 霍光：漢武帝心腹大臣，受遺詔為漢昭帝輔命大臣。昭帝病逝，立武帝之孫劉賀即位。因劉賀荒淫無道被廢，又立漢宣帝。

自今已後，不可再見之矣。」丁和、王僧貴一齊道：「主公攻破京都，取天下已在反掌，何不殺了武帝，早正大位？」侯景道：「孤有此心久矣。奈武帝牙爪未除，須索緩緩圖之。」眾人道：「主公所見甚明，臣等不及。」

自此之後，侯景將心腹親近之人佈滿諸路，據守各處緊要關隘，朝廷政務皆自掌管，故舊大臣黜退不用。從正月至五月，將武帝囚於靜居殿中，撥四名親隨牙將看守，凡宮人侍衛，一概不許近前，飲食衣服之類，亦各裁節，不能應用。武帝每日暗暗垂淚，只是念佛，以捱朝暮。侯景擁甲士橫行街市，每出外，家家閉戶，為之罷市。入朝百官俯伏以待。武帝受盡淒涼，苦楚萬狀。當下卻值太清三年五月十八丙辰日，武帝受餓數日了，早晚只吃得一碗糜粥，並無他物。心下忿怒，只覺心膈飽脹，咳嗽不止，又無一個心腹之臣問候，亦無一個宮人伏事。武帝嘆氣道：「朕當初多少英雄，赤手打成天下，身登九五，威傾朝野。也只為孽海無邊，冤愆有報，故此皈依我佛，要圖圓寂後，逕歸西方淨土極樂世界，蓮花⓫化生。誰想遭遇侯景逆賊，將朕幽閉在此，求衣不得衣，求食不得食，歷盡艱難，昔日英雄何在？想必天地有所不容，佛教亦無益也。」說罷，淚如雨下，愈覺心頭飽悶，咳嗽喘息不止，倒在御床上，回頭問庖人⓬道：「朕口甚渴，有蜜水可將一碗來暫解。」庖人道：「宮中只有血水，焉有蜜水？陛下要止渴，只有一杯濁水在此。」武帝道：「就是濁水，聊且將來解渴。」庖人將半碗濁水遞與武帝，武

---

❿ 蕭公：指梁武帝。

⓫ 蓮花：比喻佛門的妙法。

⓬ 庖人：官名。職掌供膳。

帝喝了一口，但覺穢氣觸鼻，仔細看時，卻是半碗渾泥漿，內有兩頭蟲盤跳，一時怒氣攻心，將碗擲於地上，憤怒道：「一代帝王，卻被小人困辱！早知今日佛無靈，悔卻當初皈釋道。」再欲說時，神氣昏瞶，口已含糊，舌頭短縮，不能言語，但道：「荷荷荷！」遂氣絕而崩。可憐立國英雄，餓死於臺城之靜居殿中。有詩為證：

梁君崇釋斥儒風，豈料身空國亦空。
作俑已無君與父，又何執法責臣忠？

後賢又有詩嘆曰：

干戈四境尚談經，國破家亡佛不靈。
覆轍滿前殊未警，浮屠猶自插青冥。

當下庖人傳出外來，言聖駕已崩。侯景聞知，一面委官整理喪事，親率群臣入殿，奉太子世纘即位，是為太宗簡文皇帝，改號太寶元年⓭，加侯景為相國，封二十郡。侯景心下不足，自稱漢王。自此朝政皆屬漢王所掌，文武百官凡事先稟過漢王，然後奏知文帝。

臨賀王正德見侯景奉太子即位，心下大怒，聚集眾文武商議道：「叵奈侯景這賊，將書激朕起兵，原說誅戮主上，事成之後，朕登大寶，共享富貴。不期逆賊破城已來，不得一面，今又立世纘即帝位，

⓭太寶元年：據史載，應為大寶元年，西元五五〇年。

全不是起兵初意，朕被其所賣，甚為可惱。不誅此賊，何以洩忿？但恐眾寡不敵，眾卿有何妙策？」長史華一經道：「昔日侯景致書陛下，臣已諫阻，莫墮其術中，陛下不聽，以致今日。此賊不久必篡大位，臣聞鄱陽王賢能英武，有精兵數萬，謀臣極多。陛下何不修密書連合鄱陽王，兩下起兵，共誅國賊，何愁大事不濟？」臨賀王大喜道：「卿言甚善，朕當從之，逆賊合當授首。」於是修成密書，差心腹都尉羊琰，齎書送至鄱陽王處，暗合連兵，以剿叛逆。羊琰藏書髮內，逕出南門。行不數里，只見前面一簇人馬遠遠行來。羊琰立定看時，乃是漢王侯景，帶著數百軍士吆喝而前。羊琰路次難避，終是心虛，慌張不定，急閃入路口庵院中迴避。侯景坐在馬上，遠遠看見一個將士探頭張望，行步愴惶，心下疑惑，正欲查問，只見閃入庵中去了。即著軍士喚出來看，卻是羊琰，跪於馬前，面色變異。侯景問道：「汝為何事，慌張如此？」羊琰戰慄不能答應。侯景笑道：「必有奸謀。」令軍士搜檢，髮內搜出書來，呈上漢王。侯景拆開看時，書云：

叛賊侯景兇狡奸偽，欲圖篡逆，反以弟為奇貨⑭，初誘合兵，以除君側之惡。不期城破之後，幽上於靜居殿中，絕其飲食，餓死臺城。此賊懷不良之心久矣，終必篡位。今特致書於賢王，求起一旅之師，共誅逆賊，碎屍滅族，以祭先靈。乞兄早正大位，副兆民之望，國家幸甚！天

⑭ 奇貨：奇貨可居。謂商人把稀有的東西囤積起來，等待高價賣出去。史記呂不韋列傳載：秦國公子子楚作為人質，寄居趙國，處境困頓。呂不韋經商至趙國都城邯鄲，看到後說：「此奇貨可居。」後用以比喻依仗某種獨特的技藝、成就等以博取名利地位。

下幸甚！

侯景看罷大怒，雙手加額道：「感皇天庇佑，得獲奸謀。不然，孤三族皆休矣。」即將羊琰斬了，帶領軍士火速進城，當晚發精兵三千，部領家將，逕將臨賀王府門圍住，親自殺入府中，滿門良賤盡皆誅戮，席捲財帛，寸草不留，又將臨賀王押入景陽樓內絞死。有詩為證：

宗黨陰謀骨肉欺，豈知一旦亦誅夷。
從來善惡誰無報，為子為臣宜鑒之。

話分兩頭。再說林澹然自從侯景相別之後，光陰迅速，不覺又更了幾遍的寒暑，終日修禪煉性，返本還元，容顏倍加光彩，身體更覺精神。苗知碩、沈性成、胡性定三個不離左右，早晚隨著林澹然看經念佛。薛舉依舊送在城裡張太公家，和張善相同窗肄業，共習詩書，當下年已十歲。二生天資相等，性格不同。這薛舉悟性最高，只是不肯讀書，候先生不在，翻筋斗，打虎跳，扯拳拽腳，嬉耍喊叫，年紀雖小，氣力頗雄，舉一二百斤之物，如同等閒。這張善相秉性聰明，讀書三五遍即能默誦，古書墳典⑮，過目不忘，下筆成章，雅愛清靜。先生每每責罰薛舉，致書與林澹然，說薛舉不肯用心，比初進學時大不相同。林澹然已識他是個好人，只是護短，不十分拘束。

閒話休題。卻又是初夏天氣，但見乳燕飛華屋，新篁遍麗園。林澹然和苗知碩在莊後小園中槐下閒

⑮ 墳典：三墳、五典的並稱，後轉為古代典籍的通稱。

坐，苗知碩請問西天天竺⑯國我佛如來修行得道根源，林澹然將如來辭父歸山，苦修證道的事，細說一番。自下午講起，不覺紅輪西墜，冰鏡高懸，並無纖毫雲翳。林澹然道：「初夏光景，清和可人，難得這般皎潔的月色，良宵美景，莫要辜負了。」教道人移桌椅在荼蘼架邊，擺出酒餚，對月而坐。苗知碩側坐相陪，二人飲酒，談笑玩月，遣興怡情許久，又早夜深更靜。林澹然正舉酒杯在手，仰面看月，忽見東南上一星，其大如斗，自南而西，色煌煌欲墜。林澹然道：「知碩，你看此星為何如此？」苗知碩擡頭看時，失驚道：「住持爺，此星卻也大得利害，為何一步步流過西來？」林澹然道：「此星不比諸星，乃北極紫薇⑰之象。今自南向西，其光將墜，多應在梁武帝身上，有些不祥，或被侯景所弒，未可知也。」知碩再欲問時，只聽得一聲響亮，大星已墜，其光四散，兩個驚駭嘆息。林澹然道：「紫薇星已墜，武帝休矣。只是百姓遭於塗炭，何時四海清平？」嘆息了半晌。苗知碩將手指道：「那月邊隨著這兩顆星，其光閃閃爍爍，比諸星大而且朗，正照本城之內，是何星也？」林澹然笑道：「天機玄妙，非汝所知。此二星乃大貴諸侯之象，正照本城，應出英雄豪傑。然而星光帶殺，黎民必遭荼毒，天下安得太平？」林澹然又將星象，一一指點與知碩道：「凡星者，精也。萬物之精，上列於天，各屬分野⑱，

⑯ 天竺：印度的古稱。

⑰ 紫薇：也作「紫微」。即紫微垣。古代天文學將星空分為三區，即太微垣、紫微垣和天市垣三垣。晉書天文志上：「紫宮垣十五星，其西蕃七，東蕃八，在北斗北。一曰紫微，大帝之座也，天子之常居也，主命主度也。」

⑱ 分野：與星次相對應的地域。古以十二星次的位置劃分地面上州、國的位置與之相對應。就天文說，稱作分星；就地面說，稱作分野。如以鶉首對應秦，鶉火對應周，星紀對應吳越等。

二十八宿⑲以經之，金木水火土五行⑳以緯之。如星宿一離次舍㉑，即有災眚㉒。又如流星入斗口，主有刀兵。五星㉓入斗，秦地㉔不安。天鳥星現，上人失德，輔臣為禍，干戈離亂。三臺為宰輔，妖慧來侵，主大臣謫貶，小人得志。天蓋星現，國有陰謀，君弱臣強，天下兵亂。天漢星、地漢星若有光芒，人主宜修德以禳之。毛頭星㉕其光燭地，大水為災，夷狄侵中國。太白㉖入南斗㉗，君王下殿走，若經天，主變亂。毛頭星有七八名，一名攙鎗，一名煞星，一名武聯，一名掃帚，一名文班，一名招搖，此星總不宜見，見必有災。辰星原在月後，若在月前，期年㉘之中防兵革。天獄星現，兵火立應。天雁星

---

⑲ 二十八宿：我國古代天文學家把周天黃道（太陽和月亮所經天區）的恆星分成二十八個星座。淮南子天文訓：「五星、八風，二十八宿。」高誘注：「二十八宿，東方：角、亢、氐、房、心、尾、箕；北方：斗、牛、女、虛、危、室、壁；西方：奎、婁、胃、昴、畢、觜、參；南方：井、鬼、柳、星、張、翼、軫也。」

⑳ 五行：水、火、木、金、土。我國古代稱構成各種物質的五種元素，古人常以此說明宇宙萬物的起源和變化。

㉑ 次舍：止息之所。

㉒ 災眚：災殃；禍患。眚，音ㄕㄥˇ，疾苦；災異。

㉓ 五星：指水、木、金、火、土五大行星，即東方歲星（木星）、南方熒惑（火星）、中央填星（土星）、西方太白（金星）、北方辰星（水星）。史記天官書論：「水、火、金、木、填星，此五星者，天之五佐。」

㉔ 秦地：今陝西地區。

㉕ 毛頭星：彗星的俗稱。舊時認為是災禍的象徵。

㉖ 太白：星名。又名啟明、長庚。古星象家以為太白星主殺伐，故多以喻兵戎。

㉗ 南斗：星名。即斗宿，有星六顆。在北斗星以南，形似斗，故名。

㉘ 期年：一年。

其光青色，三四丈長，見必生殃，主兵荒賊盜。天獸五星，不宜明亮，若還皎潔，天下刀兵，若賊彗同見，十年方可安寧。天秤亦七星，如仲夏之夜明朗，主大雨，平地行舟，年荒米貴。南箕㉙老人六星，立夏半夜起看，如皎潔，年豐太平，如昏暗，歲歉亂生。不能盡述。大凡天下將治，文宿當空，天下將亂，惡煞出現，成敗興亡，皆由天命。星象先呈其兆，貧窮貴顯，存乎其人。俺與你歷盡艱難，受遍險阻，在死生關頭裡逃得出來，亦是氣數不絕，非關俺輩之能也。」苗知碩點頭嗟嘆道：「承住持爺指教，頓開茅塞。」二人一面吃酒，一面談說，又早見斗柄橫斜，月輪西轉，三更已盡。林澹然令道人收拾杯盤，各回房歇息。次日著苗知碩、胡性定二人到梁國去打聽武帝消息，順便訪問杜都督家眷安否如何。二人辭別起程，不在話下。

一日，林澹然因天氣炎熱，在莊前竹蔭中乘涼，見一個婆婆年逾七十，頭髮皓然。但見：

蒙頭霜雪，瘠體龍鍾，眼昏不見光明，耳重那聞談笑？面皮多皺，荷包打就折紋多；牙齒全無，口癟何曾言語朗？欲啖未沾先出唾，無因獨自只搖頭。

這婆子領著一個小童，生得面闊口方，身軀雄壯，攜手逕入莊裡來。林澹然看時，是近鄉專做媒的潘媽媽。走近前來，對林澹然萬福道：「住持老爺一向不會，尊顏越發清健了。」林澹然答禮道：「媽媽貴冗，許久不面，一向興頭得利麼？今日有何事，到俺敝莊來？這小官可是你的令孫麼？」潘婆道：「老

㉙ 南箕：星名。即箕宿。共四星，二星為踵，二星為舌。踵窄舌寬。夏秋之間見於南方，故名。古人觀星象而附會人事，認為箕星主口舌，多以比喻讒佞。

身窮忙，不曾到貴莊望得住持爺。這小廝不是我孫子，來路遠哩。小兒日前在梁國帶來的，今日為這寃家，特來見老爺。」林澹然笑道：「見俺有何話說？」潘婆道：「這小廝今年十一歲了，自小父母雙亡，寄養在鄰居。因侯景作反，擄掠民間子女財帛，自河南直到京都，盡遭焚劫，這小廝收留的人家也被劫掠一空，只得將這小廝出賣。小兒為商，打從那裡經過，見他生得有些古怪，就買他回家使用。不期這小廝憊懶，鎮日和小孫們廝打相鬧。幾番欲要趕他出去，又可憐他是外國人，伶仃孤苦，欲要留他，又被他鬧吵不過。故老身淘不得這許多氣，想著住持老爺曾說少個掃地閉門的童兒，老身思這清閒去處，沒有與他一輩的廝鬧，可以安身，故將這廝送與老爺使用。若說起粗用，卻也做得。不知老爺肯收留麼？」林澹然道：「難得媽媽一片好心，小廝兒俺這裡儘可用得。若是這等頑劣，不肯服性，惟恐難以教訓，或有逃亡走失，如之奈何？」潘婆道：「老爺但放心，雖是拗劣，慢慢地訓誨得好。走失之事，決不妨的。目今離亂之世，柴如珍寶米如金，嫡親父子兀自不能相顧，那有閒錢養別人，不怕他飛上天去了。」林澹然道：「媽媽說得是，貧僧便收他不妨，但不知多少身錢？」潘媽道：「小兒買來時，說道身錢連盤費，共用了三兩有餘，又養了他兩個多月，這也提不起了，任憑老爺見賜罷。」林澹然道：「豈有此理，公平交易，如何少得你的？」即抽身到房裡，取出白銀三兩，遞與潘婆，又留住吃了酒飯。

潘婆千歡萬喜作謝，別了林澹然就行。那小廝將潘婆衣裳一把扯住，睜著兩眼道：「老媽媽好呀，你得了銀兩，把我撇在此間，就去了咦！」潘婆道：「我兒，我送你在住持爺這裡快活，只像跳在蜜缸裡，好不受用哩。」那小廝道：「我只同媽媽回去，不要這光頭受用。」潘婆喝道：「胡說！你在住持莊上，享的是清福，住的是高屋，穿的是好衣，吃的是陳穀。小心伏侍老爺，大來決有長進日子。我另日再來看你。」那小廝道：「寺院中有許多不好處，媽媽要錢，卻將我斷送在這裡。」潘婆道：「寺院中有何不好？」小廝道：「光頭們吃的是冷齋飯，咬的是餿饅頭，穿的是破衲衣，嚼的是蔬菜食，不見葷腥麵，那裡討酒喝？若有些兒差錯，還要打兩個大頭搭。若還俊俏些，就要把沙彌來解渴。只是同媽媽回去的好。」林澹然笑道：「這頑皮，卻會油嘴，一發溜撒㉚。你只見庵觀寺院的和尚貪財好色，明蔬暗葷，遮人眼目。俺莊內須與他們不同，葷酒俱有，待人甚恕。只是你肯小心勤慎，管得你暖衣飽食，逍遙快樂。」那小廝才笑道：「若恁的說時，將就可以度日，慢慢再尋出頭日子。」林澹然道：「媽媽請回，小廝留在這裡，不和他一般見識。」潘婆道：「老身告回。這猢猻拗劣時，住持爺不須打得，只拿去剝皮揎草㉛便了。」那小廝喊道：「老豬皮只可將去鞔㉜鼓，那裡還揎得哩？」潘婆怒道：「今日既送與住持爺，就是住持爺的人，不好打你，快快改過，休得如此尖嘴傷人。」那小廝瞅著眼道：「酒醉食飽，騙了錢鈔，只怕你尿急，那廂去放閒是好。」引得林澹然也忍不住笑起來。潘婆惱道：「這小潑皮，胡言亂語，我騙了誰家的錢鈔？我是走千家踏萬戶的，老實為本，誰與你小猢猻放屁辣臊？」說罷，提起手中扇子，劈頭就打。林澹然攔住相勸，那小廝笑嘻嘻地鑽來鑽去躲避。潘婆有幾分酒醉，被

㉚ 溜撒：行動迅速、敏捷。

㉛ 剝皮揎草：把人皮完整剝下來，做成袋狀，在裏面填充稻草後懸掛示眾。據佛教傳說，為地獄當中對罪大惡極的靈魂施行的酷刑。明太祖朱元璋制訂的大明律規定，官員貪污數額在六十兩白銀以上的，就要梟首示眾，並將屍體剝皮揎草，置於衙門官座旁，讓繼任官員觸目驚心，起警戒作用。揎，填塞。

㉜ 鞔：音ㄇㄢˊ，蒙上；連綴。

小廝混了半晌，卻有些眼花了，倒將林澹然打了一扇。那小廝一直跑進佛堂裡，拍手笑道：「媽媽忒也懡㦬，上門來打和尚。」林澹然怒喝道：「你再如此胡纏，我就要開棒了，快進去！」那小廝見林澹然發怒，把舌頭伸了一伸，走入佛廚後面去了。潘婆氣得喘吁吁說道：「小不死，氣死我也！」林澹然叫行童拿一杯苦茶，請潘婆吃了，送出莊門。潘婆作謝，別了自回。

林澹然走入方丈裡坐定，令道人叫那小廝過來。小廝聽喚，即忙走進方丈裡站著，問道：「老爺叫我，有何分付？」林澹然道：「適才你衝撞潘媽媽，甚是該打。初次饒恕一遭，以後改過，不得如此無狀。言語要謹慎，行動要小心。」小廝道：「老爺分付，下次再不敢了。只是氣這潘媽媽不過，他的兒子何曾將銀子買我來？原是個專一設騙的拐子，坑害人家兒女。拐我來時，瞞著我家，只費得兩個燒餅罷了。我嘴說不出，就領來了。在他家裡過了兩個月，做了許多事，還要小猢猻、小短命不住的罵，並不曾吃得一餐飽飯。今日將我賣與老爺，她又白白地騙了銀子去。細想其情，甚為可惱。」林澹然聽罷，心裡暗想道：「看這小子，容顏古怪，相貌稀奇，言語甚有經緯，決非落後之人。」當下因他生得面闊口方，取名叫做阿丑。

至晚，苗知碩、胡性定從梁國而回，放下包裹、雨傘，對林澹然稽首畢，苗知碩擡頭見側首立著一個小廝，生得異樣，便問道：「住持爺，這小廝是何處來的？」林澹然道：「適才潘媽媽送來，賣與俺莊內使用，難得他老人家一段好情，收留在身伴伏侍。」說罷，就叫阿丑過來，見了苗師父和胡班首。阿丑向前唱了兩個喏，林澹然令苗知碩、胡性定且去洗了塵土，吃些酒飯，慢慢地來講話。二人出方丈去了，阿丑走近林澹然身邊問道：「方才來見老爺的那一個矮和尚，老爺快燒一道黑符，遣他出去。」

林澹然喝道：「這狗才，又來胡講！以後不許叫『和尚』二字，喚那矮的長老做師父，那瘦長的長老做班首。你初進得門，怎麼就叫俺遣苗師父出去？」只見阿丑將手指著自己的眼睛，說出這句話來。正是：

有智不在年高，無智枉活千歲。

不知阿丑識得苗知碩是甚麼人？且聽下回分解。

第二十回　都督冥府指翁孫　阿丑書堂弄師父

詩曰：

人生如夢寄塵中，夢覺塵緣總是空。
浪蕩形骸同泡影，浮沉踪跡似飄蓬。
魂遊地府方知父，宿借禪門始認翁。
戲術弄師堪絕倒，將軍原不類兒童。

當時阿丑將手指著自己的眼睛道：「老爺，那個矮師父何處來的？卻是一雙鼠眼，有些要偷東摸西、挖牆撬壁的勾當，倘日後做出事來，豈不連累老爺？」林澹然喝道：「咄！你小廝們省得甚麼？如此胡說！師父知道，活活打死。快不許多講。」阿丑拍著手呵呵地笑，出方丈去了。林澹然暗想：「這小廝恁般乖覺，為何就識苗知碩會做賊？這都是他的靈根❶宿慧❷處。」自此已後，遂縱放阿丑頑耍，不甚拘束。

❶ 靈根：性靈；智慧。
❷ 宿慧：先天聰慧。

苗知碩吃罷飯，走入方丈裡來。林澹然問探聽梁國消息和杜都督家眷下落何如，苗知碩道：「侯景自別住持，即投梁國，不期東魏高澄用反間計，與中國連和，激變侯景反入臺城，將武帝活活逼死。朱僕射、張司農、臨賀王等俱遭殺戮。目今是武帝太子世纘即位，封侯景為相國，兼平章事❸，又稱為漢王。這天下不久是侯景篡了。那杜都督身喪之後，其妾馮氏，躭孕十七個月，生下一子甚好。豈知不數年間，大母、次母俱患疫症，相繼而亡，家業又被火焚，其子不知下落。果然是家破人亡，實為可憐。」林澹然聽罷，潸然淚下，悲嘆不已。

且說這阿丑無拘無束，每日山前山後頑耍，沒興時跳在溪內洗浴，千般百樣的在水裡嬉戲，不覺月餘。當下時值炎天，十分酷熱，薛舉在城內張太公家讀書，先生見天氣暑熱，告別回家去了。張太公著人送薛舉回莊上來，林澹然教他早晚溫習書史。薛舉那裡肯讀，終日和阿丑耍拳舞棒，踢飛腳，跳四平，莊前莊後，左右鄰舍，家家攪遍。有幾個村老，走到莊裡告訴林澹然道：「貴莊這兩位小官，十分頑劣，村前村後幾家鄰舍，被他攪得不耐煩。溪邊魚網時常扯破，園中花果屢次偷吃。若小廝們阻擋他，就相打，況兼力大，誰敢抵手？狗若吠時，即提起尾來擲死。便是我們老人家說他幾句，他也不聽，一味鳥娘鳥爹的亂罵。村老們因住持老爺的人，又不好傷觸他，只得忍氣。今日特來見住持，望乞美言教誨，戒他下次，省得壞了鄰舍之情。村老無知，斗膽冒瀆。」林澹然道：「貧僧隱居於此，竟不知這兩個畜生在外如此生事，乃貧僧之罪也。兩位老丈請息怒，待山僧重責這廝，容日請罪。」眾老一齊道：「住

❸ 平章事：唐代以尚書、中書、門下三省長官為宰相，因官高權重，不常設置，選任其他官員加同中書門下平章事之名，簡稱「同平章事」，同參國事。

持如此忠厚，卻是我等得罪了。」起身告別，林澹然留茶，送出莊門去了。

澹然自回禪堂裡念佛，直到天暮，方見薛舉和阿丑笑嘻嘻地回來。林澹然喝教二人跪下，兩個不知是何緣故，在禪堂佛廚前跪了。林澹然提竹片在手裡，罵道：「好兩個畜生呵！一個不成主，一個不成僕，相呼廝扯，那裡去生事來？打攪得村坊不寧，大膽衝撞鄰里父老。先打這狗才，後打這畜生！」薛舉道：「我一向不曾頑，阿丑指引道：『東園果子好吃，西池魚兒好摸。』打人罵人，都是他教我的。衝激鄰舍，也並不干我之事。」阿丑爭道：「大叔你在城讀書，不曾回莊時，我也鎮日價遍處閒耍，為何不曾有一個人來告我？自你回來，日逐引我去打攪東鄰西舍，就有許多唇舌，如何卻都推在我身上？」林澹然怒道：「這狗才還恁般花嘴巧舌，如何說得過？」提起竹片，將阿丑打了十數下。次後來打薛舉，打得兩下，苗知碩、胡性定、沈性成一齊來勸。林澹然罵道：「已後若再如此，兩個俱是一百竹片。今晚不許起來，直跪到天明才放。」林澹然帶怒入方丈裡去了。薛舉、阿丑跪在禪堂裡，你我互相埋怨。未及一更天氣，苗知碩自悄悄來領薛舉進去睡了。

阿丑卻獨自一個跪在那佛前，不見有人出來放他，心裡煩惱，想道：「悔他娘鳥氣麼。薛大叔引我惹了鄰舍，卻教我兩腿兒熬打，雙膝兒受跪，他卻苗師父領進去睡了，留我一個冷清清跪在這裡，守著琉璃燈。呸！這都是那潘婆害我，不如趁今夜無人知覺，悄悄地到他門首放起一把火來，燒得那廝人離財散，淨淨光光，才消得我這一口怨氣。」忙忙的尋了引火紙札，帶了火種，溜出莊前，爬起靠牆楊柳樹上，往外一跳，出了莊門，取路逕往潘婆家來。走過村場，又過了兩重岡子，正落山坡，猛地起一陣旋風，豁喇喇樹葉如雨點般滿頭飄下。行不數步，又起一陣風，颳得滿山樹木颯颯地響。阿丑打了一個寒噤，遠遠見兩盞燈光，從側首山坳裡閃閃爍爍射出來。阿丑笑道：「月色不甚明亮，正好借此燈光，順路同下山。」低頭急走，忽然平地起一個霹靂，振得地動山搖，原來是一隻吊睛白額大虎，見了阿丑，將口拄地吼這一聲，揚威豎尾，逕來撲人。阿丑見了，叫聲：「阿呀！」急轉身復跑上山。回頭看那虎時，已撲近身邊。阿丑就鑽入樹林中，那虎也趕入來。阿丑慌了，急急溜上一株大松樹，蹲在頂上。那大蟲昂頭向上看了半晌，兩爪揸地，將頭拄著樹根，哏❹地吼了一聲，樹枝振動，阿丑險些兒跌下來，兩手緊緊抱住大枝，看著下面。那虎又將樹根齟囓。阿丑暗想：「這畜生若咬斷樹根，如何是好？」心生一計，扯開裙褲，放出溺來，口裡念道：「撒了驚尿，免生疾病。」那尿熱騰騰澆將下去，大蟲仰面看上，阿丑取出腰間火種，點著紙劈頭丟下，剛剛撒在大蟲的左眼裡，那虎燒得眼疼，打個滾，跳過對山去了。

阿丑歡喜，忙忙溜下樹來，不期踏著枯枝，括地一聲響，樹枝連人滴溜溜跌落塵埃。樹高勢重，阿丑跌得昏暈而死，一點靈魂漂漂渺渺獨自而行。一望時，盡是荒郊曠野，但見陰風慘慘，冷霧昏昏，並無一人來往。阿丑心下驚疑道：「這光景不是潘家去的路了。」放著膽趲❺向前去。行了十餘里，前面見一座城池，城頂上數道黑氣沖起，四圍並沒屋舍人煙。看看走近城邊，驀然城門開處，突出數個夜叉，生得鬼形怪狀，面目猙獰，種種奇異之像，手執鋼叉刀棍，將阿丑擒住道：「這廝來得甚好，大王的福也。造化，造化！」阿丑心慌要走，奈何掙扎不脫，兩下正自扯鬧，忽見一老者，皂衣幅巾，鬚長鬢白，

❹ 哏：音ㄏㄣˇ，表示憤怒。

❺ 趲：音ㄗㄢˇ，加快；趕緊。

手持拐杖，飛奔前來，喘吁吁喊道：「留人還我，留人還我！」夜叉喝道：「爾是甚麼毛神，敢在此大呼小叫？」老者道：「我是小蓬山土地。有一大貴人誤來汝處，我一路追尋，原來在此，快快放他轉去，免受天譴。」夜叉道：「我這枉死城無屈死的鬼，無返還的人。這小子既已到此，再無放理。」說罷，扯著阿丑驅入城去，土地一手拖住不放，兩下裡扯來拽去，終是雙拳不抵四手，你道矮矮一個白鬚老子，怎能扯得過這幾個長大凶鬼？弄得這老兒一面咯咯地嗆，拖著阿丑滿地打滾。阿丑心中大惱，奮力躍起，奪過夜叉鋼叉，向前亂搠。土地挺拐杖，沒頭沒臉打將過去，夜叉一齊舉兵器相迎。倏然一騎馬飛到，馬上那員大將口稱是值日巡察功曹，奉東嶽並城隍之旨，特來留杜貴人回去。夜叉大吒道：「我等奉五殿閻羅天子聖旨，守此城中，豈有容易轉去得的。」功曹大怒，拔出腰間寶劍，也殺將過來。夜叉不能抵敵，奔入城內去了。

功曹將阿丑抱於馬上，策馬而走，只聽得後面喊聲大振，回頭見數百牛頭馬面鬼卒夜叉，簇擁著一員鬼將，騎著黑龍來追，旗號上書「天厭大王」四字。怎生模樣？有西江月為證。但見：

疙瘩臉渾如潑靛，獅子口一似朱砂。銅鈴突眼露獠牙，赤髮鬅鬆可怕。　頭戴金冠耀日，身穿絳服飄霞。手持大斧跨龍蛇，聲若巨雷叱咤。

功曹忙將阿丑放下，交與土地道：「這鬼王極是凶惡，若貴人被他搶去，萬無生理。汝等急往南走，我自單身迎敵。汝等去遠，我才回馬。」說罷，截住鬼王廝殺。這土地引著阿丑急往南走，後面鬼卒又飛步來趕，二人十分危迫。忽聽得呵道之聲，自東南而來，見百餘戟士，旌幢羽蓋，相繼擁至。中央彩輿之內，端坐一位王者，又有數十個軍士，肩馱錢串，跟隨車後。土地正欲喊叫，那大王早已先知，喚土地領阿丑相見，又令戟士大呼功曹停戰，功曹撥馬去了。鬼王厲聲問：「來者是何冥官，阻我戰陣？」大王道：「孤乃冥曹總司掌案，忝居王位，足下豈不相認？孤家九世積德，蒙上帝恩賜一子，今偶誤來至此，足下何相迫乎？」鬼王聽說，意欲收兵，眾鬼卒一齊喧哄道：「大貴人誤來，正大王代生之日，我等亦好出頭。千載奇逢，非同容易，若一錯過，後會難期。大王豈可輕輕放過？」鬼王聽了，又復來搶阿丑。大王喝車駕退後，令軍士將金錢百餘串撩擲過去，那鬼王見了錢，笑嘻嘻忙將手接，堆疊滿肩，回身入城去了。眾鬼卒喧譁不息。軍士將銀錢四下拋撒，鬼卒們攘臂爭奪，亂搶一空，盡皆滿面堆笑而散。

功曹、土地等隨車駕回府。進了大殿，大王慰勞二神，側殿設宴相款，手抱阿丑，垂淚道：「我兒這般長大了。今日若非東嶽牒文傳報，此時汝已墜落孽城之內。」阿丑道：「大王，你是何人，這樣愛我？」大王道：「我非別人，乃是汝親父，杜都督名成治的便是。」阿丑聽了，扯住杜成治衣襟，大哭道：「你既是我父親，在此做官快活，如何將我流落，伏事別人？」杜成治亦哭道：「我兒，可憐你命薄，遭此流離顛沛。幸喜林禪師收養在莊，不致受苦。頃者遊弈❻大使接得嶽府牒文，報稱汝入冥司，已近枉死城，故我親來救你。又賴土地、功曹已先在彼相援。」阿丑道：「我要到潘婆家去，路遇大蟲，上樹躲避，不期失足跌下，心忙意亂，錯走路徑，撞見這夥兇鬼，纏了這一會。那生得醜惡怕人的是甚麼大王？十分可惡！」杜成治道：「這魔王自從有地獄，即據枉死城❼，收錄一切橫死傷亡魂魄，暴虐

❻ 遊弈：遊弋；巡邏。

貪利。凡冥府諸曹官典秩滿，轉生陽世，為官清正，惟此魔罕得託生。數百載間，倘有大貴靈魂自入枉死城者，方可代位，然後此魔得生陽世，位極人臣，欺君罔上，蠹國害民，若吳之伯嚭❽、秦之商鞅❾、漢之董卓❿，皆是此魔轉世，荼毒生靈。自漢末到今，將及四百餘年，彼大數又當轉生陽世，故今要搶汝入城代職。但此輩小人惟利是動，故我不惜數百萬冥錢，救你性命。」阿丑道：「我聽得人說，世上惡人死後，決落地獄，受諸苦楚，不知真假？若真有，我要看一看耍子。」杜成治道：「地獄陰險，汝不可觀。但人心一念善，在在天堂，一念惡，種種地獄。比如我為父的，生前正直，死後為神，上帝復憐忠義，賜汝為子，以昌後嗣，這是做好人的報應。」阿丑道：「吾今只跟你做官，接續後代，不去伏事那林和尚了。」杜成治道：「我兒，你不知這林禪師乃是救你公公的大恩人，我為報恩，救了林禪師性命，反把自己性命送了。我生前不曾孝養得你公公，故今不能託生。有一事囑咐你，月餘之後，你公公到莊來，你可認他，留公公在莊上，小心孝順，就如孝順我一般。」阿丑道：「我並不曾見公公面，如何認得？」杜成治道：「你公公名喚杜悅，今年八十二歲了，鬚髮皓白，手拄拐杖的便是。」阿丑道：「莫非方才同我來的老頭兒麼？」杜成治道：「不是。你公公生得瘦長清健，左手背上有三點壽斑，右

❼ 枉死城：舊時謂陰間枉死鬼所住的地方。

❽ 伯嚭：春秋時吳國太宰，深得吳王夫差寵信，為人貪財好色，內殘忠臣，外通敵國，導致吳國滅亡。

❾ 商鞅：戰國時衛國人。應秦孝公求賢令入秦，說服秦孝公變法。孝公死後，被車裂而死。商鞅在秦執政約二十年，秦國大治，史稱「商鞅變法」。

❿ 董卓：漢靈帝末年，以十常侍之亂，率軍進京，廢少帝，立獻帝，專斷朝政。為人殘忍嗜殺，袁紹、曹操等起兵反對，引起連年戰亂。後被心腹部將呂布所殺。

腳面上有一顆黑痣，以此為認，決然不差。你的生日可記得麼？」阿丑道：「我從小沒了爹娘，那裡知道？」杜成治道：「你是太清元年二月初七日亥時生的，乃遺腹之子。因你生母馮桂姐躭孕十七月而產，故名過兒。你今快快回去。」阿丑扯住不放，哭道：「我只是隨你在此快活，不回去了。」杜成治道：「此處是陰司地府，你不知道，況是梁國地方，你若不去，就不得活了。」阿丑方才放手，垂淚欲行。杜成治道：「我兒且住，還有一句至緊言語幾乎忘了，你若伏侍公公歸天之後，你已成人，千萬將公公骸骨歸家，葬於祖墳上，盡我之心。我的骸骨已沉埋梁國，須日後還鄉。族中尚有親人，你可歸宗認取，暫時落薄⓫，久後必然發跡，我陰靈暗中護你。你當切記於心，不可忘了。」

父子們正要分別，忽殿後轉出二位夫人，將阿丑抱住，號啕痛哭。阿丑認得兩個母親，也放聲慟哭起來。功曹、土地突至殿上道：「天色酷暑，日已過午，貴人作速回陽，遲則房舍欲壞，有誤大事。」杜成治也催促快去。這母子三人牽衣執袂，不忍分離。杜成治將手指著殿外道：「兀的不是鬼王來也！」阿丑回頭看時，倏然不見了父母。但見一片長江，阻住去路，滔滔大浪從腳跟邊滾來。功曹搶阿丑上馬，騰空而起，但聞風雨之聲，遠遠見山頭上人馬攢繞喧嚷。功曹對阿丑道：「為你一人，驚動了諸處神祇都在此守護。」言畢，驟馬奔至山頂。土地將阿丑撮著腳顛下馬來。阿丑大叫一聲：「顛死我也！」

此時林澹然合莊人都在那裏看守。原來當日林澹然因莊門不開，不見了阿丑，著人四下尋覓，有人報說有一小廝如此模樣，跌死在山上。林澹然帶了人從，親自來看，果然是阿丑跌死在松樹之下，一齊啼哭。澹然將阿丑渾身撫摸一遍，忙拭淚道：「不妨，不妨！此子相貌端厚，決非夭折者，汝等不必悲

⓫ 落薄：同「落魄」。

啼。」忙打點茶湯藥餌，又令人倚樹張蓋遮蔽，眾皆環立看守。將及申刻，忽然阿丑大叫一聲：「顛死我也！」眾人驚喜。胡性定忙將阿丑扶起，澹然即調定神散灌下咽喉，漸漸回神，手足活動，開眼看了眾人，方知是死去還魂。此時，村鄰過往來看的人甚多，都與林澹然賀喜。林澹然謝別眾人，雇轎擡了阿丑回莊，用藥調治數日後，阿丑精神復舊，依然好了。澹然細問跌死根由，阿丑將前後事一一訴說，只不講出父親分付之言，林澹然方才放心。

阿丑依然頑耍，心下只恨那大蟲，幾乎喪命，向薛舉道：「我這條性命，險些兒落在那山貓口裡，怎麼拿住他，打死這孽畜，方洩此恨！」薛舉道：「不難，我幫你去捉。只是沒器械，難以近他，又不識大蟲穴在何處，唯恐尋他不著。」阿丑道：「那山貓諒只在山前後，容易尋的。若要器械也有。」薛舉道：「器械在何處？」阿丑溜入苗知碩房裡，偷了一條鐵尺、一把短刀，又問鄰舍借了兩枝筆管鎗，兩個逕到小蓬山上來，只向峰巒曲坳、樹木叢雜之處尋了一遍，不見蹤跡。看看天晚，阿丑將器械寄在山下人家，取路回莊。次日，二人吃罷午飯，復往山上來，穿東過西，走遍深岩窮谷，又尋不見。二人疲倦，暫且在石磴上坐了歇力。阿丑道：「那夜毛蟲被我燒傷了眼睛，看他攛過隔河山上去了，莫非窩穴在對門山上？」薛舉道：「既然如此，決有下落，快快尋去。」二人下山，頭頂衣裳，手拖鎗桿，渡過河去，爬上岸，拭乾了身上，穿了衣服，飛奔上山。趄過山頂，卻是一片平陽地面，周圍都是大竹。二人穿入竹林，只見地上一帶鮮血，兩個隨著血跡而走，行不上一箭之路，忽見血淋淋一隻人手吊在樹根上。阿丑道：「大叔，你見麼？」薛舉道：「這毛蟲又在此傷人，決在左近了。」二人直尋出山衖⑫，

⑫ 山衖：山間夾道。衖，音ㄒㄧㄤˋ，巷；胡同。

不見有虎。復回原路，走出竹林，下山行近河口，猛聽得淙淙水響，急擡頭看時，正是那大蟲，口裡銜著一隻黑犬，渡河過來。二人抖擻精神，挺鎗布定。那虎不知，爬上岸，放下黑犬，把身子抖了幾抖，雙爪按住狗頸，正要動口，不提防阿丑大喝一聲，一鎗刺來，大蟲急舒右爪一搶，那枝鎗桿早被搭折，阿丑倒撞下去，跌在坡下。大蟲欲張口來咬，被薛舉一鎗戳去，大蟲棄了阿丑，兜轉身來撲薛舉，薛舉刺不著，忙閃入樹傍，大蟲撲了一個空。薛舉復挺鎗亂刺，大蟲將前爪按一按，向前撲來，被阿丑跳起身，拔刃向虎臀上亂砍。大蟲哮吼，翻身來撲阿丑，薛舉乘勢盡力一鎗，刺入虎頰。那虎兩爪向上一搭，刮地一聲，又將鎗桿斷為兩截，反把鎗頭擊入肉裡。那虎負疼振怒，奮力躍起，從半空撲將下來。薛舉乖滑，忙轉入樹後躲過，此時心下也覺有些慌張，急招呼阿丑下水回去。二人跳入河內，那大蟲也躍身跳將下來，沒水撲人。對岸樵夫看見，喊叫：「那兩個孩子，快沒上流逃命！」不知這兩個頑皮是一雙水葫蘆，大蟲落水，正中了二人之機。阿丑見虎趕來，鑽入水底，抄轉虎後，浮出水面，雙手將虎尾揝住。大蟲雖然力猛，水中四足懸空，不能著力，反被阿丑拖住。薛舉走水如登平地，從側首划攏，飛身跨上虎背，兩手揪定虎耳，盡力按下水去。大蟲性發，吼一聲翻身亂滾，將二人滾落水底。岸上人跌腳叫苦，吶喊驅逐。那虎昂頭掉尾，負水奔轉東岸。只聽得潺潺水響，二人翻波踏浪，跳出水面，一齊跨上虎背。阿丑緊抱虎頸，薛舉倒扳虎尾，用力按住。大蟲不能轉動，又復鑽下水去，二人復滾落虎背。大蟲躍出水上，奮力沒近岸邊，又被阿丑、薛舉趕上，拽定長尾，倒拖轉河中。虎掙去，人扯來，兩下掙扎多時，那大蟲頭垂爪慢，咕嘟嘟水灌入口內，頃刻間沉落河心。這二人兀自死命扯住不放，兩岸的人都看得呆了。有幾個漁翁膽大的下水來，沒入水底，摸那虎時，四爪拳攏，側臥水內，忙喚二人放手，一同游過河西上岸，取兩件好衣與二人換了，送酒食壓驚。

本村鄰近人聽說兩個孩童打死一隻大虎，都來圍住了看，個個搖頭咬指喝采。眾漁戶駕舟，搖至河中，打撈死虎，令四個健漢扛擡，隨後有一二百人，同送阿丑、薛舉回莊。此時日已平西，林澹然正立在莊前，見這一夥人鬧叢叢擡著一隻大蟲前來，忙問其故，眾人將阿丑、薛舉打虎之事說了，合莊人盡皆駭異。林澹然又驚又喜，即令獵戶將虎開剝了，虎肉五臟散與眾人，虎頭四爪送與張太公，只留虎皮自用。鄰眾作謝散去。後人有詩單讚杜、薛二子幼年打虎之勇。詩云：

天生豪傑年幼沖，徒手格虎人中龍。
此日崢嶸露頭角，四海烈烈揚英風。

阿丑自打虎之後，每每思念冥中父親所囑公孫相會之語，不敢遠出，只在莊前伺候。一日午飯後，身子困倦，坐在槐樹蔭下打盹，一覺睡去，直至將晚未醒。正鼾睡間，被人叫喚驚覺，站起身擦著眼睛，口中嘓嘓噥噥罵道：「是那一個鳥娘養的，驚醒我的睡頭，可惡，可惡！」只見一個老者立在面前，笑道：「小官兒這等嘴尖罵人。我老人家因貪趕路程，天晚遇不著飯店，到貴莊來借宿一宵，因此驚醒你，休得發惱。」阿丑仔細看時，這老者生得白晳面皮，長髯似雪，身軀瘦健修長，容貌清古，頭戴一頂漆紗道巾，身穿青絹沿邊黃布道袍，腰繫絨絛，腳穿多耳麻鞋，手執龍頭拐杖。阿丑心下大驚道：「異哉！冥府中父親所言，果然不虛。」忙應道：「老公公裡面請坐，適才睡夢裡失口衝撞，莫怪。」老者道：「多謝，多謝，好一個乖覺官兒。」阿丑領老者進莊內禪堂椅上坐下，走入方丈，見林澹然稟道：「外有一位老者來借宿，不知老爺肯容他麼？」林澹然道：「是單身還有伴儅？」阿丑道：「只是一個老兒，生得極其清健，像道人打扮，並沒甚伴儅。」林澹然道：「既是孤身老者，留宿一宵不妨。你去掌起燈來，待我出去接見。」阿丑即在佛面前點琉璃，又燭臺上點起一對紅燭。

林澹然步出禪堂看時，兩下俱吃一驚。原來老者不是別人，就是杜成治之父杜悅是也。當晚，林澹然認得是杜悅，杜悅認得是林澹然，兩下不期而會，心下大喜。敘禮已畢，分賓主坐定。林澹然道：「自從老丈分別之後，經今十餘年，貧僧深感厚恩，未嘗頃刻敢忘，不意今日偶然相逢，真是奇遇。老丈一向何處棲身，目今為何事打從小莊經過？」杜悅道：「一言難盡。老朽自與老爺拜別後，屢屢在邊庭打探小兒成治消息。聞人傳說小兒已為都督，老朽打點行裝，欲赴梁國任所，希圖一會，不期命蹇，染了瘋疾，滿身麻木，不能行動，幾乎命染黃沙。又虧永清僧弟接入庵內，請醫調治，整整在床睡了數年，不意客歲⑬永清又已棄世。聞人傳說，小兒為救遊僧，被朝廷提究，一時驚死，人離家破。老朽恨不得身生兩翅，飛去尋覓，無奈染此惡疾，只好朝夕悲哭而已。去冬方得病體痊安，可以行動。今措置盤纏，要到梁國訪問的實下落，不想得遇老爺，實出望外。」說罷，兩淚交流。林澹然亦垂淚道：「令郎官為總兵都督，仁威遠播，朝野皆欽。小僧向年曾與相會，言及老丈傳與家報，都督見書大慟，臨別時託小僧傳上老丈，或得會面，速至武平圓聚。不期令郎為釋放小僧，貽累身死，是小僧害了令郎，每思及此，肝膽皆裂。日前已著小徒到梁打聽實眷消息，都說道令郎身死之後，有妾馮氏生得一子，不幸令媳夫人和妾相繼而亡，家業又遭回祿⑭，令孫不知下落。小僧拳拳在心，正欲著人尋訪令孫蹤跡，今得老丈至

⑬ 客歲：去年。

此，實為天幸。但可傷永清老師早已西歸，未及一弔，貧僧負罪實多。老丈不須遠涉風霜，只在敝莊安養罷了。」杜悅聽罷，苦切不勝，哭道：「我那兒，我那孫子呵！我卻從何處得見你也？閃得我老骨頭無投無奔。」說罷跌足慟哭。

正哭間，屏風後轉出阿丑來，將杜悅衣襟一把扯住，叫道：「我的公公，今日方才得見你面。」杜悅悲苦不禁，被這阿丑扯住，沒作理會處。林澹然喝道：「這畜生，又來瘋顛作怪，甚麼模樣！」阿丑喊說道：「阿丑不顛，今日認公公也！」林澹然怒道：「這畜生，誰是你公公？不放手時，活活打死！」杜悅道：「老爺且慢打，其中必有緣故。小官，你為何就認我是你公公？」阿丑放手道：「前月那夜跌死時，見我父親杜都督哭說林老爺救我公公杜悅性命，如此這般，細細囑咐，說公公月餘後必來莊上，教我相認。又說我是遺腹子，妾馮桂姐躭孕十七個月生的，名叫過兒。適才公公和老爺說及借宿緣由，與冥府父親說的無二，不是我公公是誰？」杜悅道：「莫非你聽得我與林老爺所講，就捏出來的？」阿丑道：「我自小不認得爹娘，又不知前前後後的事，如何捏得出？公公不信時，將左手出來看，父親說公公左手背有三點壽斑。」杜悅笑道：「這小官忒也靈變，見我左手拿著拐杖，有三點斑，就說是父親教的。」阿丑爭道：「這壽斑是我看見了。父親還說，公公右腳面上有一顆黑痣，難道也是我看見了？」這一說杜悅聽了，愕然大驚，對澹然道：「果然老朽右腳面上有一顆黑痣，真是我的孫兒了！」林澹然笑道：「世間那有這樣異事？阿丑初來時，俺便覺有些心動，不想公孫今日於此相會，真乃千古奇逢！」杜悅將阿丑細看，聲音笑貌實與杜成治有幾分相似，不覺撲簌簌淚如雨下，一把將丑兒抱住，悲喜交集。

⑭ 回祿：相傳為火神之名，引申指火災。

阿丑也扯住杜悅叫公公。林澹然道：「老丈不須傷感，公孫奇會，莫大喜事。」杜悅謝畢。林澹然教道人擺下酒食賀喜。杜悅上坐，林澹然下陪，阿丑打橫，仍舊改名過兒。三人盡興而飲。林澹然道：「一向感承令郎救命之恩，奈無門路可報。今得老丈與令孫在此，實愜俺懷。」杜悅稱謝不已。林澹然心下大喜，酒闌席散，著道人掌燈，送杜悅耳房安息。

當夜，林澹然想起杜成治釋放致死情由，今幸公孫相會於此，養其老，撫其孤，亦可以報其德了。但永清長老代俺祝髮皈禪，復贈禮物，心常感激，欲見而不可得，今又仙遊，不勝傷感，一夜不能安寢。次早起來，備辦祭禮香燭，設立神位，請杜悅為祭主，向西遙祭。林澹然跪下，親讀祭文云：

維大齊天保八年⑮七月望日，沐恩剃度弟子林太空，謹以香花蔬食，清供於　圓寂大恩師永清住持之靈曰：唯師菩提早證，彼岸⑯先登，捨慈航而普度群迷⑰，轉法輪而弘施戒律。念太空塵俗武夫，荷蒙濟拔，棒喝⑱之下，位轉雄心；摩頂之餘，頓開覺路。恩同天地以無涯，欲報

---

⑮ 天保八年：西元五五七年。天保，北齊文宣帝年號。

⑯ 彼岸：佛教語。大智度論十二：「以生死為此岸，涅槃為彼岸。」佛家以有生有死的境界為「此岸」；超脫生死，即涅槃的境界為「彼岸」。

⑰ 群迷：佛教語。謂迷失本性的眾生。

⑱ 棒喝：佛教禪宗用語。禪師接待初學者，對其所問，不用言語答覆，或以棒打，或以口喝，以驗知其根機的利鈍，叫「棒喝」。相傳棒的使用，始於德山宣鑒與黃檗希運；喝的使用，始於臨濟義玄，故有「德山棒、臨濟喝」之稱。以後禪師多棒喝交施，無非借此促使人覺悟。

涓埃而莫罄。敬陳菲供⑲，用展鄙私。尚饗。

讀罷，涕淚交流，慟哭一場。杜悅、過兒和苗知碩等無不垂淚。祭畢，杜悅拜謝，方才散了祭餘。

是夜三更，林澹然入定⑳之際，恍惚見兩個青衣人帶著一個和尚，項上繫著鐵索，向前稽首道：「承法師盛祭，特此相謝。」林澹然跨下禪床看時，正是永清長老。林澹然執手悲咽問道：「吾師戒行清高，立心正直，既已謝世，即當往生淨土，何至於此？」永清道：「貧僧出家已來，謹守清規，毫忽不敢妄行。只因昔年蓋造觀音堂，缺少錢糧，寫一紙借契，往山下萬員外家貸銀二十兩。那員外是一位好善長者，不收文契，照券兌銀與我，說道：『不取利息，只要還本。』不期那長者半載之後，抱疾而亡，其子幼小，貧僧延捱未還，負此一件錢債。臨終之後，將我押至冥司，閻羅天子大怒，喝罵：『出家人不持戒行，瞞心昧己，負債不償，本當押赴阿鼻，幸不犯酒色，尚有可解。暫禁本獄，待填還此債，方轉輪回，託生陽世。』貧僧久繫囹圄，無便可出，昨感法師祭禮，閻羅天子放我出來道：『普真衛法禪師祭汝，乃是汝一條託生門路。』著這二人引我至此叩謝。煩法師令家兄往問月庵，對徒孫卜了性說，取我那一紙北山衖口的田契，原田五畝，價值四十餘銀，送至萬員外家裡，說此一段因果，其院君必然收領。若得如此，則貧僧有託生之機，乞法師留神，萬萬莫誤。」林澹然聽罷，惕然驚駭，應允道：「明

---

⑲ 菲供：菲薄的供祭。

⑳ 入定：佛教語。謂安心一處而不昏沉，了了分明而無雜念。多取趺坐式。謂佛教徒閉目靜坐，不起雜念，使心定於一處。

日即使令兄前去，不必憂慮。」又與青衣人役道：「看山僧薄面，去了繩索。」那二人道：「禪師嚴命，焉敢有違？」即取下鐵索。永清長老千恩萬謝，作別而去，林澹然方才醒悟。

次早就對杜悅說知，杜悅悲慘不已，打點行囊，就央苗知碩作伴，即刻起程。不一日來到澤州析城山下，逕進問月庵，卻好卜了性迎著見禮，問道：「杜老大貴恙痊可，說往武平郡尋覓令郎，何以至此？」杜悅將永清長老負債、託夢與林澹然取契情由說了一遍。卜了性大驚，一面整飯管待，一面取契與杜、苗二人，同至萬員外家，對院君拜還，說此情由。院君歡天喜地，收了田契，再三留住酒飯。杜悅等辭謝回庵，與卜了性分別，取路回莊，覆了林澹然。林澹然大喜。夜間又夢永清長老來作謝，眉開眼笑，不是以前愁苦形象，向前道：「貧僧荷蒙法師救度，今將託生四川青州府中富家為男，向後還有相見之日。」林澹然再欲問時，早已驚醒。自此已後，杜悅留在莊裡過活。

時序易遷，光陰迅速，又值中秋天氣。城內張太公著家僮來說：「先生開館，接薛小官讀書。」林澹然即打發過兒與薛舉同進城裡攻書。杜悅歡喜，自送孫子到館中來，與先生相見禮畢，獻上禮物，求先生與過兒取名，先生即取名為杜伏威。杜悅自回莊去，不在話下。

卻說這杜伏威行動百般伶俐，但到讀書瞌睡就來，況兼甚是頑劣，只待先生回去，就和薛舉蹼交耍拳，攀梁溜柱，先生頻頻責罰。二人煩惱，暗中商議。薛舉道：「叵耐先生無狀，屢屢責我兩個，此恨何以報之？」杜伏威道：「有一妙法，弄這老殺才，管教他命在須臾間。」薛舉道：「這老猾賊，焉能夠攤布得他死？」杜伏威道：「要他死何難？但係師長，於心不忍，只令他死去還魂，洩我二人之氣。我識得一種草藥，甚青翠可愛，是一牧童教我的，生在城外一座土山上。他說這藥名為鬼頭塞腸草，第一利害。譬如怪這個人，將這草抹在他溺桶上，那人放溺時，這草的毒氣即鑽入肚裡去，立刻肚腹作脹，前後水火不通，不消三二日，斷送一條性命。或擦在他褲子上也好。我問他害人性命，也不是妙藥。牧童說另有解藥，如若受騙人脹了一二日，要解時，用糞清汁吃下，登時可解。我把這藥草緊緊記在心裡，如今老死囚苦苦與我作對，不如將此草奉敬他一奉敬，即報了此恨了。」薛舉道：「藥草卻在城外，怎地一時取得？」杜伏威道：「趁今晚趕出城，明早取了藥草，登時奔進城來，尚不為遲。」薛舉道：「果然如此甚妙，快去快來。」杜伏威即抽身拽開腳步，臨晚闖出城外時，天氣尚熱，在山凹裡蹲了一夜，待天色微明，上嶺拔了草，藏在袖裡，依舊取路奔入城來。

卻說先生侵早起來，不見杜伏威，問張善相道：「杜伏威何處去了？」張善相道：「不知。」問薛舉，也道：「不知。」直到辰牌時候，杜伏威喘吁吁地來了。先生喝道：「你不讀書，卻往何處去閒耍？」杜伏威道：「學生昨晚在門首，見莊內道人來城裡買水果，說我公公身子不健。學生心下計念公公年老，連晚出城探望，幸而已好，今早林師太著我進城來。昨晚心忙，不曾稟過先生，乞饒恕這一次。」先生道：「瞞我出城，本該重責。聞公公有病，連晚問安，倒有孝順之心。今次饒你，快去讀書。」杜伏威將頸項縮了幾縮，舌頭伸了兩伸，且去哼哼地讀書。捱到日午，先生吃飯，杜伏威趄入先生臥房裡，掀開馬桶蓋，將袖中藥草揉爛，塗在馬桶四圍沿上，依舊蓋了，復身入學堂來。心中暗想：「這草藥未曾試過，不知果靈應否？且看何如，再做計較。」半日無話。看看天色將晚，先生進房裡去方便，坐在馬桶上，只覺兩腿和陰子屁孔就如有物辣的一般，刺得生疼。先生立起身來看時，馬桶又是潔淨的，復坐了欲大解時，掙了半晌，掙不出一些。要小解時，掙得面紅耳脹，撒不下一點。先生心下大驚道：「這又是作怪，為何水火俱閉了？」不多時，陡然陰囊脹大如斗，腰腹作疼，兩腳移動不得，只好上床睡了。捱至更深，愈覺疼痛不止，漸加沉重。正是：

天有不測風雲，人有暫時禍福。

畢竟先生性命何如？且聽下回分解。

震集總評

烟波釣徒，不知何許人，恒持一竿釣烟波間，因以為號。時值朱夏，黑雲蔽空，大雨將至，艤舟蓼花汀畔，傍西崖休焉。見一樵者，荷擔而趨，素交也。將及舟，猛雨如注，遂息肩避舟中，兩人抱膝蓬底。少焉，霹靂一聲，電光四起，樵者恐，口誦佛號。釣徒曰：「謬哉，子之念佛也！念佛何如殺人，能免雷霆。」樵者輾然曰：「子欺我哉？何言之外，而謂予謬也？」釣徒曰：「子弗悟乎？我明語子：吾嘗讀禪真逸史，其震集之受報處，大快人心。薛志義放火殺人，死而歸神，義士存其孤。杜成治斬囚報德，掌案陰司，澹然昌其嗣。陳玉等誅鋤盜賊，如刈草菅，而爵彌高，祿彌厚。虞天敏夫妻雙縊，血食千秋。苗龍、沈全打家劫舍之徒耳，反得保首領而逍遙張老之莊。梁武帝虔心皈釋，不妄殺生，持齋念佛，作大布施，而為侯景幽囚，餓死於臺城。可見殺人者生，念佛者死。子畏雷而念佛，是速之斃也。不知雷正欲擊念佛人。」樵者曰：「果爾，當為惡矣。」

釣徒曰：「非也。惡不可為。殺人非惡，念佛是惡。曷言之？殺人者為世除奸剔蠹，保全善類，幾許人受其福，功最大，故受善報。武帝以社稷主，一國興亡、億兆生命係焉，賢明仁恕，俾境內大治，則人受其賜，家享其福，功德孰多？胡為溺志空門，委棄朝政，權奸竊太阿，生靈受塗炭，頓使士卒罹乎鋒鏑，蒼赤陷於溝渠，積怨與浮屠而俱高，飲恨與蓮池而俱深。揆厥所繇，夫誰致之？是武帝念佛之惡，惡亦莫大，而餓死臺城，正其報也，何足惜哉！」樵者仰而思，恍而悟，雷雨亦止，登崖荷薪，掀髯大笑而去。

第二十一回　竊天書後園遣將　破妖術古剎誅邪

詩曰：

秘籙真符出洞天，男兒獲此可登仙。
靈文初試欽神鬼，兵法新傳繼俠禪。
春日密韜文豹略，秋香公忿牡雞❶冤。
妖淫膽喪英雄手，只恨衰椿❷不久年。

話說先生得病，十分沉重，張善相忙入後廳，和張太公說知先生病重。張太公慌了，親到書室來看。見先生睡在床上，不住聲叫痛，張太公問道：「老師染何病症，這般呻吟苦楚？」先生哼道：「學生蒙長者相延，感激不盡。多是福薄，不能消受，一時無故染此篤疾，竟莫測致病根由。天降災殃，諒來多死少生。若有疏虞，望乞收殮，若得骸骨歸鄉，感恩於九泉之下。」張太公勸道：「不妨，耐心調理，決然無事。」太公口雖勸慰，心下憂慌，當晚連接三四個醫人診脈，這個道是感冒風寒，那個道是虛火

❶ 牡雞：公雞。
❷ 椿：椿庭。莊子逍遙遊謂上古有大椿長壽，論語季氏記孔鯉趨庭接受父訓，後因以「椿庭」為父親的代稱。

所激，又有說是中毒，又有說是犯邪。三四個醫生東猜西扯，沒做理會處。大家商議了多時，共撮一劑表寒散火解毒驅邪的藥。太公親自煎與先生吃下去，只指望病好，豈知反添脹痛，揸床拍席，幾次發昏，攪得張太公一家不安。使人去占卜祈籤，說道犯了甚麼二司大王、三郎五道，又有陰魂作祟。太公登時安排祭禮，邀請道士禳星發檄，纏了一夜，先生病體愈重，不曾減得分毫。有詩為證：

醫卜由來出聖書，個中精奧少人知。
祈禳藥餌皆無益，說破真方病即除。

卻說杜伏威和薛舉一床睡著，兩個暗暗地冷笑。直到天明，薛舉醒來，對杜伏威道：「那鳥娘養的，不知夜來心事何如？」杜伏威應道：「這會兒正當緊要處，鐵漢子也要化做汁哩。須待臨期，方可解救。」兩個在床裡說笑，不提防隔牆有耳，張家一個丫鬟，名喚嫩紅，托茶出廳上與太公吃，打從杜伏威窗外經過，聽見他兩個在床上這般說笑，卻思量道：「若如此說，這兩個小官必然知先生病的來歷。」遞茶與太公吃畢，嫩紅對太公說：「我適才托茶，打從杜、薛二小官窗前過，聽得薛小官口裡這般問，杜小官這般回答。若要先生病症好，除非問他兩個便知端的。」太公驚道：「原來如此。小小年紀，只恐是說耍。你去叫他兩個出來，待我問他。」嫩紅走近房前叫：「兩位小官，太公相喚問一句話。」兩個應道：「來也，來也！」即爬起穿衣。薛舉道：「叫我二人說甚麼？莫不是走了馬腳？」杜伏威道：「不妨，有誰人知道？若問時，只推不知便了。」同出廳來，對太公唱喏。太公笑道：「先生這樣病重，你兩個可也睡得安穩，怎地救得他，方是師生之情。」薛舉道：「好笑！我年幼小，但曉得讀書，那裡會醫病？」杜伏威笑道：「太公真是年紀高大，有些顛倒。昨晚那幾個有名的醫士，卻也胡猜亂猜，醫不病好，反來問我小廝們，怎生救得他？這喚做活搗鬼。」太公心裡暗想道：「若說破了，這兩個猢猻決然一口賴住，不如且哄他一哄。」當下笑道：「既是你們不能救先生，只索罷了，為何反衝撞我老人家？快進裡面吃早膳。」兩個板著臉走入去了。

不多時，太公著家僮單叫杜伏威出來。杜伏威問道：「太公又喚我何事？」太公道：「先生在房裡睡著叫苦，你進去問一問安，才成個學生的道理。」杜伏威道：「太公說得是。」即到先生臥房中去了。太公走入軒子內來，見薛舉靠著桌兒吃粥，太公埋怨道：「你這小廝忒也狠毒，自古道：『天地君親師。』先生如父母一般，怎地下得毒手，將他害卻性命？」薛舉睜眼道：「太公好沒來由，先生自染病，干我鳥事？」太公道：「這小廝還要嘴硬，適才問杜伏威，他說都是你弄那法兒去害先生，又說還有甚法兒可解。他已一一招認，你還廝賴！」薛舉大怒道：「這小猢猻，你自怪先生責打，去城外尋甚麼鬼頭塞腸草，做弄先生，反推在我身上！」太公道：「他說有藥可解，你快說出，不干你事。」薛舉道：「甚藥甚藥？將糞清汁吃下去，便好了。」太公也不說破，忙令家僮去買了糞清，燙熱了，與先生吃下去，頃刻間腹內骨碌骨碌的響了幾陣，要淨手。太公叫另拿個淨桶與先生，一連解了兩次，疼止腫消，果然一時平復。睡一覺，吃些粥湯，便下得床來，坐在房裡將息，只聽見門外人聲喧鬧，有人廝打。先生走出門看時，卻是薛舉和杜伏威，揪髮狠打。先生喝住了道：「我病體略得寬爽，你兩個又在這裡廝鬧惱我，成甚規矩？」薛舉、杜伏威見先生罵，俱各放手，氣忿忿兩下立著，俱不做聲。張太公拄著拐杖，笑出來道：「先生不要發惱，你的性命全虧他二人相救。」先生驚問其故，太公將鬼頭塞腸草，糞清解毒緣故說了，「兩個互相埋怨，洩漏了機關，因此廝打」。先生怒道：「不爭這兩個小廝如此無禮，反來做弄師長。」太公道：「看老朽薄面，不要計較他罷。」先生躊躇一會，嘆口氣道：「令孫學問日長，須請經儒教授，以成大器。學生才疏學淺，恐誤令孫大事，即此告辭。況薛、杜二子今雖粗鹵頑劣，察他氣宇不凡，他日必成偉器。學生明早拜別太公便行。」太公再三款留，先生堅執要去。太公無奈，次早贈送修儀禮物，待了酒席，告別而去。

太公見先生已去了，令家僮送薛、杜二生回莊。林澹然見了，問二子何故回來。家僮將做弄先生的事端告訴一遍，故此先生不樂，辭館而去。林澹然大怒道：「兩個畜生恁地不知擡舉，不用心攻書寫字，反去幹那蠱毒魘魅的事，甚為可惡！」拿竹片要打，苗知碩等勸住，罵了一番，打發家僮回城。至九月初旬，張太公另請一位西賓❸，又著家僮來莊裡見林澹然，接杜、薛二生讀書。林澹然喚兩個同到方丈中道：「目今難得張太公另請一位先生來，呼喚你二人赴館。你兩個收拾快去，若再如前做出事來，重責不恕。」杜伏威搖手道：「不去，不去。當今離亂之時，讀那兩行死書，濟得甚事？不如習學些武藝，圖一個高官顯職，有何不可？不去讀那死書了。」薛舉道：「我也不去，只隨著老爺學武藝罷。」林澹然心裡暗想：「這二人分明是武將規模，何苦逼他讀書，且由他罷。」便道：「你兩個不去讀書，小小年紀卻學甚武藝。不去也罷，但不許外面生事，早晚要擔柴汲水，勤謹做工。若有不到處，一體罪責休恨。」薛舉、杜伏威齊道：「情願跟隨做工，不去赴館了。」林澹然寫帖辭謝，發付家僮回城去了。

時序易遷，轉眼間又是隆冬天氣。時值十二月十九庚申日，正合通書❹臘底庚申，一切修造、遷葬、

❸ 西賓：舊時賓位在西，故稱。常用為對家塾教師或幕友的敬稱。

祭祀、求神俱吉。張太公家裡新塑一尊值年太歲靈華帝君，延接一班平日誦經念佛的老道友到家念佛。先一日著蒼頭具柬到莊裡接林澹然、杜悅等，同臨佛會。林澹然甚喜，次早同杜悅、苗知碩、胡性定、沈性成入城裡來，留薛舉、杜伏威和道人、行童等看莊。薛舉和一班小廝們自去閒耍，道人、行童等無事，到日午吃些冷飯，閉上莊門，各自放倒頭尋睡去了。這杜伏威獨自一個在禪堂內弄棍舞鎗，耍了一回，走入方丈裡開食廚，尋點心果子吃，不見一些，心裏想道：「昨日廚內有若干果子食物，今日為何一空？畢竟是老爺藏過了。」逕奔到林澹然臥房裡來。只見房門緊鎖，無匙可開，當下生個計較，撬開紅漆攔窗，從窗檻上爬進去，尋著食籮，取出幾個炊餅來吃，又藏些果子在袖裡。正要抽身跳出，忽見經桌上堆著幾部經卷。杜伏威逐本拿起來看過，翻到書底，尋出一卷書來，甚是齊整，比諸書不同，綠閃錦的書面兒，白絨線裝釘，正面簽頭上寫著「天樞秘籙」四個楷字。揭開看時，雪白綿紙上楷書大字，是林澹然親筆謄寫的，目錄上寫著遣神召將卷之一。杜伏威逐張揭開細看，卻是些法術符咒變化的神書，心下大喜，將書藏在袖中，即翻身爬出窗外，將窗扇依舊閉上，一溜風走到方丈裡坐定，悄悄開書，默誦那詞咒。

至晚不見林澹然回來，薛舉和道人、行童俱已睡了。杜伏威雖然睡在床上，一心想著天樞秘籙，眼也不合，想了一回，暗把讀過的詞咒，又背一背看，恰也一字不忘。心下算計道：「趁今夜老爺等不在莊，道人等又都熟睡，不如乘著星光月色，請一請神將，試看他來否？」忙起來披了衣服，悄悄走出房外，拽步入後邊花園裡，依書圖譜，按著罡步，捻著訣❺，口中念動真言神咒。可煞作怪，霎時間只見

❹ 通書：曆書。

狂風驟起，吹得毛髮皆豎。風過處，忽然現出一尊神將，生得身長丈餘，頭大如輪，三眼突出，兩鬢鬅鬆，赤臉紅鬚，獠牙似鋸，頭戴束髮紫金冠，身穿鎖子連環甲，腳登黑皮靴，手執鑌鐵簡，高聲問道：「吾師宣召，有何法旨？」杜伏威見了，唬得魂飛魄散，目瞪口呆，花園裡一時無躲處，跌轉身，拚命奔入牆側東廁裡藏避。又聽見那神將大喝道：「既召吾神，為何不出來相見？果有甚的差使？」杜伏威寒簌簌地抖，不敢做聲，那尊神見沒人回答，又喝道：「法師既無差使，召我何為？快快遣發我去也！」杜伏威心裡想道：「我只讀得召將的神咒，不曾見甚遣將的法兒，怎麼打發得他去？」只躲在東廁裡不做聲便了。那尊神見無人答應，在花園內四圍尋覓，行至東廁邊，覺有生人氣，發怒提簡打將進來。奈東廁是穢汙之處，要上天庭，不敢入去，只將鐵簡東敲西擊，呼呼喝喝，直到五更，四下裡雞鳴了，那神將只得飄然而去。這杜伏威在茅廁上蹲了一夜，驚得骨軟身麻，不能動彈，捱到天曉，精神困倦，不覺就睡著在東廁板上。

卻說林澹然、杜悅等，在張太公家內做一晝夜道場，至天明吃了早膳，辭別太公回莊，薛舉同道人等都來迎接，只不見杜伏威。林澹然問：「杜伏威何處去了？」薛舉道：「昨晚和我上床同睡，天明起來，不見了他，不知那裡去了。」道人、行童一齊道：「果然昨晚閉門，一同歇息，今早不知去向。」林澹然笑道：「這小子又不知何處頑耍？」著道人、行童莊前莊後、小房側屋遍處尋覓，並不見影。一個行童尋到後園內假山邊花樹叢中，到處尋過，亦不見蹤跡。打從西首穿徑而過，只聽得東廁裡鼾聲如虎，行童探頭張望，卻正是杜伏威睡在那裡，慌忙叫醒道：「小官人，為何在這香筒裡打睡？住持老爺

---

⑤ 捻著訣：施法術時做出的一種手勢。

和你公公回來尋你哩。快去，快去。」杜伏威怒道：「我正睡得熟，你這狗才大膽，來攪醒我的睡頭。」行童道：「這是甚麼所在，還要貪睡？遍處尋你不見，卻反嗔罵人。且去見老爺，不要拖累我。」杜伏威道：「見老爺卻待怎的？」同行童進禪堂裡來。林澹然問道：「俺不在莊，你夜間卻往何處頑耍？」行童掩著口笑道：「小官睡在後園東廁裡打鼾，適才還嗔我叫醒了，口裡兀自嘓嘓噥噥地罵。」杜悅惱道：「這野畜生，奇怪得緊，真好不知香臭，為何在這茅廁裡睡？」林澹然道：「你因甚好床好席不睡，反去投坑廁當作安樂堂？」杜伏威瞪著眼不做聲。

林澹然見他如此，思量了半晌，猛然省著：「昨日臥房窗子不曾上得插箭，書籍不曾收拾得好，莫非竊見天書，在後園胡亂幹甚麼勾當出來？」喝令杜伏威跪在佛廚前，急抽身到臥房。開了鎖，進內看窗子時又是關的，但見桌子上書卷，已是翻得亂亂的。慌忙開書廚尋三冊天書，只有中、下兩冊，不見了天樞秘籙，桌上細細檢尋，也不見有，諒來是杜伏威偷了。就問道人：「昨日夜間曾聽見甚的響動麼？」道人都道：「沒有甚的響動，但是睡夢中，聽得遠遠有呼喝之聲，不知何處。」林澹然道：「不必說了，是這小潑皮幹出事來也。」即喚杜伏威：「快拿天書還我！」杜伏威不敢隱匿，袖中取出來，雙手遞上。林澹然接了，笑道：「你昨夜請何神道？直直說來，免打！」杜伏威道：「昨日我看見這書上面，第一卷就是召請天神天將，我日間暗暗將詞咒記了，乘老爺不在，黑夜園中試耍，才念得幾句咒語，不知怎的這般靈感，一尊神道就來了，生得利害怕人。我慌了，只得躲避東廁裡，被那尊神道大呼大喝，東敲西擊，尋人廝打，直到天曉方去。因吃了驚，故此一時睡去，乞老爺饒恕則個。」林澹然道：「還是你造化，若不往茅廁裡躲避，這一鐵簡打做肉泥。罷，罷，罷！也是前定之數，這本書就傳與你，朝夕用心攻習，不可漏洩天機，異日求取功名，皆在此書之上。」杜伏威接了天書，公孫二人拜謝，以後逐日杜伏威求澹然指點傳授，一步也不出門，晝夜習演天書兵法變化之術。有餘工，在後園裡同薛舉習學十八般武藝。杜伏威使一桿長鎗，薛舉使一枝方天畫戟。數年間，兩個武藝都已精熟。杜伏威又早十六歲了，薛舉年登十五。

一日，林澹然在禪堂裡閒坐，正值早秋天氣，金風初動，天氣微涼。杜伏威、薛舉二人閒立在檐下，林澹然喚二人近前道：「我向來教你們的武藝，未知二人誰勇誰怯，趁此清秋天氣，你兩個比較手段高下若何，以決前程。」杜伏威、薛舉二人聽了，心下歡喜，提著鎗戟，敢勇爭先。林澹然喝教：「住手！不是這樣爭鬥，輪鎗動戟，恐有傷損。」令道人取兩株直細竹竿，竿梢上緊緊紮了舊布，上都瀵著濕石灰，二人各穿一件青布道袍，俱拿竹竿在手。林澹然分付道：「各要用心，道袍上如著灰點多者，即為輸論。」兩個笑嘻嘻地挺著竹竿，丟一個架子，分開腳步，各逞手段，一來一往，在園中鬥了八九十個回合，林澹然喝令暫歇。兩個鬥到深處，那裡肯住？兩條竹竿，就如龍蛇飛舞。二人復鬥四十餘合，林澹然又喝教住手。兩個收了鎗法，林澹然喚近前看，杜伏威肩膊上著了兩點，左腿上著了一點，薛舉只右臂上著一點。林澹然笑道：「若論狡猾，薛舉不如杜伏威；武藝精熟，杜伏威不如薛舉。兩個還要用心習學，不可懈怠。」杜伏威、薛舉一同謝了。自此二人更加精進，每日操練武藝。

又是月餘，正當八月初旬。但見：

涼飆薦爽，井梧一葉飄零；溽暑退收，征雁數行嘹嚦❻。閨中少婦憶征夫，砧聲韻急；邊塞戍軍悲苦役，畫角淒清。甫睹流螢穿戶牖，又聞蟋蟀叫階除。

杜伏威、薛舉一日在莊外閒耍，聽得人傳說鐵佛庵後園桂花盛開，二人稟知林澹然，要去一看就回，澹然應允。二人歡喜無限，往鐵佛庵來。進入後園，果然桂花開得十分茂盛，香聞數里。這花園有百餘畝寬闊，傍牆左右俱種桂花，約一二千株，深淺黃白相間，盡皆開放。園中遊賞之人如蟻，俱席地而坐於桂花樹下，酣歌暢飲，熱鬧得緊。昔賢僧仲殊❼有詞為證：

花則一名，種分二色，嫩紅妖白嬌黃。正清秋佳景，雨霽風涼。郊墟十里飄蘭麝❽，瀟灑處，旖旎非常。自然風韻開時，不許蝶亂蜂狂。

攜酒獨揖蟾光❾。問花神何屬，離允中央？引騷人乘興，廣賦詩章。幾多才子爭攀折，嫦娥道三種清香：狀元紅是，黃為榜眼，白探花郎。

二人看玩半晌，徐步出庵，行至村口酒店中坐下，小酌數杯。店家搬過酒餚，兩個正飲酒間，只聽得店後人聲喧鬧，側耳再聽，卻像一個少婦聲音，聞得罵道：「你這老不死的豬狗，鑲飯的歪貨，閻羅天子偏沒眼睛，不勾你這老怪物去，我好恨也！」又聽得一個老婦人嗚嗚咽咽的哭，那婦人恨恨地罵不絕口。又一男子勸道：「我的娘，不要恁的淘氣了。罵這老死坯打甚麼緊，反惱壞了你自家的身子，耐

---

❻ 嘹嚦：形容聲音響亮淒清。

❼ 僧仲殊：即僧揮。住蘇州承天寺、杭州吳山寶月寺。能文，善歌詞，與蘇軾交往。崇寧中，自縊而死。

❽ 蘭麝：蘭與麝香。指名貴的香料。

❾ 蟾光：月光。傳說月中有蟾蜍，因借指月亮、月光。

煩些罷了。」那婦人又發恨罵道：「冷鎗戳心的忘八，長刀剁腦的烏龜，熱油灌頂的殺才，要你勸我怎的？你的兩隻鳥眼又不瞎，好端端的一個孩子睡在桌上，教那老豬狗看守著，為何不用心？任他跌下地來，跌了一個青疙瘩。我的肉呀，好疼也！若平安無事，只索罷休，我這塊肉若有半點差池，剝你這老豬狗的皮！」一面罵著，一面將碗兒、盞兒家伙打得乒乒乓乓地響。這男子陪著冷笑道：「我的娘，好意勸你，豈知反惱著你，是我勸的不是，該打，該打！」那婦人千烏龜萬老狗，罵個不休。

杜伏威聽了，心中甚覺厭惡，見店裡一個老嫗，在窗前績線，問其緣故，老嫗低低道：「二位官人請酒，待老身從容告訴。敝村中共有五七百人家，都倚傍著這相鬧的富戶過活。」薛舉道：「這廝是甚麼人，如何有此力量，養活得滿村百姓？」老嫗道：「這富戶姓羊名委，號做畏齋，祖父販賣私鹽，做成偌大家業，田園廣有，屋宇盡多。本村民戶若非種田賃屋，即是借本經營，個個與他有首尾，資著他的，因此受他管轄。」杜伏威道：「適才被罵哭的與那罵人的女人，卻是兀誰？」老嫗蹙著眉頭嘆道：「可憐，可憐！那哭的是羊委之母親封氏，孀居已久，只靠著羊委一子。那悍罵的是羊委的妻子尤氏，倚著父兄勢耀，縱著自己潑性，打夫罵婆，終日價吵鬧。老身在此間壁住，受他絮聒，好生聽不得。」

杜伏威道：「你貴村好鄰舍，這潑婦人忤逆不孝，何不聯名呈舉，遣他離了此處，也得清淨。」老嫗搖著頭道：「天呀，誰敢在太歲頭上動土？人若惹了這女人，小則撩裙穢罵，大則服鹵懸梁。年前這女人拿著一條桿棒，正在門首打漢子，一位路過客官見了，大是不平，講道：『男子漢堂堂六尺之軀，頂天立地，不能正室家，反遭婦人凌辱，這樣人空生在天地間，不如死休。』這尤娘子聽了，大發雷霆，丟了丈夫，敲起鑼來。少頃，隔溪走過他父兄莊客一干人，將這客官痛打一頓，結扭到官，兩下大興詞訟，經過數重衙門，方得完結。」薛舉道：「這廝丈人、舅子是何等之人，敢如此胡行？」老嫗道：「他丈人名喚尤二仁，是本府提控⑩，長子尤大倫，充總鎮司椽吏⑪，次子尤大略是本縣押司，三子尤大見有些膂力，捕盜得功，做了總管府營長。一來家道富足，二來衙門情熟，三來人強勢旺，故此任意橫行，誰敢逆著他？當初此村名為雁翼街，自從尤娘子嫁來，卻改名雌雞市了。每年春秋二社⑫，羊家為首，遍請村中女眷們聚飲，名為群陰會。羊家新刊一張十禁私約，刷印了，每一家給與一紙，又於土穀神祠張掛禁約，各家男子都要循規蹈矩，遵守內訓，犯禁者責罰不恕，稍違他意，便率領凶徒打罵，因此人人怕他。」杜、薛二人拍掌大笑。又問道：「媽媽，那私約上怎的講來？」老嫗道：「有一紙在此，奉與郎君自看。」打開針線匣，取出禁約，遞與薛舉。

薛舉展開，和杜伏威一同觀看。禁諭寫道：

雌雞市地方人等公議，為禁約事，凡例十條，各宜遵守，開列於後。

計開：

一、禁嫖賭。凡賭者必致盜妻之衣飾而反目，嫖者未免忘妻之恩愛而寡情。有一於此，巨惡不赦。本村男子有犯此禁，綁至土地廟內，社長責青竹片三十下，罰銀叁兩，以助公費。

---

⑩ 提控：宋元時官名或吏目的尊稱。

⑪ 椽吏：掌文書記錄的胥吏。

⑫ 春秋二社：古時於春耕前（立春後第五個戊日）祭祀土神，以祈豐收，謂之春社。秋季（立秋後第五個戊日）祭祀土神的日子，謂之秋社。

二、禁凌虐正室。世上女流最為煩苦，生育危險，井臼艱辛，如鳥鎖樊籠，魚游鼎釜。爾等男子宜體恤深加愛護，低頭下氣，受其約束。倘有恃己凶暴侮慢正室者，拘至廟中，鳴鼓叱辱，任從本宅娘子親責巴掌數十，仍罰銀壹兩公用。

三、禁擅娶妾媵。凡人子嗣自有定數，豈因嬖寵而可廣延？好色之徒，假正室無嗣之由，別買嬌姿，朝夕取樂，結髮反置不理，深可痛恨。凡我鄉中，寧使絕後，毋得輕娶側室。違者面塗煤靛，眾共杖之，即判將妾離異，財禮公用。

四、禁狎昵婢僕。凡美婢俊僕，每能奪主之愛，侵嫡之權，殊當痛革。我鄉中有豐裕者，只許蓄邋遢蒼頭，粗蠢婢子，聊供使令而已。犯禁者罰米二石齋僧，其婢僕盡行驅逐。

五、禁喪妻再娶。古云：烈女不更二夫，婦人重醮⑬者為失節，則男子失偶再娶者，豈為義夫？本境如有鰥居，不問年之老少，子之有無，一概不許續弦重娶。犯者任娘家白白領回，毋許爭執，不服眾毆。

六、禁夫奪妻權。蓋妻為內助，乃一家之主，事無巨細，咸當聽其裁奪，然後施行。若男子不先稟命，輒敢自行專主者，頭頂重石一塊，跪三炷香，不願跪者，打嘴巴二十五掌。

七、禁縱飲遊戲。夫般樂⑭飲酒，則房闥⑮情疏；博弈遊畋⑯，則衽席⑰愛淺。本境除婚喪、

---

⑬ 重醮：再嫁。醮，音ㄐㄧㄠˋ，古代冠禮、婚禮中的一種簡單儀節。謂尊者對卑者酌酒，卑者接受敬酒後飲盡，不需回敬。也指女子嫁人。

⑭ 般樂：大肆作樂。

群陰社、餪房⑱、慶誕、賀育之外，毋得呼朋拉友，引誘少艾⑲，酣飲博唱。犯者罰錢二千，賞守法者。

八、禁出入無方。世上男子心腸最歹，在家不暢，必然出外鼠竊狗偷，暗行欺騙奸淫之事，女流深處閨中，焉知其弊？今後男子凡出，必須稟命正室，往某處，行某事，見某人，歸則稟覆明白，方許進膳。如有倔強漢擅行出入，或作昧心事，而詭言遮飾者，不許飲食，罰水十碗，拔去鬢毛，打孤拐二十下。

九、禁妄貪富貴。功名富貴，從來天定。世之貪夫俗子，不思安分守己，妄圖僥倖，拋妻撇子，久出遠遊，那知妻守孤燈獨宿，而淚零如雨？室中寂寞，對月而夢逐雲飛，千樣離愁，百般慨嘆。縱使利得名成，而既往青春，已成虛度，此恨怎消？反不若耕種開張，夫妻歡聚，母子團圓，免使深閨有白頭之嘆。即出仕者，必挈妻子同行，共享富貴，勿致婦南夫北，兩下參商⑳。有違此禁，群起而攻，未獲富貴於天來，先作俘囚於床下。

十、禁不遵條約。國有政，家有法，總屬天理人情，共宜遵守。前禁九條，俱齊家正身之本，

---

⑮ 房闥：寢室；閨房。

⑯ 遊畋：也作「遊田」，出遊打獵。畋，音ㄊㄧㄢˊ。

⑰ 衽席：床褥與莞簟。借指男女之事。

⑱ 餪房：鬧新房。又舊俗結婚前後宴請新夫婦，也稱「餪房」。餪，音ㄋㄨㄢˇ。

⑲ 少艾：指年輕美麗的女子。

⑳ 參商：參星和商星。參星在西，商星在東，此出彼沒，永不相見。比喻親友隔絕，不能相見。

束縛狼心狗行之規，至要道也。苟能遵此，可稱仁里，否則傷風敗俗，澆㉑莫甚焉。倘有鼠輩不遵前約，則先痛打而後議罰，必不輕貸。

右禁約乃眾社長之公議也。凡我同盟，互相勸勉，學做好人。其中設有不才女人為夫隱過者，合鄉女眷共叱辱之，罰公宴一席。凡我社中諸女眷、兩鄰知而不舉者同罪。犯禁之漢不受約束，眾嫁其妻，使永為鰥夫。

某年月日右約諭眾知悉

二人看罷，踴躍大笑。薛舉大叫道：「好一個正身齊家之本，妙！妙！」老嫗搖手道：「官人禁聲，切莫闖禍。」此時杜伏威有幾分酒意，怒上心來，厲聲道：「這悍婦只可欺那縮頭烏龜，敢惹誰來？若蕩著小杜，教他知我拳頭滋味。」老嫗慌張道：「是老身多口的不是了。郎君切莫高聲，若惹了這癲瘋子，老身便是死也。」杜伏威嗔目道：「老媽媽怕他怎的？那潑婦人來和你廝鬧，我自對付他，莫怕！」薛舉起身道：「日已將西，大哥去罷。莫理這閒事，拖累老媽媽受氣。」正要算還酒錢出門，不期那婦人早已聽得，一片聲罵將出來。原來這老嫗和二人講話之間，婦人領著兒子在天井中間坐，聽得此言，一霎時面青眼赤，躁暴如雷，撇下兒子，奔出門來，大罵道：「何處來的死囚，闖禍的猴子，與這老死鬼誹謗老娘？剝了這老死鬼的皮，揪了這猴子的毛，才見老娘些些手段！」驚得老嫗慌做一團，矬倒㉒地上。

㉑ 澆：澆薄。指社會風氣浮薄。

㉒ 矬倒：蜷伏倒地。矬，音ㄘㄨㄛˊ。

杜伏威大怒，先走出門，薛舉隨跟出來。二人看那婦人時，委實生得雄壯。但見：

頭挽一窩絲，鴉鬢濃鋪煤。黑臉堆三分粉，桃唇闊抹脂紅。烏叢叢兩道濃眉，光溜溜一雙怪眼。耳墜珠環，手圈金鐲。穿一領魚肚白生絹衫兒，胸前突掛兩枚壯乳；繫一條出爐銀軟紗裙子，腳下橫拖一對划船。柳眉倒豎，猶如羅剎下西天；星眼圓睜，卻是夜叉離北海。

杜伏威厲聲叫道：「你那潑婆娘，你要揪誰的毛？我正要抽你這忤逆悍婦的筋，你還敢大膽來罵人？」那婦人兩手拈了石塊，劈面打來，杜伏威低頭閃過，跳一步向前將婦人照胸膛一指，婦人仰面跌倒在地。羊委聽得門外喧嚷，急出看時，見渾家被人打倒，十分惱怒，急提一條扁擔，照杜伏威劈頭削下。薛舉接住扁擔，只一扯，把羊委撞入懷來。薛舉飛一拳去，正中鼻梁，鮮血迸流，暈倒地上。鄰舍們都來相勸，一面扶起羊委，挽進屋內。那婦人奔入去，提出一面鑼來，噹噹地敲響。杜伏威分開眾人，劈手奪過鑼，撩入溪裡。婦人將杜伏威衣襟扭定，大頭撞來。眾人喊叫：「男不與女敵，郎君不可動手！」杜伏威讓婦人撞了幾下，此時滿村男女雲屯霧集，過往的人都立住了腳看打。忽然，喊聲起處，屋傍搶出十數個健漢來，乃是羊家莊客，各各手持柴棒，攢住二人亂打。薛舉兩臂一架，早奪了一條大棍，向前打來，眾人那裡抵擋得住，著棍的紛紛跌倒，誰敢迎敵？吶一聲喊，四散走了。那婦人兀自扯住杜伏威的衣服，只死不放。杜伏威性發，雙手提起婦人，向空地一撩，方才放手。杜伏威得脫身便走，行不數步，那婦人腳大，如飛趕來。杜伏威回身照臉一掌，打了一個踉蹌，又將他衫子一扯，扯斷了帶子，順手一拽，卻似蛇褪殼一般，衫兒脫下，婦人赤著身子露著雙乳亂跳。杜伏威想道：「一不做，二不休，索性教他出一場醜。」又倒拖婦人過來，將裙褲盡皆扯下，渾身精赤。眾人吶喊遠看，並沒一個人向前解救。

看官，你道世間男女廝打，畢竟是男子，不是傍人，理應呵叱救援，為何袖手傍觀，不行救應？原來這尤氏平日嘴尖舌快，動口罵人，幼年做下些不端的事情，受人幾次羞辱，年近三旬，買脫了相交主顧，另立起一個門戶來，假賣清，喬做作，男子們有事，搶向前吱吱喳喳，巧辯飾非，佯狂詐死，挑撥丈夫僭強壓眾。本村婦女看了樣子，誰肯學好？故村前村後親族鄰友，個個是厭惡的，外雖趨承，內懷嗔恨，見這般淩辱他，反覺暢快，都暗念道：「惡人自有惡人磨。」這女人渾身脫剝赤著兩片精皮，少年子弟見了，個個豎起旗竿來。老成的看此景象，甚不過意，見杜、薛二人青年精勇，行兇潑打，莊客等皆近他不得，誰肯捨著性命輕敵，人人畏縮，不敢向前。這婦人雖是凶頑悍潑，到此地步，也只索軟了，滿面羞慚，口中喊罵，兩手遮著陰處，沒命的奔走，恨不得一腳跨到家裡，幸一個家僮將一領布道袍撩將過來，婦人接住，披在身上，低著頭奔回家去。

杜伏威、薛舉分開人叢，跳將出來，手提桿棒，笑吟吟取路回莊。正走間，猛聽得後面鑼聲振耳，杜伏威笑道：「鑼聲響處，必有人追來了。」薛舉道：「縱有十面埋伏，吾何懼哉。」行過二里多路，天色將晚，黑雲四起，只見路口林子裡一聲唿哨，衝出二十餘人，各執器械。為首一人身長體壯，眍眼大鼻，頭頂竹笠，身穿直袖短衫，手搦一柄大鈀，邀截路口。原來是羊委的丈人尤二仁，聽得隔河鑼響，諒是女兒有事，正欲來救應，有人報知備細，慌集家丁、僮僕，又請了一位教師，名為朱百文，抄路俟候。剛剛相遇，朱百文躍出路口，見了二人，哈哈大笑道：「我說是甚樣兩個三頭六臂扳不倒的大漢，兀的是城隍廟中一雙小鬼，乳腥尚臭，輒敢橫行！」薛舉大怒道：「汝這瞘眼賊囚，有甚手段，敢開大口？速點火把送我二人回府，稍若遲延，每人頭上受我一棒！」朱百文舞動大鈀，劈腳面掃來，薛舉舉棒隔開，二人搭上手鬥了數合。朱百文一鈀竄近膝邊，薛舉仍退讓過，那鈀呼的一聲響，又見擰至耳根，被薛舉一棒掀起，跨進一步，舉手棒下。朱百文躲閃不迭，右腕上著了一棍，撲地倒了，鈀已撇在一邊。尤二仁父子、家僮一齊上，杜伏威迎住一棍，早已打倒一個。薛舉從傍攻進，兩條棍如龍飛電掣，尤家人不敢遮架，只聽得喇喇地響，人著棒個個損傷，著棍根根斷折。兩下正廝鬥間，忽然大雨驟至。伏威當先，薛舉斷後，直打出路口。尤二仁見天黑雨大，二人勇猛，不敢追襲，只得互相攙扶打傷的人，抽身回去，連夜延醫療治，不題。

再說這兩個頑皮得勝，冒雨而走，奈何天色黑暗，路途泥濘難行，一步步捱出溪口，渾身透濕。只見溪西有一座廟宇，二人奔至廟門前門檻上坐了，商議候雨住再行。看看捱到夜半，倏然雲開天霽，一輪皓月當空。二人擡頭看時，匾額上寫著「孤忠」二字，一同進廟觀看，正中神廚內乃是楚相國范增㉓神像，兩傍從神俱已零落。薛舉道：「向聞人說孤忠廟內白晝出鬼，雖然走過幾遍，未曾進內一觀，看看何如？」杜伏威道：「我正要拿個鬼兒耍耍。進去，進去。」此時破壁中透入月光，照得明白。兩個步入東廊，彎彎曲曲，趄進一座土牆，裡邊是一片大園，惟見敗草過腰，蛩聲滿砌園，盡頭有三間大樓。二人登樓，憑欄四顧，甚有景趣。正看間，忽見一人闖入園內，手中捧著枕褥走近樓下，少頃趄將上來。二人駭異，將身躲了，暗中偷覷，那人披著髮，赤著腳，生得醜陋，彪形虎體。二人看了，不知是人是

㉓ 范增：楚漢相爭時項羽的主要謀士，被尊為「亞父」。

鬼，且不做聲。只見那人脫去衣裳，裸身赤體，兩手捻訣，雙眼直視月中，踏罡步斗，口中念念有詞。倏忽之間，空中一婦人赤身披髮乘風而至，直入樓中，見了那人驀然睡倒。那人忙抱褥子與婦人墊了，將枕枕了頭。婦人如醉的一般，任他所為。杜、薛二人即閃入神廚後黑影中藏躲，悄悄張他。只見那人渾身精赤，摟抱著女人，正欲雲雨。杜、薛二人看了，按納不下，躍出大咤一聲，喝道：「何處妖邪，來此行這不法之事？不要走，吃我一棍！」那人吃了一驚，急忙跳起，跑下扶梯。二人隨後追下，直趕出土牆以外，寂然不見。二人不敢追出，復上樓看，那婦人赤條條仰睡不動，二人問時又不答應。杜伏威道：「這婦人被那廝妖法所迷，須用法水解之方可。」正要下樓取水，忽聽樓下喊罵：「無知賊子，敗我美事，快下來與你見個高下！」伏威、薛舉挺棍奔下扶梯。那人手持雙刀，退出天井中。伏威與薛舉兩條棒圍住廝拼。三個人鏖戰良久，那人被薛舉看清，一棍擊中眉心，撲的倒了。薛舉便奪過一把刀，將那人首級割下，掛在柳樹枝頭，搜檢身上，裙帶上繫葫蘆一枚，內藏丸藥。杜伏威取了葫蘆，將藥撒散到廊外澗中，舀了一葫蘆水，先念了解咒，含水噴在婦人臉上。婦人方醒，見了杜、薛二人，驚惶慚愧，沒處藏身，將褥子扯過遮了下身，一堆兒蹲著發抖。杜伏威道：「不須驚怖，暫且消停定性，與我說知備細。」婦人坐了半晌道：「妾身龐氏，住在柳家村裡，孀居守節，只有一個兒子。三月前，來了這個人，異樣打扮，說是外國人，善看三世圖，能知過去未來之事。我齋他一飯，就要他看三世圖，他問了我年庚八字，就講出我亡夫的名號來，說亡夫生前造孽，現在地獄受苦，直交罪滿，罰生陽世變為鴨。我等婦人一時沒見識，聽信其言，啼哭求他超度。他道只有一條門路可救亡夫脫離地獄，轉生人道。妾再三求懇，他要我頂髮四十九莖，中指甲二枚。問他要頭髮、指甲何用，他說：『髮者，取法皈三寶；

指甲者，名指日超升。這是佛爺爺秘傳。』我依數剪頂髮、指甲與他，稽首去了。當日脫衣就寢，猛然滿腹作癢，忽然一陣冷風吹我出門，騰空而起，到此園內方住。那人預先在此，擁抱我上樓，任情淫汙，直至雞鳴醒時，依舊在家床上，不知為何。如此將及三月，夜夜攝我到此，不知此人是個甚麼人，亦不知他姓名。今遇郎君，乞為救拔。」薛舉道：「你可知這樓子是甚去處麼？」婦人道：「不知。」薛舉道：「這是孤忠廟後樓。」婦人道：「若是孤忠廟，與我寒家相近，過溪去，轉出松林，便是柳家村了。」薛舉道：「我等不是凡人，乃范相國直班大將，領相國之命，誅此妖賊，以救你性命。你可急急回去，莫露風聲，若洩天機，受禍不淺。」婦人道：「感尊神救護，誓當重塑金身，焉敢洩漏？奈何身上無衣，怎生回去？」薛舉令婦人站開，將褥子扯作二幅，令婦人身上圍了。薛舉、杜伏威引領下樓，逕出廟外，婦人頂禮，悄悄過橋去了。

此際漏已五鼓，二人取路回莊，不敢敲門。直至天色大曉，道人開門，見了二人，冷笑道：「賞得好桂花，如何賞了夜桂？住持爺好生著惱，杜公公一夜不睡，見面時有些兒不尷尬哩，一條竹片眉毛上滾了。」二人不應，走入莊裡，到苗知碩臥房來。知碩見了，甚是埋怨，薛舉將日間相打，夜內廝殺之事，細細說了。苗知碩大駭道：「好呀！出門就去闖禍，天幸得勝而回，若有差池怎了？」少刻，進禪堂中來，澹然正怒，詰二人一夜不回之故，二人不敢隱諱，一一將前事稟知。澹然道：「畜生好膽！他家妻子不賢，與你二人何涉？醉後行凶，倘一時失手傷人，如何區處？夜間廝殺，雖是救人一命，事非切己，總屬鹵莽。設有決裂㉔，汝二人取罪非輕，自去分理㉕抵擋，權寄下五十竹片。」二人暗喜，只

㉔ 決裂：破綻。

在園內較習武藝，足跡不出莊門。

話分兩頭，再說尤二仁父子商議次早府中進狀，但不識二少年名姓，難以行詞。尤大略道：「人名樹影，兀誰遮隱得過？明日必定要採聽出那廝名姓來，然後告理。」尤大倫道：「我昔年催趲錢糧，打從小蓬山經過，見河內二小子打死一虎，人都說是張家莊上的人。今看二惡少面龐相似，莫非就是他？」尤二仁道：「若果是張家莊上的，乃林澹然的人了，莫去惹他。」各去寢息，未及五更，只聽得扣門聲急，開門看是羊委家僮，報說：「昨晚大娘子忿氣不過，趕入何家酒店，和那老媽媽廝鬧，不合將她胸前撞了一頭，那媽媽就叫心疼，將及半夜，嗚呼哀哉死了。官人、娘子都去山後躲避，特令小人報知。」尤二仁跌腳叫苦，慌忙著人分投府縣去打聽消息。

且說何老嫗有一兄弟，姓曾名仙，是本縣罷吏，也是個爊㉖不爛的閒漢，他有三件本事，人不能及。第一件，一張好口，能言善辯；第二件，一副呆膽，不怕生死；第三件，兩隻鐵腿，不懼竹片、衙門，人取他一個渾名，叫做「曾三絕」。當日見姐姐與羊家廝鬧而死，正是撓著癢處，寫了一紙狀子，往廣寧縣中告理。知縣差人檢驗收屍，隨即拘喚一干人犯候審。當日，又有一夥保正、里甲等呈說本郡孤忠廟後園殺死一人，身首異處，係遊方之人，不知姓名，現存凶器戒刀二口，棍棒二條，事干人命重情，地方會同呈舉。知縣又差人檢看屍傷，著落保正買棺盛貯，一面行下公文，限委緝捕人役，遍處緝訪凶身，不題。

㉕ 分理：分辯。

㉖ 爊：音ㄠ，一種烹調法。近似現在的「滷」菜法。

這尤二仁父子見曾三絕是一個勍敵㉗，只得暗買求和，衙門上下、里鄰人等，皆用錢賄囑，縣官又聽了人情，朦朧審作誤傷人命，判數兩銀子與何老嫗的兒子斷送，兩下息了訟事。但尤氏先遭杜伏威當眾人前羞辱露體，氣忿不過，實思痛打何老嫗一頓，出這一口惡氣。不期何老嫗死了，受這一驚不小，又因訟事躭憂，背上忽生一疽，其大如斗，晝夜呼疼叫痛，合著眼便見何媽媽冤魂索魂索命，求神禳解，日加沉重，其疽漸漸潰爛，臭不可近，遍生小蛆，洞見五臟，捱至月餘而死。遠近之人無不稱快，以為忤逆不賢之報。有詩為證：

尤家女兒不足憐，凶頑應得受災愆。
最異縱妻羊委子，也隨流俗保殘年。

再說杜、薛二子暗裡探聽何媽媽身故，兩下構訟，繼後又聞尤氏患疽棄世，兩人心窩裡撇下了一塊。只是無辜拖累何媽媽損其一命，此亦天數難逃，只索罷了。這杜悅因那夜孫子不回，心內驚憂，一夜不睡，又值秋涼，冒了些風寒，染成痾疾症候，年老力衰，淹淹㉘不起。正是：

世無百歲人，枉作千年計。

不知杜悅病體凶吉如何？且聽下回分解。

㉗ 勍敵：有力的對手。勍，音ㄑㄧㄥˊ，強；有力。
㉘ 淹淹：氣息微弱，瀕於死亡。

第二十二回　張氏園中三義俠　隔塵溪畔二仙舟

詩曰：

年少郎君仲大義，星前盟結金蘭契❶。
離亭執袂暗銷魂，岐路牽衣垂血淚。
倥傯孤客伴殘燈，孟浪狂夫逢怪異。
津頭咫尺有蓬萊，誰道無仙嗟不遇。

話說杜悅年老受驚，又因深秋涼氣侵入，冒寒傷食，得個痢疾症候，血氣衰弱，奄奄不起。林澹然請醫調治，竟無功效，日見沉重。杜伏威侍奉湯藥，晝夜不離左右。杜悅自覺病勢危篤，叫杜伏威請林澹然、苗知碩、胡性定、沈性成、薛舉都到床前坐了。杜悅垂淚道：「老朽公孫在此叨擾，感激住持厚德，雖至親骨肉，不能如此。正要求住持指迷，不期大數已到，病入膏肓。今將回首，老朽年過八旬，壽元已足，死復何恨？只是受了住持莫大深恩，今生未有所報，須待來世效犬馬之勞。」林澹然道：「老丈何出此言？使貧僧愧赧無地。雖染貴恙，寬心調養，自然痊可，不必憂煩。」杜悅道：「老年人患痢，

❶ 金蘭契：至交，指結義兄弟。

十無一生，若要再活人世，須是仙藥靈丹。小孫伏威，心性鹵劣，得老爺教誨提攜，老朽雖在九泉，不忘大德。」又對苗知碩等道：「老朽承列位厚情，義同瓜葛❷，不想命盡今日，乞看薄面，照管小孫則個。」又叫薛舉道：「伏威與你共親筆硯，情勝同胞，異日貧富相扶，患難相救，保全異姓骨肉之信義，莫學薄幸❸人也。」薛舉連聲應諾。又喚杜伏威道：「我兒命薄，未識父面，不期二母俱亡，家業蕩盡，可傷，可傷！若非林老爺收養訓誨，未免流落天涯。感得皇天庇佑，使我公孫相會，實出望外。今我病篤，命在須臾。我死之後，你可學做好人，務為世間奇男子、大丈夫，替祖宗、父母爭一口氣，不可懶惰遊佚，自甘不肖。我之骸骨不可流落他鄉，你父親也曾囑咐，隨便卻要帶回故土祖塋埋葬，使我魂有所棲，方全你孝順之心。」說罷哽咽，兩淚交流。杜伏威放聲大哭，林澹然等眾人亦皆垂淚。當日晚間，杜悅氣絕而終，杜伏威幾番哭絕，眾人再三勸慰。入殮已畢，停柩側首敞廳裡，盡皆掛孝。林澹然親自主壇，又請鄰近寺院僧眾，做功德道場，超度亡魂。到七七四十九日，將靈柩擡出莊外空地上，張太公父子和鄰近念佛道友僧眾都來相送。林澹然執火把在手，口裡念偈道：「大眾聽著：將軍杜公名號，平昔素存忠孝，精神直透昆侖，威力能擒虎豹。咦！從今跳出火坑中，一點靈魂歸大道。」林澹然念罷，放火焚化棺木已畢，杜伏威拜謝澹然並眾人，款留張太公眾道友吃齋而散。次早，杜伏威拾骨，痛哭一場。有詩為證：

---

❷ 瓜葛：瓜與葛，皆蔓生植物。比喻輾轉相連的親戚關係或社會關係。

❸ 薄幸：也作「薄倖」。薄情；負心。

衰柳寒蟬泣素秋，商風❹颯颯下汀洲。
人生自古誰無盡，貴賤同歸一土丘。

林澹然將杜悅骸骨藏在寶瓶內，封了口，著杜伏威祀奉安頓，朝夕供養，如在生一般。杜伏威見公公已故，心下十分慘切，思量冥中父親囑咐之言，公公臨終之語，一夜睡不熟。次早起來，進方丈見林澹然，唱了喏，林澹然問：「今日為何起得這樣早？」杜伏威垂淚道：「弟子有一事，稟上老爺，公公臨終叮囑，要送骸骨歸鄉土埋葬，弟子遵祖父遺言，今欲暫歸鄉土走一遭，一者完了葬事，二來也好認一認宗族祖居，不知老爺心下肯容去麼？」林澹然點頭道：「這也難得一點孝心，葬骸骨，認本宗，都是不忘本的念頭，甚好，甚好，便放你也不妨。但是路程遙遠，未曾走過，如何認得？況你年紀小小的，那曾經歷艱苦？又且單身獨自，俺卻放心不下。」杜伏威道：「我年紀雖小，承老爺訓誨，深曉武藝，精通法術，雖未走過，口便是路，縱然一身，何愁險阻？」林澹然道：「正為此故，俺不放心。惟恐你倚恃法術，賣弄手段，惹出事端，為禍不小。一路上須當小心謹慎，勿露圭角，不可使在家性子。今日星辰不利，不宜出行，待後日打發你起程。」杜伏威應諾，走出禪堂外，撞著薛舉，杜伏威扯住道：「我後日送公公骸骨回岐陽去，目下就要和賢弟久別了，心中不捨，如何是好？還有張兄弟，許久不會，欲同賢弟進城一別，未知肯同往麼？」薛舉道：「大哥孤身獨自，路途不慣，何必匆匆急往？便從容數年去也未遲。」杜伏威道：「公公遺囑，豈敢違慢？今雖暫別，不久就回，與賢弟相聚。」薛舉見留不住，

❹ 商風：秋風；西風。

一同來稟林澹然，要進城裡去別張善相。林澹然道：「這也是同窗兄弟之情，但一見便來，不可躭擱。」杜伏威和薛舉應允，兩人攜手，奔入城來張太公家，先見了太公，杜伏威道了來意。太公道：「善相在房裡讀書。」慌忙喚出來相見。薛舉道：「張三弟，目今杜大哥要送公公骸骨還鄉，後日便收拾起程，特來造府與賢弟相別。」張善相驚道：「大哥在這裡情同骨肉，何必定要回鄉？此一去未知甚時再得相見。」說罷，不覺淚下。薛舉、杜伏威一齊拭淚。杜伏威道：「賢弟不須傷感，我此去多只半年，少則數月，便回來相會。」張善相道：「雖然暫別，小弟心實不捨。今晚暫留舍下，相敘一宵，明早送行。」薛舉道：「難得賢弟美情，大哥明早去罷。」杜伏威道：「惟恐老爺見責。」張善相道：「不妨，但有言語，都在小弟身上。」於是杜、薛二人被張善相苦苦留住，整辦酒餚款待。張太公道：「衰老不得奉陪。」自進裡面去了。三人開懷飲酒，細談衷曲。看看天色晚來，彩雲之上捧出一輪明月，張善相喚家僮將酒席移在後花園裡邀月亭中飲酒。又吃了數巡，張善相舉杯在手，對二人道：「小弟有一句話兒，二位哥哥不知可能聽否？」杜伏威道：「賢弟有話但說，何所不從？」薛舉道：「大哥後日準擬長行，賢弟有言，趁今晚盡情剖露。」張善相道：「我三人同堂學藝，總角相交，雖然情猶骨肉，但不知日後何如？世間多少口頭交，無情漢，飲酒宴樂，契若金蘭，患難死生，視同陌路，翻雲覆雨，變態不常，此輩真可痛恨，我兄弟所當鑑戒。小弟愚意，趁此良宵，三人在星月之下，結為生死交，異日共圖富貴，患難相扶，不知二位哥哥尊意若何？」薛舉道：「我有此心久矣，賢弟亦有此心，真可謂同心之言，最好，最好，最好！」杜伏威道：「二位賢弟果不棄鄙陋，三人結義，但願生死不易，終始全交。」張善相大喜，令家僮焚香點燭，三人拜於月光之下。杜伏威先拜道：「某杜伏威，生年一十六歲，二弟薛舉、三弟張善相，俱年登十五。今夜同盟共誓，願結刎頸之交，雖曰異姓，實勝同胞。不願同日生，但願同日死。富貴共享，患難相扶。皇天后土，鑑察此情。如有負心，死於亂箭之下，身首異處。」薛舉、張善相皆拜誓已畢，重整酒餚，三人歡飲，直至更深撤席，三友同床而寢。

次日，杜伏威、薛舉吃罷早膳，拜謝張太公祖孫，辭別要行。張善相對太公道：「杜大哥明早起程，往岐陽郡去安葬他公公骸骨，孫子意欲同到莊上相送一程，不知公公允否？」太公道：「契友遠別，理應相送。你要去便去，明日須索早回，省我掛念。」張善相同杜、薛二人，別了太公出城，見林澹然唱喏。林澹然道：「今日難得張郎來此。」薛舉道：「昨夜我等三人對月立盟，拜為生死交，張三弟因送大哥起程，故此同來。」林澹然也喜道：「正該如此。」令廚下整辦酒席款待。當晚，林澹然令連夜打點行囊、路糧停當。

次日平明，杜伏威拜辭林澹然、苗知碩眾人等起程。林澹然再三囑咐：「一路謹慎小心，不可倚法術武藝惹禍，早去早回，切莫羈滯。」杜伏威一一領命，背上包裹、雨傘，提了骨瓶，林澹然和眾人一齊送出莊門而別。薛舉、張善相兩個陪行，走十數里，杜伏威道：「二位賢弟請回，不必遠送了。」張善相、薛舉二人不忍相離，都道：「再送一程不妨。」三個說些心事，又走了十里多路，卻遇三岔路口。杜伏威道：「二弟今番可請回，天色過午了，若再送我，趕回不及矣！」張善相執手垂淚道：「大哥此去，未知甚日方會，遇便早寄音書，省我弟兄懸念。」薛舉垂淚道：「大哥一路上須要小心，渡水登山，百宜保重。青陽❺時候，弟等專望兄回。」杜伏威悲咽應諾，牽衣執袂，不忍分別。立了一會，杜伏威

❺ 青陽：指春天。

道：「愚兄此去，不久即回，二弟不須掛懷。」三人只得拜別，杜伏威怏怏而去。薛舉、張善相淒慘不勝，一眼盼望著杜伏威漸漸去得遠了，方才拭淚回步。

不說薛舉、張善相弟兄回莊，再說杜伏威別張、薛二人，拽開腳步，往西而行，到晚投店安宿。次日，卻值天色陰雨，西風颯颯。杜伏威吃罷早飯，算還店錢，馱了包裹，提了骨瓶，撐著雨傘，穿上麻鞋，趲程行路。有詩為證：

路滑程途遠，風淒細雨來。
世間何事苦？最苦旅人懷。

一路裡淒淒涼涼問路而走，也有志誠忠厚的，老實指點；也有浮浪的，指東話西。迤邐行了數日，已至金明郡❻石州❼地面。當日申牌時分，覺得腹中饑餓，就在河西驛前官道傍酒飯店中，放下行囊、雨傘，揀副座頭坐下，酒保忙搬過菜蔬酒飯來。杜伏威自斟自酌，一連吃了數碗酒，只見一個俊秀後生，穿得十分華麗。但見：

丰姿清麗，骨格輕盈。身穿一領紫花色雲布道袍，袖拖腳面；腰繫一條荔枝紅錦絨鸞帶，鬚露膝傍。頭戴綠紗巾，高檐長帶；足穿紫絹履，淺面低根。細筒襪白綾裁就，長柄扇班竹修成。

---

❻ 金明郡：治所在今陝西安塞。
❼ 石州：治所在今山西離石。

搖擺身軀，卻似風中楊柳；生來面貌，猶如月下桃花。愛俊俏，隆冬還只著單衣；喜華麗，盛暑何曾離色服。談吐間，學就中州字眼；歌唱處，習成時調新腔。果然俊俏郎君，好個青皮❽光棍❾。

那後生走入店裡來，對著杜伏威坐了，呼喝道：「快拿好酒嗄飯來！」杜伏威看時，卻是昨夜同店安宿的，兩下見了，俱各拱手。那後生急急忙忙吃了酒飯，見杜伏威出門，他也還了酒錢，隨後趕出店來，趁著杜伏威同行，問道：「大哥從何處來，往那裡去，卻獨自一個走路？」杜伏威答道：「小可岐陽❿郡人氏，有些薄幹⓫出外，今特回家。」那後生道：「在下正要往岐陽郡去取討帳目，幸與大哥同路，甚妙，甚妙！」杜伏威道：「足下帶挈，小可萬幸。」那後生又問：「大哥高姓，尊行？」杜伏威道：「在下姓杜，排行第一。就問足下尊姓貴表？」後生道：「小弟姓裘，賤號南峰。」二人一路說長道短，不覺天色已晚，四野雲垂，二人同入客館投宿。次日天明起來，梳洗吃飯，杜伏威打開銀包，稱銀子還宿錢，裘南峰一把捺住，附耳輕輕地道：「一同吃飯，兩處還錢，豈不折了便宜？待我還了，明日總算就是。」杜伏威點頭應允，裘南峰算還店帳，一齊出門趲路。

閒話不敘。看看日暮，裘南峰道：「杜大哥，今日多行了些路程，不覺疲倦，不如覓店安宿何如？」

---

❽ 青皮：方言。無賴的俗稱。
❾ 光棍：地痞；流氓。
❿ 岐陽：治所在今陝西扶風西北。
⓫ 薄幹：猶言些須小事。

杜伏威道：「裘大哥說得是，且投店家，明日早行。」二人說罷，又走了一里多路，見山嘴邊有一座冷淨客店，外掛著一面招牌，寫著「蔬食酒飯，安寓客商」。但見：

蘆簾高掛，茅草低垂，斫幾根老竹權作欄杆，鋸一片松杉聊為門扇。柱子上彎下曲，破壁有骨無泥，梁棟東倒西歪，側首全憑戧柱⑫。擺幾張半舊半新椅凳，鋪兩處不齊不整座頭。夾壁盡是蘆柴，牆屋何曾磚瓦。這般冷淡生涯，到處也貼些俗人詩畫；恁地蕭條屋宇，近鄰只有村老往來。盆景盡栽蔥與韭，客來惟有酒和湯。

二人進店歇下，裘南峰道：「我兩個走得枯渴了，店官，好酒打幾角來，魚肉切兩盤來，快些，快些！」店主道：「我這裡只賣豆腐蔬飯，村醪白酒，沒有甚麼葷菜、老酒。客官要時，前面鎮口去買。」杜伏威道：「便將就吃些罷了。」裘南峰道：「淡酒、豆腐怎地吃得下。大哥慢坐，待我去買些來消遣。」說罷，起身出門去了。不多時，提了一隻白煮雞，爛烀⑬豬蹄，數樣果品，一大壺美酒，笑嘻嘻走入店來，叫道：「小二哥，你與我切雞肉，盪好酒，搬到客房裡桌子上來。」店小二應允，早點上一盞燈，二人對坐飲酒。杜伏威道：「擾兄不當。」裘南峰打恭道：「怎說這話？途路中何分彼此，聊遣寂寞而已。」數杯之後，裘南峰滿滿地斟了一杯酒，雙手敬與杜伏威，說道：「大哥請此一杯！」杜伏威接了道：「小弟與足下相處數日了，何必從新又行此客禮？」裘南峰笑道：「小可敬一杯酒，有一句

⑫ 戧柱：從旁支撐房屋的木柱。

⑬ 烀：音ㄏㄨ，方言。一種烹飪方法。用少量的水，蓋緊鍋蓋，半蒸半煮，把食物燒熟。

話兒請教，請吃過這杯，然後敢言。」杜伏威心中暗轉，這話卻是怎地說？且吃了酒，看他說甚麼，舉杯一飲而盡。裘南峰又斟上一杯，陪著笑臉道：「妙年人要成雙，不可吃單杯，再用一杯成雙酒。」杜伏威接過酒來，又一飲而盡，停杯道：「足下有何見教？」裘南峰低著臉，一面剔燈，一面低低道：「小可生來性喜飄逸，最愛風流，相處朋友，十人九契。有一句心腹話兒，每每要說，但恐見叱。今忝相知，諒不嗔怒，故敢斗膽。自前日晚上和大哥旅宿之後，小可切切思思，愛慕大哥丰姿清逸，標格溫柔，意欲結為契友，曲賜一宵恩愛，倘蒙不棄，望乞見容。我小裘斷不是薄情無報答的，自有許多妙處。」杜伏威暗笑：「這廝說我的性格溫柔，我卻也不是善男信女，彼既無狀，必須如此如此對付他。」心下算計定了，佯笑道：「兄言最善，朋友五倫之一，結為義友甚好。」裘南峰只道有些口風，乘著酒興，紅了臉捱近身來，笑道：「沒奈何，路途寂寞，小可已情極了，俯賜見憐，決不敢忘大恩。」便將杜伏威一把摟定。杜伏威推開道：「這去處眾人矚目之所，外觀不雅，兄何倉猝如是？」裘南峰雙膝跪下，求懇道：「店房寂靜，有誰來窺？小弟欲火如焚，乞兄大發慈悲，救我則個。」杜伏威扶起道：「兄不必性急，果有此情，待夜闌人靜，伴兄同寢便了。」裘南峰歡喜無限，不覺跳舞大笑，復滿斟一杯，敬上杜伏威，候伏威飲畢，雙手接杯，忙忙獻菜，曲意奉承。裘南峰自己亦吃得酩酊大醉。

又早二鼓，店內人俱寢息，裘南峰數次催逼上床。杜伏威道：「待小弟也回敬一杯。」於是滿斟一大卮酒，暗暗畫符念咒，遞與裘南峰道：「兄只飲此一杯，即當就枕。」裘南峰接酒笑道：「承恩賜，敢不跪飲。」舉卮吃下，一時間不覺眉垂眼閉，四肢如綿，昏昏沉沉睡倒地上。杜伏威笑道：「這個才是性格溫柔。」獨自坐了，將桌上酒餚吃得罄盡，起身剝下裘南峰衣巾、鞋襪來束縛了，擦在床頭頂，尋了店老官上帳的舊筆，書符在裘南峰臉上，將他頭臉、渾身四肢盡皆變黑，又把頭髮抖散，打成細辮，倒垂下來，推入床下，然後熄燈就寢。將及五鼓起來，開房門叫店小二點燈炊飯，吃罷，算還店錢。正欲出門，小二道：「且住，為何這般時節天色未明，便要行路？昨晚有一標致官人與郎君同來，怎的不見，你卻獨自一人先去？」杜伏威道：「日昨路遇這人，偶爾同投寶店，夜間與我吃罷酒飯，一同上床安宿。及至醒來，不見了這人，檢看行囊，我失去道袍一件，不知這廝是人是鬼，有些懼怕，故此趕早行了罷。」小二道：「古怪，古怪！小店從來不曾有鬼，況我又是不怕鬼的元帥，學得個法兒，專要捉鬼，甚麼邪鬼，大膽敢入我門？若被我拿住，抽了他的筋，還不饒他哩！我料那人決是個賊，偷了道袍，溜牆走了。」杜伏威趁口道：「是了，是了！賊盜無疑。但房內未曾細看，你還須拿燈到處檢點方好。」小二道：「鬼也不怕，怕甚麼賊？賊經我手，奉承他一頓拳頭，打得做鬼叫！」杜伏威哈哈大笑，別了小二出門，心下暗思：「店小二這廝誇嘴說不怕鬼，我今放出那黑身鬼來，看他怕也不怕？」當下且不行路，抄至店家後門黑影中，念動解咒，放裘南峰醒來，側耳聽著。

只見這店小二初時強說不怕鬼不怕賊，心下實有幾分害怕，欲待睡了，慮賊復來，欲要照看，又怕有鬼。躊躇暗算，不如叫起小三做個幫手，令小三執了燈，自拿一條戒尺，同進客房裡。正有些心虛，忽然見床下鑽出一個披頭黑鬼來，二人驚得毛骨悚然，魂飛膽顫，大叫有鬼，戒尺亂打。原來這裘南峰甦醒，渾身冰冷，頭髮條條垂下，心裡驚疑為何如此，擡起頭來，噔地一聲，撞著床頂，額角上磕了一個大包，一手揉疼，一手四圍在黑地裡捫摸，不知是何處，忽見燈光射入來，才知道睡在床下。剛剛鑽出頭來，早被店小三瞧見，喊叫有鬼，小二舉戒尺就打。裘南峰差認是劫盜入房，大呼有賊，小三丟下燈，滾出房去了。小二單身，慌做一團，口中不住叫有鬼，手腳酥軟了，將戒尺著力打去，卻是輕的，故此裘南峰不致傷命。裘南峰迎了幾尺，將小二劈胸扭定，燈都踢滅了，兩個黑暗裡結做一塊廝打。杜伏威在後門外聽了，笑得跌足。這店老官夫妻，年紀高大，每夜託店小二管理，二人先去睡了。當夜睡夢中，聽得喊叫有鬼，又叫有賊，失驚地攛醒來。夫妻二人忙穿衣服點燈，一同奔出外來，只聽得客房裡喊叫，老官兒道：「卻不作怪，我店中焉得有鬼？怎麼又喚有賊？」媽媽膽怯，將燈遞與老官道：「我自進去，你叫那小三起來看看。」說罷，兩三腳跑入去了。老官兒拄著傘柄，硬著膽，咳嗽道：「呸！鬼怕他怎的？若是賊，逕自捉了送官。」正待向前，猛然一陣冷風劈面吹來，呼地一聲，將燈吹滅，老官兒吃那一驚，提燈回身，往裡就走。不提防門檻傍有一雞籠，絆了個倒栽蔥，欲待掙扎起來，又被雞籠的篾頭兒將短髮紮住，再也掙不脫，燈盞拋在一邊，口裡也叫起有鬼來，連籠內雞驚得亂啼。房內媽媽躲在被窩裡發抖，聽見老官兒叫得慌，沒奈何，只得又點燈來看老官，卻睡在雞籠邊。媽媽道：「老官，這不是鬼，你被雞籠絆倒了。」忙攙起來。

此時，客房裡兀自喊叫。夫妻同到客房來，看見一個披頭黑鬼和小二滾做一團相打。老官兒舉起傘柄正欲幫打，裘南峰大叫道：「地方救人！」媽媽聽了，止住老兒道：「聽他的聲音響亮，想必不是鬼，你且問他端的。」老官兒高舉傘柄喝道：「小二且住手，你那廝是何處橫死亡魂，來此作祟？我與你今日無冤，往日無仇，快去快去！」裘南峰道：「咦！你這老兒，你的眼珠想不生在眶子裡的，怎麼將好人認作鬼？打得我好，明日和你講話。」小二提過燈來照道：「你不是鬼，誰是鬼？為何渾身這樣炭一般黑的，豈不是焦面鬼？」裘南峰聽了，方才分開髮辮，低頭一看，失驚跌腳道：「晦氣，著鬼了，著鬼了！」忙扯壁間一條手巾繫在腰下。小二笑道：「你現在是鬼，還有甚樣鬼敢來魅你。」裘南峰道：「你不知昨晚同來投宿的那個小後生卻是個鬼，明明同他一處吃酒，不知怎生將我迷倒，攝去衣巾，攝我在床下。這髮辮與渾身黑，都是那小鬼變弄我的，又遭你毒打一頓。我好氣也，我好恨也！」小二道：「倒也好笑。那郎君說你偷他一件道袍走了，故此趕早而去。怎麼反說他是鬼？他又說你，你又說他，莫非都是鬼？今夜真是著鬼了。」老官兒道：「據你講來，你是個人，必然著鬼迷是實。」跳上前，將裘南峰打兩個左手巴掌，裘南峰越發氣得暴跳，嚷道：「老頭兒這般可惡！你既知是人，為何又打我兩掌？我裘南峰可是被人打巴掌的麼？」店老官方曉得他喚做裘南峰，陪禮道：「兄不要嚷，我這裡風俗，凡著鬼迷的，定要打幾個左手巴掌，方脫邪祟。」裘南峰低頭忍氣，嗟嘆道：「我老裘恁般晦氣，難道真實著鬼？」媽媽笑道：「定是你不老成，被那小後生戲弄了。豈有鬼迷人，剝去衣巾的道理？」裘南峰省悟道：「媽媽講得是，醉後著了這惡少年之手，想他必是個剝衣賊，剝我衣服走了。」

媽媽見他兩手緊抱肩膊，寒瀝瀝的噤顫，心下不忍，忙喚小三燒湯，與裘南峰洗澡，愈洗愈黑，又進房裡取兩件舊衣與他穿了。打散髮辮，梳頭已罷，房中遍處尋覓衣巾不見，對媽媽哀告道：「趁黑夜無人知覺，暫借衣服穿去，明日連房錢一併奉還。若日間出去，這黑臉如何見人？」媽媽道：「衣服便借你穿去不妨，你這臉上黑，如何處置？」老官兒推道：「請，請，拿這副嘴臉別處順溜去罷！不要在此胡纏，大驚小怪，蒿惱了半夜，承盛情請行。」裘南峰自知惶愧，滿面羞慚，不敢多言，又不知這黑是怎生的，低頭出門，懊惱無及，將一身華麗衣衫盡棄於店家。數日後，店小二因趕老鼠，尋出他衣服來，對老官道：「是你的造化，畢竟有些黑鬼疑心。」就與小二穿了。

一日，有一夥商人投宿。夜間閒話中，見店小二穿得華麗，問起情由，小二將客人見鬼廝打之事細說一遍。眾商問：「這人生得怎麼模樣？姓甚名誰？」小二道：「初來時如此裝束，面龐兒生得俊俏。他說姓裘，號南峰。後來著鬼，渾身如墨一般黑了。」眾商拍掌大笑道：「這小裘是我們敝鄉人，怪見日前回家，身如黑漆，面似灶君，原來是這個來歷。近日面色亦漸白了。你不知這人不務生業，出入花街柳巷，偷良家婦女，哄富室少艾，行姦賣俏，最為可惡。今遭此戲弄，天報之也。」傍人聞此，編成四句歌兒唱道：

羊肉不吃得，空惹一身騷。
變鬼因貪色，風流沒下稍⓮。

再說杜伏威聽店家喊叫廝鬧，忍不住發笑，次後漸漸寂靜無聲，心下暗轉：「擺布得這廝夠了。」拽開腳步，趁著殘月之光，不覺趲過許多路程。饑餐渴飲，夜住曉行。一日五更，起得太早了些，行有十餘里，擡頭一看，呀，對面阻著一條大溪，不能前進。心裡暗想：「這溪不知是甚去處，又不見一隻渡船，莫非走差了路頭？且坐一坐，待天曉再行。」正欲歇下包裹，靠一株大樹坐下，猛聽得上流咿咿啞啞搖櫓之聲，遠遠見一個漢子坐在船尾上，手裡搖著櫓，順流而下，口裡唱著山歌道：

水光月色映銀河，慢櫓輕舟唱俚歌。

⓮ 下稍：同「下梢」。下段。

算你爭名圖利客，何如溪上一漁簑？

杜伏威正欲叫喚，只見船頭上立著一個漢子，手提竹篙，也唱山歌道：

一葉扁舟任往來，得魚換酒笑顏開。
風波險處人休訝，廊廟風波更險哉！

歌罷，兩人大笑。杜伏威立在溪口，高聲叫道：「那撐船的家長過來，渡我過溪去，重謝渡錢！」船上二人聽得，撐船傍岸，招手道：「要過渡的，快上船來。」杜伏威即跳上船，放下包裹、骨瓶，坐在中艙。那船頭上的漁翁將船點開，尾上坐的依舊上了樺槳，慢慢地蕩過對岸來。杜伏威問道：「小可要往岐陽郡，過渡去是順路麼？」那船尾上漁翁應道：「對岸正是岐陽郡的便路。」杜伏威心下有些疑惑，偷睛看這二人，形容生得甚是古怪，衣服又且蹺蹊。船頭上的人蒼顏鶴髮，瘦臉長髯，穿一領緇色絹衫，腰繫一條黃麻絛子。船尾上那人，長眉大耳，闊臉重頤，穿一件黃不黃黑不黑細布長衫，腰間也繫一條黃麻絛子。俱赤著腳，髩著頭。杜伏威思量：「這二人來得奇異。」又不好問得，低著頭，坐在船艙裡自想。不移時，搖近對岸，杜伏威立起身來，取十數文錢遞與那搖櫓的，道：「多承渡我過來，薄禮相謝。」二人一齊搖頭道：「我這裡是個方便渡船，不要這青蚨酬謝，有緣的便渡他一渡，無緣的休想見我們一面。」杜伏威道：「天下無白勞人的道理，既煩二位長者渡我，豈有空去之事？」船尾上漁翁笑道：「足下，我說與你知，你不要慌，我這裡到岐陽郡地方，便是四五十個日子還走不到哩。」杜伏威失驚道：「此是甚麼去處？與岐陽郡這般窵遠？依長者之言，莫非錯走了？」船頭上漁翁笑道：「君非錯走，不須疑愕，管取早晚送你到岐陽就是了。我家茅舍離此不遠，過那山嘴便是，欲留足下一茶，萬勿見拒。」杜伏威暗想：「此二人非凡，決不是歹人，便到他家裡去，不怕他怎麼樣了我。」遂應道：「多蒙長者見招，必須造府拜謝。」二漁翁歡喜道：「這才是個有緣人。」一個攙著杜伏威，提了行李、骨瓶，跳上岸來。一個收拾樺槳，把小船攬在枯楊樹上。

二人引著杜伏威，穿林度徑而行，卻早天色黎明。杜伏威舉頭周圍觀看，果然好個境界，不比世俗凡塵。又走了數里，過卻一重小山，二漁翁指道：「那竹籬柴門之內，即吾家也。」杜伏威近前細看。只見：

無甚高樓大房，只見幾椽茅屋。前對一灣流水，後植數竿修竹。四圍山峰突兀，遍處青苔映綠。
古柏蒼松疊翠，靈芝仙草爭毓⑮。

那長鬚的漁翁走近柴門，輕輕咳嗽一聲，呀地柴門開處，裡面走出一個青衣童子來。三人同進草堂，二漁翁請杜伏威坐下，轉入草堂後去了。杜伏威四圍閒看，草堂雖不高大，卻是明亮精致得好，堂中擺十數張斑竹胡床，上面一張供桌，供奉著一座篆字牌位，四壁詩畫精奇，階前花卉秀異，暗暗稱羨道：「好一個清幽去處！」正看玩間，只見那二漁翁裝束的整整齊齊，頭戴一頂逍遙巾，身穿褐布道袍，腰繫絲條，足穿雲履，不是漁翁打扮，飄飄然有神仙之表，步出廳來，和杜伏威重施客禮，分賓主而坐，教童

⑮ 毓：養育。

子點茶。茶罷，又擺出果餅相待。杜伏威躬身問道：「小可蒙二長者厚情，叨此盛款。敬啟二位長者，不知高姓尊名，貴境是何去處？」那瘦臉長髯的答道：「村老姓姚名會，表字真卿。這一位仙長姓褚名崇陽，表字一如。我二人俱是婺州⓰金華縣人氏，幼習儒業，長欲大展經綸，救民塗炭。不期生不逢時，值戰國之末，秦皇併吞六國，坑陷儒生。村老二人見世已亂，不可有為，一時棄家逃避，泛海盤山，尋幽覓勝。路逢老者，引我二人到此，初時授我養神煉氣之術，漸至辟穀⓱飛升。敝地非塵寰，乃仙境也！與凡俗相隔不通，世人難以到此。今足下偶爾相逢，乃前緣宿會耳。」杜伏威大驚道：「二位仙長自周末避秦亂來此，至今卻有七百餘年，二位非真仙而何？」即倒身下拜。二仙扶起道：「不須行禮。君非凡夫，前世亦是仙僚，只因有過，謫降塵凡，了卻世緣，以俟登真解脫也。」

杜伏威再欲動問，只見草堂後走出一個紫衣女童，生得柳眉鳳眼，窈窕輕盈，緩步向前，啟一點朱唇，請道：「天主奉邀杜君，二仙長可陪進見。」姚真卿、褚一如皆道：「天主有請，杜兄即當參見。」杜伏威暗思：「看這洞天美景，決非鬼怪妖邪。」遂安頓了行李、骨瓶，起身隨著二仙步入草堂後，卻是一重高牆。走入牆門裡，別是一天世界，層山疊水，分外清奇，白鶴青鸞，盤旋飛舞。沿牆而走，一箭之地，乃是一座高庭大宇，當門一座三層四滴水玲瓏砌就牌樓，上有一個朱紅匾，匾上金字寫著「清虛境」三字。轉入門樓裡，是三間大院落，兩側長廊。二仙領杜伏威從西首廊下而進，敞庭上靜悄悄，並無人跡，果然是一點紅塵飛不到之處，惟見階前白鹿成群，仙禽逐隊。三個行入敞庭，杜伏威擡頭看

⓰ 婺州：治所在今浙江金華。
⓱ 辟穀：謂不食五穀。道教的一種修煉術。辟穀時，仍食藥物，並須兼做導引等工夫。辟，音ㄅㄧˋ。

上面時，只見龍樓鳳閣，畫棟雕梁，岧嶤高大，上插雲霄，珠玉之光，燦爛奪目，四圍紫玉欄干，上下朱紅門扇，內外俱是白玉砌地，地上珊瑚、瑪瑙、琅玕，奇珍異寶不計其數，看之不足。

少頃，兩個紫衣女童邀道：「天主專候，杜郎可速上樓來。」二仙領著杜伏威，打從側首扶梯上去，那根扶梯卻是一株紫檀做就的。上得樓時，惟聞異香噴鼻，祥雲縹緲。杜伏威步入樓中，上首金珠寶座之上，坐著一個真人，即是天主了，生得骨瘦如柴，面黑似漆，頭顱上披幾綹黃髮，耳珠上掛一對金環，雙眼有光，長眉蓋頰，身上披一領闊領大袖柳青道衣，腰邊繫一條八寶綴成藕褐條，赤著一雙紅腳，高高坐在上面。杜伏威近前，倒身下拜。拜罷，長跪於前。天主開言道：「杜郎別來無恙，請起講話。」杜伏威起身，恭恭敬敬侍立於側，不敢動問。天主喚玉女獻漿，紫衣女童捧出一個珍珠穿的托盤，四個碧玉茶盞，滿貯雪白瓊漿，異香撲鼻。杜伏威接上，一吸而盡，其味甘美清香，頓覺身體輕健，氣爽神清。立了一會，天主道：「杜郎年登幾何，那方人氏，因甚事打俺荒山經過？」杜伏威答道：「小人年登二八，本貫岐陽郡人氏，不幸幼年父母雙亡，幸倚一位有德行的釋家姓林號澹然，撫育成人。今因先祖身亡，特送骸骨回鄉埋葬，路阻大溪。幸蒙二仙長扁舟濟渡指引，得見天顏，三生有幸。」天主笑道：「汝之出處，俺已知之。試問之以卜信實否，果是誠篤君子也。你那住持林澹然，非凡世之人，乃俺傳教第一座弟子，因犯了酒戒，謫下凡塵，歷千磨百難，方成正果。爾亦非他，是俺掌管丹爐的童子，因汙了混元天尊⑱牌位，貶伊下界，受些折磨。汝可濟民利物，歸於正道。」指著二仙長道：「此二人也是俺的徒弟，特教他引爾來見一面，然後回岐陽郡去。」杜伏威聽罷大喜，再拜稽首道：「弟子凡胎濁

⑱ 混元天尊：道教三天尊之一，即太清境大赤天道德天尊。又稱「混元老君」、「太上老君」。

骨，不知往事，今得祖師指示，大夢方覺。」二仙長立於座側，微微而笑。

天主又令金童玉女擺下酒席，白玉石桌上排列龍肝鳳髓、火棗交梨、玉液瓊漿、珍饈異果。天主上坐，姚會、褚崇陽、杜伏威侍坐於傍。酒至數巡，褚崇陽問道：「杜郎亦曾曉得甚麼技能否？」杜伏威道：「弟子凡愚痴蠢，只通武藝，若技能之事，一無所知。」姚會道：「君平日亦好琴否？」杜伏威道：「琴乃雅樂，格神靈，養性情，其妙無窮。平素雖愛，奈何未曾習學，不解音律。」天主道：「真卿可操一曲與他聽。」紫衣女童取出一張白玉古琴，異常奇美。姚真卿接了，放在玉桌上，和起弦來，命女童焚起一爐龍涎旃檀香。姚真卿端坐，彈一曲商角⑲之調，為神化引，果然音韻悠揚，指法精妙。天主又喚褚一如：「你也彈一曲。」一如承命，轉軫⑳調弦，改為蕤賓調㉑，鼓一曲瀟湘水雲，更是清逸，令人有遺世之想。彈罷，天主教二真人就傳此二曲與杜伏威，杜伏威歡喜拜受。二真人教了數遍，杜伏威吃過了仙饌，不覺腹智心靈，立時就會了，心中暗喜。天主又道：「二卿再彈廣陵散㉒之曲與杜郎聽。此曲自嵇仙去後，無人知得，卿可傳與杜郎，以為他年作合張本。」姚真卿承命，先彈一遍與杜伏威聽，

---

⑲ 商角：古代五聲音階中分五個音級，即宮、商、角、徵、羽。唐以後又名合、四、乙、尺、工。相當於簡譜中的1、2、3、4、5、6。

⑳ 軫：弦樂器上繫弦線的小柱。可轉動以調節弦的鬆緊。

㉑ 蕤賓：古樂十二律中之第七律。律分陰陽，奇數六為陽律，名曰六律；偶數六為陰律，名曰六呂。合稱律呂。蕤賓屬陽律。蕤，音ㄖㄨㄟˊ。

㉒ 廣陵散：琴曲名。三國魏名士嵇康善彈此曲，秘不授人。後遭讒被害，臨刑索琴彈之，曰：「廣陵散於今絕矣！」

彈畢，果然音韻不從人間來。然後褚一如傳與杜伏威，原來是慢商調小序三段，本序五段，正聲十八拍，亂聲十拍。杜伏威俱學畢。天主道：「後邊還有後序八段，方成一曲。今日且未要傳完。」杜伏威叩首稟道：「蒙祖師賜教，如何不傳完？」天主道：「其中有一段姻緣，汝當成就，故留此有餘不盡之意，以待他年天緣湊合。汝當記取。」杜伏威不敢多言，心中暗想：「只這般彈得，已為絕妙，何必傳完。」只見褚崇陽開言，稟出一句話來。正是：

高山流水㉓知音少，不是知音不與彈。

不知褚真人說出甚麼話來？且聽下回分解。

㉓ 高山流水：列子湯問：「伯牙善鼓琴，鍾子期善聽。伯牙鼓琴，志在高山。鍾子期曰：『善哉！峩峩兮若泰山！』志在流水。鍾子期曰：『善哉！洋洋兮若江河！』」後以「高山流水」為知音相賞或知音難遇之典。也比喻樂典高妙。

第二十三回　清虛境天主延賓　孟門山杜郎結義

詩曰：

瓊樓開宴待佳賓，一派簫韶❶聲徹雲。
鳳髓龍肝盛玉器，交梨火棗❷貯金盆。
暗藏詩句傳仙旨，明渡扁舟識幻情。
攜手河梁❸嘆輕別，繆君端的重豪英。

話說褚崇陽稟道：「琴已傳完，興猶未盡，可喚女童二人對舞以佐觴❹，乞法旨。」天主道：「這也使得。」便喚過白衣女童二人，一名飛飛，一名倩倩。天主分付：「汝二人試舞一回侑觴。」二人領

❶ 簫韶：舜樂名。書益稷：「簫韶九成，鳳皇來儀。」後也用以泛指美妙的仙樂。
❷ 交梨火棗：道教經書中所說的兩種仙果。真誥運象二：「玉醴金漿，交梨火棗，此則騰飛之藥，不比于金丹也。」
❸ 攜手河梁：河梁，橋梁。漢李陵與蘇武詩：「攜手上河梁，遊子暮何之？……行人難久留，各言長相思。」後因以「河梁」借指送別之地。
❹ 佐觴：勸酒。下文「侑觴」亦為勸酒，佐助飲興。

命，作回風之舞，其勢翩翩可喜；又作天魔舞，更如鸞鳳乍驚，胎仙❺展翅。舞畢進酒，天主又道：「可喚紫衣女童試歌一曲侑觴。」那紫衣女童啟一點朱唇，露兩行玉齒，慢敲象板，唱出清歌。詞名武林桃：

碧霞宮殿，海上十三洲。玉簫新調，雲際響箜篌❻。報道高人來也。數聲鐵笛，幾點浮漚❼，一片清秋。

女童唱罷，杜伏威稱羨不已。褚崇陽舉紫玉杯，酙麻姑酒❽，敬杜伏威道：「杜君滿飲此杯，莫負高興。」杜伏威接了，一飲而罄。當下不覺醉將上來，杜伏威頓首謝道：「承天主、二仙長賜酒，極盡其樂，酕醄❾大醉，不能復飲矣。」天主笑道：「杜郎不知，此酒乃玉液瓊漿，其味醇美迥異，非有緣者，豈能嘗此？然多飲一杯，可多增數年之壽。今既醉，亦不宜強飲。」令童子收拾杯盤，四人環坐而談。杜伏威一面聽說話，不覺沉沉睡去。天主分付女童，移杜伏威至樓下伏侍看守，二仙長亦自散去。

杜伏威一覺醒來，翻身開眼，忽見女童立在身傍。杜伏威戲牽其衣，女童微微含笑。杜伏威忽然自省道：「這仙境不可如此。」又見一個青衣童子侍立於側，慌起身整衣，問童子道：「天主和二仙長何

---

❺ 胎仙：鶴的別稱。古代鶴有仙禽之稱，又相傳胎生，故名。

❻ 箜篌：古代撥弦樂器名。有豎式和臥式兩種。

❼ 浮漚：水面上的泡沫。

❽ 麻姑酒：酒名。用建昌麻姑泉水釀造。

❾ 酕醄：音ㄇㄠˊ ㄊㄠˊ，大醉貌。

在？」童子道：「天主在樓上靜攝，二仙長在草堂上圍棋。」杜伏威暗想：「我在樓上飲酒，如何卻在樓下？我一生最愛的是圍棋，今二仙對弈，何不學他幾著？」即隨童子步出草堂，果見褚一如、姚真卿對坐石桌上著棋。童子移過石鼓，與杜伏威坐下。杜伏威用心看二仙對弈，一黑一白，侵殺攻守，機關莫測。其實二仙信手而下，不用一毫心思。將次完局，姚真卿拍手笑道：「褚君已負半著矣。」褚一如也笑道：「果然輸了半著。」杜伏威不信，細細數來，果是褚一如少卻半子。杜伏威道：「弟子不知進退，欲求二仙長指教一二，不知肯否？」褚一如道：「君既欲學，予豈吝教？我與君對局，真卿從傍點撥。」杜伏威道：「乞饒數子，方敢求教。」褚一如道：「若饒子，則進退攻取之法難以指示。且對局，自見玄奧。」杜伏威從命對弈，自初著起，姚真卿即教以守角活邊，圍腹據險，攻取自守，棄子爭先，千變萬化之法，細細逐一詳說其妙。一來也是杜伏威有緣，二來還是天資敏捷，聽姚真卿點撥，心下恍然省悟，一局方完，略差數子。童子獻上果品仙茶，三人吃罷，換局再著。褚一如又開說玄妙，與天地陰陽相合，四時萬物同流，杜伏威更覺心胸開徹，頓無塵俗氣味。棋完覆局又著。三局之後，杜伏威信手下來，並不差錯，前後照應合法。褚一如道：「圍棋到此，世間無敵手矣。」杜伏威歡喜無限，叩首拜謝。二仙扶起道：「不須行禮。但今日天色將暮，君在此再宿一宵，明早相送。」杜伏威道：「弟子飄然一身，上無父母掛牽，下無妻室之累，意欲在此伏侍二仙長，以求一個長生不死之術，不願去了。」褚一如笑道：「若說修行二字，尚早，尚早。君一者令祖骨殖未歸鄉土，況且塵孽未消，必須受千磨百難，方可歸隱修真，不然隱修無益。」杜伏威不敢復言，低頭受教，當夜無話。

次日天明，褚一如喚杜伏威起來說道：「君宜速去，若躭擱一日，誤卻幾許大事。」杜伏威心裡暗想：「便多住一二日何妨，怎麼就誤正事？分明是逐客之意。」當時不敢多言，應聲道：「弟子正要拜別。」姚真卿道：「蔬食果品，可用些行路。」杜伏威隨意吃了，起身道：「弟子欲見天主拜辭，不知可否？」褚一如、姚真卿齊道：「天主正要見你，分付些言語，你可速去。」杜伏威隨著二仙進大殿，上樓見天主，行禮畢，叩首道：「弟子杜伏威有緣，得蒙天主垂恩，二仙長指引，感激不勝。今日要回岐陽郡去，殯瘞公公骸骨，特來拜辭。更有下情叩問，念弟子是遺腹孤兒，父母俱喪，雖得冥中父親叮囑，骸骨存於梁國，但不知是何地方？懇乞天主明言，使弟子得以收殯，實為萬幸。」天主答道：「善哉孝哉，必獲三骸⑩；翠微龍洩，位止三臺⑪。」伏威不解其意，稽首道：「弟子一時不解。」天主笑道：「日後自明，姑記之。更有數言，伊可切記，終身事業，定於此矣。」說罷，袖中取出一張紫雲箋來，教女童遞與杜伏威。杜伏威接了看時，卻是八句詩。寫道：

遇喜不為喜，逢憂豈是憂。
囹圄百日患，舒抱莫含愁。
棧閣⑫成基業，深淵解組⑬休。

⑩ 三骸：指杜伏威之父杜成治、母蔣氏及杜成治之母三人的遺骸。

⑪ 翠微龍洩二句：下面第三十一回寫杜伏威為找父母遺骸，掘地數尺，下有青蛇，騰空而去。軍師查訥嘆道：「此是真龍穴，帝王之地也。若不開掘，數年後，主帥必登大寶。龍氣已洩，實為可惜！」

⑫ 棧閣：棧道。以山路懸險，棧木為閣道。

⑬ 解組：猶解綬。辭官。組綬，古人佩玉，用以繫玉的絲帶。借指官爵。

五十三年後，依然上玉樓。

看罷，不知是甚麼說話，長跪道：「天主所賜詩句，主何凶吉？」天主笑道：「天機隱秘，後自有驗，不須細問。還有兩個仙方，一名祖師應饑方，一名神仙充腹丹，合煉成丸。出路者帶數十丸，可以耐饑，可以避兵逃難，切宜珍藏，不可輕洩。」令童子寫方與杜伏威。其方云：

祖師應饑方：

核桃仁（四兩）　杏仁（一斤煮熟去皮尖）　甘草（一斤）　小茴香（四兩炒熟）　管仲（四兩）

白茯苓（四兩）　薄荷（四兩）　桔梗（二兩）

各為細末和勻，每服一丸，噙在口內，遇諸般草木葉或松柏葉，細嚼化成汁嚥下，依舊氣力不減。此方神效應驗，不可勝言，切勿妄傳。

神仙充腹丹：

芝麻（一升）　紅棗（一升）　糯米（一升）

共為細末蜜丸，如彈子大，每服一丸，水下，可一日不饑。

杜伏威收了丹方，又拜了數拜，別卻天主下樓，出外草堂上，拜謝褚一如、姚真卿二仙長，背上包裹、骨瓶，提了雨傘，就要走路。姚真卿笑道：「君且莫慌，還須我二人送你過渡，方可行得。」杜伏威大喜，跟隨二仙，取舊路逕到溪口，一望不見了渡船，白楊樹下只繫著三尺闊、七尺餘長一片木筏。杜伏威問道：「為何不見渡舟，卻是木筏？」褚一如道：「我這裡名為隔塵溪，舟來筏往。這打船作筏的樹木，俱是本山斫伐，若是別處的，見水即沉，故此凡人難以到此。」說罷，三人一齊上了木筏，二仙輕輕點開，不半個時辰，已到彼岸。姚真卿、褚一如道：「杜郎放心前去，出西北二十餘里，即是大路。他日再得相逢，則此告別。」說一聲：「去也！」筏已離岸，一陣風過處，二仙早都不見。

杜伏威戀戀不捨，呆呆地立在溪邊，張望了半日，不見人跡，咨嗟不已，只得拽開腳步，取路往西北而行。自早行至日午，一路上並無人跡往來，亦無豺狼虎豹，直到申牌時候，盤過幾重山嶺，遠遠見前面路口有人行動，方才放心，趲步向前，原來是一條大路。杜伏威雖不甚饑，心下暗想：「且到店中沽一壺酒吃，就問路程。」行過路口，只見北首一間草舍，簾外酒旗飄揚。杜伏威奔入店裡，放下行囊，揀副座頭坐了。酒保拿過一壺酒來，擺下蔬菜。杜伏威篩一碗酒，呷了一口，搖頭道：「不中吃，不中吃。這樣酒，怎地下得喉嚨去？」叫酒保：「快換酒來！」酒保回覆道：「我這鄉村地面，都是些村醪水酒，那裡去討好酒來與你吃？」杜伏威笑道：「沒奈何，略好些的換一壺，也將就吃罷。」店主聽得，喚酒保：「到後面臥房裡，將窨下的打幾角來與客官吃。」酒保忙去換一壺出來，杜伏威吃時，也覺無味。因為吃了瓊漿玉液，這些村醪淡酒，焉可上口？當下將就吃了數碗。店主將杜伏威目不轉睛的看覷，看了半晌，問道：「少年客官從何處來，打從敝境經過？觀君相貌清奇，光彩異常，丰神秀爽，莫非是求功名，往中國⑭去的麼？」杜伏威道：「小可岐陽人氏，為因送先祖骸骨歸鄉，不求功名，亦不往中

⑭ 中國：中原地區。

國去。但此去岐陽路境不熟，乞求指點。」店主道：「據君尊相，貴不可言。今要到岐陽，離此前去不遠，即是永寧關⑮黃河渡口，郎君便要登舟，若遇順風，不數日已到貴境，若風不順時，也須躭擱幾日。但近來黃河內孟門山⑯上聚集一夥強徒，極其勇猛，白日攔截船隻，劫掠客商，老瘦之人拋於水底，精壯後生擄回山寨。郎君此去，切須保重。」杜伏威謝道：「多蒙長者指教，深感大德。但目今初冬之際，貴地還這般和暖？」店主笑道：「客官用酒不多，卻早醉了。如今桐華虹見，草木茂盛，節過清明，正是季春天氣，為何反說是冬令？」杜伏威才信所遇之處果是仙境，住得三日，又早半年光景，含糊應道：「小可自是取笑。」起身算還酒錢，拱手而別。迎著西風往前進發，傍晚投店安歇。次早浼⑰店主雇船，船上卻是一夥客商，人貨已齊，當晚開船。湊著一天順風，正是風便行舟速，猶如箭脫弦。

兩日之間，將近孟門山下，此時天色漸暝，船家長將船攏在灣裡，聲揚道：「列位客官，前面孟門山不是好去處，賊人出沒之所。今日天暮，船已不能上前，只得在此捱過一宵，眾人醒睡，各要小心。」眾人一齊應道：「正是。大家都要醒覺些。」杜伏威思量：「那日店主人所說之言，果然不謬。此地真係有賊，不要管他，且自安心睡他娘。」一面心裡思量，一面船外四周張望，只見遠遠地又有數隻船來。眾人吶喊道：「前面來的，莫非賊船？」船家搖手道：「不是，不是。這乃和我們一樣的客船，來得甚

⑮ 永寧關：在今陝西延川。
⑯ 孟門山：距山西吉縣城西壺口瀑布下游五公里處，在黃河谷底的河床中，突起兩塊梭形的巨石，形成兩個河心島。
⑰ 浼：音ㄇㄟˇ，央求；請求。

好。我們五七隻夾做一幫，提鈴喝號，互相巡警最妙。」果然，來船至近，都是客船，大家歡喜道：「今日船隻攏做一處，若有盜賊，互相救應。」一齊道：「說得是。」當夜七隻船連做一幫，每船出二人巡更管守。杜伏威吃了一肚酒，放倒頭，只從呼呼打鼾睡起。有幾個老誠的客商道：「終是少年，心性不老練，這般干係去處，卻也這樣睡得著。」有的道：「不要管他，各討得個平靜便了。」

是夜守至二更，提鈴喝號之聲不歇，忽聽得唿哨響，眾船上客商一齊驚起，推蓬喊道：「不好了！想是小人來了！」喊聲未畢，月光之下，只見有三二十隻小船，四圍攢繞攏來，將撓鉤把眾船搭住，只聽得呼呼之聲一派水響，將船澆得透濕，眾人立腳不住，都滑倒在船艙裡發抖，被僂儸搶上船來，一個個綁縛定了，逐漸兒搬擄金銀貨物，糧食器皿。其夜杜伏威因連日辛苦，吃了幾杯酒，正昏沉沉睡去。酣睡之間，只覺手足疼痛，一時驚醒，撐眼看時，已被繩索捆住，不做聲假做睡著。眾僂儸笑道：「不知何處來這一個鳥娘入的，三五十年不睡哩。捆得緊緊地，只是不醒。」有的道：「不須多說，拿去見大王便了。」杜伏威暗笑道：「見你娘鳥！不必說了，坐定是那話兒，任他劫去，且到天明再處。」

看看東方發白，猛然間，前面一片鼓聲響亮，細樂齊鳴，眾船上一齊道：「大王爺來了！」杜伏威開眼偷覷，只見眾賊船一字兒擺開，齊齊跪下，一派聲叫道：「叩大王爺頭！」對船上高聲發付道：「起去！」眾僂儸齊齊答應了，一聲喊都各站起身來，兩傍分開，讓那隻大樓船進來。那船上兩邊排列刀鎗旗幟，劍戟弓弩，船頭上兩個全身披掛的賊總管問道：「昨日夜間，眾軍士曾湊得多少行貨？」小船上回稟道：「託大王爺洪福，拿得七隻客船的貨物金銀，專候大王爺鈞令。」那船上又問道：「人不曾走脫麼？」眾僂儸稟道：「一個也不走脫，俱捆縛在船艙裡。」那總管又道：「都帶到山寨裡來，領大王爺賞。」眾僂儸齊應一聲，口裡唿著哨子，將船搖動，飛也似奔入山寨裡來。眾客商哭哭啼啼，都道：「這回斷送了性命，怎得回家去見妻兒老小？」一面各各流淚悲哭。杜伏威只是呵呵地冷笑。

不多時，船已到寨口，杜伏威偷眼看時，只見眾僂儸將大船搖攏岸邊。船上有三五十個將官，都妝束的甚是威嚴，在中船艙裡伏侍著。一個寨主走出船頭上來，生得長身闊臉，大眼紅鬚，頭戴一頂鳳翅金盔，身穿一領絳紅袍，腰繫碧玉帶，腳著錦皮靴。眾將扶上岸，跨上金鞍駿馬，吆吆喝喝，一班兒將官簇擁先去。這些眾僂儸一半搬運貨物行囊，一半扛擡捆縛的人。看看輪到杜伏威，兩小僂儸將杜伏威手腳向前縛住，把一根竹槓穿了手腳，就如擡豬的一般，四馬攢蹄，扛進寨裡來。杜伏威心裡暗想道：「叵耐這兩個撮鳥狗男女，將老爺也要擺佈起來。不要慌，弄一個手段兒與他看，方才認得我老爺哩。」這一扛兒擡著了，便朝著天，呼三口氣，口中念念有詞，喝一聲「疾」，身子就如千餘斤重的，兩個僂儸壓得骨軟筋疼，只得放下。兩個大驚道：「卻又作怪，適才這廝扛上肩，只有百來斤重，為何一霎時重將起來，不知重了多少，此是何故？」一個道：「我和你辛苦一夜，又不曾吃些酒食，故此扛不動，左右是這個人，怎地會得重起來？」這個笑道：「有理。」兩個不識輕重，又來扛擡，掙得筋綻汗流，不能舉動。眾僂儸商議道：「不信兩個人擡一人不動，四個人扛他，看是何如？」又添上兩個，四個僂儸吶一聲喊，叫聲「起來！」擡上肩，彎著腰，那裡立得起？個個掙得滿面通紅，依然放下槓子，一齊驚駭道：「異事，異事！我們再添上數人，看是如何？」共有十餘個僂儸，扛的扛，扯的扯，拖的拖，擡的擡，就如釘在地上的相似，一步也移躧不動，槓子都弄折了。一個小僂儸大惱，提起鞭子，劈頭打下，只見撲的一聲爆起來，照僂儸自鼻梁上著了一鞭，打得鼻血交流，跌倒地上。眾僂儸都道：「不好了！

這一個卻是有法兒的光棍，快去稟大王爺知道，來擺佈他。」留幾個僂儸看守杜伏威，有幾個跌彈子跑入寨內，稟道：「小的們夜間拿的財貨、寶物、客商俱已解入寨來，只有一個人，恁地異樣，這般古怪，如此蹺蹊，用鞭打時，反又打著自己。這決是個有邪術的妖怪，請大王爺鈞令。」那大王坐在帳中虎皮交椅上，笑道：「這些狗才，好無見識。若是會行法術的，用那犬馬之血，劈頭澆下，自然不能變化。先將這一班人暫丟在廊下，待我自去殺了這廝，再來酌酒。」

眾頭目、將校簇擁著那大王，一直奔出沙灘上來，見眾僂儸攢聚看守著杜伏威，大王喝令：「快取狗血來！」僂儸活活登時殺了兩隻犬，將血盛在盆內，正要向前澆下，杜伏威念動咒語，大喝一聲，驟然烏雲罩地，天日無光，狂風大作，走石飛砂，霹靂之聲震動山嶽，驚得那大王和眾頭目、僂儸等魂不附體，各不相顧，抱頭掩目，東竄西奔。少頃，雲收雨息，霹靂住聲，依然天清日朗。大王方才立住腳，眾僂儸四圍依舊聚集做一處。那大王立在土坡上，遠遠見那綁縛的人，繩索都斷，手裡搶一桿長鎗亂舞，喝罵道：「你好好送我老爺出港去，萬事皆休，不然把你這一夥毛賊，一個個兒斷送性命！」那大王按著膽，手裡挺起朴刀，大踏步奔落土坡來，高聲叫道：「請好漢上前打話！」杜伏威見這大王搶下土坡，也挺鎗向前，卻好兩頭相撞。杜伏威喝道：「請我老爺有甚話說？你做一寨之主，若知人事的，快快送還我行李財物，佛眼相看。少若遲延，立刻教你身為齏粉！」那大王笑道：「好漢子，賽武藝，不賭法術。你若贏得我手中寶刀，不要說是你的財寶，連眾人的一發送與你去。若不通武藝，專弄幻法害人，不算做奇男子。」杜伏威拍著胸，呵呵大笑道：「強盜頭兒，說得有理。不許弄甚法術，只消我這鎗頭一影，管教你命喪黃泉。你縱教眾僂儸一齊過來，轉眼俱為小鬼！」那大王咄的一聲喝道：「不須多講，看刀！」丟一個架子，將刀劈面砍來。杜伏威閃一閃，挺鎗照心搠去。二人一來一往，奮力相持，鬥上五十餘合，不分勝敗。合寨僂儸看得呆了，個個暗地喝采。

杜伏威和大王又鬥上十餘合，那大王賣個破綻，托地跳出圈子外來，厲聲道：「好漢住手講話！」杜伏威也收住鎗，問道：「有甚話說？」那大王陪著笑臉道：「不須戰了，請好漢到敝寨，自有議論。」杜伏威心下暗想道：「這廝戰我不過，莫非要暗算我麼？且看他如何擺佈。」就道：「寨主不欲與小可廝併，只索還了行囊，待我去罷。」那大王道：「非也。正欲屈留足下到寨，有一言請教。若懷暗害之心，身首異處。」杜伏威見如此罰誓，棄了手中鐵鎗，整衣向前相揖。那大王一面分付將校，將壯士行李好生看管，一面執了杜伏威手，同行過了許多關隘，進寨裡來。背後隨著僂儸、頭目不知其意，皆驚疑不定。杜伏威腳雖行路，眼卻四面觀看。這山甚是高大，四圍皆水，進有里餘之地，一周遭盡是合抱的大楊樹，樹裡一片平陽之地，地盡頭即是土坡，坡兩傍皆築土牆，牆內一帶木柵，離柵百十步，俱是窩鋪廊房。再進內，就是高城，城有四門，門首俱有頭目管守，城上遍插旌旗，入城內有數百間軍舍。又進半里之路，方才到得寨前，但見劍戟如林，鎗刀密布。寨左右二邊，一帶長廊敞屋，馬圈倉廒。進了頭門二門，守門的盡是雄兵壯士。三門之內方是大殿，堂上高懸一匾，匾上寫著三個大字「天樂堂」，大柱上貼一對門聯，右邊道「不事王侯暫樂自來富貴」，左首道「願求英傑同圖創業規模」。前後左右都是高庭大廈，趨蹌⑱出入的，皆持大戟長戈。

那大王攜住杜伏威手，同入殿內，行禮分賓主而坐。杜伏威躬身道：「將軍尊姓大名，何以在此享

⑱ 趨蹌：形容步趨中節。此言奔走侍奉。

福？今日幸會，實出宿緣。」那大王道：「小子洛州人氏，姓繆，雙名一麟，表字公端。因幼年有些力量，不避威權，人皆號我為二郎神。向來借貨富室貲本，出外經商，不期命蹇，舟覆黃河，負人財物，無顏以歸故里，進退兩難，暫且投此山寨中落草。寨主魯思賢見小可有些武藝，收在部下做一頭目，掌管出入錢糧，因為有功，日加親信。不料寨主出河主理，被客船暗射一箭身亡，眾僂儸推我為尊，做了寨主。身雖為盜，實有良心，一向慕求豪傑同圖大事，往往交接江湖上好漢，大都是羊質虎皮，見利忘義之輩，無一人可與交者。今幸遇足下，青年磊落，相貌魁梧，況有法術驚人，武藝出眾。小弟不勝愛慕，欲屈尊駕在此寨中，結為金蘭之契，共享榮華，同圖事業，未審尊意若何？」杜伏威道：「多承相愛，惟恐小可無福耳。」繆公端道：「既蒙不棄，敝寨萬幸。但不知足下貴姓尊名，祖居何地？」杜伏威道：「小弟姓杜，賤名伏威，祖貫岐陽郡人氏，幼亡父母，流落他鄉。今因送先祖骸骨歸葬，偶逢將軍，實出意外。」繆公端大喜，忙排筵席，結為兄弟。二人歡飲，酒至數巡，杜伏威道：「承寨主大哥美情，感激無地。小弟有一言相稟，未知聽否？」繆公端道：「有話見教，焉敢不從？」杜伏威道：「小弟在此快樂飲酒，可憐這一夥客商捆縛疼痛，心中不忍，此酒怎能下嚥？」繆公端忙令僂儸將那一夥客人盡皆放了，各與酒食壓驚，將所擄財物，十取其二，餘者付還眾人，打發回去，又差僂儸駕船，送出港口。杜伏威拱手稱謝。

自此，杜伏威在繆一麟寨內，終日大吹大擂，飲酒作樂，連住了十餘日。杜伏威猛然想起：「我在這裡終日貪戀快樂，公公骸骨焉得回鄉？仙境尚且不居，況山寨裡非是久戀安身之所，不如辭別歸去，另圖事業。」當下來見繆一麟道：「小弟承大哥提攜，本該早晚聽令，奈先祖骸骨未得歸葬，因此懸懸在心。今日暫別，事畢之後再來相從，乞求原諒。」繆一麟道：「賢弟在此，本不該放去，但令祖歸葬事大，不敢勉強。但事畢就來，莫失信義。」杜伏威道：「若忘兄長厚情，非大丈夫也。」繆一麟忙整餞行筵席。飲罷，交割行李，托出一盤金銀贈為路費。杜伏威再三推辭，繆一麟笑道：「二弟若不收去，實有見外之意。」杜伏威只得收了，拜別就行。繆一麟選一隻快船，親自送出河口，相揖而別。杜伏威另雇船隻，取路往岐陽郡來。正是：

路上有花並有酒，一程分作兩程行。

不知此去與宗族相會否？再聽下回分解。

第二十四回　伏威計奪勝金姐　賢士教唆桑皮筋

詩曰：

遣興由來託手談❶，何期就裡起波瀾。
枰張生隱陰陽局，思運衡開虎豹關。
合浦明珠❷重出海，樂昌破鏡❸復還圓。
謠言搆動蕭牆❹變，片舌能搖泰嶽山。

話說杜伏威別了繆一麟，迤邐來到岐陽郡，背著行李奔入城內，一路尋訪杜姓宗族。有土人指引到

---

❶ 手談：下圍棋。

❷ 合浦明珠：合浦，古郡名。治所在今廣西合浦東北，臨近南海，以產珍珠著名。

❸ 樂昌破鏡：唐孟棨本事詩情感載：南朝陳太子舍人徐德言與妻樂昌公主恐國破後兩人不能相保，因破一銅鏡，各執其半，約於他年正月望日賣破鏡於都市，冀得相見。後陳亡，公主沒入越國公楊素家。德言依期至京，見有蒼頭賣半鏡，出其半相合，德言題詩云：「鏡與人俱去，鏡歸人不歸。無復嫦娥影，空留明月輝。」公主得詩，悲泣不食。楊素知之，即召德言，以公主還之，偕歸江南終老。後因以「破鏡重圓」喻夫妻離散或決裂後重又團聚或和好。

亮市地方，尋著一座倒塌的臺門，上掛一個牌額，橫書「冢宰之第」，傍書「左僕射杜良樞立」。原來杜悅的曾祖曾為宋朝左僕射，故此稱為冢宰。杜伏威一向聞得杜悅說，祖上曾做官來。看此門風，是個舊家氣象，諒必是了。也不問人，一直走入廳上，只見廳內正中間懸一大舊匾，上寫「補袞堂」三字。杜伏威叫一聲：「裡面有人麼？」少頃，一個蒼頭出來問道：「你是誰？到此尋何人的？」杜伏威道：「我是杜僕射子孫，久出在外，今日特來歸宗，煩你通報。」那蒼頭見說是自家宗族，即忙進去通報。不多時，一個長者走出來，頭戴折角匾巾，身穿沉香色紵絲道袍，生得容顏蒼古。杜伏威向前施禮，那長者慌忙答禮，問道：「足下何來？是那一房枝派？未曾會面，為何流落他鄉？」杜伏威道：「宗末名喚伏威，先祖名悅，綽號石將軍，自小離家出外，求取功名，曾在高丞相麾下為旗牌官。所生一子，是宗末的父親，雙名成治，出仕梁國，為都督總兵官，只因名韁利鎖，不得回鄉，不期中道而亡。宗末是遺腹之子，在他鄉異國受盡苦楚。前歲得會先祖，不想先祖去秋染病棄世，分付要送骸骨回祖塋埋葬，故此不憚馳驅，千里送骸，特地尋訪而來。敢問長者，與先祖曾相識麼？」那長者答道：「我向來聞先人說，有一位族叔諱悅，自小習學鎗棒，浪跡江湖，久無音耗。」即教家僮問媽媽取家譜出來，細細查看。原來杜悅果是這長者的堂叔，杜成治是族兄，杜伏威卻未有名字，乃是侄輩，論起來，還在五服❺之內。杜伏威即拜了叔叔，又進內拜見嬸娘。那長者大喜，分付家僮辦酒飯相待，將骨瓶供養中間。長者焚香

---

❹ 蕭牆：古代宮室內作為屏障的矮牆。論語季氏：「吾恐季孫之憂，不在顓臾，而在蕭牆之內也。」後以蕭牆之變喻內亂。蕭，通「肅」。

❺ 五服：謂高祖父、曾祖父、祖父、父親、自身五代。

拜罷，然後就坐。飲酒之間，長者問伏威年庚，並一向踪跡何處。杜伏威一一說了，便問道：「叔叔排行第幾？有幾位弟兄？」長者道：「愚叔排行第三，名諱應元，續弦孔氏無子，因而又娶一妾。」說到「一妾」二字，就哽咽說不出。杜伏威問道：「叔叔為何不說了，如此發悲？」杜應元搖手道：「不要提起，慢慢地與賢侄說。」

當日酒散，打點杜伏威在耳房安歇。杜伏威心下暗想：「三叔因甚說及妾字，便哽咽不言，又有緣故了。」一夜睡不著。次早杜應元分付家僮來福，伏侍杜伏威到各房族探望，拜認宗枝。杜伏威路上問來福道：「三爹眉頭不展，面帶憂容，昨日說及娶妾二字，咽塞不言，莫非嬸嬸不容麼？還是因甚煩惱？你必知道。」來福笑道：「大叔不問，小人也不敢說。主母十分賢德，並沒妒忌之心。家主不為別的煩惱，說將來連大叔也好笑哩。」杜伏威道：「為甚好笑？你且說來。」來福道：「家主平日在家無事，和一班兒朋友們閒耍，或是圍棋、雙陸❻，或是飲酒笑談。家主的圍棋甚高，本地能敵對者甚少，與人賭賽，十有九勝。前歲娶一位姨娘，名喚勝金姐，甚是裊娜，又且勤謹，家主極是得意的。目下遇了一個晦氣星，是巷口桑參將的公子桑嘉，渾號叫做皮筋，家主與他圍棋，贏了他些銀兩，兼有些古董。那廝氣忿不過，不知何處尋了一個遊方道人，棋高無敵。桑皮筋領了來，與家主對弈數局，不分勝負。次日，來接家主到他家飲酒，酒醉之後，又與那道人圍棋相賭，家主一夜就輸卻數百餘金，這也罷了。誰想醉後興狂競氣，桑皮筋出一妾，家主也出一妾，寫開文券，勝者得人。兩下忿氣相持，家主依然輸了。那廝款❼住家主，不放回家，雇轎來，詐說家主中瘋，接勝金姐快去伏侍。主母驚慌，欲待自往，無人

❻ 雙陸：也稱「雙鹿」。古代一種博戲。

看管家財，忙著勝金姐上轎去看，只見那廝家內喧哄說道：『你家主賭棋立約，將你輸與我衙內了。』不由分說，將勝金姐推入內室。這正是酒醉打殺人，醒來悔不得，白白地將一位美妾送與人了。家主無奈，吞聲忍氣，含淚而回。欲要告理，叵耐那廝財勢滔天，又是賭輸的，明明寫開了，不敢和他爭執。欲待罷了，心中不捨。況勝金姐不服那廝使喚，幾次懸梁自刎，被人知覺救醒，那人惱恨，將她幽囚別室。鄉人傳說與家主知道，家主心如刀割，告訴人也無益，因此悲傷不樂。」杜伏威聽罷，拍手笑道：「三叔何不早與我說，恁地小小事情，有何難處？管取人財兩得。」來福驚道：「大叔果能如此麼？」杜伏威道：「謊你作甚？看我替三叔出氣。」

兩個一面說，一面走，探望已畢，依舊回家，進得前廳，來福飛也似奔入內室。杜應元夫妻二人坐在房中納悶，見來福喘吁吁地走來，齊問道：「你伏侍大叔各家探望，俱得見麼？」來福道：「俱見了。小人路上閒話，將爺博弈的事告訴大叔，大叔笑道：『三叔怎不早言，這等小事，何必躭憂，管教人財兩得。』故小人急來稟知。」杜應元怒道：「這多嘴奴才，又來生事。」孔氏道：「我看伏威侄兒相貌非凡，既然口出大言，或者有些技能，也未可知，不如請他來商議。」杜應元點頭，即叫來福請杜伏威，入房裡坐定，媽媽將前事又說一遍。伏威笑道：「請叔父、嬸娘開懷，不必憂煩。侄兒略施小技，管取破鏡重圓，落花再續。」杜應元道：「賢侄有何妙技？說了好教愚叔放心。」伏威道：「若說別的技術，小侄不敢自負，若說圍棋二字，頗有些精妙入神的著數。依小侄愚見，只須如此如此。」杜應元夫妻心下雖然歡喜，還有些半信半疑。孔氏取過棋枰，令叔侄暫試一局看。二人對弈，杜應元輸了，直饒至六

❼ 款：留。

子。杜應元大悅，當日就寫下兩個柬帖，著家僮往桑衙接桑皮筋、道人二人次日小酌。桑皮筋接了帖子，和道人商議道：「這杜老兒殺得心膽皆寒，不敢出頭，怎地今日又來請我們酌酒？」道人道：「有甚事故？這老頭兒今日必擺佈得些財物，又思復帳了。貧道和公子再去贏人些錢鈔，教這老兒夢中也怕。」桑皮筋拍著手笑道：「師父說得妙！」摩拳擦掌，巴不得天晚。

次日辰牌時分，杜應元一面著人去桑衙邀請，一面叔侄二人在廳上計議打點。少頃，報桑皮筋和道人到了，接入廳上。禮畢，桑皮筋見側首坐著杜伏威，生得人材魁偉，相貌威嚴，心裡暗想道：「三老官何處請這個人來，莫非也會手談的？」開口問道：「這位是何人？」杜應元道：「是舍侄杜伏威，在外日久，近日才回。」道人接口道：「好一位令侄，大有福相。」說話間，酒席完備，四人傳杯弄盞，行令歡飲。到下午家僮撤席，另換酒餚，並不提起勝金姐。桑皮筋乘著酒興道：「老丈還肯見教一局麼？」杜應元道：「敗軍之將，不敢言勇。心下也欲請教一局，奈何囊中空乏，不敢罵陣。」桑皮筋道：「老丈太謙了，賭一東何如？」杜應元道：「這卻使得。」桑皮筋道：「如負一子，出銀二錢，以為次日東道之費。」杜應元道：「二數太多。」道人道：「輸一著，罰銀一錢罷了。」二人首肯，擺下棋枰對局。杜應元連輸二盤，共少四著半，兩下大笑而罷，重赴酒席。將及更餘，道人起身謝別，桑皮筋道：「酒興雖盡，棋興正濃，誰敢與我再對一局麼？」杜應元推辭道：「老朽年邁神衰，目力不足，對局必輸。若公子不棄，待舍侄請教何如？」桑皮筋道：「更好，正要領教。」杜伏威道：「小子無能，公子相讓幾子方好。」道人道：「且對一局，便見優劣。」二人分開黑白，擺下棋枰。但見：

沿邊而下謂之立，不連而入謂之幹，粘連勿斷謂之行，以我攔彼謂之約，遠粘不斷謂之飛，斜行粘活謂之尖，連而不斷謂之粘，斜侵拂彼謂之綽，連子直入謂之衝，隔路相對謂之關，可斷先視謂之覷，死而結局謂之殺，虎口先斷謂之札，相當抵住謂之頂，離而為二謂之斷，以子按頭謂之捺，以子擊節謂之打，隔子偎敵謂之蹺，閉之不出謂之門，深入破眼謂之點，旁通其子謂之透，逐殺不止謂之征，先投虎口謂之拋，後應打子謂之劫，先截後斫謂之劈，聚子點眼謂之聚，促彼急救謂之撈，連子直破謂之刺，逼撈不歇謂之盤，兩子夾一謂之夾，玲瓏不漏謂之鬆，兩圍不死謂之持。

詩曰：

棋雖小數與兵通，勝手何須用詐攻？
神識預周應莫敵，先人一著妙無窮。

道人用心窺覘，杜伏威棋子甚是神捷，不動心思，隨手而下，自然合枕成局。桑皮筋輸了一盤，心下不忿，佯笑道：「愚生酒後神昏，況閒談甚無趣味，杜兄須賭些甚麼，才有意興。」杜伏威道：「任公子尊意若何？」桑皮筋道：「少賭些罷。十兩一局，勝者得采。」杜伏威應允，二人復整棋局，對壘間，杜伏威又勝了。道人勸公子道：「夜已深沉，請公子回衙，明日再來頑耍。」桑皮筋紅著兩頰道：「有這等事，怎地就回去了？務要取勝方歸。這兩局是我屈輸了，皆因錢少，故此不動棋興，須多出些采頭才妙。」杜應元取出一百兩白銀放在桌上，對桑皮筋道：「日前小妾送在公子處，聞得人說，拗劣不從。老朽將此銀子著舍侄與公子相賭，舍侄勝，乞還小妾，公子勝，袖銀回府何如？」桑皮筋大喜道：「老丈慷慨知趣。」對道人道：「師父，你看這一回畢竟是我贏了。」道人袖手不言。當下桌上點著四枝大燭，照得明亮，桑皮筋張目咬指，千思萬算，右手兩指拈著棋子，卻似發脾寒病一般，不住地搖顫。杜伏威談笑自若，信手而下，殺得桑皮筋棋子四分五裂，應接不及，桑皮筋又輸一局，大叫一聲：「罷了！」推枰拍案而起，呆笑道：「明早送還尊寵。」拽步望外就走。杜伏威扯住道：「公子慢行，乞留文約，明早可以擡人，不然何所憑據？」桑皮筋道：「咫尺之間，何須文券？明早擡人便了。」杜伏威道：「這話難講，久聞公子作事不甚瀏亮，明日倘不還人，如之奈何？這正是當面錯過了。」桑皮筋大怒，罵道：「那裡來這野畜生？不知上下，恁般可惡。不看老杜分上，送你到縣家去重加究治。」杜伏威激起性來，將桑皮筋劈胸扭住，罵道：「你這狗男女臭強盜，烏娘養的潑皮！賭錢須要明白，只許你騙人，怎地就要送我？莫說別的，便要砍你這顆驢頭，有何難處？先奉承你一頓拳頭。」提起右拳，正待要打，杜應元一把扯住道：「侄兒不得無理。」道人也勸道：「分明是公子的不是，為何就出言傷人？杜君亦不可如此粗鹵，要全令叔體面。」杜伏威方才放手，桑皮筋賭氣定要回去，不肯寫券，杜伏威決不肯放，兩下爭競不息。有詩為證：

勢豪倚勢欺人，伏威忿氣不服；
凡棋那比仙棋？落局難裝騙局。

看看五鼓雞鳴，道人道：「公子與杜兄吵鬧，終無了期。貧道為二公和解，公子耐心暫坐，貧道和管家先去，著人送杜老丈尊寵過來，然後公子回府，還是如何？」杜伏威道：「師父見教得是，若如此，萬事皆休。」道人辭別而去。不移時，一乘轎子送勝金姐回來，杜應元不勝歡喜，喚媽媽領進去了。桑皮筋見了，氣得目瞪口呆。杜應元道：「公子今番可請回府罷。」桑皮筋也不做聲，大踏步走出門外，指著杜應元罵道：「我把你這兩個賊砑死囚，不要忙，定弄得你家破人亡，才見手段！」一頭罵，一頭走。杜伏威又欲趕去，杜應元攔門阻住，各自散了。

桑皮筋怒氣填胸，回家對道人道：「此忿何能消得？」道人笑道：「公子你好度量淺狹，勝敗得失，此乃常情。比如公子勝時，杜公不動聲色，今日之失，乃是還他故物，又不傷公子己財，何必如此忿激？」桑皮筋道：「錢財如糞土，便輸了千萬，也不動心。只叵耐這杜老兒的那個狗男女甚為可惡，必須結果了這廝性命，方消此恨。」道人勸道：「公子不須發怒。自古說，相罵無好言。公子暫時寧耐，待他那侄兒去了，再騙這杜老子耍他一耍，消這口氣未遲。」桑皮筋見道人展轉相勸，把一腔子氣早挫了幾分，但是面無喜色，心下悶悶不悅。吃罷早膳，和道人往街坊上閒行散悶，信步走到一個去處，卻是錦營花陣，風月之叢，喚做留情巷。這都是衏衕❽人家居住，共有五七十名美妓。桑皮筋東顧西盼，這些娼妓都認得桑公子，俱起身廝喚桑皮筋，一路談笑取樂。正走之間，只聽得背後有人叫道：「桑相公好快活，吃杯茶了去。」桑皮筋回頭看時，是一個幫閒相識。怎生模樣：

❽衏衕：音ㄩㄢˋ ㄒㄩㄢˋ，衏，妓院。衕，沿街叫賣，自媒自求。

淡白瞘兜⑨臉，焦黃屈曲鬚。一鉤鷹嘴鼻，兩道殺人眉。赤眼睛如火，甜言口似飴。笑談藏劍戟，評論帶黃雌⑩。蜮伏妝人狀，狐行假虎威。訐私誇嘴直，超勢過謙虛。遇富腰先折，逢貧面向西。揮毫多白字，嫁禍有玄機。屈膝求門皂，陪錢結吏胥。見財渾負義，矯是每云非。性點精詞訟，臀堅耐杖笞。吮癰⑪何足異，嘗糞⑫不為奇。呵⑬盡豪門卯⑭，名呼開眼龜。

原來這人姓管，名賢士，本巷居住。祖上原是仕宦出身，不知怎地幹了壞天理的事，生下管賢士的父親，名喚管窺，自小嫖賭，喪了家業，因而做些穿窬⑮的勾當。渾家閻氏，又與外人通姦，醜聲播揚。這管賢士卻是姦生子，俗語稱為雜種。後來這管窺做出事來，經官發配邊地，不知屍首落在何處，閻氏卻隨了本地一個棍徒栗盡度日。這管賢士隨娘改嫁，跟著栗盡學些拳棒，習寫詞狀，專一幫閒，教唆挑

---

⑨ 瞘兜：面龐中間深凹的樣子。瞘，音ㄎㄡ，形容眼珠深陷，鼻塌陷。

⑩ 黃雌：雌黃，即雞冠石，黃色礦物，用作顏料。古人用黃紙寫字，寫錯了，用雌黃塗抹後改寫。比喻不顧事實，隨口亂說。

⑪ 吮癰：用嘴吸癰疽的膿血以祛毒。漢書佞幸傳鄧通：「文帝嘗病癰，鄧通常為上嗽吮之。」後遂用為卑鄙媚上的典實。

⑫ 嘗糞：春秋時，吳滅越，越王句踐入臣於吳。吳王病，句踐用范蠡計，入宮問疾，嘗吳王糞以診病情，吳王喜，句踐遂得赦歸越。

⑬ 呵：音ㄏㄚ，曲從；迎合。

⑭ 卯：舊時官署辦公從卯時始，故點名稱點卯，簽到應名為畫卯、應卯。這裡指衙役。

⑮ 穿窬：作「穿踰」。挖牆洞和爬牆頭。指偷竊行為。

哄人興詞告狀，他卻夾在中間，指東說西，添言送語，假公營私，倚官託勢，隨風倒舵，賺騙錢財，唱得幾句清曲，曉得幾著棋局，憑著利口便舌，隨機應變。凡是公子貴客，喜他一味的奉承不過，少他不得。城裡城外遍處有人識得他，故人取他一個綽號，叫做管呵脬⑯，又因晚爺姓栗，別號栗刻呵。年至三旬之外，娶得一個妻室，複姓上官氏。此婦父親名喚仕成，原在本郡衙門前居住，專靠做歇家⑰糊口，最是奸狡險惡，剜人腦髓，凡是結訟的土客鄉民，在他家裡寄居，無一個不破家蕩產。這女人貌雖窈窕，性極淫悍，因管呵脬和幾個舊相處小官來往，每每夫妻爭鬧，管賢士不聽妻言。上官氏尋思，夫既捎得小官，偏我相處不得朋友，即和隔壁富商黃草包通姦。管賢士禁止不得，只索做了開眼龜。這正是祖宗不積善德，所以男盜女娼。鄰居少年見他夫妻每日爭鋒廝鬧，戲編曲兒四隻以譏之。曲名桂枝香：

代上官氏罵夫：

愛你龐兒俊俏，怪你心兒奸狡。不念我結髮深恩，反道那無端惡妟⑱。心旌自搖，心旌自搖，謾罵你薄情輕佻，躭誤奴青春年少。暗魂銷，幾番枕冷衾寒夜，縮腳孤眠獨自熬。

代管呵脬答妻：

⑯ 呵脬：猶「呵卵」。比喻諂媚奉承，達到下流地步。脬，音ㄆㄠ，膀胱。卵，睪丸。

⑰ 歇家：舊時的一種職業，專營生意經紀、職業介紹、做媒作保、代打官司等業務。也指從事這種職業的人。

⑱ 妟：音ㄧㄢˋ，女言。

雖憐你腔兒窈窕，可憎你性兒粗糙。嘴喳喳一味砑酸，怎當我心兒不好？更紛紛草茅，紛紛草茅。這些關竅有何風調？那通宵，怎般空闊深如海，爭似陸地行舟去使篙。

上官氏又罵夫：

深情厚貌，心同虎豹。只圖那少艾風流，全不顧傍人嘲誚。淚珠兒暗拋，淚珠兒暗拋，拚得個今生罷了。兩分張，各尋耀耀。小兒曹，木穉花戴光頭上，受這腌臢，惹這樣騷！

管呵脬又答妻：

心雄氣暴，終朝聒噪。大丈夫四海襟懷，豈屑與裙釵爭鬧？羨當今宋朝⑲，當今宋朝，願與他死生傾倒，難回你別諧歡笑。謾推敲，任予延納三千客，讓你黃家一草包。

這管賢士原與桑皮筋會酒頑耍過的，當日在留情巷裡偶然遇著，桑皮筋應聲笑道：「小管，許久不見。」管賢士道：「一向窮忙，久失親近。大相公是個福神，一向瀟落麼？」桑皮筋道：「惶恐。近來受了一場腌臢臭氣，心下十分不樂，因此到這裡消遣一回。」管賢士聳著兩肩，戲著臉道：「相公是天地間第一個有財有福的快活人，有甚煩惱處？終不然有那一個不怕死的，來衝撞相公？」桑皮筋嘆口氣道：「不要說起，說將來氣殺人。」管賢士道：「相公有甚閒氣，和小人說知，這怒氣頓時便消了。」

---

⑲ 宋朝：春秋時宋國公子，容貌甚美。後常用作美男子的代稱。

即款桑皮筋、道人到家裡坐下，慌忙叫上官氏出來見了。茶罷，管賢士又道：「大相公委實有甚煩惱，見教何妨？」桑皮筋道：「敝鄰有一個姓杜的老兒，是個誠實君子，每和學生博弈賭賽，互相勝負，雖然輸了些，不過排遣取樂而已。日前來了這位遊方師父，圍棋甚高，承師父指點幾個局勢，說數著玄機，學生比前頓然悟徹，和那杜公賭賽，勝了他數百金，又虧師父親自與他對局，贏得他一個美妾，且是有趣了。」管呵脬將扇子在桌上敲一下，插嘴道：「妙，妙，妙！後來卻怎麼？」桑皮筋道：「不期杜公那裡尋一個甚麼侄兒來，素不會面，又是別處聲音。這杜公請我與師父酌酒，酒闌後不覺棋興勃然，和杜老又對弈起來，且喜又勝了幾局。」管呵脬嘖嘖搖頭，稱羨道：「大相公醉後還如此勝他，好棋，好棋！」桑皮筋道：「咦，好棋？咳！不想那侄兒接上，和我相對，我費盡神異，他卻並不在意，就如風捲殘雲，一連數局，殺得我舉手無措，連銀子與那嬌滴滴美人兒，俱贏去了。」管呵脬跌腳道：「呵呀，可惜，可惜！銀子倒是小事，這美妾把他復了轉去，真是氣殺，相公擺佈他才是。」桑皮筋道：「妾與銀子輸去，這也罷了。我說黑夜之際，難以擡人，明早送還尊妾。老杜到也肯了，叵耐那侄兒野蠻，反說我放刁說謊，出言不遜。我不曾罵得幾句，反被他結扭一場，捏起拳頭只待要打。你曉得我平日也有幾分手段的，不知怎地被他結扭，竟自掙扎不得，若不是老杜和這師父苦勸，一頓拳頭承奉在我身上了。只得連夜還人，方才放我回衙。你說，世間有這樣異事麼？今早我定要擺佈他，師父再三相勸，我心下尚是忿他不過。」管賢士睜著兩眼喊叫道：「有這樣異事？反了，反了！世間都沒王法了。王孫公子被人毆辱，下一等的不要做人了。這位師父好沒主意，見公子被小人所辱，不出力相助，反來勸阻。若是小可在時，路見不平，任他甚麼好漢，也要和他跌三交，豈肯吞聲忍氣，受小人之恥辱，被人笑話？」

桑皮筋被管呵孵數句言語聳動，大怒道：「管兄說得最是。轉思再思，越發可惱，還是怎地斷送他才好？」道人道：「貧道雲遊四海，見識頗多，凡事忍耐些好。聖人云：『若以責人之心責己，恕己之心恕人，方是君子。』譬如公子與管兄相賭，公子勝了，焉肯空手而回？自古賭錢不隔宿，當下放了公子回府，次日討人，公子不肯還時奈何？杜子取約，也是正理。貧道看那個侄兒不是善良君子，所以勸公子將就罷了。」管賢士笑道：「師父勸桑相公的言語，都是橘皮湯、果子藥、太平話兒，但不知讓人容易，下次公子難做事了。若說那廝是個本分老成的人，倒不必和他計較，既是個囂薄子弟，決不可輕放了他。天下英雄好漢，小可眼裡不知見了多少，只怕大相公或忍得耐得，若依小可主意，只消我筆尖兒一動，管教他立刻遭殃。」這喚做：

掄刀不見鐵，殺人不見血，棒打不見疼，傷寒不發熱，毒口不見蛇，螯尾不見蠍，苦痛不聞聲，分離不見別。世上若無此等人，官府衙門不用設。

桑皮筋跳起身來喊道：「這方是說話。師父是個出家人，都說的是好看話兒。我桑相公就恁地包羞忍恥，被小人所辱罷了？」管賢士道：「正是，正是。出家人圖個安閒自在，我俗門中要替父母爭一口氣。自古道：『人爭一口氣，佛爭一爐香。恨小非君子，無毒不丈夫。』大相公自己要主張，若用我小管時，上天入地，亦所不辭。」桑皮筋大喜道：「今日聽了管兄數句良言，使我心中煩惱，頓然消了一半。」道人見這光景，心下暗想：這桑皮筋額角上現了黑氣，眼見得撞入太歲⑳網裡。正是各人自掃門

⑳太歲：指太歲之神。古代數術家認為太歲亦有歲神，凡太歲神所在之方位及與之相反的方位，均不可興造、

前雪，莫管他家瓦上霜。立起身來辭道：「小道有些薄事，暫且告別，晚上再會。」管呵脬巴不得道人去了，便道：「師父有事，不敢相留。」送出門去，回身分付渾家陪桑相公暫坐，自卻去買些酒餚相待。三人一面吃酒，一面計較。桑皮筋道：「無辜相擾，甚是不當。但擺佈得那廝，方見盛情。」婦人道：「無物相待，公子休怪。」管賢士道：「這般小事，何須費心。相公寫狀，要把令尊老爺出名，先去府中呈告，說有虎棍積賭杜某叔侄二人，專一妝局㉑騙人，開場肆惡。有男某人素習儒業，禍遭惡某網羅，到家局賭，誆銀五百餘兩。某不忿，令男理取，反遭惡黨毒打垂危。乞天剪惡維風，上告。這一狀准來，不怕那廝不破家蕩產。」桑皮筋低頭將狀語想了一遍，道：「承見教，詞語甚佳，但家君見了賭字，不惟不肯出狀，兀有一番煩惱。這事掣肘㉒，如何行得？」管呵脬道：「相公多少伶俐，這用術之處卻不省得。比如今日未告之先，令尊老爺知道，必然阻擋，或加責罵亦未可知。待我小管替相公在本府先告准了，然後稟知老爺，那時令尊自然承認，誰肯把嫡親兒子去吃官司？還有無窮巧妙，不必細說，臨期自見。事妥之後，只要公子將小管做一個人看覷，便教小管吃屎，也是甘心的。」桑皮筋笑道：「說那

移徙和嫁娶、遠行，犯者必凶。此說源於漢代，傳至後世，說越繁而禁越嚴。

㉑ 妝局：好騙人的圈套。

㉒ 掣肘：呂氏春秋具備：「宓子賤治亶父，恐魯君之聽讒人，而令己不得行其術也。將辭而行，請近吏二人於魯君，與之俱至於亶父。邑吏皆朝，宓子賤令吏二人書。吏方將書，宓子賤從旁時掣搖其肘；吏書之不善，則宓子賤為之怒。吏甚患之，辭而請歸……魯君太息而歎曰：『宓子以此諫寡人之不肖也。』」後因以「掣肘」謂從旁牽制。

裡話？事畢之後，自當重謝。但不知幾時可以遞狀？」管賢士道：「事不宜遲，就是明日。一應事務，都在我小管身上，不須掛念，相公打點見官就是。」桑皮筋道：「千萬在心，不可有誤。」管賢士道：「這是我自家的事，不消分付。」二人再飲幾杯，管賢士託故先出門去了。桑皮筋當晚就與他渾家宿歇。有詩為證：

孚窒猶然訓惕中㉓，涉川何事侈謀工？
須知怨小宜容忍，莫使青萍染落紅。

次早，桑公子自回衙裡去。這管賢士在鄰妓家光了一餐早飯，悄悄地闖入杜應元莊上來，叫一聲：「杜老先生在麼？」杜應元正在家內閒坐，忽聽得有人叫喚，踱出來看，乃是管呵脬。二人聲喏坐定，杜應元問道：「管兄早來，有何見諭？」管賢士道：「小侄昨聞老丈惹出一樁天字第一號是非，特來通知，及早可以解釋。」杜應元笑道：「老拙一生守分，兄所素知，有甚是非相涉？」管賢士道：「這樁事不成則已，若成則利害不小。」杜應元問：「何事？」管賢士道：「昨與桑公子會酒，公子說與兀誰㉔賭博，輸卻五七百兩銀子，他父親知道，寫了一紙狀子，朱語是局賭殺命事，要去本府告理。恐字眼有不到之處，特差人接小侄去商議斟酌，卻原來是告老丈和令侄的。小子思量，都是鄰比之間，怎下得這

㉓ 孚窒猶然訓惕中：易訟：「訟：有孚，窒惕，中，吉。」孚，信用；誠信。窒，窒塞，謂止其忿爭之心。惕，戒懼。中，中和；中正。言爭訟時，要有誠信，能平息自我的情緒，適可而止，貴中和之道，如此才能吉祥。

㉔ 兀誰：猶言誰。

樣毒手？若搆訟時，老丈畢竟要受些折挫，故小侄特來暗通消息，及早裁處方好。」杜應元道：「圍棋相賭，無非東道相聚而已。後來老朽因酒後輸卻一妾，幸舍侄旋璧。桑公子有甚銀兩輸與我處？縱使告來，他也要捨著自己對我。」管賢士道：「小子亦知老丈忠厚，未嘗與人爭競，但不知當今世態惡薄，只以勢利為先。俗言說：『貧莫與富爭，富莫與官鬥。』倘對理之際，官官相護，偏聽一面人情，老丈豈不受辱？正是識時務者呼為俊傑，還須小心陪禮，省了一場大禍。古人道得好，『學吃虧，多忍辱』。小侄亂言，無非為鄰比間情分，任憑尊意。」杜應元心裡暗想：「這廝也說得是。」就問道：「承足下厚情見教，但不知怎生小心陪禮？」管賢士道：「這有何難，只要老叔費幾貫閒錢，辦一個齊整東道，請桑公子一酌，已外還須一二十兩色銀使用，這是非登時散了，管教一座冰山，化作半渠雪水。」杜應元道：「東道是容易的，一二十兩銀子，卻在那處使費？」管賢士道：「老丈雖然齒德俱尊，不知世情活法。目今桑公子相處的朋友，都是一班遊手好閒、幫訟教唆的豪傑，跟隨出入的，卻是一夥貪嘴圖利、狐假虎威的悍僕。假如桑公子肯息了，這一干人唆唆哄哄㉕，畢竟又生起枝節來。故此要這些銀兩，撒化與這夥人，方得平風靜浪，終不然，小侄敢誤老丈大事。」杜應元謝道：「深感盛雅，待舍侄回來商議，踵門請教。」管賢士道：「晚上即求示下，大抵還是收拾的好，小人就此告別。」杜應元相送出門，管賢士又回頭道：「請早自裁度，免貽後悔。」杜應元點頭領諾。少頃，杜伏威回來，杜應元將管呵孱的言語說了一遍，杜伏威仰天大笑。正是：

㉕ 唆唆哄哄：調唆哄騙。

畫虎畫皮難畫骨，知人知面不知心。

畢竟杜伏威怎的回覆？且看下回分解。

第二十五回　遭屈陷叔侄下獄　反囹圄俊傑報仇

詩曰：

嗜利凶徒駕禍殃，暗中羅織害賢良。
英雄束手甘囚禁，衰老含冤繼死亡。
怒激風雷驅魍魎，重開日月創家邦。
從茲將士如雲集，會見岐陽作戰場。

話說杜伏威聽叔父訴說管賢士之言，不覺大笑。杜應元道：「賢侄如何好笑？」杜伏威答道：「我不笑三叔，笑那管呵孱。『來說是非者，即是是非人。』有了一二十兩銀子不會打官司，反與光棍騙去使用。若說圍棋賭勝，人之常情，我雖不合，他也不應。他說輸五七百兩銀子與我，有何憑據？任那廝告去，不妨事。」杜應元見侄兒說得有理，放下了心，安坐不動。叔侄二人且去備辦牲禮，邀請親族，同往祖墳，將杜悅骸骨埋葬。祭祀已畢，杜伏威拜謝了叔嬸，就要打點起程。杜應元道：「賢侄初來，未曾備得一杯酒相待，嫡枝骨肉，諒不見嫌，怎忍棄我就去？」杜伏威道：「感承叔父、嬸娘厚情，本該在此侍養。但來此日久，恐林老爺懸念，故欲拜辭。」孔氏道：「粗茶淡飯，侄兒休得嗔怪要去。況小管之說，未知真假，賢侄稍停數日，見一個分曉，你也去得放心。」杜伏威道：「嬸娘恁地說時，小侄再留數日。」夫妻二人歡天喜地款待著他，杜伏威自去合那祖師救饑丹和神仙充腹丸。

再說管呵孵等至黃昏，不見杜應元覆話，心裡暗想：「這廝不來見我，正好放心行事，今番怪我不得。」當晚寫成狀子，筆削了出門入戶的字眼，次日黎明，扮做桑參將管家，投文隊裡，進去遞了狀詞併帖子。這岐陽郡太守複姓諸葛，名敬，字秉恭，為官清正，立性廉明，當下見了帖子、狀詞，便喚管賢士上前問道：「你家主好沒來由，自己兒子賭錢，不能訓誨，反告他人騙誘。若審到賭博情由，連你家公子也脫不去了。」管賢士稟道：「小的家主平素並無隻字入公門，今值不得已事，干瀆爺爺。公子素習儒業，足不出門，今春偶遭惡鄰杜應元，收一來歷不明之人，假稱親侄，凶頑狡猾，又嫖又賭，善語能言，奸詐百出，賺誘我家公子飲酒嫖耍。次後引入賭場，叔侄二人妝成圈套，設席騙公子飲酒，一夜之中，騙去金銀五百兩。家主盤庫賞軍，庫中錢糧卻沒了一千餘兩，局賭之物，即係朝廷錢糧，不得不告，伏乞爺臺作主。」太守笑道：「若說是庫中錢糧，為何被公子竊出賭博，是你家老爺不謹了。狀子暫准，待後審實，再行議擬。」管賢士叩頭而出。昔人有唆訟賦一篇，以著其惡。賦曰：

世道衰而爭端起，刁風盛而訟師出。橫虎狼之心，懸溝壑❶之欲。最怕太平，惟喜多事。靠利

❶ 溝壑：漢劉向說苑立節：「子思居衛，縕袍無裡，二旬九食。田子方聞之，使人遺狐白之裘。恐其不受，因謂之曰：『吾假人遂忘之，吾與人也如棄之』……子思曰：『汲聞之，妄與不如遺棄物於溝壑；汲雖貧也，不忍以身為溝壑，是以不敢當也。』」後用以比喻貪婪的人。

口為活計，不田而農；倚刀筆作生涯，無本而殖。媒孽❷禍端，妄相告訐。聯聚朋黨，互計舞文。閥閱❸婚姻，一交搆，遂違秦晉之好❹；公平田地，攙調弄，便興鼠雀❺之詞。搬鬥兩下相爭，捏證打傷人命。離間同胞失好，虛裝罟❻占家私。寫呈講價，做狀索錢。碎紙稿以滅其踪，洗牌字而泯其跡。價高者推敲百般，惟求聳動乎官府；價輕者一味平淡，那管埋沒了事情。顛倒是非，飛片紙能喪數人之命；變亂黑白，造一言可破千金之家。撈得浮浪屍首，奇貨可居；緝著詭寄田糧，詐袋在此。結識得成招❼大盜，囑他攀扯冤家；畜養個久病老兒，攙渠跌詐富室。設使對理，則硬幫見證，而將無作有；或令講和，則抵銀首飾，而弄假為真。律條指掌可陳，誥令隨口而出。茶罷開言，即鼓掌而歡笑曰：「老翁高見，甚妙甚妙，吾輩真個不及。」酒闌定計，乃側首而沉吟曰：「學生愚意，這等這等，執事以為何如？」以院司為衣缽，陸地生波；藉府縣為囮❽謀，青天掣電。朝來利在於趙，乃附趙以覷錢；晚上利在於錢，復向錢以傾趙。又能餂李客之言，送於張氏之耳；復探張氏之說，悅乎李客之心。剛強輩圖決勝，則進

❷ 媒孽：也作「媒櫱」。酒母。比喻藉端誣罔構陷，釀成其罪。

❸ 閥閱：祖先有功業的世家、巨室。

❹ 秦晉之好：春秋時秦、晉兩國世為婚姻，後因稱兩姓聯姻為「秦晉之好」。

❺ 鼠雀：鼠牙雀角。指訟事或引起爭訟的細微小事。

❻ 罟：用網捕捉。這裡指設圈套占有。

❼ 成招：罪犯在審訊中招供畫押。

❽ 囮：音ㄜˊ，鳥媒。捕鳥人用來誘捕同類鳥的活鳥。引申為誘騙、訛詐。

囑託之謀；愚弱者欲苟安，則獻買和之策。乘打點市恩❾皂快，趁請託結好吏書。倘幸勝則曰：「非人力不至於此。」倘問輸則曰：「使神通其如命何？」或造不根謗帖，以為中傷之階；或揑無影訪單，以賈滔天之禍。彼則踞華屋，披錦裘，猶懷虎視之心；孰敢批龍鱗，捋虎鬚，聲彼通天之惡？故欲與仁俗，教唆之律宜嚴；冀挽頹風，珥筆❿之奸當殺。

管呵脬逕奔桑參將衙內，見了桑皮筋聲喏道：「大相公賀喜，狀詞已准，準備見官對理。」將狀抄與桑皮筋看了。桑皮筋大喜，留管呵脬書房裡酒飯，取銀十兩，遞與管賢士道：「煩兄衙門使費，如少，再來取罷。對理之詞，臨期還乞指點，千萬用心莫誤。」管賢士道：「一應使費，衙門上下，都是小人承管，對詞亦是不難。只有一件，令尊大人處，公子宜早講明，作速見官，斷送那廝，不可停留長智。」桑皮筋道：「多承指教。」管呵脬得了銀子，作別去了。

晚上，桑皮筋對父親說知此事，求父作主。桑從德大怒道：「畜生！不潛心經史，暗行賭博，效下流所為，又生事告人，大膽來對我說，可惱可恨，咄！」桑皮筋見父親盛怒，不敢多言，折轉身望內房裡就走，見母親白氏，細說前因：「今已告成，父親又不肯管。倘若訟事輸了，被人恥笑，只索往水中一跳，倒也乾淨，免得露醜。」白氏心中憂慮，對桑參將道：「我和你夫妻二人，只有一子，雖是不肖，豈忍坐視？見官時受些叱辱，不惟我與你失了體面，倘畜生做些不測之事出來，那時悔之無及。」桑從

❾ 市恩：謂以私惠取悅於人。即賣好、討好。

❿ 珥筆：訴訟。

德道：「我也知道，奈是賭博之事，貽害最大，今次若縱了他，日後怎肯改過？待他危急，自有道理。」夫人道：「雖然如此，父子之情，還當覆庇他，嚴加警戒下次便了。」這桑參將被夫人三言兩語說動了情，只得打轎上府，至迎賓館，候太守相見。禮畢茶罷，桑參將將前事細訴一遍。太守道：「老先生駕臨，無不領教。只是令郎公子入於賭場，難分彼此。學生若不整治一番，縱其得志，下次老先生愈難訓誨。況錢糧乃朝廷重務，令郎盜出賭博，老先生亦失於檢點矣。學生藥言，老先生莫罪。」桑參將被太守搶白數句，氣得閉口無言，返身相辭回衙，對夫人道：「知府反把錢糧誣畜生賭博，怎生是好？」夫人道：「既太守作難，只令家僮去對理，嘉兒只不出官，錢糧又不缺少，彼亦無奈我何。」桑參將道：「此言較可，不去催他拘提，輕放那廝罷了。」因此兩下將這場訟事擱定了。

將及半月，不期諸葛太守父親身故，一壁廂申詳丁憂⓫文書，一壁廂打點奔喪回籍，將府印交與府丞掌管。那管呵孴時常在府門前探聽，一知太守丁憂，忙入桑衙通報，桑皮筋大喜。你道為何？原來這本府府丞姓吳名恢，向與桑從德交往情密，雖是儒林出身，性兼貪酷，一味糊塗，有這個機會，故此大喜。當時，桑參將聞此消息，忙往府中，將上項事和吳恢備細說了，又道：「今得老公祖署事，乞求清目，感恩不淺。」吳恢滿口應允道：「既是令郎被人賺賭，學生即時拘審究罪，只消數字見諭，何煩老先生大駕親臨？」桑從德稱謝而別。

管賢士和桑皮筋道：「這場官司幸落在老吳手裡，有了令尊面情，必然大勝。但老吳有些毛病，最貪財物，倘杜應元叔侄爭氣，用了見識，先送禮物進去，劈了令尊體面，勝負之間，未可必也。依小管

⓫ 丁憂：遭逢父母喪事。舊制，父母死後，子女要守喪，三年內不做官，不婚娶，不赴宴，不應考。也泛指守喪。

愚見，還須先下手為強，將些財物送與吳公，方是萬全之策。大相公意下何如？」桑皮筋道：「兄甚在行，見識高妙。但是家君不肯，如之奈何？」管賢士道：「古人說得好：『孝順官司，忤逆道場。』公子貫朽粟陳⑫，金銀滿庫，何在於三五十兩銀子？就瞞著令尊，將私蓄之物親自送入吳二府衙內，自然老吳歡喜，隨意奉承，要問那廝一個死罪，也是肯的。」桑皮筋笑道：「些須銀兩，何足為惜，但告狀雖是家尊出名，我亦是本府犯人，豈有親自送銀之理？足下若有門路，煩勞轉送何如？」管賢士笑道：「吳公署印過龍的人我盡相識，只是銀兩重託，小可不敢承當，還要選一個能事的盛使，自去方可。」桑皮筋將手指著管賢士道：「小人哉，管兄也。我既託你做事，豈有疑你之心？我衙裡這班狗才，都是懷糠躲懶的驢馬，焉可託以機密重事？足下不必多疑，放心行事。」說罷，走入裡面，取出五十兩一錠大銀，遞與管賢士道：「煩兄即便行事，停妥時覆我一聲。」管賢士道：「不須大相公叮囑，管取停當，只恐少些。」說罷，袖銀別去。原來這五十兩銀子不是送與吳府丞的，乃是管呵脬指官誆騙之法。若是吳公，這五十兩如何打得他倒。管呵脬拿了銀子，笑嘻嘻奔回家來，遞與渾家。渾家道：「這銀兩從何處來的？」管呵脬道：「這幾日賭輸了，手中甚是乾燥，幸遇著一場公事，賺得這一錠銀子，盡夠我數月滋潤。」渾家又問：「怎地有這若干？」管呵脬道：「那桑公子是個桑皮筋，平日有些臭吝，被我騙他告狀，將這銀子教我送入吳府丞衙內。我想桑參將正掌兵權，炎炎之勢，不愁吳府丞不奉承，何必又送禮物？被我一片巧言，立刻哄得銀子入手。你且藏下，慢慢地受用。」渾家歡喜，將銀子藏了不題。

再說杜應元與杜伏威道：「管呵脬所言之事，將有半月，怎不見動靜？」杜伏威道：「畢竟是那廝

⑫ 貫朽粟陳：串錢的繩索和糧食因長久不用而黴爛。形容財糧富足。

調謊。」杜應元道：「早是賢侄說破，不然已被那廝哄賺。」二人正說話間，只見門首走入兩個人來，你道是誰？原來是府裡公差。有掛枝兒為證：

著青衣，進門來，大呼小叫。兩小弟，奉公差，那怕勢豪？不通名，單單的稱個表號。有話憑分付，登門只這遭。明早裡拘齊也，便要去點卯。

吃罷茶，就開科，道其來意。有某人，為某事，單告著伊。莫輕看，他是個有錢的豪貴。摸出官牌看，一字不曾虛。急急商量也，莫要躭誤你。

吃酒飯，假做個，斯文模樣。我在下，極愚直，無甚智獐。他告伊，沒來由，真真冤枉。說便這等說，還須靠白鏹。不信我的良言也，請伊自去想。

酒飯畢，不起身，聲聲落地。這牌生，限得緊，豈容誤期？有銀錢，快拿出，何須做勢？若要周全你，包兒放厚些。天大的官司也，我也過得水。

接銀包，才道聲，適間多謝。忙扯封，估銀水，如何這些？我兩人，不比那窮酸餓鬼。輕則輕了已，不送也由伊。明日裡到公庭也，包你爛隻腿。

杜應元迎到廳上坐下，問道：「二兄何事光顧？」那二人道：「兩小弟是本府公差，奉吳爺鈞牌，奉請二公講話。」杜應元心下已明白了。一個公人腰邊取出一紙花邊牌票，上寫著：「為局賭事。原告官宦桑從德，抱告人桑聰，被告犯人二名：杜應元、杜伏威。干證：管賢等。」杜應元看畢，即辦酒飯款待，送了些差使錢，公人約定聽審日期去了。杜應元煩惱道：「悔氣，沒來由惹下一場官司，怎生區處？」杜伏威道：「三叔不須憂慮，小侄自去分理。諒這小小訟事，何必介懷？任他裝甚圈套，我臨期自有主見。」

過了數日，公人拘了原被告干證等，齊到府中候審，一同堂上跪下。吳恢見了桑皮筋，慌忙請起，立在傍邊，問道：「公子被光棍賺賭，委實騙了幾多銀兩？從實講來。」桑皮筋道：「罪人素習儒業，不省賭博之事，被惡鄰積棍杜應元叔侄二人百計引誘，先入衏衕，幫閒嫖耍。次後引歸家內，灌醉賭錢，一夜之間，輸卻五百三十四兩銀子。裝局賺騙，心實不甘，冒瀆公祖老爺，乞求天判。」吳恢笑道：「黑夜飲酒，又非貿易之時，為何帶這許多銀兩？」桑皮筋青了臉，不能回答。管呵孱見了，心中想道：「決撒了。」連忙跪向前幾步，答道：「黑夜飲酒，公子委實不曾帶銀，只因醉後糊塗，為小失大，始初輸得不多，公子忿氣相持，落了圈套，積輸五百餘兩，公子欲回，被杜伏威恃強相劫，不放轉動，直待家僮送銀完足，方得回衙。這是小人親見，並沒半毫虛謊。」吳恢喝道：「你是何人，輒敢多言？」管賢士叩頭道：「小人狀上有名干證，名喚管賢。」吳恢又喝道：「桑公子在杜應元家裡相賭，你為何知其備細？」管賢道：「小的與桑公子、杜應元二家俱係貼鄰，燈火相照，當夜五更，忽聞得有人喊叫，仔細聽時，是桑公子聲音，大聲叫：『局賭殺人！』彼時小人恐連累排鄰，急起來穿了衣服，開門一看，卻是杜應元家裡吵鬧。小人敲開門，入去問時，桑公子與杜伏威扭做一塊，一個要取銀，一個不肯，小人替他和解，即忙著桑衙管家回去取銀來交足，方得放回。此乃目擊之事，伏望爺臺明鏡。」

杜應元道：「小人世代儒門，安貧守分，嫖賭二字乃下流之事，素所深戒。至於閒暇之時，和桑公子圍棋消遣，或賭一二東道，未嘗賭甚財帛，怎麼就叫做局賭？都是這管賢唆哄成訟，費老爺天心。不要說五百銀子，便是五十文錢也不曾見有。」管呵孖讒口道：「杜應元，你在青天爺爺跟前尚要推賴，眼睜睜見你雪白銀子擄了進去，彼時你還道：『小管，累兄了。』我和你都是鄰比之間，護得那一個？天理人心，難逃公論。」吳恢手捻長髯笑道：「這老狗才，還要胡賴！著圍棋便是賭局之因，賽東道，即是騙錢之法，眼見得局賭騙錢了，尚賴到何處去？從實供招，免受重刑。」杜應元道：「小人和桑公子委實未曾相賭，並無錢物往來，都是管賢捏詞，唆哄興訟，又來硬證。伏乞老爺明鏡燭冤，救拔小人殘喘。」吳恢喝道：「老奴賤骨，不經刑罰，焉肯成招？」叫左右上起夾棍來。兩旁皂隸吆喝一聲，正欲動手，杜伏威高聲叫道：「不必夾我叔叔，賭錢賺物，都是我一身所為，招成就是，何必動刑？」吳恢將杜伏威看了幾眼，笑道：「此子年紀雖小，卻也老實，快快招來，省受苦楚。」杜伏威道：「五百三十四兩銀子，是小人得了。但不知桑家是那一個家僮送來的？是甚物包裹？幾錠？幾件？幾十塊？說得明白，小人一一還他。」管呵孖道：「是一皮箱藏著，五十三封，零一小包，是桑衙來壽、進順兩個蒼頭扛到你家，何須胡扯。」杜伏威道：「黑夜扛銀，銀在箱內，為何你備知數目？」管呵孖道：「我將銀一封封打開，遞與你叔子，還上天平兌過，方收進去，是我當面交割的，緣何不知詳細？我處銀與你，不過要息兩家爭鬧，我與你是甚冤家，苦苦昧心害你？」吳恢道：「是了，看此鏤瘦光棍，豈不是個賭賊？快快上起夾棍來！」杜伏威伸出腳來，厲聲道：「桑皮筋、管呵孖，頭頂上是甚麼東西？任你夾上幾百棍，銀子沒有是實。」

吳府丞大怒，喝教動刑，兩班公人吶一聲喊，把杜伏威拖翻，將左腳放上夾棍。杜伏威只是不做聲。吳恢道：「這潑皮還不招來？」杜伏威道：「便是右腳上再用夾棍，也不招。」吳恢喝左右將右腳一發雙夾了。杜伏威伸著兩足，任憑公人收緊繩索，跎爭爭⓭地夾攏來，恰似夾木頭石塊一般，動也不動。吳府丞和滿堂吏書皂甲等都看得呆了，一齊想道：「世間有這等鐵骨銅筋，不怕疼的？」吳恢又教左腳上先敲五十棍。公人提起杖來，用力打下，但聽朴朴之聲，就如打在牛皮之上，並不叫半聲疼痛。一連打了二十餘下，忽聽一聲響，夾棍連繩俱斷了。吳恢沒做理會處，叫：「且將杜伏威丟下，把那老頭兒上了夾棍。」這杜應元怎比侄兒有法術，老皮肉上略將繩子收緊，即喊叫連天。吳恢又教行杖。杜應元實熬不過，只得招認有銀，俱已花費散了，情願變產賠償。吳恢令放了夾棍，寫下供狀，將叔侄二人發下獄中監候，放公子、干證等散去。桑皮筋、管呵脬和一夥探望的親友，酌酒慶賀去了。值日牢子帶杜應元、杜伏威二人入監房裡來。但見：

昏慘慘陰霾蔽日，黑沉沉臭惡難聞。牢頭一似活閻君，獄卒施威兇狠。無數披枷帶鎖，幾多床柙⓮籠墩⓯。四肢緊縛鼠剜睛，兀自皮抽粗棍。

當日獄內上下人役等都得了錢財，打點一間潔靜房兒與二人安身。此時杜應元心下煩惱，止不住腮邊流淚。杜伏威見了，十分焦燥，躊躇了半夜，暗想：「我要脫身，反掌之易，奈是帶累三叔受苦，怎

⓭ 跎爭爭：象聲詞。跎，音ㄎㄜ。

⓮ 床柙：即「柙床」，重犯所睡的囚床。扣其手腳，使之不能轉動。柙，音ㄒㄧㄚˊ，關野獸、牲畜的籠子。也指囚籠、囚車。

⓯ 籠墩：囚禁。

生區處？」驀然計上心來：「必須如此如此，三叔方可出獄。」數日後，吳府丞提杜應元二人比較。杜伏威稟道：「小人叔侄兩個俱已收監，要賠桑衙銀兩，何人措置？老爺將小人監候，放叔叔回家，變賣產業，以償桑衙，不然今年監到明歲，給主從何而來？」吳府丞道：「也說得是。」將杜應元討了保狀，暫放回家，限十日之內完納，過限無銀，重責再監，將杜伏威依舊關禁獄中。

杜應元別了侄兒，出離府門，回家來見了媽媽孔氏，抱頭痛哭。杜應元哭道：「我生年半百之外，未曾受此苦楚，不知前生怎地種此禍根，今日遭這樁屈事。」孔氏勸道：「官杖天災，繫於天數，不必怨恨。但吳府丞判償桑衙的銀兩，何以措置？」杜應元道：「今日這狗賊放我回來，限定十日內變產完納給主，將侄伏威復關禁大監，這場冤禍怎了？」孔氏道：「五百餘兩銀子非同小可，縱使變賣家產，也不能就有。」勝金姐整治茶飯，請二人晚膳。杜應元茶水不沾，媽媽也不動箸，夫妻煩惱進房安宿。杜應元睡於床上，憂思淒愴，無計可施，捱至夜半，推說東廁淨手，趄入書房內自縊而死。孔氏見夫主起去多時，心下猜疑：「員外講去淨手，為何不來睡？」慌忙披衣起來，叫丫鬟點燈到東廁尋覓，不見有人，四下裡將燈照覓，並無踪影。孔氏驚惶，急喚勝金、來福等起來。來福尋至西首書房裡，只見家主高高懸在梁上，來福叫道：「不好了，媽媽快來，員外縊死在此了！」孔氏魂不附體，忙奔入來，放下看時，渾身冰冷，氣已絕了。舉家嚎啕，孔氏痛哭，跌足號呼道：「天呵天呵！此恨此冤，皇天可鑑，願同歸九泉，赴冥司告狀，殺此二賊！」放聲大慟，不覺撲然倒地。勝金等連忙將湯灌時，已不下嚥，骨都都痰如潮湧，頃刻而亡。可憐淳厚夫妻，負屈含冤，雙雙死於非命。當下驚動左鄰右舍，家家起來探望，見杜應元夫妻二人俱已身死，無不垂淚嗟嘆。天色已曉，一片聲傳說：「桑衙父子倚官託勢，活活逼死人命。」消息傳入岐陽府來，吳恢聞得此說，卻也踧踖⑯不安，不敢升堂審事。桑皮筋等都各心慌，只有管呵脬呵呵笑道：「倔強老賊，不知通變，端的送了殘生。不要說這兩條狗命，便再死幾個何妨。」有詩為證：

腹中懷劍笑中刀，從此囹圄生禍苗。
斧劈頭顱傾狗命，至今人鑑管呵脬。

卻說杜伏威正在牢房裡納悶尋睡，忽見禁子道：「杜郎好睡哩！」杜伏威笑道：「禁子哥，這不見天日的去處，不尋睡，卻做甚麼？」禁子道：「一樁禍事臨身，你還睡得著，竟不知哩。」杜伏威道：「被人屈陷，身居縲絏⑰之中，晦氣不小，還有甚禍事來尋我？」禁子道：「令叔自縊身亡，令嬸哭絕而死，你還安心不動？」杜伏威失驚道：「那有此話？禁子哥，莫非取笑？」禁子道：「滿城傳說，遍處聞知。今早報官，吳爺不敢坐堂，豈是哄你？」杜伏威聽罷，跳起身來，大喊一聲道：「罷了！」驚得禁子慌張無措，連忙掩住杜伏威口道：「這牢獄中不是大驚小怪之處，莫帶累我吃棒。」杜伏威一手拉開道：「我杜爺納氣坐監，皆因怕拖累了三叔。今已棄世，復何慮哉？禁子哥，你為人忠厚，我不害你，快快躲避。」說罷，口中默誦真言，驀地裡霹靂一聲震響，搖天動地，驚得眾獄卒、禁子沒處藏身，一齊暗暗地叫苦。那雷聲就如擂鼓一般，霎時間鬼哭神嚎，陰風慘慘。杜伏威大叫：「在獄眾多好漢，

---

⑯ 踧踖：音ㄘㄨˋ ㄐㄧˊ，徘徊不進。
⑰ 縲絏：捆綁犯人的繩索。引申為牢獄。

有膽量的，一齊隨我打出獄去，殺這賊瓜，替民除害！」只見一片聲相應道：「我等願隨豪傑逃生！」杜伏威當先手持短斧，砍開牢門，監內有一二百個囚犯，同聲吶喊助威，一直殺入府堂上來。杜伏威首先搶入私衙，此時衙裡也預有準備，迎出十數個虞侯、幹辦，挺鎗持刀攔住，被杜伏威一斧一個盡皆斫倒，領著一夥囚犯，直奔府丞房裡來，四圍尋找不見，杜伏威將一個丫鬟揪倒，踏住胸脯，喝道：「吳恢躲在何處？」丫鬟指道：「都藏在那床下。」杜伏威一斧殺了丫鬟，與眾好漢扯開床來，果見吳恢和一美妾躲在床下。杜伏威一手按住，喝道：「好狗贓，貪財趨勢，屈陷良民，今日逃那裡去？」吳恢跪在地上哀求道：「乞饒性命，下次學做好官。」說話未完，頭已落地。眾好漢動手，將美妾斫為肉泥。吳府中是男是女殺得盡絕。杜伏威領眾人復身殺出府門外，逕趕入桑參將衙裡來。參將夫婦數不該死，因兒子不肖，三日前卻搬進參將府廨宇內，和一班兒僮婢自住去了。衙內只有桑皮筋妻子和兒女、小廝、丫鬟七人，杜伏威盡皆砍死，單不見了桑皮筋。杜伏威心下不忿，令人四下搜尋，尋至側廳天花板上，搜出一個老家僮來，捉至杜伏威跟前，問桑皮筋在何處。家僮道：「適才和管呵孖到張一兒家裡吃酒去了。」杜伏威喝道：「引我去見那廝，即饒你命。」家僮道：「願引爺爺去捉，只求饒命。」一個好漢押這家僮引路，杜伏威和眾好漢後隨，頃刻間到了張一兒門首，只聽得樓上唱飲歡笑。杜伏威趕入中門，一個湯保在灶下盪酒，問道：「是那個撞入來？」早被一斧砍死。杜伏威首先登樓，只見桑皮筋上坐，兩個妓者和管呵孖側陪。管賢士一見杜伏威走到，驚得魄散魂消，正待往窗外逃生，被杜伏威攔腰一斧斫倒，頂門上又復一斧，登時一命歸陰。桑皮筋驚得跌倒窗邊，掙扎不得，況且醉後，口裡哼哼地只叫：「饒了罷，不告了。」杜伏威道：「我今日替你抽了這條筋。」被眾好漢刀斧齊上，斫做七八段。有詩為證：

莫言報施慘，害人乃自害。
天道豈無知，今日方稱快。

兩個妓者並那引路的家僮，都戰抖抖地跪著，磕頭叫饒命。杜伏威道：「不干這兩個油頭事，饒你去。只是你這個老狗才，人要殺你家主，你就引來殺他，賣主求生，不義之甚，一發殺了。」一齊哄出門外，放起一把火，都搶到杜應元家內。伏威忙教勝金姐收拾細軟衣裳、首飾金銀、珠玉之類，教來福領了一班家僮：「隨我逃命！」一面將杜應元夫妻屍首扛在後園牆下，推上牆而掩之，就將宅子放起一把火來。眾好漢商議道：「打從何門出去，方是活路？」杜伏威指道：「從東門殺出，自有處可以安身。只要齊心奮力，方得死裡逃生。」眾好漢一同應道：「生死願隨，並無異志。」此時喊聲動地，火光燭天，滿城中鼎沸，家家閉戶關門，個個藏身避跡。

看官，你道如何沒人攔擋？事起倉猝，桑參將又離家甚遠，就是要報官發兵，一時疾雷不及掩耳，任彼施為。杜伏威一夥直殺出城外來，行不數里，卻是東湖阻住去路。杜伏威分付眾好漢：「搶奪船隻，且渡過河去，若有追兵，亦好廝殺。得勝之後，逕落黃河，到那個去處，即是我等安身活命之所了。」眾好漢向湖口尋找得十餘隻小船，續作一處，卻又在鄉村前後百姓人家搶劫些錢米布帛、柴薪酒肉、鍋灶之類，下船安頓了，搖船的搖船，煮飯的煮飯。此時天已昏暮，點起柴火，努力搖過湖來，早是三更天氣。眾好漢上岸，席地而坐，大家吃了酒飯，沿湖取路而走。不五七里之間，天色已明，只聽得後邊金鼓齊鳴，喊聲大振。杜伏威諒有追兵來到，揀一個空闊地面，將眾人兩下分開，做雁翅相似，選兩個老成的守護著勝金、來福等，躲在樹木叢密去處，自卻盤膝坐下，腰邊解下一個錦絨搭膊，抖出兩個大紙包，一紅一綠，先打開綠紙包兒，眾人瞧看，卻是一包剪成的稻草。杜伏威左手捻訣，口中暗暗有詞，喝一聲：「疾！」那些草變成四五百匹駿馬。又打開紅紙包兒，卻是一包赤豆，又捻訣念詞，喝一聲：「變！」那一包赤豆變作四五百個大漢，生得容顏怪異，狀貌猙獰，身長丈餘，手中各執器械，各分隊伍，排列聽令。杜伏威喝道：「後面追兵近了，眾壯士可用心攻殺，有功者賞，無功者一火焚之。」眾大漢一齊上馬。只見前面湖口上流頭無數船隻，搖旗吶喊而來，看看近岸。杜伏威看時，約有千餘軍士，為頭兩員將官，全身披掛，立在船頭上，指著岸上罵道：「尋死賊奴，殺人放火，罪孽貫天，逃往何處去？」指麾軍士搖船傍岸，殺近前來。正是：

人如猛虎搖山嶽，馬似遊龍撼海濤。

不知兩邊勝負若何？且聽下回分解。

巽集總評

空谷先生曰：此一集專敘杜伏威事，而因概見澹然之高風。概伏威乃澹然高座弟子，而父成治又為救命恩人，故首及之，授之武藝，傳之天書，皆酬所以報成治者而私其子，且為薛、張二霸發難也。然伏威遭際更奇，着着翻澹然之案而又寔合。鍾守淨悅女，而裘南峯嗜男；澹然入梁遇野人，而伏威歸岐逢仙主。澹然避難踰山，交山王於彌勒寺；伏威送骸涉水，結水寇於孟門山。澹然嶠關脫難，歸隱於張莊；伏威縲絏岐陽，揚威於故土。迹種種異，道種種同。何以故？澹然雄圖俠骨，盡韜晦於削髮間，而事業精光，則躍露於弟子輩。伏威之英雄，澹然之英雄也；伏威之義俠，澹然之義俠也；伏威之神奇變化，澹然之神奇變化也。不知其師視其徒，不知澹然抱負之宏，視其徒展布之大。後有聞澹然之風者，猶思興起，而況於及門親炙之者哉？此則巽集之義也。

第二十六回　山徑逃踪鋤禿惡　黃河訪故阻官兵

詩曰：

貪淫禿子狠如蛇，計入深山狎俊娃。
衰柳暫為雲雨榻，層岩權作蝶蜂❶衙。
色空不悟三乘法，炮烙❷方知一念差。
寄語闍黎須守戒，莫教血肉餵饞鴉。

話說杜伏威見官兵殺上岸來，口中又念真言，喝眾大漢上前迎敵。那一邊軍士吶喊搖旗，正欲接戰，猛地狂風滾滾，天昏地暗，石走沙飛。官軍都是步軍，瞇了眼，不知東西南北，被杜伏威人馬一衝，殺得大敗虧輸。為頭兩個將官先自逃命走了，眾軍各不相顧，亂竄奔走。杜伏威驅大漢掩殺，就如砍瓜切菜，大半殺死岸邊，餘者落水逃命，後邊眾好漢只顧追襲，擄搶盔甲器械糧食行囊。杜伏威搶了一支鐵桿長鎗，把敗殘軍直追出岸口來。只見一個軍士被追得慌，急切沒處躲，鑽入亂草窩裡，杜伏威捉住問

❶ 蝶蜂：指尋花問柳貪戀女色的人。
❷ 炮烙：相傳為殷紂王所用的一種酷刑。也指用燒紅的鐵烙人的刑罰。

他：「這軍兵是何處發來，兩員將官卻是何人？快快實說，饒你性命。」那軍士道：「小人等是岐陽郡管下各州縣調遣來守禦的官軍，那兩員將官一個是桑參將麾下督陣官劉勳，一個是麟遊縣長鎗手教師屠勝。這兩個逃生走了，若回去見了桑參將，必另調追兵。昨晚發兵時，已行飛檄各處關津知會，教嚴加守備，將軍此去須要小心。」杜伏威道：「本該殺你，看你言語誠實，饒你殘生去罷！」軍士磕頭而去。

杜伏威回轉舊路空闊地上，查點眾漢，不曾傷折一個，口中默誦真言，把人馬依舊變為草豆，將來收藏過了。這些逃牢的好漢都驚駭下拜道：「老爺真天神也！有此法術，怕甚官軍，我輩可以放心前去。」杜伏威分付道：「你們只要一心一意隨我杜爺，不愁不富貴。」內中一個好漢問道：「不知爺爺今往何處去，尋個安身立命的所在？」杜伏威道：「黃河之中，有一孟門山，乃是宜川所屬地方。山上有一相識弟兄，姓繆名一麟，據山創寨，聚集千餘僂儸，錢糧廣有，劫掠往來客商，搶奪四方財帛，近來山寨裡甚是興旺。日前我打從那裡經過，與他比試武藝，不相上下，因此結為八拜之交，留我在寨中共事。奈因送先祖骸骨歸葬，故別了他到我三叔家內棲身，不期遭此大變，送了我叔嬸兩條性命。如今逕往孟門山上入夥，大家圖個快活。」眾好漢齊聲道：「我等也常在江湖上做些私商買賣，一向聞得繆公大名，不想發覺，監禁在獄，自分此生不能再睹天日。感爺爺救拔，死裡復生，情願執鞭❸墜鐙❹，生死相隨。」杜伏威道：「雖如此說，今日我們勝了一陣，必定有追兵再至。這裡到孟門山旱陸去，快殺也得四五個日頭，一路都有城池關隘，倘或前途攔阻，後有追兵，豈不前後受敵？」一個好漢道：「爺

❸ 執鞭：持鞭駕車。多藉以表示卑賤的差役。

❹ 墜鐙：也作「墜凳」、「墜蹬」。向下拉正馬鐙，侍候尊長上馬。亦表示對人敬仰，甘執賤役之意。

爺見得極明，就是我們聚著二百餘人同走，未免驚人眼目。雖是爺爺有法術，若遇關津，只爺爺可過，我等眾人復遭羅網。小人倒有一個小見識兒，不知好否？」杜伏威道：「有甚計較，快快說來，及早打點走路。」那漢道：「小人雖沒甚武藝，自小跟著一位穿窬師父，學得一身飛檐走壁、騰波躍浪的手段，常在黃河出沒，路徑頗熟。這裡從旱路去，是一條官路，穿過金牙關❺，數日間可到永寧關口。下了黃河船，若風順，不一日到得孟門山了。其次，即從這裡盤過野人塢，逕落黃河，便是風順，也要三五日到宜川地方。還有一條小路，趄過杜陽城❻，往東南而走，一路俱是山徑，極其幽僻，人跡罕到，渡溪盤嶺，也須十餘日光景，方可到得宜川縣。我等分做三路，著幾個扮作客商，幾個扮作乞丐，或扮些走方賣藥的，打卦、耍拳、相臉的，陸續行動，庶免官兵追襲，此計若何？」杜伏威道：「這論頭極妙。眾人聽我說，如有要回鄉里的，各從其便。要到孟門山去的，作三路而行，都約至宜川縣驛前取齊。快快決斷，莫遲疑誤事。」眾好漢一齊道：「我等蒙爺爺脫離大難，生死願從，並無二心。」杜伏威道：「既然如此，不可失信。我在黃河渡口，著人相等，列位姓名，俱乞留下，以為相見之證。」眾人歡喜，都道：「好！」就是這一個識路徑的好漢姓名寫起，原來姓朱名儉。次後一一書寫明白，共二百五十七人。杜伏威將紙單兒收了，發付眾人各自裝扮走路，眾好漢俱拜別，分投起行。杜伏威將前合成的丸藥散與眾人，分付道「倘不遇酒飯店，吃此數粒，可以耐饑」。又與朱儉商議道：「我本該從大路去，奈有先叔之妾係累難行，若有阻擋，甚為不便。煩公指引，從小路去罷。」朱儉道：「小人引導，往小路去

❺ 金牙關：在今陝西寶雞東南。

❻ 杜陽城：在今陝西鳳翔北。

為妥。」

當時眾人一半從大路而走，一半攛過野人塢，逕下黃河去了。只有三十一人和朱儉、勝金姐、來福，又有僮婢二人，跟從杜伏威，共三十七人同行小路。一路果然幽僻，走了數日，並無個人煙。杜伏威帶有祖師丹藥充饑，自不必說。至第五日，一行人正趲路間，只見大霧漫空，對面不見。正是：

樵子不分柴徑，老翁失卻漁舟。漫天漫地，怎辨南北東西？如雨如雲，罩盡江山社稷。嘹嘹孤雁，不知何處悲鳴？滴滴流泉，那曉他何方潺溜？進一步，退一步，渾如大海沒津涯；聞其聲，眯其形，儼若夢中相聚會。前途昏杳，莫非誤入鬼門關；後路模糊，不是陽間花世界。耳畔只聞山鳥叫，面前不睹虎狼行。

朱儉道：「今日偏不湊巧，前去正是鳳凰嶺，極其險峻，內多虎狼，值此大霧，怎生行走？」杜伏威道：「既然前途險峻，暫且停步，待霧息再行。」朱儉等道：「說得是。」眾人揀一潔淨之地坐做一處，等候霧收再行。正坐之間，忽聽得有人聲，不住的喊叫：「救命！救命！」眾人細聽，卻是個婦人聲音。杜伏威道：「卻不作怪，這深山僻嶺之處，為何有婦人叫喊？」朱儉道：「莫非是不良輩在此幹些勾當麼？」一齊起身四圍尋找，此時大霧漸漸收起，現出日光。朱儉聽著聲音向北尋去，不上四五十步，只見山凹邊樹叢之中，兩個胖大和尚將一個年少婦人，赤條條背剪綁在一株大柳樹上，在那裡淫媾，那婦人哭啼啼的不住叫喊。朱儉見了，不覺怒從心起，兩眼圓睜，大踏步向前喝道：「賊禿驢！怎地在此造這迷天大罪？不要走，看打！」抽出身邊鐵尺，照光頭上正要劈下，不提防這一個和尚，在傍隔開鐵尺，只一腳尖，將朱儉踢倒樹邊，揮拳就打。背後杜伏威等一齊趕到，正是寡不敵眾，猶如眾虎攢羊，將兩個和尚打倒。叫勝金姐替那婦人解了繩索，穿上衣服，即將那繩索綁縛了兩個和尚，丟在樹根邊。次後問那婦人：「你家住何處？為何隨著這兩個禿廝，在這裡幹這般勾當？」那婦人一頭哭，一頭訴道：「小媳婦住在前村，地名朱家塢。妾身程氏，丈夫朱慶。十日前來了這個爆眼紅珠的和尚，拜求丈夫，要借門首打坐，妾身不容，倒是丈夫道：『他是佛家弟子，化緣度日，與他門外坐坐何妨？』這和尚坐在妾家門首，早晚誦經念佛，且是至誠。妾見他虔心，或茶或飯，丈夫不在時，就自拿些與他吃，一連十餘日不去。今日五更，妾因有孕腹痛，丈夫起早進城贖藥。出門之後，聽推得門響，只道是丈夫轉來，忽見這打坐和尚同那個長腳和尚闖入房裡，一個將妾綁住，妾欲叫喚，他將一把明晃晃尖刀擱在頭上，喝道：『若叫一聲，割落你頭。』一個收拾財帛，驅妾出門，來到這裡，綁縛樹上淫汙。妾無奈，只得喊叫，天幸老爺們來救了性命。」說罷就拜。

杜伏威大怒，持刀正要砍這兩個和尚，朱儉上前道：「爺爺且慢動手。一刀一個，他卻死得便宜。將這兩個落地獄的狗禿，我且教他慢慢受用些疼痛方好。」令勝金姐和婦人站遠些。和尚見勢頭不好，哀求饒命。朱儉道：「你不要叫，老爺親自伏侍你。」將兩個剝了下服，扳轉身來，仰面朝天，尋些乾草及枯死的樹柯，將和尚的坐褥兒割碎，取出棉花，夾草帶枝，紮縛在和尚陽物上。來福笑道：「原來這兩個小禿驢怕冷，這般日色，還緊緊的護這一身棉絮，頭上又戴個棉搭兒。」眾人道：「休要取笑，且看朱大哥做作。」只見朱儉身邊取一塡火石，敲出火種，將硫黃焠著，那亂草、樹枝與棉花且是枯燥易著，一步步燒到陽物上來。兩個和尚十分疼痛，喊叫連天，欲要掙扎，被繩索捆縛，眾好漢又把棍棒兩邊拄定，動彈不得。原來人的皮肉是有油的，見火愈著，況有那些引火之物，直燒得皮焦肉爛，臭氣薰蒸。兩禿驢熬疼不過，連聲哀告，只求早死。杜伏威拍手大笑道：「聞你這小和尚坐化，特地替你下火。」又燒了半個時辰，看看氣絕，不能動了，朱儉教眾人動手，刀斧齊下，砍為肉泥。可憐凶狠遊僧，因色化為野鬼。

杜伏威領了一行人和那婦人同過嶺來，走到午牌時分，遠遠見煙光透起，乃是一村人家，約有三四十家。那婦人指道：「前面正是我家了。」朱儉道：「你們且慢行，待我先去探看你家，還是如何？」說罷，三兩步跑到村口，只見鬧叢叢圍著數十人，在那裡大驚小怪的叫嚷。立住聽時，一個後生跌腳哭道：「天呀！不知怎地被那禿廝騙去了。」有的道：「和尚是色中餓鬼，見你渾家有些姿色，畢竟拐騙去了。」有的道：「朱兄，你常不在家，想是大嫂和那和尚有情，勾搭上了，通同走脫。」有的道：「朱大嫂是老實的人，決無此事，作速四下尋覓，或者還走不遠哩。」三三兩兩議論不定。朱儉分開眾人問道：「你們為甚事，在此喧嚷？」內中一個答道：「客官，你自行路，莫管這閒事。」朱儉笑道：「便與我說說。我在下專一抱不平，與人出力，或者管得這事，也未可知，何必遮蓋？」又一個道：「客官，一樁古怪之事。門不開，戶不開，房中不見了紅繡鞋。就是㪚地朱兄五更出門，往城裡贖藥，他的渾家被一個打坐和尚騙去了，房中金銀首飾、細軟東西，盜得一空，故此煩惱。又不知上南落北，來蹤去跡，那裡去尋覓？」朱儉笑道：「原來如此，只要重出賞錢，朱兄渾家在我身上包還他，不須慘切。」眾人喧哄道：「這客官倒來取笑，你既應承，必要下落。」朱儉道：「拐騙之事，報信不實，即為通同，豈可妄說？」將手向北指道：「那來的可是你渾家麼？」朱慶和眾人回頭一看，遠遠見程氏來了。朱慶喜從天降，慌忙跑向前，扶了渾家到門首，問道：「怎麼你被那禿驢騙將去了？又如何與客人們同回？」程氏將捉去姦淫，幸逢這夥客人救了性命，燒死和尚情由哭訴一遍。朱慶忙向杜伏威、朱儉倒身下拜，便欲款留一行人酒飯。杜伏威把那金銀包裹還了朱慶，辭道：「我等是要趕路程買貨的，恐躭擱誤了日子，不必酒飯，但有一事相託，乞莫推故。」指著勝金姐道：「這是我的族中姐姐，因丈夫在宜川縣為客身故，今隨我便道同往奔喪。奈因嬌怯多病，不能前進，意欲寄居尊府，留此丫鬟相伴。待我一到宜川，即雇車兒來接，那時並酬謝禮。」朱慶道：「若不是官人恩賜，我朱某怎能夠人財兩得？今令姐路途不便，舍下盡可安身，常羹菜飯，不嫌輕慢便好，怎講這酬謝的話？」杜伏威甚喜，將帶來細軟財帛，交割與勝金姐收管，附耳低言，說了幾句要緊關旨的話，別了朱慶夫妻，即和來福等一行人，匆匆趲路去了。朱慶因款留不住，心下怏怏不已，滿村人盡皆感激。程氏接引勝金姐到家內，灑掃一間靜室，安頓二人，早晚殷勤相待，不必細說。

且說杜伏威和朱儉沿途笑說：「遇此一樁奇事，那和尚與這婦人無緣，撞著我等，打散了風流陣。」互相談笑，不覺又走過數十里路，天色已晚，分投飯店安歇。次日又同趲路。一連行了數日，看看將近宜川，杜伏威問：「此去尚有多少路程？」朱儉道：「前面已近黃河渡口。」杜伏威道：「我先渡過寨裡去見繆公端，你領眾人就在這裡候那兩路來的弟兄，取齊渡河進寨，不可有誤。」朱儉道：「小人理會得。爺爺先去，眾人一到，即來參謁。」朱儉與一行人四散，各尋飯店安身。杜伏威單身行到黃河渡口，並無一舟來往，心下焦燥，只得脫了衣服，渡過河去。看官聽說，伏威自小是沒水慣的，又有法術，所以這廣闊黃河，不一時沒過對岸。到得山邊，只見遍地屍骸，滿場血肉，無一隻船來接應，比前大是不同。杜伏威心內疑怪，且上了岸穿衣，望前面進行，至土牆邊，柵門緊閉，寂無人聲。杜伏威高聲叫道：「柵內有人麼？」叫聲未絕，柵裡一聲梆子響，弩箭、炮石亂射出來。杜伏威吃了一驚，忙叫：「不要放箭，我是杜爺，特來拜謁大王，快開柵門！」守柵僂儸上前細看了，認得是杜伏威，即忙開門放入。杜伏威問道：「緊閉柵門，坡上盡堆屍骸，卻是何故？」僂儸道：「爺爺，說不得。繆大王身被重傷，臥床不起，爺爺來得正好，見了便知端的。」杜伏威忙攢進關，奔入寨中，合寨僂儸盡皆歡喜，急入帳中通報，繆公端令接入臥榻前相見。杜伏威隨入房內，舉目看時，有北寄生草為證，但見：

淒慘慘愁添緒，急煎煎火燎眉，渾身瘦軟精神悴。喘吁吁，難統貔貅隊；氣昏沉，怎把官軍退？咭簌簌，怕聽鼙鼓振邊關；撲簌簌，揾不住兩眼英雄淚。

繆公端臥於床上，呻吟道：「賢弟，你緣何許多時方來？」杜伏威道：「從容細稟衷曲，大哥為何如此狼狽？」端的因著甚來？」繆公端請杜伏威坐於床械之上，嗟嘆道：「自賢弟別後，不及數日，報湖上有一隻官船經過，小僂儸說是鄜州❼知州周陛為官貪酷，百姓遭其毒害，任滿朝覲，滿載而歸。當下我聞報，即傳令頭目率領僂儸，將周陛一家老幼盡皆殺了，取其金銀歸寨。船上有逃得性命的，飛報本州，轉申延州府。叵耐那太守蔣勵發軍數千，駕舟圍逼水寨，見陣數次，勝負未分。近日又添了一個勇將，是鎮守高奴❽城軍官俞福，前來助戰，身軀雄偉，使開山鉞斧，勇不可當。我與他廝殺，連輸三陣，

❼ 鄜州：治所在今陝西富縣。鄜，音ㄈㄨ。

❽ 高奴：治所在今陝西延安東。

身中數箭，臥不能起，僂儸被他殺傷了一半，寨子破在旦夕，幸得蔣太守身發重疾，暫收軍馬回去，算他不日必要復來。我正在此無計可施，喜賢弟到來，吾無憂矣。就請賢弟為山寨之主，督理軍務。」杜伏威道：「大哥不須憂怖，且自調理貴體。那廝來時，小弟先試一陣，另有良計破之。」繆公端道：「賢弟作主，有何懼哉。」

二人談話間，只聽得炮響鼓鳴，人聲鼎沸，探事僂儸飛報入來：「蔣太守病痊，率領將官俞福，軍士數千，駕舟圍逼水寨，比前番更是浩大。」繆公端見說，戰慄不安，杜伏威笑道：「大哥不必驚惶，待小弟挺身退敵。」即披掛提鎗上馬，帶領數百僂儸，開關迎敵。只見河中數百隻戰船，團團圍繞，逼近岸口。遙見一大將立於艨艟❾之上，頭帶鳳翅金盔，身穿白錦戰袍，上罩魚鱗細甲，手持大斧，指麾眾軍吶喊攻打。杜伏威見了，下馬登舟，將戰艦一字兒擺開，擂鼓搖旗，向前迎敵對陣。俞福見有人邀戰，把大船飛也似搖動，直衝過來。兩下鼓聲振天，箭如雨發，彼此射住陣角。少刻，兩船相合。杜伏威厲聲道：「你等何處鳥軍，敢擅攻大寨，自來納命？知進退的速返征旗，不然教你立刻身葬魚腹！」俞福笑道：「大膽狂徒，不思改邪歸正，尚敢大言。早早卸甲歸降，免汝一死！」杜伏威大怒，挺鎗就刺，俞福持大斧劈面砍來，兩個在船頭上交鋒，鬥不數合，蔣太守恐俞福有失，指麾眾軍助戰，四面圍裡將來。自古寡難勝眾，小僂儸如何抵敵？撥轉船頭，各自奔散。官軍箭如飛蝗，中箭落水者不計其數。杜伏威立在船頭，奮勇鏖戰，並無半點兒懼怯。太守跨落小舟，親自擂鼓助陣，大叫：「不要走了賊首！」眾官軍將船四圍攢繞，把杜伏威困在當中，搖槳駕舟的俱射下水去了，單剩杜伏威一人，那船無

❾ 艨艟：也作「艨衝」。古代戰船。

人駕馭，便橫轉來。杜伏威呵呵大笑，照俞福面門虛搠一鎗，俞福側身躲過，杜伏威棄鎗跳入水中，俞福忙令善沒水軍士三十餘人，下水來搶。杜伏威見了，賣一解數，名為鯽魚爆，從水底躍起，離水面丈餘懸空打一筋斗，直攛過數箭水面，頭向下，腳朝天，復鑽入河心。眾軍都沒入水底來拿，被杜伏威拔出腰刀，排頭兒砍將過來，幾乎殺個盡絕，只見骨都都血水泛出河面。俞福、蔣太守看了，情知著手，並跌足叫苦。不提防杜伏威從水底鑽到蔣太守船邊，將船梢盡力一搖，太守立腳不住，撲通的跌入水中。俞福見了，急令軍士救援蔣太守上船，暫且收軍。有詩為證：

何處來飛將，英雄壓孟門。
縱橫波浪裡，官卒可平吞。

再說杜伏威從水底游到河口上岸，回寨來見繆公端。繆公端又驚又喜道：「適才僂儸報官軍勢大，被他戰敗，賢弟已投水中，為何得生而返？」杜伏威笑道：「官兵雖眾，俱非精銳，俞福雖勇，亦非萬人之敵。今日故意挫動一陣，使官軍放心圍困山寨，我這裡且謹守數日，自有破敵之策。兄長安心，管取高枕無憂。」繆公端暗思：「今日一戰，大敗而回，又說甚破敵之策？」心下雖然疑惑，不敢再問，且傳下號令，分付守關僂儸，添上擂木炮石，晝夜防衛，不在話下。

蔣太守被杜伏威攛落水中，俞福救起回寨，心下大惱，次日正欲調軍攻打山寨，忽哨馬報：「岐陽府提營團練使葉榮引軍助陣。」此是桑參將因杜伏威反獄，合家被害，急欲報仇，刻期發兵追襲，見屠勝、劉勳敗陣逃回，將二人即時罷黜，緝拿杜門親族，勘究杜伏威去向。原來那日反亂之時，杜伏威恐禍貽親族，已令人分頭通報，盡皆棄家逃竄去了。只有杜應元之舅孔竅，遠房侄兒杜櫪，避在城外山中，緝著被獲到官。孔竅供稱杜伏威令來福招引，欲同往黃河孟門山逃難等情。桑參將把二人下獄監候，復選步兵一千五百，委葉榮統領，星夜追至黃河渡口，助蔣太守剿賊。蔣太守、俞福接見，設宴款待，葉榮細問賊巢虛實。蔣太守道：「賊首繆一麟連敗數陣，身中三箭，閉關不出，賊巢將破。近來添了一個賊將，不知何處來的，年方弱冠，十分驍勇。日昨交鋒，被俞將軍逼落河中，令軍士下水擒捉，反被殺傷，不意賊將在水底將我戰艘扳翻，盡皆落水，險些兒身葬魚腹。今幸將軍駕臨，必有奇策。」葉榮道：「看他山寨，不過一窪之地，況賊首殺敗，破之甚易，雖有乳臭小寇，何足慮哉！」附耳道：「只須如此如此，賊巢指日可破。」蔣太守甚喜。

當下葉榮傳令：「本部軍士每一人要蘆柴一束，初更取齊進發。」此時眾軍打點齊備，盡皆銜枚，輕舟前進。二更盡，直抵對河上岸，逼近木柵，數處堆起蘆柴，一面放火燒柵，一面擂鼓吶喊。關內僂儸急放弩箭炮石，官軍愈加攻擊。僂儸飛報寨裡，杜伏威知覺，忙披掛綽鎗上馬，飛奔關前，只見木柵四圍皆已燒著。杜伏威棄鎗，披髮仗劍，口中念動真言，霎時月色無光，驟雨大降。卻是杜伏威運黃河之水，澆滅大火，眾官軍淋得衣甲透濕，無處藏身。少頃雨住，狂風大起，颳得眾人立腳不定，個個驚慌亂竄。葉榮禁遏不住，也放馬落荒而走。後面喊聲大振，大隊僂儸點起火把，簇擁杜伏威追出關來。葉榮回頭看時，追騎已近，平欺杜伏威年幼，不以為意，帶轉馬舞刀接戰。杜伏威鎗尖早到額前，葉榮躲閃不及，面中一鎗，倒撞馬下。杜伏威找了首級，驅僂儸四下搜殺官兵。四鼓盡，收軍回寨獻捷，繆一麟鼓掌大悅，方信伏威英勇，前言果不謬也。有詩為證：

不識孫吳⑩妙，徒知用火攻。
烈煙隨火滅，詭計已成空。

當夜俞福引本部官軍，駕數十隻大船，渡河接應。初時火光競起，倏然又雨降火熄，少頃又見火光明亮，喊聲不絕，心下驚疑，催軍急急搖船前進。忽見水中逃命官兵爬上船來，報說戰敗，主將已被少年賊將所殺。俞福大驚，即駕舟回南岸，與蔣太守備言其事，合寨驚愕，不敢逼近寨柵，只將軍馬隔河遠遠圍困，緩緩攻打。

再說朱儉其一行人，在飯店裡候了數日，眾好漢陸續來到，同至僻靜處照會了。朱儉查點人數，共一百三十餘人，正要覓船渡河，只聽見金鼓喧天，喊聲振地，朱儉驚問店主人：「這喊戰金鼓之聲，卻是何處？」店主道：「客官不知，離我這鎮頭五七里路，即是永寧關口。黃河之中，有一強盜姓繆名一麟，號公端，身長九尺，武藝過人，聚集千餘僂儸，倚山傍河，創一大寨，打家劫舍，攔截客商，數年無人敢近。今因劫了鄜州知州的官船，知州一家盡被殺死，本郡太守蔣爺發軍征剿，這喊殺之聲，又是兩下交戰了。」朱儉聽罷大驚，心中暗想道：「正欲投奔繆公，不期與官軍廝戰，怎生過去見得杜爺？」心內憂煎，且分付眾人密密四散藏頓，不可被人識破。自卻離了飯店，沿河打聽消息，遠遠見官軍撐舟駕櫓，紛紛攻寨。朱儉只得在河岸盡頭楓樹下坐地，想道：「怎的得到寨裡，通一個信息也好。」當日不歸飯店，拚著命走到路口茅店裡，沽幾壺酒吃了，復到河邊探望，看看天色將晚，官軍撤圍回寨，月

⑩孫吳：春秋戰國時期兩位著名的兵法家孫武、吳起的合稱。

色朦朧。朱儉獨自一個在堤上走來走去，躊躇不決，又不知到大寨有多少路程，又無船隻，不敢下河沒水，悶昏昏的再到楓樹下坐了一會，不覺酒湧上來，一覺睡翻在草裡。

卻說山寨裡每夜撥兩隻快船，差十個僂儸輪班出來巡哨。當夜悄悄寂寂，把船搖近對河，聽得岸上大樹下打鼾之聲，諒來是官軍細作，輕步上岸，將朱儉綁了，扛下小船，飛也似搖過河來，到山下唿一聲哨子，伏路的僂儸自來接應。朱儉兀自在醉中未醒，直待扛上岸來，方覺臂膀疼痛，問小僂儸：「你們為甚事綁我到此？」僂儸道：「不須多說，請你去山寨中見大王講話。」朱儉暗想：「這必是大寨裡巡風的了。」且不做聲，任他扛上山來。早有人報知寨裡，杜伏威升帳，叫押進細作來。杜伏威看見原來不是細作，恰是好漢朱儉，慌忙喚僂儸開綁，引進後寨見繆公端。朱儉將上項事細說一遍，又道：「急切裡要到大寨通個消息，卻沒門路，天幸得僂儸綁來見杜爺。」杜伏威道：「我正要著人接你眾人，不期官軍催戰，無暇及此。」朱儉道：「適見官軍勢大，將軍未可輕敵。」杜伏威道：「數日前曾和官軍對陣，被我殺一大將，砍死官兵無數，但俞福等恃眾欺敵，一時未肯退兵。你眾人雖拚命欲來救應，這一二百人做得甚事？況且又無大將統領，怎生廝殺？我雖有法術，水面上難以施行。今有密書一封，煩你星夜提到河東廣寧縣石樓山下張太公莊上，送與林澹然師太，如此如彼盡在書中。速去速來，不可遲誤。此是要緊軍機，足下莫辭跋涉。」朱儉道：「將軍差遣，生死不辭，事不宜遲，即此便往。」杜伏威寫了書，取白銀五十兩，差兩個僂儸掉船送出河港。

朱儉從僻路上岸，沿河闖出大路，不分晝夜努力奔馳，不日已到廣寧縣界。一路訪問端的，尋到張太公莊上，見個道人在莊前灌園，朱儉聲喏，要道人引見林師太一面。道人領入莊裡相見了，呈上杜伏威書銀。林澹然著行童安頓了行囊，陪朱儉酒飯，次後拆書看時，那書上寫道：

自別恩師，煢煢負翁骸骨，途中奇遇，不一而足，未暇悉陳。抵岐陽，幸遇先叔，賴完葬事。繼聞先叔失妾，略施小技，立使璧旋⑪。無知搆訟，不肖亦陷縲紲，問官糊塗，害叔自剄⑫，孀母繼死，痛哉，痛哉！雖奮力報仇雪憤，敵退追兵，而一路阻滯，不能逕返。石樓繆公端者，曾於中途結盟，彼獨霸黃河，投之庶可自庇。乃今又為官軍所迫，恐其玉碎，不肖亦難瓦全。伏惟恩師俯憐小子，速遣薛弟出奇計來援，則闔寨幸甚。事切燃眉，翹首而待。匆匆不盡，使者能詳。衹候⑬萬安，慧炤⑭不一。薄具白鏹五十兩，作供佛之費，叱存是幸。

伏威百拜。

林澹然掩書嘆道：「小小年紀，才出門，就惹出大事來，招動干戈，如何佈擺？」當晚在後園內細觀星象，見東北上將星朗朗，分外光明，心中暗想：「這星象分明應在三個小子身上，須索救他才是。」次早，叫薛舉近前，問道：「男子生於天地，還是樂守田園，安分的好，還是能文會武，顯耀的好？」薛舉承問，不慌不忙，躬身說出這句心事來。正是：

---

⑪ 璧旋：史記廉頗藺相如列傳載：藺相如持和氏璧入秦，不辱使命，終將璧完好地歸還趙國。後因謂原物歸還其主為「完璧歸趙」。

⑫ 剄：據文意應為「經」。

⑬ 衹候：恭候。

⑭ 慧炤：猶「慧炬」。佛教語。謂無幽不照的智慧。炤，同「照」。

寧為世上奇男子，不作人間小丈夫。

畢竟薛舉如何答應？且聽下回分解。

第二十七回　計詐降薛舉破敵　圖霸業伏威求賢

詩曰：

自古兵機仗詐行，多於詐處立奇勛。
鳳雛昔日欺曹賊❶，薛舉當年救繆君。
義入延州❷施沛澤，仁翔宜縣❸解災屯。
雲龍風虎❹英雄聚，繼跡桃園❺霸業成。

話說薛舉因林住持問其志向，回言道：「人生天地，若圖安逸，畏刀避劍，豈是頂天立地的大丈夫？自古男子生而桑弧蓬矢❻，以射四方，須要建功立業，顯親揚名，以流芳百世，成個鬚眉男子。」林澹

---

❶ 鳳雛昔日欺曹賊：龐統，三國時蜀主劉備軍師，才智與諸葛亮齊名。當時稱諸葛亮為伏龍，龐統為鳳雛。三國演義第四十七回，寫赤壁之戰時，龐統以連環計欺騙曹操。

❷ 延州：治所在今河南延津。

❸ 宜縣：指宜州縣，在今陝西耀縣東南。

❹ 雲龍風虎：易乾：「雲從龍，風從虎。」後用以借指英雄豪傑。

❺ 桃園：民間傳說三國時劉備、關羽、張飛在桃園結拜兄弟。後以「桃園結義」為結拜兄弟，共同謀事的典故。

然點頭而笑，取杜伏威書與薛舉看。薛舉看畢道：「杜大哥一路磨折，又被官軍圍困，小子愚意，必須急去救他，才是同盟之義。不知老爺尊意若何？」林澹然道：「俺心下也如此想，只怕你年輕力薄，武藝未精，放心不下。」薛舉道：「某承老爺訓誨，論武藝亦不在人之下，弟兄有難，焉可坐視不救？雖有官軍百萬，何足懼哉？」林澹然道：「杜伏威雖然被困，精通法術，斷不至傷身。但今離亂之際，君不君，臣不臣，冠裳倒置，賞罰不明，貪官汙吏安享榮華，孝子忠臣反遭屠戮，蒼天厭亂，必然否極泰生。汝等學成文武，應天順人，取功名正在今日。趁杜伏威遭困，你可如此如此，以解其圍，乘機創業，早寄捷音，俺即著張善相來贊助你。還有一句創業捷法，圖霸秘經，作須記取：天地以好生❼為德。聖人云：不嗜殺人者能一之。凡攻城掠地奏捷之日，切不可屠戮生靈，傷殘善類；除暴救民，以安四方。此是收拾人心的大機括。若徒恃血氣之勇，殺人放火，自取滅亡耳。戒之，戒之！又有秘符一道，與汝珍藏，設遇急難，握符掌中，即刻可以遠遁。汝年已長，且身軀雄偉，明早加冠❽，然後起行。」薛舉頓首受教。有詩為證：

禪機高出帝王師，不與兵家共守雌❾。

---

❻ 桑弧蓬矢：古時男子出生，以桑木作弓，蓬草為矢，射天地四方，象徵男兒應有志於四方。後用作勉勵人應有大志之辭。

❼ 好生：愛惜生靈，不嗜殺。書大禹謨：「好生之德，洽于民心。」

❽ 加冠：古代男子二十歲行加冠禮，表示成年。

❾ 守雌：以柔弱的態度處世。老子：「知其雄，守其雌，為天下谿。」吳澄注：「雄，謂剛強；雌，謂柔弱。」

篋內秘文神鬼泣，直教三俠義聲馳。

次早，林澹然打疊行囊，焚香點燭，對天祝告，為薛舉冠帶已畢。薛舉先拜天地諸佛，復身拜了林澹然、苗知碩等，急急收拾，與朱儉動身，取路往延州郡來。數日間，已到永寧關口，朱儉去各店中，引眾好漢來見了薛舉，暗暗知會秘計，準備詰問時回答的言語，件件停當。然後帶了眾人都投蔣太守寨前來，只見鎗刀密密，旗幟森森，管寨門將士喝道：「兩軍對拒，此是何處，汝等亂走？」薛舉道：「在下謁見太府蔣爺，煩乞轉報。」那將士道：「蔣爺正在此征剿孟門山大盜，用軍之際，你有何急事要見老爺？」薛舉道：「小人正為軍情而來，聞蔣府太尊圍困繆一麟，月餘不能破其巢穴，特來投軍，以助一臂之力。」那將士忙進中軍通報，蔣太守分付令入寨來。薛舉向前參見，蔣太守看薛舉堂堂一表人材，丰標灑落，甚是歡喜，卻又心中疑惑，問道：「少年壯士何處人氏，姓甚名誰，習何武藝，來此投軍？」薛舉道：「小人姓趙名起鳳，本貫河南人氏，自小習成十八般武藝，箭可穿楊。聞知老爺征剿黃河巨寇，特聚四方壯士百餘，願投麾下為前部先鋒，征剿賊盜，以圖功勣❿出身。」蔣太守笑道：「看你年紀尚幼，焉能破賊立功？況從遠方而來，未審虛實，莫非是繆賊奸細，到我這裡探虛實的麼？」薛舉正色道：「小人是河南安陽縣中丞御史趙成璧之孫，常德郡別駕趙爕之子。往歲父親解糧至京，從黃河經過，被此賊一箭射死，盡劫糧米。此賊與小人不共戴天之仇，恨不能啖其肉，碎其屍，瀝血以祭先靈。今聞老爺興兵征剿，小人盡散家貲，招集四方壯士，特投麾下，誓擒此賊，以報大仇。不意老爺反生疑惑，可

❿ 勣：同「績」。

憐一片赤心，使人目為賊黨，寃屈無伸，此仇怎報？不如尋個自盡，以表真心。」說罷，號咷大哭，拔劍自刎。蔣太守慌忙跳下座來，止住道：「我特戲言，以試壯士耳，何奈輕生？卿果能殺賊立功，必當保舉重用。」薛舉拭淚謝道：「某傾心赤膽而來，與此賊勢不兩立。老爺如肯任為前鋒，破此小寇，如摧枯拉朽耳。若不能生擒此賊，必投黃河而死。」蔣太守大喜，即用為本府領軍校尉，其餘同來壯士，逐名收入軍冊。有詩為證：

成功不厭詐謀深，俠骨何曾畏鼎烹？
太守座前輕白刃，試看舌劍屈人兵。

少頃，俞福進參見，看見薛舉在寨外點名上冊，問蔣太守道：「壯士何來？」蔣太守將趙起鳳投軍之意說了。俞福道：「雖然為父報仇，未審其中虛實。小將願為前鋒，將此人統領本部壯士，為後軍救援，庶無他變。」蔣太守道：「我看此少年甚是驍勇，其情真切，諒非虛假。此正用人之際，不必多疑。正欲使彼為先鋒，以觀其才能耳，將軍何須過慮？」俞福不言而退。

再說朱儉引眾人隨薛舉投了蔣刺史，自己卻依舊到河邊伺候。當晚巡哨僂儸認得朱儉艤⓫船到岸，下了船巡到大寨，參見二位大王。杜伏威問道：「差你去幹事如何？」朱儉道：「小人見了林老爺，呈上爺爺書信。林爺看了，即差一個少年將軍姓薛的，暗受密計，已引眾好漢詐投蔣太守麾下去了，小人特來回覆爺爺，準備廝殺，必有好音。」杜伏威大喜，賞了朱儉。此時繆公端箭創已癒，病體平復。次

⓫ 艤：音ㄧˇ，使船靠岸。

日，杜伏威整辦筵席，替繆公端賀喜起病，合寨大小僂儸俱賞酒肉，大吹大擂，飲酒作樂。繆公端問及朱儉求救之事，杜伏威笑道：「兄長寬懷飲酒，不數日，管取蔣太守首級獻於麾下。」公端且喜且疑。

正酣飲之際，只聽得戰鼓鼕鼕不絕，人喊馬嘶。守關僂儸入寨來報：「官軍隊裡新添了一員少年將官，引大隊人馬棄舟上崖，圍繞大寨，速請主帥軍令。」杜伏威道：「快牽過戰馬來！」提了長鎗，跨馬出門迎敵。繆公端、朱儉俱上馬，引五百僂儸協助。官軍隊裡見一員少年將官，正是薛舉，全身披掛，立於門旗之下，遙見對陣門旗開處，飛出一員大將，率領僂儸吶喊而來。薛舉知是杜伏威來了，把戟一招，擺成陣勢。杜伏威見了薛舉，二人心領神會，更不打話，一個使方天戟劈胸就刺，一個舞鐵桿鎗急駕相還，鬥上三十餘合，不見勝負。官軍陣上惱了將軍俞福，使動開山大斧，奮勇助戰。好漢隊中惹動了寨主繆一麟，用長矛努力相持，兩邊喊聲動地。酣戰之間，內中輸了一將，翻身落馬。眾人看時，卻是杜伏威被薛舉一戟打下馬來，眾軍士撓鉤搭住，活捉去了。繆一麟正和俞福廝殺，忽見杜伏威墜馬，心下大驚，不敢戀戰，撇卻俞福就走，俞福不捨趕來，追至關下。繆公端勒轉馬頭，左手彎弓，右手搭箭，看俞福來得較近，一箭射去，俞福躲閃不迭，射中左臂，倒撞下馬。眾軍士只顧救俞福而去，不來追趕。繆公端收聚敗軍，奔入關裡，隨後朱儉、僂儸陸續皆到。繆公端跌足道：「輸了一陣猶可，杜弟被他擒去，必然送了性命，折吾左臂，天喪我也！」大哭不止。朱儉附耳道：「將軍休慌，杜將軍落馬遭擒，此是計策，他分付小人，軍機秘密不可泄漏。今晚教將軍整頓僂儸，飽食嚴裝，渡水劫寨，裡應外合，大事成矣。」繆公端聽罷，如夢方覺，心花頓開，一天愁悶都撇在九霄雲外，即忙點視僂儸，傷折不多，傳令準備渡河劫寨，不在話下。

再說俞福被射了一箭，不敢追趕，收軍駕舟回寨。蔣太守見趙起鳳擒了杜伏威，大喜，將杜伏威囚在陷車內，著軍士看守，待捉了繆一麟，一同斬首。重賞趙起鳳，令隨軍醫士醫治俞福箭瘡，不題。

卻說繆一麟當夜黃昏時候，點起合寨僂儸，委兩名貼身能事的權守寨柵，自卻和朱儉、眾頭目悄悄地離了大寨，撐船渡過對岸。正到半渡，只見上流頭有七隻小船唿哨而來，繆公端等吃了一驚，又不好相問。那船搖近到來，朱儉在船頭上仔細看時，卻原來不是別人，乃岐陽郡同出獄的好漢，因風不順，整整等了十餘日，後得順風，將舟傍近孟門山，又見官軍和繆、杜二人廝殺，不敢近前，只得將船遠遠停泊港裡躲避。當夜見月明如晝，官船俱撤圍去了，又是順風，故此眾好漢搖船過山岸來，卻好兩舟相撞，遇見朱儉。朱儉暗喜，即對繆一麟說了眾人來的緣故。繆一麟分付眾人，便可相助劫寨。眾好漢應諾，一齊揚帆駕櫓，奮力搖過對岸。

時已三更二點，蔣太守寨內寂無人聲，蓋因戰勝了，全不在意，雖有數個伏路小軍，盡被僂儸殺了。此夜月色微明，風聲颯颯，繆公端率眾僂儸吶喊向前，砍開寨門，只見寨裡已自有人接應。原來薛舉先著人通知杜伏威，各藏暗器，等候接應。聽得寨外喊聲，知是繆公端僂儸已到，即教打開陷車，當先放出杜伏威來，搶了一枝長槊，口中暗誦真言，只聽得風聲大作，霹靂交加。薛舉共眾好漢一齊動手，一面放火，一面殺人，合寨火光，照耀如同白日。此時，蔣太守夢中驚醒，見寨內四圍火起，驚得心膽皆碎，急忙奔出寨口，欲要逃命，被火煙逼住，不能出寨，復回身望寨後而走，正遇著薛舉，手起刀落，將蔣太守砍為兩段，取了首級。眾軍士皆睡夢中醒來，人不及甲，馬不及鞍，東逃西竄，不被殺死，即被燒死，焦頭爛額者不計其數。俞福箭瘡疼痛，正睡不著，聽得金鼓喊殺之聲，情知有人劫寨，急欲掙扎，眾僂儸早到，連床砍為肉泥。杜伏威、繆公端合兵一處，搶擄得器械、糧食甚多，杜伏威都教搬上船，拽起順帆，一同回寨。蔣太守大寨頃刻化為白地。正是：

喜孜孜鞭敲金鐙響，笑吟吟齊唱凱歌聲。

須臾，船已傍岸。繆公端等同至大寨，和薛舉敘禮，問及表字，薛舉道：「小弟賤字翀之，杜大哥字君武。」繆一麟又問：「青春幾何？」薛舉道：「虛度一十六歲，杜大哥長我一年。」繆一麟道：「翀之既冠，君武何以遲滯？今日乃戰捷吉期，為賢弟加冠如何？」杜伏威應允。繆一麟令僂儸殺牛宰馬，祭賽天地。杜伏威冠帶，三人拜罷，大排筵席慶賀。另著小頭目陪新來眾好漢飲酒，合寨僂儸皆有犒賞。當下繆公端、杜伏威、薛舉、朱儉四人次序而坐，酣歌暢飲。繆公端道：「小弟叨居山寨數年，頗稱自在快樂，不期被蔣太守、俞福這廝困逼太甚，屢戰屢敗，勢如壘卵，自分不能再立。天幸杜大哥降臨，山寨有主，又賴薛大哥諸弟兄勇力，神機妙算，報仇雪憤，解我之困。感佩大德，何以報之？」杜伏威道：「患難相救，自是弟兄們分內事，大哥何出此言？只是飲酒盡醉便了，不須稱謝。」薛舉道：「小可幸會繆大哥，恨相見之晚。戰勝攻取，賴諸弟兄之力，予何功之有？今日敘義，須索盡歡，爾我相忘，不必拘拘形跡之間。還有一語，古人云：人無遠慮，必有近憂。雖有智慧，不如乘勢。先發者制人，後發者制於人。今日僥倖，一戰圍解，倘若四遠官軍雲合，併力來攻，何以當之？愚意不若乘此戰捷之勢，立起帥旗，招軍買馬，求賢納士，先取延安府⑫以為根本，次攻鄜州，後取朔州⑬，西圖巴蜀⑭，東取

⑫延安府：治所在今陝西延安。

太原⑮，據城守險，此王霸之業也。繆將軍、杜大哥以為何如？」繆公端道：「壯哉斯言，甚合小弟之意，今不興兵，更待何時？」杜伏威道：「薛二弟之論雖高，繆大哥之議太速。兵者，凶器也，須量力而進，豈可造次？俗語云：成則為王，敗則為寇。當今天下四分崩裂，英雄競起，我等器械未備，軍卒未練，糧草未足，焉能成事？若攻得一城，破得一邑，進有所據，退有所守，方可轉動。今若輕舉，倘有疏虞，豈不自貽其侮？依小弟之見，繆大哥守寨，薛二弟佐之，留五百僂儸，在此河口及中流險要之處，阻截來往客商、仕宦船隻，凡一概財物十取其三，不可殺害良善，積少成多，這錢糧不是有的了？然後招軍買馬，接引四方豪傑，軍馬以漸而盛。一面待小弟率領五百僂儸，前取延安府。若得此城，就是根本，選英雄之士鎮守地方，然後東征西取，次第施為，庶可無失。」薛舉、繆一麟同道：「杜兄所言，乃是萬全之策。」繆一麟又道：「據險攔截客商，這是我的分內事，不須薛君幫助。招軍買馬，也是我一力支持。薛君可輔佐賢弟攻城略地，方得成事。」薛舉慨然應諾。當晚席散，閒話不題。次日，杜伏威揀選五百壯健僂儸，和薛舉別了繆公端，駕起舟楫渡過對岸上馬，搖旗吶喊，殺奔延安府來。有詩為證：

兄弟兩同心，師行神鬼驚。

⑬ 朔州：治所在今山西朔縣。

⑭ 巴蜀：秦、漢設巴、蜀二郡，在今四川、重慶。

⑮ 太原：今屬山西。

將軍威武重，何復有堅城？

卻說當時梁武帝被侯景逼死臺城，立武帝第三子世讚為帝。在位二年，侯景弒之，又立豫章王世記登基。未及數個月，即禪位於侯景。景即位稱帝，郊天⑯大赦，改元太始⑰，天下大亂。時有梁朝大將二員，一名王僧辨⑱，一名陳霸先⑲，見侯景僭位，另輔佐梁武帝第七個太子湘東王諱繹⑳字世誠為帝，即位於江陵，大發兵討侯景。侯景屢戰屢敗，與百餘騎東走，追及斬之。不二年，湘東王又為魏主所執。陳霸先復立貞陽侯淵明即位，因朝內變亂，遜位與太子晉安王登基。次年，晉安王即禪位與陳霸先，國號陳，建號永定，是為陳高祖皇帝。此時江南地面已屬陳高祖所轄，這江北地方尚屬東魏。歲次庚午，乃陳高祖武定八年也。魏主進高歡之子高澄之弟太原公高洋㉑，位為丞相，封齊郡王。八月朔日，魏主下詔禪位於齊郡王，於是高洋即皇帝位，國號齊，改元天保㉒。延州府卻屬大齊地境。

這延州太守蔣勵，乃是齊帝的寵臣，右僕射皮景和之內侄，景和一力薦拔為延州府太守，管轄二州

⑯郊天：祭天。古帝王祭祀天地。冬至祭天於南郊，夏至瘞地於北郊。
⑰太始：侯景太始元年為西元五五一年。
⑱王僧辨：南朝梁將領，與陳霸先合兵敗侯景。
⑲陳霸先：原為梁將領，後受禪稱帝，國號陳，史稱陳武帝。
⑳湘東王諱繹：即梁元帝蕭繹，梁武帝蕭衍第七子，在位三年。
㉑高洋：高歡次子，以淫亂殘暴著稱。
㉒天保：北齊天保元年為西元五五〇年。

七縣，地方廣闊，錢糧極多，人煙稠密，百姓富庶，是一個膏腴的都會。蔣太守臨任已來，殘忍苛察，百姓盡遭其害。當日聽得心腹人報說黃河孟門山有一夥大盜，廣有財帛，錢穀如山。近日因殺了鄜州知州，怕別郡領兵來征剿成功，得了財物，故此親自提兵剿捕，不期遭薛舉詐降計，死於非命。逃命軍士飛報府丞湯思忠，合府大小官員盡皆失色。湯府丞速著人齎公文下各縣，令招兵守城，一面急申文至樞密院轉奏齊主，請發救兵征討。

原來這延州府離黃河只隔得一百餘里，所轄宜州縣，貼近黃河。本縣知縣姓鄭名琦，正坐早堂，探事的飛報將來，說蔣太守全軍陷沒，官身亦被殺了。又湯府丞有緊急公文下來，說孟門山賊勢猖獗，殺損官軍，蔣刺史、俞福皆遭其害，各縣嚴守城池，待部文到日，一同出兵征剿。鄭琦看罷，心下憂驚，與書吏計議道：「日前蔣太守要征此賊，我再三諫阻，且從容動兵，蔣太尊反怪我懦弱，發怒而去。今日全軍陷沒，太尊被害，本縣失於救應，罪坐不小，如何裁處？」書吏稟道：「蔣太爺全軍陷沒，朝廷坐罪老爺，此事猶緩，可以辯解。如今賊軍戰勝，其勢浩大，本縣貼近賊巢，倘賊寇一時臨城，如何抵當？乞老爺早發軍健、民壯人等，防守四門，再議征剿之事。」鄭琦道：「此言甚當。」正欲點軍守城，只聽見喊殺震天，金鼓不絕，探子飛報：「黃河強寇，擁大隊僂儸，圍逼城下。」鄭知縣慌聚縣丞、縣尉、幕賓、書吏上城來看，只見眾僂儸擁著馬上兩員大將，吶喊搖旗討戰。鄭琦仔細看那兩員將官，一般打扮。但見：

　　束髮金冠耀日，雕鞍神駿騰雲。錦袍細甲放光明，畫戟蛇矛輝映。　左首馬超㉓再世，右邊呂布㉔重生。伏威薛舉兩超群，二虎當先出陣。

鄭琦看城外二將雖勇，部下僂儸卻是不多，心下亦不甚慌，回頭問縣丞道：「戰守二策，何者為先？」縣丞傅明答道：「城池狹小，軍少糧稀，只宜謹守。飛申本府各道發兵救援，併力退賊，方可保全。」縣尉奚艮係軍衛出身，恃著自己識些武藝，抗言道：「賊軍乃烏合之眾，何足介意？堂尊若與晚生軍士數百，立斬賊首，報捷臺下。」鄭琦壯其言，即撥軍士一千，民壯三百，大開南門。奚艮披掛上馬，手提大刀出陣。兩邊布陣已完，奚艮躍馬向前，大喝：「覓死賊奴，殺害蔣刺史，正欲興兵擒拿，碎屍瀝血以祭蔣公，今反自來投死，快快下馬受縛！」杜伏威道：「當今朝廷多事，皆是你這干貪官汙吏，荼毒生靈，我老爺特興義兵，代天討罪。你若知天命的，早早卸甲歸降，可免一死。」奚艮大怒，拍馬舞刀殺來。杜伏威正欲迎敵，薛舉一匹馬早已飛出。兩騎相交，刀戟並舉，二人戰十餘合，奚艮一刀砍來，薛舉閃過，卻砍個空，薛舉復身照心一戟，將奚艮刺於馬下。眾軍無主，四散奔走，杜伏威、薛舉乘勢追擊。鄭琦在城上見奚艮被刺，驚得面如土色，慌叫閉門。杜伏威軍馬早到門邊，閉門不及，城內軍士只得攔住廝殺，被薛舉一連刺死十餘人，軍皆四散。杜伏威一馬當先，直入城裡。此時城中鼎沸，人民各不相顧，狼奔鼠竄，嚎哭振天，軍士降者大半。鄭知縣單騎而逃，縣丞傅明不知去向。

杜伏威、薛舉入縣衙，坐於堂上，出安民榜，禁止軍士殺擄，犯者梟首，百姓安堵如故，開倉發粟，

㉓ 馬超：三國蜀漢將領。三國演義以其為蜀漢五虎將之一。

㉔ 呂布：漢末名將。在三國演義中為第一猛將。

賑濟孤老貧窮。擊動縣堂大鼓，聚集耆老、鄉民、社長㉕、六房書吏，傳下號令：凡有不到者，全家處斬。人皆懼死，互相引薦，一齊聚集縣堂參見。眾人稟道：「將軍呼喚，有何台旨？」杜伏威道：「我興兵到此，非為財帛子女。只因官吏不仁，萬民塗炭，特來誅剿貪酷，替你百姓除害。你們可實實說來，本縣中有甚麼英雄豪傑、孝子順孫，皆當實報，不可隱諱，亦不許偽報。」眾人道：「本縣窄小，沒甚豪傑。只有在城善慶橋堍㉖下一少年書生，姓查名訥，字近仁，文材出眾，極是個孝順的人，甘守清貧，不希榮祿，縣主鄭爺時常調濟，堅辭不受。這一人是個奇士，餘者俱是村夫俗子。」薛舉又問：「鄭縣尹、傅縣丞，做官何如？」書吏道：「鄭縣主為官清廉，傅二尹為人剛介，這二位老爺，百姓皆感仰其德。」杜伏威便傳令：鄭知縣、傅縣丞二家老小宦資著人護送回家，不許侵犯。耆民百姓歡喜而散。杜伏威、薛舉二人帶甲權宿縣衙。

次日，杜伏威差書吏人等齎金帛重禮，到查訥家內聘請進縣，查訥辭疾堅執不受。書吏回覆，杜伏威道：「是我差了。我當親往禮請，才是求賢之道。」乃與薛舉帶數個將校，步行到查訥家中。查訥迎入草堂，相見坐定，獻茶已罷，杜伏威看那查訥。但見：

眉列青峰，眼澄秋水。韜光㉗姓字，奇謀未許外人知。抗志窮檐，飽學自誇王帝佐。端莊爾雅，

㉕ 社長：古代以社為基層地方組織，選年老曉農事者任社長。

㉖ 堍：音ㄊㄨˋ，橋兩端向平地傾斜的部分。

㉗ 韜光：斂藏光采。比喻隱藏聲名才華。

沉雄處沒半點輕浮。慷慨牢騷談笑裡，伏萬餘兵甲。不是子牙㉘再世，應知鄧禹㉙重生。

查訥道：「小生無學無能，株守蓬蓽，何勞二位將軍大駕光臨，有失遠迎。」杜伏威道：「當今國家變亂，盜賊蜂起，百姓遭殃，四海有倒懸之危。小將特興義兵，除暴安民，非圖金帛子女而來也。古人云：良禽擇木而棲，良臣擇主而事。某雖赳赳一勇夫，渴有求賢之志，聞君大名，如雷灌耳，敬奉微禮，欲屈尊駕，共救生靈，替天行道，望勿峻拒為幸。」查訥道：「某一介書生，不諳世務，況老父年高，朝暮難離膝下，不能奉命，將軍休罪。」薛舉道：「某弟兄二人，竭誠奉謁，敦請足下，為公非為私也。尊翁年雖高大，接入縣衙亦可奉養。足下堅執不從，眼見得滿城百姓盡遭殃也。」查訥一聽此言，心甚感惻，方才允道：「待某稟過老父，願侍將軍聽教。只恐才疏學菲，有負二公重託耳。」有詩為證：

才出茅檐意氣濃，二十八宿羅心胸。
宜州一諾軍機定，佇看天山早掛弓㉚。

杜伏威大喜，喚從人獻上禮物。查訥收了，稟知父親，同伏威等上馬入縣衙來。杜伏威大排筵席慶賀，一面令查訥權掌縣印。查訥推辭不受，止居行軍記室㉛之職。正飲酒間，哨馬報：「延州府府丞湯

㉘ 子牙：姜子牙，姓姜，名尚，字子牙。又稱「呂尚」、「姜太公」。西周開國功臣。相傳所著六韜，為兵書之祖。

㉙ 鄧禹：東漢開國名將，位列雲臺二十八將之首。

㉚ 天山早掛弓：傳說唐初名將薛仁貴出征西域，以三箭定天山。

思忠，帶領五千軍馬，數員大將，把城池四面圍住，速請主將出令。」查訥笑道：「湯府丞此來，是自送其死耳。」薛舉問道：「湯府丞為人何如？」查訥道：「這府丞姓湯，名思忠，冀州㉜人也。一味好財貪色，酣酒吟詩，乃富家子弟，白面書生，不諳韜略。今日之來，豈不納命？」杜伏威道：「請問足下，大兵臨城，何以退之？」查訥道：「二將軍英雄無敵，何故下問於鄙人？」杜伏威、薛舉再三請教，查訥道：「杜將軍領五百軍馬開門迎戰，可敗不可勝，別有良計。」杜伏威慨然起身，披掛上馬，手執長鎗，選軍五百，大開城門，出戰對陣。湯思忠隨從六員大將，一員是統制司正統使常泰，一員是副統使樂正年，一員是統制司把總王連城，一員是本府都總管錢向，一員是副總管沙應龍，一員是毗豐衛護衛申千秋，各各全身披掛，騎著戰馬，手執兵器，兩陣對圓。湯思忠立馬陣前，高聲喝道：「何等狂賊，輒敢殺害大臣，僭據城廓。快快下馬受縛，免汙我刀。」杜伏威道：「你這些害民的豬狗，殺得盡絕，方暢老爺之意。那一個送死的，快向前來。」官軍隊裡，一員大將手持大斧，拍馬出陣，眾視之，乃是正統制常泰。兩馬相交，戰不十合，杜伏威拍馬回陣，常泰不捨，奮力趕來。杜伏威棄盔散髮而走，奔入城內。隨後常泰、湯思忠號令眾軍，依舊將城緊緊圍了，晝夜攻打。

卻說薛舉接應杜伏威入城，同進縣衙坐定。查訥問道：「來將何如？」杜伏威道：「敵軍雖眾，不足懼也。若用我那所藏將士，這數千軍立刻化為齏粉。但遵恩師分付，不敢擅用耳。」查訥驚道：「小生看本城軍馬不過千餘，難以敵眾，故先令軍士試探一陣，然後出奇兵勝之。將軍既有軍士，何不用之，

㉛ 記室：官名。掌章表書記文檄。

㉜ 冀州：漢武帝時為十三刺史部之一，轄境相當於今河北中南部、山東西端、河南北端。

以取勝也？」薛舉笑道：「杜將軍將士藏在衣袖裡。近仁要看，即時可致。」查訥道：「或者是杜將軍胸中有數萬甲兵否？既有軍馬，小生願求一見。」杜伏威就於縣堂上，身邊取出寸草赤豆，口中默誦真言，喝聲道：「疾！」頃刻間變成軍馬。杜伏威又念咒語，軍士各依隊伍，坐作進退，不差分毫。查訥看了道：「請收了法，機貴秘密，不可洩露。」杜伏威右手捻訣，大喝一聲，軍馬依然變為草豆。查訥道：「杜將軍有此妙術，神鬼莫測，斬將必矣。」杜伏威道：「此法是我恩師林爺傳授，甚是玄妙。臨別時，他再三囑咐，說此法止可護身，用於急難之時，不可恃此幻術妄行殺戮。聖人云：邪不勝正，妖不勝德。若專仗此法，恐有其失，不信只看黃巾㉝、赤眉㉞等輩便是樣子，因此不敢擅用。乞足下另設良策破敵。」查訥道：「尊師所言，語語金玉。自古及今，未有以邪術而得天下者。兵以正合，以奇勝，經權互用，方合玄機。杜將軍暫且解甲休息，三日之後必然破敵。」當夜歡飲，直至更深罷席。薛舉守東南二城，杜伏威守西北二城，號令嚴肅，軍士齊心。

次日平明，查訥升堂理事，張掛榜文，曉諭居民：「城內人多糧寡，難以支持，凡百姓人等願出城者，聽其自便，守門軍士不可阻擋。」城中百姓貧乏之者，攜男挈女，盡皆出城就食，絡繹不絕。正是：

寧為太平犬，莫作亂離人。

不知查訥是何奇計以破官軍？再聽下回分解。

㉝ 黃巾：黃巾軍。東漢末年農民軍。因頭戴黃巾為標幟，故名。

㉞ 赤眉：赤眉軍。東漢末年農民軍。因用赤色染眉，故名。

第二十八回　湯府丞中計被俘　杜元帥納言正位

詩曰：

摘句尋章一腐徒，敢當重任執兵符。
羽書未報三軍捷，浪戰先迷八陣圖❶。
慷慨少年欺信布❷，奇謀策士勝孫吳。
德敷黎庶居尊位，不讓當年胯下夫❸。

話說湯思忠同六員將百般攻城不下，數日後軍心漸漸懈了。湯思忠無計可施，傳令暫且退軍，再作道理。常泰稟道：「某看那賊武藝不在小將之下，怎交鋒未及十合，便作敗而走，莫非其中有詐，亦須

---

❶ 八陣圖：相傳為諸葛亮創設的一種陣法。以亂石堆成石陣，按遁甲分成生、傷、休、杜、景、死、驚、開八門，變化萬端，可擋十萬精兵。

❷ 信布：韓信、英布。楚漢相爭時名將，幫助劉邦擊敗項羽。

❸ 胯下夫：指韓信。史記淮陰侯列傳：「淮陰屠中少年有侮信者，曰：『若雖長大，好帶刀劍，中情怯耳。』眾辱之曰：『信能死，刺我；不能死，出我袴下。』於是信孰視之，俛出袴下，蒲伏。一市皆笑信，以為怯。」胯，兩股之間。

準備。」王連城笑道：「常將軍過處，鼠竊狗盜之徒，只希劫掠而已。今遇大軍，心膽皆碎，望風而走，乃怯也，有何詐計？只顧催趲攻城，不可退悔。」湯思忠道：「王總撫所見甚明。」正議間，忽見小軍來報：「城內百姓無糧，攜老挈幼，俱出城外就食。」湯思忠下令道：「百姓出城，聽其所往，軍士毋得乘機擄掠，違者斬首。」令方出，又見報：「有一夥百姓投入營門，要見老爺，有機密重事來報。」湯思忠令：「只許為頭的進見。」軍士引數個為頭的百姓入寨，湯思忠喝道：「汝等眾人有甚話說，莫非城中奸細麼？」那百姓叩頭道：「小人們不是百姓，原是本城軍校。賊首杜伏威、薛舉破城劫掠，勢不可當，小人們戰敗，只得佯投賊兵部下。原來這賊不為爭城奪郡，只圖財帛子女，將縣庫劫空，正要復回巢穴，不意老爺軍到，將城圍困。目下城內乏食，賊心甚慌，欲回水寨，又無出路，眾賊計議，今晚偷開東門逃走。小人們探得這個消息，裝做村民，雜出城外，特來報知，以求重賞。」湯思忠賜以酒食，和眾將商議道：「賊兵無糧，今夜逃遁，未知虛實何如？」常泰道：「眾賊大肆擄掠，諒糧草尚足久支。今據城未及十日，便說無糧，其中必有奸計，主將不可輕信，墮其計中。依小將愚見，只是催軍圍城，外無救兵，不久內變，城自破矣。」總管錢向道：「無糧之虛實，雖然未審，戰敗欲逃，此是實情。今且將報信軍士監候，主將遣將二員，各帶一千人馬，埋伏東門僻處，待賊眾出城之時，放起號炮，半腰裡截住，後兵就奪城池，主將起合寨軍馬趕殺前軍，使賊兵前後不能相顧，管取大勝。」湯思忠大喜道：「錢總管之計甚妙。言亦不可信，機亦不可失，事不宜遲。」一面將軍校監候，一面遣兵埋伏，差正統制常泰領步軍一千，出東門離城十五里東南地名石佛村埋伏，差護衛申千秋帶領步軍一千，出東門離城二十五里西北地名珠梅莊埋伏，俱聽號炮響，一齊引軍殺出，就勢奪城，二將聽令而去。又差總管錢向領軍三百，帶諸色號炮，離城琵琶嶺高阜處埋伏，覷賊兵出城，放起連珠炮為號，接應兩處伏兵。湯思忠和沙應龍、樂正年、王連城率領軍馬，準備捉賊記功。有詩為證：

漫無奇計欲成功，不識人間有臥龍。
螳臂撼搖徒自斃，致令千載笑湯公。

話分兩頭。再說查訥暗定妙計，揀選精細僂儸十數個，裝做鄉民，到湯思忠寨內傳報消息，自和薛舉、杜伏威在城樓上飲酒作樂。至申牌時分，探事的報說：「敵人分軍四出，不知何意？」查訥笑道：「湯府丞中吾計了。」杜伏威道：「官軍移動，必是復來攻城，軍師怎知中計？」查訥道：「將軍不須問，今夜管取殺敗官軍，明日請將軍在延州府城中高坐。」當下就傳將令：薛將軍帶領精壯僂儸五百、本縣壯士五百，至黃昏大開東門，逕奔黃河渡口，每一人背包裹一個，如遇伏兵，盡皆拋棄，違者立斬；遇著敵兵盡力追殺，只看紅燈出城為號，就是接應兵到。又差朱儉帶領弓箭手三百，長鎗手三百，亦出東門馬家堰土山上屯紮，若見火起，即出村口，射官軍後陣；長鎗手各帶紅燈籠一個，守護箭手。杜將軍帶領馬步軍一千二百，在東門外離城僻近處埋伏，只看官軍殺進城時，攔阻回路，準備捉人。三將聽令，各自打點去了。查訥連夜差軍士城門內掘下陷坑，四下埋伏。撓鉤手各各摩拳擦掌，等待交戰。有詩為證：

妙算誰相匹，神機第一流；

運籌揮羽扇，談笑覓封侯。

再說延州府府丞湯思忠，當晚遣兵調將已定，然後自領馬步軍兵，離寨伺候。總管錢向領了三百軍士，至黃昏已到左側琵琶嶺山上，撒開炮架，一眼望看山下。等到更餘，此時月色明朗，望見山下西北上，火光沖天而起，軍兵無數行動。錢向即忙放起號炮，知會兩下伏兵。申千秋聽得炮聲震天，率兵殺出珠梅莊來，卻好與薛舉兩軍相遇。薛舉倒拖畫戟，拍馬先走，後面僂儸將包裹盡皆棄擲而走。申千秋策馬挺刀，來趕薛舉。軍士不顧廝殺，且搶包裹。薛舉正走之間，只聽背後申千秋趕來，大叫：「賊將休走！」薛舉勒轉馬頭喊道：「尋死的快來納命！」兩馬相撞，兵器交加，不三合，申千秋被薛舉一戟刺死馬下。眾僂儸見主將得勝，勇氣百倍，翻身衝殺過來。這邊官軍因搶物件，隊伍已亂，又無主將，四散落荒而走，被僂儸大殺一陣，屍骸遍野。

薛舉正欲回軍，遠遠見東南上火光沖天，喊聲大起，又衝出一大隊人馬來。薛舉停馬看時，只見四匹馬上四員大將，隨著數千軍士，飛也似湧來。薛舉大叫道：「爾等兵已殺盡，何故又來送死？」王連城拍馬向前罵道：「賊奴，中吾錢總管妙計，早早下馬受縛！」薛舉大笑道：「蠢奴，何曾中你之計，你等反中我家之計了。坡下一將，已被我刺死，你等又來受用這條畫戟。」王連城激怒，舞動大刀，劈頭砍來，薛舉挺戟就刺，兩軍吶喊。二將鬥了十餘合，不分勝負。湯思忠拍馬觀看，心下驚惶，又令沙應龍、樂正年二將助戰。沙應龍也使方天戟，樂正年用雙鐵簡，二匹馬刺斜裡殺過來。薛舉抖擻神威，一條戟擋住三般兵器，一來一往，又鬥上二十合。薛舉賣個破綻，蕩開陣角，敗陣而走，三將不捨，一齊躍馬趕來。薛舉約走半里之地，三將看看追上，薛舉斜倚畫戟，彎弓搭箭，看得清，射得巧，颼地一箭，正中欒正年肩窩，翻身落馬。薛舉回馬就刺，王連城、沙應龍二人抵住厮殺，眾軍救欒正年上馬，已是昏暈將絕。薛舉和二將戰上數合，帶馬又走，二將忿怒趕來，追過山嘴，忽然鼓聲亂響，薛舉急擡頭，見一片紅燈照耀山頂，心下暗會，忙策馬奔上山來。後邊二將狐疑，正欲回馬，薛舉已至山上。一聲梆子響，山上亂箭射下，急如飛雨，沙應龍所乘戰馬腿上著了火箭，負疼滾倒，將沙應龍掀翻地上，胸膛上被馬踏壞。王連城忙來救援，身上已著數箭，昏暈倒了。眾軍中箭傷死者甚多。山上朱儉和薛舉合兵一處，回身追殺下來，殺得屍橫遍野，血流成渠，降者不計其數。朱儉取了沙應龍、王連城首級，復取舊路殺回城來。

再說統制官常泰，領兵在石佛村埋伏，當夜更盡，聽得炮聲震天，即帶軍士吶喊殺奔城下，見城門大開，並無一人阻擋。常泰心下暗想，賊黨無糧，故棄空城逃遁，虛插旌旗，諒無人馬，當先指麾軍馬殺入，猛聽得天崩地裂之聲，軍士一齊叫苦，都跌入陷坑內去。常泰情知中計，急忙帶轉馬頭，奔出城外，城內伏兵齊出，殺得官軍大敗。常泰顧不得軍士，單馬落荒而走，不上五里，一聲鼓響，閃出一支軍馬，當頭一員大將，正是杜伏威，攔住去路，大叫：「匹夫，待走那裡去？杜爺候你多時。」常泰大怒，奮力惡戰。二將鬥四十餘合，不分勝負。眾軍打攢攢❹布成簸箕陣，圍逼攏來，正待併力擒捉，只見塵頭起處，又擁出一隊軍馬來，卻是薛舉、朱儉回軍。薛舉見杜伏威戰常泰不下，拍馬挺戟夾攻，常泰措手不及，被薛舉生擒過綁縛了，其餘軍士盡皆投降。杜伏威大獲全勝，進城天色黎明，查訥率將校

---

❹ 攢攢：叢聚；叢集。攢，音ㄘㄨㄢˊ。

迎接入縣衙坐定。軍士推過常泰，立於階前，查訥慌忙下階，親解其縛，請入堂上而坐。常泰頓首道：「敗將請誅，何敢當將軍重禮？」查訥道：「當今兵戈載道，萬姓瘡痍，豪傑拊髀❺，人人思奮。我等替天行道，拯救蒼生，將軍不棄，願同舉大義。」常泰感激請降，拜於階下，杜伏威扶起遜坐❻。有詩為證：

自分生平鐵石腸，輸忠期把姓名揚。
只因朝內多奸佞，致使將軍一旦降。

當日設宴慶賀，犒賞大小三軍。查訥查點軍籍，共得降軍四千餘人，良馬五百餘匹，糧草器械甚多，心下大悅，和杜伏威、薛舉道：「湯府丞戰敗，單騎逃去，不如乘此大捷之勢，攻破府城，以為根本，然後攻掠諸縣，廣蓄錢糧，大事就矣。」杜伏威、薛舉道：「先生之言，正為迅雷不及掩耳，深合玄機。就此進兵，不可遲滯。」常泰坐於側席，低頭不語。查訥道：「常將軍既蒙不棄，即當請教，為何低首不言？」常泰道：「敗兵之將，不可言勇。感蒙三位將軍不殺之恩，思欲報效，惟恐生疑，不敢言耳。」杜伏威道：「大丈夫傾蓋若故，白首如新❼，義氣相投，肝膽可照，有何疑哉？久聞將軍乃忠義之士，

❺ 拊髀：以手拍股。表示激動、讚賞等心情。髀，音ㄅㄧˋ，股部；大腿。

❻ 遜坐：讓坐；請客人入坐。

❼ 傾蓋若故二句：史記魯仲連鄒陽列傳：「諺曰：『白頭如新，傾蓋如故。』何則？知與不知也。」白頭如新，謂相交雖久而並不知己，像新知一樣。傾蓋若故，謂剛相識就像老朋友。傾蓋，兩車途中相遇，車上的傘蓋

智勇足備，如有見教，焉敢不從？」常泰道：「湯府丞一介書生，不知軍務，延州府百姓被其重斂苛虐者，皆欲食其肉而寢處其皮。今遭戰敗，必驅軍民固守，雖是民無親上之心，但此城郭頗堅，錢糧亦廣，一時難以攻破。攻戰之際，未免百姓遭殃。小將有一計，此城反掌可得。」查訥拱手道：「願聽將軍良謀。」常泰道：「將軍今夜放小將回城見湯府丞，某須如此如此說時，彼必聽信。將軍便進兵來攻，某為內應。但入城之後，望將軍禁止殺戮，實為萬幸。」查訥離席稱謝道：「常將軍妙算，非某所及。就此進兵，將軍切莫有誤。」常泰道：「大丈夫一言既出，駟馬莫追，豈有變更？」即折箭為誓。當下席散，常泰收拾了當，初更開城門去了。薛舉道：「常統制初降，未知其心。近仁縱彼回城，倘有變詐，反墮其計。」查訥道：「將軍放心。某素知常公少立名節，秉性堅貞，此行管取成功。明日某與杜將軍為前部，將軍為後應，同往攻城，朱誠庵守衛本縣，縱有詭計，亦不足慮。」又遣牙將宋斐帶兵五百，追趕常統制，望見城池便要回軍，不可前進。一一分撥已定。

卻說湯思忠領眾將和薛舉交戰，見前軍得勝，薛舉敗走，忙催軍策馬隨後追來。正走間，敗殘軍士迎著，報道：「王、沙、樂三將俱被殺死，全軍盡沒，常統制兵敗被擒。」湯思忠大驚，忙收轉馬逃回府城，催軍守護四門。當夜二更，軍士報：「城外常統制單騎叫門，黑夜不敢擅開，乞請鈞旨。」湯思忠自上城樓來看，常泰高叫：「開門，後面追兵來也！」湯思忠終是懦儒，不知兵法，見一人一騎回來，忙令軍士開門迎進，驚問道：「統制不回，諸將戰死，下官手足無措。今者何以得脫而回？」常泰道：「小將聽得炮響，即出軍襲城，不期彼有準備，我兵大敗，回軍死戰。正欲脫身，路遇一員少年壯士，

靠在一起。借指初次相逢或訂交。

馬上掛著沙應龍、王連城首級。他兩下夾攻將來，小將難以應敵，無奈詐降。幸喜賊將無謀，遽爾聽信，待小將以心腹，被我黃昏竊了二人首級，砍開城門，逃奔出來。彼已知覺，故有兵來追趕。」正言間，只見遠遠火光明亮，追兵漸近，吶喊鼓譟，將至城下。常泰道：「賊兵黑夜決不敢臨城，主將休往。」少頃，追兵果然退去。常泰笑道：「我諒昏夜之間，賊兵焉敢近城？」湯思忠大喜，留常泰在府衙安歇。

次早，探馬報：「賊黨杜伏威、薛舉引軍馬數千，聲言要取城池。」湯思忠忙請常泰商議，常泰道：「恩府督軍護陣，小將出馬，力擒賊首，則餘黨自散矣。」說罷，綽鎗上馬，大開東門出城，擺成陣勢。遙望軍馬已到，兩陣對圓，門旗開處，擁出兩員少年驍將，常泰高聲罵道：「逆賊無知，正要興兵征剿，今大膽逼城求戰，是自送其死耳！」薛舉罵道：「忘恩背義之徒，有何面目誇口？」常泰瞋目大怒，挺鎗躍馬，衝過陣來。薛舉挺戟迎戰，兩軍吶喊，二將鬥上二十餘合，薛舉拖戟回陣，杜伏威出馬交鋒。數合之間，常泰虛掤一鎗，望城內就走，背後查訥、薛舉、杜伏威三將率領軍士，緊緊接尾追來。湯思忠見常泰敗回，親自催軍出城接應，倏然追兵已到面前，慌忙回馬逃命，被薛舉飛馬趕近門邊，活捉膝上。常泰招集眾軍進城，盡降其眾。杜伏威、薛舉、查訥、常泰都到府堂坐定，押過湯思忠跪於堂下，杜伏威指著罵道：「害民賊子，貪酷狂夫，百姓遭爾荼毒，錢穀被爾侵漁，今既被擒，有何理說？」湯思忠道：「懦懦濫叨爵祿，不能為國家出力，反遭爾等所擒，一死何辭？但聞建王霸之業者，不絕人之嗣。僕年半百，只得一子，今方三歲，乞將軍可憐。」說罷，伸頸受戮。查訥道：「湯府丞為官雖貪，臨難不苟，姑饒其命。」杜伏威喝道：「戕民之賊，本該族滅，查軍師憐宥，免汝一死。」叱軍士放去。湯思忠得了性命，抱頭鼠竄，收拾家小，連夜回鄉去了。但見：

忙忙似喪家之狗，急急如漏網之魚。平日間裝模作樣，許百姓財物，儼是活閻王；今日裡鼠竄狼奔，保一家首領，宛然真小鬼。說不起繃刑吊拷，自問了絞斬徙流。離亭那有餞行人，沿路絕無饋送客。支不動驛夫轎馬，捉不得公用舟車。行一程，躭驚一程，惟慮省悟復來追❽；思一事，煩惱一事，這次再無餘羨得。仗著那硬舌頭，為人再世；饒了這窮性命，得放還鄉。林下情願呷清湯，當道何為不作福？杜伏威稱須放手，湯思忠是下場頭。

查訥出榜安民，開倉賑濟。次日建立招賢館，延接四方豪傑之士，數日間接得數儔大將。一人複姓皇甫，名實，字碩卿，陝西富平縣人，生得身長九尺，大眼鋼鬚，慣使九節銅鞭，武藝出眾。一人姓曹，雙名汝豐，字公厚，陝西鞏昌郡人，生得身材魁偉，狀貌猙獰，面如噀血，鬚似鋼針，能用大刀，有萬夫之勇；因武舉不第，隱居山村打獵，聞杜伏威招賢，特來相投。又有一人複姓尉遲，雙名仲賢，字子用，朔州單陽人，生得身長面瘦，骨格清古，善使流星錘飛鎗，有百步穿楊之箭；為打死人命逃竄江湖，今特來投。一人姓黃，名松，字爾耐，年方二十餘歲，生得容顏清麗，虎背熊腰，能使雙刀大叉，本縣人氏；因見杜伏威開倉賑濟，招賢納士，有仁義之風，故至招賢館拜見。黃松就舉薦本郡城外盧家灣有三賢士，姓王，弟兄三人，胸懷經濟之才，腹藏孔孟之學，熟諳兵書，深通韜略，人都稱他為王家三俊。長名騏，字孟龍；次名騄，字仲良；三名驤，字季昂，屢次刺史辟請❾不就，將軍須當禮聘，可為梁棟

❽ 來追：陶潛歸去來辭：「悟以往之不諫，知來者之可追。」明白過去的事已不可挽回，但未來的事還可彌補。

❾ 辟請：即辟聘。辟，音ㄅㄧˋ，徵召；薦舉。

之材。杜伏威即差黃松齎金銀玉帛，往請王家三傍。弟兄三人聞黃松說杜、薛二將有仁義之風，不可違逆，欣然受聘，同黃松到招賢館投拜。杜伏威、薛舉大喜，排筵慶賀。

次日，查訥請杜伏威升堂議事。杜伏威居中而坐，左首薛舉，右首查訥；東邊一帶，是王騏、王騋、王驤、常泰；西首一帶，是皇甫實、曹汝豐、尉遲仲賢、黃松，次序而坐。查訥開口道：「列公在此，某有一言：杜將軍自興義兵已來，屢戰屢勝，得了郡縣，招賢納士，英雄歸心，弔民伐罪，應天順人，仁義之聲播於遐邇，王霸之業翹首可成。但前賢有云：蛇無頭而不行，鳥無翅而不飛。雖有英雄，雜亂無統，紀律不行。今日杜將軍當正大元帥之位，掌握兵權，諸位將軍盡聽號令，量材擢用，或掌錢糧冊籍，或理民情詞訟，或專任征伐，或督理糧草，或專司行賢，各供乃職，則上下齊心，方成體統，列君意下何如？」眾人問道：「查近仁所見極明，所當如此。乞杜將軍早居元帥之位，以副眾望。」杜伏威道：「小可因見紀綱頹廢，萬姓流離，故興軍馬，招接英豪，共斬亂臣之頭，以救黎民，以安社稷。事定後，擇有德者居之，僕等北面而事，庶無所利，人心皆安，天理亦合。今若率爾自大，妄居帥位，甚非義舉。」皇甫實、黃松兩個跳起身來諫道：「今者煙塵四起，人人稱雄，我等聞將軍大名盛德，故來相從。將軍若堅執不允近仁之議，則人心攜貳，各懷猶豫，大事去矣。」王騏兄弟三個亦勸道：「查君之言，深達事體。統軍無主，人心不懾，不如權就帥位。又非稱王道寡，有何僭妄？早發兵馬以圖他郡，此是正理，何須推遜？」薛舉道：「諸君之言甚善，大哥暫為主帥，統攝軍馬，何必過謙？」杜伏威只得應允，就改延州府為都統元帥府。府前立一面帥字杏黃旗，諸將尊杜伏威為都統正元帥，薛舉為都統副元帥，查訥為軍師，王騏為副軍師，王騋、王驤為參軍，常泰、曹汝豐為先鋒，朱儉、黃松、尉遲仲賢、皇甫實俱為護軍校尉。當日殺牛宰馬，祭天享地，大赦囚犯。王騏又道：「各位已定，人心悅服。本郡所管二州七縣，皆是錢糧豐足之處，諸縣易攻，只有鄜州城廓完固，人心堅附，況且錢糧極廣，一時難以攻破。若得此州，則諸郡不足定矣。」查訥道：「王孟龍之論最善，元帥宜聽之。」杜伏威道：「任從軍師調遣。」查訥傳下將令：「副元帥薛舉率領馬步軍兵五千，王騏為參謀，尉遲仲賢、常泰為左右羽翼，即刻起程，攻取鄜州。次撥曹汝豐、皇甫實二將帶領步軍三千為接應，陸續進發。其餘將士盡隨杜元帥守護城池。」有詩為證：

元帥開牙❿殺氣騰，風雷號令最嚴明；
一朝榮貴君休訝，今日方知顯將星。

卻說薛舉一行人馬，至隆鎮村下定寨柵，領軍四面圍定。鄜州州判裘澄，為官清正，善識天文，在任日久，深得民心。因是知州周陞任滿朝覲，至黃河被繆一麟所殺，上司以委裘澄署印。自齊顯祖天保九年蒞任以來，已是五載。此時顯祖、肅宗二君相繼而殂，其孫世祖⓫即位，改元河清⓬。世祖皇帝柔懦無材，寵信嬖佞，居東宮時，有幸臣二員和士開⓭、穆提婆⓮，甚是得寵。因世祖登基，即以二人為

---

❿ 牙：軍中長官住所。
⓫ 世祖：據史載，應為武成帝高湛。
⓬ 改元河清：河清元年為西元五六二年。
⓭ 和士開：北齊奸臣，深得武成帝高湛和後主高緯寵信，後被琅琊王高儼等人設計誅殺。

左右二樞密，執掌朝綱，總理國政，凡是有金寶賄賂者，升擢顯位，清廉公正者，黜退貶謫。因裘澄是個清官，無甚金銀浸潤，假以不救堂官為由，奏陳世祖，差四個武士提裘澄至京師勘問。裘澄打點，和武士啟行赴京，剛遇薛舉提兵攻打城池。裘澄安慰了四個武士，督兵四門守護。夜間上城巡視，仰觀天象，見將星朗朗，照於本城，心中暗想：目今皇上無道，寵用佞臣，主星昏暗，太白後入帝座，不久國家將亡。今和、穆二賊無故拘我至京勘問，此去必遭陷害。古人云：識時務者呼為俊傑。哲人要知機，不如背了武士，歸降來將，再圖後事，未為不可。正是：

情知不是伴，事急且相隨。

當下裘澄命將四個武士留下。不知這四人性命如何，且聽下回分解。

⑭穆提婆：本姓駱，其父以謀叛伏法，母陸令萱配入掖庭。後主在繈褓中，令其鞠養，呼姊姊，以此得寵，封為郡君，和士開等皆為其義子。提婆亦位至極品。母子作惡多端。後為周武帝所殺。

第二十九回　軒轅廟蘇朴遭擒　延州府伏威遇弟

詩曰：

敢言直諫配三仁❶，遠謫邊隅作去臣。
設計定謀摧勁敵，輸忠盡節重天倫。
生前誓作奇男子，死後當為正直神。
萬古芳名垂竹帛，蘇君端不愧儒紳。

話說裘澄仰觀天文，見將星朗朗，照於城內，知難與爭鋒，有心歸服杜伏威。回衙和心腹人計議，暗將四個武士逐出，城上豎起一面降旗，差親隨軍校往薛舉寨內遞上降書。薛舉看罷喝道：「此是用詐降計誘我入城，若要准信，著裘州判親來，吾才不疑。」軍校回城備細說了，裘澄道：「既已歸降，必須親往。」換一身素服，親捧版冊、輿圖、印信，步行到城外薛舉寨內跪獻。薛舉慌忙扶起道：「久聞足下才德，欲會無由，今幸相從，實慰渴想。」裘澄道：「卑職老邁無能，株守一邑，受齊顯祖寵祿，

---

❶ 三仁：三位仁人。指商朝末年的忠臣微子、箕子、比干。論語微子：「微子去之，箕子為之奴，比干諫而死。孔子曰：『殷有三仁焉。』」

不能盡忠報國，甚為赧顏。又遭輔臣嫉妒，將欲提回勘問，心所不甘。聞將軍興仁義之師，大駕臨城，傾心願投麾下，不思爵祿之榮，惟求泉石之樂。幸蒙不加誅戮，感激非淺。」薛舉大悅，遜之上坐，設宴相待。酒罷並馬進城，安民已畢，差快馬飛報帥府。杜伏威、查訥大喜，就委王騏權掌州印，請薛舉、裘澄同至帥府相見。

薛舉接了回文，別了王騏，與裘澄眾將回至延州帥府，下馬入堂參見。眾觀裘澄一表非俗，但見：

頭戴儒冠，身穿素服，果然一貌堂堂。淡黃臉，三丫❷掩口髭髯，骨格非常。眉隱江山秀氣，胸羅錦繡文章。慣識天文，也知地理，也諳行藏，不是尋章摘句❸，果然定霸圖王。

杜伏威道：「久聞裘君大名，今得從事，何幸如之！」裘澄道：「老朽樗櫟❹庸才，時乖運蹇，故主之恩未報，反罹奸黨之讒，自分身遭縲紲。感蒙仁主收錄，誓當報效，決不負恩。」杜伏威亦設宴款待。飲酒三巡，查訥道：「本府七縣二州，惟鄜州富庶而險固，今得裘公相從，真乃天意，非偶然也。但其餘州縣未曾歸附，不識何計可以取之？」裘澄道：「卑職雖不才，蒙元帥、軍師垂問。這數縣縣宰，俱與某契厚。廣樂縣縣令譚希堯，汾州縣縣令姚鸞，敷城縣縣令姚鳳，與姚鸞是嫡親兄弟，這三人俱是齊顯祖天保六年除授，與卑職相交最久。文安縣縣令王大爵，廣安縣縣令伍通，宜君縣縣令柏臺，此三人

---

❷ 三丫：分出三叉。

❸ 尋章摘句：搜求、摘取片斷辭句。指讀書或寫作只注意文字的推求，不明大義。

❹ 樗櫟：比喻無用之材。樗，音ㄔㄨ。

蒞任未久，相交雖淺，頗亦義氣相投。不必廢元帥張弓隻矢，只須卑職片紙，喚來拜投麾下。上郡州知州席銘，恃才傲慢，外有虛名，內無實學，不過一腐儒而已，攻之亦易。只有白土縣❺縣令蘇朴，是個謫官，才兼文武，智識不凡，天保元年舉孝廉，歷仕外郡，聲名籍籍❻，盜賊屏息，朝廷嘉其才，於天保八年拜諫議大夫，直言敢諫，權奸斂跡。今上新登大寶，寵用和士開、穆提婆二人，此公上書切諫，忤了朝廷，謫為白土縣縣尹，最得民心。惟慮這一縣難以攻拔，軍師須選大將，定良謀，庶幾可得。」查訥道：「既承明教，乞公作急修書，致於諸縣，若得歸附，白土亦不足慮也。」當日帥府擊鼓傳令，諸將皆集。查訥分撥出軍，大元帥杜伏威為主帥，常泰副之，曹汝豐、尉遲仲賢為合後，共起精兵五千，攻取白土縣。又令黃松為正將，皇甫實為副將，率領精兵三千，攻取上郡州，即日起程。一面揀選能言軍士，齎書分投往各縣去了。裘澄暫授帥府參謀，參贊軍機，兼署延州府郡丞。查訥、薛舉諸將等，俱各守城不出。

且說黃松、皇甫實二將，不一日已到上郡州，令軍士搖旗擂鼓，併力攻城。知州席銘探知消息，分撥軍民守衛，聚集佐貳官員、書吏人等商議。席銘道：「賊兵攻陷延州郡，殺了蔣刺史和鎮撫俞福，近來裘州判又舉城納降，賊勢猖獗。為首二寇，英雄無敵。今既臨城，如何區處？」吏目鄒聞道答道：「本州城廓堅固，一時難破，所憂者，惟糧草不敷耳。堂尊大人謹守城池，火速差人齎檄各郡求救，內外夾攻，方可退賊。」席銘從其計，添軍各門固守，遣軍健出城，分投各郡，求請救兵，並不出戰。當晚，

❺白土縣：治所在今陝西彬縣西南白土村。

❻籍籍：形容聲名盛大。

黃松解圍下寨，和皇甫實計議道：「席知州一書生耳，聞我兵至，焉敢迎戰？意必發書鄰近州縣請救，這早晚恐有人出城，公宜分遣人要路攔截，使彼內外消息不通。城中無糧，救援不至，數日間，城自陷矣。」皇甫實道：「主將所見極明。」即遣精卒把守東西南三處要路，北首是大寨，諒無人敢過。將及天曉，三處軍士果然獲得數個奸細，解進寨來，細搜身上，俱有求救文書，盡皆殺了。急催軍士併力攻城，果然城內人多糧少，百姓餓慌，怨哭之聲不絕。

這城中有一富戶，姓甄名雍，原來是個破落戶出身。為人刁鑽奸巧，佛口蛇心，專務足恭諂佞，習成一家生理，俗言叫做「慣扛幫」，又喚做「烏嘴蟲」。幫襯著宦家子弟，賺得些銀兩，納了本州提控，倚官託勢，剝削小民。役滿夤緣❼，當道選作遼州黃澤鎮巡檢，兼管稅務，盤詰客商車輛，大獲財利。被人告發，上司驅叱回鄉，做成偌大家業，廣置田產。只是慳吝鄙嗇，為富不仁，親族鄰友，毫無所及，惟圖便宜，不顧行止，若得分毫利益，任你唾罵談論，漫不為意。因此人人怨惡，目為小人，取他一個渾名，喚做「縮頭龜」。有詩為證：

看人顏色吃人虧，打罵由他我自為❽。
筍殼包成花子臉，任從名號縮頭龜。

❼ 夤緣：攀援；攀附。比喻拉攏關係，阿上鑽營。
❽ 打罵由他我自為：宋史鄧綰傳載：鄧綰以阿諛得官，遭到鄉人譏笑謾罵。但鄧綰毫不在意，說：「笑罵從汝，好官須我為之。」

眾百姓見黃松等人馬攻城甚急，城內糧食不敷，暗中三三兩兩商議道：「縮頭龜家裡錢財滿庫，米粟如山，我等受餓，他卻閉門飽食。我等不如打進他家，搶擄糧食，大家吃些，免得餓死。料官府自救不暇，焉能禁治百姓？」內中有一人，與甄雍是鄰居，姓張，排行遜六，向前道：「諸君所言雖妙，但是只圖一時之飽，不思殺身大禍。比如搶了縮頭龜糧米，就是白晝搶劫，與強盜何異？此乃犯法的事，倘然究治，如何脫身？為今計，不如先差的當之人，吊出城去，投降來將，約定今夜舉火為號，砍開南門，接引大軍進城。我這裡黃昏打進縮頭龜家裡，將他滿門良賤盡皆殺了，擄劫家財糧食，放起一把火來，就勢往州衙前也放一把火，迎接杜伏威人馬入來，我等可保身家無事，還有重賞哩！」眾人齊道：「這算計甚好，事不宜遲，倘露了風聲，其禍不小。」當下就叫張遜六扮做漁翁，披蓑戴笠，扒出水門，走不半里，被伏路軍拿入黃松大寨。黃松細問來歷，張遜六細道前情。黃松道：「莫不是席知州喚你來的？難以聽信。」張遜六磕頭道：「席銘那廝不知民情艱苦，一味糊塗，城中缺少糧食，百姓大半餓倒。小人等只為生死二字來見將軍，若有虛詐，將小人監禁於此，但看今夜何如？」皇甫實道：「既如此說，不必疑心。今夜若果火起城開，便是他的功勞，必有重賞。」黃松將張遜六拘留寨後，遍示眾軍嚴裝飽食，以待內變。

再說甄雍，是夜謹閉前後重門，和一妻二妾、子女們在後廳花軒裡飲酒作樂，說說笑笑道：「看這些不成才的花子們，日常間不肯節儉，今遇兵火，卻都餓死，怎比咱老爺飽食暖衣，這等快樂？雖是咱天生的造化，卻也要人力經營。咱每日積攢錢財，省儉日用，故得如此，提挈你眾人享福。自古一人有福，挈帶一屋。」說罷，大笑不止。唱道：

咱，快活心胸，肉滿春臺酒滿鍾，直飲到昏鐘動，傾幾個青花瓮。㗅，醉了樂無窮。嬌嬌陪奉，洗腳登床，便把雲雲弄，管甚麼圍城不透風。

大娘子與兩個小娘子，各奉我一杯，再唱齣與你聽。三位娘行，一個旛竿兩木樁，立起似筆架樣，坐倒似山形狀。㗅，與你熟商量，今宵當長，明夜輪她，後夕在三娘帳。（咳，若是這般，又起爭端了，也罷。）不若今夜都來共一床。（你兒女們也敬我一杯，我再唱一齣你們聽。）白臉黃邊，二物從來入手艱，或把繩兒貫，或作攢絲面。㗅，財與命相連，有他飽暖，骨肉團圓，慶賀深沉院。富貴由人，說甚麼天！

這甄雍正在家飲酒取樂，瘋獐瘋智❾的驕其妻妾，忽聽得門外一片喊起，數百人手執器械、火把，一擁而入。甄雍見勢頭不好，情知劫擄，急忙閃入臥房躲避。未及進門，被一好漢劈頭一棍打死。一門老幼，盡遭屠戮。眾好漢搬運糧食，收拾金銀衣飾停當，四圍放起火來，只見州衙前又早火起，城門大開。城外黃松、皇甫實見城內有變，火光燭天，忙驅軍馬擁入南門，殺進州衙，據住了庫藏，溷❿殺官軍百姓，單單走了席銘，不知去向，家眷人等亦被亂兵所殺。黃松率軍救滅餘火，出榜安民，次早打開倉廒，將米粟盡散與被火百姓，大賑貧窮，差張遜六至延州元帥府報捷。查訥、薛舉聞之大悅，重賞張遜六，授為百夫長，幫助黃松權掌州事，聽候調遣，不題。

---

❾ 瘋獐瘋智：瘋瘋癲癲的樣子。獐智，義同「張致」、「張智」。模樣；神態。

❿ 溷：混亂。

再說杜伏威軍馬，殺奔白土縣來，哨馬報道：「白土城外已立下三個大寨，中寨是縣尹蘇朴，左寨是縣尉戴大儒，右寨是弓箭教師顧天麗。三寨共有二千餘軍，號令整肅，準備已久。」杜伏威傳令：「離城二十五里，依山傍水，紮下營寨，商議進戰之策。」常泰道：「裘州判甚言蘇朴之能，元帥不可輕敵。」杜伏威笑道：「猥瑣小敵，何足介意。明日一戰，誓擒此賊。」常泰道：「元帥雖然英勇，遇勁敵不可造次。明日某與元帥衝鋒引戰，尉遲公與曹將軍領兵接應，庶無失誤。」杜伏威從其言。次日平明，俱全身披掛，將軍馬分為二支，杜伏威、常泰領馬步軍三千，當先搦戰⓫，曹汝豐、尉遲仲賢領步軍二千在後督陣，大刀闊斧殺向前來。蘇朴知杜伏威軍馬已到，隔夜預先籌畫了，令左右二寨如此出兵接應，當下披掛齊整，綽鎗上馬，出營布陣。兩軍對圓，二將出馬，蘇朴高叫：「何處狂賊，敢擅離巢穴來此搦戰？」杜伏威馬上躬身道：「末將久仰侍中大德，故爾輕造。侍中名聞寰宇，才任棟梁，而區區為一縣令，智士為之不平。不若與小將共起義兵，掃除逆黨，同享富貴，豈不美哉？侍中俯納愚言，庶不陷於賊臣之手。」蘇朴大笑道：「汝乳臭孺子，曉得甚麼？吾以忠孝傳家，豈從賊黨為寇？我擒汝獻俘，如拾芥耳！」言罷，挺鎗躍馬，殺入陣來。杜伏威正欲迎敵，一馬早已飛出，乃是副將軍常泰也，手持大斧，接住廝殺。二將鬥了二十餘合，蘇朴拍馬回陣，常泰趕來，被蘇朴背射一箭，正中常泰右足。常泰吃了一驚，撥馬便回。蘇朴飛馬趕來，杜伏威攔住接戰。數合中，蘇朴撥馬又走，杜伏威大喝道：「那裡走？你那背射計，射得我麼？」驟馬緊追，趕過對陣，蘇朴已閃入門旗裡去了。猛地裡一聲梆子響，弩箭如雨點般射來。杜伏威情知中計，慌忙勒轉馬頭，左肩上已著兩箭，負疼帶箭而走，蘇朴一騎

⓫ 搦戰：挑戰。搦，音ㄋㄨㄛˋ。

馬緊緊追來。眾官軍見伏威已敗，俱大喊圍將上來。正在十分危急，恰好曹汝豐、尉遲仲賢步軍早到，兩下混戰。又聽見西南角上喊聲大震，一彪人馬驟至，卻是弓箭教師顧天麗，手揮鐵槊，領軍殺入陣來。又見東南角上也喊聲大震，一彪人馬擁至，乃是縣尉戴大儒，手執雙劍，率軍衝殺將來。兩支生力兵，勢不可當，將杜伏威人馬困在垓心⑫，自辰至午，衝突不出，部下的將士損折甚多。三處官軍漸漸圍逼，杜伏威無已，只得披髮仗劍，口念真言，將劍往西北一指，霎時烏雲罩地，霹靂震天，狂風大作，走石飛砂，又毒蛇猛獸，凶神厲鬼，隨風而至，嚇得官軍驚怖無措，拋戈撇劍而走，蘇朴等亦皆棄陣逃去。杜伏威與三將乘勢大殺一陣，收軍回寨。常泰、尉遲仲賢、曹汝豐皆賀道：「元帥真天神也！不然我等都被擒矣。」杜伏威笑道：「今日是我欺敵太過，誤中奸計，若非法術破之，幾乎狼狽。」諸將士俱疲憊了，各賜酒食將息，謹守營寨，不題。

再說蘇朴回寨，查點將士，傷損不多，和戴大儒、顧天麗商議道：「杜賊已入吾彀中，將被擒獲，不料用此妖法，脫圍而去，實為可惜。兵不厭詐，今晚諒彼戰勝不作準備，乘機劫寨，二公以為何如？」顧天麗道：「此計甚妙，今夜劫寨，可保全勝。」當夜二更，顧天麗當先，蘇朴繼後，帶領精兵一千，悄悄進發，到得杜伏威寨邊，已是三更，眾軍發喊殺入。果然杜伏威不曾準備，俱在夢中驚醒，慌張亂竄，你我不能相顧。杜伏威聽得喊聲大起，寨內火光透亮，急披甲綽鎗上馬，衝突出來。怎當箭如飛蝗，不能前進，復身穿出寨後奔走。顧天麗見杜伏威單騎出寨，欺他獨自一人，策馬趕來，看看追上，杜伏威回身迎戰，二將鬥了十餘合，顧天麗額中一鎗，翻身落馬。杜伏威人馬被官軍一衝，自相踐踏，盡皆

⑫ 垓心：重圍之中。

潰散。直到天明，蘇朴收軍自回去了。

杜伏威聚集敗殘人馬，少刻，眾將皆到，查點軍士，折傷大半。杜伏威屯紮不住，只得同諸將回延州郡來。查訥、薛舉接見，備言致敗情由。查訥道：「前者裘參謀致書各縣，未見動靜，黃將軍已取了上郡州，不期大元帥反敗於蘇朴之手。勝敗兵家之常，不足介意。必須起大隊人馬，薛元帥同行，方可成功。」眾將皆然其言。當日再添軍士，共馬步軍七千。杜伏威、薛舉、查訥、常泰、曹汝豐、尉遲仲賢，共六員正將，殺奔白土縣來。但見：

軍行騰起地中塵，遮空蔽日；馬走踏翻攔路草，偃土搖風。鎗刀噴雪，閃爍進萬道寒光；旗幟蒸霞，招展動半天殺氣。馬上將神威凜凜，渾如惡煞下雲端；步下卒面目猙猙，好似阿旁⑬離地獄。進退不參差，軍容嚴肅；銜枚雖疾走，隊伍整齊。果然將帥堂堂陣，到處人稱正正旗。

哨馬探聽，急急報入蘇朴寨中。蘇朴笑道：「我正要賊軍盡來受戮，免勞跋涉。」此時另選一員健將龔德淵代顧天麗之職，傳令二寨不可出兵。兩下相拒數日，並不交戰。薛舉對查訥道：「兵貴神速，如此對拒不戰，此縣何日可破？倘附近救兵齊至，何以禦之？」查訥道：「某已算計定了，遲延數日，探彼虛實。今已盡知，只有中寨堅固難攻，左右二寨，吾先出奇兵以搗之。得此二寨，則中寨把持不定，必奔入城，那時另有秘策，取縣在反掌之間。」薛舉大喜。查訥傳令：「正元帥杜伏威、大將曹汝豐率領精兵二千，攻打左寨；副元帥薛舉、副將尉遲仲賢率領精兵二千，攻打右寨；正先鋒常泰率領精兵三千，

⑬ 阿旁：也作「阿傍」。梵語。地獄中鬼卒名。

直取中寨。三處俱初更進發，左右二寨放心殺進，不可退步，管取成功。得勝之後，兩路抄轉中寨之後，待蘇朴離寨追襲常將軍之時，即打入彼寨，放火焚之，殺回邀截敵軍。」又分付常泰道：「將軍至彼，不可便殺入，但擂鼓吶喊，虛作攻擊之勢，使敵將不敢出寨，則左右二寨無兵救應，破之必矣。但聽我這裡號炮一響，便抽軍回，倘追兵掩至，且戰且退，只看陣後火起，復殺回夾攻，可獲全勝。若我令箭一至，即當合兵攻城，切勿有誤。」眾將等受令而去，各自打點起兵。

先說常泰一支人馬，一更動身，三更盡方抵蘇朴大寨，一齊擂鼓吶喊，直逼寨前。蘇朴正在中軍帳秉燭觀書，未曾解甲，忽聽得寨外喊聲人眾，已知敵軍臨寨，傳令：眾軍不許妄動，妄動者斬。又撥弓弩手五百，營門口埋伏，「若敵軍進寨，即發弩射之。如彼軍退，我親自追襲，必擒賊將」。於是兩下拒住，但吶喊擂鼓，並不交戰。

再說杜伏威一支人馬，二更盡已到戴大儒寨口，寨內還有燈火。杜伏威一馬當先，斬寨而入，勢不可當。原來戴縣尉在帳內飲酒，不提防敵兵驟至，不敢迎敵，上馬穿寨後而出。走不半里，黑影中撞出一彪軍來，卻是大將曹汝豐，喝道：「快下馬受縛！」戴大儒驚跌馬下，被眾軍捆了。前寨軍士大半被杜伏威所殺，踐踏死者無數。這右寨襲德淵，也被薛舉軍馬砍入寨來，人不及甲，馬不及鞍，大半殺死，降者亦多。襲德淵見勢大，單馬逃生去了。這兩支人馬破了左右二寨，逕抄到中寨之後。常泰率軍在寨前鼓譟，虛張攻寨之勢，聽得連珠炮響，忙抽軍回身便走。蘇朴見敵兵陣腳移動，率領精卒隨後追來，常泰且戰且走，約數里之地，蘇朴陣後火起。常泰情知兩路兵到了，復轉身躍馬，持斧直取蘇朴。蘇朴挺鎗來迎，未及交手，哨馬飛報大寨已被賊軍放火焚燒，兩路人馬大至。蘇朴驚慌，無心戀戰，撥馬而逃，背後常泰追來。正慌急間，見前面火光中二少年大將攔住去路，三處人馬合將攏來，官軍大散，各自逃生。蘇朴單馬拚死殺條血路，奔入城門，將門緊閉，拽起吊橋，只帶得百餘個軍士進城，可憐三寨官軍皆死於鎗尖馬蹄之下。

蘇朴入城，分撥軍士人夫緊守四門。杜伏威三處人馬，搶得器械、盔甲、糧草極多，只見查軍師令箭已到，分付：「蘇朴軍敗入城之後，三處人馬併力攻城，只留西門放一條走路。今日酉戌二時⓮，務要取城，遲延不進者，定按軍法。」眾將分撥人馬，杜伏威攻南門，薛舉攻北門，常泰攻東門，城上炮石亂下，自平明直攻打至申時，將士俱已疲弊，飛馬又到，傳軍師將令：「諸軍不許擅退，今晚務要入城，違令者立斬。」但見：

士卒吐舌搖頭道：這次須當努力。將軍咬牙切齒，誓破此然後休兵。稍緩些兒，軍令施來無面目；若懈退卻，鬼頭刀下不容情。傳號箭各營知悉，人人奮勇揚威；飛羽書大小齊心，個個衝鋒陷陣。有這般急性軍師，不放些兒婉窾⓯；有那樣英雄元帥，身先士卒登城。即如鐵桶也攻開，便是金甌須粉碎。

眾將士遵奉將令，奮勇攻擊。將近初更，彩雲之上，微露一鉤新月，只見城內喊聲起處，北門大開，薛舉、尉遲仲賢拍馬先入，諸軍隨後繼進。各門守城軍士見敵軍進城，都奔竄逃命。杜伏威擁入南門，

⓮ 酉戌二時：酉時，十七時至十九時。戌時，十九時至二十一時。

⓯ 窾：空隙，此言空閒。

常泰打入東門。蘇朴正在馬上催督守城，聞報北門已有軍馬入城，顧不得家眷，見西門無兵攻打，逕出西門而走。馬不停蹄，奔了半夜，卻走到周水河口，一路無人追趕，心下暗喜。此時走得人困馬乏，巴不得下馬暫歇，又恐追兵趕來，勉強又行了兩箭之地，忽見路旁一座大廟宇，廟門上釘著一個大匾，上鐫著「軒轅廟⑯」三個金字。蘇朴下馬入廟，向神位拜了數拜，禱祝道：「下官蘇某，蒙聖恩除授諫議大夫，不幸忤了朝廷，謫貶為本縣縣令，蹇遭狂寇杜伏威攻破城池，家小被陷。乞神明顯靈助陣，若得興兵討賊，克復城池，功成之日，奏聞朝廷，重修廟宇，大塑金身，願祈鑒察。」祝畢，席地而坐，神思困倦，正欲睡去，只聽得一聲梆子響，殿後搶出四五十條大漢來，將蘇朴執縛已定。原來是查訥預料蘇朴必走這一條路，故留西門放他，預先埋伏健卒於軒轅廟內，候蘇朴入廟，即將捉下。當下眾軍正等個著，將蘇縣尹解入縣來。城中安寧如故。杜伏威一行人都在公堂坐下，將蘇朴、戴大儒二人和家眷盡皆監下，犒賞眾軍。

次日，查訥親自到縣賀喜，杜伏威等諸將迎入堂上，設宴慶賀。薛舉道：「查近仁神機妙算，雖子牙復生，不能過也。發三路兵搗營，使彼三處各不相顧，此計易見。早知城內必有應兵，此是何術？非某等所知，乞軍師教之。」查訥道：「小術何足為異。二位元帥攻破左右二寨，抄入中寨時，某已預選勇士四十餘人，取所殺官軍盔甲、旗號、腰牌，裝作齊軍，乘亂隨蘇縣尹雜入城內，約定黃昏月上，砍開北門，迎接大軍入城，但留西門放蘇君出走，欲生獲之耳。此時為何不見擒來？只恐逃脫，又留一心

⑯ 軒轅廟：也稱黃帝廟。最著名的軒轅廟為位於陝西黃陵城北橋山的黃帝陵，有「華夏第一陵」之稱。軒轅，傳說黃帝居於軒轅之丘，故名軒轅。

腹大患矣。」杜伏威等聽罷大喜道：「軍師神算，伏龍、鳳雛不能及也。昨夜軍士於周水河軒轅廟中生擒蘇朴這廝，監禁在此，待軍師到來，斬首號令，以泄日前劫寨之忿。」查訥道：「元帥差矣。當今之世，得人者昌，失人者崩。似蘇君智勇足備，世所罕有。某之用計生擒，不忍殺害，正欲得之以助元帥取威定霸，豈可因一時小忿，囚禁以辱之？」眾服其論。查訥即同杜伏威、薛舉親自進獄，將蘇朴、戴大儒釋放，換了衣冠，請出堂上，以禮相待。又將兩處家小盡皆放出，寄居民家安頓。查訥一心只要以恩義感動蘇朴，使彼投降，不期蘇朴心如鐵石，不肯轉移。查訥等再三殷勤勸慰，待之上賓，蘇朴向南而坐，閉口不言，眾人無可奈何。戴大儒頗有歸順之意，見堂官如此，不敢開言。查訥分付人役伏侍蘇、戴二人，賓館安置。蘇朴至夜半，候眾人睡熟，解下裡衣鸞帶，自縊而死。天曉人知，報入衙裡，查訥大驚，齊出來看視，不勝傷感，即令厚殮已畢，任蘇朴家眷搬喪回故土安葬。戴大儒心下淒慘，不願功名，拜辭要去修行，查訥亦贈金帛，釋其全家眷口，團聚而去。這一節乃是查訥大德之處。有詩為證：

仁主好賢若渴，將軍視死如歸；
德沛黃泉瞑目，恩施赤子揚眉。

再說各縣聽得杜伏威軍馬臨城，驚惶無措，有的議堅壁固守，有的議出兵對敵，有的議發文書求取救兵，主張不定。正慌急間，接得袁州判書札。書云：

不佞澄夜觀乾象，主星暗弱，將星倍明，正照此地。杜將軍者，師行有紀，勇力絕倫，真英雄也。難與爭衡，不若倒戈納降，庶稱明哲。鄙意如此，其從與否，則惟尊裁，毋致後悔。特力馳達，以盡平日相知之雅，餘不贅言。

這廣樂縣縣令譚希堯，見了裘澄之書，差人往各縣計議。各縣回說：「裘君見識最高，城池又大，兀自歸降，我等城小民稀，糧草不足，焉能據守？幸彼攻取上郡州、白土縣二處，勝敗未知，候有消息，再作區處。數日間，探馬報說：「敵將黃松攻破上郡州，知州席銘棄家逃遁。」各縣驚疑。次後又報：「杜伏威軍馬打破白土城，縣尹蘇朴盡節而亡。」譚希堯問了二處消息，火速移檄各縣，共約納降。廣樂縣譚希堯、汾州縣姚鸞、敷城縣姚鳳、文安縣王大爵、宜君縣柏臺，俱城上豎起降旗，差人齎降書、冊籍，詣元帥府投納。裘澄差人引各縣使者至白土縣拜見杜伏威，遞了降書。伏威大喜，重賞來人，隨即行文，委譚希堯等照舊供職，掌理縣事。只有廣安縣知縣伍通不納降書，棄城遁去，查訥令王驤權署縣印。

杜伏威得勝班師回延州府來，大小將士迎接入城，至元帥府參見。杜伏威開筵慶賀，酒過數巡，杜伏威交杯對查訥道：「不佞招集義兵，鋤強扶弱，無心得地，感蒙軍師妙計，兵不血刃，一連下了數郡。雖是根基創立，奈何地僻人稀，東有周師，南有陳國，西有齊軍，倘三國齊心併力來攻，前後受敵，正犯了寡不敵眾之語，軍師何以處之？」查訥笑道：「不須主帥費心，查某已主張了也。齊世祖初登大寶，國家多事，況和士開、穆提婆二奸臣執掌朝綱，蒙蔽主聰，諒來一時軍馬未得就動。陳國君臣猜忌，連年饑饉，自守不暇，何暇伐人？惟周朝稱為隆盛，君臣緝睦，卻又與這裡地境隔遠，若軍馬涉險而來，糧食轉運不繼，又防陳、齊二國乘虛直搗其後，料他決難動兵。這三處人馬，都不足為慮也。今主帥已得數郡，糧食可支十年，人馬將及萬數，退可自守，進可攻取，所少者人才耳。主帥速宜招賢納士，延攬英豪，若得謀臣如雲，武將如雨，何愁基業不弘，規模不大哉？吾觀武州⑰、南安⑱、朔州三郡，地闊人稠，錢糧廣大，得此三郡，亦可與周、齊、陳鼎足而角矣。」

正談論間，軍士飛報：「東門外一員大將，帶領數千雄兵，大張旗鼓，勢欲攻城。」查訥、杜伏威都吃一驚，急登城樓觀看。杜伏威見了那將，不覺踴躍大笑道：「故人來也！」正是：

謾言久旱逢甘雨，今日他鄉遇故知。

不知來將是何故人，且聽下回分解。

⑰ 武州：治所在今甘肅武都。

⑱ 南安：治所在今甘肅隴西。

第三十回　沈蘭劫寨陷全軍　牛進迎街懲大惡

詩曰：

齊君千駟誇豪富❶，沒世無名總是空。
採蕨首陽彰大義❷，辭金暮夜蔭三公❸。
強梁❹牛進圖鴻業，諂佞周乾作禍叢。

❶齊君千駟誇豪富二句：論語季氏：「齊景公有馬千駟，死之日，民無德而稱焉。」何晏集解：「孔曰：『千駟，四千匹。』」言馬之多。

❷採蕨首陽彰大義：史記伯夷列傳載：商末孤竹君二子伯夷、叔齊相互謙讓，不願繼位，都逃往周國。周武王伐紂，二人叩馬諫阻。武王滅商後，伯夷、叔齊恥食周粟，隱於首陽山，采薇而食，最後餓死。舊時將其視作抱節守志的典範。首陽山，又名雷首山，在今山西永濟南。

❸辭金暮夜蔭三公：後漢書楊震列傳載：東漢楊震調任東萊太守，赴任途中，路過昌邑。昌邑令王密，以楊震薦舉而得官，感恩前來謁見。「至夜，懷金十斤以遺震。震曰：『故人知君，君不知故人，何也？』密曰：『暮夜無知者。』震曰：『天知，神知，我知，子知，何謂無知？』密愧而出。震性公廉，子孫常蔬食步行，故舊或欲令為子產業，震不肯，曰：『使後世稱為清白吏子孫，以此遺之，不亦厚乎？』」蔭，庇蔭。古代子孫因先世有功勞而得到封賞或免罪。楊震官太尉，其子孫相繼為宰相，故說「蔭三公」。

惡貫滿盈災害至，昭然天理豈相容？

話說杜伏威見了城下那一員大將，大笑道：「公端既來，吾事成矣！」薛舉也笑道：「果是繆兄，今日方會。」查訥等驚問：「何人？」杜伏威道：「這是我結義之兄，姓繆，名一麟，字公端，本貫河南人氏，有一身好武藝。在黃河孟門山上聚義，和我偶爾相會，拜為刎頸交。日前殺敗蔣太守，曾立大功。為打延州府，各自分兵，他在黃河港口招兵買馬。向因征戰，無暇遣使迎請，今日自臨，必是招得軍馬來相助也。」查訥道：「元帥得這支兵，如虎添翼，速開門迎進。」杜伏威與眾將下樓迎出城來，那將厲聲高叫：「君武、翀之，別來無恙？可賀，可賀！」杜伏威一馬當先，笑迎道：「繆大哥，來何遲也！」繆公端拍馬向前，兩下拱手，大喜，並馬入城，諸將隨後，分付帶來眾軍暫於城外屯紮。

杜伏威等進城，到帥府下馬升堂，眾將上前，一一相見已畢。坐定，杜伏威道：「自從與兄長拜別之後，倏爾數月。近日託兄福庇，一連得了幾個城子，正要差官迎請，幸蒙駕臨，小弟不勝欣躍。」繆公端道：「聞賢弟連捷，小可特來奉賀。」薛舉道：「日前煩大哥招兵之事，不知已得多少人馬了？」繆一麟道：「賴二賢弟虎威，數月間招得健卒萬餘，良馬八百匹，糧草亦多，這也不在話下。更獲得一件無價活寶，專來進貢。」杜伏威、薛舉同笑道：「公端獲甚異寶？乞借一觀。」繆一麟道：「此寶乃杜君武瓜葛。一月前僂儸來報，關下一對男女要見甚麼杜將軍。我諒杜將軍必是賢弟了，開關令進。那一對夫婦道是杜陽城鳳凰嶺朱家塢鄉民，為因日前留一有孕女人，說是一位杜客人之姐，路途不便，難

❹ 強梁：強橫霸道。

以同行，暫寄在小人家內。自別之後，杳無音耗。這女人十月臨盆，產下一個俊秀孩兒，將及彌月，方說出是岐陽府杜員外應元之妾安氏，名為勝金，夫主被凶徒誣陷而死，幸員外親侄杜某救援，逃難至此，得生孩童，奈何晝夜啼哭，夢寐不寧。今杜某在黃河孟門山繆將軍寨中，特浼小人夫妻二人伴送到貴寨來。我問他名姓，他說姓朱名慶，講起昔日妻子被奸僧所劫，仗杜客官之力，將和尚焚死，夫婦感德，故送母子兩個，還將軍報恩。可煞作怪，這小兒到我寨中，啼哭便止了。我已賜金銀酬謝二人而去。今送此子同勝金姐來與賢弟撫養，骨肉相逢，豈不是世間的活寶？」即喚隨行軍士轎中擡過勝金姐來，兩下相見，悲喜交集。勝金姐雙手把孩兒遞與杜伏威，伏威接過，抱於懷中，細觀容貌，生得磊落非常。想起日前叔嬸雙亡之事，不覺腮邊淚落，哽咽不已。薛舉、查訥齊勸道：「令先叔先嬸雖遭陷害，幸生遺腹之子，後裔有人，不須悲切。」杜伏威謝了眾人，令勝金姐母子後堂暫息，備辦筵席慶賀，尊繆一麟為帥府督理糧儲大總管之職，又命查訥犒勞新招勇士。另撥後堂房屋一所與勝金姐居住，帶來丫鬟仍舊伏侍，又買婢子二人炊爨，供勝金使令。一連數日歡宴，眾心大悅。

一日，查訥請杜伏威、薛舉升堂議事，聚集大小將士參見。但見：

旌旗密布，刀戟齊排。將軍顯八面威風，士卒列千群虎豹。人人賈勇，個個披肝。綸巾羽扇，軍師談笑運神機；寶劍金符，元帥登堂須號令。果然殺氣沖牛斗，須信英風振海隅。

查訥道：「目今連得了數個大郡，殺了蔣太守，朝廷聞知，早晚必起兵來，其敵不小。吾聞兵法有云：三軍司命，糧食為先，兵不宿飽，徒多無益。大元帥速遣大將統精兵奪取附近城池，資其府庫錢糧以充兵餉，兵精糧足，那時雖有大敵，可保無虞，此今日之急務也。」杜伏威道：「承軍師指教，但不知發兵先攻何郡？」繆一麟道：「某久聞朔州府錢糧廣大，百姓富強，若得此郡，便是基業。況有一件妙處，那郁郅縣❺有一宦家，田園萬頃，產業極多，金銀滿庫，米粟如山，論此家私，果堪敵國。我們得這家財物，盡夠軍糧支應，煞強似得幾處窄小城池。」查訥笑道：「世間也有這等豪富之家？不知此家姓甚名誰，平日為人若何？」繆一麟道：「若論這人心地，卻也利害，比我們江湖上好漢還狠十倍。我山寨裡常有被他所害的窮民來投奔訴說，這人姓牛名進，綽號『牛剜心』，當初為梁武帝樞密院右僕射，極貪極酷，冒祿妄功，逢❻君之惡，一味糊塗，所以致富。後因侯景作亂，殺戮大臣，用計逃回，大置田產，廣放私債。門下又用了一個知趣的幫手，實是狠毒，姓周名乾，原是樞密院判官，因他殘忍不仁，人人叫他做『周剝皮』，助這牛進為惡，搶人產業，奪人妻女，大斗重秤，剋剝小民，輕則私行吊拷，重則賂官斷送，還要說人情，講公事，買良為娼，賤買貴賣，掠人女子，養作瘦馬❼，故此十年之間，家私巨萬。這等惡人縱使碎屍族滅，不足為過。」說話未完，只見杜伏威咬牙嚼齒，怒髮衝冠，離座大怒道：「殺了這廝，剮了這廝，油內烹了這老煞才，方出我心中之氣！我與他有不共戴天之仇，每欲擒來剜其驢心，以祭先尊，一向不知下落，故爾羈遲❽。今聞公端言及，此仇可報，此忿可雪矣！」查訥等驚問

---

❺ 郁郅縣：治所在今甘肅慶城。

❻ 逢：逢迎；迎合。

❼ 瘦馬：買來養育以待再販賣的童女、雛妓。明謝肇淛五雜俎人部四：「（維揚）女子多美麗……揚人習以此為奇貨，市販各處童女，加意裝束，教以書、算、琴、棋之屬，以徼厚直，謂之『瘦馬』。」

其故，杜伏威將父杜都督救林澹然被牛進奏劾梁武帝，差武士提究驚死之故說了，後牛進與周乾、史文通私自抄沒家產，二母相繼而亡，以致飄零流落，冥中相會，從頭備說一遍，因此與他有不共戴天之仇。言畢，失聲慟哭，諸將亦各嗟嘆。查訥道：「主帥不必悲傷，今日繆總管提起此人，乃元帥先尊之靈也。乘此機會，只索整兵踏破朔州，擒此老賊報仇便了。」有詩為證：

飲恨終天未得伸，欲誅仇寇慰親靈。
今朝惡滿難迴避，遠在兒孫近在身。

杜伏威拭淚商議攻取之策。查訥傳將令：以常泰為正先鋒，曹汝豐副之，領馬步軍五千為前隊；杜、薛二元帥領馬軍三千，步軍七千為中隊；查訥、黃松、繆一麟領馬步軍五千為合後，直走朔州郡。諸將得令，陸續往南進發，其餘將士俱留延州帥府駐紮。

且說常泰、曹汝豐二將領軍將朔州府圍困，鼓譟攻城。城中刺史梅先春急聚合府官員計議軍情，梅先春道：「杜伏威巨寇猖狂特甚，蔣太守、俞福等皆遭其害，湯府丞棄家逃竄，蘇侍御逼得自縊而死。某前者急遞求救表文至京，久不見援兵來到。目今賊勢甚銳，何以當之？」府判沈蘭道：「某觀賊勢甚大，若出軍廝戰，恐非萬全。喜得本郡城廓厚固，壕塹又深，糧草豐足，盡可堅守。待彼勢懈，出奇兵襲之，一戰而可擒矣。」梅先春道：「公言乃金石之論。」遂親自督軍守城，多設擂木、炮石，檢點各門軍士。常泰、曹汝豐率眾併力攻城，城上擂木、炮石打將下來，軍士多致打傷，不能近前。一連攻打

❽ 羈遲：淹留耽擱。

數日，無一些破綻。報後軍已到，常泰迎著杜伏威、查訥，備言其事。查訥道：「常將軍可遠遠圍城，不可太逼，徒損軍士，待我另設良計以破之。」於是離城二十里，太白山南屯下三個大寨，中寨杜元帥，左寨查訥，右寨常泰。三寨中，每日早間出軍攻打，下午撤兵回寨。

又早過了十餘日，城中愈加嚴謹。查訥道：「攻此小城半月不下，城內固守，無計奈何？」杜伏威笑道：「久矣哉不用吾法矣。此城難破，只得弄那法術，試看城裡怎生救應？」查訥道：「除是如此，或者可以攻破。」杜伏威出令：三寨軍士併力攻打東南北三門，只留西門不打。城內梅太守、沈通判見了，商議道：「賊人今日只留西門不攻，其中必有詭計，西門愈加要添兵守護。」城外杜伏威親督三軍併力攻打，三門城上箭如飛蝗，不能近城。挨至申時，杜伏威率領千餘馬軍，扛了四五個竹籠，逕奔西門，打開籠子。伏威馬上仗劍念咒，喝一聲：「疾！」只聽得呼呼風響，籠內飛出無數火龍火馬、異獸毒蛇，齊飛上城頭，盤旋衝突。守城軍士見了，盡皆驚倒，各顧性命而走，自相踐踏，死者甚眾。只見火龍火馬口中吐出火焰，將城樓四圍燒著，霎時間烈焰飛騰，西門鼎沸。杜伏威傳令：提三寨之兵盡打西門。梅太守看了，驚得面如土色，手足無措。沈通判忙出軍令：軍士妄動者斬。立刻教取人尿、蒜汁、犬馬之血，望空亂潑，那火龍火馬愈加熾甚，不能澆滅。原來林澹然之法，乃天心正法，非金剛禪❾之邪法也，所以非穢物可破。沈通判慌了，亦無計可施。梅太守急中生出智來，命軍士齊上，把附近民居房屋盡行拆毀，那火龍等只燒得城樓，遇石遇空即止。沈通判忙教把擂木、亂石拋下亂打。杜伏威軍馬

---

❾ 金剛禪：民間秘密宗教組織名。宋葉夢得避暑錄話卷下：「近世江、浙有事魔吃菜者，云其原出於五斗米而誦金剛經，其說皆與今佛者之言異，故或謂之金剛禪。」

立腳不住，只得遠遠退軍回寨。但見：

旗旛皆倒捲，步騎盡回身。金以靜之，惟聞聒耳鑼鳴；鼓以動之，那用喧天催戰？將軍怏怏，士卒徉徉。望營投止且埋鍋，解甲休兵齊下寨。

杜伏威與查訥商議道：「我今日用此法，以為無人敢當，不期城內又有如此豪傑，軍師何以處之？」查訥道：「某聞城中糧米可支數年，廓厚壕深，郡官甚是賢能，一時未必可破。另有一計在此，所重不在攻擊。聞朔州城內，盡是富室豪家，人民繁雜，寸土如金，所少者柴薪耳，必要出城樵採。如今但分軍四門晝夜圍困，不容柴木入城，不過半月，城中必然有變。有米無柴，豈能久守，百姓自然慌亂，那時乘機而進，此城可得矣。」忽哨馬報：「西北上有數千人馬殺奔前來，不知是何處軍馬。」杜伏威、查訥、薛舉率眾將一齊準備迎敵。原來這一支軍是南安府刺史班僖，因探馬飛報「朔州府被圍，賊攻甚急」，與幕賓封大賓計議，發軍救應。敦請一員大將，姓樊名武瑞，原是河南人氏，前任梁武帝殿前護駕驃騎大將軍，因剿薛志義有功，重加寵用。後侯景篡位，不回原籍，逕往南安州避難。素有英名，禮請來解朔州之圍，帶領步卒五千，裨將數員，殺至朔州。卻好杜伏威兩軍相撞，各布成陣勢。樊武瑞一馬當先，大喝：「何處賊奴，敢侵我城池，殺害百姓？快快下馬受縛，免汙吾刀！」眾軍視之，怎生模樣？有南柯子為證：

白髮如彭祖⑩，銀髯賽老聃⑪。提刀躍馬敢爭先，一似黃忠殺下定軍山⑫。　功成彌勒寺，名揚薛判官⑬。藏鋒斂鍔已多年，今日一軍驚視尚童顏。

常泰挺鎗躍馬，大罵：「何處匹夫，自來納命？一合之中，若不擒汝，不顯英雄！」樊武瑞大怒，舞大刀一面砍來，常泰挺鎗架住，二人戰二十餘合，不分勝負。兩軍吶喊，聲震山嶽。城內看見是南安救軍到來，通判沈蘭慌忙率領裨將袁良臣、王昭、鄧暉，及精兵五千，大開東門，殺出接應。繆一麟、黃松迎住，兩頭廝殺。這邊樊武瑞和常泰又鬥了十餘合，常泰架隔不住，看看敗陣，曹汝豐舞手中截頭大刀，飛出陣來助戰。樊武瑞力敵二將，全無懼怯。薛舉立馬觀看良久，見常泰、曹汝豐戰不下那將，對杜伏威道：「大哥可分兵一半前去助繆大哥，敵住城裡之兵，待小弟去擒那一員大將。」說罷，即分兵一半，挺方天畫戟飛馬而來，大喝：「來賊且住，快快下馬受死！」樊武瑞更不打話，提手中大刀，接住廝殺。數合之中，薛舉一戟，早刺傷樊武瑞左臂，翻身落馬，眾牙將併力救回。薛舉招動大軍，衝殺過來，殺得官軍大敗。眾將單救得樊武瑞，和數百敗殘人馬抄小路逃到南門，城上見了，急開門接應入城去了。再說沈通判人馬和繆一麟廝戰，王昭被黃松一箭射中心窩，死於馬下，沈通判心慌，跑馬先回。眾軍見了，各自逃散。梅太守親率大軍救援沈通判入城。

---

⑩ 彭祖：傳說中的仙人。善養生，有導引之術，活到八百高齡。

⑪ 老聃：即老子，又名李耳，道家學派的創始人。

⑫ 黃忠殺下定軍山：漢末曹操平定漢中，派大將夏侯淵等留守，駐兵定軍山。劉備部下老將黃忠出兵，腰斬夏侯淵，奪取定軍山。

⑬ 功成彌勒寺二句：第十一回載：薛舉之父薛志義占據劍山彌勒寺為盜，後被樊武瑞誘殺。

杜伏威大勝一陣，斬首千餘級，奪取器械馬匹無算，收兵回寨。天色已晚，大賞三軍，飲酒作樂。忽見群鴉數十自西北向南而飛，鳴噪不已。查訥道：「主帥和諸位將軍，看此鴉鳴，主何凶吉？」薛舉道：「皓月初升，群鴉疑以為曉，故此飛鳴耳。」杜伏威道：「不然。鴉鳴，不祥之兆也。西北方位屬金，金方主殺⓮。群鴉自西北而至南，金火相戰⓯，必有殺氣從空而起，故此飛鳴。以我度之，今夜防有賊人劫寨，不可不備。」查訥道：「元帥言者是也。梅太守若堅守不出，此城實為難破，若來劫寨，則自送城池與元帥，中吾計矣。只須如此如此，必擒此人。」杜伏威大喜。當晚，查訥調遣人馬，先令副元帥帶精兵三千，到南門外離城一里東北山僻處埋伏，只聽喊聲起，炮響之際，領軍乘勢逕奪南門，這是要緊第一個所在。薛舉領軍去了。次令常泰、繆一麟、黃松、曹汝豐四將，各領兵二千，寨外四下埋伏，只等中軍炮響，一齊殺出。如遇敵兵，盡力追趕，直至離城三里，放起號炮，和薛元帥併力奪城，不可怠慢。常泰等四將領兵埋伏去了。杜元帥可守中軍，待敵將入寨之時，布起風雷，驚怯其膽，敵兵必退，然後率精兵繼進，攻取城池。查訥獨守大寨，分撥已定。

再說梅太守接得樊武瑞、沈蘭兩處敗兵入城，知王昭中箭身死，又沒了千餘人馬，心下憂悶，與眾將商議。樊武瑞道：「小將初交鋒，那兩個賊漸漸輸了，後來衝出一員少年賊將，其實武藝出眾，勇力絕倫，被他刺中左臂。幸喜傷淺不妨，誓擒此賊，以報一戟之仇。」沈蘭道：「久聞老將軍英名蓋世，今反被鼠輩所欺，如之奈何？」樊武瑞道：「勝敗兵家之常，固不足道。目下賊兵大勝，其志必驕，決

⓮ 金方主殺：五行學說謂西方、秋天屬金。漢書五行志上：「金，西方，萬物既成，殺氣之始也。」
⓯ 金火相戰：五行學說謂南方、夏天屬火。「木生火，火剋金，五行之氣，自然之理。」

無準備。我這裡選精兵數千，待夜靜逕劫大寨，出其不意，決然取勝，賊黨可擒。」梅先春、沈蘭齊道：「老將軍深諳孫吳，此計大妙。」當晚，選精銳軍士五千，飽食嚴裝，人銜枚，馬勒口。樊武瑞、袁良臣為衝鋒，沈蘭、鄧暉為後應，悄悄開南門進發。有詩為證：

老將偷營膽如斗，人盡銜枚馬勒口。
平欺孺子不知兵，強中更有強中手。

到得杜伏威寨前，已是半夜。樊武瑞聽得更傳三鼓，指麾軍士吶喊殺入寨中，卻是空寨。樊武瑞叫苦不迭，急教退軍，眾心慌亂，望後便退。只聽得寨後炮聲響處，震動山嶽，忽然狂風驟起，霹靂交加，四下伏兵盡起，火把齊明。東南常泰殺來，西南繆一麟殺來，東北曹汝豐殺來，西北黃松殺來，四下喊聲如翻江攪海，驚得樊武瑞、袁良臣心膽皆落，不顧軍士，放馬先逃。後面軍馬被杜伏威衝作兩截，中鎗着箭者不計其數，降者千餘人。常泰四將緊緊追趕著樊武瑞，沈蘭、鄧暉領兵正來接應，只聽得前軍大喊，炮聲震天，已知中計，二人慌忙撥轉馬，麾軍速退，後面追兵已近，樊武瑞隨著沈蘭一同奔走。將近城邊，只隔里餘，又聽得後邊連珠炮響，沈蘭笑道：「賊兵施放號炮，虛張聲勢，驚我等也。今已近城，不必心慌。」樊武瑞道：「且奔入城，再做區處。」二人商議間，只見東北上火把齊明，喊聲大震，衝出一彪人馬，勢不可當。沈蘭等大驚，拚命衝突而走。背後一員少年將，手挺方天戟，大叫：「不要走了沈通判！」這裡袁良臣、鄧暉二將捨命護衛沈蘭奔到城邊，仗得梅太守領兵開城接應。沈蘭人馬剛入得城，薛舉軍馬已到。倉猝關門不迭，被薛舉一騎馬一支戟當先搶入城裡。袁良臣、鄧暉并牙將一齊向前來擋，薛舉大喝一聲，將鄧暉一戟刺於馬下，其餘驚散。梅太守見勢大難敵，單騎逃生。袁良臣只保得沈蘭逃命。

薛舉引軍大進，後邊常泰諸將陸續殺到，杜伏威大隊人馬如潮湧殺來，將朔州府據住，四下放火殺人，喊聲不絕。杜伏威、薛舉各帶數百軍士，圍住牛進、周乾兩家宅子。杜伏威殺入牛進府中，不分良賤老幼，盡行屠戮，單剩牛進一人反剪綁了，先著人監鎖在獄，用心看守；然後抄扎他家私，把糧食盡解入府，放起火來，牛進房屋頃刻化為灰燼。再說薛舉殺入周乾府中，遇人便殺，只不見了周乾，拿住一個丫鬟說：「昨日早上出去未回。」薛舉問道：「何處去了？」丫鬟道：「我是償債的，來得四五日，那曉得他出沒所在？」薛舉收住寶劍，叫軍士背他出外。饒了性命，其餘不分男女，盡皆殺了，雞犬不留；把細軟財物裝載起解，也放火將住宅燒毀了。此時天色黎明，查訥軍亦到，鳴金收軍。杜伏威令遍處張掛榜文，有人擒獲梅知府、沈通判、樊武瑞投獻者，賞錢三千貫；生擒周乾投獻者，賞銀五百兩，將首級來獻者，賞銀三百兩；其餘將士盡皆赦宥不究。有詩為證：

堪笑牛周二賊臣，胸藏矛戟起奸心。
一朝天理還相報，財散人亡化作塵。

再說梅先春棄府撇妻單馬逃奔，出了北門，驟馬加鞭，如飛而走。行數十里，忽然遇見沈蘭、袁良臣，三人掩面而哭。沈蘭道：「如今失陷城池，兩家老小不知下落，這事怎了？」梅先春道：「早知如此，只依足下堅守，不致今日之苦。反被樊武瑞害了，恃勇劫寨，墮賊奸計。我與你上不能保封疆，下不能全妻子，進退無路，不如一死。」沈蘭道：「堂尊差矣！大丈夫為國忘家，豈因家室被害，即欲自經於溝瀆？目今南安府刺史班公，智勇足備，且城池堅固，人強馬壯，不如投之，借兵報仇，以復朔州，有何不可？」梅先春從之，三人逕到南安府來叫門。城上見說是朔州刺史，即忙通報，班信開門迎接入城。相見畢，梅先春哭訴其事，班信道：「學生見貴郡被賊圍困甚急，故令樊將軍領兵前來救援，不期反中賊人奸計，失陷城池，害了寶眷。今無別說，須作速傳檄諸近州郡，借兵救援，急急寫表申奏朝廷，發軍征剿。我和你招募勇士，聚集鄉兵，操練將士，待諸處兵會，併力殺賊，務取城池，以復列公之仇，此為上策。二公不必憂心。」梅先春、沈蘭拜謝。正說間，管門軍士報樊將軍回府，班信迎入，驚問：「將軍何以得還？」樊武瑞請罪道：「失卻朔州，小將之罪也。昨晚劫寨，誤中奸計，城門東北衝出一隊人馬，勢不可當，小將諒不能勝，只得走回，再作商議。」班信道：「今欲起兵剿賊報仇，樊將軍還肯向前否？」樊武瑞道：「小將願決一死戰，以雪前忿，不擒賊首，誓死沙場。」班信大喜，商議起兵。

話分兩頭。再說杜伏威占住朔州府城，取府庫錢糧，一半收入公用，一半散給百姓；將梅太守、沈通判家眷安頓在府衙，不許一人擅入。出榜安民，設宴慶賀。席間，談及牛進為惡之事，杜伏威大怒道：「幾忘了要緊大事。」叫獄內取出牛進來，裸衣赤體跪於堂下，杜伏威指著大罵道：「老剝皮，口讀聖賢之書，心存狼虎之毒。汝既位至公卿，不思輔國愛民，一味貪財好色，剝民脂膏，食人腦髓，雖碎屍萬段，不足以雪萬民之怨。我且問你，那林澹然長老，與你是甚冤仇，苦苦逼他逃竄，無立錐之地？那杜都督老爺，和汝有何仇隙？可憐害得他人亡家破，含冤莫伸。你也有今日拿住的日子！」牛進叩頭道：「老朽自知所為過分，雖死亦可矣。但追拿林和尚與抄扎杜都督兩樁事，皆是鍾守淨那禿驢唆哄朝廷，以致如此，非關老朽作孽。便是放債一節，將本覓利豈是貪財？妾媵雖多，皆因乏嗣，亦非好色。生平或有些不公不法的小事，今已滅門絕後，是以報之。老朽年過八旬，無用之物，乞將軍憐憫，赦宥一喘，自今以後，改惡遷善，學做好人便了。」杜伏威笑道：「這花嘴老賊奴，到了此際，兀自巧語花言，說得自己身上乾乾淨淨，一些事都沒了。」叫左右掌嘴行刑。軍校齊喝一聲，將牛進提住頭髮，打了一二十個巴掌。杜伏威怒氣不息，喝左右扯下去，先打五十悶棍。軍校吆喝一聲，揪髮倒拖下堂，打不上數棍，牛進年老熬不得疼痛，一時暈死。杜伏威喝教噴醒來，軍校提起頭來噴水，漸漸蘇醒，復令行杖。有詩為證：

勢焰滔天氣概遒，英雄誰敢不低頭？
須知運敗彰天理，一頓皮鞭打老牛。

正喧哄間，只聽得門外擂鼓聲急，杜伏威問：「有何事故？」管門軍校報進：「有一壯士擂鼓，口稱要報機密大事，見了元帥爺，方肯說出。」杜伏威叫令進來，那壯士進見，跪稟道：「小人姓呂，排行第十，家住府城外。昨日山上打獵，遇著惡官周乾，在一小庵躲避，小人拿獲在此。這周乾日前替人追私債，將小人父親呂轂活活逼死獄中，今特解送元帥爺爺，以報昔日之仇。」杜伏威大喜，喝教：「快解這廝進來，待我看他怎麼樣一副凶嘴臉，號做周剝皮。」只見三五條漢子將周乾背剪花綁了，解入府裡來，跪於階下。見了牛進，俱各低頭不語。杜伏威見了，不覺毛髮倒豎，大喝一聲：「你這驢心狗肺的賊子，誤國害民的蠢奴，罪惡深重，不知你驢心生得怎地模樣？我先取來看一看，然後剝皮，以應尊號。」周乾道：「今日如此，悔無及矣，只求早死。」杜伏威笑道：「好賊子，你求速死，我偏教你慢死，生受些兒苦楚。」令軍士用細索將周乾手指、腳指絹了，吊起來，懸空掛於梁上，用黃荊條自頭至足渾身打遍。周乾叫苦乞饒，薜舉、查訥等拍手大笑。打了一回，喚庫吏取出白金，賞那壯士呂十回去。呂十叩頭領賞而去。

杜伏威令放下周乾來，取朱墨二色，將牛進臉上塗了紅朱，周乾臉上搽了黑墨，俱各背剪兩手。牛進項上插一面白旗，上寫著「欺君誤國，剝削小民，殘害忠良，奸險凶惡，犯人一名牛進遊街示眾」。周乾項上插一面黃旗，上寫著「貪功冒賞，讒諂阿諛，陰險助惡，犯人一名周乾示眾」。撥數十名軍校押著，往本城四門遊遍，要牛進、周乾口內自叫犯罪情由，如不叫時，令軍校以利錐錐其手足，至晚方回。眾軍校領了將令，簇擁牛進、周乾出府，走遍六街三市，二人怕受錐子，只得口裡自稱罪犯。看的人千千萬萬，俱各拍掌歡笑說：「有天理，報應不差，這是作惡的樣子。」直至天暮，解回府中。正是：

善惡到頭終有報，只爭來早與來遲。

不知二人生死若何，且聽下回分解。

第三十一回　報仇瀝血祭先靈　釋怨營墳安父骨

詩曰：

人生處世若浮漚，何用攢眉作遠猷❶？
金谷園❷中花已老，館娃宮❸裡水長流。
英雄到底誰無盡，恩怨臨頭孰肯休？
斷首刳心剿雙惡，遊魂地下默含羞。

話說杜伏威預先在堂上擺下故父都督杜成治神位，陳設祭禮，點了香燭，宣讀祭文已畢，杜伏威對靈慟哭，將牛進、周乾跪於神位之前，杜伏威親自動手剖二人之心，瀝血祭獻，燒化紙錢。著刀斧手剁

❶ 遠猷：長遠的打算；遠大的謀略。
❷ 金谷園：指西晉豪富石崇在金谷澗（在今河南洛陽西北）中所築的別墅。後泛指富貴人家盛極一時但好景不常的豪華園林。
❸ 館娃宮：春秋時吳王夫差為西施建造。吳人呼美女為娃，館娃宮即美女所居之宮。在今江蘇蘇州西南靈巖山上，靈巖寺即其舊址。

了周乾之皮，藏於府庫中，以戒後人。將屍首棄擲郊外。有詩為證：

憶昔炎炎勢，語出神鬼驚。二人相倚奸，公論著其名。天道原好還，今日祭先靈。剜人仍自剜，
剝眾剝吾身。錦衣玉食夫，曠野餵飢鷹。寄語當權者，胡不留人情。

當晚，查訥、薛舉和一班將官，置酒與杜伏威賀喜，盡歡而散。

次早，商議發兵取南安府，忽哨馬來報：「南安郡太守班信同梅知府、沈通判、樊武瑞領大軍殺奔前來。」查訥笑道：「正欲興兵去取南安，他卻自來，省了我多少錢糧。以逸待勞，安有不勝？」薛舉道：「某夜來得一異夢，請軍師解之。」查訥道：「元帥請道其詳。」薛舉道：「五更之初，夢進一樹林，內有一大將，黑臉鬍鬚，魁梧異眾，坐於兩大木之中，雙手揲蓍，身下跨著一人。那大將呼我之名，指道：『此汝父之仇人也，吾兒何不報之？』驚覺醒來，顛倒尋思，不解其意。」查訥低頭暗想半晌，問道：「元帥之先尊大人，莫非是與樊武瑞有甚仇恨否？」薛舉道：「常聞住持爺和苗師父說，先父因火燒妙相寺，殺了和尚、官兵，梁武帝敕陳玉為總兵督軍征討，先尊中計而亡。說彼時有一大將姓樊，失其名號，好生英雄了得，莫非即是樊武瑞，也未可知。」查訥道：「向聞武帝因樊武瑞征討有功，甚加寵用。後侯景作亂，將武帝逼死臺城，武瑞恥與同朝，挈家逃遁，不知去向，今卻依附班刺史興兵到來朔州。害先大人者，必此人也。」薛舉道：「軍師何以見之？」查訥道：「揲蓍者乃看爻辭❹也，兩木之中夾一爻字，身下跨著一人，豈不是個『樊』字？今班信和樊武瑞領兵而來，適先尊大人夢中相告，

❹ 爻辭：說明易六十四卦各爻象的文辭。

事非偶然，此仇當雪矣。」杜伏威眾將皆服其論。薛舉大怒道：「這樊武瑞既是殺父仇人，如何當面容得他過？大哥與軍師，乞助一臂之力，今日誓擒此賊，以祭父靈！」杜伏威道：「叔父之仇，即我之仇，我父之仇既雪，叔父之仇如何不報？當併力擒之。」薛舉大喜，隨即點起馬步精兵一萬五千，同眾將出東門外平川曠野之地，布成陣勢，專候敵兵到來。

少頃，見東南上金鼓震天，喊聲漸近，漫山塞野，官軍來到，排成陣勢，兩下射住陣角。南軍門旗開處，閃出一員老將，怎生打扮？

堂堂相貌白虯髯，鐵甲龍袍鎖子❺穿。
劣馬如龍刀燦雪，威風凜凜勝靈官❻。

這老將軍正是樊武瑞，手執鋼刀，坐雪白馬，左首一員副將袁良臣，右首一員副將張雄，俱全身披掛，手挺長鎗，身騎劣馬。杜伏威看罷，對薛舉、查訥道：「來將甚是英勇，不可小覷了他，須設計以破之。」薛舉瞋目大叫道：「大哥是何言語？長他人銳氣，滅自己英雄。不須一軍相助，你看我單騎力擒此賊！」說罷，便手挺畫戟，一騎馬衝出陣前，大叫：「來將通名！」樊武瑞喝道：「吾乃驃騎將軍樊武瑞便是。汝豈無耳，不聞我英名，輒敢侵奪城池，殺戮百姓。」薛舉聽見是樊武瑞，不待言畢，躍馬挺戟，殺過陣來。樊武瑞將刀架住，兩員大將抖擻精神，戰五十合，不分勝負。樊武瑞心下暗想，這小

---

❺ 鎖子：鎖鏈。
❻ 靈官：指王靈官。道教奉為護法監壇之神。

小豎子❼手段高強，勝他不得，必須如此。提起大刀劈面砍來，薛舉側身躲過，樊武瑞帶轉馬頭便走，薛舉不捨，放馬趕來。樊武瑞覷薛舉來得近，擲起一把飛叉，劈胸刺來，薛舉早已照見，將戟桿撥開。樊武瑞見擲他不著，暗暗稱羨，口中大叫：「賊子慢來！」薛舉喝道：「走的不算好漢！」說話未畢，又一把飛叉貼右耳擦過，薛舉吃了一驚，不敢再追，撥馬復回本陣。樊武瑞回馬趕來，叫道：「潑賊快快下馬受縛！」漸漸趕上。薛舉看樊武瑞馬頭不遠，橫擔畫戟，取弓搭箭，颼地一箭射來。樊武瑞正趕，猛聽得弓弦響，連忙躲閃，一箭射中頭盔。樊武瑞奮怒趕上，薛舉回馬又戰，兩個大展神威，再鬥三十合，不見輸贏。官軍隊裡惱了一員虎將張雄，挺鎗驟馬，出陣助戰。北軍隊裡正先鋒常泰出馬，接住廝殺，鬥了十餘合，張雄被常泰一鎗刺於馬下。袁良臣大怒，躍馬挺鎗，直取常泰。曹汝豐手舞大刀，驟馬迎敵，數合之中，曹汝豐賣一破綻，撥馬回陣。袁良臣放馬追來，曹汝豐翻身一刀，袁良臣躲閃不迭，傷著左臂，負疼跌於馬下，眾軍士擒縛回城。樊武瑞見張雄、袁良臣二將落馬，心慌膽怯，不敢戀戰，倒拖大刀，落荒而走。薛舉驟馬來追。樊武瑞奮勇殺出陣後，走不上二三里，只見彩旗招展，金鼓喧天，閃出一員少年大將，正是大元帥杜伏威，喝道：「樊賊休走，快快下馬！」樊武瑞大怒，提刀衝殺，後面薛舉又到，二將夾攻，樊武瑞措手不及，被薛舉生擒過馬，擲於地上，眾軍縛了。有詩為證：

老將馳驅已白頭，提刀矍鑠覓封侯。
早知一旦英名喪，悔不林泉作遠遊。

❼ 豎子：小孩。

官兵無主，拋戈棄甲，奔走逃生。班僖、梅先春遙見樊武瑞被擒，驚得魂不附體，放馬而逃。可憐沈通判走不迭，死於亂軍之中。

杜伏威催軍大殺一陣，官兵屍如山積，流血成河，奪得馬匹器械極多，降者甚眾，鳴金收軍入城。府中坐定，大賞三軍，犒勞諸將。牙將等解樊武瑞、袁良臣二人到來，站於堂下。薛舉咬牙切齒大罵道：「逆賊死奴，是吾殺父大仇，今日被擒，尚敢不跪。先剜汝狗心，瀝血以祭親靈，然後碎屍萬段！」袁良臣連忙雙膝跪下，樊武瑞挺立不動。薛舉大喝道：「潑賊何為不跪？」樊武瑞面不改色，笑道：「我這一雙膝不屈於人久矣！大丈夫視死如歸，今被汝擒，有死而已，任憑鼎烹鋸解，剖腹剜心，有何懼哉？」薛舉大怒，拔劍欲砍，杜伏威雙手扯住，勸道：「樊公威武不屈，真丈夫也！此等豪傑，世所罕見，吾甚敬之。二弟看愚兄薄面，乞恕其罪。」薛舉道：「大哥之命，焉敢有違？只是戴天之仇，何可輕放？」樊武瑞道：「我與將軍並無半面之識，有何戴天之仇？果爾，延頸受戮，亦須說明。」薛舉道：「汝記得十年前，劍山薛大王諱志義的否？」樊武瑞聽了，方才醒悟，大笑道：「原來為此。當初劍山薛志義恃勇擄掠，火焚了妙相寺，殺死和尚，大敗官兵，梁王頒詔，令陳元帥同我等收剿。此時奉詔討賊，君命所使，不得不然，亦不知是將軍先尊也。今將軍為父報仇，吾願就戮。」說罷，伸頸受刀。薛舉擲劍於地，雙手抱住道：「非敢忘父大仇，實緣將軍英傑之士，不由人不愛慕。既出於無心，某豈忍加害？」即忙解了綁縛，脫自己錦袍，披於身上，納之上座。史官讚曰：

武瑞樊公，鐵石心胸。臨難不屈，克全孤忠。松柏遜節，莫邪❽讓鋒。伏威明達，延攬英雄。

薛舉好賢，愛慕由衷。傾心下士，不約而同。所以二人，有王者風。名垂竹帛，功勒鼎鍾。千秋萬祀，聲施無窮。

樊武瑞遜道：「樊某被擒，蒙將軍不殺，已為萬幸，何敢當此？」薛舉道：「久仰英名，幸而一會，甚慰渴懷。」杜伏威、繆一麟、查訥等，俱一一從新見禮，以賓客相待。薛舉分付軍校將袁良臣也放了綁，坐於末席，設宴款留。

飲酒之間，查訥道：「梅太守敗陣而逃，已落其膽，今宜發兵攻取城池，南安唾手可得。」杜伏威道：「久仰樊將軍謀略蓋世，驍勇絕倫，幸得相從，天下不足定矣。今欲攻取南安，願求良策指教，某等拱聽。」樊武瑞道：「某乃敗軍之將，一介武夫，諸將軍智勇足備，何下問於小將也？既承明問，則兵法有云：『兵貴神速。』將軍以得勝之兵，長驅而南，智者不及謀，勇者不能力，勢如破竹，此城反掌而得。然本郡人民良善，班刺史正直清廉，乞將軍憐之。」杜伏威等一齊嘆服道：「真仁智之將也。」樊武瑞又拱手道：「敗將蒙薛將軍、杜元帥賜以不死，銘刻五內，再造之德，生死不忘。但求開天地之心，釋放歸田。敗將老矣，得耕牧以終天年，則莫大之恩也。」杜伏威道：「將軍差矣。某等得將軍同事，如魚得水，正欲旦夕聆教，共圖鴻業，以享富貴，豈有捨去之理？」樊武瑞道：「僕今年老力衰，非昔日之比，無心軒冕❾，有意林泉。今幸死中得生，焉敢再貪富貴？懇元帥仁慈，慨許還鄉，實感山

---

❽ 莫邪：吳越春秋闔閭內傳載：春秋吳王闔廬使干將鑄劍，鐵汁不下，其妻莫邪自投爐中，鐵汁乃出，鑄成二劍。雄劍名干將，雌劍名莫邪。後因用作寶劍名。

嶽之德。老朽縱留於此，亦無益於元帥也。」查訥道：「樊將軍決意歸閒，元帥不須苦留，任彼自便，以全其志，亦是美事。」杜伏威應允，樊武瑞頓首稱謝。酒闌席罷，樊武瑞起身告別，袁良臣稟道：「末將遭擒，自分必死，荷元帥不殺之恩，得以重生，亦願隨樊將軍歸耕田園，苟圖晚景，乞元帥一體同仁，感德非淺。」杜伏威道：「袁公欲與樊將軍共樂林泉，亦不敢強留。」隨令軍校捧出錦緞數端，黃金一笏，贈為養老之資：「希二將軍哂存，以表相愛之意。」樊武瑞堅辭不受。杜伏威愈加敬重，親率諸將擺導，送出南門。樊武瑞、袁良臣下馬拜別而去。正是：

幸得相從魚水歡，誰知先我著歸鞭；
黃金不受真豪傑，望斷行旌倍慘然。

杜伏威等一行人怏怏回城，一路上稱羨樊武瑞廉能忠節，嘆慕不已。當晚，查訥傳出將令，薛元帥、繆一麟、曹汝豐、常泰、黃松五將，帶領馬軍三千、步軍一萬，次日五更造飯，平明進兵，逕取南安，亦先入城者為頭功。次早，薛舉率領諸將軍馬殺奔南安府來。這班信、梅先春二刺史，兵敗回城，無計可施，只得親率軍士守護，以防攻打。忽探馬來報：「賊將薛舉率大隊人馬，已近城池。」班信心慌，和梅先春商議：「目今賊軍勢大，難以交鋒，欲待堅守，爭奈軍需不足，如何是好？」幕賓封大賓道：「賊勢浩大，空城難守，不如暫棄此城，投奔他郡，再圖後計。」班信道：「非也。某受朝廷大祿，牧守此城，棄城苟免，豈是大丈夫所為？寧死以報國，焉可棄城而去？」說罷，拂袖入府去了。當夜封大

❾軒冕：古時大夫以上官員的車乘和冕服。借指官位爵祿。

賓同梅先春私逃出城，不知去向。

卻說薛舉親督軍士將城圍困，晝夜攻打。至第四日，薛舉令軍士於北門布起雲梯，棄了畫戟，手執短刀，身披輕甲，奮勇攻城。自辰至未，兩下相拒，吶喊不絕。薛舉見城上軍校漸有懈意，大喝一聲，飛身先跳上城。守城牙將一齊迎戰，被薛舉手起刀落，砍翻十數個，其餘都四散奔走。薛舉據住北門，諸將相繼而上，大開城門，守城軍卒各自逃生，城內大亂，男女號哭之聲盈耳。班太守知城已陷，懷印胸前，向北號泣再拜，赴池水而死。有詩讚道：

血淚湧泉，丹衷不毀。
身赴清流，一廉似水。

夫人、公子相向大哭，卻好薛舉、常泰領兵入衙，問其備細。夫人哭告丈夫盡忠死節，薛舉嘆道：「我之過也！」分付常泰把守私衙，不許一人擅入忠臣之門。鳴金收軍，出榜安民。一壁廂差黃松到延州府，迎請杜元帥、查軍師軍馬；一壁廂差心腹將士把守四門，取辦棺木，將班信屍首撈起，以禮殯殮，發付夫人、公子，收拾家財，搬喪回籍。開倉賑濟貧窮。杜伏威正在府中問議軍情，探馬報到：「薛元帥攻破南安，差黃將軍露布⑩報捷。」杜伏威大喜，委黃松鎮守延州，自和查訥帶千餘人馬往南安郡來。薛舉率眾將迎接進府相見，諸將一一參謁。薛舉將攻打南安功績備陳一遍，杜伏威大悅，著查訥犒賞眾軍，又遣繆一麟去打會寧縣，薛舉去打當亭縣，常泰去打長道縣，曹汝豐去打成州縣。四將各領兵三千，分

⑩ 露布：不緘封的文書，謂公布文書。常指軍旅文書。

頭而去。

卻說這四縣官員，見杜伏威軍勢浩大，皆望風而逃，兵不血刃，得了四座城池。杜伏威與繆一麟等分路巡行各縣。杜伏威馬導行至成州縣四門驛前，忽聽得有人喊叫：「救命！」杜伏威令撤去傘蓋，看是何人，見一老嫗俯伏街心，叩頭求救。杜伏威憐他年老，令軍士扶起講話。那老嫗立於馬前，擱著兩行淚，又不做聲。杜伏威道：「你有何冤枉，為何不言？」老嫗道：「爺爺，話長哩。求爺爺車駕到婦人家裡，細細訴明。」杜伏威問：「你家在何處？」老嫗將手指道：「那對河大樹下牆門內便是。」杜伏威應允，恐有奸詐，令甲士隨行。至門首下馬，老嫗引入中堂，取一把椅子，請杜伏威居中而坐，躬身下拜。杜伏威看她家裡雖然頹敗，卻也華堂峻宇，這老嫗舉止有禮，必是舊家風範，起身答以半禮。老嫗拜罷，侍立於側，稟道：「老身惠氏，亡夫傅嶠，是梁朝大司農傅岐的嫡親兄弟。」杜伏威道：「既是傅司農弟媳，乃忠臣親屬，請坐了講。」惠氏謝了，坐於旁邊道：「亡夫向來乏嗣，禱於虞舜廟中，然後有孕。將及臨盆，忽有一乞兒，持破琴一張，要賣錢五百貫。亡夫素諳音律，即以五百貫買了這琴，配上冰弦⓫，試彈其音，清亮異常。識古的說是東晉舊物，乃嵇大夫⓬所遺到今，雖千金亦無處可覓。亡夫喜甚珍藏，等閒不與人見。不意生的是個女孩兒，感舜帝所賜，遂名為舜華。這舜華女兒年至十歲，亦頗聰明，亡夫教以調弦，便解音律，亡夫傳與數曲，俱彈得精妙。及亡夫棄世時，舜華十四歲了，將此古琴授女兒，叮囑道：『兒當珍藏此琴，見琴即如見父。』舜華痛哭受琴，製一錦囊貯之，自作角調

⓫ 冰弦：琴弦的美稱。傳說中用冰蠶絲做的琴弦，故名。

⓬ 嵇大夫：嵇康。

思親引、商調幽閨怨二曲，以寫愁懷。女工之暇，便彈此曲。數年來，與琴朝夕不離。自亡夫歿後，家業凋零，幾次欲將琴賣了，又捨不得。一月前，舜華正對月撫琴，倏然雲低月暗，起一陣怪風，風過處閃出一個白臉妖魔，將軍模樣的，將琴劈手奪去。舜華吃了這大驚，便成一個癇症，晝夜狂罵，不省人事。老身聞得元帥爺爺法術通神，必能驅治，故不避責罰，斗膽拜求，乞擒此搶琴怪物，救寡女一命，恩同天地。」說罷又拜。杜伏威道：「不須多禮。汝女必中邪了，我夜間為汝治之，看是何祟，以救女命。」惠氏歡喜，忙整酒飯相待。

看看天暮，伏威傳令部下將校兵卒，俱暫屯門前空地，不許喧譁。堂中點起香燭，只命一家僮伺候，餘人皆避。伏威卸下戎服，書符捻訣，仗劍步罡，口中念動真言，霎時一尊值日神將下降，拱立稟命。杜伏威道：「今有傅司農侄女舜華所撫故琴，不知是何邪攝去，致此女重疾顛狂。乞吾神查勘，速拿前來，明正雷霆法律。」天將唯唯而去。至二鼓將盡，只見天將乘雲腦揪一人擲於堂前，稟道：「偷琴賊獲到，候法旨。」杜伏威燈下看那妖邪，怎生模樣？但見：

面團發黑，齒白唇紅，三綹掩口微鬚，一雙突睛細眼。頭戴簇花萬字羅巾，金抹額雉尾針簪；身穿團花錦裲背子，繡裹肚鸞條緊束。下著一條白水棍兒紫護膝，撥霧撩雲；足蹬著一雙抹綠軟靴纏腿綳，飛風掣電。喚做慣走路的使者，疾似流星；名為會請客的官兒，速於鷹隼。手內常擎書一簡，肩上橫擔令字旗。

呀，原來是個值日符官⓭使者。杜伏威喝道：「汝是何處符使，輒敢興妖，奪人古玩？」那符使伏於階下道：「小神乃淮河使者，花花太保部下遊弈⑭神是也。太保巡河，遙見本宅小姐貌美，意欲娶為夫人，特差小神先奪其所好，後攝其魂魄，至水府成親。豈料小姐堅執不從，辱言穢罵，太保惱了，將她拘留水府，然亦不敢加害。小神奉上命差遣，乞法師饒恕。」伏威又問：「琴將安在？」遊弈神道：「雖然攝去，尚藏在本宅家廟下，未曾盜歸水府。」伏威怒道：「胡講！上帝敕汝等為神，正宜濟民護國，海晏河清，怎麼反行邪淫不法之事？煩天神並擒太保，將此二孽押赴雷霆治罪，施行繳旨。」天將應諾，手提遊弈神，騰空而去。

此時夜已過半，伏威請惠氏出堂，備言前事：「已將妖神押赴天曹，令愛可保無虞矣。」惠氏拜謝，回房看女兒，那小姐倏然蘇醒。惠氏忙問：「我兒，你向來為何如此，真憂死娘也！」舜華道：「失琴之時，見一白臉勇士，挾我至一大殿中，有一花臉穿紅袍的將軍，迎我進去，兩旁樂人吹打，喝我同拜花燭，被我毀罵一場，不從那廝。那花臉賊將我囚在冷室中，我終日毀罵。適見幾個錦衣人，手執刀斧繩索，綁縛那花臉賊去了，又引我回來，方得蘇醒。」惠氏把杜元帥擒妖之事說了，舜華不勝感激。

天色已曉，杜伏威令家僮到家廟中取琴，果然在神櫃之下。家僮將琴獻上，杜伏威接在手中，細細展視，果係好琴。但見：

背斷梅花雷氏⑮，尾焦蔡子中郎⑯。天桐地梓⑰合陰陽，音韻清和調暢。三嘆朱弦⑱洞穴，一

---

⑬ 符官：道教指守護符籙的神官。

⑭ 遊弈：也作「遊弋」。巡邏。

聲阿閣⑲鳴凰⑳。當年師曠㉑審精詳，堪愛繁音嘹喨。

杜伏威玩之不忍釋手，就命焚起香來，轉軫調弦，彈一曲慢商調廣陵散，乃當年姚、褚二仙所傳也。其曲小序三段，本序五段，正聲十八拍，亂聲十拍。彈畢，誇獎琴音不已，想此琴之音，與天主樓中玉琴無異，真無價之物也。玩索間，忽見惠氏走出堂來萬福道：「感謝元帥爺法力，女兒舜華平復如舊，無以為報。適才爺彈琴之時，小女扶病出來竊聽，他道廣陵散自嵇仙歸天之後，無人傳其真派，帥爺獨精此曲，不知從何得來，恁般精妙？但可惜不全，尚有後序八段，乃袁孝己㉒所續，小女記得親切，願傳

---

⑮ 背斷梅花雷氏：唐代琴工雷威所製作的琴，稱雷琴。唐李肇唐國史補載：「蜀中雷氏斲琴，常自品第，第一者以玉徽，次者以瑟瑟徽，又次者以金徽，又次者螺蚌之徽。」潛確類書載：「古琴以斷紋為證，不歷數百年不斷。有梅花斷，其紋如梅花，此為最古。」

⑯ 尾焦蔡子中郎：後漢書蔡邕列傳：「吳人有燒桐以爨者，邕聞火烈之聲，知其良木，因請而裁為琴，果有美音，而其尾猶焦，故時人名曰『焦尾琴』焉。」蔡邕，東漢末年文學家、書法家。漢獻帝時拜左中郎將，故後人稱他「蔡中郎」。

⑰ 天桐地梓：桐木與梓木，兩者皆良材。詩鄘風定之方中：「樹之榛栗，椅桐梓漆，爰伐琴瑟。」朱熹詩集傳：「椅、桐、梓、漆，四木皆琴瑟之材也。」

⑱ 朱弦：用熟絲製的琴弦。泛指琴瑟類弦樂器。

⑲ 阿閣：四面都有簷霤的樓閣。

⑳ 鳴凰：鳴奏鳳凰之聲。

㉑ 師曠：春秋時晉國樂師。善於辨音。

帥爺，以報活命之恩。」杜伏威大驚，暗思：「天主傳我時，原說還有後序八段，留之不傳，以待他年姻緣配合。今此女能彈，莫非姻眷在此，千里能相會乎？」心中已有調和琴瑟之意了。乃佯應道：「多謝令愛厚情，目今軍務倥傯，無暇及此，容日領教。」便教起馬，致謝出門。惠氏跪送說：「小女專候帥爺車駕回來，草環㉓相報。」伏威拱手而別，將校簇擁前進。忽見村口有一大廟，匾上寫「太保行宮」四字。杜伏威問是何神，居民道：「是河神花花太保之廟。」伏威怒道：「如此妖神，不宜供奉。」喝軍士將神像打倒，立刻拆毀其廟，木料磚瓦付保正修了學宮。

杜伏威回至朔州，大小將士迎接入城，設宴洗塵。伏威將傅小姐失琴被魅之事，對眾人細說，又道：「我觀傅嫗嫠居㉔賢淑，其女閨教可知，意欲求為正室，不識可乎？」查訥道：「傅小姐既是司農侄女，乃閥閱名家。母賢，其女必正，元帥聘為夫人，必能內助，有何不可。」薛舉笑道：「忠臣之女，作配俊傑，門戶相當。況傅琴之意，夙緣有在，即當遣聘成婚，攜帶小弟吃一杯喜酒。」杜伏威道：「婚姻之事，蓋由天定，不可造次，必須稟過住持爺，方可行事。」查訥道：「不然。今且先遣聘禮，待稟過林爺，然後完親，又何妨礙？」杜伏威依言，備黃金一百兩，白金五百兩，彩緞二百端，明珠二串，浼查訥為媒，花紅鼓樂，送至成州縣傅小姐家裡來。惠氏接見，查訥備道杜元帥求親之意，僕從獻上禮物，

㉒ 袁孝己：又作「袁孝尼」。三國魏人。世說新語雅量載：「嵇中散臨刑東市，神氣不變，索琴彈之，奏廣陵散，曲終曰：『袁孝尼嘗請學此散，吾靳固不與，廣陵散於今絕矣。』」

㉓ 草環：即「結草銜環」。

㉔ 嫠居：嫠，疑為「嫠」。嫠居，寡居。

惠氏大喜收了，排席款待，送上小姐庚帖㉕。查訥相別回朔州，覆了杜伏威的話，親事已諧，俱各歡喜，不題。

再說繆一麟軍馬打至長道縣界，忽見一軍校跪於馬前稟道：「小人是樊將軍差來奉書於元帥爺的。」繆一麟收了書，帶那人回朔州府見杜伏威等。禮畢，將書獻上，同拆看時，書曰：

沐恩辱將樊武瑞薰沐百拜恩主杜元帥大將軍，並恩主薛元帥大將軍麾下。罪朽被擒，自分幽冥㉖之客；感蒙洪造，慨存螻蟻之生，雖粉身碎骨，不足少酬萬一。匆匆拜別，未悉鄙衷，有一緊要重事，失於稟聞。杜恩主先尊都督大人，當年蒙詔捐館，太夫人與夫人相繼棄世，三位靈車寄於武平郡城外荒土之內，牛進暗差人焚化，帶回朔州，埋在郊外翠微觀後糞窖之側，可憐可憐！十餘年杳無知者，杜元帥可速差人取之。薛恩主先尊將軍大人，昔日劍山與陳玉交鋒，中計落阱，自刎坑中。尊首已獻朝廷，豪骨尚埋土內，雖經日久，踪跡可尋，薛元帥亦宜差人取之，擇地安葬，以盡二恩主人子之心，此亦瑞之少報效於臺下也。他日重逢，當效草環。萬惟台照，不悉。

杜伏威看罷，踴躍稱謝道：「父母骸骨，許久不知下落，晝夜彷徨，睡不安枕，今得此消息，勝如登大

㉕ 庚帖：舊俗訂婚時男女雙方交換的寫有姓名、生辰八字、籍貫、祖宗三代等的帖子。以其載有年庚，故名。也叫八字帖。

㉖ 幽冥：地府；陰間。

寶矣！」薛舉道：「父親骸骨未收，人子之心何忍？久欲求取，無踪可尋。今幸樊將軍傳示，真天地之大恩也，亦足以報父矣！」問：「樊將軍今在何處？」軍校道：「樊爺付書之時，說往終南山㉗修道去了。」杜伏威、薛舉向南拜謝，取銀五十兩，賞那軍校去了。

次早，杜伏威沐浴更衣，焚香拜祝了上蒼，率諸將上馬出城，取路往翠微觀來，尋取遺骨。觀中道士撞鐘擊鼓，聚集道眾，遠遠跪接。杜伏威等一行人，進殿參禮三清眾聖畢，齊到殿後糞窖邊，教軍士拚力掘下去。道眾俱各驚駭，不知其故。只見眾軍用力掘土，至五尺餘深，忽掘見一洞，洞中吐出氣來，就如煙霧一般，軍士便不敢動手，停鋤稟覆杜元帥。伏威同薛舉、查訥等向前來看，果見煙霧奔騰，盤繞洞口，亦不知是何異故。查訥道：「如此濃郁，必非地氣，洞內或藏異物。再命軍士掘開，便知分曉。」眾軍士又掘下數尺，乃是一個大窖，只見有一條青蛇，身如斗大，頭生短角，眼放電光，約數丈之長，做一堆兒蟠在窖中，見了眾人也不慌，也不忙，漸漸昂頭掉尾，露爪揚鱗。杜伏威等眾見了，俱各驚愕，遠遠站開，只有薛舉按劍立於窖側，看他動靜。只見霎時間天昏地暗，雷雨交作，霹靂一聲，這青蛇從穴而出，乘雲駕霧，往東南飛去了。少頃，依舊天晴雲散，日色光明，眾人方知是龍非蛇也。有詩嘆查訥不能預知，以致泄氣。詩曰：

盤龍之穴真天王，何似軍師盡渺茫。
查訥一言扶帝主，只因不識喪禎祥㉘。

㉗終南山：又名太乙山，秦嶺山脈的一段。為道教發祥地之一。

薛舉招呼杜伏威等入窨裡看時，那龍蟠之下，卻是三個骨瓶。查訥嘆道：「主帥無福，樊將軍誤卻大事，此是真龍穴，帝王之地也。若不開掘，數年後，主帥必登大寶。龍氣已泄，實為可惜。」杜伏威笑道：「近仁之言謬矣！豈有子為天子而使父母骸骨埋於糞窖之側乎？吾寧不得大寶，不忍使父母之骨穢汙也！」查訥等頓首道：「真純孝之主也！」杜伏威道：「純孝吾何敢當？但於心有不忍耳。」說罷，俯伏窨內，手抱骨瓶，號咷痛哭，諸將和眾軍無不下淚。查訥、薛舉再三勸慰，方收淚而謝。將三個骨瓶，用龍錦包裹，親自捧入翠微觀殿上三清臺側，設座供奉。分付道士好生看管，待選地擇日停妥，然後來取安葬。道士領命，送出觀外。杜伏威等上馬回朔州郡來。當日即差曹汝豐到定遠縣，去取薛志義骸骨，令黃松往岐陽郡，卻取叔父杜應元、嬸娘孔氏二屍骸骨，俱要悄悄用心行事，不可使人知覺，二將領命，拜辭去了。

杜伏威著人尋訪堪輿高士選擇風水，延得一個風水先生，姓甄名教，字子化，乃江西人氏，參見杜元帥，與查訥談論地理，甚得精微之妙。杜伏威委查訥同甄教至朔州郊外，觀看風水，周圍看遍，並無得意之處。忽一日，來到城北花馬池側首，有一塊平陽㉙之地，方圓二十餘畝，地名御屏埂，前臨澗水，後靠高崗，青龍白虎有情，秀嶺奇峰朝拱，果然好一個去處。有詩為證：

奇貴貪狼並祿馬㉚，三合聯珠真厚價。

㉘ 禎祥：吉祥的徵兆。

㉙ 平陽：平坦。

惡神流短吉人長，富貴聲名滿天下。

查訥和甄教二人下了羅盤，皆看得此處是塊真地，商議已定，回朔州稟覆杜元帥，說此地大貴大吉。杜伏威、薛舉甚喜，設宴相酬，就選擇安葬日期，先差土工四圍栽植樹木，築起墳牆。甄教於左右二處，俱點定了穴道，只等黃松、曹汝豐二人到來，一同安葬。數日之間，黃松已回了，入帥府參見杜伏威，稟道：「小將領元帥嚴命，逕到岐陽。不期岐陽郡時疫大作，男女死者塞道，元帥宗族俱搬移無覓。小將尋問土人，指引到杜府基址，已是一片白地。月夜悄悄掘開牆土，果見有骸骨二副，小將細細檢出，用寶瓶盛貯，謹奉在此，覆元帥鈞命。」杜伏威大悅，排宴洗塵，將叔嬸二副骨瓶，一併寄於翠微觀中安頓祭祀，不在話下。

再說曹汝豐辭別杜、薛二元帥之後，取路往定遠縣來，一路無話，已到劍山嶺下，入酒店沽一壺解渴，乘空問及店主老人，昔年官兵往剿薛判官之事。店老人嘆道：「可惜一位濟困憐貧的豪傑，不幸死於非命。當日官軍去後，老拙這村中前後的百姓，皆感薛大王恩惠，無不傷感。地方人等不忍屍骸暴露，即挑土覆掩其屍。後梁武帝既崩，侯景篡位，天下荒亂，村中生出幾隻大蟲來害人。一日早晨，前村童保正過嶺公幹，走至嶺上，跳出一隻斑斕猛虎，逕撲將來。童保正驚倒，自料必落虎口，不能復活。忽見一個大漢，雄軀黑臉，手執鐵鎗，大踏步將虎逐下嶺去。童保正得了性命，回家與人言及此事，卻去村前村後，訪這大恩人報答，並無踪跡，方才省得這黑大漢非別，乃是薛大王顯聖。因此童保正備辦牲

㉚ 祿馬：猶祿命。古代相術術語。意謂人生祿食命運，隨乘天馬運行，均有定數。

禮，到坑邊祭獻，教人掘開土，取骨貯瓶埋葬。不期是個僵屍，皮肉分毫不壞，只頭顱被朝廷取去。眾人驚異，保正雇了高手匠人，照依薛大王面容，用香木雕成一個頭，接在腔子上，買了棺木，將屍穿了新衣，殮入棺，葬在坑內，壘土成墳，栽種樹木。又是童保正為頭，糾集鄉民銀兩，於墳側造一座祠堂，裝塑薛大王金身，四時祭祀，甚是顯靈，求風得風，求雨得雨，疾病災異，祈禱無不靈應。百姓動了申文，縣官轉申本府，府申上司奏聞朝廷，欽奉太宗皇帝聖旨，敕封為黑虎大王、本村土地正神，至今極是靈感。立碑一座，上有四句。讚道：

神威赫赫，虎豹潛踪。
庇民福國，血食無窮。

曹汝豐道：「在下姓曹，這薛大王與在下原係表親。今日偶爾經過，有感於懷，故此動問，乞店主指引墳廟前一拜。」店老人即同曹汝豐到土地廟來，只見廟門首懸著一個朱紅牌額，上刊七個大金字，道「靈顯黑虎大王廟」。曹汝豐進廟拈香，拜了四拜，仔細看那神像，果然生得神威凜凜可畏。廟祝留茶，茶罷，店老人領到墳上來看，見周圍樹木森森，南首墳塋高聳。曹汝豐看了一回，復到店中。晚上秤些銀子，付與店主道：「明早煩老翁備辦豬羊祭禮，到廟中祭獻，以表在下親情。」店老人允諾，收了銀子，次早殺豬宰羊，辦備祭禮。店主人陪曹汝豐往廟中祭賽已畢，就請本村耆民鄉老，共飲一醉，以酬其意。席罷散去，曹汝豐辭了店老人取路而回。到朔州府，軍校通報，杜伏威喚入。參見畢，曹汝豐將薛志義顯聖救民，童保正造墳建祠，奉旨敕封與祭獻之事，細說一遍。杜伏威、薛舉大喜道：「正直為神，此理不謬。」重賞曹汝豐。薛舉道：「我們日後取了鍾離郡，必須大建廟宇，以為萬年香火。」此時甄教擇日已定，將杜都督和夫人、桂姐三個骨瓶，葬於新墳右首正穴之中，將杜應元、孔氏骨瓶瘞於新墳左首偏穴。落土事畢，延請僧道做七晝夜道場，水火煉度㉛，薦拔㉜先靈，兼超度殺戮橫死亡魂，費了偌大錢糧，方得完事。

忽軍校報朱將軍來到，杜伏威請入帥府，參拜已畢，朱儉道：「久違二元帥鈞顏，特來奉候起居。」杜伏威道：「生受你遠路風霜。」即排宴慶賀。當夜，薛舉對杜伏威道：「我等在此安享，不知林老爺安否若何。久困征戰，失於問候，須差人問安，方免住持懸念。二來張三弟間闊㉝已久，亦須致書接他來此，共圖大業，才見兄弟結義之情。」杜伏威道：「我心下也常常如此想，賢弟言及，正合吾意，不如就差朱儉前去。」薛舉道：「朱儉曾去過的，正好，正好！」當下修書二封，黃金十錠，分付朱儉：「到廣寧縣去，見了林住持爺，即和張官人同來，不可羈滯。」朱儉藏了書信、黃金等件，拜辭杜、薛二元帥，即忙上馬，取路出城，逕奔河東郡來。

話分兩頭，卻說張善相自與杜伏威分手之後，林澹然將兵書三卷傳授與他，日夕講誦，深知兵法，熟諳玄機。次後，林住持又囑咐薛舉到延州郡救杜伏威去了。張善相獨自一人，只覺淒涼寂寞，悶坐無聊，拋撇了六韜三略㉞，堆積著萬恨千愁，每日帶兩個家僮，挾一張弩弓，出城射獵遣悶。一日，張太

㉛ 煉度：指道士為喪家打醮禮神祈福。

㉜ 薦拔：念經或做佛事，使亡靈脫難超升。

㉝ 間闊：契闊；久別。

公有個義子張棟，在外為商，買得一匹好馬回家，送與太公。太公歡喜，喚家僮好生看養，笑道：「老年人有了這副腳力，出入甚便。」張善相瞞著太公，叫家僮牽出來看，果然好馬。但見：

驊騮氣概，騏驥良才，欺項羽之烏騅，賽雲長之赤兔㉟。臨風蹀躞㊱，昂昂千里欲騰空；對日長嘶，翼翼㊲神威真絕影。龍種㊳遠從汧渭㊴至，名駒出自渥洼㊵靈。

張善相看了這馬，心下十分大喜，叫家僮餵飽了，備上鞍轡，收緊了肚帶，上了轡繩，帶一條齊眉短棍，掛著弩弓竹箭，跨上雕鞍，隨著兩個家僮，逕出西門遊耍。時已午牌前後，來到一個去處，地名醒酒臺，乃昔日劉伶㊶醒酒之處。此處有三五里地面，一帶平堤，並無樹木，西首一溪綠水，北邊一座土山，南

㉞三略：古兵書名。相傳為漢初黃石公作，全書分上略、中略、下略。已佚。後人依託成篇，收入武經七書中。也泛指兵書及作戰的謀略。

㉟雲長之赤兔：赤兔馬，駿馬名。漢末呂布的坐騎，有「人中呂布，馬中赤兔」之稱。三國演義載：呂布死後，曹操將赤兔馬賞賜關羽（雲長）；關羽被殺後，赤兔馬思念舊主，絕食而死。但據史書載，赤兔馬在呂布戰敗後，不知去向，並未成為關羽的坐騎。

㊱蹀躞：音ㄉㄧㄝˊ ㄒㄧㄝˋ，馬行貌。

㊲翼翼：飛動貌。

㊳龍種：指駿馬。

㊴汧渭：汧水與渭水的並稱。秦國先人非子居犬丘（今甘肅天水市一帶），為周王室養馬汧渭。汧，音ㄑㄧㄢ。

㊵渥洼：水名。在今甘肅安西境，傳說為產神馬之處。

㊶劉伶：魏晉時期「竹林七賢」之一。平生嗜酒，曾作酒德頌，宣揚老莊思想和縱酒放誕之情趣。

首數百人家，東首卻是來往之路。張善相坐在馬上，看這一帶平坦長堤，心中暗想：「我騎了半日馬，跍跍蹬蹬地走得不爽快。這土堤平坦，來往人稀，可以馳騁。且放個轡頭，爽一爽神，有何不可？」即將短棍遞與家僮，跳下馬來，將裡肚拴一拴緊，依舊上馬，扯起轡繩，足踏鐵鐙，連打幾鞭，那馬放開四個霜蹄，飛也似跑了去，又跑轉來，不消半刻，把三五里地面，跑了兩個往回。張善相坐在馬上，耳邊只聽得呼呼風響，身似騰雲，心中甚覺快活，跑得高興，飛來飛去，連放了四五個轡頭。家僮勸道：「好了，日已過午，大叔回家去罷。太公知道，必要作惱。」張善相道：「走這數回，才覺有點意趣，怎麼就歇了？待我再跑一兩回，歸家未遲。」家僮只得等待。張善相縱馬加鞭，又跑一遭，正勒馬跑轉，不上數丈之外，遠遠見一漢子，一步一跌顛將來，口裡喊叫道：「馬上的我那兒，你且慢慢來，不要衝了老子，十字街教你鳥娘陪話番打孩。」兩旁看的人都叫道：「馬上官人，快帶住轡繩九頭鳥今日又醉得不好了，不要去惹他。」張善相看那人時，怎生模樣？但見：

赤黃眉橫攢一字，老鼠眼斜鬥雙睛，渾身筋爆夜叉形，骨揸臉亂紋侵鬢。頭上亂堆蟣虱，衣衫盡染泥塵，頑皮疥癩臭難聞，醉後爹娘不認。

張善相聽說，忙將籠頭勒住。那馬走得性發，那裡收勒得住？越勒越跑，一溜煙奔走，將那九頭鳥劈胸衝倒，仰面跌翻地上，又復臉上踏了一腳。張善相心下驚慌，不顧性命的將馬打上十數鞭，那馬就如騰雲駕霧一般，一直去了。

原來這九頭鳥姓孫，名鬼車，是本村人氏，專一好賭不材，不務生理。不吃酒時，還有一分人氣，若酒醉之後，不怕天地，不分上下，酗酒罵人，詐死纏活，潑皮無賴，就把尿屎不淨之物搪了一身，拿在手中，尋人廝打。所以他醉了時，人人皆怕，只得遠遠避他。當下被張善相走馬衝倒，復臉上一腳，踹得腦漿迸流，死於非命。張善相馬快，往前走了，那兩個家僮卻跑不及，被村坊人等圍住拿了，交與保正，報知孫鬼車家裡。孫鬼車的妻子兒女，一齊哭來，將家僮痛打一頓。內中有人認得的道：「這騎馬郎君，是城內張太公的孫子，家道殷富。今日九頭鳥踏死得好，雖然誤傷，卻也尋著主兒，必得一個小富貴。」保正和地方人等，帶了孫鬼車妻子黃氏，縛了兩個家僮，一齊到廣寧縣呈告。正是：

人心似鐵非為鐵，官法如爐果是爐。

不知張善相果然逃得脫否，且聽下回分解。

第三十二回　張善相夢中配偶　段春香月下佳期

詩曰：

馳驟青駒惹禍愆，潛蹤誤入武陵源。
暗窺玉女彈衷曲，悶對靈神想故園。
恍惚夢中諧伉儷，依稀月下會嬋娟。
赤繩繫足❶皆前定，須信姻緣非偶然。

話說廣寧縣縣令顧吾鼎，當日正坐晚堂，忽見一夥人呈告人命，保正當先遞上呈子，將孫鬼車被張善相走馬踏死情由訴說一遍。知縣喚孫鬼車妻子上前審問，黃氏又遞狀詞，哭訴一番，口詞相同。又叫張家兩個家僮問：「走馬的是你何人，為甚放他逃了？」兩個家僮稟說：「是小人的小主，名張善相，年方一十六歲，自幼攻書，近日惟好走馬射獵。昨日因親戚送得這匹劣馬，小主人牽出郊外騎試，不意撞著醉漢，無心中失誤踏死，實與小的二人無干。」知縣大怒道：「你這兩個奴才，不勸家主學好，專騙哄他遊走好閒，傷人性命，還說與你無干，著實打這廝。」兩旁皂甲吆喝一聲，將兩個拖翻，各打了

❶ 赤繩繫足：相傳月下老人主司人間婚姻，其囊中有赤繩，於冥冥之中繫住男女之足，雙方即註定為夫婦。

二十竹片，發下獄中監候，待拿正犯一併問罪。發放了保正、地方人等與黃氏回家候審，再差縣尉帶仵作❷去相屍收殮。

次日，僉牌❸差四個公人逕到張太公家內，提拿正犯凶身一名張善相。張太公辦酒食款待，送銀四十兩，賄囑公人方便，稟官寬限，另有重謝。自古道：有錢十萬，可以通神。這四個公人得了銀兩，千歡萬喜的奉承太公，作別而去。張太公又央人在衙門裡上下使錢，保正排鄰❹俱送了財物，黃氏處又託親鄰買和。婦人家沒甚見識，見了雪花般大銀子，心下歡喜，放得懈了，因此不來催狀。張太公父子二人並不出言，只將這兩個家僮監禁在獄。獄卒、禁子等得了張太公賄賂，就如親眷一般看待，故家僮不受一毫苦楚。將此一場天大人命官司，化作雪消春水。太公一邊自著人四下去尋張善相去了。

話分兩頭，再說張善相將九頭鳥踏死，心下驚惶，飛馬而走，宛如弩箭乍離弦，又像狂風捲敗葉，不住腳的奔了數十里，卻早走到三岔口。此時天色已暮，碧雲縹緲，推出一輪明月。張善相心下躊躇：「倘有人追尋將來，認得這馬，如何抵賴？不如棄馬，單身藏躲，避過今宵，又做區處。」當下跳落雕鞍，將馬棄於路口，自往西南一條小路便走。行了數里，星月之下，遠遠見一座花園，四圍梅花石砌的高牆，牆邊一帶柳樹。猛聽得噹噹地幾聲鑼響，張善相心中驚道：「決撒了，深夜之間，為何有人敲鑼，莫非是抄路來拿我的？」輕步近前張望，卻是一個老漢在那裡賣夜糖，張善相方才放心。立了一會，只

❷ 仵作：舊時官府中檢驗死傷的差役。亦稱以代人殮葬為業的人。

❸ 僉牌：舊時官府簽發的催辦公事或傳人到案的木牌。僉，後多作「簽」。在文書上書寫名字，畫花押。

❹ 排鄰：比鄰；鄰居。

見呀的一聲，角門開處，牆裡走出兩個丫鬟來，拿著一面鏡子，兩斷鐵剪，問老兒買糖。張善相自思道：「更深夜靜，何處可以安身？不如閃入花園裏暫避一宵，免使人撞見，明早再尋活路。」當時將身閃在黑影裡，悄悄地踅入花園中去。四圍一看，見那東北角上一株槐樹下，有一座神堂，即忙鑽入神堂案下藏身。偷眼覷著外面，見兩個丫鬟進門來了，隨手遂將牆門鎖上，二人攜手同行，一邊分吃著那糖。一個道：「春香姐，這糖卻也有些趣哩，口裡甜蜜蜜地恁般滋味。」那一個笑道：「臘梅臭丫頭，這糖有甚趣味？你還不省得那話兒真有滋味哩。」這臘梅問道：「卻是甚麼那話兒有趣？」春香道：「你不曾撞著那高興的哥哥，摟抱著那一會兒，真快活死人，才知道這真滋味。」臘梅笑道：「臭歪貨，虧你不羞臉，說出這話來。」春香咬著指頭，恨一聲道：「蠢人！是男是女，誰人沒有此情？雖小小蟲蟻兒，尤自解得連著尾巴，怎地你這等大了，還不知趣？你若著了手時，性命都不要哩。」臘梅道：「尿精又來取笑，知趣不知趣不打緊，適才開牆門買糖，若走進一個掩背賊來，惹禍不小。我和你到太湖石欄杆邊，四圍牆角頭看一看，進去睡也睡得安穩。」春香道：「放屁！半夜三更，那個做賊的卻好伺候在這裡？莫撞著高興的哥哥。我且閉門快快進去，倘若小姐尋時，反吃一頓好竹片。」臘梅笑道：「打我時，都說是你這騷貨引我。」二人說說笑笑的進去了。

張善相坐在神堂下，初時聽得二人說趣話，暗暗發笑；次後說到花園四圍看看了進去時，驚得一身冷汗，魂不附體；又見春香扯了臘梅進去，方才心下放了一塊。此時二更天氣，不敢出來，躲在神堂下黑影裡靜坐。只見那月兒漸漸的上來，照得園中花枝弄影，竹幹搖風，好一片清幽景致。張善相正欲出來看玩，又聽得開門聲響，側廳裏走出一個少年女子來，隨著四個丫鬟。張善相乘著那月光偷眼窺覷，那女子生得十分標致。但見：

鳳稍侵鬢，層波細剪明眸；蟬翼垂肩，膩粉圓搓素頸。芙蓉面，似一片美玉籠霞；蕙蘭心，如數朵寒梅映雪。立若海棠著雨，行同楊柳迎風。私語口生香，嚦嚦鶯聲花外囀；含顰眉鎖黛，盈盈飛燕掌中擎❺。翠翹❻金鳳❼內家妝，淡抹輕描傾國態。若非瓊玉山頭，疑是瑤臺月下❽。

只見那四個丫鬟，簇擁著這個美人，一步步行至太湖石邊荼蘼架側小亭裡來，四面看了一回，斜著身兒倚在雕花朱紅欄杆上，仰著個玉團也似梨花白臉玩月。看了半晌，猛可裡低頭長嘆數聲。內中一個丫鬟問道：「小姐特為銀河明朗，夜氣澄清，來此賞月，為何不見歡容，反增嗟嘆？」美人道：「妮子省得甚麼？」又一個笑道：「我省得了，早上小姐睡起採花，露濕了裙兒，被奶奶說了幾句，故此心下不樂。」美人手托香腮，只不做聲。又一個道：「我猜著小姐嗟吁的心事了，非為別事，莫非見嫦娥獨宿蟾宮，小姐替她煩惱麼？」張善相識得就是春香的聲音。美人嗔一聲道：「哇！這丫頭胡說。」又一個道：「敢問小姐，這月裡嫦娥，卻是甚麼樣人？為何在月宮裡住？」這問的就是臘梅。美人道：「你不

---

❺ 盈盈飛燕掌中擎：相傳漢成帝之后趙飛燕體態輕盈，能為掌上舞。

❻ 翠翹：古代婦人首飾的一種。狀似翠鳥尾上的長羽，故名。

❼ 金鳳：金製的鳳凰形首飾。

❽ 若非瓊玉山頭二句：唐李白為楊貴妃作清平調詞，云：「若非群玉山頭見，會向瑤臺月下逢。」群玉山、瑤臺，均為西王母所居處。群玉山，即群玉之山。

知，這嫦娥是夏禹時大將后羿妻子。后羿得了西王母不死之藥，藏在房中。后羿出征，其妻竊藥逃入月宮，做了太陰星❾君，侍奉的是許多霓裳羽衣❿仙子，居廣寒宮⓫逍遙快樂，萬古不死。」又一個問道：「小姐，那嫦娥身邊玉兔兒與這娑婆樹卻是甚麼出處？」美人道：「那裡有甚麼娑婆樹？是月照山河之影。月是太陰之精，月中有形如兔，故名為玉兔。」春香又問：「小姐，那玉兔兒還是雄的，是雌的？」美人笑道：「這丫頭問來好笑，這月裡的東西，雌雄焉能知道？」春香笑道：「玉兔兒若是個雄的，想嫦娥亦可暫時消遣。」美人喝道：「胡說！」眾丫鬟都笑起來。言來語去，不覺已是三更。眾丫鬟道：「夜深露重，恐傷玉體。被兒薰得香香的，請小姐睡了罷。」臘梅道：「這一回我們的瞌睡上來了。小姐，明日晚再來玩月罷，恐老夫人覺來知道。」就如群珠捧玉一般，四個女子擁著美人進去了。

張善相坐於神堂下偷覷了一會，引得神魂飄蕩，心志飛揚，想道：「這女子不知是甚官宦的小姐，不惟生得容顏絕世，抑且博雅風流，舉止端詳，言詞溫潤，古之西施、王嬙，不是過也。」欲待向前一見，又慮惹起是非。不做美的丫鬟催促得緊，那美人飄然逕自進去了，心中戀戀，好難割捨。靜聽萬籟無聲，惟見一庭花影，心下又暗想：「夜已深沉，裡面諒無人再來，且出神堂閒步花蔭，細玩一回，聊遣悶懷，有何不可？」初時慌慌張張進來，不及細觀，至此四面點看，果然好座精致花園，與他處大是不同。但見：

---

❾ 太陰星：謂月亮。

❿ 霓裳羽衣：仙道的衣服。借指美麗仙女。

⓫ 廣寒宮：月宮。

樓臺寂寂，花霧霏霏。假山畔玉砌雕欄，華堂中金輝碧映。幾處涼亭連畫閣，栽四時不謝之花；數回芳沼接香堤，簇千品奇珍之果。煙靄裡青芬撲鼻，彷彿間累落枝頭。朦朧月下，雙雙沙暖睡鴛鴦；慘淡星前，對對玉樓巢翡翠。

原來這座花園是現任齊國右都督大將軍段韶⑫的宅子，家貲巨萬。夫人曹氏，只生二女，長女名球瑛，已適人了。這看月的美人，就是段韶次女，名琳瑛，年已及笄⑬，未曾受聘。這段韶隨丞相高歡征討有功，因齊顯祖即位，歷升本職，久在朝廷總理軍政，故不在家。夫人曹氏甚愛幼女，就如掌上珍珠。女工針指，自不必說，且酷好詩詞，善能書畫，諸子百家，無不通曉。當下因深秋皓月滿庭，不忍就枕，瞞著夫人到花園賞月，閒玩一回，不期被張善相窺見。張善相看了花園景致，羨慕不已，因信步走到荼蘼架側小亭裡來，心中自想：「方才那小姐倚著這朱欄看月，可惜有四個梅香在側。若沒人時，我張善相與小姐嘲風弄月，做個伴兒，唱和到天明，也免得他數聲長嘆，幾度嗟吁。那些梅香，那曉得小姐心事？」於是就如小姐一般，倚著欄杆看月。

正痴想間，忽然踏著一物，張善相彎倒腰拾起來看，原來是一條秋羅手帕，香噴噴的，清潔得緊。張善相暗喜道：「此必是小姐之物，失下在此。我張生有緣，且將來束束腰，就如與小姐並肩一般。」

⑫ 段韶：字孝先，南北朝時期齊國開國功臣，為北齊開國立下汗馬功勞。段韶才華橫溢，在齊國外統軍旅，內參朝政，真可謂出將入相，功勳卓著。

⑬ 及笄：禮記內則：「（女子）十有五年而笄。」鄭玄注：「謂應年許嫁者。女子許嫁，笄而字之，其未許嫁，二十則笄。」笄，音ㄐㄧ，髮簪。後因稱女子年滿十五為及笄。

提起來抖去塵土，正要束腰，只見那手帕頭兒上影影有些字跡，急看時，卻是一首詞。寫道：

碧月照幽窗，夜靜西風勁。何處虛空跌下秋？梧葉零金井。　坐久孰為憐？獨對衾兒影。女侍昏沉喚不醒，漏斷金猊⑭冷。

右調卜算子，秋夜悶坐無聊，書以寫懷。　琳瑛題

張善相在明月之下看了，字字分明，寫得瀟灑俊雅，歡喜不勝。「我只說容貌絕世無雙，那知他精通翰墨，寫得這般好字。小名兒叫做琳瑛，天使我拾著，或者夙緣有在，未可知也。」將羅帕藏於袖中。不覺月輪西墜，依舊走至神堂邊，自道：「適才在神堂下坐了半夜，不知是何神道？」向前仔細再看，正面匾上寫著六個金字，道「靈應大王之祠」。張善相下拜，默禱道：「張某不才，惟好騎馬試劍，不期誤損人命，逃避於此，暫借大王神座下棲身。明早欲尋覓杜、薛二兄消息，以圖進取，望大王暗中垂祐，一路平安，不遭羅網。若得寸進⑮，大建神祠。」禱罷又拜，就在神堂前坐地，思想欲和那羅帕上的詞兒。思了一番，不覺精神昏倦，和衣而睡。

朦朧間，但覺身在書房中，見一黃巾力士，手執簡帖道：「大王有請，乞先生就行。」張善相心下疑惑，不敢轉動。力士又催道：「大王立等，足下速行，不須遲疑。」說罷，拽善相之衣而起，張善相只得隨行。約有里餘，望見一座殿宇，甚是巍峨壯麗。隨著力士走進大門，但見軍士繽紛，盡是貔貅⑯

⑭ 金猊：香爐的一種。爐蓋作狻猊形，空腹。焚香時，煙從口出。

⑮ 寸進：微小的進展。

虎豹，旗幡豎立，列著天地風雲。又進二門，兩邊一字兒排著戎裝將校，個個猙獰可怖，醜惡堪驚。張善相按膽慢慢循規蹈矩而行。黃巾力士道：「先生在此少待，我先去通報，然後進見。」力士進去，少刻，見兩個錦衣繡襖壯士向前道：「大王請進殿相見。」張善相整肅衣冠，步入殿前，只見簾內燈燭熒煌，案上金珠燦爛，正中虎皮椅上，坐著一位大王。怎生模樣？但見：

頭戴嵌寶金冠，身穿錦繡龍袍，腰橫玉帶，腳著朝靴，相貌端嚴，威儀凜肅。上首兩旁，側立四個侍女，俱是珠翠宮妝，姿容窈窕。左手站著一帶執筆持文、濟濟衣冠的文士；右邊排著一班擔戈挺戟、赳赳勇猛的將軍。雖非帝王龍庭，卻似皇宮鳳闕。

張善相走近簾前，侍女喝教捲簾，兩旁力士將珠簾捲起。張善相向前下拜，那大王出位答禮道：「先生不須行禮，只常揖罷。」張善相再拜俯伏，大王令力士扶起道：「孤與先生乃賓主之分，不必多禮，先生請坐。」張善相謙辭道：「僕乃一介寒儒，荷蒙寵召，斗膽拜謁，侍立猶慚，焉敢僭坐？」大王道：「孤乃先世名臣，君是當今俊傑，名位相等，請坐毋辭。」張善相再三謙讓，垂首坐於側席。

侍女獻茶，茶罷，大王道：「君今宵幸免於難，園中隱跡，月下奇逢，不亦樂乎！」張善相頓首道：「某實不才，誤傷人命，意欲避難遠逃，權借花園一宿。不期月下偶遇佳人，不知誰家女子，有此絕色？殿下垂問及此，莫非親識乎？」大王笑道：「不然。孤非別神，乃後漢西涼太守馬騰⑰是也。受靈帝大

⑯ 貔貅：音ㄆㄧˊ ㄒㄧㄡ，也作「豼貅」。古籍中的兩種猛獸。徐珂清稗類鈔動物貔貅：「貔貅，形似虎，或曰似熊，毛色灰白，遼東人謂之白熊。雄者曰貔，雌者曰貅，故古人多連舉之。」

恩，職任刺史。不期炎漢⑱數終，奸邪亂國，先有十常侍之變⑲，次遭董卓之亂，又遭曹操⑳這奸雄逆賊，挾天子以令諸侯，殺貴妃㉑，勒伏后㉒，幽囚獻帝㉓。孤與劉玄德㉔、董承諸君，受天子密詔，誓同戮力，以除國賊。不料事露，劉玄德知機㉕先避，鼎立㉖他方，董國舅諸君皆遭屠戮，後又誘孤入朝，妄加殺害。身亡之後，一靈不昧，承上帝封為五行總督大神，掌天下生殺之權，禍福之事，無不響應。

⑰ 馬騰：漢末征西將軍，割據西涼一帶，伏波將軍馬援之後，馬超之父。後被曹操所殺。

⑱ 炎漢：漢自稱以火德王，故稱炎漢。

⑲ 十常侍之變：漢靈帝時，張讓、趙忠等十二個宦官，任職中常侍，封侯，當時舉起大數，稱「十常侍」。靈帝稱「張常侍是我父，趙常侍是我母」。十常侍玩皇帝於股掌之上，操縱朝政，橫行不法。大將軍何進與袁紹等謀誅宦官，事洩，反為宦官所殺。史稱「十常侍之亂」。

⑳ 曹操：三國魏國的奠基人和實際開創者。漢獻帝時封魏王。借用獻帝名義，征討群雄，統一北方。其子曹丕稱帝後，追尊為魏武帝。

㉑ 殺貴妃：建安五年，漢獻帝不滿曹操大權獨攬，乃暗下衣帶詔，令董貴人之父車騎將軍董承設法誅殺曹操。事情敗露，董承等人被曹操誅殺，懷孕的董貴人也被絞殺。

㉒ 勒伏后：獻帝伏皇后畏懼曹操，寫信給父親伏完，希望伏完能夠效仿董承，剷除權臣，但伏完始終未敢行動。事洩後，伏皇后被幽閉而死，所生兩位皇子也被毒殺，伏氏宗族百餘人被處死。曹操威逼獻帝立其女曹節為皇后。

㉓ 獻帝：名劉協，漢靈帝之子，漢朝最後一位皇帝。

㉔ 劉玄德：劉備，字玄德。三國蜀漢開國皇帝。諡號昭烈帝。史稱蜀先主。

㉕ 知機：同「知幾」。謂有預見，看出事物發生變化的隱微徵兆。

㉖ 鼎立：此指魏、蜀、吳三方並立。鼎，古代宗廟的禮器。圓鼎兩耳三足。

今夜見君祈祝，故請一見。孤知足下前程萬里，莫以小事介意，遇杜、薛二公，功名遠大。但當體好生之心，休肆殺戮，皇天必祐。今知足下未偕佳偶，敝主段君有一女，年已及笄，孤作冰人，與君結為秦晉，不亦美乎！」張善相謝道：「某路岐相遇，未遵父母之言，豈敢私配？」大王道：「赤繩已繫，羅帕為媒，足下不須推辭。」即叫掌樂的兩班魚貫而上，鼓樂喧天，張善相驚疑不定。

少頃，後殿珠簾內走出無數嬌娥，擁出一位玉天仙子，頭戴珠冠，身穿繡襖，腰繫縷金細帶，足穿鳳頭朱履，珮玉鏗鏘，步出大殿上來。又見賓客紛紜，珠圍翠繞，檀麝氤氳，簫管並作。上面左班立著一穿紅的官喝教：「拜！」張善相躬身下拜，偷眼覷那仙子，卻原來就是月下相逢的美人，心下大遂所願。行禮已畢，大王道：「請入後堂飲宴。」十數個虞侯，三五對侍妾，前呼後擁，迎入後殿坐定，和仙子互相笑語。正合巹㉗飲酒間，忽聽得一聲鑼響，數十公人打入後殿，一齊嚷道：「誰家少年，不去攻書，卻好騎馬，白晝傷人性命，待逃往何處去？你躲也躲得好，我尋也尋得著，快走快走，省動繩索。」張善相心下大驚，也顧不得玉天仙子，放開兩手，只一跳跳在桌上，拔出腰間佩劍，與眾人格殺。正奮勇廝鬥，不覺失腳一滑，跌下桌來，口裡叫：「大王！救命，救命！」驚醒來，卻是南柯一夢。有詩為證：

綽約帝天人，悠揚簫管音。

㉗合巹：古代婚禮中的一種儀式。剖一瓠為兩瓢，新婚夫婦各執一瓢，斟酒以飲。後多以「合巹」代指成婚。巹，音ㄐㄧㄣˇ，古代舉行婚禮用的酒器，以瓢為之。

世情皆是假，翻覺夢中真。

張善相驚將醒來，遍身寒慄，兩手酥痲。開眼看時，依舊睡於神堂之下。但見殘月猶明，疏星數點，濃霜滿地，清露濕衣，已是五更天氣。心下展轉，嗟吁嘆息，看看天色曉來，漸覺疲倦，依然睡著不題。

再說段小姐翫月回房，解衣欲寢，袖中不見了羅帕，遍處尋覓，杳無踪跡。小姐倚著薰籠，思量半晌道：「必定是適間翫月，遺失在花園中了。這羅帕不至緊，只是上面有秋詞一首和我名諱在上，倘有人拾去，如何是好？你看這些侍兒們這般思睡，都去睡了，只留得春香在此伺候。春香，你可執燈快去花園中尋羅帕來還我。」春香道：「她們都睡著了，叫我獨自個怎生去尋？」小姐道：「你去叫一個起來作伴便了。不然，明早俱是二十竹片。你等隨在我後，為何不用心看一看？」春香喃喃的道：「夜深人靜，重門鎖閉了，就使失在園中，這黑夜有誰進園拾取？開門開戶的，驚動了夫人，不是耍處。」小姐見他說得有理，只得睡了。翻來覆去，有夢難成，好生睡不著。忽然天已黎明，就叫春香起來，園中尋羅帕去。春香嘓嘓道：「方才著枕，睡思正濃，這天還是黑洞洞的，鴉鵲未曾飛鳴，露濕冷冷，何處去尋覓？」小姐怒道：「這賤人恁般懶惰貪睡，叫臘梅取竹片過來！」春香聽得取竹片，連忙起來穿衣，擦一擦眼，打個呵欠，問道：「小姐昨夜進來時把園門鎖了，怎生去尋？」小姐道：「這園門與大門，俱是你的娘舅孟老頭照管，你可問他取匙開了去尋，切不可對他說是尋羅帕，問你時，只說去採秋葵花浸油便了。你悄悄尋了便來，不可遲延。」

春香應諾，走到孟老兒房外敲門。孟老兀自未起，聽得敲門，起來開了，原來是春香。「有何事故，大黑早敲門打戶？」春香問他取匙開園門，要採秋葵花浸油。孟老道：「著甚緊要，這般黑早去採花？正好睡哩，你要自去。」於是把鑰匙與他道：「這蜻蜓頭開壁鎖的，便是園門上鎖，不要差了。」春香接了就走，開門入園，遍處尋到，那得個羅帕來？正是：

煙拂拂花間霧，濕滋滋草頭露。滑塌塌地上霜，啾唧唧蛩聲訴。虛寂寂百花亭，黑迢迢芙蓉疏。嘹嚦嚦雁聲鳴，冷颼颼金風度。熱急急眼兒睜，忐忑忑心驚怖。

春香心焦，踏遍了一座花園，只是尋不見，便是東角頭有個毛廁，也去張一張。漸漸尋到靈應大王祠堂前，只聽得鼾聲如雷。春香疑怪道：「此處為何有人鼾聲？是何物件響？且上前瞧看。」忽見神堂下一個人睡著，吃那一驚不小。又不知是人是鬼，這般鼾睡，趁他未醒，仔細看個分明。「呀！原來是一個郎君，生得俊俏，從何而來？豈不是天大一樁奇事？」不敢驚動他，逕跑至小姐房中道：「小姐，羅帕兒變做一個人了！」小姐道：「怎麼說？」春香慌慌張張的道：「好奇怪，羅帕倒不曾尋得，只見大王神堂下，天降一個俊俏郎君，且是生得標致，睡熟在那裡，莫非是羅帕變的？」小姐道：「胡說！這賤人不尋帕兒，在何處躲懶？編這般脫空大謊來說，終不成就罷了。」春香爭道：「不是說謊，果係有人。若小姐不信時，同去一看，便知端的。」小姐道：「我與你同去尋，有了羅帕，再與你講理。」

於是和春香悄悄出了香閨，走到園中，果見一個人睡在神堂之下。近前細看，真是生得清奇秀麗，相貌不凡。小姐亦心驚道：「這少年好生蹊蹺，牆垣高峻，後門不開，從何處進來的？除是插翅。看他模樣，必是王孫公子，後來定須榮貴。」欲待問他，又慮不雅，欲要進去了，這個人來得不明，帕兒又不曾見。「況我已親身到此，夫人知道，豈不生疑？」躊躇了半晌，回頭叫春香道：「你去推醒那後生，問他因何睡在這裡？快開後牆門，教他出去罷。」春香向前將張善相搖醒。張善相開眼看時，見兩個女子，立在面前，一個與夢中無異，正是夜間月下美人，慌忙站起身來，整衣進前作揖，小姐亦答了禮。春香問道：「你是誰家郎君，好不達禮，擅入園中，非奸即盜。牆高門扃，怎生樣飛進來的？快快出去，莫討煩惱。」張善相笑道：「小生會飛，能飛來，亦能飛去。因見你園亭瀟灑，景致清幽，暫飛至此，借宿一宵，望乞恕罪。」小姐道：「不是這般講。觀君相貌不凡，必非以下之人，何緣得到小園，請道其實。」張善相躬身道：「感小姐垂問，只得直告。小生姓張名善相，表字思皇，本城廣寧縣居住。昨因郊外走馬，遇一醉漢，不期馬劣將他踏倒，誤傷其命，地方人等欲拿小生送官，被我飛馬逃脫。天色昏暮，偶見園門半開，潛身入來，暫躲其難。望小姐寬恩，誓當重報。」小姐道：「原來如此，足下誤傷，諒不致抵命。且請回府，此處非足下所可避也。」春香道：「幸天色尚早，無人知覺，快請出門。」張善相延挨㉘道：「小生回家，必被拿去吃官司受苦，望小姐可憐。」小姐怫然道：「既不回家，又不出去，這園中豈是君久戀的？」張善相見小姐惱了，陪面道：「小姐見諭極是，不敢有違。但小生匆匆一面，不曾拜問得檀府㉙是何門第，尊嚴是何仕宦，小姐是何姓字，亦請見示。」小姐道：「家君段韶，現任齊國右都督之職，母親在家。妾身行二，小字琳瑛。萍水相逢，問之奚益？」張善相道：「無故不敢動問，小生因慌促中不曾帶得盤費，只有羅帕一方，暫賣與小姐作盤費。此乃無價之寶，異日必來取

㉘ 延挨：拖延。

㉙ 檀府：梵語稱施主為檀越，故僧人對施主住宅敬稱檀府。

贖，恐其失忘，故爾動問。」小姐聞羅帕二字，忙道：「羅帕安在？乞借一觀。」張善相袖中取出，將手打開，便念那卜算子秋詞。小姐見了，玉面通紅，笑道：「此是兒家故物，君何見欺？」就令春香上前奪那羅帕。張善相急藏袖中，緊緊按定，笑道：「小姐之物，何落僕手？不為無緣。小生今日疾作，不能出門。若要此帕返趙㉚，待老夫人出來，當面交還便了。」有詩為證：

風月門中排調㉛，自寓許多玄妙。
香羅入手為媒，璧合之時返趙。

小姐見如此說，亦無可奈何，問道：「郎君不肯還帕，意欲何為？」張善相道：「羅帕終須奉還，小恙亦須寧耐㉜。小生因受了驚寒，頭疼身熱，不能行動。再過一宵，待賤恙稍瘳，那時奉帕拜別而行。」小姐道：「妾身怎好作主？若得郎君還我羅帕，別有個商量。」張善相搖頭道：「我張生不是這般呆子，任憑小姐處治，只是今日未還。」春香在旁嘻嘻的笑。小姐怒道：「平白揹勒㉝不還，你笑些甚麼？拚來棄此羅帕便了。」春香道：「小姐又要羅帕，又不肯留這郎君，講到明早，也不還了。依春香愚見，倒有個計較在此。張生，你是個俊俏郎君，若要在此羈留，須做個賴皮花子。」張善相喜道：

㉚ 返趙：即完璧歸趙。
㉛ 排調：戲弄調笑。
㉜ 寧耐：忍耐。
㉝ 揹勒：勒索；刁難。

「姐姐，如何計較？」小姐道：「賤丫頭，你不怕夫人打？這是甚所在，好留他？」春香道：「小姐不要惱，春香怎敢私留得？如今沒奈何了，張郎可詐作中瘋，跌倒地上，待小姐去稟老夫人，或者見機而作，留得亦未可期，那時便還羅帕了，豈不兩全其美？」小姐無奈，只得依她，令張善相睡在地上，詐作暈死之狀。

小姐走到老夫人房中說：「春香適才園內採秋葵浸油，忽有一避難郎君，如此這般，躲在神堂下。春香叫他出去，又不肯依。孩兒正要使孟老兒驅他出門，不意此人忽然倒地，雙睛直視，口吐痰涎，不省人事。故來報知母親，如何是好？」夫人聽了，大怒道：「春香這小賤人好打，採甚麼花，不關園門，放他入來。你女孩兒家，胡行亂踹，惹出恁般禍來。這來歷不明之人，知他是真是假，是奸是賊，你去看他則甚？」小姐見夫人發話，嚇得不敢擡頭，又不敢去，進退兩難，一身無主，腰肢不安。夫人見小姐如此，又恐驚壞了他，轉口道：「事既到此，須索急急救他。倘死在園中，人知不雅，我與你去看一看來。」母女二人正出臥房，只見春香喘吁吁趕來道：「小姐不須驚恐。我看那人雙手尚溫，心頭未冷，面色漸回，鼻息不斷，多分不死，只索救他還好。」夫人心下稍定，忙進園內來看，見張善相臥在草地上，口裡輕輕地叫喚，呻吟不止。但見：

眼目略開，朱色唇沾芳草。面若蓮花，披髮亂頭都好。甚處兒郎，來向園中騷擾？酒不醉人，何似玉山頹倒❸❹？今知了惜花風掃，又有不眠人早。

❸❹ 玉山頹倒：世說新語容止：「嵇康身長七尺八寸，風姿特秀……山公（山濤）曰：『嵇叔夜之為人也，巖巖

夫人叫春香、臘梅二人，款款扶起來坐了。夫人佇目細視，見張善相面如冠玉，氣色微紅，夫人笑道：「不妨。」近前問道：「郎君為何如此？」叫使女快拿薑湯來，著兩個扶著頭，兩個把熱湯就灌。張善相被他灌了兩口滾湯，不敢做聲，微微開眼偷覷，只見十數個丫鬟，擁著夫人、小姐在那裡悄悄言語。張善相又坐了半晌，才開口道：「多謝夫人救命，生死不忘大恩。」夫人道：「休如此說。你為何入我園中，跌倒在此？但願得無事便好。這會兒輕可些麼？」張善相道：「小生因走馬，踏死了人，逃難暫避此間。夜來感了風露，又兼受了驚恐，一時頭顫心煩，因而暈倒。若非夫人、小姐救濟，險些兒做了黃泉之客。如今身體漸覺寬爽，只爭手腳掙扎不得。」夫人分付眾丫鬟關了園門，外面不可傳出，且將這郎君權在東首軒子裡將息好了，又作商議。眾使女攙的攙，擡的擡，將張善相扶入軒子內涼床上睡了，不住的茶湯調理，漸漸病體安妥。當夜張善相自冷笑道：「不是這個法兒，如何在此安寢，有些機會了？」

次日清晨，春香送茶到軒子裡來，就討羅帕。張善相接了茶，謝道：「多承姐姐美意，何以報之？」春香笑道：「一時權宜之法，何足掛齒。但不可忘了夫人、小姐大德，將帕兒還了小姐。」張善相道：「帕且消停㉟。小生不知進退，有一事相瀆。賤軀單衣寒冷，欲煩姐姐在小姐處方便一聲，夾衣乞借一件，聊且遮寒，不知可否？」春香道：「這有何難。」便轉身進去，不移時，提了一領夾花綾披風出來，

若孤松之獨立；其醉也，傀俄若玉山之將崩。』」後因以「玉山倒」形容人酒醉欲倒之態。李白襄陽歌詩：「清風朗月不用一錢買，玉山自倒非人推。」

㉟ 消停：停止；停歇。

遞與張善相道：「這件綾衣，是小姐極喜歡穿的。今日偶然脫下，我悄悄拿得在此，官人可暫遮寒。小姐若尋起要穿，我便要來拿去。」張善相接了道：「多蒙盛情，感恩非淺，羅帕容日送還。」春香去了，張善相暗想：「感夫人、小姐厚意，復得大王奇夢。小姐遺了羅帕，又是我拾著，莫非姻緣有在？看這春香妮子，輕言巧語，腼腆溫柔，絕有幾分風韻，況聞得她春心已動，甚覺有情於我。若得這妮子到手，則藍橋㊱之路通，羅帕之媒成矣。」看看日午，夫人另著人送飯來。不覺天色又晚，野寺鐘鳴，紗窗月上，春香提一壺茶，捧幾樣細果點心，擺在桌上道：「奶奶拜上官人，尊體不健，吃了茶請睡罷。」張善相笑道：「小生病體漸可，奈何獨宿無聊，這花園中有些害怕，怎得一個人兒伴睡方好。」春香笑道：「官人又來取笑，誰人伴你？」張善相一把摟住道：「姐姐在此，何謂無人？小生是高興的哥哥，乞姐姐權賜片時之樂，教你嘗有趣的滋味。」有詩為證：

　園中旅況甚凄其㊲，擁抱春香笑語私。
　嬌豔野花偏色美，小軒權作雨雲居。

春香雙手推開道：「官人不要囉唣。這軒子內是丫鬟們出入之處，倘有人窺見，不惟賤妾受責，官人亦成甚體面？惱了夫人，無容身之地了，斷乎不可。」張善相道：「小生為姐姐死亦不懼，何怕人見？何

㊱ 藍橋：在陝西藍田東南藍溪之上。相傳其地有仙窟，為唐裴航遇仙女雲英處。裴鉶傳奇裴航：「一飲瓊漿百感生，玄霜搗盡見雲英。藍橋便是神仙窟，何必崎嶇上玉清。」後常用作男女約會之處。

㊲ 淒其：淒涼悲傷。

慮夫人乎？你若堅執不從，小生便縊死在此。」春香笑道：「好涎臉的話兒！官人休要性急，你既有心，妾豈無意？待妾進去伏侍小姐睡了，至夜靜時，卻來伴官人睡，何如？」張善相道：「若如此，更感美情。你莫要說謊，去了不來，便不是知味的人兒了。」春香道：「妾若不來，身隨燈滅。」張善相喜道：「既然姐姐有情，且待你進去，小生專心至誠相候等駕。」春香得放手，急趨出軒外，搖頭道：「咦！你好自在心性兒哩。強逼人做事，要我來就你，豈有此理，我不來也。」說罷，嘻嘻地跑進去了。

張善相暗想：「倒被這妮子賺了，多分是不肯出來，罷，罷！」展開衾枕，解衣且睡，緊閉了雙眼，只是睡不著。側耳聽時，樵樓㊳上鼓已二更，月上花磚，星移斗轉。正煩惱之間，忽聽得有人輕輕的叫喚道：「官人，官人，你好睡哩！」張善相翻轉身來，卻原來就是春香姐，當下一把抱住道：「姐姐，你好失信人也。等得我月轉西樓，悶懷顛倒。」春香道：「若是我失信時，今不來矣。」二人正欲解衣，俄然驚覺，乃是一夢。張善相吁嗟長嘆，披衣而起，步於月下，猛見旁邊有一人閃來閃去，再看時，正是春香。善相狂喜不禁，摟抱進房，脫衣解帶，共枕而臥，交合之間，說不盡綢繆，果然是萬種風流，百般情趣。但見：

羅襪交鉤，耳畔吁吁氣喘；香肩緊靠，腰肢款款春濃。搔頭㊴斜溜鬢鬅鬆，口內輕輕津送。低喚才郎且住，微微香汗沾胸。今朝賤妾樂無窮，何日得翠衾永共？

㊳ 樵樓：城門上的瞭望樓。樵，通「譙」。

㊴ 搔頭：簪的別稱。

雲雨才罷，張善相道：「感承姐姐厚愛，適才等你不來，所夢如此如此，不期真得相親，三生有幸。但小生欲見小姐一面，不識何如？」春香道：「你好似那齊人一般，乞其餘不足，又顧而之他㊵。」張善相道：「你卻也曉得書典？」春香道：「奴伴小姐讀書，頗通文墨。官人要見小姐，有何主見？」張善相道：「小生有一腔心事，今蒙姐姐賜通宵之樂，欲要相託，諒必不辭。」春香道：「官人有話分付，如可用力處，奴無不盡心。」張善相將那夜間窺見小姐翫月，拾得羅帕，夢裡情由，說了一遍。春香道：「果有這般異事？小姐不見了羅帕，好生著惱，因有這首詞並名字在上，黑早著奴到後園來尋覓，方見官人睡在神廚之下，只想送官人出去罷了，不期帕兒果在官人袖中，事情巧合，羈留在此，奴得奉枕席之歡，夙緣素定，非是偶然。日後榮顯之時，不要忘了今日，奴便做偏房也罷了。」張善相道：「若忘汝情，小生前程不吉。但會得小姐一面，雖死無恨。」春香道：「早上夫人分付侍女們，待官人病體稍痊，即教送出。小姐私自分付，獨教奴用心伏侍，不可褻慢。即此觀之，小姐有心於官人可知。但是小姐待人雖寬，持己甚謹，非奴等之比，毫不可犯。奴有一計，未知何如。官人明日依舊裝病體沉重，臥於床上，不要行動，再留得數日，然後可察小姐動靜。如容有可投之機，賤妾隨機應變，又作道理。」張善相甚喜道：「感卿之情，小生銘刻不忘。」二人說罷，相偎相抱，貼胸交股而睡。有詩為證：

再赴陽臺㊶之會，重伸契闊之盟。

㊵ 你好似那齊人一般三句：孟子離婁下：「（齊人）之東郭墦間，之祭者乞其餘。不足，又顧而之他，此其為饜足之道也。」謂向祭墓者乞求所餘酒肉。墦，墳墓。祭者，掃墓祭奠的人。餘，指多餘的祭食。

已作輕車熟路，無煩羞澀神驚。

漏下五鼓，春香急忙起來，作別去了。次早，曹夫人又令丫鬟來東軒看視，回覆說：「張官人病勢沉重，不能離席。」夫人心下驚惶，又不好對家僮們說知，但暗中鬱鬱不樂，止令侍女們送茶湯、藥餌調治。張善相將藥都傾於階下。

且說小姐自和張善相會面以來，漸覺神思恍惚，寢食不寧，容顏消減，心下未免有些想慕，染成一病，曹夫人跟前勉強撐持，含糊遮掩。春香因小姐不快，一連數日隨身服侍，難離左右，因此不會張善相之面。春香暗想：「小姐患病懨懨，不為著張官人，卻是為誰？今乘此機會喚他進來，假做送羅帕來還，因而問安，以圖一會，豈不是一條活路？」遂乘便脫身，走入東軒裡來見張善相。善相道：「我的親親姐姐，為何數日不見你面？悶死我也。裝病晝寢，度日如年，汝好薄情。數日不來看我，豈不盼死了人？真要被你哄出病來。」春香道：「非我薄情，只因小姐如此如此。」把留情抱病之事，說與善相。張善相聽了，不覺手舞足蹈，大喜道：「數日納悶，今忽得此佳音，倍覺精神舒爽，小生就去問安送帕何如？」有詩為證：

悶擁寒衾夢倒顛，起來無意誦詩篇。

---

41 陽臺：戰國楚宋玉高唐賦序：「昔者先王嘗遊高唐，怠而晝寢，夢見一婦人，曰：『妾巫山之女也，為高唐之客，聞君遊高唐，願薦枕蓆。』王因幸之。去而辭曰：『妾在巫山之陽，高丘之岨，旦為朝雲，暮為行雨，朝朝暮暮，陽臺之下。』」後遂以「陽臺」指男女歡會之所。

忽聞青鳥㊷傳消息，一似皇恩降九天。

春香道：「官人恁地性急。青天白日，侍女們往來，決撒了事情，卻不干我事。必須待夜闌人靜後，官人可從東廊而進，由茶廳轉過清暉堂薔薇架南，進畫閣內，見朱簾垂蔽，內露燈光，就是小姐臥房了。」張善相道：「半夜三更，人生路不熟，我那裡認得這彎彎曲曲的路徑？」春香想了一會道：「我有計在此，晚上我把棒兒香點著，插在轉彎處為記。官人但看有香的所在就要轉彎，妾身接引進去。只是我小姐立志貞烈，稟性端莊，官人須要循循為盼，以禮相見，切不可輕狂妄動，觸犯其怒。奴躭㊸著血海干係，引郎一見，不要貽累妾身受責。」張善相道：「不須分付，漢家自有制度。」春香道：「小姐不時呼喚，不得久待。」便轉身進去了。

此時方是午牌時分，張善相巴不得天晚，不轉眼將日光盼望，就如生根的一般，難得移動。果然是歡娛嫌夜短，寂寞恨更長。漸漸金烏西墜，玉兔東升，又早黃昏時節。張善相整肅衣冠，袖了羅帕，步出東軒，四圍觀望，並無人跡往來，惟見滿庭月色，遍地花蔭。向來曹夫人家規嚴謹，一應蒼頭小僕，無事不許擅入中堂，若有差使，先擊雲板，然後進見。未到黃昏，俱先閉門睡了，故此內外隔絕無人。當下張善相逕進東廊，見插香處便轉彎抹角，行到薔薇架側，遠遠見朱簾之內燈光燦亮，一步步挨到簾子邊，卻無門戶阻擋，原來都是春香私自偷開，放善相入來。張善相到了簾外，心中戰慄，不敢進前。

㊷ 青鳥：神話傳說中為西王母取食傳信的神鳥。後用為信使的代稱。

㊸ 躭：擔負；承當。

正是：

難將我語和他語，未必他心是我心。

不知段小姐在房中見與不見，喜怒何如，且聽下回分解。

第三十三回　計入香閨貽異寶　俠逢朔郡慶良緣

詩曰：

幽閨寂寂暗傷神，著雨嬌花力不勝。
蘭麝繞廊通秘室，清芬滿座絕紅塵。
燈前眼角傳心事，月下心同得異珍。
百歲良緣從此定，何殊玉杵會雲英❶。

話說春香引張善相直入小姐臥房，到得房前，不敢進去，閃在簾子外探頭張望。春香和小姐正在繡几上撫牙牌❷消遣，小姐忽擡頭，見簾外似一個人影移動，對春香道：「夜深之際，為何簾外似有人窺望？你去看來。」春香丟了牙牌，往簾外一覷，假意失驚道：「呀！張官人何故在此？」張善相道：「小生聞知小姐貴體不安，特來問候，就送羅帕在此。」春香忙轉身笑道：「小姐，你道簾外的是誰？」小

❶ 玉杵會雲英：唐裴鉶傳奇裴航載：裴航過藍橋驛，以玉杵臼為聘禮，娶雲英為妻。後夫婦俱入玉峰成仙。詩文中常用此典，借指佳偶。
❷ 牙牌：即骨牌。一種賭具。

姐道：「甚是奇怪，我聽得像一個男子聲音。」春香道：「就是那東軒下有病的張官人。他說聞知小姐玉體不安，特來問候，就送羅帕來還小姐。」小姐道：「夜靜更深，他何由得至此處？你接了羅帕，好好地快打發他出去。」春香道：「張官人特送帕兒來還帕，且求之不得，況又為小姐染恙竭誠而來，也是一片好心。小姐無一言，就這等匆匆的打發他去，似覺拂情，太薄幸了也，連小姐款待他的意思都沒了。依春香說，便見一面，有何妨礙？」小姐道：「既然如此，請他進來。」

春香遂出簾請張善相進房，向燈前深深作揖，小姐答禮，分賓主而坐。張善相躬身啟道：「小生聞小姐貴恙，如患在身，不避斧鉞，敬候起居。」小姐道聲多謝，即教臘梅烹茶。春香侍立於側。張善相仔細看那臥房，果然十分清趣。但見：

紗廚籠碧，幽幽檀麝襲人來；繡戶凝香，皎皎月華當戶白。妝臺無半點塵埃，臥室有千般清潔。雕花小几，膽瓶中丹桂一枝芳；素白羅幃，水墨點幾處梅花瘦。博山爐❸觀音正面，翡翠屏寶鴨斜飛。案頭列詩韻錦箋，壁上掛清琴古畫。牙牌慢撫，鴛鴦不刺剪刀閒；書史勤觀，筆硯常親鸞鏡掩。正是：深閨那許閒人到，惟有蟾光透瑣窗。

張善相看了，頓覺精神開爽，滿室春生。坐了一會，茶罷，燈下偷覷小姐玉容，更加美麗。張善相神魂飄蕩，再啟道：「小生不才，避難貴

❸博山爐：古香爐名。因爐蓋上的造型似傳聞中的海中名山博山而得名。一說像華山，因秦昭王與天神博於此，故名。後作為名貴香爐的代稱。

園，偶拾羅帕。感蒙夫人、小姐錯愛，如至親一般看覷，恩同山嶽，將何為報？」小姐含笑答道：「些須小惠，何以報為？」張善相又帶笑低言道：「聞小姐玉體不安，小生驚惶無地，私祝靈神，願以身代，只求小姐身心安樂，小生雀躍不勝。」小姐道：「賤軀不安，因惜花起早，愛月眠遲，感了些風露之氣，今已稍可，敢勞垂顧。昨宵遺帕，不意君收，尊恙已痊，合當擲還，深感大德。」張善相謝道：「小姐分付，焉敢不從？香羅在此，小生敬納妝臺，特申寸悃。」遂袖中取出羅帕，雙手奉上。小姐命春香接過來，收於袖內。張善相道：「佳詞雅逸清新，非慧敏天成，不能道隻字。小生自幼攻書，博覽古今，閱人多矣。佳人世代不乏，如紂之妲己❹，桀之妹喜❺，幽之褒姒❻，文公之南威❼，苧蘿之西子❽，臨邛之卓文君，班氏之曹大家❾，齊之莊姜❿，晉之驪姬⓫，秦之蘇若蘭、趙陽臺⓬，其餘楚娃宋豔，

---

❹ 紂之妲己：商亡國之君紂的寵妃。以好淫樂著稱。周滅商，被殺。

❺ 桀之妹喜：夏亡國之君桀的寵妃。與商之妲己、周之褒姒以及春秋之驪姬為古代著名妖姬。

❻ 幽之褒姒：周幽王的寵妃。幽王為其燃烽火戲諸侯。後犬戎兵至，幽王被殺，褒姒被擄。

❼ 文公之南威：春秋時晉國美女。戰國策魏策二：「晉文公得南之威，三日不聽朝，遂推南之威而遠之，曰：『後世必有以色亡其國者。』」

❽ 苧蘿之西子：西施，春秋越國美女。苧羅（今浙江諸暨南）人。越王句踐兵敗，范蠡取西施獻吳王夫差，使其迷惑忘政。越遂亡吳。後西施歸范蠡，同泛五湖。

❾ 班氏之曹大家：班昭，又名姬。東漢史學家。史學家班彪之女，班固、班超之妹。夫曹世叔，從夫姓，被稱為曹大家。大家，即大姑，漢代關中地區對女子的尊稱。家，音ㄍㄨ，通「姑」。

❿ 齊之莊姜：春秋時齊國公主，衛莊公的夫人。詩衛風碩人寫莊姜容貌：「手如柔荑，膚如凝脂，領如蝤蠐，齒如瓠犀，螓首蛾眉，巧笑倩兮，美目盼兮。」

趙女燕姬，不一而足，未便僕數⑬。然其間美色者，未必有美才；美才者，未必有美德。求其德色雙絕，才情兼美如小姐者，百無一二，真絕代之嬌姿，傾城之名媛，所謂入眼平生未曾有者也。小生何幸，得拜蘭閨，身親珠玉。昨宵不寐，偶占俚語，敬和瑤詞，並求小姐斧削。倘蒙不鄙，慨然指教，感佩非淺。」說罷，袖中取出片紙，奉將過來。小姐命春香接了，展開香几之上。小姐舉目觀看，也是一首卜算子詞兒，和著前韻。詞道：

閨怨寫幽窗，筆筆銀鉤⑭勁。詞調清新泣素秋，客況思鄉井。　恭荷美人憐，不只離鴻影。惺惺從古惜惺惺⑮，休怯鴛幃冷。

仲秋月夕廣寧張善相題和

---

⑪ 晉之驪姬：驪姬原為驪戎首領之女，被晉俘虜，成為晉獻公的妃子，離間獻公與申生、重耳、夷吾父子兄弟之間的感情，並設計殺死太子申生，使晉國陷入混亂。

⑫ 秦之蘇若蘭趙陽臺：蘇蕙，字若蘭。前秦秦州刺史竇滔之妻。相傳竇滔被革職發配到流沙，遇到歌妓趙陽臺，娶作偏房。竇滔後奉命出鎮襄陽，蘇蕙賭氣不從，獨守長安空閨中，將所寫詩詞編排整理暗藏在二十九行、二十九列的文字裡，織在八寸錦緞上，命名璿璣圖，派人送交竇滔。竇滔明白其意思，派遣人馬，到長安去接蘇蕙。

⑬ 僕數：更僕難數。禮記儒行：「遽數之不能終其物，悉數之乃留，更僕未可終也。」言一下子數不完，時間長了數數的僕人會疲倦，但即使更換僕人，也還是數不完。後因以「更僕難數」或「更難僕數」形容事物繁多，數不勝數。

⑭ 銀鉤：比喻遒媚剛勁的書法。

⑮ 惺惺從古惜惺惺：聰明人愛惜聰明人。意謂性格、才能或境遇相同的相互愛惜、同情。惺惺，聰明機靈。

小姐看罷，收於袖內。

時已更深，回顧眾婢，或坐或臥，或蹲或倚，盡皆睡著，只有春香立在桌側翻白眼兒，那眼皮兒再也掙不起。小姐看了微笑，對張善相低言道：「偶寫俚詞，蒙君雅和。君今還是回家，還往他處逃避？視君才貌，必非池中之物⑯，何不求取功名，以圖榮顯？」張善相道：「承小姐美情。小生家在城中世德坊下，家祖張太公，字完淳，年已八旬；家君諱扥，頗有萬貫貲財，但未曾出身榮耀。小生今因誤傷人命懼禍，斷不敢歸家。某有結義密友二人，杜伏威、薛舉，總角之交，異姓骨肉，三人立志共圖王霸之業。他二人已先到河南去了，我今欲去投他，博一個封妻蔭子。若不衣錦，決不還鄉。」小姐道：「君已聘誰家之女為妻了？」張善相道：「小生今年一十六歲，未曾聘妻。蓋因小生立誓在前，若無才貌雙絕，宦室門楣，決不成雙。不是小生自誇，我乃文武全才，豈是尋常女子可匹？小生上識天文，下知地理，讀孔孟諸子百家之書，習六韜三略孫吳之法，力能舉鼎，術可驅神。若無小姐這般人物，小生終身誓不娶妻。」小姐聽罷，笑而不言。張善相問道：「小姐亦曾受聘否？」小姐道：「妾今年亦是一十六歲，未曾受聘。」張善相驚道：「某與小姐同庚，且才貌相當，真乃天緣奇遇。然小姐雖有名門宦族、公子王孫為聘，此輩惟知飲酒食肉，醉舞謳歌，那知惜玉憐香，風流博雅？可惜將小姐一生埋沒。若不嫌貧賤，與小生結……」張善相說到「結」字，即閉口不言。小姐聽了，不覺潸然淚下。張善相見小姐下淚，勸慰道：「小生斗膽妄言，實出肺腑，望小姐莫責。」小姐拭淚道：「君言雖未終，妾心豈不悟？蘇季子豈常貧賤者乎？但此事非妾所得專，自有父母之命，媒妁之言。且君之言，亦難全信。」張善相

⑯ 池中之物：比喻蟄居無為的人。

道：「小生並不會編謊，且說何處是脫空？」小姐道：「其他亦是可信，適所言力能舉鼎，術可驅神，二語未必然。」張善相道：「小姐不信，請嘗試之。」此時，春香靠著桌兒也睡著了。張善相與小姐同出香閨，至薔薇架邊，天上月明如畫，善相見旁有石鼓墩兒一個，約重千斛。善相默念助力神咒，暗喝一聲「疾！」將手舉那石墩，一如無物，離地四尺有餘。小姐怕跌下來，忙道：「是了！」張善相放下道：「若要驅神，恐驚了小姐，只喚一朵彩雲與小姐看便了。」乃捻訣念咒，喝聲「疾！」只見月旁登時雲氣聚合，化成五色，鮮明可愛，如錦繡上托著明珠一般。小姐看了大喜道：「君言非謬，妾已知之。只是富貴之時，恐把妾身拋棄，別偕佳偶耳。」張善相就對月跪下，盟誓道：「小生張善相，年一十六歲，某月某日生。若榮貴之後，忘了段府琳瑛小姐恩倩，願死刀劍之下，葬於魚腹之中，永不得還鄉。」誓畢，亦挽小姐，請其盟誓。小姐道：「君放手，妾自立誓便了。」張善相不敢囉唣，拱手而立。小姐從容斂衽，向月萬福道：「妾段氏琳瑛，年一十六歲，某月某日生。今夕星月之前，與張生善相期百年結髮，永效于飛⑰，苟有負心，神明殛之。」誓畢，張善相欣喜不勝，便欲摟小姐之肩接唇，小姐推開，正色道：「今夕之誓，亦為君非凡品，妾終身有託耳，豈可作敗倫傷化之事？妾果如此，淫女子也，君亦何取於妾？妾異日何表於君？倘事不偕，妾願白首閨中，永不作他人之婦，一死以謝君耳。」張善相道：「小姐如此用情，心堅金石，小生粉身不足以報。皦月在上，如張生不得與段小姐同諧連理，成合

---

⑰ 于飛：飛，偕飛。于，語助詞。左傳莊公二十二年：「初，懿氏卜妻敬仲，其妻占之曰：『吉。是謂鳳凰于飛，和鳴鏘鏘。有嬀之後，將育于姜。』」杜預注：「雄曰鳳，雌曰凰。雄雌俱飛，相和而鳴鏘鏘然。猶敬仲夫妻和睦，適齊有聲譽。」後因以喻夫妻（或男女）同行或恩愛和合。

巹之歡，亦願終身不娶，永作鰥夫。」小姐道：「雖如此說，妾與君皆是空言，將何物表情，為異日合巹之證？」善相道：「小生逃難，並無一物，敢借小姐香羅各分其半，小姐之詞，小生收執；小生之詞，寫在那半幅上，小姐收執何如？」小姐道：「妾與君皆因此帕得結同心，如此甚好。妾更有一物，乃妾嬰兒時所弄，珍藏至今，是玉人一雙，一作男形，一作女相，出自異域，其香無比，價值連城。家君因征外國得來，見妾心愛，付妾珍藏。今贈一與君，永為表證。」張善相大喜，遂同進閨中，春香兀自未醒。小姐出帕，剪為兩半，付張善相寫詞。張善相磨得墨濃，剔起燈煤⓲，寫那和的卜算子詞於帕上。小姐開箱，取兩個玉人出來，有一尺長，異香滿室，果奇寶也。張善相寫完，遞與小姐，小姐將自寫的香羅半幅，裹了女形的玉人，付與善相道：「只此一言，永無異說。君功名成就，早早遣媒妁向家君議此親事，切勿遲延，使妾有白頭之嘆，作九泉怨恨之孤魂也。」善相雙手接了，倒身拜謝，小姐亦答禮。

兩個相憐相惜，不覺漏下五鼓，將次雞鳴。那春香驚將醒來，往下一塌，撲的一聲，把額角向桌沿上一磕，登時磕起一個大塊來。春香負疼，欲哭不得，欲笑不得。小姐與張善相看了，俱各好笑。小姐罵道：「這些賤人，這等好睡，快掌燈送張官人出去。」春香去叫起臘梅來，臘梅骨都了嘴，只立著不做聲。小姐叫：「快去生竹爐，烹茶來吃。」臘梅方才走去生火。張善相指著壁上掛的古琴道：「茶尚未熟，久聞小姐善此，請教一曲何如？」小姐道：「久懶於此，恐亦生疏。」張善相對春香道：「煩姐姐把琴桌兒移在月下太湖石邊。」春香只得移出天井中石邊，口裡道：「露冷颼颼的，幹這等的事。」張善相將琴放在桌上，掇個小杌兒，請小姐彈琴。小姐道：「君亦諳此，請先教一曲。」善相道：「小

⓲ 燈煤：燈燼，燈心燃燒後剩下的炭灰。

生寄指而已，何敢弄斧班門？然而將為引玉，豈憚拋磚。」乃轉軫調弦，鼓雉朝飛⑲一曲。小姐道：「此乃無妻之曲，君何鼓之？今日正當鼓關雎⑳一操。」張善相大喜，於是改弦為徵音㉑，鼓關雎十段：

一段王雎善匹，二段大鬧周召，三段即物興人，四段舉德稱行，五段風化天下，六段相與和鳴，七段禮正婚姻，八段德侔天地，九段配享宗廟，十段雎鳩和樂。共十段曲終。

張善相彈畢，請小姐彈。小姐不得已，改弦為宮調㉒，鼓陽春㉓一曲，命春香將博山爐焚起一爐好香來彈。

一段氣轉洪鈞，二段陽間天地，三段三陽開泰，四段萬匯敷榮，五段江山秀麗，六段花柳爭妍，七段鶯歌燕舞，八段錦城春色，九段帝里和風，十段青黃促駕，十一段春風舞雲，十二段綠戰紅酣，十三段留連芳草。共十三段曲終。

---

⑲ 雉朝飛：古琴樂曲。相傳是戰國時期齊國的處士牧犢子所作。牧犢子年老而無妻，見雉鳥雙飛，觸景生情，自嘆命途多舛而作。

⑳ 關雎：詩周南篇名。為詩經首篇。詩周南關雎序：「關雎，后妃之德也。風之始也，所以風天下而正夫婦也。」後常用以借喻夫婦。

㉑ 徵音：指宮、商、角、徵、羽五音中的徵音級。

㉒ 宮調：宮聲調。

㉓ 陽春：古歌曲名。是一種比較高雅難學的曲子。

張善相傾聽之餘，自愧弗及，低道：「小姐指法精妙，音韻絕佳，但此秋氣似與陽春不合，小姐能鼓秋鴻㉔否？」小姐道：「雖不盡善，當為君作之。」於是改弦為姑洗㉕清商㉖之調，鼓秋鴻一曲。臘梅傾茶來，小姐與張善相飲畢，乃鼓云：

一段凌雲渡江，二段知時賓秋，三段月明依渚，四段群呼相聚，五段傍蘆而宿，六段知時悲秋，七段平沙晚落，八段延頸相依，九段蘆花夜月，十段南思洞水，十一段北望關山，十二段顧影相弔，十三段沖入秋旻，十四段風急行斜，十五段寫破秋空，十六段遠落平沙，十七段驚霜叫月，十八段知時報更，十九段爭蘆相咄，二十段群飛出渚，二十一段排雲出塞，二十二段一舉萬里，二十三段列序橫空，二十四段銜蘆避弋，二十五段盤序相依，二十六段情同友愛，二十七段雲中孤影，二十八段問信衡陽，二十九段萬里傳書，三十段入雲避影，三十一段列陣驚寒，三十二段至南懷北，三十三段引陣沖雲，三十四段知春出塞，三十五段天衢遠舉，三十六段聲斷楚雲。

小姐彈畢，張善相不住口的稱羨。忽聞古寺鐘鳴，鄰雞三唱。張善相道：「小生正欲請教指法，奈何天色將明。又聞小姐善於簫管，不知肯略略見教否？」小姐道：「東方欲明，請教有日。簫管之音聞

㉔ 秋鴻：古琴曲。最早見於神奇秘譜。全曲分三十六段，每段均有標題和歌詞，是篇幅最長的琴曲之一。

㉕ 姑洗：十二律之一。史記律書：「三月也，律中姑洗。」

㉖ 清商：商聲，古代五音之一。其調淒清悲涼。

於內閣，母親必加叱辱，此非今日所宜也。」命紅蓮掌燈：「同臘梅快送張官人出外，明夜再得請正。」張善相沒奈何，勢不可留，只得別了小姐，怏怏而出，心中好生留戀。轉過了薔薇架，走至清暉堂，紅蓮道：「這一回瞌睡上來，身子困倦覺冷，官人自出去，我等進去睡也。」說罷，與臘梅關了角門兒，自進去了。張善相獨自一個如失魂的，淒涼寂寞，就坐在堂中椅子上思量：「小姐情濃意合，雖不能近身，而脂香粉色，領會已盡。蒙賜玉人，異香撲鼻，只聞說海外有香玉，實未曾見，果然有此等寶物，就如小姐一般。何日得共枕同衾，偕我心願？」展轉躊躇，不覺頓足，懊恨起來道：「我張思皇聰明了半世，這會兒恁般愚懦？適間小姐雖是假狠，甚覺情濃，趁丫鬟們俱睡熟之時，把小姐緊緊摟住，便是太湖石邊寒冷，也說不得，那怕他叫喚起來。失此機會，知道明夜何如？倘明夜再得進見，挨至五更，定行此法，不由小姐不從，休得差了主意。」自言自語，在堂中不住的走過東走過西，心中好不能放下。天色已明，忽聽得「呀」的一聲，門開處，見小丫鬟翠翹挾著一把篠帚，出清暉堂來掃地，看見了張善相，驚道：「官人緣何起得這般早，怎生樣進來的？」張善相道：「我薄衾單枕睡不著，故等不得天明起來，見這茶廳門昨晚失關，信步走進來一看。」

正說間，聞得老夫人叫翠翹，張善相一溜煙跑出清暉堂，過了茶廳，由東廊至軒內坐了，取出那玉人來細看，實是碾得細巧，眉髮絲絲可數，臉兒如活的一般標致得緊，果然非中國玉工所能造也。看了一會，道：「如此奇逢，豈可無題詠以記之？」乃調長相思一闋云：

喜相逢，美相逢，美人深沉繡閣中，眉梢兩意濃。　彼心同，此心同，見處雖親合處空，愁聞野寺鐘。

意猶不盡，再成南鄉子一闋云：

何似久參商？昨夕涉源漏阮郎㉗。羅結同心，雙帶挽鴛鴦，贈個人兒玉有香。　夜短兩情長，並下瑤階拜月黃。海誓山盟，牢記取分張㉘，坐對西風泣數行。

軒內亦有文房四寶，張善相取幅箋兒寫了，折做個同心方勝兒，顛倒寫鴛鴦兩字在上，只待春香姐出來，央他寄與小姐，看小姐如何答我，便知今夜的消息了。正痴痴裡望春香，不意倒是翠翹送漱水出來，說道：「老夫人叫官人梳洗了，請進清暉堂有話講。」張善相心內狐疑，不知有甚麼話說，於是梳洗畢，緊藏了玉人羅帕，帶了箋兒，隨翠翹至堂中，老夫人已先在彼了。

原來翠翹掃地與張善相說話時，夫人聽得，叫進房中，問：「與誰說話？」翠翹答：「是張官人。因茶廳門昨晚失關，故進來一看。」夫人聽了，心中大疑，忖道：「自東廊至此有許多門，難道都是失關的？況堂後就近著女兒臥房了，張生緣何到得此間？『莫信直中直，須防仁不仁』，做出些事來怎了？不如打發他離卻我們便是。」因此請張善相進來相見。禮畢，夫人道：「幸喜貴恙已痊，本欲再留數日，昨相公有家報回來，說朝廷欽差相公巡邊，因便回家一省。倘一時到來，難以迴避，即刻郎君可作速回

㉗ 阮郎：東漢劉晨、阮肇入天台山，迷路，在溪邊遇仙女，並獲款留。及出，已歷七世，復往，不知何所。

㉘ 分張：分離；離散。

府。若欲遠行，當具盤費相贈。」遂命雲娥捧出白銀十兩，「送與張官人聊為路費，莫嫌輕微。」張善相聽說，如千刀刺心，又如啞子吃黃連，有苦說不出。欲待承命，滿望著今日夜間完成好事，怎忍就去了？況不曾與小姐一別。欲不應允，夫人明明趕我起身，怎生延挨得？出於無奈，答道：「小子避難，偶入貴園，感夫人不行叱逐，又蒙調治，賤恙得癒，此德此恩，粉身難報。今早正欲拜辭夫人，往南訪一敝友，以圖後報。適蒙見呼，即此告辭。叨擾已多，心實不安，況賜腆儀㉙，決不敢領。」夫人道：「郎君不受薄禮，即是見怪老身，望勿推卻。」張善相不敢再推，只得收下，拜了數拜，逕出園門。心中思念小姐，不得一面為別，怎忍得飄然而去，含淚慢慢地走著。有詩為證：

花發妒狂風，濃雲蔽月宮。
鏡分銀燭冷，簪斷寶奩空。
楚館㉚歌喉絕，陽臺好夢終。
璧沉珠玉碎，小漲路途窮。

走不數箭之地，只聽得背後有人高叫：「張官人慢行且住，我小人有話相稟。」張善相立住了腳看時，卻是段府管大門的孟老兒。向前問道：「老管家，有甚話說？」孟老兒低聲附耳道：「春香說，官人借了我外甥女兒一付梳掠，他要用的，如何將去了，那裡去另買？瞞著奶奶，特叫我來喚官人轉去一問，

㉙ 腆儀：豐厚的禮物。腆，音ㄊㄧㄢˇ。
㉚ 楚館：楚靈王築章華宮，選美人細腰者居之，人稱楚館。後指歌舞場所。

或者放在何處，好收拾。」張善相道：「正是拜別夫人忙了些個，失忘了還春香梳掠，當得奉還。」孟老兒自去了。張善相忙忙轉來，一面走著，心裏想道：「畢竟是那人有何言語，假以索取梳掠為名，今番再見，必有發付小生之語了。」

再說春香天明起來，去老夫人房中伺候，正走間，聽得夫人在堂上打發張善相出門，心下大驚，展轉躊躇，沒做理會處，急急跑到小姐房內道：「不好了，不知何故，夫人如此這般，打發張官人起身出門去了。」小姐慌道：「這等說，張郎已去，不曾與他一別。可憐孤身落魄，一時催逼出門，不知何往。你快去叫你娘舅，悄悄通知張官人，教他轉來，傳示他篤志功名，以圖姻事，不可有負昨夕之情。說我不能出來一面了，如有鱗鴻可託，便中密密地寄個信音來，莫做了斷線的鷂子。」春香領命，急急央孟老兒追張善相轉來，自卻立於門內等候。不多時，張善相喘吁吁走近前來，二人相見，攜手慘切。張善相含淚道：「早上夫人發付我出門，不知有何緣故？一時如此催逼，無奈拜別而行。適才孟老官留回，小姐有何分付？」春香道：「不要提起。昨夜郎君回軒之後，小姐和我睡了。倏忽間，天色大明，我勉強掙醒起來，去伺候夫人，原來夫人已在堂上打發官人起身。我聞知心如刀割，報知小姐知道。小姐徬徨失措，不曾與官人一別，和我計議，叫我娘舅老孟請郎君轉來，託言失還了梳掠，以訴衷曲。小姐道郎君孤身落魄，行色匆匆，未曾稍盡微情，恐夫人見疑，又不能出來一面，令賤妾傳示你，野路風霜，切宜自重，玉女羅帕，留作後日相見之證。願郎君此去，前程萬里，早遂功名，永偕姻眷，不可負卻小姐一片至情。若有鱗便，專候好音，誓不他適。但不知郎君此一行，卻往何處去也？」話未畢，淚隨言下。張善相揮淚道：「小生蒙小姐和姐姐如此錯愛，死亦甘心。小生此去，尋那兩個契友，共圖王霸之業，斷不小就功名。倘得進步，必有音相報。願小姐不負初心，永堅帕玉。姐姐休要棄舊憐新，和小生再諧連理。但我今要見小姐一面，還可得見麼？」春香道：「老夫人坐在堂前，誰敢引官人進見？官人富貴了，切莫負卻小姐深恩，賤妾薄意。苟有變更，必然斷送小姐性命。」張善相道：「小生若忘小姐和姐姐大恩，死於萬刃之下。」春香道：「君出此誓，足表真情，速去莫遲，慮人看破。」張善相將箋兒遞與春香道：「乞寄與小姐，用伸鄙情。」灑淚而別。有詩為證：

木落難禁別思悲，晚風吹月上征衣。
一灣流水孤村遠，幾點歸鴉又夕暉。

不題春香含淚回覆小姐。且說張善相別了春香，心下悲切，珠淚偷彈，只得拽開腳步，取路前進。一連行了數日，早到黃河地面，當日將晚，投一客店安宿。正飲酒間，對座有三個客商，也在那裡吃飯。一個道：「如今買賣做不得了。天下變亂，兵戈載道，糧稅愈重，盜賊日增，如何是好？」一個道：「變亂之事，何代無之？但未知何日太平。我等得不見兵革，方才歡慶。」一個道：「目今新出那兩員年少大將，有萬夫不當之勇，部下數十員猛將，四五萬精兵，占據延州、朔州、南安數郡，稱為正副元帥，四遠無人敢當。小弟向日發些糧食過河，被他攔住，自分一死。不料那少年元帥寬宏大度，將我糧食止抽十分之三，又差軍士護送過河。這樣好人，定成大事，非小可也。」張善相聽見，心下暗想：「莫非就是杜、薛二兄？我今正要尋他，不如問個端的，省得一路尋訪。」當下便拱手問道：「尊客，這兩位少年元帥，怎生模樣？是何處人氏？姓甚名誰？近日何處住紮？」那客人答道：「一路聽得人傳說，一個姓杜，頂平額門，一個姓薛，大臉長軀，年紀俱不過二九，但不知他是甚名字，何處出身。如今現在朔州屯兵。」張善相道：「承教了。」說罷安歇，一夜喜不成寐。次早，算還店錢，取路急投朔州郡來。

不數日到城外，擡頭看，果然好座城池，城上遍插旌旗，密布鹿角。張善相高叫開門，城上軍士問了來意，忙下城入帥府報知。把門官傳報進去：「有姓張的故人叫門。」薛舉道：「有甚姓張的故人，莫非張三弟來到？」杜伏威道：「朱儉去後，久未見回音，恐不是三弟。」二人同出帥府，騎馬上城樓觀看，張善相早已望見，高聲道：「杜、薛二兄，別來無恙？」杜伏威、薛舉見了大喜道：「賢弟遠路風塵不易。」令軍士牽一匹駿騎，開門迎接。三人並馬入城，同入帥府堂上，拂了塵土，相拜已畢，敘問契闊之情。杜伏威道：「自與賢弟分手，一路受盡艱辛，歷遍苦楚，不期變生肘腋，身入囹圄，上託林老爺法助，又賴諸賢併力、三弟福庇，倉猝起兵，連得數郡。又叨薛二弟血戰之勞，戰無不克，攻無不取，但寢食夢寐，無一刻不思賢弟。今得相見，足慰平日鬱想之懷。林老爺好麼？」薛舉道：「自別三弟來此，杜大哥相挈，連戰連捷，智勇之士，歸附如水，兵精糧足，眼見得有幾分成事。前特差將佐朱儉齎書禮，拜謁林老爺問安，兼請賢弟同謀進取，為何不與朱儉同來？」張善相道：「林老爺身體康健的。小弟為一事逃難而來，未曾與甚朱儉相會。」杜伏威忙問：「三弟有何事故？」張善相將騎馬踏人，乘夜避入段府花園，得蒙夫人、小姐相留情事，從頭備細說了。杜伏威道：「騎馬試劍，是吾等分內之事，不足為過。難得段宅夫人、小姐如此相愛，實是因禍得福，天賜良緣，旦夕間必為賢弟成就此親事。」於是請查訥、繆公端諸將上堂相見，大排筵席，弟兄慶賀，連日飲酒歡聚。

忽一日朱儉回來，逕入帥府參見。薛舉道：「前差你去勾當，為何許久才回？」朱儉道：「小人承元帥嚴命，廣寧縣公幹，幸得一路無阻，先見林住持老爺，獻上書禮，林老爺不勝歡喜。看書罷，問小人就回還是要往他處去，小人道：『還要進城去參見張太公喬梓，就請三相公同往朔州，與二位元帥共贊軍機。』林住持笑道：『不必去了。』莊內即請出張太公父子來相見，備說三相公走馬傷人，地方告在本縣，太公用錢捺案不行，都於莊內躲避。三相公逃竄，不知去向，張太公晝夜思念苦楚，淚眼不乾。林老爺卜一神數，說道：『在外平安，有因禍得福之喜。』太公略覺心寬，留小人住了數日，方得拜別起行。林老爺有回書在此，再三拜覆二位元帥。」說罷，將書呈上。杜伏威等三人一同看書，書云：

視汝書，已悉往事。今聞連捷，又兼戮仇葬父，皆人子所當為之事，可喜，可喜！近者張郎因馳馬誤傷人命，不知逃竄何方，以致搆訟，太公父子幾被縲紲，賴錢神著力，暫爾寧貼。吾料張郎必投汝處，可同贊軍機，共拯黎庶。莫徒恃勇妄殺，以為愉快也。只此至囑。

薛舉指著張善相問朱儉道：「這位將軍，誠庵你可曾認得他麼？」朱儉道：「小人正要動問，此位將軍卻是何人？未曾拜識。」杜伏威笑道：「這位正是張三相公也。誠庵未到，他已先來，所謂不期而會。」朱儉大喜道：「張相公何不早言，只是袖手而笑。」朱儉起身又拜，張善相扶住道：「勞誠庵遠涉，失迓為罪。老祖、老父在林住持爺莊上，不得盡情，莫怪，莫怪。」朱儉道：「承元帥重委，何敢言勞？今日相逢，亦不負小人走一遭也。」眾各歡喜，重設席稱觴。

忽探馬報：「武州郡刺史田龍秋用大將馮謙為前鋒，自為後隊，共起馬步軍兵二萬，戰將數十員，殺奔前來，速請元帥、軍師調兵迎敵。」杜伏威聚集大小將士商議。查訥道：「田刺史為人，某所素知，本貫河內人氏，託親韓長鸞[31]之勢而得顯位，無才無德，不足介意。但馮謙這廝，原是軍衙出身，不惟驍勇過人，兼有奇幻之術，若先得除此人，田龍秋自然喪膽。」薛舉道：「古云：妖不勝德。我等往往血戰，非圖利祿，不過除暴救民，為蒼生計也。皇天佑我，豈懼彼妖術？我明日出軍，務教大捷。」張善相道：「敵兵遠來，利於速戰。宜堅守，何如？」杜伏威道：「三弟之言雖善，然敵已臨城，若不接戰，是示怯也。必須大殺一場，使彼膽落，則後無人敢正視朔州矣！」計議未畢，馮謙軍馬已到，將城四面圍繞。杜伏威道：「今日之戰，眾將誰敢任前鋒先出？」只見一人攘臂向前，威風可畏，高聲叫道：「小將願為前部先鋒！」眾人看之，卻是繆一麟。查訥道：「公端為先鋒，允稱其職。」就著薛元帥、曹汝豐為左右救護，率領精兵一萬，大開南門出戰。

馮謙見敵軍出城，號令眾軍退數箭之地，排開陣勢，鼓聲大振。繆一麟一馬當先，高叫道：「我老爺招集義兵，上除暴虐，下救生靈。爾等匹夫大膽攻城，是不知天命也。」對陣門旗開處，閃出一員大將，身騎劣馬，手舞大刀，正是馮謙。怎生裝束？

韜略深明志氣高，全憑法術善興妖。護身鎧甲金星燦，嵌頂盔纓烈火飄。騎猛獸，執鋼刀，威
風凜凜顯英豪。袋中試取弓和箭，曾向圍場奪錦標。

馮謙拍馬向前，喝道：「無知潑賊，蠢爾狂徒，不知安分，敢據城叛亂。天兵壓境，即刻化為齏粉，尚敢胡說！」繆一麟大怒，躍馬挺鎗就刺，馮謙舞刀劈面砍來。二人戰三十餘合，不分勝負。曹汝豐看見

[31] 韓長鸞：北齊領軍大將軍，封昌黎王。與尚書令高阿那肱、侍中城陽王穆提婆號稱「三貴」，蠹國害民。

馮謙刀法愈精，繆一麟鎗法漸漸散亂，心下想道：「先鋒若有疏失，豈不大喪銳氣？」便舞起大刀，拍馬殺出助戰。馮謙接著交鋒，並無懼怯。三個鏖戰良久，馮謙虛砍一刀，帶轉馬便走。繆一麟、曹汝豐兩匹馬緊緊追來，看看趕近，馮謙斜放大刀，取出寶雕弓，搭上翎毛箭，拽滿弓弦，回身一箭，卻好射著曹汝豐右臂，曹汝豐棄刀於地，繆一麟單刀救護回陣。馮謙拍馬趕來，大叫：「潑賊休走！」將及陣門，側邊惱犯了一員年少英雄，騎著烏騅馬，手挺方天畫戟，大喝道：「逆賊慢來，薛爺在此！」馮謙撇了繆一麟，接住薛舉廝殺。二人又戰五十餘合，馮謙架隔不住，橫拖大刀，撥馬而走。薛舉、繆一麟招動大軍，隨後掩來，不上半里之地，只見馮謙除下兜鍪，披髮仗劍，口中暗念靈文。霎時間，天昏地暗，日色無光，狂風大作，風過處，只見無數鬼兵，紅鬚赤髮，頭如車輪，身長丈八，腰紮虎皮，手執鐵棍，亂紛紛空中打將下來。繆一麟心慌，也顧不得薛舉軍士，放馬先自走了。眾軍士被風颷得站身不住，大頭鬼又凶猛打下來，陣腳大亂，四散逃生。薛舉見眾軍俱散，也帶轉馬頭，殺條血路而走。後面馮謙率眾將蜂擁趕來。薛舉見追兵甚急，回身接戰，圓睜虎眼，喊聲若雷，驟馬挺戟，直衝入敵陣。馮謙部下諸將一齊迎住，薛舉手起一戟，刺一將於馬下。兩下正奮力交鋒，半空裡大頭鬼拿鐵棍又劈頭打來。薛舉急中省悟，忙念降魔咒，那大頭鬼隨風遠遠四散。薛舉放膽大殺，力敵眾將，挑四將落馬。馮謙慌了，暗射一冷箭，正中薛舉左膝。薛舉帶箭回馬，馮謙與眾將來追。看看趕上，薛舉大喝一聲，轉身飛馬又衝過來，勢如猛虎，眾將不能當抵，紛紛倒退。馮謙大怒，舞刀獨戰，交手三合，被薛舉戟尖刺著袍袖，順手一拖，馮謙險些兒拖下馬來，幸得兩下用得力猛，將袍袖扯斷。馮謙吃那一驚，不敢戀戰，拍馬回陣。薛舉緊緊追來，眾將要救馮謙，只得抵死迎住。薛舉一支畫戟，神出鬼沒，若舞梨花，遍身械數。官軍看了，個個魂驚膽顫，都喝采道：「這小將軍是楚霸王再出世也！」後薛舉至蜀，稱為西秦霸王，亦應眾官軍一時之讖。有詩為證：

薛舉英雄不可當，朔州今日賽當陽[32]。
方天戟擺蛟龍尾，到處人稱小霸王。

薛舉正酣戰間，馮謙翻身殺回，戰夠多時，薛舉又挑一將下馬。眾將心驚，正要走，忽然金鼓亂鳴，大隊官軍來到，原來是田太守聞報眾將戰不下一個年少賊將，故親統大軍趕來，指麾軍馬，四面圍裡，欲擒薛舉。薛舉抖擻神威，怒目挺戟，盤旋鏖戰。田龍秋見薛舉手舞畫戟，諸將不能近身，急令放箭，四圍攢射。薛舉見箭如飛蝗，忙除下兜鍪抵箭，右手持戟迎著兵刃，敵軍殺近身的都被搠倒。田龍秋愈怒，親執號旗，催督將士併力來攻，薛舉毫無懼怯。正大戰間，喊聲又起，一彪人馬殺入重圍，勢不可當。敵軍紛紛退避，薛舉乘勢殺出。這是杜伏威見前軍敗回，薛舉單身衝突轉去，恐有疏失，急引一支生力軍前來救應。隨後，張善相、繆一麟等又引精兵數千繼進。兩軍混戰，互相折損，直至日色將沉，兩下收軍罷戰。查訥接應入城，解甲休息飲酒。繆一麟舉杯道：「薛元帥真天神也！敵將作法，我與諸軍皆走，元帥匹馬反殺進敵陣，如入無人之境，挑他名將十數員落馬，全身而返，今古之所罕見，敬奉一杯。」薛舉接酒道：「乃大元帥與諸君福庇，某何能之有？今日這一場廝殺，彼軍亦膽落矣！邪鬼無踪，勇夫縮頸。馮謙這廝，被我一戟刺中袍袖，幾乎墜馬，不意袖斷遁去。彼軍圍散數次，近身者，刺

[32] 當陽：今屬湖北宜昌。當地有長坂坡古遺址，相傳為三國時代趙雲揚威之地。

死不計其數。我左膝上中了一箭，拔出箭鏃，猶覺微痛，這會兒平復如舊矣。」查訥道：「某聞三國趙雲在長坂坡救主㉝，衝入曹兵重圍中，退而復進者數次，斬將奪旗，無人敢當，人稱虎將。今日元帥大戰，不減子龍昔日之勇也！」薛舉道：「趙子龍吾何敢當？但不挫銳氣為僥幸耳。」眾皆敬其不伐㉞。於是合席慶賀，薛舉吃得酩酊大醉，扶入帳中睡了，不題。

再說官軍回寨，田龍秋點將，沒了十餘員，心中鬱悶。諸將甚稱薛舉之勇，馮謙道：「賊將青年驍勇，果然難敵，法術不能侵犯，或者彼亦能通法術。今日可惜失計，不用得那毒龍妙法，放彼脫去。明日交兵，必須下毒手擒之。」田龍秋道：「全仗將軍妙用。若擒得此人，勝斬數十員賊將。」當晚不題。次日，田龍秋、馮謙率大軍逼城搦戰，只見城上掩旗息鼓，寂無人聲，心下疑惑，不知是何計策。正是：

雪隱鷺鷥飛始見，柳藏鸚鵡語方知。

畢竟兩下怎生交戰，且聽下回分解。

㉝ 長坂坡救主：漢獻帝建安十三年，曹操派兵南下，擊敗劉備。曹軍追至當陽長坂，趙雲奮力殺敵，救出劉備妻兒甘夫人和劉禪。

㉞ 不伐：不自誇耀。

第三十四回　善相破法斬馮謙　士開解圍推段帥

詩曰：

延州城外毒龍飛，繞陣俄遭煙雨迷。
左道❶謾誇施妙用，真人應自有天機。
鷦鷯❷豈並沖霄翮，螢火難爭麗日輝。
元老薦賢期奏凱，行看虎豹出皇畿❸。

話說馮謙率大軍攻城，見城上旌旗不整，鼓角無聲，心疑有計，不敢逼近，但遠遠圍困攻打。將及午後，忽然鼓聲振響，城門大開，一騎馬飛出城來，後隨數千步軍。馬上那將乃是正元帥杜伏威，單搦馮謙出馬。二將更不答話，鬥至數合，薛舉馬軍又到。馮謙一人怎當得二員虎將？勒馬便退，杜、薛二將追來。馮謙急了，依舊仗劍作法，驀然天昏日暗，風砂大作。杜伏威也默誦咒，喝聲「疾」，依然天清

❶ 左道：邪門旁道。多指非正統的巫蠱、方術等。
❷ 鷦鷯：鳥名。形小，體長約三寸。因用以比喻弱小者或易於自足者。
❸ 皇畿：指京城管轄的地區。

日朗，風砂皆息。馮謙見破了法，又念咒語，滿空中大頭鬼不計其數，手持鐵棍，劈頭亂打。杜伏威口中也念念有詞，只見半空中現出一尊金甲神人，身長三丈，腰大十圍，手持降魔真幡，拂拂而來。大頭鬼見了真幡神，不覺現出本相，紛紛降落塵埃，原來都是紙剪的。馮謙見又破了法，心下慌亂，忙勒馬跑上土坡，口念真言，忽見黃雨如注，從空而降。杜伏威、薛舉冒雨緊追，猛然酸氣逼人，渾身痲木，一陣邪氣從七竅鑽入腹中，肺氣上壅，噴嚏不止，霎時間頭暈眼脹，腳軟手酥。杜伏威連聲道：「好利害也！」忙招呼薛舉回陣，眾軍馬都立腳不住，一齊奔回，勢如山倒，背後馮謙率軍追殺。查訥、張善相在城上遠遠望見二人敗陣，忙催軍接引進城，馮謙又將城四面圍定。

杜伏威、薛舉進了帥府，喘息不已，口渴欲飲，只覺心膈作酸，猛地惡心一陣，吐出黃水斗餘，方才寬爽。出陣軍兵，盡皆大吐。杜伏威心下憂慮，善相道：「大哥不須煩惱。適才我在城樓上，遙見有吸髓毒龍從下而上，盤舞空中，口噴黃水。此是毒龍吸髓之法，破之亦易。」薛舉道：「賢弟為何知此法術？」張善相道：「林住持所傳，兵書上有之，大哥如何忘了？」杜伏威道：「賢弟既知此術，卻才何不破之？」張善相道：「今日不破其法，正要使彼得勝，以驕其志，彼再恃法，必墮吾之計中。姑延數日，擒此賊將。」眾雖稱善，心下未服，查訥亦懷猶豫，不敢多言。

馮謙一連攻打數日，城內無一兵出戰，暫且解圍退去。張善相見了，當晚升帳，號令諸將出兵，令常泰引軍五千，一更後出城，埋伏西方僻處；黃松領軍五千，一更盡出城，埋伏東方僻處。來日午牌時候，只看霧起炮響，抄出賊人陣後，盡力夾攻。又請薛舉領步軍二千，離城東南十五里井字衕嶺下埋伏；又著繆一麟領步軍二千，離城西北十里獨虎山埋伏。明日午時，兩下但看霧起炮響，殺出攔截，併力大戰，不可退步。又請杜伏威領馬軍三千、步軍五千，明日開城出陣對敵，奮勇格殺。他若又施毒龍吸髓法，眾軍一面奔走，一面口中暗念「唵阿遊阿嗟利野婆呵」神咒，自然無事。誘彼追趕近城，只看霧起，放起號炮，以待接應。又著尉遲仲賢部領五百軍士，各帶狗血蒜汁，待馮謙危急作法欲遁時，用血潑去。查近仁率兵守城。我自臨城樓作法，必獲全勝。查訥見張善相調撥軍馬，井井有條，暗中嘖嘖稱善。黃昏時分，常泰、黃松、薛舉、繆一麟各自領軍出城埋伏去了。

次日平明，杜伏威飽食嚴裝，專等辰時，大開城門，引軍出戰。兩下排開陣勢，那邊馮謙出馬，這裡杜伏威自迎，更不打話，一往一來，鎗刀並舉，戰五十餘合。杜伏威奮起神威惡戰，馮謙拖刀敗下陣來，杜伏威追趕，馮謙依舊披髮仗劍作法，頃刻黃雨大降。杜伏威和眾軍且走且戰，口裡都念「唵阿遊阿嗟利野婆呵」，果然毒氣不侵，人人無事。馮謙只道眾軍著了迷，追過陣來，漸至城邊。張善相在城上布起大霧，頃刻間對面不見。又聽連珠炮響，馮謙心慌，回馬便走。早聽得霧中四下裡鼓聲大振，西北上繆一麟殺來，東南上薛舉殺來，城東黃松從後殺來，城西常泰從後殺來，杜伏威招引眾軍吶喊來擒馮謙。馮謙見四面俱有伏軍大將，勢不可當，況大霧昏迷，部下軍士看看折盡，甚是慌張，幾次衝突不出。只聽得四下喊叫道：「不要走了馮謙！」心下正慌，將走到井字衖，卻好撞著薛舉，二將交手數合，馮謙終是膽怯，不敢戀戰，撥馬便走。薛舉放馬來追，前面繆一麟挺鎗攔住，前後夾攻。馮謙忙倚大刀，拔出腰間寶劍，口中暗誦真言，只見劍尖上放出兩道火來，火焰有三丈之長，雙手舞劍，就如兩條火龍蟠旋，焰騰騰四面火光飛舞，勢不可近。薛舉正欲念咒，張善相在城樓上早已見了，即忙捻訣念咒，將劍一指馮謙，火焰霎時盡滅。馮謙見破了法，馬上又念靈咒，駕起一朵紅雲騰空而起，直上青天。尉遲仲賢看見，便教軍士將狗血蒜汁亂唧上去，馮謙從空跌下塵埃，薛舉照喉一戟，刺死於地。其餘軍士盡皆投降，果然殺得屍如山積，血流成渠。有詩為證：

幻法能教上九天，何期一旦破真禪。
馮謙自恃人無敵，至死方知學未全。

張善相收了霧，依舊天色明朗，號令諸將，馬不停蹄，連夜擒捉田龍秋，攻破武州郡，方許回軍。諸將一齊乘勢來擒田刺史。

再說田龍秋領軍來接應馮謙，路遇敗殘軍士來報：「馮將軍被敵將誘入陣中，一戟刺死。」田龍秋聽說，驚得魂飛膽破，放馬逃生，又見背後塵頭大起，追兵到來，不敢入城，單馬從小路抄往涇州❹去了。杜伏威領眾將一直追至武州城下，不見了田龍秋。杜伏威道：「田龍秋乃釜中之魚，不必追趕。若得此城，勝田龍秋多矣。」當下催軍將城圍定，金鼓之聲，遠聞數里。此時已是黃昏，城外火光照耀，如同白日。守城官府丞秦伯建，是個儒士出身，連晚聚集本府大小官員，計議守城之策。幕賓孫是梧道：「田刺史不知利害，偏聽馮將軍之言，倚恃法術，將軍士盡行出征，空城而戰，不料全軍皆覆。如今孤城難守，軍不滿千，盡是老弱之輩，百姓號哭，糧食缺少，此城破在旦夕。城若一陷，玉石俱焚，百姓盡遭塗炭。依小生愚意，不如權且投降，以救一郡生靈之命。」秦府丞道：「受國厚祿，一朝背之，是為不忠，還宜堅守，以盡臣節。」孫是梧道：「不然。事有經權，不可執一。大人盡忠報國，固是臣節，

❹ 涇州：治所在今甘肅涇川縣北。

殊不知當今天心不順，直道難容，盡棄仁義，競於勢利，連歲兵戈不息，盜賊蜂起，繼之稅繁賦重，田土荒蕪，眼見得時運兩窮。自杜伏威起兵已來，占據數郡，勢甚猖獗，各處求救表文至京，並不見朝廷發一軍救應，皆是燕雀處堂❺，上下偷安，豈知桑土綢繆❻之道？我等若不早決去就，禍必旋踵而至。不若降之，以免一郡生靈之苦，此為權變之策。」秦伯建低頭不語。眾官一齊道：「孫參謀之言甚當，大人須當從之，以救一時之急。」秦伯建道：「明早就著孫參謀前去通說投降之事，若待以禮，即便投降；如若驕慢，另作區處。」眾官商議已定，次日城上豎起降旗，杜伏威見了，令軍士撤圍，暫退一箭之地。少頃，孫是梧出城，步行到寨，見了杜伏威，行禮已畢，獻上降書。杜伏威大喜，待以上賓。孫是梧道：「卑職無才賤士，何勞將軍重禮？」杜伏威道：「久仰參謀盛德大名，今得一見，足慰下懷。」孫是梧道：「秦府丞使卑職歸降，非貪富貴，實為一城生靈。將軍進城，勿傷百姓，將軍之大德也。」張善相道：「古人云：『行一不義，殺一不辜，而得天下，不為也。』我等興義兵以除暴亂，正為救百姓於水火。參謀以此見教，足徵愛民。」隨即號令三軍，進城時不許驚擾百姓，若妄殺一人，妄取一物者，定按軍法。孫是梧拜辭杜伏威，復入城內，將杜伏威待以賓禮，號令三軍之事說了。秦伯建大喜，

---

❺ 燕雀處堂：孔叢子論勢：「燕雀處屋，子母安哺，煦煦焉其相樂也，自以為安矣。灶突炎上，棟宇將焚，燕雀顏色不變，不知禍之將及也。」比喻大禍臨頭而自己還不知道。

❻ 桑土綢繆：詩豳風鴟鴞：「迨天之未陰雨，徹彼桑土，綢繆牖戶。」孔穎達疏：「自說作巢至苦，言己及天之未陰雨之時，剝彼桑根以纏綿其牖戶，乃得成此室巢。」後以「綢繆未雨」或「未雨綢繆」比喻事前做好準備工作。

率領大小官員一齊白衣素冠，步行至杜伏威寨裡拜降。杜伏威設宴款待，宴罷進城，秋毫無犯，百姓安堵如故。

當日捷書到朔州郡，查訥委王騏掌領郡事，自卻單馬來見杜伏威，道：「今日兵威大振，元帥可將得勝之軍攻掠旁郡，管取兵不血刃，唾手而得，不宜遲緩。」杜伏威道：「軍師之言甚善。」隨遣薛舉領兵五千取靜寧州❼，常泰領兵五千取固原州❽，繆一麟領兵五千取高平縣❾，杜伏威自領馬步軍三萬，隨後取岐陽郡，其餘軍馬盡隨查訥守城。薛舉、繆一麟、常泰分頭領軍攻取三處城池，俱望風而降，果然不動張弓隻矢，連得二州一縣。三將回兵，都隨杜伏威一同往南進發，來取岐陽郡。一路裡軍威整肅，黎庶安然。軍馬已到岐陽，當晚離城二十里，地名杜陽山紮下營寨，次日率領大軍攻打城池。此時桑參將已死，岐陽郡新任刺史，姓和名用行，乃和士開之族侄，士開特引為岐陽刺史，為官清廉正直，愛民如子，輕徭薄賦，百姓樂業，更是謀略沉毅，常不滿其叔和士開之所為。當下見城外軍威甚銳，圍繞攻城，與部下一班將士計議，都各要請軍出戰。和用行道：「賊兵方來，其勢甚銳，久聞杜伏威等俱是萬夫之敵，難與爭鋒，堅守為上。爾眾將士受了朝廷厚祿，都要用心固守城池，待我申聞上司，轉奏朝廷，若得救兵到來，方可退敵。」眾將無言而退。

和刺史做成文書，連夜申了上司具表，差人星夜偷出水門，逕到京都樞密院參見了和士開、穆提婆

---

❼ 靜寧州：治所在今甘肅靜寧。

❽ 固原州：治所在今甘肅固原。

❾ 高平縣：今屬山西。

二人。原來此二人是小人出身，因逢迎皇上得位，升為左右二僕射，執掌朝廷大權。自杜伏威起兵之後，失了幾處城池，遍處求救表章到樞密院，都是二人留下，竟不奏聞。連日有數十道求救表文申到，二樞密也有些驚駭，在堂上議論此事。又見岐陽郡表章來到，二人知和用行被圍，不敢隱匿。此時，齊世祖湛禪位於太子緯即位，稱為後主，改元天統元年。次日五更，後主升殿，和士開、穆提婆進朝山呼舞蹈畢，後主道：「今日無事，二卿可在側殿陪朕弈棋，以消長晝。」和士開奏道：「臣有軍機重事奏聞陛下。」遂將杜伏威起兵連奪數郡之事，一一陳奏：「目今岐陽刺史和用行被圍甚急，破在旦夕，有文表申到本院，轉達天庭。臣等不敢隱匿，乞陛下聖鑑，速發兵征剿，庶解此厄。」後主展開奏章看了，大驚道：「這杜伏威何等之人，輒能聚眾為亂，占據城邑？為何州郡官不合兵剿滅，養成到今？」穆提婆奏道：「臣聞杜伏威年不過二旬，力敵萬夫，部下糾集數十員大將，皆是勇猛之士，因此府縣官每每征討不能取勝，反致失陷城池。陛下速宜差大將出兵，不然岐陽亦不可保矣。」後主道：「可調諸路軍兵十萬，再選老將智勇足備者一員為帥，其餘將士任二卿選擇，即日起兵，不可遲滯。」和士開奏道：「臣舉一人，現為都督府右都督將軍段韶，此人才兼文武，智勇超群，況且曾征服海外諸蠻，老成持重。若使為帥剿賊，管取指日成功。」後主道：「朕知此人乃智勇兼全老將，賢卿所舉得人。今日可在朝否？」只見武班中走出一員老將，但見：

清奇古勁，腹中有數萬甲兵；勇毅沉雄，聞風則千人辟易⑩。名馳海外，諸蠻莫敢不來王；譽

⑩ 辟易：退避；避開。

動齊邦，是處⓫人聞皆起敬。果然單刀如入無人境⓬，一手能持半壁天。

那老將正是段韶，金帶紫袍，幞頭象簡，白髯碧眼，相貌威嚴，俯伏金階，口稱萬歲。後主道：「今有賊將杜伏威聚集亡命，攻掠城邑，勢不可當，郡縣屢失，近又圍逼岐陽，勢甚危急。和僕射薦卿為主帥，統領三軍，征剿賊寇。卿可用心掃除邊境，朕早晚專望捷音。」段韶俯伏道：「臣樗櫟庸材，感陛下知遇，寵祿過分，敢不效犬馬之力！」後主又問：「眾臣之中有誰敢任副將之職，為朕分憂？」只見武將班內又走出一個大臣，生得闊面長鬚，身長體壯，文材拔萃，膽量過人，乃是鎮西將軍齊穆。當下俯伏道：「臣雖不才，願為副將，以解宵旰之憂，助段都督一臂之力。」後主大喜，當殿各賜御酒三杯，錦袍玉帶，段韶加升為太宰兼都督大元帥，齊穆為副元帥。二人謝恩出朝，次早齊到演武場聚集將士，操練三軍，就行文書遍處調遣軍馬。旬日間，共集有十萬精兵，選大將四員為左右羽翼虎賁將軍——趙銀、洪修廉、孔嶅、馬信，又選驃騎將軍嚴敬為先鋒。當下辭了後主，率領三軍，浩浩蕩蕩救奔岐陽郡來。

再說杜伏威攻打岐陽城，一連圍困二十餘日，城內並不放一人一騎出來。杜伏威心下煩惱，見報查軍師、張元帥率諸將來到，不勝欣喜。見畢，備言城堅難破。張善相道：「此城堅固，一時攻打不下，城中又無動靜，彼必有計。」查訥道：「久聞和刺史深通謀略，他見我軍勢銳，不敢交鋒，攖城⓭固守，

⓫ 是處：處處；到處。

⓬ 單刀如入無人境：元代戲曲家關漢卿作雜劇單刀會，寫三國時關羽恃勇單刀前赴東吳大將魯肅所設宴會，最終安全返回的故事。

⓭ 攖城：同「嬰城」。嬰，猶縈，環繞。謂環城而守。

以待救援，早晚必有救軍到了。」張善相道：「查近仁所見最明。若他救軍來時，城內必出軍接應，前後夾攻，我等腹背受敵。不若交鋒之際，且率軍馬暫退，讓彼合兵後，另設良計破之，擒其主帥，城可得矣。」正商議間，探馬來報：「朝廷封段韶為正元帥，齊穆為副元帥，嚴敬為先鋒，勇將百員，馬步兵十萬，殺向前來，離此不遠。」杜伏威聽報，整頓軍馬迎敵。

再說段韶奉旨帶領大軍十萬，征討杜伏威，果是旌旗蔽日，殺氣遮天。一路無話，看看來到河東府⑭地面，已近本家宅院，委副元帥齊穆、先鋒嚴敬部領軍馬先行，自領親隨軍健回府探望。曹夫人迎接入內相見了，夫人道：「相公蒞任數年，不覺鬢髮皓然，容顏蒼老。如今杜伏威等一夥賊寇軍威整肅，勢不可當，非尋常盜賊之比，聖上何不差少年之將前來征剿，卻委相公重任？相公年過六旬，精神衰憊。軍旅之事，三軍性命，社稷安危，非同小可，何不力辭君命，歸享林泉之樂？」段韶笑道：「老夫年雖高大，壯志未消。既受朝廷知遇之恩，食祿萬鍾，官升極品，奉命剿賊，正臣子報效之日，豈敢以年老拒辭？諒此一夥草寇，焉能成得大事？管取一戰成功。」夫人見說，不敢再言。段韶回顧，不見女兒，問道：「女兒琳瑛為何不見？」夫人道：「女兒臥病在床，將及月餘，請醫調治不痊。」段韶驚道：「女兒既是得病，為何不差人報與我知？今得何病，如此淹纏⑮？」夫人嘆道：「女兒這病，醫生們俱說是七情⑯所傷。」段韶道：「嬌養深閨，焉有此症？」夫人道：「這病來得奇異。自八月十五賞月之後，

⑭ 河東府：治所在今山西永濟。

⑮ 淹纏：纏綿；糾纏。

⑯ 七情：人的七種感情或情緒。即喜、怒、哀、懼、愛、惡、欲。

便不茶不飯，臥病懨懨，服藥無效，臉兒漸漸的黃瘦了，腰肢兒漸覺小了，又不疼不痛，只是思睡。問眾婢時，都說不知其故。我好生心焦，與決不下。」段韶道：「我向來分付春香這妮子貼身伏事，你緣何不問他？可喚他過來見我。」夫人遂命翠翹：「快到小姐房中，喚春香來見老爺。」翠翹跑至小姐房中說：「老爺回了，問及小姐的病，要喚春香去打哩。」春香慌了道：「小姐，老爺要打時，如何說好？」小姐道：「你千萬莫說出張官人來。十分問得緊時，只說我不見了一個玉人，因此煩惱成病。再問別的言語，只推不知。」只見雲娥又來喚了，說：「老爺大怒，春香姐快走。」那春香驚得何如？但見：

面如土色，唇若蒂青。面如土，飛下了兩朵桃花；唇若蒂，摘去了櫻珠一點。春心吸吸，氣喘噓噓。心吸吸，乳旁撞鹿，如雨打雞兒；氣噓噓，腳下趑趄，似雷驚孩子。搔頭不知癢處，食物不辨酸鹹。罪責目下要承當，竹片眼前饒不過。

春香來到堂前磕了頭。段韶道：「我且問你，小姐這病，是因何起的？」春香道：「不知。」段韶大怒，叫取板子過來。春香跪下道：「老爺息怒，待春香說。自八月十五翫月之夜，小姐拿那一對玉人兒出來耍弄，忽然次日不見了一個，不知是貓兒銜了去，不知是老鼠銜了去。小姐思想這玉人，遂此得病到今。」段韶道：「深閨之中，玉人緣何得失去？必定別有緣故。」春香只言不知。段韶怒起來，打了春香十下，只言不知。段韶無奈，只得自到小姐房中問他，夫人與春香等都隨在後邊。那臘梅丫頭先去報知小姐，說：「春香被老爺打了十下，只招成不見了一個玉人兒，故此得病，如今老爺自來問小姐了。」小姐聞說，叫臘梅將香几兒過來靠了，包了頭，裝做十分沉重的模樣。段韶親自來到小姐房中，見小姐靠著香几而睡，紅蓮報道：「老爺來了。」勉強立起身來，低低道聲：「爹爹萬福。」段韶道：「我兒，為何得此病症？」小姐道：「不知怎地染這重疾，不肖女多分不久於世了。聞爹爹奉旨討賊，奏凱回來，不如致仕，樂享天年，免貽母親之憂。女兒身死之後，願爹爹保重，莫增傷感。」說罷，哽咽淚下。段韶垂淚道：「我兒寬心調養。這病的根由，說是不見了玉人兒，待我平賊之後，定要緝訪這玉人出來還你，不可憂鬱傷神。拿那一個玉人來我看。」小姐叫春香在描金梳妝內拿出來，遞與段韶。段韶看了玉人道：「不見的是女身，怎生樣不見的？」小姐道：「一同安放床頭，不知怎生次早就不見了一個。孩兒著了驚，因此成病。」段韶將玉人放於袖中道：「我兒寬心調理，我不日就回來看你，與你追尋這玉人兒。」小姐道：「願爹爹早早得勝回來。」

段韶出了繡房，叮囑夫人好生看視女兒，即上馬帶了健將，趕著軍馬，一同殺奔前來，離岐陽城地名雍山紮下營寨。先鋒嚴敬入中軍稟道：「前去岐陽郡不遠，只隔六十里之程，即是賊寨。還是連夜進兵，或是屯兵暫歇，以待明日交戰，乞元帥將令。」段韶道：「黑夜之間，難以交鋒，權且安息一宵。明日平明進兵，放起號炮，使城內知覺，出軍夾攻，方保全勝。」又分付諸軍密布鹿角，帶甲假寐，以防賊軍劫寨。當夜無話。次早五鼓，埋鍋造飯，平明進兵。先鋒嚴敬上馬帶領步軍三萬，當先鼓譟殺進，後面齊穆中軍放起號炮，段韶後軍陸續繼進。城內和太守聽得城外連珠炮響，已知是朝廷救軍到了，慌忙上城看時，只見塵頭蔽日，殺氣迷空，漫山塞野皆是軍馬，遠遠見中軍帥字旗隨風飄動，旗上書著「都督大元帥段」六個大字。和太守急率領大小將校、步軍五千，大開東門殺出。杜伏威見兩下殺來，即將軍馬分做兩處，薛舉、張善相領軍一萬五千迎敵來將；杜伏威、查訥領軍一萬五千押後，以防城內衝出。薛舉領軍卻好與先鋒嚴敬軍馬相遇，更不打話，嚴敬使刀，薛舉挺畫戟，二將戰無數合，薛舉倒拖畫戟落荒而走，軍馬四散奔開，嚴敬率軍四下撲趕。這邊杜伏威未及動兵，城內和太守軍馬已到，兩下混戰。查訥大叫：「寡不敵眾，元帥可避其鋒！」遂帶馬先走，杜伏威也拍馬挺鎗衝殺出陣去了，部下軍士各自散開。和太守親自督軍追殺一陣，只見拋鎗棄劍、頭盔衣甲、糧草器械塞滿道路。和太守鳴金收軍，段韶傳下將令：於城外旁城紮下三個大寨，中寨是大元帥段韶，東南寨是副元帥齊穆，西南寨是先鋒嚴敬，分為犄角之勢。

和太守先進了城，急令整頓酒席，一面差官犒賞三軍，次後迎請元帥等一行人入府堂參見。禮畢，次序而坐。和太守稱謝道：「卑職牧守此郡，不期巨寇臨境，困城月餘，破在旦夕，若非元帥親臨，城陷必矣。」段韶道：「賊寇擾民，本郡州縣官即當征剿，為何養成賊勢，然後用兵，豈不遲了？數月並不見州郡一道表章，誤卻朝廷大事，公等責有攸歸。」和太守道：「卑職新蒞任，前官不知何以致此。但這夥大盜，非比等閒，自侵擾已來，連下了十數座城子，勢如破竹，擁兵十萬，戰將百員，薛舉力敵萬人，杜伏威法術高強，張善相、查訥深通韜略，熟諳兵機，非鼠竊狗偷之輩，勢如泰山壓卵。卑職死守此城，連上表文，方得二位元帥駕臨。向來各郡州縣無不行文告急，並不見朝廷遣一軍救應，故此失了許多城池，非郡縣官之罪也。」段韶嘆道：「當今皇上初禪大位，寵用和、穆二樞密，只是吟詩吃酒，不理國政，表章至京，必被隱匿，以致如此。」齊穆笑道：「和刺史何其懦也，只說得杜伏威英雄，自卻畏刀避劍，保全首領，安坐城內，欲待虜之自退乎？」和太守道：「卑職力有不能，非敢保全身家以負朝廷。這夥賊寇，委實智勇足備，難與爭衡。元帥須用計調兵，方保萬全。」齊穆怒道：「都是你這些尸位素餐、無能之輩，誤國家多少大事。我看這夥毛賊，不過烏合之眾，有何智勇才能？不是齊某誇口，明日一陣，決擒此賊，若不取勝，非丈夫也！」和太守低頭不敢言語。當日席散，閒話休題。

次早五更，齊穆預先傳下將令，眾軍平明造飯，巳時出軍，自到段韶寨中相見。齊穆道：「昨日和太守誇獎賊寇英雄，今日齊某自領本寨軍三萬剿賊，不須元帥和先鋒助戰，預先稟過，然後出軍。」段韶道：「元帥不可造次，須要三寨參酌，一同出戰，以觀賊勢強弱，庶可萬全，不宜輕敵。」齊穆道：「某雖不材，曾替朝廷建多少功勛，何在乎這夥無名草寇也？若不取勝，生擒賊首，誓不回軍。」段韶道：「元帥所言，正是英雄本色。但要用心，莫作等閒，挫動銳氣。」齊穆得了段韶將令，回寨整頓器械，全裝披掛，騎一匹銀鬃白馬，手提丈八蛇矛，帶領大將馬信、孔熬，一同出陣，唯我獨建頭功。有詩為證：

齊穆小兒曹，徒矜志氣高。
不思螳臂⑰力，欲使泰山搖。

再說杜伏威、張善相、薛舉、查訥佯輸逃竄，鳴金收軍，逕投杜陽山二十餘里，紮定營寨。當晚，張善相計議道：「來的大元帥段韶，正是那美人的父親，交鋒之際，須生擒此人，方好成事，若損其命，只恐一段姻緣空付與東流逝水。懇求近仁良計，何以萬全？」杜伏威道：「三弟，我與你金戈鐵馬，與

⑰ 螳臂：莊子人間世：「汝不知夫螳蜋乎？怒其臂以當車轍，不知其不勝任也。」後用以比喻自不量力。

天下爭衡，而溺志於女色，恐非豪傑之襟懷也。但愁不作奇男子，何患世無美婦人。何必戀戀於段小姐？」張善相揮淚道：「大哥有所不知，弟與段小姐月下深盟，神前誓約，若不成雙，彼願白首香閨，一死以報；弟願鰥居沒世，永不別偕，故以玉人、羅帕為記。此天下女中之丈夫，非等閒可比。況此女窈窕溫淑，知書達禮，才識兼高，德色兩絕，真有一無二之賢內助也。弟若不得此女為妻，情願一死，以報相從於地下，何羨稱孤道寡，南面而王哉？」查訥道：「將軍不必悲傷，欲與段小姐成親，亦是易事。但不知段元帥果是美人之父否？擒得敵將便知分曉。若果是，另設奇計，為將軍完此姻事。」杜伏威道：「既如此說，全仗軍師妙算。」當夜無話。

次日平明，探馬報敵軍已到，杜伏威、薛舉、繆一麟一齊上馬出陣。對陣門旗開處，錦鞍戰馬上擁出一員大將，正是副元帥齊穆，左首孔嶅，右首馬信，三將立馬門旗之下。杜伏威一馬當先，喝道：「佞臣奸賊，誤國之徒，保守身家，兀自不穩，輒敢虎口捋鬚，自送死耶！」齊穆大怒，罵道：「無端草寇，敢爾猖狂，天兵已到，頃刻化為刀下之鬼！」杜伏威大笑，手挺長鎗殺過陣來，齊穆舉鎗架住。二將奮勇，大戰七十合，不分勝敗。虎賁將軍馬信見齊穆鎗法緩慢，怕有疏失，手提宣化斧，拍馬助戰，這邊薛舉挺戟接住廝殺。官軍隊裡惱了一員虎將，姓孔名嶅，放開戰馬，舞動大刀，橫殺過來，這邊繆一麟拍馬挺鎗迎住。六匹馬盤旋馳驟，六員將抵死相持。酣戰之際，馬信被薛舉一戟刺著右臂，翻身落馬，部下牙將拚死救回。齊穆見馬信落馬，心下慌張，不敢戀戰，敗陣而走。杜伏威、薛舉二將緊緊追來，看看趕上，齊穆回馬斜按長鎗，將流星錘照杜伏威臉上打來。杜伏威側身躲過，薛舉一馬飛到面前，齊穆措手不及，被薛舉輕舒猿臂，生擒過馬，眾軍向前綁縛，官軍陣內數十員將校併力來救，被杜伏威刺死五七個，其餘只得退去。孔嶅單馬奔走，繆一麟拍馬後追。孔嶅見追將已近，撥轉馬頭，用力一刀砍來，繆一麟一閃，那刀砍了馬頭，跌倒地上。繆一麟跳在平地步戰，孔嶅欺他無馬，咬牙嚙齒裡殺來，十分危急。正是：

路逢狹處難迴避，事到頭來不自由。

不知繆一麟性命如何，且聽下回分解。

第三十五回　元帥兵陷苦株灣　眾俠同心歸齊國

詩曰：

老將西征膽氣雄，旌旗蔽日馬嘶風。
長驅勍卒如貔虎，藐視英豪似稚童。
計墮受圍幽谷內，兵窮觖望❶遂林中。
結姻靖國降三傑，轉敗為功拜九重。

話說繆一麟被孔嶅砍中馬首，立地步戰，漸漸勢危。卻好杜伏威一馬飛到，衝開將士，救出繆一麟，直取孔嶅。孔嶅不敢交鋒，撥馬便走，官軍四散奔逃。繆一麟換了戰馬，同薛舉、杜伏威一齊率軍掩殺，孔嶅殺得頭盔倒掛，弓箭皆落。正進退無路，幸遇先鋒嚴敬軍馬已到，救了性命。嚴敬接住杜伏威，兩下混殺一場，俱各收軍回寨。嚴敬救得孔嶅，到段元帥寨裡來，段韶發放回營，又著醫生調治馬信金瘡，查點陣亡軍士，折有七千餘人。段韶大怒，恨道：「齊穆小畜生，不諳軍務，恃匹夫之勇，輕敵取敗，折了許多軍士，自又遭擒，喪盡銳氣。若不剿除賊黨，難回京都見皇上之面。」即傳將令，差先鋒嚴敬

❶觖望：不滿；怨望。

次日帶領步軍二萬、馬軍一萬，衝突前鋒；又差趙銀領軍一萬為左翼，洪修領軍一萬為右翼，辰時取齊進兵。段韶在後督陣，拔寨都起，「誓擒此賊，方許回軍！」將令一出，三寨軍兵各各打點，次日出戰。正是：

> 一更傳號令，將卒要齊心。二更刁斗響，專防賊劫營。三更星月冷，喝號與提鈴。四更齊束甲，嚴裝準備行。五更皆造飯，平明大出征。

話分兩頭，再說杜伏威等得勝回寨，查訥分付將齊穆收入陷車監禁，教軍士看守，好好待之，就在寨內殺牛宰馬，設宴慶賀，犒賞三軍。杜伏威和查訥等商議：「今此一戰，挫動官軍銳氣，既擒此賊，軍師不殺，是何主意？」查訥道：「今日不斬齊穆，也為著張將軍親事，就中用計，緩急可圖，故留此人，以待後用。」杜伏威等同道：「軍師尊見非常人所知。」查訥又道：「段韶見我們擒了副元帥，必然激怒，明日決起傾寨軍馬來了。某聞段韶素有材略，非齊穆可比。明日軍勢正銳，不可交鋒，緊閉寨門，暗伏弓弩防備。數日之外，待其少懈，如此如此用計何如？」張善相拍手道：「軍師妙計，人不能及。」當日盡歡而散。

次日，官軍先鋒嚴敬領步馬軍三萬，一直哨到杜伏威寨前，不見動靜，就逼寨空闊處排下陣勢，吶喊挑戰。次後，左右二翼洪修、趙銀軍馬都到，與嚴敬相見。嚴敬道：「賊寨內不發一卒，未知虛實如何，不敢太逼。」趙銀道：「小將二人在此拒住，先鋒可稟知元帥，再行征進。」嚴敬慌忙到後軍見了段韶，備言其事。段韶道：「賊軍不出，必有詭計，不可輕動，墮其計中。汝選三千精銳馬軍，逕衝賊寨，若有變動，隨即進兵；若賊寨安然不動，不可妄進，只是擂鼓挑戰，待其軍出，然後交鋒。」嚴敬領了將令，到前軍選精壯久戰馬軍三千，擂鼓吶喊，直衝到杜伏威寨邊。只見緊閉寨門，寂然不動。自已吶喊到午，亦無動靜，又不敢衝殺入去，馬軍暫且退後。嚴敬又教步軍裸體辱罵誘戰，至晚，只得收軍回寨，稟覆段元帥。元帥令夜間謹守鹿角，以防劫寨。次日，段元帥又差嚴敬引軍搦戰。自早至晚，緊閉不出，嚴敬又只得空回。

一連三日按兵不動，段韶和諸將商議，躊躇不決，十分憂悶。忽見巡哨牙將報入中軍，口稱有機密事稟知。段韶喚入帳下問之，那牙將道：「末將昨夜帶數十小卒，巡哨至東南僻路一土山之上，遙見樹林中有旌旗搖動，軍士絡繹不絕，又見本村百姓東奔西竄。小將拿住問時，都說杜伏威乏糧不戰，只待黃昏帶領軍士近村擄掠，殺害百姓，因此人皆逃竄。小將探得此消息，特來稟元帥爺。」段韶道：「賊非無糧不戰，必有詭計，今夜再去哨探來報。」牙將領了將令，當夜又差精細軍校分頭遍村哨探。次早回覆，都一般說：「鄉村百姓遭害，賊黨到處，雞犬不留，擄得些少糧食，只夠營中一日之費，因此日搶日吃，無心對敵。」段韶心中暗想：「此等烏合之眾，以劫掠為生，或者糧草不敷是實，不趁此時破之，更待何日？」暗傳號令，差先鋒嚴敬領馬步軍二萬，申時動身，往西北村一帶幽僻去處埋伏，但遇賊軍擄掠，鳴金為號，盡數剿除，得賊首者為上功。嚴敬得令，整頓軍馬去了。又分付心腹牙將，分頭把守三寨，自帶趙銀、洪修二將，馬步軍二萬，申時起馬，往東南一帶僻靜鄉村去處埋伏，等候捉賊。

卻說嚴先鋒領軍馬往西北上，來到一個去處，高山峻嶺，樹木叢雜，問土民說是地名虎嘯崗，此正是強盜打劫糧草聚會之處。嚴敬聽了，分付眾軍各處埋伏，只聽鳴金為號，會合殺賊。看看天色晚了，黃昏時分，嚴敬和一班牙將，立在虎嘯崗山頭觀望，見遠遠塵頭起處，火把亂明，有一二千強盜，提鎗執棍，背馱包袋，喊笑而來。嚴敬忙鳴金聚眾，拍馬下山，來擒這夥賊。那一二千人，見鑼聲響，追兵齊集，都棄了包裹糧食，打黑火把，盡向東山凹裡逃竄去了。官軍一齊來搶糧食，嚴敬禁止不住。又見西山凹邊有千餘人，皆馱包裹，手執器械火把，大喊而來。嚴敬喝道：「兀的不是劫賊來也！」忙催軍士趕殺，也俱丟下包裹，打黑火把，亂紛紛走了。嚴敬拍馬催軍追趕，未及半里，又見一夥強人衝道而來，慌忙殺時，卻又四散去了。此時已是更盡，嚴敬分軍四圍趕殺，奈何路徑不熟，又是崎嶇山路，追趕了兩個時辰，遇著數夥強人，都皆走了，不曾殺得一個。嚴敬心焦，領軍殺過虎嘯崗西首十餘里，已是半夜，地名鐵檠嶺，卻是一條小路，兩邊都是蘆葦沙地。嚴敬勒住馬看了一會，喝道：「軍馬不可前進，且回舊路！」話未完，只聽得一聲炮響，如半空中打下一個霹靂，驚得嚴敬等手足無措。擡頭一看，四圍蘆葦盡皆火燒。此時正是初冬天氣，西北風甚急，火趁風威，燒得遍地通紅，如同白晝。官軍被火所逼，煙霧騰空，立腳不住，各顧性命，自相踐踏，死者無數。嚴敬挺鎗躍馬，冒煙突火而走，不上兩箭之地，聽得炮響振天，鼓聲動地，山凹內突出一員大將，錦袍金甲，白馬長鎗，喝道：「嚴敬中吾之計，杜爺在此，下馬納降！」嚴敬並不打話，挺鎗就刺，二將交鋒，只見漫山塞野皆是軍馬，殺得官軍星落雲散。嚴敬膽怯，奪路便走，杜伏威亦不來追趕。嚴敬回頭看部下，只有十數個軍士、兩個健將隨著。嚴敬問道：「這條山路，可以到得大寨去麼?」健將道：「此路寂靜無人攔阻，且從此撞出去，再尋歸路。」嚴敬聽了，拍馬先走。行無半里，聽得鑼聲振地，喊聲起處，嚴敬戰馬早被絆倒，樹林中走出三五百壯士，將嚴敬、健將等盡皆捉住，不曾走了一個，背剪綁了，解入大寨來。有詩為證：

按劍掛征袍，將軍膽氣豪。
今為階下虜，悔不熟龍韜。

此時，杜伏威大勝一陣，嚴敬部下二萬軍士大半被傷，小半走脫。

再說段元帥和趙銀、洪修二將，部領二萬精兵，往東南村來，到得時已是黃昏。段韶將軍士分為十隊，遍處埋伏，等候捉賊，自領一支兵到一土山邊，四面看時，卻無樹木，光蕩蕩的一座土山，山上有一座土地廟。段韶叫軍士入廟搜檢，並無一人，就在廟裡坐地，軍士埋伏廟之左右。候至更盡，軍士報道：「山下西南火光中，是一夥劫賊來也。」段韶慌忙上馬，果見山下三百餘人，手執器械，點著火把，推著三四十輛車子，唿哨而來。段韶指麾眾軍吶喊殺至山下，那三百餘人棄了車子與火把，四散走了。又見西北首也有三四百人，推著車子，逕到土山邊，卻又走散。段韶看了一會，猛然省悟，跌腳道：「誤中賊人詭計了。」分付軍士不可妄動，動者立斬，排成長蛇陣，一字兒列在土山之下。軍士立腳未定，四下鼓聲震天，火光競起，喊聲大振，軍馬不知其數。火光中見馬上坐著三員少年大將，正是薛舉、繆一麟、查訥，指點眾軍四面遠遠把土山圍了。只聽得一聲梆子響，箭如雨發，那十數處糧車，箭到處盡皆火燒。原來車中俱是硫黃焰硝引火之物，火箭到處，焰騰騰火勢沖天，風煙亂捲。段韶在土山上驚得魂飛魄散，無計可施。三千軍士與十數個護身健將，俱被火逼得沒處安身，著箭死者甚多。只聽得一片聲喊叫道：「不要走了段元帥！」段韶和健將道：「勢已危迫，不如拚命冒火殺下山去，決一死戰。」一個健將應道：「賊兵甚眾，火勢正炎，若殺下山去，必然有失。小將看西北角上火勢稍緩，賊軍略稀，山坡下又有一條白路，不如從此處殺下山去，方有活路。」段韶依言，挺身一馬當先，健將軍士隨後，俱拚命併力殺下西北角來。山坡下百餘個壯士攔路，段韶大喝一聲，挺鎗拍馬，殺散眾軍。下得山坡，又是一將攔住，卻是薛舉，手挺畫戟喝道：「段元帥，何不早降！」段韶大怒，放馬就戰。戰了數合，薛舉賣一破綻，撥轉馬，放開一條大路，段韶拍馬衝過，奔山徑而走，只帶得千餘軍士、數個健將，其餘盡被薛舉軍馬擋住，降者甚多。段韶奔入山徑，走無數里，擡頭一看，只叫得苦。原來這去處地名苦株灣，是一個死坳裡，從土山邊進來，只有得這一條路，兩邊都是崇巒峭壁，前面又是一帶大闊溪，並無船隻，只可進來，不能出去。段韶在月光下見了大驚，慌忙回馬，不期路口已壘斷，外有軍馬重重疊疊把守定了，正是「羊觸藩籬，進退無路」。當下只得和軍士團團屯紮，嘆氣道：「一世英名，不期喪於此地！我死不足惜，可恨誤卻朝廷重託，遺憾九原。」眾軍健道：「元帥休慌，權且挨過今宵，明日我等打探，再尋生路。」各吃些隨行乾糧，揀空闊處暫且歇馬將息。

卻說趙銀、洪修和七個總管帶領九隊人馬，分頭埋伏擒賊，不期遍處皆有伏軍，暗弩陷坑，大半皆被擒捉，只有趙銀逃得性命。原來這一條計策，喚做調虎離山之計，都是查訥軍師和張善相兩人商議定下的。段元帥是馳名的一員老將，萬夫莫敵，軍馬精壯，若與盡力相持，必致有傷，只教軍士故意到鄉村鎮市遍處搶劫，引誘敵軍。打聽得段韶部領軍馬到東南村來，嚴敬軍馬到西北村去，卻預先埋伏兩處軍士，等候段韶、嚴敬，果中其計。當夜要擒段韶亦是容易，只為惜著張善相親事，查訥分付薛舉：臨戰不可相逼，放開一條生路；火車火箭只遠遠圍住，施放驚他；趕段韶陷入了苦株灣，慢慢又做區處。

有詩為證：

軍師妙算果通神，變幻風雲計畫深。
少女不因成契合，老夫應亦被人擒。

此時天色已明，杜伏威軍馬得勝，奏捷回寨，眾將士各自獻功。杜伏威一一論功犒賞已罷，將嚴敬、洪修等同齊穆一處監禁，降軍萬數，編入隊伍，大排筵宴，弟兄們慶賀功勛。杜伏威道：「查近仁妙算入微，有神出鬼沒之機，吾之孔明也！」查訥笑道：「微末小計，何足為奇。今夜之戰，只為張將軍姻事。如今把段元帥困在苦株灣，插翅亦不能出。明日釋放齊穆、嚴敬、洪修三將，以禮相待，浼三人為媒，去見段元帥，求其令愛琳瑛小姐完張將軍這段姻緣。若彼慨然應允，必先送女完親，方放他出谷，兩相和解以待天時；如其推託，只消數日，必餓死於山徑間矣。」張善相拱手稱謝，杜伏威、薛舉擊桌歡笑，喜不自勝，當日席散。

卻說趙銀與逃回軍士，棄了三個寨柵，奔入城內，對和太守說知此事。和用行大驚道：「段元帥被擒，吾等休矣。只索嚴督軍士謹守城池。」

杜伏威次早在中軍安排筵席，一面差將校到監取出擒將齊穆、嚴敬、洪修三人相見。齊穆等見有令箭來取，都嘆氣道：「我等今番休矣！」只見來人傳令，盡去綁縛相見，三人不知是何緣故，只得隨著將校入中軍帳來。查訥見了，喚軍校捧過冠帶錦袍，替三人穿戴了，杜伏威、薛舉、張善相、繆一麟等一齊迎入中軍行禮，分賓主而坐。齊穆道：「某等被擒之人，將軍不加誅戮，已為萬幸，何故待此重禮？」杜伏威道：「杜某弟兄三人，因朝廷昏亂，百姓倒懸，起義兵除暴安民，非為私也。義氣深重，故爾豪傑同心。公等皆朝廷大臣，不忍加害。今有一事，敢煩齊元帥和二位將軍一臂之力，不識可乎？」齊穆三人齊躬身道：「某等蒙將軍不殺放回，就赴湯蹈火，亦所不辭。不知將軍有何使令？」杜伏威指著張善相道：「此位張將軍，字思皇，是吾弟也。幼年曾聘段元帥次女琳瑛為室，不期段韶那廝倚貴欺貧，負盟悔約。今已被吾用計困於苦株灣內，死在旦夕，看張三弟姻事之面，不忍加害。敢煩三位將軍權為媒妁，以畢良姻。如段元帥慨然聽從，則佛眼相看，將擒獲軍士、器械盡數交還，我等撤圍而退，兩下罷兵。若段公推阻不從，休想再得生還。煩公等善言贊助，必當重酬。」齊穆三人同聲道：「這親事管取在某三人身上，好歹成就，以報將軍大德。」杜伏威大喜，開筵相待，互相勸酬，並大吹大擂，盡歡暢飲，直至日昃。齊穆道：「某等承將軍厚情，叨此盛宴，已酩酊矣。恭承所命，即便告行去見段元帥，將張將軍親事說成，然後再領盛情。」查訥道：「得齊元帥慨然，深感厚意。」權且散席。送出寨門，叫軍士牽過駿馬三匹，請齊穆、嚴敬、洪修上了馬，作別而行。

卻說段韶當夜困在苦株灣，四圍觀望，無路可通，見西南是一條闊溪，心下想道：「這就是一條活路了。明日令能慣水軍士沒過對岸去，求取救兵，或可出此重圍。」次日天明，只見對岸旗幟飄揚，已有重兵守把，心下大驚。正在納悶之際，軍士報：「山嘴邊又有一隊軍馬來了。」段韶急整兵馬，正欲迎敵，近前來只得三匹馬，卻是副元帥齊穆、先鋒嚴敬、總管洪修，見了段韶，一齊下馬。段韶又驚又喜道：「三位已遭賊擒，為何得到此間？」齊穆等頓首道：「某等三人，仗託令愛福庇，得留殘喘，不然已為泉下之客。」段韶呆了半晌，問：「此話卻從何來？小女在敝宅深閨之中，焉能救得三公性命？」齊穆道：「有一段情節奉告。聞令愛小字琳瑛，今庚一十六歲，果然是否？」段韶點頭道：「果是，公何以知之？」齊穆道：「某等遭擒，因於陷車之內，今早忽傳令箭，取我三人入中軍，某等自諒決死。不期杜伏威等一班將錦袍冠帶加我等之身，遜某三人帳中上座，大排筵席款待。酒席間，談及令愛親事，座中一少年將軍，生得面如冠玉，相貌清秀，姓張字思皇，說是令坦❷，幼年間曾納禮，聘第二位令愛琳瑛為室，不料元帥恃貴欺貧，悔了親事，日下起軍發馬，也只為著這一段姻緣，以致如此。杜伏威說，若不看小姐之面，我等俱為齏粉。就浼某三人為媒，求令愛與張君完此舊姻。元帥若慨然允諾，即時放出，送還軍馬、器械，罷兵休戰；倘若執迷，決不干休，定教寸草不留。如今沒奈何了，段老爺，救命的段菩薩、段父母，看生靈百姓份上，送令愛小姐與那廝做親，全國家大事，救我等性命，實乃萬代再生之德。」洪修、嚴敬俱磕頭禮拜，懇求道：「小姐完親，上全國家之事，下救數萬生靈，未為不可。」段韶聽罷大怒，氣得目瞪口呆，手足俱冷，道：「鼠賊以此挾我乎？誓不俱生！」閉目坐了一會，嘆口氣道：「罷，罷！拚此老朽一命，以報皇上知遇之恩。大丈夫視死如歸，豈有堂堂大臣與賊人結親之理？」有詩讚曰：

節義稜稜，綱常秩秩❸。
豪氣凌雲，精忠貫日。

❷ 令坦：世說新語雅量：「郗太傅在京口，遣門生與王丞相書求女壻。丞相語郗信：『君往東廂，任意選之。』門生歸，白郗曰：『王家諸郎，亦皆可嘉，聞來覓壻，咸自矜持。唯有一郎在東床上坦腹臥，如不聞。』郗公云：『正此好！』訪之，乃是逸少，因嫁女與焉。」後稱人婿為「令坦」或「東床」。

❸ 秩秩：形容肅敬。

齊穆又勸道：「事已至此，無如奈何，只得從權罷了。比如元帥為國而死，乃臣子分內事，死何足懼？但無益於國家，徒招禍害，殺戮生靈，干戈不得寧息。倘賊黨得勝，以數千亡命之徒，圍住貴宅，豈有放過令愛之理？令愛果能死節而亡，足繼元帥忠烈之志，倘或屈身事賊，玷辱清名，豈不成一場話柄？元帥上不能為朝廷掃除賊寇，自經於溝瀆之中，下不能保身守家，使妻女陷於賊人之手，徒然一死，無益於事。為今計，不若將小姐暫許賊人，勸其歸服，亦是為國忘家之心，不失濟變之哲，忠臣之所苦心，智士之所獨斷。豈不聞漢元帝以王嫱和番之事乎？堂堂大國之君，且不以此為辱，只為宗廟社稷計耳。元帥還宜三思。」段韶低首不語，半晌道：「齊元帥所言，雖似有理，但有三件事，賊人若允，即送小女成親，如其不然，寧死而不辱。」齊穆道：「是那三件事？乞元帥明示。」段韶道：「第一件，小女琳瑛，實未曾受聘，賊所言皆虛謬也。某昔日征海外諸國，服六十四島蠻夷，盡來朝貢方物。一國極遠，去古城國三萬七千里，土產香玉進貢之餘，亦貢老夫玉人一雙，一男形，一女身，精工奇巧，其香特異。老夫攜回家下，次女琳瑛愛之，老夫就與了他。不意數月之前，失去女玉人一個，杳然無覓，小女以此得病未痊。如今張郎欲求親事，我聞其深通奇術，必須覓得這女玉人來配，以完雙璧，方可成就。第二件，必要張郎先來拜見，待我觀其材貌，果足相當，不辱門楣，方才事妥。第三件，更是要緊，吾等奉命出軍，不能剿除賊寇，反遭詭計陷害，逼勒成親，一死尚不足償敗軍之罪，況與結親，則為通同謀叛矣，不惟貽譏千古，抑且取禍目前。若賊人要娶吾女，必須卸甲投降，隨我至京，面聖封官，奏過聖上，然後成親。若能依此三事，我亦不惜一女，不然，寧全家盡斬以報國，任君等與賊行事也！」嚴敬、洪修俱拱手道：「足見元帥慷慨全忠之大節。某等三人去見杜、張二人，若能從元帥三事之命，不必言矣，如其不然，某等亦願與元帥同死於此，盡臣子之道，豈肯婢膝奴顏以事賊耶！」段韶大喜道：「先鋒此言，方合吾意，三公早去早來，吾拔劍以待死。」

齊穆、嚴敬、洪修別了段韶上馬，逕到杜伏威大寨來。杜伏威迎入帳中坐定，道：「適煩三位將軍所言親事，可肯諾乎？」齊穆將段韶言語，並要從三事之情，備說一遍。杜伏威笑道：「第一件要張三弟玉人為聘，此事最易。這玉人張三弟藏之已久，今獻與段元帥為聘物，正合前盟。第二件，既結絲蘿❹，未有翁婿不相識面者，亦宜拜謁。但第三件，實難從命。我等起義兵已來，所向無敵，何等自在。乃大海之龍，沖天之翼，任吾放蕩，不受樊籠。今一歸服，便要拘束，倘君心有變，死無地矣！」齊穆道：「某久聞諸位將軍大名馳於四海，朝廷用人之際，若得眾將軍歸服，必授顯官厚祿，豈有加害之理？某等三人願以全家之命，保將軍安若泰山。」查訥道：「齊元帥與二位將軍暫退，待吾等商議定了再報。」齊穆等退入後寨。杜伏威道：「查近仁有何高見？」查訥道：「某雖不才，叨元帥與諸位將軍陶熔，頗知天文星象之理。每於清夜仰觀，足知天下變亂之故，紫薇星昏而無光，直待五十年後，方有真命者出，以定天下。目今朝廷與陳、周二國，不過是紫薇駕下列宿❺而已；杜元帥與我等輩，又為次之。欲取天下，不合天時，甚為難事。自古道：『成則為王，敗則為寇。』今齊後主雖非真命，而高歡父子相承，恩及百姓，地廣民稠，一時未可覬覦，只可暫相依附。不如且將計就計，曲從段韶之言，解甲休戈，受了招安。一來歸服齊主，取功名於正路，身居榮顯，名垂竹帛，亦是風雲際會之時，不可錯過。

---

❹ 絲蘿：菟絲與女蘿。二者均為蔓生，纏繞於草木，不易分開，故詩文中常用以比喻結為婚姻。

❺ 列宿：眾星宿。特指二十八宿。

二來為張將軍完此姻親。諸君所慮者，朝廷有變耳。以愚度之，決無害也。當今後主株守西北之地，陳、周二國屢相侵擾，是為強敵在外；國家又連年歲歉，國用不支。敵擾於外，兵疲糧盡於內，自救不暇，焉能害人？若得我等相助，如困龍得水，枯木逢春，欣喜無限，有何慮哉？區區愚見若此，乞大元帥、諸位將軍酌之。」杜伏威、薛舉、張善相齊道：「近仁之言，確乎不可易也。只索歸服，不必多疑。」查訥又道：「今當先以黃金千兩，異錦千匹，白璧二雙，明珠八粒為聘，先令齊元帥、洪總管送與段元帥處，行納采請期之禮。次後張將軍即便加冠，令嚴先鋒陪至苦株灣拜謁岳翁，就達歸降之意，並獻玉人。我寨中一壁廂整備筵席，再差將官邀請段元帥並眾將到寨飲宴，再議朝京。」

杜伏威一一依查訥所議，次早備牲禮祭獻天地。張善相冠帶畢，請齊穆等三將到中軍，杜伏威道：「段元帥三事，我等一一皆依，不敢違命。」齊穆大喜道：「將軍若能如此，乃留侯❻之從漢高，吳漢❼之歸光武，不惟貴顯終身，還得名垂不朽，可欽可敬！」杜伏威道：「張將軍親事，全賴元帥、二位將軍贊襄之力。今有菲薄聘儀，納采請期，煩勞先送上段元帥，轉達愚弟兄微忱，少刻勞嚴將軍陪張新郎即來拜見岳丈矣。」齊穆道：「不須將軍費心，某等必當盡心為之。」杜伏威差健將八員，隨齊元帥送禮到苦株灣內來。見了段韶，齊穆備道其事，送上禮帖。段韶笑道：「諸少年既識大義，歸服朝廷，便是一家人了，受之何害。下官豈惜一女，但不知張郎人物何如？學識何如？」齊穆道：「張郎人材，自不必言，且洞識天文，深明韜略，少刻即來拜謁元帥矣。」

---

❻ 留侯：張良。西漢開國功臣。漢高祖劉邦登帝位，封留侯。

❼ 吳漢：東漢中興名將，在「雲臺二十八將」位居第二。劉秀稱帝後，任大司馬。

正說間，將校報道：「山口有數騎擁一少年大將來到。」齊穆看時，卻正是張善相帶著錦衣武士蜂擁而來。齊穆對段韶道：「此正是令坦腹東床。」段韶舉目看那少年將官，但見：

長軀秀骨，白面重頤，目如點漆，唇若塗朱。頭戴束髮金冠，足登挽雲珠履，身穿繡文龍錦大紅袍，腰繫雕鳳穿花白玉帶。騎一匹追風趕電五花馬，拿一條四絡攢絲豹尾鞭。果然風流不下周公瑾❽，倜儻還如呂奉先❾。

段韶看了，心內大喜。有詩為證：

遙瞻來將真都麗❿，善武能文多才技。
裘馬翩翩美少年，這回不負風流婿。

嚴敬同張善相來到段韶面前，張善相跳下金鞍，納頭便拜道：「張某蓬茅下士，山僻村夫，無知妄作，冒犯虎威。蒙岳丈天恩寬宥，謹拜尊顏，不勝惶悚。」段韶答禮道：「久聞足下大名，果然才貌雙絕。雖是一念之差，且喜改邪歸正，隨我回朝，富貴永保。」張善相拜罷，袖中取出羊脂白玉美人一枚，雙手上獻。段韶接了看時，與那失去的玉人無二，暗暗驚異，笑道：「天賜姻緣，夙成兩美。今得賢婿如

❽ 周公瑾：周瑜，字公瑾。三國時東吳主帥。相貌俊美，有「周郎」之稱。
❾ 呂奉先：呂布，字奉先。三國演義寫其為美女貂蟬而殺董卓。
❿ 都麗：華麗；美麗。

此，不惟小女終身有託，亦不負老夫向來擇婿之心。」張善相頓首稱謝。少頃，數員將官飛馬而來，稟道：「杜、薛二元帥整辦筵宴，專候元帥爺赴席。」送上請書。當下，段韶、齊穆、洪修、嚴敬、張善相眾人一齊上馬，帶領部隊，出了山口，迤邐行來。正是：

殺氣轉為和氣暖，愁顏相逐笑顏開。

不知後會如何，再聽下回分解。

坤集總評

文魔蓄大懟大願，弗克遂，恒咄咄書空作字，悵不值聶政，古洪流亞，而頻以舌劍代誅、毛錐作合也。及覩逸史，坤集，大為擊節曰：快哉！是編報戴天讎，偕同心耦，余夢寐所尸而祝者，杜、薛、張一旦得之，樂也何如！我思古人，實獲我心。不能無一言以紀其盛，乃為之賦三十韻，敘巔末焉。

鼎立共圖王，雄風煽八荒。氣吞南郡府，威鎮廣寧鄉。提兵推百雉，躍馬飲三江。開弦堪沒羽，發矢可穿楊。薛舉精神炯，伏威志氣剛。騎擊機謀迥，風流人姓張。併膽除奸佞，同心定四方。戟擺蛟龍尾，鎗摩日月光。猛士成車載，謀臣似斗量。風雲誇際會，虎賁翼龍驤。恨雪親靈慰，讎伸暴骨藏。聲聞馳帝里，令譽動齊邦。禍脫緣初合，情投夜未央。花陰逢月女，蘭室會仙郎。乍疑今宋子，無乃古毛嬙。綽約花能語，溫柔玉有香。一夕歡娛短，三生繫赤長。桃源通線路，洛浦贈瓊漿。月下聯蕭史，燕山遇意孃。兩美由天定，雙人製玉良。英才堪與匹，美麗可相當。妙術過孫臏，奇謀賽子房。一鞭先着祖，萬隊走沙場。老將空韜畧，精兵悉犬羊。苦株龍失水，坳谷虎遭殃。幸得天緣在，無愁勍敵強。藍田曾種璧，渭涘早含芳。莫射屏間雀，惟掄坦腹床。甲解貔貅士，筵飛鸚鵡觴。三真歸一主，千古姓名揚。

第三十六回　雙玉人重逢合巹　三義俠衣錦還鄉

詩曰：

玉人漂泊久無憑，今日相逢兩遂情。
龍燭插金來鳳闕，紫袍龍玉出宸京❶。
香羅密綰同心結，錦帕重傳舊日盟。
眾俠承恩歸故里，共傾赤膽報明廷。

話說段元帥一行人出了山口，行不半里，便遇著杜伏威率眾將遠來迎接，齊到寨前下馬，前遮後擁，入中軍帳來。杜伏威扶段韶居中坐了，率眾將啟居參見。段韶答禮道：「蒙眾將軍盛雅，曲從愚意，歸命朝廷，老夫不勝慶幸，何敢當此隆禮？」杜伏威拜道：「某等皆因勢豪逼迋，以致謀動干戈，無非濟困扶危，替天行道，不敢妄為。蒙大元帥赦宥納降，情願執鞭墜鐙，以報殊遇。張三弟又蒙俯賜良姻，既為結契之尊親，實乃超拔之恩主也。」段韶道：「眾將軍年雖弱冠❷，各負雄才，文武兼通，正堪為

❶ 宸京：京城；帝都。宸，北極星所居。即紫微垣。借指帝王之所居。

❷ 弱冠：古時以男子二十歲為成人，初加冠，因體猶未壯，故稱弱冠。後遂稱男子二十歲或二十幾歲的年齡為

朝廷之股肱，廟廊之梁棟。今能順天知命，解甲而降，準擬青史標名，流芳千古。下官見皇上備奏將軍等情由，保諸位恩榮媲美，稍或虛言，有如此酒。」言畢，以酒瀝地為誓。杜伏威等叩首拜謝，請段韶居了正席，齊穆次之，其餘次序兩旁，排列而坐，奏動軍中得勝鼓樂。

酒過數巡，段韶舉著金杯對眾道：「老夫獲此佳婿，事非偶然。老妻曹氏向來無子，只生小女二人。長女球瑛，適今朝內國子監祭酒經筵講官張雕❸，目下因告養親回家，其家與寒舍只隔里餘。次女琳瑛年方一十六歲，小長女五歲，因老夫久宦在朝，未曾受聘，今得與張郎永侍巾櫛❹，小女終身有託，光我門楣。世間有這般巧事，長女之婿姓張，為文章領袖；次女之婿亦姓張，乃將帥班頭。兩家一姓，文武聯襟，天下最難得者也。非諸將軍福庇，老夫安得有此快婿哉！」杜伏威等舉杯躬身道：「此太宰大元帥閥閱之福，小將等何與之有。」段韶又問張善相道：「賢婿以玉人為聘，偕此姻事。但這玉人，老夫昔日征異域得來，乃是香玉，非中國諸玉可比，次女琳瑛見而愛之，遂與玩弄。不意中秋之夕，小女拿出一翫，次早不見了一個，小女著驚，因而抱病，至今未癒。此玉人出在萬里之外，縱使錢如山積，何處去買？素聞張郎善於法術，故以相難。不意果得此玉人，又係舊物，不知張婿何術所致，從何處得來？」張善相躬身道：「承岳父明問，小婿不敢不以實告。小婿因走馬踏死人命，棄馬脫逃至檀府花園

弱冠。

❸ 張雕：家世貧賤，而慷慨有志節，負笈從師，不遠千里。魏世祖時，為侍讀，加國子祭酒。復除侍中，加開府，言多見從，以澄清為己任。後因韓長鸞譖言被殺。

❹ 巾櫛：巾和梳篦。泛指盥洗用具。引申為盥洗。

後門，見園門半開，時已二更，無奈潛身入園躲避，蹲於靈應大王神廚下。尊婢春香姐適來鎖園門，小婿以苦情訴之，蒙不趕逐，匿小婿於園之東軒。次早瞞著夫人、小姐，私竊飯食救濟小婿。小婿深感其德，遂與訂盟，異日寸進，必娶為妾，春香姐遂薦枕席，有一宵之愛。小婿問及檀府家門，春香姐備與小婿言姓段，老相公在朝為都督之官，夫人曹氏在家，有小姐琳瑛，年方一十六歲，與小婿同庚，美麗無比，未曾受聘，於是促小婿出門，恐夫人知覺。小婿以乏盤費告之春香，竊小姐玉人一枚相贈，云：『此乃無價之寶，貨之可得千金。』因此小婿得這玉人，珍藏至今，乃岳丈之舊物也，豈有法術可致？但小婿既與春香訂盟，必報其一飯之德❺。若非春香救拔，小婿焉有今日？悖之不祥。今得結絲蘿，為岳丈之半子，皆偷香竊玉所致也。望岳丈為小婿成其信義，並賜春香為妾。岳丈大德，銘刻不忘。」段詔笑道：「可知小女不見了玉人，更無覓處，乃春香這妮子竊去。老夫要加刑罰，他一味左支右吾，原來是他竊與賢婿。但這妮子是廝役賤婢，豈堪與郎君為妾？既有所約，老夫必當奉贈，只是太便宜了這妮子也。」張善相大喜，頓首致謝，眾皆歡悅，盡醉方休。是夜段詔等一班就在杜伏威寨裡安歇，部下兵另屯一寨。

次早升帳，諸將聚立，段詔道：「諸位將軍既已歸順朝廷，不可在此羈滯，幸早早入京面聖。」杜伏威道：「某等願隨大元帥朝京，但各處城池守將，俱是某等部下，乞元帥鈞旨定奪，然後起行。」段詔道：「各處所委守城將士，皆依舊職，不宜更動，奏過朝廷，論材升擢。」杜將軍隨行一班將士，同赴

---

❺ 一飯之德：韓信早年家貧。有個漂洗衣物的老婦看他飢餓，便把自己帶來的飯分給他吃，一連數十日。韓信十分感激，說：「吾必有以重報母。」後以「一飯」喻微小的利益或恩惠。

京師。所有十萬餘眾，可分撥各處守衛城池，將軍等略帶軍士朝京。」杜伏威與薛舉、張善相、查訥計議此事。查訥道：「今觀段元帥乃誠實長者，所行之事，盡皆合宜，決無他變。我等選三千精銳軍士隨行，防護足矣。」查訥當下分調軍馬，令常泰等一班戰將守衛各郡城池；王騏、王騋、王驤弟兄三人監守諸郡，以防不測。杜伏威、薛舉、張善相、查訥、繆一麟五將，帶三千鐵騎，隨段韶班師。分撥已定，拔寨起行，不數里已到岐陽驛，刺史和用行預於驛內辦下筵席，邀段韶、杜伏威等赴宴，一面犒賞三軍。此是慶賀太平筵席，各無疑慮，開懷暢飲。當晚皆宿館驛中。次早起行，和知府送了十餘里，拜別自回。

一路無話，直抵晉陽。段韶和齊穆商議，發付杜伏威等軍士，權在城外梵天寺中屯紮，著嚴敬、趙銀、馬信、洪修廉、孔嶅五將相陪遊玩。段韶、齊穆二元帥進城到五鳳樓前，早是午牌時分，後主尚未退朝。黃門官啟奏：「段都督得勝班師，在朝門外候旨。」後主大悅，即宣二元帥進朝，俯伏金階，山呼萬歲已畢，後主道：「巨寇猖獗，失陷許多城池，賴二卿智勇，一戰成功，朕心嘉悅。」段韶將交戰中計招降之事陳奏，後主驚道：「二卿老成持重，反遭賊人奸計，若非以忠義感動其心，幾乎喪師辱國。今得歸附，皆二卿之功也。」段韶叩頭道：「臣等僥倖成功，陛下洪福所致，臣等何功之有？但杜伏威等俱少年豪傑，萬夫之敵，原非叛逆，皆緣貪官汙吏肆志暴虐，剋剝小民，激起英雄之氣，以致震驚乘起。今知天命，解甲來歸，乃社稷之靈、陛下天威所懾。乞陛下待以優禮，賜以厚祿，固結其心，足為朝廷重鎮，管取周、陳二國聞風畏懼，不敢輕覷本國矣！」後主准奏，又問：「杜伏威諸將今在何處？宣來面朕。」段韶奏：「杜伏威一行軍馬，權在城外梵天寺中專候聖旨。」後主御筆手詔，赦杜伏威等之罪，差近臣二員飛馬召來。兩個天使奉聖旨立刻往梵天寺來。杜伏威等五人見聖旨到了，忙排香案，開讀已罷，隨即同天使進朝。黃門官引入金鑾殿前，山呼舞蹈。後主見五將人材表表，相貌堂堂，喜動龍顏，頒下玉音道：「朕聞段太宰所奏，足知卿等忠義之心，所有過犯，盡皆赦宥。」杜伏威等叩頭謝恩。後主又道：「朕嗣位以來，遭時不造❻，干戈競起，強敵侵淩。卿等盡心為朕出力，必不有負。」杜伏威當先奏道：「臣等蓬茅賤士，韋布❼愚夫，幼讀詩書，頗知大義。因見國家多事，賊寇蜂起，本聚義兵為陛下除亂。奈守土官不察，反以外盜相禦，勢不由己，以致驚動天兵，罪當萬死。感蒙天恩，臣等肝腦塗地，不足以報萬一也！」後主聞奏大喜，著光祿寺賜宴，議封官職。五將謝恩出朝，領宴不題。段韶當駕又將次女琳瑛許配張善相之事，俯伏奏聞。後主道：「此卿家事。得婿如此，汝女終身有託，任卿為之。」段韶叩頭謝恩。天子退朝，眾臣皆散。

次日早朝，百官拜舞罷，大司馬韓長鸞出班奏道：「杜伏威等雖受招安，部下將士數千，原係亡命之徒，屯聚梵天寺中，切近皇城，設有不測，何以禦之？乞陛下聖旨，先將他人馬調散，然後授杜伏威遠方官職，伺彼有隙，緩緩除之，庶免後患。」後主低頭不語。尚書僕射和士開向前道：「韓司馬之言，深達國計，陛下不可不從。臣觀杜伏威諸將年少英雄，抱負不凡，終非久屈人下者。不如及早圖之，以免後患。」後主躊躇不決。只見段韶連聲道：「不可，不可！和尚書、韓司馬所奏，誤國非淺。當今時世亂離，干戈不息，周、陳二國屢侵邊境，疆圉日促，萬民塗炭。國家急務，惟在收羅豪傑，延攬英雄，固結其心，藉彼勇力以保社稷，乃為上策。今杜伏威等俱有文武全才，得來歸服，國家之大幸也。陛下

---

❻ 不造：不幸。

❼ 韋布：韋帶布衣。古代未仕者或平民的寒素服裝。借指寒素之士、平民。

若委以重任，賜以厚祿，彼必鞠躬盡瘁，以報陛下。何故欲調散其眾，疏遜其身，以啟彼攜貳之心？倘一時有變，是激之反也。若說俟彼有過殺之，誅降戮順，又非朝廷待賢之典。苟慮杜伏威諸將有變，臣敢以全家保之。」後主聽罷，大悅道：「聆卿所論，使朕豁然。杜伏威等當授何官，方稱其職？」段韶奏道：「臣觀杜伏威、薛舉精通法術，力敵萬人，可當大將軍之任；張善相、查訥深明天象，善曉兵機，智勇足備，可居藩鎮之職；繆一麟弓馬熟嫻，善撫士卒，可居邊隅保障之職。今西蜀一帶地方，自楚州至蒲原、瀘、雅，蠻獠❽錯雜，朝變夕更，每每殺害官長，劫掠賦稅，甚且稱王建號，大肆淫毒。從晉末迄今二百餘年，殆無寧日，非智勇足備者不能鎮之。陛下宜授杜伏威等三人鎮守西蜀，得專征伐，則西北一帶地方必然無事，可免朝廷北顧之憂。」後主允奏，御筆親封杜伏威為鎮安侯靜國大將軍，帶領本部軍馬一萬，鎮守西蜀楚州、江油二郡，管轄三州二十一縣地方；封薛舉為信陵侯定國大將軍，帶領本部軍馬一萬，鎮守信州、牂牁、昌城三郡，管轄一州二十縣地方；張善相為安化侯護國大將軍，帶領本部軍馬一萬，鎮守青州、漢嘉、蒲原、蒙山、瀘州等處，管轄三州十七縣地方；查訥、繆一麟為顯武將軍。查訥輔佐杜伏威鎮守楚州，繆一麟輔佐張善相鎮守青州。各賜黃金千兩，錦緞三百匹，廄馬千乘。其餘常泰諸將等皆授武德將軍，分隨杜伏威等蒞任，待後有功升賞。外欽賜張善相龍燭一對，金花二朵，錦袍一襲，玉帶一條，擇日段府成親。段韶加為太宰總督大將軍，齊穆升為副總督將軍，嚴敬升為昭勇將軍，其餘出征將士皆升一級。又著樞密院差官查視延州諸郡縣，所少官員，量材擢用，補缺拾遺，如奪任者，照舊供職。段韶率杜伏威諸將赴闕謝恩。杜伏威又上表陳奏：「臣等感陛下天恩，寵賜爵祿，

❽ 蠻獠：舊時對南方少數民族的蔑稱。

富貴極矣。懇恩乞賜臣等暫回故鄉省親祭祖，以彰陛下寵榮，伏乞聖旨。」後主允奏，賜五臣衣錦，馳驛還鄉。五將謝恩，帶隨行軍馬與段韶即日起行。有詩為證：

身惹御爐煙，將軍衣錦還。
聲名馳故里，譽望振邊關。

再表段小姐琳瑛，自夫人遣張善相去後，病體懨懨，漸加沉重，四肢無力，諸事慵親，未免害了些「目傍木、田下心❾」的症候。春香再三勸慰說：「小姐，張官人決不負心，榮歸有日，何苦愁損玉容？」小姐蹙著雙蛾，長吁了一口氣道：「春香，你那知道我心事來？老爺與老夫人許大年紀，並沒一個子嗣，止生我姊妹二人。大小姐嫁了張翰林，十分貴顯，甚是得所，只我一人未聘。夫人嘗說要將我招個贅婿，奉養天年，只待老爺回來。我嘗思張官人之言，這些公子王孫，佳者能有幾人？倘招了一個不尷尬的，不如姊夫，豈不誤了我終身之事？所以看得張思皇這人英俊天成，伏犀❿貫頤⓫，乃大貴之相，抑且與張姊夫同姓，又與我同庚，一時不思，與他月下有羅帕玉人之約。然事不三思，終貽後悔。平白地遇個男兒，怎麼就把千金之軀相託？想此人豐標多情，一朝貴顯，豈無佳人求配？那時別娶嬌姿，那裏還記得月下之約？我若永守前盟，夫人逼嫁，必然是死；我若從了父母之命，又背了月下深盟，禽

❾ 目傍木田下心：即「相思」二字。
❿ 伏犀：指人前額至髮際骨骼隆起。舊時迷信者以為顯貴之相。犀，稱人髮際隆起的骨。
⓫ 貫頤：穿通面頰。

歎不如。進退兩難，因此日加沉重。」春香道：「小姐且自寬心。若老夫人逼小姐改嫁時，春香就對夫人直言，說小姐已與張官人月下私期成了親事，難道又好贅得別人？」小姐嗔道：「呆丫頭，倒說得好太平話兒。羞人答答，這事如何好提？今張官人一別，杳無音信，不知他踪跡何如？安否何如？功名何如？好生教人放心不下。昨日心緒無聊，偶然製得羅帕玉人回文絕句二首，念與你聽。」題羅帕詩曰：

羅香一幅半題詞，月皎盟深刻漏⓬遲；
何奈可沉魚與雁，夢人愁念繫人思。

回文云：

思人繫念愁人夢，雁與魚沉可奈何？
遲漏刻深盟皎月，詞題半幅一香羅。

題玉人詩曰：

雙成再面郎如玉，獨處堅心妾比金；
香玉遠分人異地，鳳鸞交拆兩同心。

⓬ 刻漏：古計時器。以銅為壺，底穿孔，壺中立一有刻度的箭形浮標，壺中水滴漏漸少，箭上度數即漸次顯露，視之可知時刻。

回文云：

心同兩拆交鸞鳳，地異人分遠玉香；
金比妾心堅處獨，玉如郎面再成雙。

吟罷，淚如雨下。春香道：「小姐好詩，顛倒回文，兩韻俱和。小姐可寫在錦箋兒上，待張郎來時，索落他也和兩首。」小姐道：「知道他來與不來？多應是九泉相見。」春香道：「我倒忘了與小姐賀喜。」小姐問：「喜從何來？莫非張官人有書寄回？」春香道：「不是張官人寄信，卻是老爺殺賊得勝回朝。早間有報子來說，老爺升官加爵，即便回家。那時玉人必有分曉，小姐請免愁煩。」

不說小姐病害相思，再說段韶與杜伏威等回家。不一日，已到常平鎮段府門首。段韶留杜伏威等在客廳安歇，每日大排筵席款待，眾軍士各給口糧，分投寺院客館權駐。段韶初到之夕，對夫人細言出征被陷，張善相獻玉人求親招安之事，目今欽賜龍燭、金花、錦袍、玉帶，擇日與女兒完親。夫人驚道：「果然有了玉人，真大奇事！」心中暗思：「前者園中避難郎君，名為張善相，如何賊中亦有個張善相，莫非就是他？這玉人來得有些蹊蹺。」沉吟不決。段韶見夫人不言，又道：「還有一段奇事，夫人未知。」遂把張善相避難入園，春香丫頭瞞著夫人與他東軒私合，偷玉人贈張善相，欲娶為妾之事，細細說與夫人，「因此這玉人原是故物」。夫人聽罷，畢竟疑心那日黑早張善相誤入清暉堂之事，終未釋然，只得含糊應道：「原來這丫頭偷了。蒙聖恩欽賜榮歸，了此良姻，又加大爵，正為雙喜。只是女兒病體十分狼狽，如何合巹？」段韶笑道：「夫人不須煩惱，赤繩所繫，自然輻輳。我與你同去看女兒病體若何？」夫妻二人到小姐繡房內來，燈光之下，見女兒倚桌假寐，令丫鬟輕輕說知。小姐擡頭見父親來到，勉強支撐，叫一聲爹爹，依然垂頭隱几，不能再言。段韶看女兒時，瘦弱伶仃，形容枯槁，貌若殘花，遠山顰蹙，全不是舊時模樣，不覺淚下，問道：「我兒病體，近日少減些麼？」小姐勉強答道：「從爹爹去後，病勢日加沉重。前聞戰勝回朝，略覺身子可些。數日來不知怎地心窩作痛，夢寐不寧，口渴心煩，不思飲食。前者與爹爹玉人，曾帶來與孩兒否？」段韶笑道：「良緣天定，玉人今已成雙，我兒收了。」說罷，袖中取出一對玉人遞與小姐。小姐接在手中，輾轉細玩，果是原物，喜不自勝，笑道：「爹爹，此物從何而得？乞與孩兒說知。」夫人道：「你爹爹奉詔討賊，內中有一少年大將，用計困你爹爹在於山谷，不期那大將就是後園避難的張郎。他結義弟兄杜伏威、薛舉共聚義兵，據城奪地，勢不可當。卻為你親事，願歸服朝廷，散了軍馬，隨你爹爹班師面聖，朝廷俱授高官顯職，鎮守邊疆。又賜張郎龍燭金花、錦袍玉帶，擇日與你成親。這玉人，張郎送與爹爹的聘禮。」小姐聽罷，笑逐顏開，便起身道：「原來如此。這一會覺心中寬爽，身體輕鬆，吃些茶湯也好。」段韶與夫人十分歡喜，叫丫鬟快拿人參湯。小姐吃了，氣爽神舒，病體好了一半。夫人分付小姐寬心調養，好生將息，二人歸房措辦妝奩不題。

自此之後，小姐病體日漸痊可，飲食如舊，不數日，便覺花容精彩，玉體妖嬈。段韶選定吉日成親，至期大排筵席伺候，此時衣冠滿座，賀客盈門。大女婿張雕亦乘轎前呼後擁來賀喜，送上禮帖，開的是錦緞十端，玉帶一圍，牙笏一執，金臺盛四副豸補金花，外折儀一百兩，羊四羫⑬，酒四樽，牲禮之類不計其數。球瑛小姐亦回家省親，兼賀雙喜，亦備厚禮，皆是珠翠、玉珮之類。

⑬羫：音ㄑㄧㄤ，掏去內臟的羊的軀體。

母女、姊妹相逢，不勝歡樂。張雕頭戴烏紗，身穿大紅繡服，犀帶皂靴，先賀了岳丈段韶，次與杜伏威等諸親相見。杜伏威等俱是錦袍玉帶，威儀整肅。次後與張善相行禮。善相頭戴烏紗，身穿妝花團龍織錦大紅袍，玉帶皂靴，丰采異常，宛如文昌⑭臨凡。張雕讓張善相是新郎，不敢占右⑮，張善相遜張雕是大姨夫，又不敢占先。張雕道：「今日特來奉賀。思皇兄新客也，何必過遜？」張善相道：「姻婭論之，張兄居長，齒爵皆尊，焉得不讓？」遜了半日，張雕只得占右相揖，又回遜善相，轉右再揖，次序而坐，交問表號，敘些親誼。後說及雙玉人重逢之妙，眾皆嘖嘖稱羨。段韶又談及二女大瑛小瑛，得配二婿大張小張，一文一武，富貴雙全，世之罕有。只聽得堂上堂下一片奏動，鼓樂笙簫聒耳，歡笑盈門。少焉吉時已到，堂上點著一對欽賜的合巹龍燭，堂前垂掛珠簾，大張花燈，懸紅結彩。小姐頭戴珠鳳冠，身穿霞披繡襖，張善相換了束髮紫金冠，身穿御賜錦袍，腰繫藍田⑯玉帶，前後簇擁，同上華堂瞻拜花燭，鼓吹細樂，迎入洞房。這一段姻親非同容易，不比尋常，千古奇逢，百年佳遇。有樂春風詞為證：

龍燭搖紅，金花耀目。慢誇雙玉重逢，試看鵲橋⑰初度。　繡帷深處，列笙歌，纖手同攜，把香肩並彈。俊傑嬌娃，生一對，彩鳳文鸞共舞。須知道，天賜姻緣證果。

⑭ 文昌：指文昌宮六星的第四星。舊時傳說主文運，故俗又稱文曲星或文星。
⑮ 占右：古代崇右，故以右為上，為貴，為高。
⑯ 藍田：在陝西渭河平原南緣、秦嶺北麓、渭河支流、灞河上游。以產美玉聞名。
⑰ 鵲橋：民間傳說天上的織女七夕渡銀河與牛郎相會，喜鵲來搭成橋，稱鵲橋。常用以比喻男女結合的途徑。

段韶陪杜伏威等飲宴，夜闌方散。張善相與小姐同飲合巹之杯，共效于飛之樂。花燭下，張善相取出羅帕半幅，付小姐道：「玉人先已成雙，此帕今宵作合，小姐之帕安在？」小姐亦出羅帕半幅，與張生道：「自君之別，妾謂此生未必再會，豈料今夕果得成雙。」遂命春香縫作一幅。張善相笑道：「留取此帕，海棠枝上拭新紅也。」小姐道：「使妾那夜與郎苟合，今日復何面顏？妾終日思君，作回文詩二首，出以請教。」張善相看罷，大喜欲狂，因說：「小生出門之時，亦有二詞託春香姐寄與小姐，未審見否？」小姐道：「未見。」春香笑道：「呀！是妾忘了，不曾送與小姐。」急向奩中檢出，小姐看畢微笑。春香道：「夜色深沉，二位請自安息，明日敘闊。」說罷，垂幃而去。張善相忙牽其衣道：「姐姐，今夜何以發付小生？」春香附耳低言道：「小姐在此，賤妾焉敢？應須明日上奴床。」張善相大笑。於是與小姐解扣吹燈，鴛鴦枕上海誓山盟，翡翠衾中鸞顛鳳倒，訴不盡往日相思，說不了今宵歡慶，兩人如漆投膠，似魚得水，樂不可言。

話不絮煩。倏忽光陰易過。又早一月，杜伏威、查訥等上堂見段韶，稟道：「某等感元帥大恩，完就張三弟親事。今已彌月，某等叨擾太甚，欲拜辭上臺，暫回故鄉省親，拜謁恩師林住持、故舊人等，然後赴任，特候台旨。」段韶道：「本欲再屈留諸君數日，既欲歸省，不敢久淹。明日黃道吉日，奉餞啟行。」杜伏威等致謝而退。次日，段韶大設筵席餞行，張雕等俱來相送。飲酒中，段韶對杜伏威道：「諸君且同小婿歸省，不久再得相會。張郎蒞任之日，然後送小女同行。」命家僮捧過金銀緞匹，聊為贐禮。查訥謝道：「感元帥提攜厚德，已銘肺腑，所賜金帛，斷不敢受。」段韶道：「些少薄禮，不必固辭。」杜伏威只得收了。酒闌席散，拜謝而行。張善相進內辭別夫人、小姐，隨後上馬。段韶與張雕親自送了一程，兩下分別。

杜伏威等帶領三千軍士，取路往朔州郡來。一路無話。到郡之時，常泰、王騏、王騄、王驤、皇甫實、曹汝豐、尉遲仲賢、黃松、朱儉諸將會同迎接，入元帥府坐下，眾將參見，各各問安。杜伏威將面聖、封官、賜親事體說了，就將御賜官誥文憑給與諸將。王騏、常泰等望闕謝恩，就在帥府安擺筵宴。杜伏威主席，眾將遜序而坐，酣飲以敘闊情，至曉方散。杜伏威眾將與裘澄、譚希堯諸官作別，裘澄道：「某感元帥之恩，正欲朝暮奉聆教誨，不期又成離別，思之殊為傷感，此後某即掛冠歸田矣！」說罷，潸然垂淚。杜伏威眾將亦各灑淚，再三寬慰，作別而行。

不數日，已到河東郡，府縣文武官員離城遠接，杜伏威一一以禮相待。又早來到廣寧縣石樓山林澹然莊上。林住持每使人探聽消息，已知備細。原來張善相逃竄之後，張太公父子心下憂疑，常到莊上和林澹然講談，消遣悶懷。次後張善相到朔州，時有書信問安，張太公方才放心。從杜伏威起兵攻取郡縣並招安之事，林住持一一都知。又有人報說杜伏威弟兄諸將朝廷俱封官爵，早晚將次還鄉。時值仲夏天氣，林澹然接張太公父子到莊內後園乘涼，賞玩荷花飲酒，忽聽得軍馬喧闐，人聲鬧哄。道人飛報道：「住持爺，不好了！不知何處來的軍馬，將莊前圍定，怕是賊人，請住持爺出去退他。」林澹然笑道：「痴老子，非是盜賊，必張郎輩回來了。」苗知碩、胡性定、沈性成齊起身道：「我等都出去一看。」往莊外來探望。杜伏威等一行人已到莊前，都下馬步行入莊來。苗知碩三人見了，喜從天降，跑出莊笑臉相迎。杜伏威道：「未見林爺，不敢施禮。」分付查訥等，「暫在莊前伺候，待我稟過，然後進見」。又號令軍士依隊伍排列，不許喧譁。杜伏威、薛舉、張善相三人整肅衣冠，隨苗知碩進到後園亭子上。

林澹然見了，笑道：「俺說是兒等來也。」張太公父子一見張善相，如獲奇珍，堆下笑來。三人向前齊下拜道：「不肖等遠離膝下，心切懸懸，久失侍奉，抱罪殊深，今睹尊顏，歡傾肺腑。」林澹然道：「汝等別後，聞說驟興兵馬，雖然累戰累勝，占據城池，俺心中卻只為汝等危懼。今喜歸服朝廷，又得封侯列土，老朽方才放心。今日歸來，增輝多矣。但宜盡忠報國，毋以爵祿為榮。」杜伏威三人再拜受教，又參拜了張太公，公孫二人悲喜交集。次後又和張大郎、苗知碩、胡性定、沈性成俱見了禮。杜伏威向前稟道：「不肖因巡按州郡，行至成州縣，偶遇傳司農侄女被魅，不肖為之驅邪拯救，其女始痊。昔年不肖負公公骨瓶歸葬時，曾於隔塵溪逢姚真卿、褚一如二仙長，引見天主，傳以琴棋藥餌；又言師爺乃天主第一座弟子，因犯酒戒，暫謫塵凡，不肖亦是看丹爐仙童，有罪謫貶，後當修真煉性，復還本元。琴中有慢商調廣陵散之曲，嵇叔夜歿後，世無知者，命二仙傳與不肖，特留後序八段不傳，不肖問故，天主言留之以待姻緣配合。不意傳司農侄女舜華善此，感不肖救命之恩，欲傳此八段與不肖，以成全調。不肖憶天主之言，欲娶此女為室，以順天緣。未曾稟過師爺，不敢擅便。」林澹然道：「汝年已壯，宜受妻室。既夙緣素定，天主作合，便當娶之，何必拘拘也？」杜伏威又稟道：「不肖收得數員將士，累戰有功，朝廷皆授顯武將軍之職。今從不肖回來，在莊門首俟候，稟過太爺，然後敢進參見。」林澹然道：「何不早言，快請進來。」張善相接引查訥、繆一麟等十一位將官進園門參拜，林澹然答以半禮，又和張太公眾人見畢。澹然教一行人都在爽心亭坐下，設席相待，又問杜伏威隨行軍士共有多少，杜伏威道：「馬步軍兵共十萬有餘，令分往各郡守衛，隨行軍士只有三千。」林澹然令苗知碩取常住白銀三百兩賜與眾軍，每人銀一錢買酒肉吃。眾軍大喜，歡聲如雷。張太公飲酒之際，問及孫子走馬踹死人命逃竄事體，張善相將逃入段元帥花園，馬騰大王賜夢，段小姐贈羅帕、玉人許結親，及助杜伏威攻取擒將，計困段元帥於苦株灣，招安、面聖、賜親之事，從頭訴說。張太公父子、林澹然俱各大喜，頂謝天地。

薛舉道：「不肖等感朝廷恩賜，託太公、師爺福庇，今已列土封侯，各分地境鎮守，欽限回鄉省親已畢，即要蒞任，就接師爺同去，以便朝夕侍奉。苗、沈、胡三位師父和張太公喬梓，亦求齊至西蜀，遊樂數月，聊表微意。」杜伏威、張善相又都要接眾人同臨住所，三人爭之不已。林澹然笑道：「三人不必爭論，俺已跳出紅塵，久甘恬淡，豈肯復戀人世繁華？任你隆禮供養，皆所不欲。俺向來垂涎峨眉山景致，內多逍遙隱者，幸汝等在彼為官，隨便至峨眉山頂結一茅庵，煉性修真，兼可尋師訪道，俺隨身自有用度，不必汝等費心。太公喬梓隨善相之任，苗知碩隨薛舉之任，性成、性定隨伏威之任。汝弟兄三人亦不可疏了情分，於春秋二季巡按邊郡地方，訪察民情，修葺城池，勸善懲惡，選拔人材，即於便途勝景之處相訂一會，以聚交情。上圖盡忠報國，次要修身敬事，三來練軍愛民，爾等功名富貴，全始全終，以期青史垂名不朽。」杜伏威、薛舉、張善相、查訥諸將齊聲唯諾。當夜席散。

次日，又設宴款待，一連盤桓了數日。杜伏威稟道：「朝廷欽限已近，乞師爺分撥將士，陸續起行，庶不遲誤。」林澹然選定吉日，隨發付繆一麟、王騏、常泰、黃松四將跟張善相、太公父子，同老僧帶領部軍一千、神將三十員，取路到延州府，添上馬步軍九千，至青州郡蒞任。次撥朱儉、王驤、皇甫實、曹汝豐四將，隨薛舉帶領部軍一千、神將三十員，取路到南安郡，添上馬步軍九千，至信州府鎮守。又撥軍師查訥、王騋、尉遲仲賢三將，從杜伏威帶領部軍一千、神將四十餘員，取路往朔州府成州縣，迎娶傅氏舜華小姐為夫人，完親之後，添上馬步軍九千，至楚州郡蒞任。囑咐道人等：「看守莊院，灑掃佛堂，田地租息盡可度日。俺得便還要回莊。」分撥已畢，杜伏威、薛舉率眾將拜別了林澹然，隨即啟行。一路風景不能盡述。到了路岐處，只得分袂，各自添軍至任。

話分兩頭。且說張善相公孫送杜、薛二人動身之後，進城來合家圓聚，令狐氏見了兒子，不勝欣喜。此時親故來慶賀者極多，終日飲宴作樂。張太公一面祭掃先塋，收拾行囊，委託家僮管理田園產業等項停當。數日後，林澹然來到，正欲挈家起馬，只見張善相的母親令狐氏不欲同行，張找再三詰問，又不肯言。張善相跪求，亦不肯允。張太公道：「這又是異事了。」拄著拐杖來問媳婦：「不去何故？」令狐氏道：「可請林太爺進來，方說明白。」張善相急出廳，請林澹然進中堂，令狐氏將澹然拜了四拜，潸然淚下。林澹然與張太公等俱大驚：「為何如此？」令狐氏斂衽⑱向林澹然稟道：「太爺在上，妾非令狐氏，乃昔年獨峰山五花洞中老狐是也。向年送天書與太爺之後，張大郎夙緣未了，又不敢再來，因令狐員外之女病療當死，我用法攝去其屍，變作其女，媒妁說合，與大郎成親，情好甚篤。妾五百年修煉之真，盡種此子，今幸功成名遂，妾與郎君緣分已滿，故欲拜別，復往名山仙洞養性修真，求個正果，不戀繁華，只此拜辭而去。」張太公父子並張善相聞言，皆哭起來，說：「成親多年，焉有再去之理？」張善相扯住令狐氏衣襟哭道：「母親養孩兒辛苦，未曾孝順一日，怎忍一旦分離？即欲修行，在任亦可，何必拋棄骨肉，遠往山中，教孩兒如何割捨？」放聲痛哭。令狐氏道：「我兒不必悲傷。我名登仙錄，非凡女可比，若再戀塵緣，必遭大譴。只望你此去為官清正，愛軍惜民，不負林太爺教育之恩。得意處急急回頭，尚有相逢之日。」張善相見母親去志已決，哭倒在地，張找悲苦不勝，張太公亦嗟吁感嘆。

---

⑱ 斂衽：也作「斂袵」。整飭衣襟，表示恭敬。元以後亦指女子的拜禮。

令狐氏全無悲戚，扶起張善相道：「我兒，吾愛已割，吾志已決，不拂我修真之心，便是孝順。緣盡於此，哭之何益？」張托執手難分，張善相嚎啕欲絕。林澹然勸道：「既然緣絕，不可抗違。古云：『能養親之志，稱為大孝。』須索順母親便了。」張善相如何肯放？只見令狐氏從從容容拜了太公，又拜了林澹然，然後與張托作別。這張大郎哭得眼昏，張善相寸腸欲斷。正在難解難分之際，忽然不見了令狐氏，張善相撞跌而哭，張托苦痛自不必言，張太公流淚不已。林澹然勸慰說：「事已至此。令狐氏去修仙道，又非死別，後會有期，不必為無益之悲，且理正事。」再三相勸，三人然後收淚。後來張善相與杜伏威、薛舉棄職修真，雲遊天下，到獨峰山與令狐氏重得相會。那時張托先已在彼。令狐氏傳張托、張善相吐納修煉之法，不知所終。此是後話。

只見張托亦拜辭張太公、林澹然，要往城外澹然莊上修行，不願隨任，暇時兼可進城，覺察僮僕，督理田產。張善相苦苦哀求道：「母親既去，不能事奉，豈可又離父親膝下，曠定省⑲之情？」張托道：「汝母倏然分離，我心內已成灰矣。汝既順母志，亦當順我之心。但小心侍奉太公，就如孝我一般，不必多言。」張善相無奈，只得從父之志，拜別了，只奉張太公、林澹然含淚起馬取路，投常平鎮段韶府來。段太宰已差人迎候，一同進府。段太宰與林澹然、張太公行禮，小姐請張太公至後堂，拜見已畢，前廳設宴款待，其家僮、虞候、將士、軍校各有賞賜。林澹然坐了首席，其次張太公，段太宰下席相陪，張雕、張善相兩旁侍坐。酒席間，張善相說起父母修行不欲赴任之事，淚流滿面。又說起後園靈應大王

⑲ 定省：禮記曲禮上：「凡為人子之禮，冬溫而夏清，昏定而晨省。」鄭玄注：「定，安其牀衽也；省，問其安否何如。」後因稱子女早晚向親長問安為「定省」。

馬騰託夢之異，「今日果完親事，兼得顯位。日前小婿曾許下心願，得諧所望，重造廟宇，再塑神像。今有白金千兩，乞岳丈收下，買一空地，蓋造廟堂，以酬此願。」段韶道：「賢婿有此善念，老夫自當完就。功成之日，可差人前來拈香。」善相領諾。林澹然、張太公一行人，在段府又住了數日，張善相拜辭要行。段韶道：「本待再留數日，奈朝廷欽限已迫，只得相送。」張善相令繆一麟、王騏、常泰、黃松帶領軍馬，同林師爺先行，次後家眷起程。段韶夫人贈小姐妝奩極其富厚，錦繡盈箱，金珠滿斛，隨從十餘個家僮、使女，又有春香為妾，張太公欣喜拜謝親家。段小姐拜辭父母，不忍分離，十分哽咽，夫人與球瑛小姐皆大哭，眾親族再三勸慰。小姐一一拜別，含淚登車，前呼後擁而去。夫人與球瑛拭淚回房。段韶乘轎同張雕送了一程，各自分別回府。不題。

且說張善相一行人到延安府，添上軍馬，取路往青州郡來。郡縣大小文武官員，俱遠遠出廓[20]迎接。張善相差官蓋造帥府，招募勇士，延攬英豪，士民相慶。有詩為證：

藍田種玉配鸞儔，帥府談兵升虎帳。
仁民愛物奏清寧，蜀地馳名張善相。

杜伏威娶了舜華，各自到任。皆勵精圖治，撫養黎民，所在無不帖服。

再表張善相所守地方，一處名為巴的甸，屬漢嘉郡[21]管轄，有一洞主，名羅默伽，自漢末諸葛孔明

[20] 廓：通「郭」。外城。
[21] 漢嘉郡：治所在今四川蘆山縣。

收伏孟獲㉒之後，封其祖烏蠻㉓鎮守其地，子孫世居於此。山崖險厄，十倍蜀道，洞丁數萬，皆務農耕，內有山田，足以自食，性勇狡猾，剛狠輕生，出入往來，皆佩刀劍。這羅默伽生得身長一丈，大眼紅鬚，滿身血肉橫生，青筋盤繞，兩臂有千斤之力，慣使一件兵器，甚是稀奇，名為鐵蒺藜，上陣常騎大象。部下有十萬蠻獠，極其勇悍，四遠無人敢敵，因此附近土苗酋長畏其威力，盡皆賓服，受其節制。但此人好酒重色，性剛好殺。當下值陽和天氣，二月花朝，羅默伽改換衣妝，帶領心腹蠻丁，取路往牂牁郡㉔桃源洞尋芳玩景，隨路發弩放彈，射獵為樂。早行至洞前，遠遠見駿馬之上坐著一個年少秀士，後面一乘山轎，跟隨數個僮僕，迤邐而來，漸漸相近。羅默伽仔細偷覷，見轎中是一美人，姿容絕世，豔麗驚人，珠翠滿頭，輕羅襯體。羅默伽不覺眉昏目亂，神魂飛蕩。當晚欲奪此女，爭奈遊人如蟻，不好動手，心下暗想：「且隨他進洞去，飽看一回，又作區處。」

原來那馬上秀士不是村民俗子，乃漢嘉郡武陽宦族，姓阮名繪，字本素，是有名的一個才子。轎內美人便是他渾家尹氏，因患怯症，禱於瀘州㉕穆清廟中得痊，夫妻二人雇轎馬，跟隨僕從，到廟還願，隨便至桃源洞遊玩。阮繪至洞口，正欲下馬，見羅默伽隨後而來，心中疑惑，問旁人：「那長大醜漢是

㉒ 孟獲：據三國演義描述，孟獲為南中（川南和雲貴一帶地區）一帶少數民族的首領，曾經起兵反叛蜀漢，後來被諸葛亮七擒七縱並降服。
㉓ 烏蠻：古代西南少數民族名。也指其居住地。
㉔ 牂牁郡：治所在今貴州貴陽附近。
㉕ 瀘州：今屬四川。

誰？」旁人答道：「這是巴的甸洞主羅默伽爺爺在此踏青。」阮繪聽了，心下大驚：「久聞此賊是個勇悍酒色之徒，可知道頻頻覷我轎中，甚非美事。」即分付渾家不可下轎，自復跨上雕鞍，慌慌策馬趲轎，奔西南而去。羅默伽步入桃源洞中，回頭望這美人，等了一會，不見進來，復身出洞口，轎馬俱不見了。忙問洞口之人，有那好管閒事的苗酋，指著西南道：「這一行人從那裡去了。」羅默伽分付蠻丁飛步追去，「尾那轎馬任何處停止，快來回報。」正是：

有緣千里能相會，無緣對面不相逢。

畢竟這人追去遇著阮秀士否，且聽下回分解。

第三十七回　羅默伽肆兇受戮　尹氏女盡節還魂

詩曰：

蜂蝶無知恣浪遊，偶逢塵色起戈矛。
顛狂妄想同鴛帳，烈節捐生誓柏舟❶。
魄返泉壤彰大節，軀戕鋒鏑愧風流。
古今善惡須當鑑，一點狠心好自收。

話說羅默伽復進桃源洞中，觀玩景致，見怪石玲瓏，奇峰壁立，蒼松翠柏交加，白鶴青鸞飛舞，何殊閬苑，不異武陵。羅默伽賞心樂事，徘徊眺望，取過酒樽食罍，席地而飲。漸漸金烏西墜，見那蠻丁走得汗流滿面，飛來覆道：「秀士一行轎馬，穿過碧雲峰南下，至一客館中進去了。」羅默伽暗暗分付蠻丁，如此而行。按下不題。

再說阮繪夫妻二人進了客館，喚家僮將轎擡入後邊藏了，將馬牽入側屋餵料，自與渾家進內小閣中

❶ 柏舟：詩鄘風篇名。詩鄘風柏舟序：「柏舟，共姜自誓也。衛世子共伯蚤死，其妻守義，父母欲奪而嫁之，誓而弗許，故作是詩以絕之。」後因以謂喪夫或夫死矢志不嫁。

坐。這店主原是舊相識，令妻子出來相陪。茶湯已罷，擺下酒餚，店婆作別自進去了。夫妻燈下飲酒，尹氏道：「相公向來要和妾身桃源洞中尋芳玩景，今用了盤費到此，為何不進洞一看？慌慌張張，趕到這裡，卻是何故？」阮繪道：「娘子不知，晌午洞前那個長大漢子頻頻窺覷你，原來是巴的甸洞主羅默伽。久聞這人凶勇強悍，不循道理，貪酒戀色，肆惡橫行。娘子進洞遊玩，這廝無狀起來，如何與他爭執？只索避他便了。」尹氏道：「原來如此。又是早早避他，不然怎了！」說罷，收拾杯盤，上床歇息。

將至二鼓，忽聽得門外人聲喧嚷，一片亮光。尹氏夫妻二人穿衣起來，開房門出看，見十餘人手執鎗刀，一擁入來。阮繪慌忙閃進房，跳窗越土牆而走。那夥強人搶入房中，將尹氏攙出門，推上小車，復身牽出那馬，一個大漢騎上，點著十數把硫黃火草，簇擁而去。這店主人合家、男女客商，盡驚惶躲避，見強人去得遠了，才敢出來。店主人關了門扇，將燈四下照看，並不失一些物件，單單不見了阮秀士夫妻二人。家僮、轎夫等慌張無措。店主道：「強人打入門來，我只道放火殺人，劫擄財物，誰知只搶了阮相公夫妻兩個去了，這事怎處？」一個轎夫道：「適才我躲在櫃身內板縫裡張那強盜頭兒，就是日間桃源洞口遊玩的巴的甸洞主，想是看上了大娘子美貌，故此強奪去了。相公擒去，只怕性命難保。」眾人團做一處，猜疑不定。天色黎明，只聽得扣門聲急，一齊出來開門，卻是阮繪，蓬頭跣足奔入店來，眾人歡喜相問。阮繪道：「我見強人勢頭來得凶惡，即忙越牆而走，藏避在樹叢裡，今將天曉，方敢回來。大娘子不驚壞了麼？」眾人道：「大娘子被那巴的甸洞主搶去了。」阮繪聽罷，魂飛天外，大慟一聲，昏倒在地。眾人攙起，急用茶湯灌下，方得蘇醒，哽咽半晌，哭道：「我那娘子稟性貞堅，決不被強人玷汙。但此一去，必然玉碎，焉肯瓦全？可憐賢哲嬌妻，死於強賊之手，今生安能再得相會也！」

說罷又哭。店主夫婦勸慰道：「大娘子被奪去，未知生死若何。相公須索保重身體，設一計策，救取回來，方是道理。」阮繪滴淚道：「老丈不知，我那荊妻❷博通書史，謹守婦道，此去必無生理。羅默伽這廝凶頑無比，又不能與之爭理，怎生取救？不如死休，與我那賢妻相會於九泉之下罷了。」說罷，跌足而哭。店主道：「相公差矣。大丈夫頂天立地，豈可為一個娘子，就這般輕生？強徒肆惡，誓當報仇雪恥，方是男子。若與令正同死，有何益哉？目今新任張爺，鎮守青州、漢嘉等處地方，為官清正，青年英武，部下有精兵數萬，猛將千員，相公何不往青州擊鼓鳴冤，求張爺起兵征剿？或者大娘子不死，還有相見之日，未可期也。」阮繪聽罷，點頭拭淚，謝了店主，吃些酒飯，令轎夫和家僮回家報信，只帶一小廝，取路往青州來。

到得帥府前，天色已暮，阮繪顧不得天晚，跑入府裡，擂動大鼓。此時，林澹然已往峨眉山去了，張善相在後堂與王騏飲酒，猛聽得鼓聲如沸，慌忙冠帶升堂，把門將士將阮繪押入跪下。張善相喝問：「汝是何人？有甚緊急軍情，擅擊禁鼓？」阮繪稟道：「儒士姓阮名繪，本貫漢嘉武陽縣人氏，父祖皆叨仕籍。」遂將還願往桃源洞遊玩，遇巴的甸洞主搶去妻子尹氏之情，哭訴一番。張善相沉吟半晌，問道：「據汝所言，事係搶劫，自有本處衙門，何必來此纏擾？莫非有仇誣揑？若果情虛，擅擊軍門禁鼓，難逃三尺❸。」阮繪道：「儒士世習儒書，頗知禮法，焉敢誣陷害人？況儒士家住武陽，羅默伽世守巴

❷ 荊妻：列女傳：「梁鴻妻孟光，荊釵布裙。」即以荊枝為釵，粗布為裙，謂婦女簡陋寒素的服飾。後因以荊妻作為對人稱己妻的謙詞。
❸ 三尺：指法律。古代以三尺竹簡書法律。

的，彼此遼絕，有何仇隙？叵耐那廝見儒士妻子顏色，一時起意，明火執杖，黑夜生生的強搶去了。府縣衙門奈何他不得，除是老爺天恩，發兵征剿，方能除此大惡，不惟儒士感戴，一方黎庶皆沐洪恩。若有半點虛情，甘受責罰。」張善相令阮繪且退府外俟候，連晚聚集將士商議此事。眾官吏稟道：「這羅默伽向來肆惡，淫毒無窮，遠近人民盡遭其害。色心最重，若見婦人有些姿色，不論宦族村民，強擄進洞淫媾。不服王化，一味強梁，誰敢與之爭理？所以人人切齒。阮生之事，諒非虛謬。」張善相聽了，怒髮衝冠，瞋目拍案道：「世間有此巨惡，若不剿除，使百姓受其荼毒，張生之罪也！」分付宣令官：「曉諭諸將：明早五鼓，率各部軍兵赴演武場聽點。」言畢退堂，眾人散訖。

次日平明，張善相入教場，將士俱已聚集，迎接入廳參見。張善相傳下將令，繆一麟為先鋒，常泰、黃松為左右護衛，領馬軍三千，步軍一萬，即刻先行。自為中軍主帥，王騏為參謀。蜀將四員：葛攀龍、賈裕、葉重、鄭凝脂，統馬步軍一萬五千，次日起馬，以為後應。軍馬陸續起行，殺奔巴的甸來。

再說羅默伽當夜搶了尹氏回洞，不勝欣喜，分付洞丁設席，和美人飲酒取樂。尹氏一路就欲尋死，奈蠻丁緊隨，無隙可乘，及進洞坐於側廳，又有人圍護定了，心內十分焦燥，淚下如雨。只見數十苗女，名為烏男姑，向前道：「洞主爺爺請娘子赴席，飲合歡酒，結同心帶。娘子若肯順從，不愁不富貴也。」尹氏低頭不應，只是悲啼。那夥苗女，互相喝采道：「看這位倭男姑哇，雲鬢撩亂，玉頸低垂，越顯出風流態度，怎地教爺爺不愛？」齊向前勸慰。尹氏垂淚不言，亦不動身，烏男姑等只得進去了。少頃，羅默伽改換衣冠，搖擺進廳裏來，叫烏男姑：「移席到此，待咱與美人對飲。」霎時，酒席移來，羅默伽親捧金壺，斟葡萄酒於犀杯之內，雙手送過來，笑吟吟道：「美人請此一杯合歡酒，與咱成親，尊汝為正夫人，一生富貴不盡。」尹氏正在悲憤之際，舉手將杯一格，潑了羅默伽一臉一身酒，罵道：「我乃女中丈夫，豈與禽獸為偶？任你鼎烹鋸解，休得亂想胡思。我那丈夫是有名才子，一朝風雲際會，把你這苗狗碎屍萬段！」原來洞蠻最怪罵的「苗狗」二字，羅默伽大怒，喝左右：「將這惡婦綁了！」烏男姑等用繩索將尹氏背剪綁了，羅默伽取出佩刀向前，尹氏全不畏怯，伸頸受戮。羅默伽心中雖怒，見他如花似玉，不忍下手，收住寶刀笑道：「咱將你一刀砍死，卻便宜你了。」叫烏男姑：「押去鎖禁在後邊幽室中，待咱慢慢擺佈這廝。」眾烏男姑將尹氏去了綁索，攙扶至一空屋內，反鎖門兒去了。尹氏尋思：「此處無人，正好自盡。」又見三四個烏男姑捧些茶湯酒饌，開門進來，見尹氏坐在地上啼哭，烏男姑齊聲勸了一番，將酒饌奉過來與他吃。尹氏悲咽不理，眾烏男姑使性子閉門去了。看看天色晚來，窗眼裡透進一點蟾光，尹氏暗思：「此時無人纏擾，不如早尋死路，以報丈夫之恩，全我一生貞潔。稍若遲延，這廝強來侵逼，此身一玷，雖死何及。」四下一看，空蕩蕩並無一物，只得將裙帶咬下，和膝褲帶兒接做一條，從窗檻上立著，乘月光將帶子丟過，橫穿木上，打了一個結頭，意欲將頭套入。心下又思：「阮郎從娶我入門，情同魚水，未嘗片言相逆，詎料半路相拋，未得相依一語。婆婆待我甚厚，恩同母子，今夜長往，不能盡養暮年。」輾轉思量，心如刀割，淚似湧泉，悲哭道：「節孝不能兩全。」望南拜了四拜，將頭套入帶圈，兩腳墜下，霎時間氣塞痰迷，一命歸陰，杳然而逝。可憐貞烈青年婦，七魄悠悠入九泉。

次早，羅默伽又差苗女烏男姑看視，見尹氏懸於橫木之上，驚得屁滾尿流，奔回羅默伽臥房報知。羅默伽大驚，親自出來看，果然玉碎香消，美人懸梁而逝。雙手抱住，放下索來，雖然氣絕，面色如生。

羅默伽心中不捨，追悔道：「可惜美貌佳人，是咱性急，一時將他逼死。」試解開他衣服來看，但見酥胸似玉，香氣襲人，愈加可愛。羅默伽不覺欲心難禁，想道：「與死屍雲雨一回，了此姻緣，不枉為人半世。」發付眾烏男姑：「都出去，待咱用摩臍過氣之法救此婦人。」眾苗女皆散。羅默伽正欲解開尹氏下衣，一霎時烏雲罩地，黑氣迷天，電光四起，霹靂交加，雷聲似擂鼓一般，屋檐四圍旋繞，振得地皮也動，屋子也搖。羅默伽驚慌，連忙跪倒磕頭禱告：「神爺爺，雷部將軍，饒恕默伽只個，以後改過，決不敢非為了！」俯伏在地，只聞雷霆震擊，轟轟之聲不絕，自辰時直到午後方止，依舊天晴。羅默伽立起身來，出了一身冷汗，道：「慚愧！」即令備辦棺木，將尹氏收殮，葬於洞側高崗之上。羅默伽被霹靂驚壞肝膽，臥病在床，數日掙坐起來，悶悶不樂，心驚肉顫，坐立不寧。一日晚間，有一黑犬端坐於前堂椅上，蠻丁報入，羅默伽令將黑犬殺了，棄屍河內。又一日夜半，羅默伽與夫人睡在床上，那床忽然不搖自動，將二人滾進滾出不止，羅默伽大怒，與夫人起來，將床砍為粉碎，移出洞外燒了。又一日黃昏月上，正飲酒間，窗外有人張望，問時不應，羅默伽推窗一看，見一個人身長丈二，白臉微鬚，三隻眼灼灼有光，頭戴金冠，身穿白袍，手執方天戟，立於檻前看覷。羅默伽大怒，掣寶劍奔出來，劈頭砍去，那人將畫戟隔開，回身就走。羅默伽飛步緊迫，直趕出數層房子，到花園亭子上，鑽入土中去了。羅默伽將劍尖劃地為記，令人掘土，掘出大銅鑼一面，竹片一條。羅默伽不解其意，次日聚集大小將佐，說此異事，眾各議論不一。有西賓王好善，聞此數事，私對羅默伽之子羅統芒道：「爾翁貪財好色，殘忍不仁，上天示警，再不悔過，喪亡無日矣！」羅統芒請問其故，王好善道：「黑犬升座，以畜代人。臥床自動，夫妻分散。鑼者，汝家之姓也，竹片者，篾也。分明『羅滅』二字，甚為不祥。」羅統芒慌了，乞求解救之策，王好善道：「善不積，不足以致福；惡不積，不足以滅身。汝翁積孽已久，惡貫既盈，天示誅滅，無可逃也。只有勸尊翁作速悔過，庶幾能轉禍為福。」師徒二人談論間，不提防被一家僮竊聽。這家僮名喚雞孤，撥在館中伏侍，為人狡猾奸佞，每被王好善責罵，因此懷恨在心，竊聽了此言，就到羅默伽帳中搬嘴，又道：「王師父勸公子藥死爺爺，暗襲官職，小人恐事發連坐，不敢隱瞞。」羅默伽分付雞孤：「好生守著那廝，待至夜靜，差人殺此二賊。」雞孤以為中計，歡喜應諾而去。

看官，為人在世，生死自有定數。當時先生與公子命不該死，卻遇了一個救星。羅默伽與雞孤說話，卻好苗女瓦刺的送茶來，立在帳外，聽得二人言語，不敢進帳捧茶，復身入去，對夫人說：「爺爺聽信雞孤之言，要殺公子與王師父。」夫人大驚，欲令人通知，又恐洩露，慌忙寫字一紙藏在蒸餅內，令瓦刺的送入書房：「對公子如此如此說知。」瓦刺的領命，忙送點心到書房，對公子說：「此是夫人親手所炊，公子與師父自食，莫賞他人。」羅統芒陪侍王好善吃餅，只見餅內微露紙角，隱隱有字。羅統芒取出看時，上寫道：

> 適雞孤在汝父前，訴說汝欲殺父襲職許多言語，又說與王師父同謀。汝父大怒，夜深要殺汝師徒二人，作速躲避，勿得遲誤。至囑，至囑！

羅統芒看罷，驚得目瞪口呆。王好善笑道：「悖逆狂徒，不思改過，反欲害人。我與你走為上著。」當晚，師徒二人將雞孤灌醉了，鎖於側房，急急收拾銀兩、衣服，乘夜而逃，往烏門山躲避去了。

卻說羅默伽當夜差一僚丁賈孤來殺公子，只見房門反鎖，賈孤撥開進看，不見先生、公子，遍處尋看，只有雞孤睡在房內打鼾。賈孤搖醒問他，只睜著眼不能答應。賈孤捉了雞孤轉入帳中，稟覆道：「王師父、公子不知去向，只見雞孤醉倒地上，拿在此間。」羅默伽問雞孤：「公子與師父何在？」再三詰問，雞孤張目，只是不言。羅默伽大怒，拔出佩刀，將雞孤揮為兩段。即差賈孤四下緝訪王好善與公子二人下落，又出告示：「有人擒獲二人投獻者重賞。」正在煩惱之際，伏路洞丁飛報：「張元帥起大軍殺奔前來。」羅默伽大驚，號令部下將士謹守洞門。

卻說繆一麟、常泰、黃松率領軍士，殺至巴的甸，離洞三十里可渡河❹邊紮下營寨，次後張善相軍馬陸續皆到，左右結成二寨。次日，張善相令先鋒繆一麟率部下軍渡河，將洞圍住，只聽得洞內嗚嗚畫角之聲，隨後喊聲大起，羅默伽領五百洞丁殺出洞來。繆一麟將軍馬約退半里，布成陣勢。繆一麟當先，左有常泰，右有黃松，各持兵器立馬陣前。只見對陣畫角齊鳴，擁出一員蠻將，正是羅默伽，頭戴三尖帽，赤著身，遍體垂掛瓔珞，下穿鐵葉戰裙、虎皮靴，腰懸弓箭，斜掛寶刀，手執一根鐵蒺藜，騎著灰毛大象，前後圍護數十個身長黑面苗將。部下洞丁俱是光頭披髮，赤腳裸身之輩，手執利器。羅默伽風擁騎象而來，常泰手揮巨斧，躍馬正欲交鋒，不期戰馬驚嘶跳躍，幾乎將常泰掀下馬來。黃松見了，忙出陣助戰，那馬也長嘶驚跳，不肯向前，二人只得帶轉馬頭而走。羅默伽隨後大驅洞蠻追殺，繆一麟遮攔不住，軍士大亂。當不得羅默伽大象壯健，疾走如飛趕上來。黃松正走，被羅默伽一蒺藜打中馬膊，那馬負疼跌倒，黃松跳在地上，雜於亂軍隊裡而逃。官軍在後的，盡被殺死，中鎗著箭者甚多。直追出

❹可渡河：北盤江支流。貫穿於雲南省東北部和貴州省西北界。

二十餘里，卻遇張善相軍到，羅默伽收兵回洞去了。

張善相接應繆一麟軍馬，渡河回寨，備問致敗之由。繆一麟道：「從來征戰，未曾見此等異類。那洞主生得醜惡無比，騎著大象，其行如飛。正對陣，常將軍出馬，叵奈馬驚，不肯向前，因此未曾交鋒，即便敗走。兼蠻兵精勇，刀劍甚利，難與對敵，黃將軍幾乎喪命。」張善相道：「我自蒞任已來，即知洞主勇悍肆惡，蠻兵精銳敢戰。然而一勇之夫，不知孫吳玄妙，明日破之，如屠犬彘耳。」傳令次日五更造飯，平明進兵。次早，張善相令繆一麟、常泰、黃松三將：「領精兵一萬，各帶火銃、火箭、火炮一應火器，以衝前鋒。若羅默伽騎象出陣，即放諸樣火器，象必驚走，待他陣腳移動，向前衝殺，必獲全勝，就乘勢攻進洞口。我這裡隨後接應。」繆一麟稟道：「蠻獠勇鷙，敢死惡戰，恐火器不足以勝之。」張善相笑道：「公端何怯也？常將軍率火軍三千在前，繆公端與黃將軍率步軍七千繼後，一半持長鎗，一半執短刀，十人相間為一隊，連結而進，長鎗刺其上，短刀砍其下，焉有不勝之理？」繆一麟大喜，即時起兵殺過河來，逼近洞口，鼓譟引戰。羅默伽騎象擁眾而出，兩下吶喊。羅默伽奮勇當先，忽聽得對陣連聲炮響，火箭、火鎗如雨點般射將過來，火銃、火炮一齊發作，那大象著了驚，回身就走。羅默伽腦中一箭，翻身滾落塵埃，被亂軍砍死。蠻兵見主將被殺，俱奮怒拚死，殺過陣前。官軍不能當抵，退步且戰且走。正趕殺間，繆一麟、黃松大軍擁至，長鎗、大刀并力向前，這一陣殺得蠻兵屍骸滿地，血肉成山。隨後張善相軍馬又到，合兵一處，將巴的甸洞門圍住，連夜攻打。

卻說逃得性命的洞蠻奔回洞中，見夫人，報說洞主被殺，蠻兵大敗。夫人大哭，慌聚苗將商議。眾皆說：「洞主貪暴不仁，自取其禍。如今官兵勢大難敵，不如早降，庶保性命。」夫人聽從，豎起降旗，親自綁縛，出洞拜降。張善相率諸將入洞，堂上坐了，喚集近甸百姓，細問洞中之事。百姓稟道：「羅默伽貪財好色，殘暴不仁，百姓皆受其害，今蒙誅戮，村民得以安生。部下還有一夥助惡凶徒烏蒙牟等，求爺爺一併誅之，以除大害。夫人最賢，屢諫夫主不從。公子羅統芒，仁慈厚重，秉性純雅，乞爺爺宥之。」張善相聽畢，令人去了夫人綁縛，問：「羅統芒何在？」夫人道：「兒子因諫父，夫主欲殺之，與師長王好善一同逃竄，不知去向。」張善相問：「阮秀士渾家尹氏搶來，今在何處？」夫人道：「尹氏遭妾夫所逼，誓死不從，自縊而亡，葬於洞側崗上。」阮繪聽得妻子已死，號啕痛哭。張善相也覺傷感，勸慰阮繪。阮繪哭道：「感老爺天恩，發兵剿賊，今巨惡授首，亡妻之冤已洩，儒士欲見屍一面，乞老爺矜憐。」張善相道：「汝妻落土將及一月，屍已腐爛，看之何益？我代汝將此情申奏朝廷，請旨建造貞烈祠，受享血食，以彰其節，汝心下何如？」阮繪叩頭道：「若得如此，亡妻之靈感恩於九泉之下。但儒士一心要開棺見妻一面，雖死無恨。」張善相見阮繪情切堪憐，令軍士掘土開棺，但使一見即掩。軍士同阮繪去了。張善相發放羅夫人，回內收捕惡黨三十餘人，盡斬於洞口。

這阮秀士隨著洞丁同到尹氏墳上，阮繪一見土堆，哭暈於地，軍士救醒。掘開墳土，拭淨棺蓋，輕輕用鐵鍬撬開。阮繪近前看時，尹氏身屍不爛，面色如生。阮繪抱住屍首大慟，將手撫摸其額，微溫不冷。阮繪大訝，與眾軍士商議道：「亡妻額上微有暖氣，何也？」眾軍士道：「想是土中氣旺，故這般暖，如今掘開泄他的氣了，反為不美。」阮繪心中不捨，痴心妄想，又將右手輕輕弄其鼻邊，只覺鼻中有一絲之氣，自內而出，心下駭然，令一個軍士報知張善相。張善相道：「死而復生，世或有此事，只是已一月了。」即親自上馬，率諸將同來探視。阮繪備說額上微溫，鼻中有氣，實為異事。張善相道：

「汝妻貞烈，完天地之正氣，鬼神呵護，或可回生。吾聞林太師有言，人屍不冷者，親人擁抱同臥，以口相哺，接其元氣，將還魂丹置口中，以湯下之，則可復生。君試為之，萬一天鑒，節婦重生，未可知也。」阮繪領命，張善相一行人自回。阮繪借了民間空屋，鋪設床帳，遍薰蘭麝，將尹氏屍首放於床上。阮繪對面摟抱，以口對口，微微呼吸，接引其氣。許久，尹氏忽然嘆出一口氣來，又一會咽中有聲，自上而下，漸覺星眼半開，玉腕微動。阮繪不勝大喜，輕輕詢問，不能回答。阮繪心下憂疑。忽報張爺差人送丹藥至，軍士道：「老爺分付，將此藥用神砂湯調化灌之。娘子若能受藥，則回生也。」阮繪致謝，忙煎湯調藥。初時以茶匙送入口中，慢慢的流下咽喉，次後扶起身來，緩緩灌下。一會兒，氣轉神舒，便能說話，將阮繪看了一回，悲傷哽咽起來，帶淚道：「妾與官人相見，莫非是夢裡麼？」阮繪扶著娘子，細細將張都爺發兵殺羅默伽，開棺救醒之事，說與他聽。尹氏聽了，扯住阮繪道：「我與你真是兩世重逢也。」阮繪又道：「娘子死去見甚神鬼？安身何處？焉能身熱而氣還？」尹氏道：「妾初死並無所見，但昏昏沉沉，如夢裡一般，恍惚見一青衣童子，口稱山神所差，來救濟我，與我一粒丹丸，其味甚甘，服之不饑，得以再生，皆張爺之德也。」阮繪道：「張爺德同天地，恩若丘山，細思無以為報，惟建祠塑像，晨昏拜祝，求其長命富貴，福祿康寧，子孫昌盛便了。」阮繪浼居民婦女伏侍湯藥，自卻飛走到張善相營中拜謝。

此時張善相差人緝訪羅統芒消息，土民報知在烏門山中，著人喚來。王好善、羅統芒參拜已畢，羅統芒叩頭請罪。張善相道：「汝父積惡，強奪阮秀士之妻，活活逼死，故起兵前來討罪，本當族滅。百姓說汝仁厚有德，能規父失，今使汝襲父之職，以鎮此土。昔日大禹之父鯀，治水無功，舜殛之於羽山，舉禹使續父勣。禹傷父之功不成而受誅，勞心焦思，居外十三年，三過其門而不入，由是水害皆息，地平天成，百姓安居，立功不朽，願汝效之。」羅統芒稽首受教。張善相又賜王好善冠帶，職任參謀，輔佐公子。王好善拜謝。羅統芒即襲職，參拜了，殺牛宰馬，大排筵席，款待張善相。正飲酒間，報：「阮秀士來拜謝張爺。」張善相喚入，問其備細。阮繪頓首說：「遵老爺接氣之法，妻子漸漸醒轉，又蒙老爺丹藥，今已能言，進得飲食，特來叩謝。」張善相大喜，令羅統芒、王好善下席相見，命阮繪坐於末席。當日盡歡，大小將士俱有賞賜，話不絮煩。次早，張善相號令軍士班師回郡，羅統芒餽送金帛、珠玉、寶玩、蜀錦等物，同王參謀率領部屬人員，直送出石駝關來。張善相發放回洞，羅統芒雙膝跪下，稟道：「卑職萬死，不知進退，有一事稟上，伏乞海涵。」張善相問：「有何事講？」羅統芒流淚說出這件事來。正是：

在世未歸三尺土，為人誰保百年身？

不知羅統芒說甚麼事來，且聽下回分解。

第三十八回　土地爭位動陰兵　孽虎改邪皈釋教

詩曰：

靈臺方正可生蓮，壘積陰功位上仙。
解脫便能超萬劫，貪嗔端的墮深淵。
施仁下役歆❶民祀，戀色山君返善緣。
苦海茫茫無盡處，回頭即是大羅天❷。

話說羅統芒稟道：「先君肆毒害民，已蒙都爺正法。但屍骸暴棄荒野，卑職心中不忍，懇乞天恩，得賜歸土，萬代恩德。」張善相慘然道：「予幾忘了。葬父，人子之至情，今賜爾父冠帶殮葬，以盡爾心。」羅統芒叩謝而去。張善相軍馬行不數里，又見阮繪在前途跪送。張善相令人扶起，分付：「好生調理妻室，速宜回家，不可久淹於此。」阮繪領命拜辭。

不說張善相回郡，再說阮繪復至寓所，對尹氏說張爺分付早回之言。尹氏道：「妾身雖狼狽，幸歆

❶ 歆：饗；嗅聞。謂祭祀時神靈享用祭品的香氣。
❷ 大羅天：道教所稱三十六天中最高一重天。

食可進，勉強支撐，及早回家，以免孀姑懸念。」阮繪隨雇了一輛車兒，一匹騾子，謝了店主，帶了小廝回武陽縣來。一到家內，老幼盡出相迎，抱頭痛哭。尹氏將盡節復活之情訴說一遍，無不傷感。次後，親鄰族友俱來探望，個個稱羨尹氏之節，張善相之恩。阮繪擇地破水，建一座大祠，裝塑張善相金身，備牲牢祭獻。夫妻二人鎮日點燭焚香，祈禱張爺位至三臺，壽登百歲，不在話下。

且說張善相一行人馬回青州郡，大小官員出廓迎接入府，設筵慶賀。筵間，備言前事，盡皆感嘆。張善相具表申奏朝廷，又作書達知林澹然、杜伏威、薛舉三處。西蜀百姓，人人稱頌張善相的好處，於是威名揚四海，政勣著千年。

話分兩頭。再說杜伏威自娶了舜華，帶惠氏蒞任楚州時，亢旱❸已久，從秋至春並無點雨，禾稻枯焦，草木黃死，井乾見底，溪澗斷流，萬姓惶惶，皆赴帥府呈告旱荒，懇求賑濟。杜伏威與眾官道：「偏我蒞任，適當此時，如何賑濟得許多貧民？」話音剛落，只見報道：「安化侯張爺有書。」杜伏威喚入來人，將書呈上，杜伏威拆開看時，書云：

自別台顏，倏爾逾月。弟所轄巴的甸，土官羅默伽橫行肆虐，黎庶受殃，偶於路次窺見阮秀士之室尹氏姿色，強奪逼姦，其婦自經而死。弟起兵剿之，託兄覆庇，巨惡授首，碎屍馬足之下，遐邇稱快。其子統芒頗賢，弟立為巴的洞主。不意尹氏死後一月，服林太師所賜丹藥復生，重偕伉儷，此亦千古異聞。專人奉達，餘俟面悉。

❸ 亢旱：大旱。亢，極度；過甚。

辱弟張善相再拜。

杜伏威看罷，將書與眾官看了，俱各稱賀。杜伏威道：「張爺至任，即能剿賊立功，代民除害，甚為可喜。我命蹇德薄，遭此大旱，使黎庶無賴❹，何以處之？」查訥道：「主公初任楚州，倉廒不足，稅賦甚輕，若欲賑濟，難以遍及。主公何不禱之於神，求一場甘霖以活禾苗？若得田稻成熟，勝於賑濟百倍。」杜伏威然其言，即令查訥領一千軍，出西門外縉雲山❺下築壇求雨。

不數日，壇場已完，器用俱備，杜伏威和大小官員盡皆齋戒三日上壇。此時上自縉紳，下及士庶，都出城觀看求雨。一齊到壇看時，果然嚴整潔靜。但見：

壇高一丈八尺，上容千人；橫闊數百餘步，階分三級。正中央供奉風雲雷雨之神，四周圍擺列龍鰐鯨鯢之像。寶鼎香焚檀速，金瓶滿貯清泉。旗分五彩，青紅白黑間真黃；路設八門，南北東西兼四極。執香玉女著青衣，捧劍金童穿皂服。耳畔不聞人笑語，壇前惟有鶴翩躚。

杜伏威披髮跣足，身穿皂袍，腰繫麻條，手執柳枝，步至壇上。次後，查訥將軍士各分班次陸續上壇，依方位站立。軍士二十四人，身穿青衣，足穿青履，手執青旗，立於東方；二十四人著紅衣，穿朱履，

---

❹ 無賴：無所倚靠；無可奈何。

❺ 縉雲山：位於重慶市北碚區嘉陵江溫塘峽畔，古名巴山。山間白雲繚繞，似霧非霧，氣象萬千。早晚霞雲，五彩繽紛。古人稱「赤多白少」為「縉」，故名縉雲山。

執紅旗，立於南方；二十四人白衣，白履，執白旗，立於西方；二十四人黑衣，黑履，執黑旗，立於北方；二十四人黃衣，黃履，執黃旗，立於中央。各布方位已定，只聽得令牌三響，杜伏威執劍步罡，捻訣念咒，燒符噴水，以劍尖指著風神，念念有詞。猛可地一陣風起，拔木揚塵，壇上燈燭暗而復明。又一陣大風來得利害，將壇中黃衣軍士盡皆颭落壇下，卻將西方白衣軍士捲入中央。眾人看了驚駭。黃衣軍士又不跌傷，但只口呆目瞪，似睡魔的一般。少頃，杜伏威又將劍尖指著雲雷二神，念動咒語，霎時烏雲蔽合，電光四起，霹靂震天。杜伏威然後將劍尖指著雨神，敲動令牌，燒符三道。牌聲未畢，霖雨大降，倒瓮傾盆。壇下官民人等，不惜衣裳，跪於泥濘之中，頂禮天神。壇上杜伏威頂著令牌，兩目直視西北，自午至申，足有數尺之水，方才回神，放下令牌，漸聽得輕雷隱隱，雲開雨止，依舊太陽出現。眾官請杜伏威下壇，束髮漱洗，冠帶已畢，簇擁上轎進城。一路上，百姓稱揚大德，歡聲不絕。

杜伏威一行人到府，整酒相慶。眾官問道：「大人作法時，為何將黃衣軍士推落臺下，又將白衣軍士移入壇中，此是何意？」杜伏威道：「此乃生剋之義也，非我所使，乃神力使然。五行之理，黃屬土，白屬金，黑屬水。適才我燒符請神，水星已至，奈被土星所掩，不能施行，故請東方甲乙之神，剋伐中央之土，拂勾陳❻於壇下，運太白於壇中。太白者，金也。金能生水，故水星得以展布，大雨遂滂沱而降。此是五行相剋相生之道也。」眾官悅服。自此，遍處田禾盡皆豐熟，遠近百姓仰杜爺求雨之功，再生之德，家家感戴，戶戶謳歌。這消息傳入青州，張善相差人報知林師爺。

原來林澹然自從同張善相上任之後，即往峨眉山尋幽覓勝，見連岡疊嶂，複澗重崖，峰巒聳秀，高

❻ 勾陳：即鉤陳。星官名。

入雲表，長松夾道，古樹參天，兔鹿交行，猿猱舒嘯，其中洞天福地，美景奇觀，不能盡述。遠觀山頂突起三峰，其二峰對峙，宛若峨眉，故以名焉。林澹然手扶竹杖，足踏芒鞋，後隨一僕，援蘿躡蹬，窮岩盡谷，遍處遊覽。信步來到中峰之上，只見有平地數十畝，寬敞可居，東傍溪流，西連石洞，背倚高崗，前臨幽壑，丹楓修竹，青翠鬱然。林澹然坐於石上，徘徊顧盼，甚為得意。坐了一會，依舊下山回郡，對張善相說：「此地可以結庵。」張善相欲興工大造，林澹然不允，只於中峰平地結成草庵三間，中為客座❼，左為靜室❽，右作丹房❾。留一僕名為樵雲，以供炊爨灑掃。自此林澹然只在庵中靜養，足跡不下山者數月，自得靜中之趣，道志日堅，精神倍固。前聞張善相征剿羅默伽有功，次又聞杜伏威求雨救濟萬民，心下暗喜道：「二子一能代天討罪，一能興利濟民，不負俺平日教訓之功。」

一夕時值深秋，林澹然見窗外月色倍明，如同白日，扶杖出草庵，立於修竹間，仰觀皓月，俯聽溪流，清風徐來，長空鶴唳，覺神清氣爽，非復人間世。正觀想間，忽聽得東北角上喊聲大舉，似乎廝殺之意。林澹然心下疑道：「此山連亙千里，又非城廓去處，何故有此殺聲？」靜聽良久，喊聲不絕。只見陰雲四合，月色漸晦，林澹然回庵就寢。次日夜間，正入定靜坐，聽得東北角上喊聲又起，直交夜半方息。數夜如此，不知何故。林澹然喚樵雲：「你往東北山徑一路尋訪，看有甚踪跡？」樵雲領命，取路往東北而行，攀藤附葛，走了二十餘里，見嶺下一座廟宇，不甚高大，近前一看，乃是本山土穀神祠。樵

❼ 客座：招待客人的屋室、房間。

❽ 靜室：指寺院住房或隱士、居士修行之室。

❾ 丹房：道教煉丹的地方。也指道觀。

雲走得力倦，入廟席地而坐。一個道人從內捧出三牲祭禮，擺列神桌之上，點燭焚香。道人跪下禱祝道：

弟子廟祝名號自愚，仰託神靈飽食安居。不期近日夢一白鬚，自稱新任土地向爺，奉上帝旨來此山隅，代老爺職管萬民。且老爺應得託生陽區，交代而去不必躊躇。為甚不忿❿，戰爭無虛，使我弟子日夜恐懼。特備三牲豬首鵝魚，水酒一壺伏望鑑諸。享我微忱早駕雲衢，讓向爺來兩下無虞。

祝罷，禮拜化紙。樵雲一一聽得明白，抽身回庵，對林澹然備說其事。林澹然訝道：「如何有此奇事？待俺親至廟中，看是何等邪神爭鬥。」即扶笻步到廟中。道人見了，慌忙磕頭，迎接進內，坐下獻茶。林澹然細問其情，道人說：「數日前夢一老者，鬚髮皓白，衣冠濟楚，乘馬而來，後隨人役，口稱姓向，奉玉帝旨，敕為本山土穀之神，前來交代。小道覺來，不信此事，只見從此後一連五七夜，廟前喊殺直至五更方散，攪得小道不曾合眼。」林澹然道：「今夜俺在此過夜，看是何神敢來廝鬥，汝且迴避。」道人辦齋款待。看看夜靜，林澹然仗劍坐於廟前，頃刻間陰風驟起，遠遠燈光閃爍，白馬之上坐著一人，數十鬼卒手執器械，呼喝而來，漸至廟前。林澹然按劍大喝道：「汝是何處妖邪，假稱天旨，來此強奪正神之位？」馬上那人大怒，驟馬向前，見了林澹然，即忙退避，霎時人馬皆散，寂無蹤跡。林澹然進廟叫出道人，說其緣故。道人道：「新土地被太爺神威所懾，不敢近前，只得散兵去了。」林澹然道：「似此行徑，不像妖魅所為，敢來代任，必有來歷。鬼神之事，理實有之。」

❿ 不忿：不平；不服氣。

當夜就宿於本廟，仿佛中見一人幞頭象簡，角帶青袍，向前施禮稱謝。林澹然答禮道：「足下素未相識，何故謝我？願聞姓氏。」那人道：「小人非別，本廟土地是也。因與新任妖神相戰數夜，未分勝負，今得太爺所逐，小神特來拜謝。」林澹然未及回答，又見殿側走出一人，青衣小帽，皓鬢蒼髯，向前跪下。林澹然慌忙扶起道：「足下何人？休行此禮。」細看來，卻像曾有一面之識。那人道：「小神乃向上是也。昔日跟隨太爺，在萬善鎮飯店分別，太爺如何忘了？」林澹然方才認得老蒼頭向上，大喜道：「當日俺與你入梁之時，分囊相別，數十餘年並無音耗，每每掛念。汝今何故在此？」向上道：「小神昔日得太爺所賜金銀，往洛川鞏縣⓫村間，買良田住宅，耕種為生。每歲所獲利益頗為豐裕，除衣食外，餘銀穀帛盡數賑濟貧乏，砌路修橋，將三十年，所施財穀數千，今夏無疾而終。上帝道小神正直無私，敕封為峨眉山土穀之神，奉旨前來代任。不期黃神抗拒不讓，擁兵出戰，小神不得不與之爭。昨晚太爺在此，欲上前稟知，被太爺神威衝散。誰是誰非，乞太爺作主。」林澹然合掌道：「南無釋迦牟尼佛，人有善願，天必從之，得汝為正神，不枉山僧一念。」即喚二土地近前，對舊土地道：「此向上者，是俺昔日從事之人，上帝敕旨代汝之任，非妖妄也。汝若抗違，必遭天譴，速宜辭位。不然，即是貪位冒祿之鄙夫，何以為正神乎？」舊土地低頭不敢再言，唯唯連聲而退，新土地向上拜謝就位。林澹然忽然驚覺，似夢非夢，暗暗稱奇。

次早，道人來送茶湯，林澹然細說其事，道人驚異讚嘆。林澹然回庵，寫書差道人往青州報知張善相。張善相看了來意，差官督工修蓋廟宇，又差巧匠裝塑新土地向上神像。一月之間，工程完就，林澹

⓫ 鞏縣：今河南鞏義。

然親往廟中觀看，匠人貼金彩畫已畢。一個匠頭磕頭求賞道：「土地神像塑完，今日開光，求太爺賞賜。」林澹然看這匠人好生面熟，聽其聲音，十分舊識，想了一會，想得起來，拍掌道：「你原來在此！」那匠人擡頭看了林澹然半晌，也笑道：「為何住持爺也在此間？」看官，你道此人是誰？自古無巧不成話，這匠作頭兒不是別人，乃金陵妙相寺中鍾守淨的行童來真。昔日因鍾和尚在梁武帝駕前暗進讒言，欲害林澹然，卻虧這來真暗通消息，得脫大禍。後來被鍾守淨凌辱不過，只得逃走還俗。數年後報父之仇，持刀殺人，入縣自首，縣官依律擬絞，遇梁太子即位，改元大赦，減一等，發配西蜀充軍。因無生理，習了這一行技藝，奉官差遣土地廟中裝塑神像。湊巧得與林澹然相遇，兩下俱大喜，邀入側房細談往事。來真將日前歷過苦楚備細陳說，林澹然亦以經過之事說與來真，感嘆不已。來真道：「小人雖以手藝度日，出家一念，寢食不忘。今得與太爺相會，亦出意外，望太爺與小人祝髮，以了終身之事。」林澹然道：「汝願出家，前念不忘，甚為可喜。擇吉日為汝披剃，在俺庵中過活罷了。」來真磕頭謝了。開了土地光明，道人整頓牲禮祭賽，並辦齋款待林澹然已畢，打發匠人散了。林澹然和來真同回庵中，擇日替來真誦經落髮，取法名印月，與樵雲互相伏侍林澹然，一面習學經典，講談釋理，朝暮依依，漸識玄理，宛然一物外⑫僧也。

自印月入庵已來，又早小春天氣，林澹然吃罷午齋，閉戶打坐，入定之際，見一老嫗身穿縞素，與一個年少美婦，身著青衣，闖入庵中，雙膝跪下，叩頭求救。林澹然喝道：「俺這裡是清靜法門，閒人不得輕入，汝二女人何由至此？快快出去！」那年少女人匍匐向前，滴淚道：「妾身黎氏，小名賽玉，

---

⑫ 物外：世外。謂超脫於塵世之外。

因貪淫敗德觸犯三寶，被丈夫沈全殺死，一靈墮落，已歸畜道。今日合有大難，望林太爺救拔。」林澹然合掌道：「阿彌陀佛，此皆汝一念之差，致有今日之苦。」又問那老嫗是誰，黎賽玉道：「這就是利口拔舌、做牽頭的趙蜜嘴，陽受一刀之慘，陰罰六畜之報。今日也有大難，故同來求救。」林澹然又嘆息道：「汝欲陷人而反自陷，不過圖一時口腹之欲耳。佯名佛頭，暗裡騙人財物，誘人淫欲，非畜類而何，今日受此陰報不差。既有大難，俺以慈悲為主，焉忍不救？汝二人可避於庵後，有難來，為汝解之。」二女人磕頭而起。猛聽「呀」的一聲，庵門開處，一個和尚身披五彩袈裟，手執利劍，踴躍直入，大喊道：「二淫婦何在？若不殺汝，誓不再生！」林澹然仔細看時，卻是正住持鍾守淨。林澹然迎住道：「師兄久不相會，何故要殺二人？此二人是師兄最喜者。出家人戒殺為先，仗劍逐人，非釋門之所為也。」鍾守淨收了劍，與林澹然稽首坐下，躬身道：「貧僧不才，有負吾兄大德。向來謹守淨戒，毫無所失，師兄之所知也。叵耐趙蜜嘴老狗誘人犯法，騙我錢財，設計定謀，誘黎賽玉成姦。承師兄對月諷言匡正，彼時弟有悔過之心，復被黎氏這淫婦蜜語相牽，令我暗中毀謗，逐兄出寺，致我死於非命。輾轉思量，深為可恨，今欲刃之以洩大忿。」林澹然道：「噫，兄言誤矣！豈不聞『不貪美色者，閉戶不納，秉燭待旦』？上人視色如蛇蠍，智士視色如仇敵。語云：『雲水盪舟行，風揚幡動⑬。』人若內有主持，外欲何緣得入？昔日趙婆設計，黎氏姦淫，由師兄一念之差，彼方投隙而入。兄不自責而責他人，非悔過遷善之道也。比如兄欲殺彼，彼又欲殺兄，冤冤相報，何為了期？兄但存一念之正，則道可進，

---

⑬ 風揚幡動：壇經載：禪宗六祖慧能流浪至廣州法性寺，正遇上風吹幡動。一僧說「風吹幡動」，另有一僧說「幡動而知風吹」，慧能卻道：「非風動，非帆動，仁者心動。」

寃愆可滅，何為又動殺機？」鍾守淨低首無言，長揖而別。

林澹然醒來，對印月、樵雲說知。印月道：「太爺心有所思，故見此境界。」林澹然道：「久不念及於彼，何思之有？但二女人說今日有難，求俺救之，不知何意？汝二人不可出庵，看今日有何事故。」師徒站在庵前閒談，又早日色銜山，忽然狂風驟起，撼木揚砂。風過處，一隻白犬，一個黑豬，遠遠從嶺上跑將下來，一直奔至庵前，不知從何而至。林澹然早已省悟，即忙讓開，放二物奔入庵裡去了。只見又一陣腥風颼面，大吼一聲，振得山崗也動，一隻斑斕猛虎，咆哮而來，聲如霹靂，眼似明燈，從嶺上直跳下山坡，逕奔庵前。林澹然忙取寶劍當門而立，大喝：「畜生慢來，有吾在此！」那猛虎剪尾跑蹄，正欲向前撲人，見了林澹然，逡巡畏縮，雄威頓挫，低頭屈足，蹲於地上。林澹然收住寶劍，笑道：「老鍾老鍾，汝忘昔日之事乎？但知戀色貪財，不顧禪宗戒律，生前害物，死後戕人，生死雖殊，造孽則一。今不思回頭歸正，到此地位，尚欲恃勇傷生。汝恨此二人壞汝性命，便欲報復，獨不念滿寺僧人焦頭爛額，中劍著刀，死於非命，為著何人？是何辜乎？可憐，可憐！談及於此，汝亦當恍然悟矣。俺禪定時，曾勸汝及早回頭，秉教迦持⓮，一點靈光⓯，復歸人道。不然失迷真性，萬劫沉淪，人身不可復得。苦哉！痛哉！汝若肯聽吾言，皈依三寶，可盡釋往日寃愆，以求再生之福。放下一片雄心，不失本來面目，即當俯首屈足，諦聽吾教。」那虎兩眼流淚，雙足跪下，低頭受教。林澹然又道：「汝沉迷已久，非朝夕提醒，不能登於覺路。俺庵側有一石洞，幽僻可居，汝當棲身於此，聽俺講經說法，漸歸

⓮ 迦持：謂佛教戒律。

⓯ 靈光：佛道指人的良善的本性。謂在萬念俱寂的時候，良善的本性會發出光耀。

正道。但不許汝妄害生靈，若傷一蟻之命，必斬汝首，終墮阿鼻，難以超生。汝若果有善願，可三點其首。」那虎將頭點了三點，擺尾伸腰，似有喜狀。林澹然將劍指著西首道：「離此數十步，即是石洞，乃汝安身之所。天色已暮，汝可速去。」那虎在庵前盤旋一會，即往洞中去了。印月、樵雲驚道：「太爺與虎說了半日話，使我二人擔著血海干係，果然畜通人性，低頭垂淚，似有悔過之意。古人云：『道高龍虎伏。』今日方見太爺伏虎之能也。」林澹然笑道：「鍾守淨雖犯色戒，頗有夙緣，好行小惠，亦是他的善根⑯不斷。雖墮畜道，一點靈光未泯，聞俺言亦能省悟，此所謂一切眾生皆具佛性，非降龍伏虎也。」印月、樵雲稽首信受，方悟性無不善之理。林澹然進庵，呼出一犬一豬，令其回家。二畜蹲踞於地，不肯行動。再三呵叱，反鑽入禪床之下躲了。林澹然笑道：「汝既知畏死，何不早修？」即將二物留於庵內。

次日，林澹然坐於竹林石上，敷揚佛法，開講涅槃。印月、樵雲侍立左右，那白犬、黑豬亦低頭聽講。少頃，只見那虎昂頭掉尾緩步而來。走入林中，向林澹然點頭三下，似乎稽首之意，即立於側首，聽講禪理。豬犬驚慌無措，閃在林澹然座後。直至講畢，豬犬隨林澹然回庵，大虎復歸石洞。林澹然令樵雲至青州見張善相，取飼虎領給，每日豕肉一肩，朔望則賜羊一羫。自此之後，凡逢談經說法之日，虎不食肉，一虎一犬一豬相隨聽講，初時，豬犬見虎慌張躲避，次後漸漸馴熟，或並立顧盼，或同行山麓間，不復畏憚矣。林澹然呼虎為老鍾，白犬為老蜜，黑豬為小賽，一呼其名，馳驟而至。山下居民互相傳說：「中峰有一長老，每日講經，一虎一豬一犬相隨，並不侵犯。」遠近聞名，皆說林太師是一位得道神僧，故能降龍伏虎。又有好事的，都上山拜見活佛，就求老虎一看，果然虎見人低頭伏氣，不敢

⑯ 善根：佛教語。謂人所以為善之根性。善根指身、口、意三業之善法而言，善能生妙果，故謂之根。

轉動。人人稱異，個個道奇，上山來看的人，絡繹不絕。

卻說峨眉山下有一富翁，姓趙，名自宏，業販生藥，家道饒裕，中年娶妾得孕。臨產之夜，夢一老僧，雙手捧日，立於床前。其妾大驚而覺，產下一子，生得額高耳大，面闊口方，趙自宏大喜。彌月後，因夢取名叫做昱兒。漸漸長成至八歲，見葷即吐，啞不能言，未嘗一笑，不好戲耍，時常面壁而坐。趙自宏每每嘆息道：「中年得子，又是殘疾無用之人。」心下不樂。聞得山頂有此伏虎聖僧，竭誠齋戒，令家僮抱了昱兒，一同上山來見林澹然。禮畢，備道其事。林澹然閉目定息，半晌回神，將右手摩昱兒之頂，說偈道：「永清永清⑰，從陷幽冥。倩⑱吾償貸，方轉法輪。託生西蜀，依舊光明。不言不笑，有何不平？」昱兒便開口答道：「今見吾師，靈光返照，割去愁城⑲，復能言笑。」說罷，相視大笑。趙自宏驚駭問故，林澹然道：「天機不可洩漏，難對君言，日後自知也。」趙自宏不敢再問，拜謝林太爺，領了昱兒下山回家，對妻妾備道始末，一家歡喜。擇日請師訓讀，昱兒即名為趙昱。開蒙之後，甚能讀書，一目十行，下筆成文。年至十六，舉孝廉。每得暇，就上山和林澹然講談玄理，林澹然傳以水遁⑳劍術。後於隋煬帝大業三年，授為嘉州府㉑太守。時犍為縣㉒大潭中有一老蛟，作虐害民，興風播

⑰ 永清：指第二回為林澹然剃度的問月庵長老。
⑱ 倩：請；懇求。
⑲ 愁城：比喻愁苦難消的心境。
⑳ 水遁：舊時方士所謂五遁之法的一種。即水中遁形隱身之術。
㉑ 嘉州府：治所在平羌（今四川樂山市）。
㉒ 犍為縣：今屬四川。

浪，淹沒田禾，或變人形，誘民沉溺。趙昱仗劍入潭，與老蛟大戰一晝夜，斬卻老蛟，潭水盡赤，百姓皆感其德。數年後，棄官修道。後嘉陵水漲，蜀人見昱於雲霧中騎白馬而下，宋太宗敕封神勇大將軍。此是永清長老轉世得道的後事，表過不題。

再說林澹然見遠近土民拜訪者接踵，心下甚是厭惡，長嘆道：「本欲求靜，而反得擾，豈非沾名弔譽之態乎？」暗令張善相掛榜文於山下，禁止居民不許上山混擾，犯者重究。自此土民不敢上山，林澹然方得一靜。

再說薛舉至南安郡，添軍九千，進發至信州到任，所屬官吏遠遠迎接進城。到任諸事皆畢，薛舉體訪民情土俗，頒號令約束軍民人等，差心腹將士巡按州縣，拿問貪官汙吏，訪察巨惡積奸。只見探馬名為夜不收來報：「爺所轄地方，有土官猛姓者，所生一女，名為姩㉓蜚仙，美貌絕倫，英雄無敵，領士兵數千，橫行州縣，已占據了新寧、建始、栗鄉、梁山、通州五縣，勢甚猖獗，無人敢敵。目今太平縣被圍，乞爺爺早調兵救援。」薛舉聽了，即差曹汝豐、皇甫實領鐵騎三千征剿。二將得令，選軍出師，星夜到太平縣來。一路見百姓慌慌逃竄，曹汝豐問：「汝百姓為何如此慌張？」百姓回言：「被猛家姩蜚仙率兵殺至，勢不可當，只得棄家逃竄，避他鋒刃。」言未已，見塵頭起處，姩蜚仙兵馬已到。兩陣對圓，曹汝豐與皇甫實並馬觀看對陣，兩面百花旗開處，擁出一員女將，結束得十分標致。但見：

眼如秋水，眉似春山。桃花臉撒幾絡青絲，櫻珠口含兩行皓齒。頭戴束髮金箍，後垂趴貝；手

㉓姩：音ㄋㄧㄢˊ，美女，常用作女子名。

執方天畫戟，上掛豹幡。犀䩮甲軟襯絳紅袍，獅蠻帶緊籠繡裹肚。背插飛刀兩口，腰懸短箭一壺。雙鳳靴斜挑金蹬，朱文鏡半掩芳心。弓袋中插一面小小杏黃旗，雕鞍下跨一匹蹻蹻追風馬。楊柳腰藏紅套索，鴛鴦勒轡玉鸞鉤。

曹汝豐看了，誇獎不盡。正欲回馬，只見那女將手挺畫戟，衝殺過來。身邊緊護著三百女兵，俱是蓬頭赤腳、黃髮黑面之輩，後隨三千蠻兵，一湧殺至。曹汝豐急輪大刀抵住，皇甫實挺鞭助戰，兩邊混殺。那女將猛然飛起一把刀來，逕取曹汝豐，曹汝豐眼疾，側身躲過。又飛起一把刀，奔皇甫實頂上落下，皇甫實急躲，早削去盔頂斗來大一顆朱纓。皇甫實吃了一驚，撥馬便走，怎當得蜚仙的馬是千里龍駒，飛馬趕上，手裡紅綿套索，上有七十二金鉤，望空一撒，將皇甫實套住，拖下馬來，被蠻兵活捉，囚送土官去了。曹汝豐大敗，折兵一半，回見薛舉，說女將猛勇難敵，失了皇甫實。

薛舉大怒，點起精兵五千，令王驤鎮守信州，自同曹汝豐領兵至太平縣。見隔河一簇人馬，往來如飛，兩面百花旗招展飄搖。曹汝豐指道：「那繡旗下的，就是女將姙蜚仙。」薛舉聽了，把馬一拍，飛身跳過大河，喝道：「何處潑婦，敢如此橫行？」那女將以戟架住戟道：「吾乃洞主之女姙蜚仙是也！平生慣使畫戟，無人敢敵，不知斷送了多少英雄。有誓在先，三合之中，能敵得我畫戟者，方與成親。汝今亦使畫戟，恐敵不過時，頃刻即為無名之鬼，可通名來。」薛舉道：「女流賤婢，誰與你通名？」挺戟便刺。蜚仙躍馬迎敵，戟對戟，這一場好殺，若舞神蛟，如飄瑞雪，戰八十合不分勝負。蜚仙用計，早擲起一把飛刀，薛舉用戟撥了，不能近身。蜚仙見擲不著，又飛起一把刀來，薛舉用手接住，回擲蜚仙。翫仙蹬裡藏身躲過，急解下紅綿套索，向空撒起。薛舉馬已到身，正待活捉。不期那套索落下來，將薛舉與翫仙一齊套住，你我牽扯，團成一塊。當不得薛舉力大，將索扯斷，輕舒猿臂，把翫仙提離馬鞍，喝手下綁了。曹汝豐見主兵得勝，大驅軍馬殺去，蠻兵大敗，走不及的，都被砍死。薛舉收兵回城，未及點視兵將，忽報猛土官差人到來稟事。薛舉喝令進來，那差來的蠻官跪稟道：「下官奉本官差遣，昨者姅翫仙小姐無知，擒了將軍皇甫實，冒犯虎威，罪該萬死。本官不敢加害，以禮款留。不意今日又抗違天兵，姅翫仙親身被擄。特差小官送皇甫將軍回城，望元帥天恩，釋放小姐姅翫仙還家，願進貢方物，拱聽約束，立誓不敢復反。所據城縣，盡皆奉還，懇求姑恕。」薛舉道：「汝本官大膽鴟張㉔，本當踏平蠻洞，盡正國法，今既知罪，姑恕這番。我皇甫將軍今在何處？」只見皇甫實進堂請罪，備說土官厚待送還，求換其女之意。薛舉道：「此女果然英勇，吾亦幾為所困，汝力不及，非戰之罪也。」命押過姅翫仙來，去了綁縛，以酒壓驚，盡還兵器鞍馬，翫仙上馬而去。

次日，土官又差人來請皇甫將軍議事，皇甫實稟知薛舉。薛舉道：「汝試往不妨，看他有何話說。」皇甫實領命而去，直至日晡㉕回來，說：「土官只生此女，年方二九，未曾許聘，英雄了得。設誓在先，有敵得過者，願委身事之。今遇元帥，實乃天神，其女心悅誠服，不負初言，願侍箕帚，浼某為媒。未知元帥鈞意何如？」薛舉道：「吾未有正夫人，所隨侍者婢妾而已。此女剛毅武勇，吾甚喜之。但此事必須作書達知林太爺，若許娶時，再作區處。」於是寫書問林澹然之安，並言此事，差官齎往青州。不一日，差

㉔ 鴟張：像鴟鳥張翼一樣。比喻囂張、凶暴。

㉕ 日晡：同「日餔」。日交申時而食。指申時。

官回來，遞上林澹然回書。書中說：「此女絕世無雙，姻緣有在，即當娶為正室，不必計其為苗蠻土俗也。老僧主張不差。」薛舉觀書大喜，擇日令皇甫實為媒，將金玉、蜀錦之類，送至猛士官處為聘。土官收了，大排筵席，厚贈皇甫實，回頁薛舉犀角、象牙、珊瑚、玳瑁、碧玉、黃金，奇珍異寶，土產之物，極其隆盛。薛舉班師回信州，擇定吉日，差皇甫實率兵一千，用彩輿鼓樂迎娶姹蜚仙至府成親。合巹之後，薛舉與蜚仙愛敬如賓。後蜚仙生一子，名薛仁郙，後為世子。薛舉所轄地方，人人畏服，處處稱揚，化為醇俗。

不覺光陰荏苒，歲月如流，又早過了十餘年。當下值三月天氣，杜伏威預發傳帖，約薛舉、張善相和文武將士，同到江油㉖大禹廟中，郊天祀地，大排筵席，兄弟敘情飲酒。正歡笑酬酢間，忽探馬報：「周高祖㉗發兵，將鄴城㉘圍困，燒城西門，齊人出戰，周師出擊，齊兵大敗。後主帶百餘騎東走，被周人所執，聖駕已崩，各地盡屬周主。」杜伏威弟兄三人聽罷，即備祭禮，望東南遙祭舉哀，示諭大小官員、軍民人等，俱掛孝三日。三人商議起兵，為後主報仇。查訥道：「周高祖用兵如神，勇略蓋世，近得齊地，國勢更張，若與抗衡，恐非萬全之策。」薛舉道：「我等受齊主厚恩，今被周子所辱，義當大興士馬，踏平周土，復奪城池，訪後主子孫之賢者而立之，方是臣子之道，豈可束手坐視，據土自安乎？即使兵敗國亡，捐軀何恨。」張善相怒道：「二哥之言甚當，國家有難，臣子不赴援，非忠也。速宜操練三鎮軍馬，即日起程。」查訥道：「二主公但知為國忘家，全忠盡節，不知兵猶火也，不戢當自

㉖ 江油：今屬四川。

㉗ 周高祖：指北周武帝宇文邕，鮮卑人，宇文泰第四子。建德六年，入鄴，滅北齊。

㉘ 鄴城：遺址在今河北臨漳的漳河岸畔。先後有曹魏、後趙、冉魏、前燕、東魏、北齊等六個王朝在此建都。

焚。凡用兵之法，必須知己知彼，百戰百勝。若欲以區區二鎮之兵，與中國抗衡，猶以鄒敵楚㉙也，安能勝乎？依臣之言，不如據地稱王，仍遵齊主年號，養軍恤民，以俟天時。不然，徒勞民傷財，無益於事。」薛舉、張善相堅執要起兵。杜伏威道：「二弟志在報仇，培植綱常，近仁見機自王，亦通時變。我等主張不定，不如同見林師爺，求其定策，以立行止。」眾人齊道：「此言甚善！」

車駕即日起程，不數日來到峨眉山。差官通報，杜伏威等步行上山。參拜已畢，各敘寒溫，列坐兩旁。杜伏威先開言道：「目今齊後主被周高祖所執，境土皆為兼併，薛、張二弟決意起兵報仇，查近仁再三勸據守勿動，不才心無定主。特稟師爺，懇乞尊裁，以決去就。」林澹然道：「汝等未來之先，俺已預知。齊國自武成以來，驕奢淫佚，大失民心，國勢衰弱久矣。幸後主好賢勤政，似有返治之機。不期汝等歸附後，復驕悖自恣，忱於酒色，信用讒佞，屠戮忠良，骨肉內殘，百姓外叛，所為若此，鮮有不敗。俺夜觀乾象㉚，見周之主星，亦暗昧無光，非能久於人世者，不數年亦傾社稷。汝等不必進兵，當從近仁自守之策，以待天時。各宜修葺城池，操演士卒，整頓器械，廣蓄錢糧，積德累仁，以俟中國有變，起而圖之，進則可以兼併，退則可以獨霸。不宜妄動干戈，傷殘民命。」薛舉道：「師爺之言誠是。但周子貪得無厭，既滅全齊，必有取蜀之意。若待他兵馬臨城，豈不坐受其制？」林澹然道：「周主雖僥倖滅齊，以俺度之，必不敢遠圖巴蜀。其論有三，西蜀山川險阻，道路窄逼，糧食不繼，進退甚

㉙ 以鄒敵楚：孟子梁惠王上：「海內之地，方千里者九，齊集有其一；以一服八，何以異于鄒敵楚哉！」鄒，與魯相鄰的小國，在今山東鄒縣。楚，南方的大國。即以弱敵強之意。

㉚ 乾象：天象。古人以為天象變化與人事有關，觀天象可知人事。

難，一也。陳國見周人兼併齊土，豈無覬覦之心？若周師一動，彼必乘虛直搗，以襲其內，二也。大將軍楊堅，奇偉有才略，周主雖用之而多疑。若委以國柄，車駕自將西征，則疑生內變；若假以兵權統軍伐蜀，則疑有外變。君臣猜忌，焉敢輕動？三也。查近仁之見，與俺暗合，三子不必多疑。」杜伏威三人唯唯聽服，再無他議。

杜伏威問道：「不才久聞師爺畜一虎一豬一犬，俱有名號，馴伏受教，乞呼出一見。」林澹然令樵雲呼豬、犬，印月引虎。樵雲走出庵後，高叫：「老蜜、小賽快來，太爺呼喚！」只見庵後跑出一白犬、一黑豬，搖頭掉尾，逕奔至林澹然跟前。林澹然將手指著杜伏威三人道：「眾爺在此，老蜜、小賽可向前磕頭。」那豬犬向伏威等跟前，將前足跪下，頭拱於地，杜伏威等拍手大笑。只見印月逐虎而來，叫道：「老鍾來了！」眾人舉目看時，那虎輕身緩步，走向前來，向林澹然點頭三下。林澹然道：「老鍾，何不向眾爺行禮？」那虎亦向眾人點頭。張善相對林澹然道：「此虎日費領給，為何羸瘦？」林澹然道：「老鍾初皈依時，俺每日取豕肉一肩飼之，遇朔望則賜羊一羫，極其雄壯。近來一載有餘，斷葷守戒，惟食蔬菜淡飯而已，故此羸瘦。」薛舉問道：「老蜜、小賽為何這等肥壯？」林澹然道：「此二者並不食葷，但食山桃野菜。凡聽講後，似亦能解悟靜養，所以壯健。」眾人驚異，當晚庵中暫宿一宵，次早拜辭下山，三人相別，各各取路回鎮。正是：

將軍不下馬，各自奔前程。

不知後事如何，且聽下回分解。

第三十九回　順天時三俠稱王　宴李諤諸賢逞法

詩曰：

宦遊西蜀已多年，深感齊君德二天❶。

聞訃調兵非浪戰，稱王據地豈從權❷？

暴君失位仇先斃，聖主臨軒詔入川。

虎門龍爭神變化，各施幻術宴高賢。

話說杜伏威一行人馬，自回楚州，即於帥府前豎起一面黃旗，上書「盡忠」二字，自立為天定王，封查訥為總管大元帥，都督內外諸軍事，王騋為護國軍師副元帥，尉遲仲賢為鎮國大將軍，其餘官員，各加官職。薛舉回鎮，打探得杜伏威消息，亦豎起黃旗一面，上書「全忠」二字，自立為西秦王，封王驤為總鎮大元帥，都督內外諸軍事，朱儉、皇甫實、曹汝豐俱為鎮國大將軍，以下將士，皆升官爵。張

❶ 二天：後漢書蘇章傳：「順帝時，遷冀州刺史。故人為清河太守，章行部案其姦臧。乃請太守，為設酒肴，陳平生之好甚歡。太守喜曰：『人皆有一天，我獨有二天。』」後以二天指恩人，用作對庇護者的感恩之辭。

❷ 從權：採用權宜變通的辦法。

善相知道，亦豎起黃旗一面，上書「精忠」二字，自立為萬壽王，封常泰為總鎮大元帥，都督內外諸軍事，王騏為護國軍副元帥，繆一麟、黃松為定國大將軍，以下文武將士，俱加官職。三處俱蓋王府宮殿，立宗廟社稷，招賢納士，積草屯糧，聚集軍馬，整頓器械。依舊尊奉齊王承光元年年號，各殺牛宰馬，郊天祀地，祭享宗廟。後賢有詩為證：

俠氣凌霄漢，精忠貫日月。
先後如一心，始終盡臣節。

再說周高祖滅齊之後，聚集文武官員，計議取蜀。大都督楊素❸奏道：「臣聞西蜀杜伏威等國富兵強，山川險阻，近知陛下滅齊，他即據地稱王，其志不小，非智勇足備之將，不足以當之。邇者陳人窺我滅齊，心必妒忌，徐、兗二州❹與彼境接壤，豈無垂涎之意？若陛下親征，提兵遠出，彼必乘虛而襲。內難不靖，焉能外攻？臣愚不如先陳後蜀，以次蠶食，方可一統山河，內外無慮。」周高祖心下猶豫不決，忽探馬報：「陳國差鎮南將軍吳明徹督領大軍十三萬侵犯邊界。」周高祖笑道：「不出楊都督之所料也。」即授楊素為大元帥，總督軍馬，彭城王宇文軌為副元帥，一同迎敵。楊素率精兵五萬，出間道絕吳明徹糧草要路，不及半月，吳明徹無糧，軍士盡皆潰散。宇文軌乘機攻進，吳明徹大敗，身中流矢，被周兵所擒，部下軍馬器械輜重，盡沒於周。因此結怨，戰爭不息，兩下牽制，周主不敢興兵入蜀。建

---

❸ 楊素：北周時任車騎將軍，曾參加平定北齊之役。隋文帝楊堅登位，率水軍東下滅陳後，進爵為越國公。

❹ 徐兗二州：徐州，治所在彭城（今江蘇徐州）。兗州，治所在鄆城（今山東鄆城西北）。

德七年五月，周高祖疾篤駕崩，群臣奉太子贇即位，是為宣帝，建號宣政❺。未及一年，傳位於太子闡，稱為靜帝，改元大象❻。靜帝寵用一員大臣，職居首相，權傾內外。此人姓楊名堅，小字那羅延，弘農❼華陰縣❽人也，漢朝太尉楊震之後。其父名忠，出任東魏，後東魏禪位於周世宗，楊忠又事周，為司馬，屢建功勳，封為隋國公。忠死，楊堅襲父之爵，執掌朝綱，位居冢宰，總督內外軍馬，革周朝苛政，更為寬大，選拔人材，躬履節儉，天下大悅。未及一年，進爵為王，是時乃周大象三年春二月也。周靜帝下詔，遜位於隋，自居別宮。楊堅遂即皇帝位，建號開皇元年❾。文臣有高熲、蘇威、李林、李諤輔佐，武將有楊素、韓擒虎、賀若弼統兵，天下疆圖，隋國已得其七。

此時，陳後主叔寶年幼無德，溺於酒色，光昭殿前起造臨春閣、結綺閣、望仙閣，各高數十丈，連延數十間，門窗欄杆裝飾，皆是沉檀異木，外施珠簾，內有寶床寶帳，玩器寶貝，堆積如山，每微風漸至，香聞數里。其上積石為山，引水為池，雜植奇花異卉，晝夜飲酒作樂。嬪妃、彩女皆為女學士，與詞人才子共賦詩，互相贈答。選其新豔者，編為樂府新聲，擇宮女千餘，習而歌之。其曲有玉樹後庭花❿、臨春樂等，君臣酣歌暢飲，通夜達旦。諫官皆遭殺戮，奸佞濫叨爵位，天下大亂，盜賊蜂起。隋

❺宣政：宣政元年為西元五七八年。

❻大象：大象元年也為西元五七八年。

❼弘農：郡名，治所在今河南靈寶北。

❽華陰縣：今屬陝西。

❾開皇元年：西元五八一年。

❿玉樹後庭花：樂府吳聲歌曲名。南朝陳後主創作的宮體詩。陳書皇后傳後主張貴妃：「後主每引賓客對貴妃

帝遣賀若弼⑪自北道、韓擒虎⑫自南道，水陸並進伐陳，軍威大震，沿江守將望風而遁。陳國驃騎將軍任忠迎降，引韓擒虎直入朱雀門⑬來擒陳主。宮中大亂，君臣各不相顧。陳主慌迫，自投御園井中，軍人窺見，將繩索引之而上，執送長安。自是陳亡，隋家混一區宇。

隋文帝與文武群臣議道：「朕今日成一統，四夷賓服，只有隴西一帶地面，被杜伏威、薛舉、張善相三人所據，朕欲發兵討之，眾卿以為何如？」賀若弼道：「杜伏威等小寇，疥癬之疾耳。臣請得精兵一萬，數月間必斬三賊之首，獻於陛下。」只見一大臣，紫袍金帶，象簡烏紗，出班諫阻。文帝視之，乃諫議大夫阮繪也。原來阮繪自同尹氏回家，一載後，奉母命往長安訪親，與司徒高熲⑭是兩姨兄弟。高熲薦之於隋公，授漢陽令，歷有政勣。後隋公即位，欽賜為諫議大夫，直言敢諫，不畏權倖，文帝重之。當下見帝有征蜀之議，出班道：「賀將軍雖然英勇，不知杜伏威、薛舉、張善相三將非等閒小寇可比。杜伏威深通天文，兼精法術，施仁好義，甚得民心。薛舉勇力超群，萬夫莫擋。張善相抱負奇偉，

等遊宴，則使諸貴人及女學士與狎客共賦新詩，互相贈答。採其尤豔麗者以為曲詞，被以新聲……其曲有玉樹後庭花、臨春樂等，大指所歸，皆美張貴妃、孔貴嬪之容色也。」陳後主為亡國之君，玉樹後庭花也被稱為「亡國之音」。

⑪ 賀若弼：隋名將。隋文帝時，獻取陳十策。以滅陳功，官至大將軍。

⑫ 韓擒虎：隋名將。有膽略。率兵入建康，俘陳後主。因功進爵上柱國。

⑬ 朱雀門：六朝都城建康（今江蘇南京）南城門。因門上有兩銅雀，故名。

⑭ 高熲：本北齊皇室宗族。隋建立後，執掌朝政。隋伐陳，為元帥長史，主持軍事。違背主帥晉王楊廣諭令，將陳後主寵妃張麗華處斬。

精通韜略。況路程險阻，糧食不繼。彼若深溝高壘，自守不戰，則進難與交鋒，退又恐其掩襲，徒費錢糧，空勞兵力，無濟於事。依臣愚見，只宜遣一介使臣，賜以優詔厚幣，誘其歸服，此為上策。如彼倔強不從，然後加兵。此乃先禮後兵，攻無不取也。」隋文帝道：「卿言甚善。」隨寫三道詔書，各賜黃金千兩，彩緞千匹，差侍中御史李諤⑮，即日起程。

李諤辭文帝，齎詔取路，來到信州地界，卻是西秦王薛舉所轄。李諤先差部下俾將進城通報，薛舉差官上城探望，回覆道：「只有李御史一人，部下俾將數員，僕從數十人而已。」薛舉宣王驤、朱儉、皇甫實、曹汝豐上殿商議。王驤道：「臣聞李諤乃隋文帝第一個直臣，文武全材。此來決為說客，下說詞誘主公降隋之意。必帶詔書、禮物，主公不可收之，詔書亦不可開讀。且先問了來意，厚禮相待，安頓館驛中，差官星夜迎請林師爺、天定王、萬壽王、查近仁會議定了，然後見機而動，庶無差失。」薛舉依言，即差王驤、曹汝豐二將迎接李諤入城，留在館驛安歇。次日，薛舉差官迎請李諤相見，薛舉降階相迎，至殿上相見，賓主而坐。薛舉躬身道：「久仰侍中大德，關山脩阻，不克領教。今幸光臨，足慰渴想。」李諤道：「區區一介儒生，何足掛齒。久慕大王英名蓋世，德政遠敷，素所畏服。但大王懷不世之才，抱孫吳之略，戰勝攻取，若能輔翼英主，以定天下，雖古良將，莫能過也。何乃竊據一方，僭稱年號，位非天子，爵非諸侯，雖然雄霸一時，終非久長之業。今我主上仁明雄略，重賢禮士，天下歸心，四海賓服，山河一統，止大王等未曾歸附耳。吾聞識時務者呼為俊傑，以一隅而欲與全隋抗衡，如螳臂之捍泰山，多見其不敵也。今主上聞大王等素稱忠義，不忍加兵，特差李某送黃金千兩，彩緞千

⑮ 李諤：性好學，以明達世務，為時論所推。隋文帝稱之為「體國之臣」。

匹，詔書一通，禮請歸朝。伏乞大王改邪歸正，名垂千載，莫以某言為迂，實有益於大王也。」薛舉道：「承天子洪恩，感侍中大德，本宜拜命趨朝。奈孤等兄弟三人同盟一體，凡有事務，必待天定王、萬壽王相會之後，方有定議。詔書未敢開讀，幣禮未敢擅收，伏乞侍中海涵。」乃大設宴款待，送於賓館安息。

過了十餘日，林澹然、杜伏威、張善相、查訥陸續皆到信州，薛舉迎入，一一相見，備言此事。林澹然道：「俺夜觀乾象，隋帝亦非真主。聞其為人猜忌苛察，聽信讒言，子弟如仇，多疑好殺，惟以詐力取天下。諸子皆驕恣無德，非久遠之基也。聖人云：『得之易，失之亦易。』只三十年，必為亡周之續矣。但當今已成一統，豈容汝輩各據一方？若不歸服，必起戰爭，生靈塗炭；率爾投順，又非保全之計。進退皆難，未可造次。」查訥道：「某仰觀天象，與師爺所論相同。隋帝無德而居大統，加以子孫有相戕賊，亡可翹足而待也。今賴文臣武士協忠相輔，得以夷陳滅齊，禪周主之大位。彼不加兵取蜀，而反以禮聘，是先禮後兵之術也。拒絕之，必起傾國之兵而來，又恐寡不敵眾；一旦以土地歸之，又慮不能保其始終。為今計，彼以禮來，吾且以禮答，厚待李諤，贈之金帛，隋帝聘幣，加倍還之，以為貢獻，暫奉其正朔⑯。託言西蜀一帶地面，蠻獠錯雜，不時變亂，三主鎮守數十年，民夷貼服，四境安寧，若一旦擅離，恐獠蠻依舊作亂，百姓遭殃，為害不小。懇乞天恩，欽賜舊職鎮守，以為西北保障，歲貢不廢，朝廷有事，必來赴援。隋帝若知機，從吾等所講，且暫稱臣，牧兵自守，待時而動。如其不然，

⑯ 正朔：謂帝王新頒的曆法。古代帝王易姓受命，必改正朔；故夏、殷、周、秦及漢初的正朔各不相同。自漢武帝後，直至現今的農曆，都用夏制，即以建寅之月為歲首。

遣軍發馬遠來，蜀地險峻，糧草不繼，我等守險塞要，堅壁不戰，待彼師老糧盡退軍之時，然後出奇兵以擾其後，雖不能全勝，亦可使隋軍喪膽。又有一計，秋收之際，佯徵軍馬，聲言掩襲，彼必屯兵守衛，定以廢其農時。彼兵既聚，我即解甲；彼兵已退，我復進軍。虛虛實實，使其不得安逸。我再陰蓄精銳，收錄英傑，俟隙而舉，則天下大事，未可知也。」林澹然道：「近仁陳說大計，深合玄機。天數已定，非人力所能斡旋，不如屈節降之，再圖後舉。」杜伏威、薛舉、張善相俱各拱聽。

商議已定，次日排香案迎接李諤進殿，開讀三道詔書：

奉天承運，皇帝詔曰：朕承天命，撫有輿圖，四海擴清，妖氛淨掃，惟爾西蜀杜伏威等竊據一方，尚未納款。朕念生靈塗炭，不忍加兵，特遣殿前侍御史李諤，齎到黃金百鎰，彩緞千端，遠聘賢豪，委以大任。詔書到日，爾其悉將所莅土地甲兵歸附朝廷，無廢朕命，則明良會合，寵渥有加。欽哉故詔。

開皇二年　　七月日詔

眾人謝恩畢，林澹然上前和李諤相見，次後一一行禮。李諤坐了客席，林澹然坐了主位，杜伏威等次序列坐。李諤見林澹然是一個老和尚，三王以師禮事之，心下疑惑。又見杜伏威、薛舉、張善相、查訥等人材魁偉，相貌英雄，心下十分欽敬，躬身問道：「老禪師高姓尊號，壽齡幾何？」林澹然道：「老僧姓林，法名太空，別號澹然，今庚已是九十一歲矣。」李諤驚道：「觀吾師尊顏，不過半百，詎料壽近期頤❶⑰，非全真內養，何能致此。」林澹然道：「老朽雖生，已無益於人世。」指著四人道：「這是天定王杜，這是西秦王薛，這是萬壽王張，這是護國軍師查，皆出老僧門下，頗識兵機，亦通武藝。適見天子詔書，足感皇上洪恩。又聞西秦王達侍中鈞旨，銘刻肺腑。本當赴朝面聖，奈其中事有委曲，老僧只得稟明。當初蒙齊後主大恩，封天定王等三將留守西蜀，蒞任以來，屢遭蠻獠叛亂，王等再三征討，方得貼服，數十年幸而安息。今若擅離此地，猶恐變亂復生，殘民擾境，為禍匪輕。乞侍中轉達聖聰，三王願稱臣奉貢，遵天子正朔，歲歲獻納不廢，朝廷如有差調，無不竭忠用命。懇求天恩賜以王爵，願為國家西蜀之保障。若得允俞⑱，皆出侍中之賜也。」李諤道：「皇上久聞三位大王英名，故差李某聘請，並無他意。今若稱臣貢獻，遵奉正朔，足見大王等高明遠見，應天順人，聖主良臣，共成喜起。李某回朝，必當為三王轉奏。」林澹然等同聲稱謝。

說話間，筵席已備，邀李諤赴宴。酒至數巡，樂供幾套，李諤辭道：「下官天性不飲，感禪師諸位盛雅，不得不領數杯。今已酩酊，即此告辭。」杜伏威道：「粗餚魯酒，非待天使之禮，倘蒙不棄，盡醉為感。」李諤只得又飲數杯。正欲推辭，只見座中查訥起身道：「自古酒以合歡，非選技徵歌，不足以鼓豪興。鼓樂之類，皆係尋常，僕幼年頗諳音律，亦嘗歌詠。今有小詩，意欲獻笑侑觴，不識可乎？」李諤道：「承不吝金玉，下官拱聽。」查訥擊節而歌道：

西蜀宣威百萬兵，將軍號令自嚴明。

---

⑰ 期頤：一百歲。禮記曲禮上：「百年曰期、頤。」

⑱ 允俞：允准；允諾。

旗穿麗日雲霞燦，山倚秋空劍戟嶒。
鼓角聲催巫峽⑲曉，弓旌影照錦江⑳春。
九重恩澤從天降，悉秉丹衷拜紫宸。

查訥歌罷，清音繞梁，李諤大喜稱謝。查訥命內侍進酒，李諤立盡三觥㉑。少頃，薛舉、張善相起身道：「適查近仁奉歌勸酒，侍中不拒。愚弟兄不能歌，但舞劍以助一笑。」李諤辭道：「焉敢勞二位大王？李某實不能飲矣。」薛舉道：「侍中休笑，試觀一擊，以侑三觴。」說罷，和張善相即於筵前卸下錦袍金冠，換卻紮巾繡襖，手持雙劍，拽步出席，到殿中對舞。李諤看了，目炫神驚。有詩為證：

雙龍飛躍雲霓泣，六尺潛驚鬼魅愁。
試看二王相對舞，直須斬卻佞臣頭。

張、薛二王舞罷，李諤喝采道：「二王劍法，天下無敵，四海不足定矣。」薛舉、張善相遜謝，內侍即忙進酒，李諤又飲三觴。林澹然道：「李侍中誠為酒海，杜郎可無侑酒之物乎？」杜伏威道：「有！惟恐侍中不可口耳。」林澹然道：「他物不足為奇，惟鮮桃庶幾下酒。」杜伏威走入殿中，步罡捻訣，口

⑲ 巫峽：長江三峽之一。西起四川巫山大溪，東至湖北巴東官渡口。因巫山得名。兩岸絕壁，船行極險。

⑳ 錦江：岷江分支之一，在今四川成都平原。傳說蜀人織錦濯其中，則錦色鮮豔，濯於他水，則錦色暗淡，故名。

㉑ 觥：音ㄍㄨㄥ，也作「觵」。盛酒或飲酒器。古代用獸角製，後也用木或青銅製。

誦真言，只見風過處，現出兩個青衣童子，躬身道：「吾師有何使令？」杜伏威道：「今有天使李大人在此飲酒，無以為敬，可取仙桃二枚、痲姑酒一壺獻來。」童子唯唯，騰空而去。少頃，一個童子捧桃，一個捧酒，從空而下。杜伏威接了桃、酒，送與李諤，發付二童子去了。李諤驚異問道：「童子何人？何為桃、酒從空而得？」杜伏威道：「此乃仙桃，非凡果也，侍中食之，可以延年；此酒亦是仙酒，侍中飲之，可以卻病。二童子，仙童也，適從蓬萊至此，今已歸彼處矣。」李諤謝道：「下官有緣，得大王賜此仙品，感激不盡。」吃桃之味，香美異常，飲酒下咽，神氣清徹，心中大喜。內侍們又欲進酒，李諤再三推辭，杜伏威分付撤席。

此時已是二更，天色晴朗，月明如晝，林澹然一行人邀李諤入殿後花園亭子上坐下，閒談玩月。李諤指月道：「這一輪玉鏡，不知照遍了古今多少豪傑，正是皓月照古今，英雄何在哉！」正嘆息間，見微風漸起，彩雲數道，盪漾中天。李諤道：「雲氣變幻無窮，倏忽如龍似虎，人情世態，大率相同。」林澹然道：「龍行雲護，虎嘯風生，此皆世間氣物相感，侍中曾見之乎？」李諤道：「下官自幼曾一見活虎，若龍，乃神物，絕不可得一睹也。」林澹然道：「張郎試取神虎與侍中觀之。」張善相承命，袖中取出一小葫蘆，長有三寸許，右手執之，左手捻訣，口中默誦咒語，喝聲道：「疾！」只聽得呼呼風響，葫蘆口內跳出一虎，大如桃核，躍在地上，乘風把頭一搖，就地滾上數滾，變成一個斑斕錦毛大虎，咆哮可畏。李諤仔細看時，但見：

錦毛遍體，脊上閃一帶金絲；利爪四舒，口內排兩行劍戟。雙睛炯炯，電光閃爍逼人寒；鐵尾

班班，雷震咆哮諸獸恐。須信道風中隱豹㉒，真個是氣可吞牛。南山白額㉓人皆懼，東海黃公㉔
見必愁。

李諤看了，暗暗稱奇。林澹然喝道：「孽畜還不皈依！」那錦毛虎就伏在亭子西首不動。林澹然又顧薛舉道：「張郎取虎，爾試取神龍，以助一笑。」薛舉承命，即於張善相手中取葫蘆過來，亦捻訣誦咒，又一陣風起，葫蘆口內飛出一龍，大如蚯蚓，乘著風盤旋數轉，變成一條大黃龍，飛舞於園內。李諤仔細再看，但見：

雷霆乘變化，風雨助驅馳。頭角崢嶸黃森森，滿身鱗甲；爪牙峻利赤耀耀，兩道虯鬚。來海嶠㉕千里奔騰，過禹門㉖只須一躍。明珠藏頷下，有翻江攪海之威；喉內隱逆鱗，具旋乾轉坤之勢。
若非大禹舟中見，定是延平澤內飛。

㉒ 隱豹：漢劉向列女傳陶答子妻：「妾聞南山有玄豹，霧雨七日而不下食者，何也？欲以澤其毛而成文章也，故藏而遠害。犬彘不擇食，以肥其身，坐而須死耳。」

㉓ 南山白額：猛虎。晉書周處傳：「南山白額猛獸，長橋下蛟，並子為三矣。」

㉔ 東海黃公：西京雜記載：東海人黃公，年輕時練過法術，能夠抵禦和制伏蛇、虎。

㉕ 海嶠：海邊山嶺。

㉖ 禹門：即龍門。在山西河津西北、陝西韓城東北。黃河至此，兩岸峭壁對峙，形如門闕。相傳夏禹所鑿，故名。

那龍盤舞了一會，林澹然喝教收斂，那龍就昂頭蟠於亭子東首柱上。這時節已有五更，只見斜月掛山，玉繩㉗低轉。李諤道：「天將曉矣，二位大王可發付二靈去罷。」薛舉、張善相又念真言，見兩個神將乘雲而下，一個三眼四臂，一個三頭六臂，奇怪可畏，立於亭前道：「吾師有何法旨？」張、薛齊道：「今夜李大人賞月，無以為樂，遣水族山君，召二神一戲，伏虎者騎虎，降龍者乘龍，各逞神通，毋得怠慢。」那兩員神將應諾，一個乘龍者三眼四臂，一個跨虎者三頭六臂，各使器械，共有十般，鎗、刀、劍、戟、鏟、杵、叉、鈀、鋼鞭、大斧，在花園內空中一來一往，大殺一場。但見：

陰雲蔽月，殺氣漫空。騎龍的怒咨青臉，銅鈴眼放萬道金光；騎虎的倒豎赤鬚，血盆口吐千條火焰。一個盤旋轉趯，劈開山嶽伏龍神；一個跳躍奔騰，掀轉乾坤降虎將。刀對斧，叮噹音響；鈀擊杵，嗶剝聲鳴。天王見了也躬身，地煞遇時須拱手。

李諤看得眼花，驚得神竦，稱羨不已。那神將鬥了一會，林澹然喝聲：「住手！」只見這兩員神將乘龍騎虎騰空而去，一陣狂風過處，都不見了。

李諤不住口喝采，林澹然道：「二王戲術耳，不足為奇。老僧也取一物相贈。」命內使打掃淨室，內置大紙二幅，文房四寶，閉上房門，三王並眾人俱拱立以觀聖作。只見林澹然手拿蠅拂，口中念念有詞，喝聲：「疾！」將蠅拂柄兒擊門一下，聽得房中擱筆之聲，澹然令開門進看，原來畫成兩幅好畫。一幅畫群龍在雲霧中，波濤洶湧，名為「群龍出海圖」；一圖畫高岡之上，梧桐之下，鳳凰一隻對日長

㉗ 玉繩：星名。常泛指群星。

鳴，名為「丹鳳朝陽圖」。上俱題僧繇寫，乃晉朝張僧繇㉘，畫龍不點睛㉙之人，真仙筆也。林澹然對李諤道：「此幅丹鳳圖，若久雨不晴，不必諸般祈禱，只把這幅圖掛起，即刻雲收雨散，紅日當空。若掛一月，一月不雨，掛一年，一年不雨。要雨時，必須收起此畫，不然再不能得雨也。這幅群龍圖，若久晴不雨，但把此畫掛起，立時烏雲蔽空，猛雨如注。若要晴時，須收起此畫。」查訥問道：「師爺，此畫實為奇寶，倘兩個齊掛，豈不又晴又雨乎？」林澹然道：「不然，要雨處方掛群龍圖，要晴處方掛丹鳳圖，若兩下齊掛，則晴處自晴，雨處自雨，不相妨礙，所以為寶。若掛作一處，又不大晴，又不大雨，是為陰天。其應如響，不可輕褻。將丹鳳圖裱起，進貢皇上，為鎮國之寶；將群龍圖裱起，贈與侍中，為傳家之寶，聊伸老僧芹意㉚。」李諤大喜，頓首拜謝。

說話之間，不覺城市雞鳴，已是天曉。李諤身子困倦，就在花園書室裡憑几而睡。午後又整筵席相待。一連住了數日，李諤拜辭告行，林澹然等再三款留不住，只得置酒餞行。杜伏威、薛舉、張善相共修三道表章，稱臣貢獻，各進金銀二車，明珠十顆，白玉屏風四架，珠簾二掛，蜀錦千端，璧玉圭一方，仙畫一幅。李諤又各各厚贈寶物、仙畫。林澹然等直送至南陀驛分別。

㉘ 張僧繇：吳（蘇州）人。南朝梁時任吳興太守。擅畫佛像、龍、鷹，多作卷軸畫和壁畫。

㉙ 畫龍不點睛：唐張彥遠歷代名畫記張僧繇：「（梁）武帝崇飾佛寺，多命僧繇畫之……金陵安樂寺四白龍不點眼睛，每云：『點睛即飛去。』人以為妄誕，固請點之。須臾，雷電破壁，兩龍乘雲騰去上天，二龍未點眼者見在。」

㉚ 芹意：謙詞。微薄的情意。

李諤帶了僕從，一路無話，直到京都，朝見隋文帝。舞蹈畢，文帝道：「勞卿遠使西蜀，事體若何？」李諤奏道：「託陛下洪福，入蜀不費辭說，西秦王薛舉、天定王杜伏威、萬壽王張善相接了聖諭，情願稱臣奉朔，歲歲貢獻不廢。但言西蜀蠻獠錯雜，朝更夕變，性若犬羊，不服王化。一自三王出鎮，蠻獠盡皆畏服，若一旦擅離，惟恐生變，百姓遭迍。懇乞天恩，賜以王爵，復鎮西蜀，誓不更變，朝廷有事，出軍相助。陛下不如將機就機㉛，待以優禮，賜以王位，恩結其心，亦足為西北一帶地方之保障。還有一個老僧，年逾九十，德行清高，姓林，法名太空；一個軍師查訥，字近仁，上知天文，深通韜略。二人皆精陰符變幻之術也，他言上觀天象，陛下乃真命之主，所以輸誠納款，有表文進獻，外貢金銀、珠玉、仙畫等件。」將丹鳳圖陳說一遍。文帝看了大悅，分付內帑宦官，將寶貝、金珠收貯，仙畫鎮庫。李諤又將夜間酌酒歌舞桃酒、龍虎變幻之法，逐一陳奏。文帝即敕禮部鑄造天定王、西秦王、萬壽王金印三顆，造金冠三頂，玉帶三條，蟒龍錦袍三襲，珠履三雙，寶劍三口，外又敕封林太空為通天護國普靜正教禪師，賜一品服，差行人官魯丑為使，齎奉旨意御賜等物，往西蜀欽賜三王。有詩為證：

昔日三齊㉜偽，今朝三俠真。
不須親納陛，聲譽振神京。

再說林澹然送李諤起程後，即要歸山，薛舉苦死留住，先送杜伏威、張善相、查訥回鎮。撥宦官十

㉛ 將機就機：隨機行事。
㉜ 三齊：秦亡，項羽以齊國故地分立齊、膠東、濟北三國，後泛稱「三齊」。

人，伏侍林澹然在後宮花園內，晨昏問候，殷勤孝敬，曲盡定省之道。過了數月，忽報朝廷差官來到，薛舉迎接入城，開讀聖旨，魯丑捧過西秦王金印和冠帶、錦袍、珠履、寶劍。薛舉謝恩已畢，請出林澹然拜受皇封御服，厚待天使。魯丑作別起行，到杜伏威、張善相兩處去了。三處俱差官上表謝恩。林澹然在西秦王宮中將及一載，一日要回峨眉山，薛舉只得送別，差內官、將士數十餘人，直護送至青州張善相處。善相迎接入城，重賞人眾，發付回鎮。林澹然在張善相宮內又住了數日，要回山上。張善相命擺鑾輿、鹵簿㉝奉送，林澹然止住不用，只取山轎一乘，宦官人役送至峨眉山而返。

樵雲、印月接入庵內稽首，問候起居。林澹然坐下，只見小賽擺耳前來，搖頭跳躍。林澹然問樵雲：「老蜜為何不見？」樵雲道：「太爺去後不及一月，老蜜往山後澗中吃水，失腳脫下崖去，登時跌死，已埋在山凹之內。」林澹然又問：「老鍾一向好麼？」樵雲道：「老鍾向來愈加羸瘦，近有十餘日不食，每向太爺禪座蹲踞瞻望，悲號長吼，似有望太爺不來之意，昨日午時，死於洞內。適才和師兄正欲葬之，不期太爺回來。」林澹然聽罷，兩眼垂淚，長嘆道：「老鍾雖墮畜道，俺一言點化，即能解悟，此去必歸正道。可惜臨死不曾與之一訣，可憐，可憐！老僧這等命薄，數年已來，張太公、苗知碩、沈性成、胡性定相繼西歸，幸有老鍾相伴，亦為兩世之交，今又長逝，深可痛惜。」嘆罷，令印月、樵雲擡虎放於庵前，四周堆積柴薪，林澹然端坐於虎屍之側，先念一卷消災解冤懺，又念一卷楞嚴上品經㉞，後誦往生淨土咒，親自下火，口中念動偈語云：

㉝ 鹵簿：古代帝王駕出時扈從的儀仗隊。自漢以後，也用於后妃、太子、王公大臣。

㉞ 楞嚴上品經：楞嚴經，大乘佛教經典。解釋宇宙真相，古人作詩云：「自從一讀楞嚴後，不看人間糟粕書！」

虎，虎，虎，眼射金光威耀武。身披文彩斑斕，腹布刀鎗旗鼓。三生孽障相牽，兩世空來辛苦。一言點化之後，解悟皈依西祖。咦！從今脫卻臭皮囊，萬道霞光歸淨土。

念罷，舉火點著，四周火焰騰騰。林澹然向西合掌念佛。頃刻間，虎已焚化，只有心不毀爛。樵雲將柴棒去撥，林澹然止住道：「不可。待其自化，方現靈光。」說話未畢，只聽燁爆之聲，心花分為六瓣，五道青煙從中而起，直透半空，結為一處，盤旋半晌，往西漸漸而散。再看時，心已成灰。林澹然大喜，高誦南無釋迦牟尼佛、南無無量壽佛。印月問道：「老鍾之心久煉方開，中有青煙沖空旋繞，此是何意？」林澹然道：「此乃老鍾返本還原處。心開六瓣者，六根俱淨；煙分五道者，五蘊皆空㉟。」印月、樵雲一齊合掌，同聲念佛。次日，將虎骨葬於石洞之前，疊土成墳，疊石為基。至今虎洞遺跡尚存。有詩為證：

生前何事戀煙花，變畜須知一念差。
幸悟良言持釋戒，靈歸西境樂無涯。

話分兩頭，再說隋文帝得杜伏威等歸服，一統天下，風調雨順，四海清寧，倉庫充盈，萬民樂業，國家全盛，太平無事。文帝有東宮太子名勇，為人柔懦，樸實無智。次子名廣，小字阿摩，為人資辨敏捷，貪虐荒淫，初封晉王，貪心不足，欲奪其兄之位，與總管宇文述㊱商議謀害之策。宇文述道：「殿

㉟ 五蘊皆空：佛教用語，出自般若波羅蜜多心經。五蘊，即色蘊、受蘊、想蘊、行蘊、識蘊。蘊，蘊藏；積聚。

下欲謀東宮，何難之有。必須得這個人輔佐，事必成也。」廣問：「何人？」宇文述薦：「右僕射楊素大有權謀，殿下何不求之？」晉王召楊素密謀此事，楊素道：「殿下欲謀兄位，只是承順父心，曲盡孝道，自然此位可得。」自此，宇文述、楊素每每見文帝，稱羨晉王仁孝恭儉，謙己下士，有人君之度，東宮懦弱無才，不足以承大統。文帝果然聽之。開皇二十年春，文帝下詔，廢太子勇為藩王，立晉王廣為皇太子。晉王既立，未及數月，暗將太子勇毒死。至仁壽四年正月，晉王弒父文帝於大寶殿，自登大位，號為煬帝，改元大業元年㊲。

煬帝登基之後，縱恣為樂，日夜歌舞，不理朝政。欽差舍人封德彝㊳、宇文愷㊴二人營造洛陽顯仁宮，南接皂澗㊵，北跨洛濱㊶，起自大江㊷已南㊸，五嶺㊹已北，採取奇材異石，納於其中；又求海內奇花瑤草，珍禽異獸，充入苑囿。自長安至江都㊺，造離宮四十餘所。又遣黃門侍郎王弘，往江南造龍

㊱ 宇文述：隋伐陳，任行軍總管。煬帝即位，參預朝政。
㊲ 大業元年：西元六〇五年。
㊳ 封德彝：楊素侄女婿。為人深藏不露，左右逢源。唐太宗時，官至尚書右僕射。
㊴ 宇文愷：出身武將世家。好學，擅長工藝，尤善建築。隋代著名工程，多所參預。隋煬帝時，官工部尚書。
㊵ 皂澗：在河南安縣東。
㊶ 洛濱：在河南洛陽。
㊷ 大江：指長江。
㊸ 已南：以南。已，通「以」。
㊹ 五嶺：大庾嶺、騎田嶺、都龐嶺、萌渚嶺、越城嶺，或稱南嶺，橫亙在江西、湖南、兩廣之間。

舟數萬艘，官吏督促嚴緊，役丁日夜營造，死者相望於道。開永濟之渠㊻，引沁水南達黃河，北通涿郡，穿江南河道，起自京口㊼，直至餘杭㊽，八百餘里。置洛口倉㊾於鞏城㊿，周圍二十里，內穿三千窖；造興洛倉於路陌北城，周圍十里，內穿三百窖，每窖內皆藏米粟，以防急用。五月間築城西苑，周圍二百里，內開大海，方圓十餘里，造成方丈51、蓬萊諸山，高百餘丈，臺觀宮殿，錯絡山上，苑內亦種奇花異卉，四時遊玩。到秋冬樹木凋落，剪雜彩為花，綴在枝條之上，顏色被風吹壞，復加更換。池沼之中亦剪彩為荷。晝夜笙歌不撤。每遇秋夜月明，縱宮女數千，俱跨駿馬，遨遊西苑，作清夜遊曲52，馬上歌舞。國政廢弛，無日不治宮殿苑囿。兩京至江都，苑囿亭殿不知其數。久而益厭，總管宇文愷揣知上意，選天下山川勝景之圖獻上。煬帝遍覽圖景，知汾州53地勢坦平，可以蓋造宮殿，手詔工部官員，

㊺ 江都：治所在今江蘇揚州。
㊻ 永濟之渠：隋朝繼通濟渠、邗溝之後開鑿的又一條重要運河。南引沁水通黃河，北通涿郡（治所在薊城，即今北京）。
㊼ 京口：古城名。故址在今江蘇鎮江市。
㊽ 餘杭：今屬浙江杭州。
㊾ 洛口倉：古糧倉名。又名興洛倉。故址在今河南鞏義東南。因地處舊洛水入黃河處而得名。周圍二十餘里，穿窖三千，每窖可容糧食八千石。
㊿ 鞏城：鞏，鞏縣，即今河南鞏義。
51 方丈：方丈洲。傳說東海中神山名。
52 清夜遊曲：隋煬帝喜在月夜率宮女在西苑騎馬遊玩，作清夜遊曲，在馬上演奏。
53 汾州：治所在今山西汾陽。

即於汾州地界造成宮殿，瓊樓寶閣，極其華彩，煬帝竟在汾州快樂。此時朝廷重斂，有司官員更是貪酷不仁，百姓受苦，輾轉流離。胡曾54先生有詩嘆曰：

千里長河一旦開，亡隋波浪九天來。
錦帆未落干戈起，惆悵龍舟更不回。

隋煬帝篡位，一統山河，海外四夷年年朝貢，只有高麗國55王屢歲不來貢獻。煬帝大怒，於大業六年春，下詔討高麗，差幽州總管元弘嗣往東萊56海口，造大船三百艘。官吏督役甚嚴，民夫晝夜立在水中，不敢停息，腰腹之下盡皆生蛆，死者數萬。調發天下軍兵，皆會於涿郡。江淮一帶，船隻首尾連接，千有餘里。來往人役不絕，死者相枕。正是萬姓遭殃，黎民塗炭。有詞為證，詞名卜算子：

煬帝即差徭，萬姓遭塗炭。夫妻手足盡分離，父子不相見。
未畢城廓工，又欲興宮殿。髑髏朽骨積如山，激動英雄變。

隋煬帝調發天下精兵，征討高麗，詔書到西蜀，杜伏威、薛舉、張善相兄弟商議不定。張善相車駕到草庵，參見林澹然，以求良策。林澹然道：「隋煬帝弒父之賊，加以荒淫無道，不理國政，上干天怒，

54 胡曾：晚唐詩人。曾居軍幕，作詠史詩三卷。
55 高麗國：即今朝鮮。
56 東萊：治所在今山東掖縣。

下結民怨，眼見得喪亡無日，但不知鹿死誰手57耳。今又動兵遠出，是自速敗亡。爾等若助軍馬，徒送眾軍性命，如不遵調遣，又背前言，激逆賊之怒，高麗未征，旌旗先指西蜀矣。不如各鎮且助兵五千，糧米三千石，託言邊郡四散鎮守，一時難以畢集，三鎮共先進軍一萬五千，然後陸續進發。待彼征高麗，敗亡之餘，自守不暇，豈能問罪於他人？連月來俺占雲氣，見太原分野王氣極盛，帝星明朗，此地必有真人。十餘年後，天下大定，隋朝氣數只此而已。」張善相辭了林澹然回青州，發檄文知會天定王、西秦王，三處厚贈天使，各助軍士五千，糧米三千石。天使帶領軍馬回朝覆奏煬帝。煬帝御駕親征高麗，詔徵天下軍馬，皆會聚於平壤58，共一百十二萬三千八百人。車駕渡遼，高麗王見隋帝大兵聚集，不敢出戰，分兵堅守，暗遣沙疊、鄧五斗、武洞、駱思德四將帶領精兵，四出焚劫隋軍糧草。隋軍乏糧，自相變亂，諸軍皆無戰心，各思退步。高麗王大發軍馬追殺，隋軍大敗。眾將只護得隋煬帝而逃，全軍敗沒。

大業八年，京城地震五番。六月朔日，有黑氣千餘丈，飛入太極殿中。七月有虹光現於玉堂原，城外高山盡皆崩裂。天下大亂，盜賊如林，各據一方，稱王道帝，共有六十四處煙塵。先說一人，姓竇名建德59，貝州60人氏，軍官出身，聚集勇將孫安祖、張金稱、高士達，招兵買馬，共得五萬餘人，打州

57 鹿死誰手：以追逐野鹿喻爭奪政權，意謂天下當為何人所得。後亦比喻勝負誰屬。

58 平壤：即今朝鮮首都平壤。

59 竇建德：清河漳南（今山東武城漳南鎮）人。因反對隋煬帝伐遼東，助同縣人孫安祖舉兵抗隋。繼而投奔高士達。高士達、張金稱死後，率其餘部稱雄河北，建立夏國。在虎牢關一役被李世民俘虜，同年被殺。

劫縣，據地稱王。又有一人姓李名密⑥①，字玄邃，遼東襄平⑥②人，輔佐楊玄感⑥③為王，有大將翟讓、李世勣、王伯當，起兵黎陽，占據滎陽郡⑥④，所向皆捷，據興洛倉，復駐紮鞏城，聲勢大振。朱燦起兵南陽，稱為楚帝。郭子和起兵榆林，號永樂王。王須拔起兵恆定，號漫天王。又有劉武周、林士弘、李子通、邵江海、劉元進、汪華、徐圓朗、左才相、梁師都，各各占據城池，互相征伐。遍處表章不絕到樞密院來。煬帝聞報，驚慌無措，御筆親寫詔書，欽差右驍衛將軍唐國公李淵為太原留守，虎賁中郎將王威、虎牙中郎將高君雅二人為副留守，調遣關右⑥⑤十三郡軍馬征討群賊。

卻說李淵字叔德，隴西成紀⑥⑥人氏。其祖李虎仕魏有功，封唐國公。父李昞襲封其爵，生淵於長安。胸生三乳，立性仁厚，襲封唐國公。娶竇毅之女為夫人，生四子，長名建成，次世民，三玄霸，四元吉。李世民年方四歲，有書生見而異之，嘆道：「此子龍鳳之姿，天日之表，其年幾冠⑥⑦，必能濟世安民。」

---

⑥⓪ 貝州：應為貝州。治所在今河北清河縣。

⑥① 姓李名密：李密，隋末瓦崗軍首領，稱魏公。後因殺瓦崗寨舊主翟讓，引發內部不穩。不久被王世充擊敗，率殘部投降李唐。又因叛唐自立被殺。

⑥② 遼東襄平：治所在今遼寧遼陽。按：李密為京兆長安（今屬陝西）人。

⑥③ 楊玄感：楊素之子。襲爵楚國公，遷禮部尚書。首先於黎陽（今河南浚縣東北）起兵反隋。兵敗而死。

⑥④ 滎陽郡：治所在今河南滎陽。

⑥⑤ 關右：即關西。函谷關或潼關以西地區。

⑥⑥ 隴西成紀：今甘肅秦安。

⑥⑦ 幾冠：到加冠的年齡。幾，及；達到。

李淵厚待書生，既而辭去。李淵懼其語泄，使人分頭追殺，竟無踪跡，因以為神，故採其語名世民。有詩為證：

龍姿鳳表自天成，首出能教海嶽清。
濟世安民真帝主，行看四野息煙塵。

再說李淵奉旨率領高君雅、王威二將，長子建成，次子世民，起馬步兵五萬，征討眾賊，雖然屢戰屢勝，爭奈盜賊甚多，朝降暮反，只有山西、河南附近地方略為平靜。忽報邊城軍士結連胡虜作叛，勢甚猖獗，官軍屢敗，求兵救援。吏部侍郎裴矩㊳力勸煬帝親征。煬帝敕虞世基㊴為總兵都督大元帥，帶領馬步軍兵三萬為前隊，煬帝自統精兵七萬、戰將百員，御駕親征。大軍將到雁門㊵，虜王突厥㊶撤圍而走，誘隋煬帝軍馬入關，親督鐵騎四十萬，攻打雁門劫駕，金鼓之聲，振動天地。正是：

龍游淺水遭蝦戲，虎入平林被犬欺。

不知煬帝如何退敵，且聽下回分解。

---

68 裴矩：隋煬帝時參掌朝政，經營西域。唐太宗時，官民部尚書。
69 虞世基：隋煬帝時參掌朝政，茍合取容，為時所譏。後為宇文化及殺於江都。
70 雁門：雁門關，又名雁門塞、西隆關。位於山西代縣。為長城雄關。有「天下九塞，雁門為首」之語。
71 突厥：古代民族名，也為國名。廣義包括鐵勒、突厥各部落，狹義指突厥汗國。西元六世紀初興起於金山（今阿爾泰山）西南麓。

第四十回　禪師坐化證菩提　三主雲遊成大道

詩曰：

逝水滔滔不斷流，浮生寄跡似虛舟。
垂髫❶童子霜堆鬢，矍鑠❷禪師雪灑頭。
回首功名成大夢，俛❸思榮辱付沙鷗。
釋歸極樂玄驂鶴❹，萬古傳揚姓字留。

話說隋煬帝被突厥圍困於雁門關，眾皆危懼，帝遣元帥虞世基率精兵開關出戰，大敗而歸。煬帝大驚，詔天下募兵，前來勤王。當下屯衛將軍雲定興❺知天子有難，聚集豪傑，起兵發馬，赴邊塞救駕。

❶ 垂髫：也作「垂齠」。指兒童或童年。髫，兒童垂下的頭髮。
❷ 矍鑠：形容老人目光炯炯、精神健旺。
❸ 俛：同「俯」。
❹ 驂鶴：驂鸞馭鶴，駕馭鸞鳳仙鶴。喻成仙。驂，乘；駕馭。
❺ 雲定興：隋廢太子楊勇雲昭訓之父。隋煬帝時，進左屯衛大將軍。以逼迫楊廣孫皇泰帝楊侗禪位於王世充，官太尉。

驚動一個年少英雄，年方十六，聰明勇決，識量過人，前來應募。卻是太原留守大將軍李淵之子李世民，來見雲定興，獻策道：「突厥敢舉兵圍天子於雁門，必謂我等倉猝，不能赴援。今白晝則引旌旗左出右入，東進西退，令數十里不絕；黑夜則金鼓之聲相應照會，吶喊不息，猾虜必疑援兵大至，望風而遁矣。」雲定興依其計，果然突厥疑有大兵，漸漸散圍，不敢逼迫。不半月間，各郡救兵皆到，突厥聞知，解圍而去。煬帝方得還朝，大賞眾將。自此李世民之名，四海盡知，英雄欽服。

李世民見天下大亂，盜賊滿前，已知隋室將亡，陰有安天下之志，輕財養士，結納賢豪。有一謀士姓劉名文靜❻，又一宮監姓裴名寂❼，皆與世民相善，密議大事。劉文靜道：「今主上南巡江淮，李密圍逼東都，劉武周已據汾陽宮，群盜殆以萬計。當此之際，有真主驅駕而用之，取天下如反掌耳。太原百姓皆避盜入城，劉某為令數年，盡知豪傑，一旦收集，可得十萬人。尊公所統之兵，復且數萬，一令之下，誰敢不從？乘虛入關，號令天下，不半年間，帝業成矣。」李世民大悅，對父李淵道：「主上無道，百姓困窮，晉陽❽城外皆為戰場。大人若守死節，下有盜寇，上有嚴刑，危亡無日。不若順民心，興義兵，轉禍為福，此天授之時也。」李淵大驚道：「汝安得出此言？取滅族之禍也！」次日，李世民又道：「目今盜賊日繁，遍於天下，大人受詔討賊，賊可盡乎？願大人早定大計。」李淵笑道：「吾夜間思汝之言，亦大有理。今日破家喪軀亦由汝，化家為國亦由汝。」世民和裴寂設計，暗囑宮人張、尹

❻劉文靜：最初助唐高祖李淵太原起兵的功臣，封魯國公。後因遭裴寂讒言被冤殺。

❼裴寂：最初助唐高祖李淵太原起兵的功臣，執掌朝政。後被太宗免官流放，死於途中。

❽晉陽：在今山西太原。

二妃，設宴宮中側殿，待李淵酒酣，二妃擁抱，同臥龍床，恣樂通宵。次日，李淵怕事露，定計殺了副留守王威、高君雅二將，遂作符飭內宮監庫物財帛賞軍，改換旗幟，軍聲大振。先據晉陽，又取長安，開倉庫賑濟窮乏，改立白旗，聚集文官武將、大小軍士，宰牛殺馬，祭賽天地諸神，誓眾於野，作檄文遍達各郡。又差眾官迎接代王侑❾即皇帝位於天寶殿，改元義寧元年❿，大赦天下。時隋煬帝駕在江都，遙尊為太上皇。李淵自立為唐王，都督內外諸軍事。此時，宇文化及、宇文智、司馬德戡、裴虔、狐行達等，扈煬帝在江都，聞知長安李淵有變，自為唐王，心下不平，奸黨合謀，於大業十三年夏四月，弒煬帝於玄門之側，立秦王浩即皇帝位。探馬報到長安，李淵大哭，聚眾官發喪掛孝，望江都遙祭。當下諸大臣、謀士皆有尊李淵為帝之心，稟於李世民。世民與劉文靜、裴寂、李靖⓫謀定，差文武官員隨司農少卿裴之隱請詔。此時恭帝年幼，即令蕭造⓬草詔，願禪位於唐。百官奉李淵即位，改元武德元年，改郡為州，改太守為刺史，立建成為太子，世民為秦王，元吉為齊王，傳檄諸郡，共起軍馬伐宇文化及。化及敗績，被李世民斬之，傳首長安示眾，天下稍定。

消息傳入西蜀，杜伏威升殿，聚集文武商議。查訥當先奏道：「老臣近聞唐王李淵禪了隋朝大位，

---

❾ 代王侑：即隋恭帝。

❿ 義寧元年：西元六一七年。

⓫ 李靖：字藥師。隋末唐初名將。後封衛國公，世稱李衛公。善於用兵，長於謀略，有李衛公兵法。

⓬ 蕭造：隋恭帝遜位，以刑部尚書蕭造、司農少卿裴之隱奉皇帝璽紱於唐王李淵。李淵即皇帝位，命蕭造兼太尉，告於南郊，改元。

目今又滅了宇文化及，其餘諸國，或降或滅，已聚勇將千員，精兵數十萬，謀臣智士皆傾心事之，眼見得天下十有七八矣。況兼太原分野，王氣正盛，紫微星光彩倍常，正應昔日林禪師之言，主公亦須預備戰守之策。又聞李公子世民仁明英武，識量過人，傾身下士，豪傑景從，有帝王之表，主公不可輕視之也。」杜伏威道：「孟子云：『五百年必有王者興。』亂極生治。自晉世祖⑬受禪⑭已來，五胡亂夏⑮，繼以五代⑯，兵戈迭興，戰爭不息，群黎塗炭，四海淩夷。以今度之，將及五百年矣。上天豈無好生之德，忍使生靈久困於水火哉？太原帝星朗朗，林太師常言此地必有真人。即此推之，李世民非命世之主而何？孤弟兄三人，自十六歲起兵，屈指五十餘年，感軍師神機妙算，百戰百勝，初受齊後主之恩，次感隋文帝之德，以一介儒生而位居王侯，食祿五十餘載，富貴久而且極，人生快活，滋味不過如此。吾聞位高者責重，貴極者身危，戀戀於此，禍基不遠。意欲遨遊方外，寄跡煙霞，辟穀延年，訪真修道，卿意以為何如？」查訥道：「主公何出此言？大丈夫翹首雄飛⑰，豈甘雌伏⑱？太原雖有真人，大事猶未可必。主公鼎足三國，戰將數百員，精兵二十萬，進則可以橫行天下，退則可以折守西蜀。唐兵至此，

---

⑬ 晉世祖：即晉武帝司馬炎。咸熙二年（西元二六五年），魏元帝曹奐遜位，時為晉王的司馬炎代魏稱帝。

⑭ 受禪：也作「受嬗」。王朝更迭，新皇帝承受舊帝讓給的帝位。

⑮ 五胡亂華：晉武帝死後，晉室內亂，北方少數民族匈奴族的劉淵及沮渠氏、赫連氏，羯族石氏，鮮卑族慕容氏及禿髮氏、乞伏氏，氐族苻氏、呂氏，羌族姚氏，相繼在中原稱帝，史稱「五胡亂華」。

⑯ 五代：唐稱梁、陳、齊、周、隋為五代，是為前五代。

⑰ 雄飛：比喻奮發有為。

⑱ 雌伏：比喻屈居下位，無所作為。

三國互相救援，蜀地必能保全。設或天命在唐，不過奉其正朔，納款歸命，如亡隋故事，則子孫可以永保富貴。主公何故思及方外之事，使英雄氣短，謀士志消？人心一懈，大事去矣。老臣切以為不然。」杜伏威道：「軍師之言雖善，但天數已定，非人力之所能為。今以天時人事度之，世民應天順人，仁義播於四海，人物必歸唐主。孤若秣馬厲兵，與之抗衡，必蹈烏江之轍；如稱臣納土，委身事之，又非忠臣不事二主之心，豈不貽笑萬世？須待林太師、西秦王、萬壽王相會，共議良策。」

君臣正商議間，忽近臣有奏：「萬壽爺有檄文到來。」杜伏威拆開，與查訥同看，上寫道：「即今三月二十五日乃林太師壽誕，屈王兄車駕早臨，同往山中奉祝。耑候再拜。」杜伏威道：「若非張三弟預達，則幾乎失忘師爺壽誕。」隨差官備辦禮物，同軍師查訥、世子杜世廉（即杜應元之子，勝金姐所生，乃天定王之弟。時勝金姐已故，因夫人舜華只生一女，無嗣，立為世子）、老將尉遲仲賢，隨從杜伏威起駕到青州郡。此時，西秦王薛舉車駕已到，萬壽王率文武百官出郊迎接。二王入城，上殿行禮，設宴相聚，不勝之喜。談及唐朝之事，皆無定議。張善相道：「天氣融和，萬花如繡，明日同二位王兄且去郊外遊樂一番何如？」天定王、西秦王同聲道：「好！」次日，張善相頒令旨，準備車駕郊外遊玩。杜伏威、薛舉、張善相三人，各駕龍車，三位世子——杜世廉（勝金所生）、薛仁郁（姅蜚仙所生）、張一奇（琳瑛所生），軍師查訥，文武百官，俱騎駿馬，內侍、儀從、軍兵共千餘人，出西門遊玩。此時暮春天氣，風日晴和，百花開放，山明水秀，柳綠桃紅，君臣看之不足。有詞為證，詞名瑞鶴仙：

悄郊原帶郭，芳草路，馬跡車塵漠漠。垂楊蔽山角，蕩春風搖曳。珠簾翠箔，鶯呼燕狎，顫巍巍⑲花枝重壓。有山靈勸我，慢解繡鞍，且尋杯酌。不計程途迢遞，遇酒逢花，高歌緩頰⑳。君臣共樂，飲酣醉繞紅藥。看前村已欲紅稀綠暗，東風何事又惡？任流光過卻，猶喜春遊興劇。

看看日色近午，張善相問侍臣道：「此地有甚寺院可以暫憩？」近臣奏：「前去不遠，有一個伏龍觀，極是高大寬敞，可歇車駕。觀後有園，牡丹盛開，共數十種，天下無賽。奉殿下令旨，御膳早已整備在觀，候駕宴賞。」張善相即命幸伏龍觀。少頃到觀前，觀中道眾撞鐘擊鼓，俯伏山門接駕，一齊殿中坐定。道士獻茶，內侍奏：「後園筵席完備，請三殿下赴宴。」三王同入後園，看那牡丹，果然開得茂盛。但見：

千葩吐豔，萬萼呈奇。玉樓寶相，楊妃亭畔倚欄杆㉑；魏紫姚黃㉒，飛燕掌中施妙技。迎風向日，渾如帶酒新妝；側面傾心，儼若向人私語。不隨桃杏妖嬈色，獨占群芳卉裡王。

⑲ 顫巍巍：形容抖動搖晃。

⑳ 緩頰：借用譬喻緩緩陳說。後用以稱婉言勸解或代人講情。

㉑ 玉樓寶相二句：寶相，花名。薔薇花的一種。唐李白為楊貴妃所作清平調：「名花傾國兩相歡，長得君王帶笑看。解釋春風無限恨，沉香亭北倚闌干。」

㉒ 魏紫姚黃：姚黃是指千葉黃花牡丹，出於姚氏民家；魏紫是指千葉肉紅牡丹，出於魏仁溥家。原指宋代洛陽兩種名貴的牡丹品種。後泛指名貴的花卉。

萬壽王分付內侍，摘黃、白二種插在古瓶之內，置於席上佐酒。正宴樂間，只聽得隔牆浩歌之聲，甚是清亮。王等側耳聽時，歌道：

丹砂九轉㉓換成仙，在在為家處處天。一粒粟中藏世界，三升鐺裏煮山川㉔。白鶴有情呼即至，
黃金無色化非艱。身中火棗㉕誰人識，此藥元來便駐顏。

歌罷，鼓掌而笑。又一人歌道：

何處是吾家，饑來食絳霞。琴彈碧玉調，爐煉白朱砂。曾經丹化米，親見棗如瓜。一瓢藏太極㉖，三尺斬妖邪。寶鼎存金虎，元田養白鴉㉗。日前真閬苑，何必泛星槎㉘。

㉓九轉：九次提煉。道教謂丹的煉製有一至九轉之別，而以九轉為貴。晉葛洪抱朴子金丹：「九轉之丹服之，三日得仙。」

㉔一粒粟中藏世界二句：五燈會元呂岩洞賓真人：「一粒粟中藏世界，半升鐺內煮山川。」

㉕火棗：傳說中的仙果，食之能羽化飛行。南朝梁陶弘景真誥運象二：「玉醴金漿，交梨火棗，此則騰飛之藥，不比於金丹也。」

㉖太極：古代哲學家稱最原始的混沌之氣。易繫辭上：「易有太極，是生兩儀，兩儀生四象，四象生八卦。」謂太極運動而分化出陰陽，由陰陽而產生四時變化，繼而出現各種自然現象，是宇宙萬物之原。

㉗寶鼎存金虎二句：語出唐韓湘言志詩。金虎，器物上的虎形金屬裝飾。

㉘星槎：往來於天河的木筏。西晉張華博物志載：天河與海相通，漢代曾有人從海渚乘槎到天河，遇見牛郎織女。

歌罷，二人狂叫大笑。

薛舉聽畢大怒，喝令將官拿觀中老道士過來罵道：「這賊道好大膽，孤兄弟在此飲酒，甚人在隔壁高歌狂笑？你輒敢留此等狂夫放肆攪擾，著軍校拿下，捆打一百。」道士俯伏地上，戰兢道：「小……小道，罪……罪該萬死！乞殿下天恩，饒……饒恕。兩月前，來……來……來這兩個遊方道人。」杜伏威笑道：「那道士不必慌張，慢慢說來。」道士又稟道：「這道……道人拿些銀兩，定要租牆裡那一間房煉丹，小道慮來歷不明，再三推阻，二人抵死要住，只得暫許數日。小道暗裡窺他兩個道者，倒也安靜，終日閉目危坐，端然不動，又不見他飲食。不知今日為何瘋癲起來，驚犯聖駕，伏乞天恩。」杜伏威道：「放了這道士。就差內侍到房內好好叫那兩個道士來見，不可大驚小怪。」少頃，內侍官領著兩個道士到花園內來，眾人舉眼看那道人，一個生得蒼顏鶴髮，瘦臉長髯，一個生得長眉大耳，闊面重頤，身上都穿著一樣的百衲道袍，頭上都戴一頂斑竹道冠，腰繫麻絛，腳穿草履，飄飄然有出世之表，徐步向前，打個稽首道：「三位殿下，稽首了。」薛舉怒喝道：「汝是何處野道，見孤等不下拜，敢如此無禮？甚為可惡。」那長髯道人仰天大笑道：「貧道乃方外野人，不習君臣之禮，那裡省得甚麼跪拜？」杜伏威道：「這也罷了。孤問你二位道者，何為不去雲遊，卻在此長歌狂叫？」那闊臉道人笑道：「貧道二人久聞西蜀名山勝景甚多，故雲遊至此，亦是暫寄蓬廬耳。到此數月，欲覓一施主，捨酒與貧道二人吃個酩酊，未遇其人。適聞酒香撲鼻，不覺興動，聊發長歌，以遣清興。」杜伏威道：「你二人既要化酒，何難之有。」叫御膳官取一埕㉙酒與二道者飲。張善相問：「你二人可用葷麼？」二人答道：「用

㉙埕：音ㄔㄥˊ，罈子。

齋。」張善相道：「杜爺賜你酒，孤賜你一齋。」分付內侍整一桌蔬齋，看兩個座兒與他飲酒。二道人稽首謝了，旁邊坐下，自斟自酌。瞬息間，一埕酒已吃完。杜伏威道：「汝二位還能飲麼？」二人道：「蒙賜這一埕酒，只可與貧道潤喉而已。酒興二字，全未全未。」杜伏威大笑，分付內侍再取酒來。管廚官又取一埕好酒與道人，霎時間又飲盡了。頃刻吃進了四埕美酒。兩個立起身來，呵呵笑道：「這四埕酒略嘗滋味。」向前稽首稱謝。

杜伏威道：「不必謝了。今你二位乘著酒興，卻往何方去？」長髯道：「俺們離此前去到太原見秦王李世民一面。」杜伏威道：「當今唐天子登基，全仗秦王以成大業，汝二位去見他何用？」闊臉者道：「如今秦王功蓋天下，四海揚名，英雄豪傑莫不歸附，李淵得享天位，皆秦王之力。群臣共議立秦王為太子，其兄建成，其弟元吉，暗妒造謀，每欲殺之。貧道去見秦王，勸他棄職歸山，隨俺兩人雲遊天下，授以長生不死之術，煞強似立身坑阱中，以罹大禍，故欲去走一遭，二來兼求一醉。」薛舉大笑道：「此狂夫之言，滿口胡柴㉚。秦王自起義兵，衝鋒冒陣，出萬死一生以得天下，正要混一區宇宙，受享太平無疆之福，成子孫萬世不拔之業，豈肯隨汝遠出雲遊，食風宿水？言之太迂，深為可笑。」長髯者道：「大王但知其樂，不知其苦。俺道人們慈悲為主，方便為門。從唐高祖即位以來，誅邪伐叛，六十四處煙塵，消除了大半，狠征惡戰，滅族亡軀，不知喪了多少英雄。當今占據城池，稱孤道寡的尚存一二十家，數年之間，眼見得亦罹此禍。貧道欲一一勸化，使眾諸侯急流勇退，避禍潛蹤。其中肯棄功名、撇富貴而明哲保身者，能有幾人？故此欲往太原見秦王，力勸他修行學道。秦王斂手，則眾諸侯皆得高枕

㉚ 胡柴：胡說；胡扯。

無憂。這不是貧道們的慈悲方便處?」薛舉道:「這道人又胡說了。李世民天生英傑，命世奇才，豈不知治世安民，撥亂反正之理?乃一旦棄帝王之業，違仰望之心，而從汝修行學道乎!」道人道:「俺二人雖方外野人，頗明天象，每見太原王氣鬱然，紫微星朗朗拱照，豈不知李世民是一代真主?噫!但恐彼之得意處，即是三大王之失意處也。」薛舉怒道:「唐朝自得中原，孤等且守西蜀，土壤懸隔，有何憂哉?」道人道:「大王試說古往今來命世之主，曾有不統一者乎?目下唐主內憂蕭牆之變，外有群雄之角，蜀地險峻，路僻糧阻，故遲遲未進。而數年後，內難既靖，群雄盡滅，唐之旌旗不指西蜀而誰指哉?大王若與之抗，寡不敵眾，北面而事之，又惹天下英雄恥笑，此際當如之何?」說得薛舉閉口無言。杜伏威道:「二位仙長確有定見，孤弟兄每每慮及於此，未有成議，今蒙賜教，令人豁然頓悟。孤久慕玄修㉛，夢想仙風甚渴，但恐俗骨凡胎，難到蓬萊弱水，若得仙長破迷指路，豈惜區區富貴功名?」那道人道:「大王，但恐你心不堅耳。學道何難，修真亦易，墮劫與飛升，只爭方寸間。三位大王起兵已來，雖然殺戮生靈，只為濟民利物，身居富貴，行實清廉，況能薄名利，遠聲色，輕貨財，減滋味，屏虛妄，除嫉妒，俠膽貞肝，靈臺炯炯，此皆人之所難及也。若能委脫紅塵，逃出羅網，將大位傳與世子，割愛分恩，清心寡欲，隨貧道遨遊四海，浪蕩煙霞，吸風飲露，嘯傲乾坤，不數年間，必悟玄機，定超塵劫。若非宿緣有在，三大王焉能與貧道一面乎?請即長往，不必多疑。」杜伏威三王皆低頭不答。

道人又道:「天定王，天定王，記得隔塵渡頭，天主樓上賜酒受教云:『五十三年後，依然上玉樓。』詩猶在耳，何遽忘之?」杜伏威聽罷，猛然省悟，離席道:「二位仙長，莫非就是褚一如、姚真

㉛ 玄修:功夫深奧的修道。

卿麼？」道人笑道：「闊別久矣，此處重逢。」杜伏威慌忙下拜道：「弟子為塵俗所迷，不知大仙駕臨，失迓㉜，萬罪，萬罪！」道人答禮道：「吾二人奉天主法旨，接引三位到蓬萊學道，以待行滿飛升。無由進見，故託酒狂歌，微言隱諷，莫罪，莫罪！」杜伏威拜罷，薛舉、張善相、查訥一齊上前行禮。張善相道：「此二位仙長與王兄何處曾相會來？何不早言，費了許多唇舌。」杜伏威笑道：「就是孤一向對林太師並二位賢弟所言，送公公骸骨還鄉時，路阻大溪，得二仙長扁舟濟渡，引入仙境，參見混一真人，傳授琴棋心法，又賜仙果瓊漿。住了兩日，拜別之際，真人賜八句詩道：『遇喜不為喜，逢憂豈是憂。囹圄百日患，舒抱莫含愁。棧閣成基業，深淵解組休。五十三年後，依然上玉樓。』至今珍佩不忘，歷歷應驗，獨有深淵一句不明。今思深淵者，李淵身為唐帝也。適才偶爾相逢，卻像曾交半面，顛倒尋思不起，不是仙長自言，幾乎當面錯過。但孤等愚夫俗子，不識玄機，懇求仙長點化一二，三生大幸。」三王躬身請二仙上坐飲酒。二仙道：「貧道不復飲矣。適間所賜美酒，仍在埕中，未曾飲去，借此以試大王耳。告別前往成都府㉝威風山下小庵內，專候三位駕臨，切莫羈誤。」杜伏威道：「謹遵仙旨。弟子等往峨眉山祝林恩師之壽，事畢，即相會於成都矣。」二仙點首，長嘯一聲，倏然不見。

萬壽王等且驚且喜，一齊上車回朝，整頓禮物，率領三位世子、查訥等，一同起馬來到峨眉山。天定王等下車馬，步行上山，進庵參見林澹然。杜伏威、薛舉、張善相稱觴祝壽，次及杜世廉、薛仁郇、張一奇、查訥上壽了，然後進上禮物，即於草庵之內，次序坐下飲酒。杜伏威將西郊遊玩，遇二仙點化，

㉜ 迓：迎接。
㉝ 成都府：治所在今四川成都。

棄位學道之事說了，又道：「不肖等三人已許之於成都威風山相會，未曾稟知師爺，不敢擅便，今見恩師之後，即長往矣。」林澹然道：「汝三人功成名遂，皆具仙風道骨，今能同志棄家修道，必能蟬蛻㉞塵寰，登紫府㉟而位上仙，可賀，可賀！況三位世子，俱老成英偉，足繼大業，不墜家聲。今俺有一樁大事，正欲與汝等一見，今幸俱會於此，亦係宿緣，使老僧無限歡喜。今晚三王、世子與近仁暫宿草庵，明日午時，老僧即當西歸永別。」杜伏威等大驚，一同站起身來道：「師爺何出此言？使某等神魂欲絕。幸再留幾年。」林澹然笑道：「明日午時，俺的大限已到，何能強留？今夜與諸君相敘一宵，便當回首。」杜伏威兄弟三人淚如泉湧，悲泣起來。林澹然勸道：「三王不須悲切，老僧年已過百，受享逾分，復何憾焉？」杜伏威掩淚道：「師爺修煉既久，自當驂鸞駕鶴，羽化飛升，為何又入這境界去？」林澹然道：「釋玄二教，總屬虛無，古佛上仙，須離幻體，雖聖祖佛老，亦所不免。」薛舉道：「師爺預知未來之事，此一去，靈光歸於何處？不肖等復可相見否？」林澹然道：「脫此皮囊，即歸覺路。釋道殊途，一時未能遽會。」張善相道：「師爺西歸，乞留一言遺世廉等，終身佩服，以為蓍蔡㊱。」林澹然道：「待三子自問，方可教之。」杜世廉即起身敬問：「守己待人之道何先？」林澹然道：「事君宜敬，莫以得失為榮辱；治民宜寬，莫以督責掩仁慈。」薛仁郵躬身問治國治家之道，林澹然道：「治國要知民情，辨忠佞，遠異端，重農務。治家恭儉好禮，勤職業，擇鄰居，遠損友，勿使妻妾近尼釋而多勃谿，

㉞ 蟬蛻：蟬自幼蟲變為成蟲時脫下的殼。比喻脫胎換骨。多指修道成真或羽化仙去。

㉟ 紫府：道教稱仙人所居。

㊱ 蓍蔡：猶蓍龜，筮卜。蓍，音ㄕ，筮。蔡，大龜。

勿使子弟愛遊佚而無生計。」張一奇整容問處變用兵之道，林澹然道：「處變貴於知機，貪者受禍；用兵明於賞罰，吝者遭殃。總之要重英豪，知進退，察虛實，同甘苦，勿以敗惰，勿以勝驕。知此數者，為將之道，其庶幾乎？」三子拱手受教，重斟美酒，再整佳餚，飲至更深。林澹然令眾人安歇，杜伏威等道：「只有一宵之會，焉可酣睡？」撤去杯盤，林澹然盤膝趺坐[37]禪床之上，杜伏威等次序坐談，直至天曉，依依不捨。

早膳已罷，林澹然入房內，香湯沐浴畢，換了一身布服，對眾人一一合掌相別。印月、樵雲二人跪下，泣求修焚[38]衣缽[39]，林澹然但道「靜養」二字。再問時，林澹然又道「無欺」。二人言下省悟。澹然即命擡出龕子，放在庵前。林澹然跨入，端坐於內，問印月道：「有午時否？」印月道：「將是午時。」杜伏威一行人環立龕前。林澹然手持念珠，對眾道一聲：「大眾保重，老僧告辭了。」閉目垂眉，一霎時神光出舍[40]，圓寂去了，只見鼻中垂下玉筋來。杜伏威等跌足慟哭，大小官民人等無不下淚。杜伏威道：「且住，有一樁要緊大事，倉猝間不曾問得，深為可惜。」眾人問何事，杜伏威道：「不知林師爺要何人下火？失於問及。」印月道：「大爺已曾分付，不必他人下火，回看一晝夜，自有真火從足心而起，可以自焚本相。」杜伏威遂命燃香點燭，設祭修齋，出示曉諭三國官民人等，盡皆掛孝，遍處傳說

---

[37] 趺坐：盤腿端坐。

[38] 修焚：即焚修，焚香修行。泛指淨修。

[39] 衣缽：佛家以衣缽（袈裟與飯盂）為師徒傳授之法器，因引申指師傳的思想、學問、技能等。

[40] 出舍：猶出竅。謂脫離軀體。

林聖僧坐化，當有真火焚身，遍處傳揚。次早，上山來燒香的人，若男若女何只千萬，近侍官禁喝，不許近庵。杜伏威道：「不妨。今日林師爺坐化西歸，正要百姓觀看，以顯平昔道行清高，官不許禁止。」眾人皆挨近龕前，磕頭禮拜，誦佛之聲，振動山嶽。看看午時將至，忽見兩股青煙從龕底而起，漸漸有焰燒著龕子。此時看的人翻江攪海。良久焰光大熾，焚著林禪師法身，只見一線金光，從昆侖頂上衝出，直上九霄，化成萬道霞光，輝煌燦爛，旋繞空中，恍惚是一金身長老，騎鶴冉冉從西而去。杜伏威等俱各禮拜，上自縉紳，下及士庶，無不頂禮合掌誦佛，直至天晚方散。

杜伏威一行人，就於庵中宿歇。樵雲在禪床坐褥之下，檢出一張箋紙，乃是林禪師親筆寫的辭世頌子，送於天定王看。杜伏威三人一同觀看，上寫道：

殺人如麻，立身似砥，寵辱不驚，恬澹是非。酒吸百川，肉吞千豕，醉臥中峰，義皇㊶自擬。皓月清風，高山流水，長嘯狂歌，何分角徵？心證菩提，法舟相艤，生彼蓮花，逍遙無已。

杜伏威將箋文交與世廉，令匠人裱成一軸，藏於宮中侍奉。次早，三王親自拾骨，用玉匣盛貯，葬於中峰頂上，築成一塔，四圍種植樹木，中立碑亭，上鐫「普靜正教禪師之塔」；側首建一禪院，命僧看守，名為「普靜禪院」。皆衰絰重孝，哭泣祭祀畢，與印月等作別下山。

不說杜伏威等回鎮，且說草庵內黑豬名小賽者，自林澹然升天之後，每日必到塔前踴躍哀叫，不及半月，斷食死於塔側。土民義之，即葬在草庵之後，壘土成墳，名為「義冢」。山下仕宦富民，皆感林澹

㊶ 義皇：即伏羲氏。古代傳說中的三皇之一。

然神靈，各出貲財拆去草庵，大興工作，改成一寺，名為「飛龍禪寺」，中塑太空禪師法像，立印月、樵雲為住持，撥山田百畝以為供奉，四時焚香，與普靜禪院一前一後，香火不絕。後印月年至八旬，一夕忽然坐化，樵雲後亦善終。有詩為證：

歸然禪塔倚中峰，普靜松風送曉鐘。
遺愛及民恩澤溥，至今香火繞飛龍。

再說萬壽王張善相等，駕回青州，換了吉服，文武官員朝見已畢，張善相道：「孤等三兄弟，幼蒙林太師教育之恩，皇天庇佑，十六歲起兵，即成大業，至今享五十餘年厚福，皆賴眾卿之力。回首功名，一場大夢。假饒活卻百年，孤等已過大半。郊外二仙所言，使人夢中頓覺。昨送林太師歸西，即和二位王兄商議定了，功名已遂，正當急流勇退，效范蠡之歸湖，學張良之辟穀，脫卻利鎖名韁，從師雲遊學道，圖一個長生不老，羽化登仙。今後眾卿各宜盡忠，輔佐世子即位，君臣緝穆，上下齊心，愛民節儉，重賢尊德，或遇唐朝動軍，皆要遵依查軍師約束，切莫負孤之言。」杜伏威、薛舉亦喚杜世廉、薛仁郿分付一場。三個世子一齊跪下，大哭道：「父王年近古稀㊷，正當安享天年，豈可聽信邪道之言，遠離鄉國？況路途風霜勞頓，惟慮有損無益，願父王以社稷為重，莫被邪道之所惑也。」三王含笑不言，群臣一同俯伏奏道：「願主公聽千歲良言，還宜治國安民，以圖大業。再或主公厭繁喜靜，將大位傳於世子，退居別宮修真煉性，以娛老景，何必拋家棄國，隨二道人遠遊方外，受千辛萬苦，有傷龍體？況修

㊷ 古稀：唐杜甫曲江詩：「酒債尋常行處有，人生七十古來稀。」後因用「古稀」為七十歲的代稱。

仙修佛，原屬荒唐，往古來今，有幾人飛升？幾人不死？三位主公素明理道，為何起這一點念頭？伏乞聖鑒，不可遠行。」三王笑道：「孤等立意已決，眾卿毋得多言。」杜世廉、薛仁郁又道：「父王堅執雲遊，不肖不敢抗拒。但母親在宮懸望，群臣未得一言，乞父王車駕暫回國都，一言而別，以免母親愁煩。」杜伏威、薛舉道：「汝言差矣。孤等既已出家，復何恩愛，作兒女之態？不必再言。」查訥向前道：「三位主公出家已決，臣等不敢阻撓。但自創業已來，老臣感三主公大恩，言聽計從，解衣推食㊸，義實君臣，情同父子，從事五十餘年，恩宜過望，今一旦君臣訣別，寧不銷魂，使老臣寸腸如割。」言畢，悲咽不勝。三世子、眾臣俱各垂淚。查訥又拭淚道：「老臣設一杯疏酒，為三位主公餞別，伏乞俯從。」張善相道：「近仁既有美情，孤等必領其意，立酌三杯，即此長別。」各人飲酒畢，內侍官捧出衣服來，杜伏威、薛舉、張善相皆除下金冠，卸下錦袍、玉帶，脫了朱履，頭上換了一條藍布包巾，身上穿一領黃布道袍，腰繫絲絛，足登草履。三王隨即動身，三位世子、查訥和眾文武群臣，一齊步行送出郭外，眾臣掩淚而別，三世子大哭失聲。查訥等再三勸慰，一同回朝，慘然不樂。

此時，王騏、王騄、朱儉、皇甫實、常泰、繆一麟、黃松等一班老臣，皆已謝世。查訥道：「國不可一日無君，今日乃黃道吉日，請主公登位，以理萬機。」張一奇允諾。查訥率群臣奉世子即位，改號咸興元年，稱為武康王。眾臣奉賀已畢，當晚辦宴慶賀。次日，查訥發付王驤、曹汝豐二老將，帶領精兵一千，衛送薛仁郁回信州即位，查訥、尉遲仲賢領精兵一千，衛送杜世廉回楚州即位，一齊起馬，武

㊸ 解衣推食：語出史記淮陰侯列傳：「漢王授我上將軍印，予我數萬眾，解衣衣我，推食食我，言聽計用，故吾得以至於此。」謂慷慨贈人衣食，施惠於人。

康王率群臣送至郊外相別。杜世廉、薛仁郿軍馬同行了一日，次早分路，各投本國。查訥奉杜世廉即位，稱為文德王，改號樂治元年。王驤奉薛仁郿即位，稱為義靜王，改號履泰元年。三國俱厚賚群臣，赦獄免稅，禮賢敬士，操演軍馬，互相慶賀，百姓大悅。有詩為證：

世子稱孤丕振家，先君遊跡遍天涯。
三王鼎立安西蜀，自此升平樂歲華。

三國百姓感念天定王、西秦王、萬壽王恩德，各於本郡蓋造生祠，裝塑神像，延僧侍奉，春秋二祭，綿綿香火不絕。三王之后，聞王出家修道，亦皆在宮中修梵持齋，均年八十餘而終。

再說杜伏威、薛舉、張善相三人迤邐而行，不數日已到威風山下，遇著姚真卿、褚一如二仙，授以內養秘訣、長生妙術，遊遍天下名山勝境，四海五湖，無所不到。又到獨峰山五花洞，重逢張找與令狐氏，令狐氏又傳張善相吐納㊹之法。數年之後，方引到蓬萊參見混一真人，後來俱證上仙，飛升面帝。至唐太宗貞觀十一年，欽差薛仁郿為大元帥，領軍馬十萬征討高麗，對陣之際，面中藥箭，昏迷墜馬，眾將救回寨內，其夜幾次發昏，將欲垂絕。次早忽有一全真，生得童顏鶴髮，相貌奇偉，逕入寨來，對將士道：「山人聞知主帥有難，特來救他性命。」將士聽說道：「待小將通報請見。」那全真道：「不須相見，但將此藥送與主帥服之，其患即痊。若問我姓名，教他看藥帖上字語，即知分曉。」將士接了藥，再欲問時，全真化一道清風而去。將士驚駭，將藥送與醫官，細說此事。醫官看了藥帖，計議道：

㊹ 吐納：吐故納新。道家養生之術。

「既然仙人賜藥，必是還生丹。」即將藥調化，灌入薛仁鄅口中，下得咽喉，便覺蘇醒，方知人事。數日後，金瘡全好。醫官稟其事，薛仁鄅驚異，教取藥帖來看，上面寫道：「昔居王位，今作山人。為汝金瘡，遠離玉京。盡忠報國，毋忘帝恩。西秦王示。」薛仁鄅看罷淚下，眾官驚問其故。薛仁鄅道：「那全真乃下官家尊也，向年從師學道，雲遊方外，三十餘年不得一面。今知下官有難，特來相救，已成仙道。全真即西秦王也。」眾官慶賀。此一段乃是後事，表過不題。

再說杜世廉、薛仁鄅、張一奇自即位之後，三國俱各承平，萬民樂業，每每差人探聽三王消息，不知去向。三小王只索焚香祝天，願賜重逢。唐高祖武德七年春三月，秦王世民遣軍師李靖、大將尉遲敬德、薛萬徹帶領馬步軍兵八萬，征取蜀地。大軍行至楚州界口，探馬報入蜀中，杜世廉和查訥商議拒敵之策。查訥道：「目今唐天子已成一統，四海莫不歸心，正是王師無敵，主公若與之抗，是逆天也。依老臣之見，不可使敵軍入境，先遣能言之士，奉上璽、書、輿圖、降表，以見主公知機明哲，唐天子必然重用，不失封侯之位。不然，非保全之策也。」杜世廉道：「父王臨別時，再三囑付降唐，今日事已至此，降之為上。但不知武康王、義靜王所見若何？」查訥道：「萬壽王、西秦王雲遊之際，也曾諄諄戒諭，不可與唐王相持。主公發檄文通知二國。」正議間，近侍官奏：「義靜王差官至此，有事陳奏。」杜世廉宣至殿上，拜舞畢，那官道：「臣護軍都尉呂彝是也。主公見唐兵犯境，思難與對敵，王軍師知天命有在，勸主公降唐。未知殿下聖意若何，特遣臣拜求聖諭，共作良圖。」杜世廉道：「孤正為此事，適與查相國計議未定。王兄既欲降唐，甚為合理，亦須達知武康王方好。」查訥道：「唐軍將入境，事不宜遲。主公一面速修表文，一面就煩呂都尉去見薛殿下，報知降唐之事，庶不躭誤。」杜世廉就差呂彝去了。

不數日，武康王、義靜王車駕齊到青州，杜世廉迎接，設宴相聚。此時，三國降表、輿圖皆已齊備，選能言之士前去納款。尉遲仲賢道：「老臣聞知唐軍先鋒尉遲敬德，乃老臣之族侄也。老臣若去相見，事必諧矣。」杜世廉大喜，即差仲賢納降，交與降表、輿圖、金寶、玉帛。尉遲仲賢領了物件，上馬而去。行了兩日，方到李靖營前。守營軍士攔阻，尉遲仲賢喝道：「吾乃西蜀大將軍尉遲某，特地來見先鋒有話說，快去通報！」軍士慌忙報知尉遲敬德，令請進寨相見。尉遲仲賢下馬入寨。相見畢，薛萬徹問道：「將軍遠來，有何見諭？」尉遲仲賢道：「某乃西蜀文德王駕下驃騎將軍尉遲仲賢也。領敝主與武康王、義靜王之命，言天兵下臨，恐驚擾百姓，三王情願歸服，有勞將軍等遠涉，故差某齎輿圖、降表奉獻唐主，金寶、玉帛犒賞三軍。伏乞二位將軍俯從，某不勝之幸。」尉遲敬德笑道：「貴主真知機之英傑，不動干戈，能順天命，天子必加重用，小將力當保奏。今將軍與某同姓，不知仙鄉何處？」尉遲仲賢備道鄉貫是朔州金吾村人氏，枝派家譜，卻與尉遲敬德原是叔侄之稱。尉遲敬德大喜，重敘尊卑之禮，引入中軍，來見元帥李靖，行禮而坐。尉遲敬德達仲賢來意，又說：「此位將軍是小將族叔，今奉蜀主之命，獻上降書、輿圖、金寶以歸大唐，伏乞元帥鈞旨。」李靖大悅道：「久聞西蜀三傑之名，今知天命歸降我朝，實為知機。下官回朝，必當力薦。」當下收了降書、金寶，設宴款待。尉遲仲賢道：「蒙元帥大德，感恩不淺。敝主有命，欲迎大元帥、諸將軍入成都一會，伏候台旨。」李靖道：「三王既已降唐，將軍先回，下官率諸將明日即至成都矣。」尉遲仲賢酒罷，告辭而別。

次日，李靖、尉遲敬德、薛萬徹俱冠帶不束戎裝，率領數十員裨將至楚州城。杜世廉、張一奇、薛仁鄅、查訥等已先在城外迎接，進城同入大殿，一一行禮。杜世廉道：「某等偏僻小邦，幸蒙元帥、諸將軍大駕親臨，孤等不勝欣躍。今已降唐，惟慮皇上見疑，乞元帥周全，重生之德。」李靖道：「下官童稚之年已聞杜、薛、張三王鎮守西蜀，英名蓋世，四海傳揚。故我秦殿下起兵已來，屢欲征討，下官力止，不欲進兵。今吾軍未及接境，而三將軍即已納款，足見知機之哲。下官班師面聖，力保三將軍不失王侯之位。」杜世廉等皆大喜相謝，大排筵席相款，已下裨將、軍士俱有犒賞。李靖留在楚州三日，不回營寨，晝夜講談兵法，兩下甚是相得。至第四日，李靖等拜別回營。李靖道：「下官班師，在半途住紮，相候將軍等同赴京師，不可有誤。」杜世廉等頓首領命。

不說李靖回師，且說杜世廉三弟兄收拾寶貝、金珠，打點朝京面帝，分付眾將官謹守各處城池，待唐天子有旨到來，再作區處。一月已後，薛仁鄅、張一奇俱至楚州會齊，帶領查訥、尉遲仲賢等勇將百員，軍士五千，取路到襄陽府，與李靖相會，一同赴京。不只一日，已到京師。李靖安頓杜世廉一行人在城外，自率尉遲敬德、薛萬徹入朝，先到天策府見秦王世民㊺，備道杜世廉等歸服之意。秦王大喜，宣至側殿相見。杜世廉等拜舞畢，秦王道：「三卿在蜀，名聞已久，今歸於唐，平生大慰。孤德不如漢高㊻，卿才可匹三傑㊼，共享富貴，毋多疑也。」杜世廉頓首道：「臣等三人，父子相繼，鎮守西蜀七十餘年。齊、周、隋三世，屢經變更，未得真主，故權且自守。臣父與林禪師占天象，預知太原已出真

㊺ 秦王世民：唐太宗李世民未即位前，封為秦王。

㊻ 漢高：指漢高祖劉邦。漢朝開國君主。

㊼ 三傑：幫助劉邦開國的三位主要功臣，張良、韓信、蕭何。

主，天命歸於殿下，故昔臣父出家分別之時，諄諄戒諭臣等，早歸大唐，以順天命。久欲瞻拜天顏，奈無門路。今蒙元帥至蜀，得解甲相投。殿下天恩，寬宥前愆，臣等不勝惶悚。」秦王道：「卿父即杜伏威、薛舉、張善相，林禪師即林太空否？」杜世廉道：「是也。」秦王道：「可惜孤無緣，不能一見高明之士。今既出家，卿可知其消息否？」杜世廉道：「臣父叔三人飄然長往，雲遊訪道，將及十年。臣等差人遍訪，並無蹤跡，每每掛心，未知行藏若何。」秦王道：「卿父皆是才高德邁、功行兩全之士，何愁學道不成？明日面聖，奏過父皇，建祠封贈，以顯其功。」杜世廉等叩首謝恩。

次日，秦王親率四人和李靖等早朝見駕。舞蹈已畢，秦王至高祖駕前，備細將杜世廉、張一奇、薛仁郁歸服之事，和林太空得道坐化，杜伏威等善觀天象，命子歸唐，仙遊情節，一一陳奏。高祖龍顏大悅，賜御宴，授杜世廉為濟源侯龍虎將軍，薛仁郁為遂平侯金吾將軍，張一奇為湯陰侯驃騎將軍，子孫世襲官爵，各賜錦袍、玉帶、彩緞、金花，欽差工部官蓋造三處府門私第。查訥職授昭勇將軍，尉遲仲賢職授安遠將軍，已下將勇各各升官賞賚。西蜀各郡州縣官員，俱照原職鎮守本郡。杜世廉等上表謝恩。唐高祖又敕賜西蜀南平府㊽縉雲山下創造殿宇，裝塑林澹然、杜伏威、薛舉、張善相神像。林澹然敕贈為通玄護法仁明靈聖大禪師，杜伏威贈為正一靜教誠德普化真人，薛舉贈為正一五顯仁德普利真人，張善相贈為正一咸寧淳德普濟真人。數月之間，殿宇已成，敕賜匾額，唐高祖親筆御書三字，名為「禪真宮」。自此遠近燒香士女絡繹不絕，最是靈感，百姓祈禳作福者甚多，家家供奉，戶戶瞻依。至今改為重慶府，縉雲山下殿宇舊跡，基址猶存。有詩為證：

㊽ 南平府：治所在今重慶市。

南平西北縉雲山，三子成真逝不還。
萬古千秋遺跡在，至今遊客指頹垣。

後來查訥致仕，善終於家，其子查衡襲職。尉遲仲賢因隨駕征討突厥，亡於陣中，贈武平侯，子孫世襲其爵。杜世廉、薛仁鄅，皆享富貴三十餘年，壽至九旬而薨。只有張一奇，於貞觀十一年奉旨征剿高麗，舟至鴨綠江㊾，狂風驟起，大浪掀天，戰舟將覆，被高麗王部下大將哈都罕兒所獲。張一奇義不屈節，自刎而死。唐太宗憐其忠，立祠享祭，贈為鄭國公，其子張鏞襲授國公之職。後世子孫俱登科甲，直至皇明，依然一大族也。後賢觀此，作一詞以誌感，詞名滿江紅。詞云：

碌碌浮生，虛度一番歲月。只為是非榮辱，令人周折。舌劍唇鎗徒自斃，紛紛蟻陣誰優劣？到頭來未免夢黃粱㊿，空悲切。　誰打破，風流穴？誰打散，愁眉結？終有個興罷酒闌人歇。明哲知幾須及早，等閒兩鬢堆霜雪。君不見三俠棄職訪蓬萊，登金闕。

㊾ 鴨綠江：位於中國和朝鮮之間的一條界江。

㊿ 黃粱：唐沈既濟傳奇小說枕中記，寫盧生進京趕考，客店燒黃粱飯之時，倦睡入夢。在夢中過了十八年，享盡富貴榮華。等到醒來，主人蒸的黃粱還沒有熟。後因以「黃粱夢」比喻虛幻不實的事猶如一夢。

世俗人情類

紅樓夢
脂評本紅樓夢
金瓶梅
老殘遊記
平山冷燕
品花寶鑑
野叟曝言
綠野仙踪
禪真逸史
海上花列傳
九尾龜
醒世姻緣傳
三門街
花月痕
孽海花
魯男子
遊仙窟　玉梨魂（合刊）
筆生花
浮生六記

公案俠義類

水滸傳
兒女英雄傳
三俠五義
七俠五義
小五義
續小五義
蕩寇志
綠牡丹
羅通掃北
楊家將演義
萬花樓演義
粉妝樓全傳
七劍十三俠
包公案
海公大紅袍全傳
施公案

歷史演義類

三國演義
東周列國志
東西漢演義
隋唐演義
說岳全傳
大明英烈傳

神魔志怪類

西遊記
封神演義
濟公傳
三遂平妖傳
南海觀音全傳　達磨出身傳燈傳（合刊）

諷刺譴責類

儒林外史
官場現形記
文明小史
鏡花緣
二十年目睹之怪現狀
何典　斬鬼傳　唐鍾馗平鬼傳　（合刊）

擬話本類

拍案驚奇
二刻拍案驚奇
喻世明言
警世通言
醒世恒言
今古奇觀
豆棚閒話　照世盃（合刊）
石點頭
十二樓
西湖佳話
西湖二集
型世言

著名戲曲選

竇娥冤
漢宮秋
梧桐雨
琵琶記
第六才子書西廂記
牡丹亭
荊釵記
荔鏡記
長生殿
桃花扇
雷峰塔

七劍十三俠

唐芸洲／著　張建一／校注

《七劍十三俠》是一部以明代武宗年間，寧王朱宸濠叛亂一事為背景架構，寫七子十三生如何鏟奸除惡，並助明武宗平定宸濠之亂的歷史俠義小說。作者採用虛實交錯的手法，將歷史與想像結合，書中人物如徐鳴皋、一枝梅、周相帆等，各各靈活生動、性格鮮明。故事高潮迭起，尤其七子十三生與妖道鬥法，場面刺激、變化萬千、描述生動，讀來讓人不忍釋卷。本書以善本相校，難解詞語注釋詳盡，書中所提歷史制度、人物事件則皆有說明，十分便於閱讀。